THEATER
THEATER

Anthologie
Aktuelle Stücke
23

Herausgegeben
von Uwe B. Carstensen
und Stefanie von Lieven

Fischer Taschenbuch Verlag

Theater
Eine Reihe des Fischer Taschenbuch Verlags

Originalausgabe
Veröffentlicht im Fischer Taschenbuch Verlag,
einem Unternehmen der S. Fischer Verlag GmbH,
Frankfurt am Main, Dezember 2012

Quellenhinweise am Schluss des Bandes
Aufführungsrechte: S. Fischer Verlag GmbH, Frankfurt am Main
Mitarbeit Lektorat: Hilke Bultmann, Daniel Dierich
Satz: Pinkuin Satz und Datentechnik, Berlin
Druck und Bindung: Druckerei C. H. Beck, Nördlingen
Printed in Germany
ISBN 978-3-596-19542-8

Mike Bartlett

Erdbeben in London
(Earthquakes in London)

Deutsch von Lorenz Langenegger

Figuren

ROBERT
GRACE
FREYA
STEVE
TOM
JASMINE
SARAH
SIMON
COLIN
VERKÄUFER
CASEY
PETER / EMILY
CARTER
GESCHÄFTSMANN
ROY
DANIEL
MRS ANDREWS
ALTE FRAU
JUNGER MANN
MÜTTER MIT KINDERWAGEN
BARKEEPER
MARINA
EMPFANGSDAME
SALLY
TIM
FÖTUS
LIBERTY
EISBÄR
JOGGERIN
PASSANT
PASSANT 2
POLIZIST
ERZÄHLER
DOKTOR HARRIS

STUDENTEN, SCHWIMMER,
OFFIZIER AUS DEM ZWEITEN WELTKRIEG,
KELLNER, PENDLER,
STRASSENKÜNSTLER, TOURISTEN,
KINDER

1. Akt
Richtiger Kaffee

2. Akt
All die Mütter

3. Akt
Verrückte Schlampe

4. Akt
Thomas Hood

5. Akt
Unvermeidliche Zerstörung

Das Stück wird mit so viel Bühnenbild, Requisite und Kostüm wie möglich präsentiert. Die Bühne soll überquellen von Kulissen, Musik, Dekorationen, Licht, Projektionen etc. Alles kommt vor. Es ist zu viel. Im Stück geht es um Maßlosigkeit, und wir sollten das spüren.

Szenen prallen aufeinander, rücksichtslos. Sie fließen ineinander, überlappen sich. Die Produktion soll immer in Gefahr sein, ins Chaos abzugleiten, es soll jedoch nie wirklich dazu kommen.

(/) bedeutet, der nächste Dialog beginnt an dieser Stelle.
(–) bedeutet, der nächste Dialog unterbricht den vorangehenden.
(…) am Ende bedeutet, der Dialog läuft aus. Für sich allein steht es für den Druck, die Erwartung oder den Wunsch, zu sprechen.

Eine Zeile ohne Punkt am Ende bedeutet, dass der folgende Dialog nahtlos anschließt.

Ein Dialog ohne Worte bedeutet, dass eine Figur bewusst nichts sagt.

Leere Zeilen zwischen den Dialogen stehen für eine der Länge der Leerzeilen entsprechende Stille.

1. Akt

Prolog

1968.
Cambridge.
Schwarzweißfilm.
Robert Crannock hat ein Rendezvous mit Grace, die ein Kleid mit Blumenmuster trägt. Sie essen. Robert ist linkisch.
2525 *von Zager and Evans spielt leise im Hintergrund.*

ROBERT Es tut mir leid, wenn der Brief zu aufdringlich war.
GRACE Ich mochte den Brief.
ROBERT Ich habe mich hinreißen lassen, es tut mir leid.
GRACE Nein.
ROBERT Ich wollte nicht seltsam klingen.
GRACE Er war nicht seltsam. Ich mochte ihn. Liebesbriefe in meinem Abholfach. Romantisch.
Was machst du, Robert? Ich weiß, dass du abgeschlossen hast, aber was genau … machst du.
ROBERT Ich schreibe eine Doktorarbeit.
GRACE In?
ROBERT Atmosphärische Bedingungen auf anderen Planeten.
GRACE Auf anderen Planeten? Außerirdische?
ROBERT Ein Teil der Arbeit hat damit zu tun, Leben zu finden, ja.
GRACE Wie Raumschiff Enterprise?

ROBERT Nun … Die NASA hat Interesse gezeigt, also –
GRACE Du machst Witze?
ROBERT Nein.
GRACE Die NASA?
ROBERT Ja.
GRACE Wow.
ROBERT Ja.
GRACE Wow.

ROBERT …

GRACE Und wie findest du das heraus? Ob es Leben gibt?

ROBERT Jede Form von Leben gibt Ausscheidungen ab. Gase, Mineralien.

GRACE Wir alle geben Gase ab?

ROBERT Ja.

GRACE Sogar Mädchen?

ROBERT Und alle diese Gase –

GRACE Hast du das / erforscht?

ROBERT Diese Ausscheidungen von all diesen Kreaturen, die gehen in die Atmosphäre, und du kannst dir vorstellen, dass sie global gesehen ihre Zusammensetzung ziemlich verändern. Daraus folgt, dass wir, wenn wir die Zusammensetzung der Gase in der Atmosphäre eines Planeten wie dem Mars genau genug messen könnten, wüssten, ob es Leben gibt.

GRACE Und?

ROBERT Was?

GRACE Gibt es Leben?

ROBERT Wir wissen es nicht.

GRACE Oh.

ROBERT Wir haben es noch nicht gemacht. Nicht genügend finanzielle Unterstützung.

GRACE Ach so.

ROBERT Aber wie gesagt, die NASA ist interessiert.

Sie schaut ihn an.

GRACE Also verändert jedes bisschen Leben, Tiere, Menschen, alles ständig die Umwelt.

ROBERT Ja. Wie du gerade jetzt. Dieser Raum ist ganz anders, weil du darin bist.

GRACE Glaubst du?

ROBERT Es spielt keine Rolle, was ich glaube. Die Atmosphäre in diesem Raum ist völlig davon abhängig, wie oft du dich bewegst, ob du sprichst, ob du erkältet bist, wie heiß dir ist.

GRACE Wie heiß mir ist?

ROBERT Ja. Stell dir vor, wenn wir alle mit Fieber hierher gekommen wären, der Raum wäre viel wärmer geworden, und uns würde als Resultat daraus noch heißer, unser Fieber würde steigen, und der Raum würde wiederum wärmer und so weiter und so weiter, höher und höher.

GRACE Heißer und heißer.

ROBERT Genau.

Entschuldigung. Ich plappere. Es sollte ein Date werden. Ich mag dein Kleid.

GRACE Nein, Robert, du bist auf eine sehr wichtige Frage gekommen.

ROBERT Wirklich?

GRACE Ja. Was glaubst du, wie heiß bin ich?

ROBERT Wie heiß?

GRACE Wie. Heiß.

ROBERT Nun …

Oh.

Du meinst …

GRACE Es ist 1968. Es ist Sommer. Wir sind jung. Wir können tun, was wir wollen.

Robert legt seine Hand auf ihre Stirn.

Sie lächelt.

ROBERT Erhöhte Temperatur.

Sie lächelt und legt ihre Hand auf seine Stirn.

GRACE Glühend.

Also, was passiert jetzt?

Sie schauen sich an.

2525 *spielt – wird lauter. Überblenden der Szene und der Musik in –*

Richtiger Kaffee

2010.

Ein Wasserkocher kocht.

Freyas Gesicht entrückt. Freya singt zu einem Cover von 2525 *von Venice Beat ft Tee Timony. Sie liebt es.*

FREYA In the year 2525

If man is still alive.

If woman can survive

They may find.

Freya ist schwanger, sie trägt ein Männerhemd und macht Kaffee in ihrer Küche. Sie hat Kopfhörer auf und tanzt. Ein Fernseher läuft ebenfalls.

Alles wird im Rhythmus gemacht – Kaffee, Wasserkocher ... Zucker ... sie isst selbst einen Löffel. Wir sehen Steve in der Dusche. Er hört ihr Singen – amüsiert.

In the year 3535

STEVE Freya?

FREYA Ain't gonna need to tell the truth, tell no lies.
Everything you think, do or say.
Is in the pill you took today.

STEVE Freya!

FREYA In the year 4545

Freya nimmt ihre Kopfhörer ab ... Die Musik ist leiser.

Was?

STEVE Was / singst du?

FREYA Ich mache Kaffee.

STEVE Was?

FREYA Kaffee! Möchtest du auch?

STEVE Richtigen Kaffee?

FREYA Es ist immer richtiger Kaffee.

STEVE Was?

FREYA Es ist immer richtiger Kaffee, / niemand trinkt *löslichen.*

STEVE Was? Ich höre dich nicht! Ich bin in der Dusche! Ich höre dich nicht!

Freya tanzt.

Die Musik wird zum Hintergrund im Starbucks.

Tom kommt herein und offeriert Jasmine einen Kaffee.

TOM Vollmilch Latte, zwei braune Zucker, Sahne obendrauf.

JASMINE Kenne ich dich?

TOM Ich dachte, ich erweise dir die Ehre. Habe ich richtig gewählt?

JASMINE Weiß noch nicht, nach was schmeckt Rohypnol?

Sie nimmt einen Schluck.

TOM Es war marxistische Theorie. Wir haben häufig gleichzeitig Kaffee geholt. Ich mochte deinen Stil, habe mich an deine Bestellung erinnert. Ich bin Tom.

JASMINE Ja.

TOM Du bist Jasmine. Ich habe gehört, dass du ausgestiegen bist.

JASMINE Ich hatte einen Streit mit meinem Dozenten.

TOM Worüber?

JASMINE Charles Dickens. Rauchst du?

TOM Unter Umständen.

JASMINE Guter Junge.

Sarah tritt auf, sie spricht mit Simon, ihrem Assistenten.

SARAH Es gibt keine Pflanzen.

JASMINE Nehmen wir den mit raus.

SARAH Abteilung für Klimaschutz, großes Büro und nichts Grünes. Das ist lächerlich.

SIMON Es ist auf der Liste. Und du musst etwas einsetzen für Casey. Sie geht.

SARAH Wer ist Casey?

SIMON Bei der Schautafel? Unter dem Fenster?

SARAH Warum geht sie? Schwanger?

SIMON Personalabbau.

SARAH Oh.

SIMON Sie ist Spreu, wir haben darüber geredet.

SARAH Richtig. Ja. Richtig.

SIMON Effizientere Regierung. Das ist deine Politik.

SARAH Nicht *meine* Politik, Simon.

SIMON Ich fürchte doch, Frau Ministerin. Was für Pflanzen willst du? Blumen?

SARAH Hier sind zehn für Casey. Nein, nicht Blumen. Blumen sind tot. Wir wollen Leben um uns herum. Kauf einen Gummibaum. Gibt es die noch?

Freya macht weiterhin Kaffee. Schaut zur gleichen Zeit fern.

Colin ist im Supermarkt und geht auf einen jungen Verkäufer zu.

COLIN Entschuldigen Sie.

SARAH Die gab es in den Achtzigern überall.

COLIN Ich suche eine Guave.

VERKÄUFER Eine was?

COLIN Eine Guave.

VERKÄUFER Was ist das?

COLIN Das ist ein Gemüse.

VERKÄUFER Ja.

COLIN Vielleicht auch eine Frucht.

VERKÄUFER Gemüse und so Scheiß ist da drüben.

COLIN Entschuldigung?

VERKÄUFER Gemüse und Früchte und all das ist da drüben.

COLIN Ich weiß, und ich habe nachgeschaut, aber nichts gefunden.

VERKÄUFER Dann führen wir das vermutlich nicht.

COLIN Vermutlich.

VERKÄUFER Ja.

COLIN Könnten Sie nachschauen?

VERKÄUFER Pfff.

Der Verkäufer geht, um nachzuschauen. Immer noch die Musik im Hintergrund.

Jasmine und Tom rauchen draußen.

JASMINE Er saß da, mir gegenüber, ich sagte, ich mache keine Scherze, wenn du zweitausend Wörter bis Montag willst, kannst du drauf pfeifen, ich muss am Wochenende *arbeiten*, im Unterschied zu euch, *Gary*, verdammte Babyboomer, habt eure Stipendien gekriegt, eure Abschlüsse, und dann zahlt ihr nicht für eure Kinder. Also sagt er: »Hast du finanzielle Probleme, Jasmine?« und ich darauf: »Gary. Wir haben alle finanzielle Probleme, lies die verdammten Zeitungen«. Dann wird er plötzlich rot, schreit, dass ich »dumm wie gerippte Scheiße bin«, was auch immer das heißt, und sagt, dass ich hier nur wegen der Position meiner Schwester aufgenommen worden bin, also bin ich völlig durchgedreht, habe mit dem Bücherregal nach ihm geworfen.

TOM Mit dem Bücherregal?

JASMINE *Bleak House* hat ihn ins Auge getroffen, Hardcover, also musste er ins Spital. Sie sagten, ich sei eine Gefahr, hätte meinen Dozenten mit einer Waffe angegriffen, ich sagte etwas über die Kraft des geschriebenen Wortes, und das war's. Aus.

TOM Du siehst nicht wie eine Gefahr aus.

JASMINE Ich bin eine, Tom.

Der Verkäufer kommt zurück.

VERKÄUFER Ist es das?

JASMINE Ich bin eine verdammte Naturkatastrophe.

COLIN Woher soll ich das wissen? Ich weiß nicht, was eine Guave ist. Sagen Sie es mir.

VERKÄUFER Ja. Das ist eine.

COLIN Sind Sie sicher?

VERKÄUFER Ja.

COLIN Ganz sicher? Es ist wichtig. Ich möchte, dass Sie verstehen, dass ich große Probleme habe, wenn ich nach Hause komme und das keine Guave ist. Daraus folgt, dass *Sie* große Probleme haben, wenn ich nach Hause komme und das keine Guave ist, ja?

Er liest sein Namensschild.

... Will. Sie haben große Probleme, wenn das keine Guave ist, Will. Also.

Sind Sie sicher?

VERKÄUFER Cany sagt, es ist eine, und sie ist gut mit Früchten.

COLIN Gut, danke.

Steve kommt mit seinem Aktenkoffer in die Küche, als Freya gerade tanzend seinen Kaffee verschüttet. Steve springt aus dem Weg. Freya nimmt ihre Kopfhörer ab.

FREYA Das wollte ich nicht. Hoppla.

STEVE Hoppla.

Steve lächelt und nimmt sofort ein Handtuch, um aufzuwischen.

FREYA Ich kann noch einen machen.

STEVE Nein, ich muss wirklich los, tut mir leid ...

FREYA Braucht dir nicht leid zu tun.

STEVE Es tut mir leid, dass ich überhaupt gehen muss.

FREYA Braucht es nicht – wir brauchen Arbeit, Geld, jetzt besonders, in der momentanen Situation, wie die Dinge stehen, das sind deine Worte.

STEVE Und es sind nur drei Tage, also –

FREYA Genau. Es sind nur drei Tage, also –

STEVE Und du rufst mich an, wenn irgendwas –

FREYA Ja, ich rufe an, wenn irgendwas, aber nichts wird, nichts ist, nichts passiert, du weißt, wie es in diesen Tagen hier zugeht.

STEVE Ich meinte das Baby.

FREYA O ja, das Baby, natürlich / das *Baby.*

STEVE Du hast die Nummer vom / Krankenhaus.

FREYA Es gab eine Sendung im Fernsehen, sie haben etwas gefunden im Erdinnern.

STEVE / Freya?

FREYA Sie glauben, dass etwas – was? Ja, ich habe die Nummer vom Krankenhaus. Sie ist auf dem Regal, wo du sie hingelegt hast.

STEVE Auf dem Kühlschrank.

FREYA Genau, auf dem Kühlschrank. Bist du sicher, dass du keinen Kaffee möchtest? Er ist Fairtrade, irgendwie fruchtig, ich mag ihn.

STEVE Ich muss los – aber du wirst klarkommen?

FREYA Das Haus könnte einstürzen, wenn du weg bist.

STEVE Freya –

FREYA Das habe ich versucht, dir zu sagen. Sie sagten, dass es ein Erdbeben geben wird.

STEVE Wird es nicht.

FREYA Wird es.

STEVE Nicht hier.

FREYA Genau hier, ja, sie haben Erschütterungen gemessen. Es war im Fernsehen. Stehst du auf meine Schwester?

STEVE Was?

FREYA Nicht Sarah, natürlich. Natürlich nicht sie. Die andere. Jasmine.

STEVE Nein – Freya, wie kommst du / darauf?

FREYA Warum nicht? Sie ist schön.

STEVE Sie ist neunzehn.

FREYA Genau. Dünn, gut aussehend, ich wette, sie ist gut im Bett. Natürlich magst du sie, du hast diesen Gedanken gehabt. Ich habe auch so ausgesehen, als wir uns kennengelernt haben, ich habe ein paar Fotos gefunden, aber was ist passiert? Schau mich jetzt an, fett und rot wie eine riesige Krampfader oder so was. Kein Wunder, dass du nicht mehr mit mir schlafen willst. Du solltest sie anrufen, ich meine es ernst, wirklich.

Sie schauen sich an. Er geht auf sie zu, umarmt sie.

STEVE Ich finde nicht, dass du eine riesige Krampfader bist.

FREYA Oder so was, ich bin definitiv so was.

STEVE Ich wollte mit dir schlafen, zufälligerweise letzte Nacht.

FREYA Ich kann nicht, nicht damit, es ist, als ob es zuschauen würde.

STEVE Ich liebe dich.

Er küsst ihren Bauch.

Dich auch. Ich ruf dich an, wenn ich da bin.

FREYA Ich fühle mich im Moment ein bisschen verloren, Steve, wirklich. Geh nicht.

Einen Moment Stille.

STEVE Nur drei Tage. Das ist alles. Es ist nicht so schlimm, wie du glaubst. Es ist nie so schlimm.

FREYA Oh. Okay. Gut.

Er küsst sie noch einmal und geht. Sobald die Tür geschlossen ist, springt Freya in die Luft, und die Wände wackeln ein bisschen. Sie hat Angst.

Während Tom und Jasmine reden, schaut sich Freya um, dann holt sie ein Päckchen Zigaretten hervor und zündet eine an.

TOM Deine Schwester ist also berühmt?

JASMINE Meine älteste Schwester. Nichts Gutes. Sie ist Politikerin. Ich bin hier nicht wegen meiner Schwester aufgenommen worden, sondern *trotz* ihr, sie *hassen* sie hier.

TOM Was macht sie?

JASMINE Als meine Mutter starb, war mein Vater ein Wrack, also hat sich meine Schwester um uns gekümmert, aber sie hat es schrecklich gemacht, wirklich schlecht, weil sie überhaupt kein Herz hat. Völlig kalt. Sie ist aus Metall, wie Terminator oder so. Nur schlimmer. Sie ist wie Terminator 3.

Sarah hält eine Ansprache vor ihrem Team.

SARAH Hallo! Hi.

JASMINE Ja. Sie ist Terminator 3.

SARAH Wir bedauern sehr, dass … Casey … geht, uns verlässt. Ja. Und obwohl ich natürlich überzeugt bin, dass unsere neue … Politik einer schlankeren Verwaltung in dieser schwierigen Zeit die richtige ist, bedeutet das nicht, dass es nicht … traurig ist … wenn es jemanden persönlich trifft. Casey war phantastisch als Teil des Teams im Ministerium, ein richtiger Spaßvogel, auch in den wenigen Monaten, in denen ich jetzt hier bin, habe ich festgestellt, dass sie so … *lustig* ist. Wie auch immer, Casey, wir haben zusammengelegt und möchten dir das hier geben.

Sarah gibt Casey eine Geschenktüte. Casey schaut hinein.

CASEY Eine Kaffeemaschine.

SARAH Ja.

CASEY Ich war fünf Jahre hier.

SARAH Es ist eine ziemlich gute, ich –

CASEY Ich trinke keinen Kaffee.

SARAH Du trinkst keinen –

CASEY Kräutertee.

SARAH Oh.

CASEY Immer nur Kräutertee.

SARAH Ja … nun … da hat jemand seine Hausaufgaben nicht gemacht.

CASEY Hausaufgaben? Das *wussten* alle. Meine Güte. Du hast keine Ahnung. Wir brauchen keine *schlankere Verwaltung*. Alles wird schlechter, und du kappst die Mittel. Das ist, was die Tories tun, Krise hin oder her, aber ich als Liberale, ich habe dich gewählt. Regiert ihr jetzt *zusammen*?

Sie schaut sich in der Runde um und gibt die Kaffeemaschine zurück.
Stellt sie auf eBay. Ich verlasse das Land.
Sarah macht einen Schritt zurück, spricht zu ihrem Assistenten.

SARAH Gute Idee. Hol den Wagen.

SIMON Kannst du nicht, du hast in drei Minuten ein Meeting in deinem Büro.

SARAH Mein Magen knurrt.

SIMON Hier. Ein Eiersandwich. Du kannst es auf dem Rückweg essen.
Er gibt ihr ein scheußlich aussehendes Sandwich. Sie steht für einen Moment nur da. Ermattet.
Freya schaut sich eine Dokumentation über die Erde an. Tektonische Platten. Stürme und Orkane.
Bist du …?
Noch ein Moment.
Soll ich …
Sie schaut hoch und reißt sich zusammen.

SARAH Was? Ei? Perfekt.
Sarah stopft sich das Sandwich in den Mund, während sie den Raum verlässt.
Es klopft an Freyas Tür, sie geht, um zu öffnen.
Tom und Jasmine gehen wieder hinein.

JASMINE Meine Schwester kommt heute Abend auch.

TOM Wohin?

JASMINE Dahin, wo ich jetzt arbeite. Zu meinem Job. Es ist auch ein bisschen politisch. Du kannst auch kommen, wenn du willst. Du wirst schockiert sein. Es ist *sehr* politisch, Tom. Frontal ins Gesicht, diese Art von politisch. Vielleicht kommst du damit nicht klar. Vielleicht ist das alles zu – *politisch*, für dich.
Was meinst du? Willst du es riskieren?
Tom lächelt.

TOM Ja.
Freya öffnet die Tür. Es ist Peter, ein Teenager mit Brille und grauem Kapuzenpullover.

PETER Alles klar. Störe ich?

FREYA Peter. / Was machst du –

PETER Ist das Whiskey? Sie sollten nicht trinken, wenn Sie schwanger sind, wir sahen das in einem Video in Biologie, Mr Greg zeigte es uns, ja, und es hieß, wenn Sie trinken, wird Ihr Baby behindert oder so was, vielleicht stirbt es in Ihnen, und sie müssen es rausholen mit einer Zange. Kann ich reinkommen? Es geht mir nicht sehr gut. Ich brauche Ihren Rat.

FREYA Woher weißt du, wo ich wohne?

PETER Ging ins Internet, gab Ihren Namen ein, ist nicht schwierig. Einen dicken Bauch haben Sie jetzt. Ich muss reden. Kann ich reinkommen?

FREYA Ich könnte in Schwierigkeiten geraten.

PETER Nee, Sie können kein Pädophiler sein, weil Sie eine Frau sind, und die Kapuze ist, weil es regnet, nicht, weil ich Sie aufschlitzen will, bitte, es ist eine verdammte Sintflut hier draußen, entschuldigen Sie meine Wortwahl, wir haben geredet, nicht? Ich mochte das, wenn wir redeten, aber Sie kommen nur zwei Tage die Woche in die Schule und jetzt nicht mal mehr das. Ich störe nicht, Sie schauen fern. Ist Ihr Mann da?

FREYA Er ist weggefahren.

PETER Sein Wagen steht draußen.

FREYA Er hat ein Taxi zum Flughafen genommen.

PETER Ja, Sie sollten nicht mehr fliegen, nicht wahr? Wie lange bleibt er weg?

FREYA Nur ein paar Tage.

PETER Dann brauchen Sie sicher ein bisschen Gesellschaft.

FREYA Nein.

PETER Brauchen Sie sicher.

FREYA Peter, du solltest zurück in die Schule gehen.

PETER Niemand besucht Sie, oder?

FREYA …

PETER Das ist, weil schwangere Frauen eine ziemliche Plage sind. Verschwitzt und fett, zu Hause eingesperrt, vor sich hin jammernd, ich glaube das nicht, aber die meisten Leute schon, deshalb kommen sie nicht zu Besuch. Aber ich bin hier.
Ich habe Ihnen eine Blume mitgebracht.
Er streckt ihr eine Blume hin. Sie schaut ihn an.

FREYA Danke.
Sie nimmt die Blume. Er tritt ein.
Sarah hat ein Treffen mit Carter in ihrem Büro. Sie bietet ihm Kekse an.

CARTER Danke. Kekse hatte ich hier noch nie. Passt zu Ihrer neuen Einrichtung. Minimal.

SARAH Wir dekorieren noch.

CARTER Ein klarer Schnitt?

SARAH Ein neuer Start.

CARTER Ein neuer Start, wie immer. Sehr gut. Nun, machen Sie sich keine Sorgen, die ersten sechs Monate sind die schlimmsten, sagen alle.

SARAH Wer sind alle?

CARTER Ihre Vorgänger.

Also, wo sind wir stehengeblieben?

SARAH In zwei Tagen schlage ich es dem Premierminister vor.

CARTER Gut.

SARAH Und ich dachte, Sie könnten eine Warnung brauchen, um Zeit zu haben, eine öffentliche Antwort zu formulieren.

CARTER Eine Warnung. Wunderbar. Eine Antwort worauf?

SARAH Wir sind nette Leute, Carter.

CARTER Davon bin ich überzeugt. Jeder ist *nett* heutzutage, nicht? Sogar ich. Ich habe meinem Sohn Adam ein Fahrrad gekauft, zu seinem Geburtstag. Sehr teuer. Er liebt es. Und was habt ihr netten Leute uns anzubieten?

SARAH Ich dachte, Sie wollen für die Entscheidung vielleicht mit an Bord kommen, statt Zeit und Kraft zu vergeuden, sie zu bekämpfen.

CARTER Die Entscheidung.

SARAH Ja.

Noch ein Keks?

Er schaut sie an.

CARTER Adam lernt schnell. Er ist jetzt sechs, er schaute sein Fahrrad an und sagte: »Papa, was ist die schlechte Nachricht?« Er sagte: »Du kaufst mir solche Geschenke nur, wenn es eine schlechte Nachricht gibt.« Er hatte recht. Seine Mutter hatte die Katze überfahren. Diese neue Regierung, was auch immer sie ist, ihr müsst wirtschaftsfreundlich sein.

SARAH Wir sind wirtschafts / freundlich, ja.

CARTER Also worum geht es, worüber reden wir?

SARAH Die Entscheidung zu Heathrow ist sehr gut aufgenommen worden, weil sie richtig war, also werde ich jetzt einen kompletten Ausbaustopp vorschlagen.

CARTER Wo?

SARAH Überall.

Carter ist überrascht.

CARTER Schauen Sie, Heathrow? Gut, ich verstehe Ihre Position, Sie müssen etwas tun, aber wir haben erwartet, wir haben sehr gehofft, dass im Gegenzug ein Ausgleich geschaffen wird.

SARAH Es gibt keinen Bedarf.

CARTER Wir opfern Heathrow, aber wir bekommen dafür Birmingham, Edinburgh, London City – Belfast – das war die Abmachung.

SARAH Es lässt sich umwelttechnisch nicht rechtfertigen.

CARTER Ein paar Kilometer Asphalt hier und dort, ein paar Baracken, das ist nicht das Ende der Welt. Haben Sie mit Ihren Kollegen gesprochen, ich kann mir nicht vorstellen, dass das sehr populär ist.

SARAH Ein definitiver Ausbaustopp wird eine große Wirkung entfalten.

CARTER Nur als Symbol.

SARAH Als Symbol, richtig. Es muss wahrgenommen werden, dass wir alles tun, um die CO_2-Emissionen zu verringern. Wir wollen ein Zeichen setzen.

Carter schaut sie an.

CARTER Das ist Ihre große Idee.

SARAH Wenn Sie so wollen.

CARTER In Wirklichkeit sind Sie selbst ein Symbol, nicht wahr, Sarah? Darf ich Sie Sarah nennen? Ich wette, Sie hätten nie gedacht, dass Sie einmal an der Macht sein würden, aber ein Parlament ohne Mehrheit, grüne Empfehlungen und ein berühmter Vater –

SARAH Meine Position in dieser Regierung hat nichts mit meinem Vater zu tun.

CARTER Alle glauben, dass es so ist.

SARAH Dann liegen alle falsch.

CARTER Einen Nerv getroffen.

SARAH Überhaupt nicht.

CARTER Sie sind aufgebracht.

SARAH Sehe ich aufgebracht aus?

CARTER Wie Sie Ihre Finger aneinanderreiben, ja.

Sie ist für eine Sekunde überrascht, aber schaut ihn wieder an.

SARAH Wir haben keinen Mangel an Flughäfen. In zwei Tagen habe ich eine Sitzung. Ich werde den Vorschlag sehr bestimmt einbringen. Der Premierminister entscheidet, und das ist es dann. Wir werden es nächste Woche veröffentlichen.

CARTER Sie sehen müde aus.

SARAH Ich arbeite hart.

CARTER Ich glaube nicht, dass es die Arbeit ist.

Carter nimmt einen Keks.

Noch vor morgen werde ich Ihre Meinung ändern.

SARAH Wirklich?

Er gibt ihr die Kekse hinüber.

CARTER Ja.

Keks?

Freya und Peter.

PETER Ich mag Ihre Poster, Hitchcock-Fan?

FREYA Sie gehören meinem Mann.

PETER Und *Grand Theft Auto*. Spielen Sie das häufig?

FREYA Das gehört auch ihm.

PETER Ich finde es ein bisschen gewalttätig. Ich glaube nicht, dass ein Computerspiel aus Herumfahren und Leute Töten bestehen sollte. Es gibt eins, in dem du ein Mädchen vergewaltigen kannst. Das ist ein bisschen seltsam, dass sie das erlauben. Coldplay? Jeder hört heutzutage Coldplay. Was gehört Ihnen?

FREYA Die Bücher. Ich –

PETER Was lesen Sie gerade?

FREYA Spätviktorianische Lyrik. Peter –

PETER Das klingt wirklich unglaublich langweilig. Darf ich mich setzen? / Würden Sie mir einen Whiskey einschenken? Was ist das?

FREYA Natürlich darfst du dich setzen. Ich weiß nicht, ob ein Whiskey –

PETER O Gott, Sie haben auch geraucht, Ihr Baby wird ein Mutant, wenn Sie damit fertig sind. Ein verdammter Trottel, wenn Sie so weitermachen.

FREYA Peter, was / willst du?!

PETER Was läuft?

FREYA Sie sagen, es wird ein Erdbeben geben.

PETER Hier?

FREYA Mein Mann hat auch gelacht, aber das ist, was sie –

PETER Nein, sie haben recht, es ist wahr. Es wird ein massives Beben geben, übermorgen, eine gewaltige seismische Verschiebung, mitten in der Hauptstadt. Wird alles ziemlich anders aussehen danach.

Sie schaut ihn an. Schockiert – woher kann er das wissen?

Mein Problem ist, dass ich keine Freunde habe. Vereinzelung. Das ist in der heutigen Gesellschaft sehr verbreitet. Immer mehr Leute brauchen das Internet, um Verbindungen herzustellen und Partner zu finden, aber ich bin erst vierzehn, also bevorzuge ich Pornos. Ich darf übrigens Whiskey trinken. Es ist legal. Zu Hause. Wenn du vierzehn bist. Also.

FREYA Ich werde dir keinen Whiskey geben.

PETER Ich finde, Sie sollten aber. Damit wir richtig reden können.

Sie überlegt.

FREYA Warum nicht?

Freya geht, um Peter einen Whiskey zu holen. Peter rutscht auf dem Stuhl hinab und entspannt sich, während ein Geschäftsmann im Flugzeug neben Steve dasselbe tut.

GESCHÄFTSMANN Erinnern Sie sich, als man noch rauchen durfte?

STEVE Was?

GESCHÄFTSMANN Rauchen. In Flugzeugen.

STEVE Ich sehe die Aschenbecher in den Toiletten. Aber ich kann mich nicht erinnern …

GESCHÄFTSMANN Vor fünfzehn Jahren konntest du in den Raucherbereich gehen und rauchen, hat niemandem geschadet, es stürzten nicht mehr Flugzeuge ab, weniger sogar, das war lange vor dem, Sie wissen schon … *Terrorismus* – vielleicht gibt es eine Verbindung. Frustrierte Araber. Alles, was sie wollen, ist eine Kippe. Weil sie nicht trinken können, oder? Könnte eine Verbindung sein. Nur Spaß natürlich. Sie gehen geschäftlich nach Schottland?

STEVE Nein.

GESCHÄFTSMANN Ferien?

STEVE Persönliche Gründe.

GESCHÄFTSMANN O natürlich. Behalten Sie's für sich.
Kein Problem.
Wie Sie wollen.

STEVE Ich habe meiner Frau gesagt, dass es geschäftlich ist.

GESCHÄFTSMANN Oh.

STEVE Aber das ist es nicht.

GESCHÄFTSMANN Ach.
Ja.
Nun.
Das kenne ich nur zu gut.

STEVE Was?

GESCHÄFTSMANN Das.

STEVE Nein.

GESCHÄFTSMANN Ich bin hin und wieder in L. A., und jedes Mal lasse ich es sie im Voraus wissen, ich nehme mir vor, es nicht zu tun, sage mir, dass es nicht gut ist, aber ich schreibe eine anzügliche E-Mail, komme an, und wir haben die Zeit unseres Lebens. Hält meine Ehe aufrecht. Schafft den Ausgleich. Carly.

STEVE Carly?

GESCHÄFTSMANN Siebenundzwanzig. Blond. Titten. Sie kennen das. Titten. Siebenundzwanzig. L. A. Sonne. Titten. Blond. Meine Güte. Das sagt alles. Warum sie auf mich steht, ich weiß es nicht, gut, ich lasse das Geld ein bisschen aufblinken, aber das Leben ist kurz, nicht wahr, also tust du, was du tun musst, und meine Frau weiß es, ich bin sicher, sie tut es auch, ich sehe es so, wenn es dich auf Trab hält, dich glücklich macht und die Kinder es nicht mitbekommen, wem schadet es? Nein, Sie machen das, mein Freund. Vollgas.

STEVE Es ist nicht …

GESCHÄFTSMANN Ja?

STEVE Ich habe keine Affäre.

GESCHÄFTSMANN Oh. Aber Sie lassen mich reden …

STEVE Ich hatte nicht das Gefühl, Sie stoppen zu können.

GESCHÄFTSMANN Mache ich immer. Verstricke mich in Flugzeugen immer in Gespräche mit Fremden. Muss die Nervosität sein, vermutlich.

STEVE Sie fliegen häufig?

GESCHÄFTSMANN Es tut dir nicht gut.

STEVE Tut dir nicht gut?

GESCHÄFTSMANN Klar, je mehr du fliegst, desto größer ist die Chance, dass du abstürzt. Es ist nicht natürlich.

Wenn Gott gewollt hätte, dass wir fliegen, hätte er seine eigene Fluggesellschaft.

Rumpeln. Turbulenzen oder möglicherweise das Geräusch von Donner. Das Licht blitzt.

There She Goes, My Beautiful World *von Nick Cave and The Bad Seeds.*

Jasmine tritt in einem Kostüm aus Ästen und Blättern auf.

Sie hält eine Tafel, auf der steht: »Die mutwillige Zerstörung des Regenwalds«.

Sie tanzt.
Langsam streift sie Äste und Blätter ab.
Schließlich steht sie mit Blättern vor den Brüsten und der Scham da, wie Eva.
Sie nimmt eine Tafel auf:
»Ursprünglich gab es 6 Millionen Quadratkilometer Regenwald«.
Noch eine Tafel:
»Nur ein Drittel davon ist geblieben«.
Sie hebt ihre Augenbrauen.
Sie nimmt die Blätter von ihren Brüsten.
Es gibt Schreie aus dem Publikum.
Sie flirtet mit ihren Augen.
Sie nimmt noch eine Tafel.
Darauf steht: »Don't leave the world naked«.
Als sie abgeht, fallen Blätter von der Decke.

Freya bringt Peter einen Whiskey und zündet sich eine Zigarette an.

PETER Mmh. Ich genieße das. Das ist gut, wirklich guter Whiskey. Haben Sie ihn gekauft?

FREYA Peter, wenn es ein Erdbeben gibt, warum haben die Leute dann keine Angst?

PETER Ich habe einmal ein Erdbeben erlebt, in Tokio. Ich und meine Eltern haben Karaoke gesungen und der Raum –

FREYA Kannst du bitte / meine Frage beantworten.

PETER – und der Boden hat angefangen, sich zu bewegen, und die Wände haben sich geneigt, es hat ein bisschen geschüttelt, aber nicht, wie Sie sich vorstellen, plötzlich war alles … betrunken. Spüren Sie das manchmal, gefangen in dieser Wohnung, dass die Wände sich bewegen und alles gefährlich wird?

FREYA Ständig.
Freya trinkt den Whiskey.
Aber was kann ich tun?

Tom und Jasmine sind in einer Bar.

TOM Ich habe noch nie einen Strip gesehen.

JASMINE Das war kein Strip.

TOM Das ist ein Stripclub.

JASMINE Das ist Burlesque.

TOM Du hast deine Titten gezeigt.

JASMINE Du zeigst deine Titten bei beidem, ja, aber bei Burlesque stehen sie nicht im Zentrum.

TOM Sie standen definitiv im Zentrum.

JASMINE Nun, das sollten sie nicht.

TOM Da winkt ein Mann.

Colin tritt auf und winkt. Er trägt immer noch die Tasche mit den Einkäufen.

JASMINE Das ist der Mann meiner Schwester.

TOM Du hast den Mann deiner Schwester eingeladen?

JASMINE Ich habe meine Schwester eingeladen. Sie sagte, sie würde kommen, deshalb war ich *politisch*, dachte, es würde ihr gefallen, aber sie hat im letzten Moment eine Nachricht geschickt, schrieb, *Colin* würde stattdessen kommen. Colin gibt es schon seit meiner Kindheit, er war ein Banker, hat seinen Job verloren, jetzt hat er Zeit. Vorsicht: Er kann ein bisschen –

COLIN Hab meine Einkäufe mitgebracht!

JASMINE Das sehe ich.

COLIN Ein bisschen verrückt. Gut gemacht!

JASMINE Hat es dir gefallen?

COLIN Du kannst wirklich tanzen.

JASMINE Ja.

COLIN Habe dich seit der Schule nicht mehr auf der Bühne gesehen.

TOM Und hat sie sich nicht entwickelt?

COLIN Nun … Ich … Ich nehme es an.

JASMINE Das ist Tom.

COLIN O ja. Hallo. Bist du ihre neueste …

TOM Neueste?

JASMINE Danke, Colin.

TOM Ihre *neueste*?

COLIN Eroberung.

JASMINE Mein Gott.

TOM Wir haben uns gerade kennengelernt.

COLIN Die Nacht ist noch jung.

JASMINE Verdammt, es reicht.

Eine peinliche Pause.

COLIN Ich glaube, du hast einen wichtigen Punkt getroffen, Jasmine.

TOM Es gab einen *Punkt*?

JASMINE Die Schilder?

TOM Ich habe die Schilder nicht wirklich angeschaut.

COLIN Die Zerstörung des Regenwalds.

TOM Deshalb warst du als Busch verkleidet.

JASMINE Als Baum.

TOM Von da, wo ich saß, sah es wie ein Busch aus.

Peinlich.

COLIN Möchte einer von euch etwas trinken?

JASMINE Nein danke, Colin.

TOM Nee.

COLIN Gut.

Nun. Es war schön … dich zu sehen. Jasmine.

Ich sollte dann wohl … habe Milch gekauft … muss in den Kühlschrank, so bald wie möglich, will nicht, dass sie …

Sauer wird, aber wirklich …

Gut gemacht.

Gute Arbeit!

JASMINE Hat mich gefreut.

COLIN Ja.

Tschüss.

Eine Pause. Er geht.

JASMINE Gott.

TOM Natürlich habe ich die Schilder gelesen.

JASMINE Wirklich.

TOM Ja, ich interessiere mich sehr für Umweltfragen. Meine Vorfahren, sie kommen aus Eritrea? Und sie –

JASMINE Äh, entschuldige, dass ich dich unterbreche, aber ich habe gerade genug von der Umwelt, höre die ganze verdammte Zeit davon, ich habe es nur für meine Schwester gemacht, und sie zeigt sich nicht mal. Nächste Woche mache ich vielleicht eine Nazisache. Die lieben Nazis hier. Hast du Pillen dabei? Du siehst aus wie jemand, der Drogen in der Tasche hat.

TOM Wie ein Schwarzer, meinst du?

JASMINE Wie ein Sorgloser, meine ich, der seine Jacke herumliegen lässt.

Sie hält die Pillen hoch.

Habe sie vorher gefunden.

Sie öffnet die Tüte.

Soll ich servieren?

Freya und Peter.

PETER Mir dreht sich alles.

FREYA Ich kenne das. Ich sehe tagelang niemanden, die Wände fangen an zu zittern, also denke ich darüber nach, rauszugehen, aber draußen ist alles laut und dreckig, also bleibe ich drinnen, aber dann … ich habe angefangen zu singen, seit ich zurück bin. Wenn ich singe, vergesse ich, dass sie da drin ist.

PETER Zurück von wo? Kann ich eine Zigarette haben.

FREYA Ich weiß nicht, was ich tun soll.

PETER Ich habe mal für drei Tage niemanden gesehen und wurde wirklich paranoid, mein Kopf war zu groß für meinen Körper, aber er ist es nicht, oder? Oder doch? Oder doch? Gary Franks hat mal gesagt, dass ich komisch aussehe, hat mich aus der Schule gejagt, gesagt, ich brauche besondere Förderung.

FREYA Du brauchst besondere Förderung.

PETER Nicht die schlimme Art, nicht wie die tauben Jungs, mit denen Sie Ihre Zeit verbringen.

FREYA Sag das nicht.

PETER Ich kann einen Tauben spielen.

FREYA Nein.

PETER Ich kann, schauen Sie, es ist lustig.

FREYA Nicht.

PETER Wenn Sie mir keine Zigarette geben, werde ich einen Tauben spielen.

FREYA Nein. Peter –

Peter fängt an, einen Tauben zu spielen.

Hör auf.

Hör auf, sofort! Ich befehle es dir …

Peter wird lauter. Freya fleht ihn an.

Peter! Bitte!

Sie wirft ihm die Zigaretten zu, Peter fängt sie und hört auf. Ein stampfender Puls hat angefangen, zu schlagen. Freya hat Schmerzen.

PETER Ich weiß, dass Zigaretten schädlich sind, aber wenn du aufhörst, bist du in fünf Jahren scheinbar wieder wie vorher, und ich bin ziemlich jung, also glaube ich, dass es kein Problem ist.

FREYA Mein Kopf.

PETER Glauben Sie, das ist richtig?

Ja?

Glauben Sie, dass ich recht habe?
Ja?
Ja?!
Das Geräusch eines Flugzeugs in der Ferne.
Ein Computerbildschirm wird projiziert.
Jemand schreibt.

SCHRIFT »Ich glaube, dass ich die richtige Person für die Stelle als Senior Account Manager bin, weil ich sowohl meine Stärken –
Er löscht.
– meine Stärken sowohl als Teammitglied wie auch als Führungsperson zum Tragen kommen.«
Licht auf Colin, der schreibt.
»… Das habe ich bewiesen, indem ich mein Team in den letzten zehn Jahren zu außerordentlichen Leistungen geführt habe. Zehn. Jahre …«
Der Mauszeiger klickt auf Google.
Er schreibt:
Studentinnen
Girls
Party
Bilder.
Sobald die Bilder erscheinen, füllt sich die Bühne mit tanzenden Studentinnen in Miniröcken, Studenten mit nackten Oberkörpern, die sich aneinanderreiben. Die Dance Music wird langsam lauter. In der Mitte sind Jasmine und Tom. Colin steht auf, schaut zu, will Teil davon sein.

Freya steht jetzt abgewandt von Peter, lehnt gegen eine Wand, ein stampfender Puls in ihrem Kopf.
Peter versucht, sich eine Zigarette anzuzünden.

PETER Wie Sie wissen, mag ich es nicht wirklich, draußen zu sein, unter vielen Menschen, aber erinnern Sie sich, was Sie gesagt haben? Ich habe Luke Reynolds mit einem Zirkel gestochen und musste nachsitzen, und Sie haben gesagt, ich könne nicht einfach nur herumsitzen und mich selbst bedauern, ich müsse meinen Arsch bewegen und verdammt nochmal was tun. Das Gute finden.

FREYA Ich glaube nicht, dass ich diese Worte gebraucht habe.

PETER Sie haben diese Worte gebraucht. Sie haben definitiv gesagt:

verdammt nochmal was tun. Ich fand die Ehrlichkeit wohltuend. Sie sind einer der wenigen Menschen in meinem Leben, der mir die Wahrheit sagt.

FREYA Glaubst du also, ich sollte mich aufraffen und –

PETER Ich weiß nicht, aber das mit dem Zittern –

FREYA Das habe ich mir eingebildet, Wände können nicht –

PETER Ich meine nicht die Wände.

FREYA Oh.

PETER Ihre Hände. Schauen Sie.

Ihre Hände zittern.

Sie sollten einen Koffer packen und rausgehen und sich anschauen, was los ist. Das Gute finden. Bevor es zu spät ist.

Sie schauen sich an. Er zündet eine Zigarette an, lächelt und entspannt sich. Freya geht. Entschlossen.

Colin schaut ihnen beim Tanzen zu. Genießt es. Dann wechselt er die Musik im iTunes zu Coldplay – Viva La Vida. *Die Studenten jubeln – genießen den Jubel.*

Sarah tritt ein.

SARAH Was ist das?

COLIN Coldplay

SARAH Du hast ein Coldplay-Album gekauft?

COLIN Auf dem Heimweg, ja.

SARAH Das ist, was langweilige Frauen im mittleren Alter tun.

COLIN Genau.

SARAH Du siehst nicht wie eine langweilige Frau im mittleren Alter aus.

COLIN Du schon.

Sarah hat die Zankerei satt.

SARAH Hast du was gefunden?

Sarah geht in die Küche, wo die Einkäufe herumliegen. Colin singt leise vor seinem Computer.

COLIN I used to rule the world
Seas would rise when I gave the word
Now in the morning I sleep alone
Sweep the streets I used to own

Colin ruft in die Küche.

Siehst du, das ist das Problem, das ist immer die erste Frage, du kommst rein, und du küsst mich nicht, du berührst mich nicht, schaust mich nicht einmal an –

SARAH Was ist das?

Sarah steht im Türrahmen und hält eine Frucht.

COLIN Eine Guave.

SARAH Nein.

COLIN Gut.

SARAH Kauf die Zutaten. Das ist alles, worum ich dich bitte. Das ist keine Guave, Colin, das ist eine Pflaume.

Einen Job zu finden. Das ist das Problem. Nicht ich. Einen verdammten Job zu finden. Ich mache ein Sandwich.

Sarah geht. Colin singt weiter vor sich hin, verhalten und scheu, er schaut den Studenten beim Tanzen zu.

COLIN I used to roll the dice
Feel the fear in my enemy's eyes
Listen as the crowd would sing:
»Now the old king is dead! Long live the king!«

One minute I held the key
Next the walls were closed on me
And I discovered that my castles stand
Upon pillars of salt and pillars of sand

Steve taucht auf, versucht sich vor dem Wind zu schützen und klopft an eine Tür. Tom tanzt mit Jasmine, sie küssen sich leidenschaftlich. Colin schaut zu. Sarah macht sich ein Sandwich. Peter geht zu den CDs und schaut sie sich an.

I hear Jerusalem bells a ringing
Roman Cavalry choirs are singing
Be my mirror, my sword and shield
My missionaries in a foreign field

For some reason I can't explain
Once you go there was never, never an honest word
That was when I ruled the world

Sarah geht zu Bett. Die Tür wird von Mrs Andrews geöffnet.

MRS ANDREWS Ja?

STEVE Ich bin hier, um Mr Crannock zu treffen.

MRS ANDREWS Mr Crannock schläft schon.

STEVE Ich bin Steve Sullivan.
Der Mann seiner Tochter?

Mrs Andrews seufzt.

MRS ANDREWS Erwartet er Sie?

STEVE Nein.

MRS ANDREWS …

STEVE Bitte. Es ist kalt.

Sie lässt ihn eintreten. Jasmine und Tom tanzen. Peter sucht sich eine CD aus und legt sie ein. Der gleiche Coldplay-Song. Er hört zu. Summt mit. Er mag die Musik. Peter singt laut wie ein Chorknabe. Colin immer noch sehr leise.

COLIN UND PETER I hear Jerusalem bells a ringing
Roman Cavalry choirs are singing
Be my mirror, my sword and shield

Freya tritt mit einer Tasche, einem Hut und Mantel auf, bereit, um rauszugehen.

My missionaries in a foreign field
For some reason I can't explain
I know Saint Peter will call my name
Never an honest word
But that was when I ruled the world

FREYA Du kannst die Heizung anstellen, wenn du willst. Die Steuerung ist im Eingang.

PETER Was machen Sie?

FREYA Es gibt Essen im Kühlschrank.

PETER Ich meinte nicht, dass Sie jetzt gehen sollen. Es regnet in Strömen, und Sie sind schwanger, Sie sollten vermutlich nicht einmal länger stehen, es könnte rausfallen / oder so

FREYA Du kannst hier bleiben. Du klaust nichts, oder?

PETER Darf ich mir Ihre DVDs anschauen?

FREYA Ja.

PETER Auch die ab achtzehn?

FREYA Wenn du willst.

PETER Darf ich Ihren Whiskey und Ihren Wodka trinken?

FREYA Was immer du willst. Du hast die Wohnung ein paar Tage für dich. Okay?

PETER Okay.

FREYA Gut.

Okay …

PETER Sind Sie in Ordnung?

FREYA Sie strampelt. Hör auf!

Das Gute.

Ich kann nicht hier bleiben.

Freya öffnet die Tür und geht.

Peter steht auf und singt.

Die Studenten stimmen ein, singen die Background-Stimme.

ALLE I hear Jerusalem bells a ringing
Roman Cavalry choirs are singing
Be my mirror my sword and shield
My missionaries in a foreign field
For some reason I can't explain
I know Saint Peter will call my name
Never an honest word
But that was when I ruled the world

Peter singt, die Studenten tanzen, und Colin sitzt regungslos und traurig vor seinem Computer.

Alle singen, während Freya hinaus in die Nacht geht.

DIE STUDENTEN Oooooh Oooooh Oooooh

Die Lichter blenden aus.

Die Musik im Dunkeln.

Die Musik blendet aus.

Ende vom 1. Akt.

2. Akt

Prolog

1973.
Farbfilm.
Robert und zwei Geschäftsmänner, Daniel und Roy. Roy raucht.

ROY Schön, dass Sie hier sind. Setzen Sie sich.
ROBERT Danke.
ROY Wie geht's dem Baby?
ROBERT Oh, Sie – ?
ROY Daniel hat das Baby erwähnt. Ein Mädchen.
ROBERT Richtig, ja.
DANIEL Wunderbar.
ROY Wunderbar. Und Ihre Frau?
ROBERT Sehr glücklich natürlich, das sind wir beide.
ROY Sehr glücklich. Sie beide.
DANIEL Perfekt.
ROY Perfekt. Also. Robert. Sie wundern sich, weshalb Sie hier sind? Wann ruft die größte Fluggesellschaft des Landes einen Wissenschaftler aus Cambridge wie Sie? Nun, unsere Geschäftsleitung sagt voraus, dass in dreißig Jahren Tausende von Flugzeugen am Himmel sein werden, Menschen werden um die ganze Welt fliegen, was uns natürlich glücklich macht, weil es eine Menge Geld zu verdienen gibt.
ROBERT Ja.
ROY Aber es gibt wachsende Bedenken.
DANIEL Fragen.
ROY Bitte?
DANIEL Fragen, glaube ich, Roy.
ROY Fragen, genau, dazu, was für einen Effekt all diese Flugbewegungen haben werden? Mit ihren Emissionen. In der Atmosphäre.
ROBERT Ja.
ROY Die Menschen fangen an, sich Sorgen zu machen.

DANIEL Gedanken.

ROY Die Menschen fangen an, sich *Gedanken* zu machen, was die Verbrennung von all diesem Treibstoff für Auswirkungen hat. Auf die Welt.

DANIEL Die Umwelt.

ROY Die *Umwelt.* Also dachten wir, wir holen uns einen Experten, der eine Studie durchführen kann.
Schauen Sie in Ihre Kristallkugel und sagen Sie uns, was passieren wird. Was glauben Sie? Ist das möglich?

ROBERT Nun, wir müssten … ja … wir müssten ein Modell der Welt erstellen in einer Größenordnung, wie das bisher noch niemand gemacht hat. Und … nun … ich will nicht unhöflich sein, aber offensichtlich hoffen Sie auf eine positive Antwort, nicht wahr?

DANIEL Nein nein.

ROY Eine was?

DANIEL Er meint, wir wollen von ihm Resultate, die besagen, dass diese Abgase keinerlei Schaden anrichten? Soll er das bestätigen?

ROY Ach. Nein. Robert, Sie machen Ihre Forschung und sagen uns, was Sie herausfinden.
Wie werden uns in keiner Weise einmischen.

ROBERT Keine Einmischung.

DANIEL Keine.

ROBERT Gut.

ROY Und das ist nur die erste Phase. Wenn das Projekt sich vielversprechend entwickelt, sind wir befugt, weitere Arbeiten in Auftrag zu geben, über die nächsten zehn Jahre.

ROBERT Wirklich?

ROY Allerdings. Ihre Resultate werden unter Umständen nicht nur für uns hilfreich sein, sondern für viele ähnliche Organisationen. Die Autoindustrie, Ölfirmen. Die wären alle sehr interessiert an vielversprechenden Resultaten.

ROBERT Was meinen Sie mit vielversprechend?

ROY Resultate, die hilfreich sind.

DANIEL Aussagekräftig.

ROY Richtig. *Aussagekräftig.* Ich brauche einen Kaffee.

ROBERT Ich bin sicher, dass es möglich ist, eine gewisse Klarheit zu erreichen, aber das ist ein sehr neues Gebiet, es gibt nicht wirklich einen Weg, um herauszufinden, wie quantifizierbar das effektiv …

ROY Das wäre die Vergütung.

ROBERT Ja.

Er liest es.

Das ist … Oh. Ja. Das ist gut. Ich bin sicher, wir könnten damit einen Anfang machen.

ROY Nein. Robert.

Das ist nicht das Budget.

Das Projekt wird ein eigenes Budget haben.

Das ist Ihre Vergütung.

Das ist für Sie. Zum Behalten.

DANIEL Und vergessen Sie nicht, es gibt das Potential für einiges mehr. Ich könnte mir vorstellen, dass das für jemanden wie Sie, in Ihrer Position, Akademiker, junge Familie. Das könnte einen Unterschied machen.

ROBERT Ja.

ROY Ich schlage vor, Sie nehmen das mit und schlafen einmal drüber.

All die Mütter

Gegenwart.

Stadtpark – früher Morgen. Vogelgezwitscher.

Freya sitzt an einem Becken.

Einige männliche Schwimmer sind im Becken, sie schwimmen. Sie haben ähnliche Badekappen und Badehosen. Einer nach dem anderen kommt und steht in der frischen Morgenluft. Vögel fliegen vorbei, klarer, blauer Himmel.

Freya schaut ihnen eine Weile zu.

Einer der Schwimmer fängt an, Ukulele zu spielen.

Freya fängt an, zu singen: Deep Water *von Portishead. Der erste Schwimmer ist überrascht, aber interessiert. Drei andere Schwimmer stehen in einer Reihe und singen im Hintergrund.*

FREYA I'm drifting in deep waters
Alone with my self doubting again
I try not to struggle this time
For I will weather the storm

Sarah kommt an ihr Pult, überhäuft mit Papieren. Es ist früh am Morgen, aber sie ist schon erschöpft – sie setzt sich und fängt an.
Jasmine sitzt am Fußende des Betts, wartet, aufgebracht.

I gotta remember
(Gotta remember)
Don't fight it
(Don't fight it)
Even if I
(Even if I)
Don't like it
(Don't like it)
Somehow turn me around
(Somehow turn me around)
No matter how far I drift
Deep waters
(Deep waters)
Won't scare me tonight

Sarah nimmt das Telefon. Freyas Telefon läutet. Die Schwimmer sind verärgert über Freya.
Tom tritt auf, und Jasmine geht mit ihm davon.
Die Schwimmer gehen ab.
Freya nimmt den Anruf entgegen.

SARAH Ich habe deinen Anruf verpasst.
FREYA Ich dachte, wir könnten uns treffen?
SARAH Ich höre Vögel.
FREYA Ich bin im Park.
SARAH Im Stadtpark?
FREYA Ja, beim Becken. Ich habe eine Tasche gepackt, bin früh los.
SARAH Du wohnst überhaupt nicht in der Nähe vom Stadtpark.
FREYA Sehr früh. Scheinbar gibt es hier einen Ausblick, von wo aus du die ganze Stadt sehen kannst.
SARAH Der Parlamentshügel.
FREYA Ich glaube, ich gehe da hoch. Können wir uns treffen?
SARAH Ich könnte am Donnerstag?
FREYA Ich meinte eigentlich heute.
SARAH Ich habe keine Zeit, Freya.

FREYA Du hast immer »keine Zeit, Freya«, aber Steve ist nicht da, und ich konnte Jasmine nicht erreichen / also dachte ich, wir könnten –

SARAH Frag nicht Jasmine, hast du Jasmine angerufen?

FREYA Du hast Zeit, ich weiß, dass du Zeit hast.

Eine schöne, perfekte Frau in einem schwarzen Kleid mit schwarzer Sonnenbrille schiebt einen Kinderwagen und geht vorbei.

SARAH Komm her, ins Ministerium, um eins. Wir haben zwanzig Minuten. Nun, zehn. Komm an die Pforte und sag ihnen, wer du bist.

FREYA Danke.

SARAH Gut.

Sarah hängt auf. Der Mutter fällt aus Versehen ein Zettel vom Kinderwagen. Freya nimmt ihn auf und liest ihn.

FREYA Ein Picknick, auf dem Parlamentshügel.

Perfekt.

Entschuldigen Sie.

Freya folgt der Frau, ab durch den Park.

Mr Crannocks Haus.

Steve schläft auf dem Sofa. Mrs Andrews kommt, macht Lärm, öffnet die Vorhänge.

MRS ANDREWS Sind Sie noch nicht wach?

Steve wacht auf.

Wie haben Sie geschlafen?

STEVE Was glauben Sie?

Steve steht auf, er trägt nur seine Boxershorts, verschlafen.

Das Sofa ist zu kurz, also habe ich es auf dem Boden probiert, aber da zog es.

MRS ANDREWS Mr Sullivan …

STEVE Was?

MRS ANDREWS Das ist nicht sehr vorteilhaft.

STEVE Oh.

Er zieht seine Jeans an. Dann das T-Shirt.

Gibt es kein Gästezimmer?

MRS ANDREWS Es gibt mein Zimmer.

STEVE Wie bitte?

MRS ANDREWS Wenn Sie vorher angerufen hätten, hätten wir uns arrangieren können.

STEVE Wie meinen Sie das?

MRS ANDREWS Als Ihre Frau zu Besuch kam, wohnte ich bei meiner Schwester.

STEVE Oh – Sie … Freya hat vorher angerufen?

MRS ANDREWS Sprechen Sie beide nicht über solche Dinge? Mr Crannock ist aufgestanden und gegangen. Er beginnt sehr früh und will nicht gestört werden. Sie kennen sich nicht, richtig?

STEVE Ja.

MRS ANDREWS Ja, wenn er Ihnen vertraut, werden Sie einen Drink bekommen, wenn er Sie mag, wird er die ganze Nacht reden. Er wird heute Nachmittag wieder hier sein, ich auch.

STEVE Was soll ich bis dahin machen? Sie haben keinen Fernseher, ich habe meinen Computer nicht mitgebracht, mein Telefon hat keinen Empfang.

MRS ANDREWS Sie werden sich mit sich selbst beschäftigen müssen.

STEVE Womit?

Mrs Andrews schaut ihn an.

MRS ANDREWS Es gibt ein Radio.

Mrs Andrews geht.

Freya sieht eine alte Frau, die Blumen an einem Kriegsdenkmal niederlegt. Die alte Frau trägt einen Mantel und ein Kopftuch.

FREYA Entschuldigen Sie.

ALTE FRAU Ja bitte?

FREYA Ich mag Ihre Blumen.

ALTE FRAU Danke, Liebes.

Die alte Frau lächelt. Sie schauen beide das Denkmal an.

FREYA War es … Ihr Mann?

ALTE FRAU Die Schlacht von Dünkirchen.

FREYA Und Sie vermissen ihn immer noch?

ALTE FRAU Ich vermisse, was mit ihm vergangen ist. Wie es war, als wir zusammen waren.

FREYA Hatten Sie Kinder?

ALTE FRAU Das war ein anderes Land damals. England war aufgebaut aus Holz und Metall. Nicht Plastik, wie hier. Wissen Sie, was ich meine?

FREYA Nein, ich –

ALTE FRAU Es gab Teacakes, weiße Kricketkleider, geschnittenes Gras. Ja? Den Zusammenhalt der Menschen im Krieg, Räume voller Rauch.

FREYA Okay. Ja, ich vermute / es musste –

ALTE FRAU Kurze Hosen, Abendanzüge, Tanz am Nachmittag,

FREYA Ich wollte immer mal zu einem –

ALTE FRAU Sahne aus Devonshire, Stahl aus Coventry, die Heimwehr, der Muffinmann, der Postmann, Vorratsschränke in der Küche, Feuer im Wohnzimmer, der feuchte Geruch vom Kies in den Außentoiletten. Du hast keine Ahnung, wovon ich rede.

FREYA Nein.

ALTE FRAU Das war unser England. Alles vorbei jetzt, natürlich. Die Dinge verändern sich so schnell. Die Autos, das Internet. Ja, wir hatten Kinder, aber die sehe ich nie – sie haben immer etwas Besseres zu tun.

Also komme ich stattdessen in den Park.

Und warte.

FREYA Worauf?

ALTE FRAU Auf den Silberstreifen. Bald wird alles vorbei sein.

Sie schauen das Denkmal an.

Simon tritt in Sarahs Büro.

SIMON Deine Schwester ist an der Pforte.

SARAH Jetzt?

SIMON Jetzt.

SARAH Ich habe gesagt, um eins.

Simon gibt Sarah einen Umschlag.

Was ist das?

SIMON Weiß nicht. Kam eben rein. Was ist mit deiner Schwester?

SARAH Schick sie hinauf, und hol mir einen Milchkaffee.

SIMON Magermilch?

SARAH Nein. Fett. Wirklich verdammt … fett.

Simon geht.

Freya mit der alten Frau.

FREYA Ich suche, ich suche wirklich etwas Gutes, das jetzt passiert, aber Sie sagen, dass alles nur schlechter wird.

ALTE FRAU Aschewolken, Tsunamis, religiöse Intoleranz, wirtschaftlicher Kollaps … Das sind nicht die besten Voraussetzungen.

FREYA Ich verstehe nicht.

ALTE FRAU Ist es ein Junge?

FREYA Ein Mädchen.

ALTE FRAU Ein kleines Mädchen. Nun. Ich hoffe, sie kann kämpfen.

Ein junger Mann in einer Uniform aus dem Zweiten Weltkrieg kommt. Er nimmt die alte Frau am Arm und küsst sie.

FREYA Was?

ALTE FRAU Da braut sich ein Sturm zusammen.

Er nimmt ihr Kopftuch ab, und sie steht aufrecht da – ein junges Paar aus den vierziger Jahren.

FREYA Woher wissen Sie das?

ALTE FRAU Alte Menschen können das Wetter vorhersagen.

Der Mann öffnet einen Regenschirm, und es fängt an zu regnen.

Sehen Sie?

FREYA Sie kann kämpfen. Ich habe gespürt, wie sie strampelt.

ALTE FRAU Haben Sie niemanden, der Sie nach Hause bringt?

FREYA Nein. Er ist …

Gegangen.

Die alte Frau geht mit ihrem Mann, gerade als eine Mutter mit einem Kinderwagen vorbeikommt.

Freya geht hinter ihr ab.

Jasmine betritt Sarahs Büro mit Tom.

JASMINE Ich habe ein Problem.

SARAH Wo ist Freya?

JASMINE Wo sie normalerweise ist, vermutlich – zu Hause, isst Chips.

SARAH Wer ist das?

JASMINE Er ist das Problem.

SARAH Hat er einen Namen?

JASMINE Tom.

Sarah betrachtet sie für einen Moment.

SARAH Okay. Ich schaue meine Briefe durch, aber ich höre zu.

JASMINE Letzte Nacht war ich auf einer Party.

SARAH Dachte, du bist letzte Nacht aufgetreten.

JASMINE Danach. Es war eine Pornostar-Party, wir waren alle angezogen wie Pornostars, weißt du.

SARAH Nicht wirklich.

JASMINE Und ich bin mit Tom nach Hause gegangen. Wir haben gefickt und so, und er hat Fotos gemacht mit seinem Handy, ich dachte zum Spaß, ja?

SARAH Ja.

JASMINE Und dann heute Morgen, als ich noch ziemlich verschlafen war, gerade aufgewacht, erzählt er mir, dass seine Verwandten in Afrika vom Klimawandel betroffen sind und dass du nichts tust und seine Verwandten sterben werden. Scheinbar wirst du diesen großen Bericht zum »Flughafenausbau« vorlegen.

SARAH Nächste Woche, das ist richtig.

JASMINE Also sagt er, warum gehen wir nicht und besuchen deine Schwester und holen uns ein Bekenntnis.

SARAH Und du hast gesagt.

JASMINE Keine Chance, dass ich ihre Meinung ändern kann, sie hört mir überhaupt nicht zu.

SARAH Absolut richtig.

JASMINE Aber dann hat er gesagt, dass er nur mit mir gegangen ist, alles nur getan hat, damit er dich erpressen kann. Er ist Mitglied von irgend so einer Gruppe oder so. Er sagt, wenn er keine Zusicherung bekommt, schickt er die Bilder an die Presse.

SARAH Und von was sind die?

JASMINE Die Bilder? Trinken, kotzen. Wir ficken in seinem Zimmer.

SARAH Nichts Illegales?

JASMINE Nicht auf den Bildern.

SARAH Kann er sprechen?

TOM Das spielt sich ab, jetzt gerade, mit Menschen wie mir, mit meiner Familie. Und wenn Sie mir nicht glauben …

Er nimmt Papiere aus seiner Tasche.

Briefe, Fotos, Messdaten. Regenmengen, Ernteerträge, alles von meinen Verwandten in Eritrea. Mir ist klar, dass Sie vermutlich nicht einmal wissen, wo Eritrea liegt, aber –

SARAH Grenze zum Sudan im Westen, Äthiopien im Süden und Dschibuti im Südosten …

TOM Ja, okay, ja, genau, und sie mühen sich ab –

SARAH Die Bevölkerung wird auf fünf Millionen geschätzt? Die Hauptstadt ist Asmara. Ich vermute, du wirst mir vom aktuellen und handfesten Effekt der Klimaveränderung auf die Landwirtschaft, die Dörfer und deine Verwandten berichten.

TOM Sie sind sich all dessen bewusst.

SARAH Das gehört zu meinem Job.

TOM Dann ist es noch schlimmer. Sie wissen, was vor sich geht, und erlauben dennoch Landebahnen und Flugrouten. Sie hören nicht zu, wir haben Petitionen eingereicht, mit unseren Abgeordneten gesprochen, alles, was Sie sagen ist, Sie »erkennen unseren Standpunkt an«, Sie »regen die Debatte an« – aber nichts passiert.

SARAH Du weißt nicht, was wir ankündigen werden.

TOM Ich kann es mir denken.

SARAH Du kannst es dir denken, sicher, du kannst im Dunkeln herumstochern, aber du *weißt* es nicht.

Ich möchte, dass du ein paar Dinge verstehst, Tom.

Erstens, meine Schwester ist eine Studentin. Sie hat Sex. Na und? Glaubst du, die Öffentlichkeit interessiert das? Nicht einmal *mich* interessiert es. Zweitens, in diesem Land wählst du deine Regierung, und dann beraten wir uns und entscheiden zum Wohl der Bevölkerung. Wir beachten verschiedene Faktoren – Umwelt, Wirtschaft, Soziales. Es ist kompliziert, weil wir auf alles Rücksicht nehmen müssen. Verkehr bedeutet Investitionen. Investitionen bedeuten höhere Beschäftigung. Höhere Beschäftigung bedeutet weniger Armut, was du vermutlich gutheißt? Deshalb hast du Menschen wie mich, die eine *Entscheidung* treffen. Also was machst du, Tom? Erpressung? Von einem demokratisch gewählten Mitglied der Regierung?

Tom wirft seine Papiere auf ihr Pult.

TOM Das ist ein Protest.

SARAH Gut. Hier. Du hast protestiert. Es ist vorbei. Jetzt löschst du die Fotos, verlässt mein Büro, hörst auf, meine Zeit zu vergeuden.

TOM Werden Sie das alles lesen?

SARAH Ich werde es mit Sicherheit ablegen.

TOM Sie können mich nicht wegschicken.

SARAH Das hier ist nicht die Studentenorganisation, *Tom.*

Wir sind die verdammte Regierung.

Geh.

Tom wendet sich ab, um zu gehen. Jasmine ebenfalls.

Du nicht.

Tom starrt Sarah für einen Moment an. Dann geht er.

JASMINE Ich bin nur dir zuliebe hergekommen.

SARAH Du wolltest deinen Arsch nicht in der Zeitung sehen.

JASMINE Wäre nicht das erste Mal.

SARAH Was?

JASMINE Wenn ich kein Toilettenpapier mehr habe, ist die Zeitung / genau das, was ich brauche.

SARAH Du hast überhaupt keine Ahnung, wie hart ich arbeite, oder? Wie viele Sitzungen ich habe, der Papierkram –

JASMINE Ja, Colin hat gesagt, dass du immer hier bist.

SARAH Das ist ein öffentliches Amt, Jasmine. Das ist die wichtigste Sache in meinem Leben, ich kann nicht –

JASMINE Er wird dich verlassen.

SARAH Was?

JASMINE Colin. Ich bin überrascht, dass er's nicht schon getan hat.

SARAH

JASMINE

SARAH Du hast keine Ahnung.

JASMINE Ich weiß, was Männer wollen. Und ich wette, du gibst es ihm nicht. Verdammter Eiszapfen, unterkühlte Schneekönigin, glaubst, du bist so groß und intelligent, Strumpfhosen und Schulterpolster, verdammte Thatcher, schau dich an. Ich wäre vermutlich mit Vater besser dran.

SARAH Sei vorsichtig, Jasmine.

JASMINE Er kann nicht schlimmer sein als du.

SARAH Du hast ihn noch nie gesehen.

JASMINE Du lässt es nicht zu.

SARAH Nicht zu? Du bist neunzehn. Er ist Scheiße, Jasmine, wenn du mir nicht glaubst, ja bitte, ruf ihn an. Oder du könntest mit ein paar Freunden über all deine Probleme reden – das machst du nie, oder? Aus gewissen Gründen hast du nie Freunde, an die du dich wenden kannst. Wunderst du dich manchmal, warum immer über dich drüber gegangen wird wie jetzt?

JASMINE Niemand ist über –

SARAH Immer wieder drüber, offensichtlich doch, hast du jemals darüber nachgedacht, weshalb?

JASMINE Du bist eifersüchtig.

SARAH Jasmine, wenn du wissen willst, weshalb, frag einfach. Ich habe die ganze Antwort parat, ich weiß genau, was dein Problem ist.

JASMINE …

SARAH Willst du sie hören?

Jasmine ist aufgebracht. Simon kommt herein, unterbricht.

SIMON Ein fetter Kaffee.

Jasmine geht.

Simon gibt Sarah den Kaffee, während sie eine Nummer wählt.

SARAH Ruf John Carter an. Sag ihm, dass ich den Brief bekommen habe und ihn treffen will, heute Nachmittag.

SIMON Du hast keine Zeit.

SARAH Ich nehme mir Zeit.

Simon geht.

Freya ist auf dem Parlamentshügel, sucht die Mütter. Sie nimmt den Anruf an.

FREYA Weißt du, wo der Parlamentshügel ist?

SARAH Was?

FREYA Da ist dieses große Treffen heute Nachmittag. Warum kommst du nicht her?

SARAH Freya –

FREYA Ein Picknick. Da sind Stände, und eine Band. Die Sonne scheint. Ich werde ein paar Sandwiches kaufen. Eis.

SARAH Kannst du mir zuhören – ich musste einiges verschieben, ich kann dich nicht mehr treffen.

FREYA Du hast gesagt, du würdest dir Zeit nehmen.

SARAH Ich weiß, aber die Dinge ändern sich, und du kommst klar, oder? Dein … Picknick.

Ein junger Mann, dreckig und verschwitzt, rennt auf Freya zu und packt ihren Arm.

JUNGER MANN Bitte! Bitte. Bitte. Bitte.

SARAH Hier geht es gerade drunter und drüber.

JUNGER MANN Mein Kind. Mein Kind ist in Schwierigkeiten.

FREYA Ja, hier geht es auch drunter und drüber.

SARAH Ich muss los.

Sie hängt auf.

JUNGER MANN Er ist im Krankenhaus, habe ich eben erfahren, ich brauche ein Busticket, um runterzufahren, ich habe kein … Kleingeld … Es tut mir leid, ich bin wirklich in Eile, Scheiße. Scheiße.

FREYA Wie alt ist er?

JUNGER MANN Was?

FREYA Ihr Kind.

JUNGER MANN Sieben. Er ist in der Schule hingefallen, glaube ich, ich –

FREYA Und Sie haben alles fallen gelassen und sind losgerannt.

JUNGER MANN Ja –

Sie greift in ihre Tasche – zieht eine Fünfpfundnote heraus.

FREYA Das ist alles, was ich habe. Ich wollte mir ein Mittagessen kaufen.

Hier.

Sie gibt sie ihm.

JUNGER MANN Danke, meine Liebe. Danke.

Der junge Mann rennt davon, beglückt.

FREYA Viel Glück!

Der Himmel verdunkelt sich.

Freya spürt einen heftigen Tritt.

Au!

Greift sich an den Bauch.

Jasmine auf der Straße, betrübt, im Regen. Tom folgt ihr.

JASMINE Es war eigentlich eine Vergewaltigung.

TOM Was?

JASMINE Was du gemacht hast. Ein bisschen wie eine Vergewaltigung oder so.

TOM Nein, das war es nicht, du hast es genossen. Ich habe es nicht so geplant –

JASMINE Also hast du die Fotos gemacht, weil –

TOM Du hast die Fotos gemacht. Es war dein Vorschlag. Ich habe nur gehofft, dass ich dich davon überzeugen kann, mit deiner Schwester zu reden, aber du wolltest nicht, und ich hatte die Fotos auf meinem Handy –

JASMINE Nein / nein nein

TOM Ich habe realisiert, dass ich etwas tun kann.

JASMINE Warst du eigentlich mal dort?

TOM Was?

JASMINE In … Du weißt schon.

TOM Eritrea.

JASMINE Ja. Warst du überhaupt dort?

TOM Ich wollte, aber ich müsste fliegen, also –

JASMINE So ist das, deine Verwandten? Hör auf. Du hast sie noch nie gesehen. Also tut es dir leid? Was du mit mir gemacht hast?

TOM Ich habe dreimal versucht, mit dir darüber zu reden, aber du hast mich nicht zu Wort kommen lassen, hast noch einen Drink geholt, bist weggegangen. Also nein, es tut mir nicht leid, du hast mir keine Wahl gelassen.

Sie stößt ihn weg und rennt davon, lässt ihn auf der Straße stehen.

Mrs Andrews sortiert Tischtücher. Steve redet mit ihr.

Die Uhr schlägt vier.

STEVE Wie lange wird er noch weg sein?

MRS ANDREWS Es ist vier Uhr.

STEVE Ich weiß.

MRS ANDREWS Er wird bald zu Hause sein.

STEVE Ich kann Ihnen helfen, wenn Sie möchten? Hiermit?

MRS ANDREWS Stellen Sie sich da drüben hin.

Steve tut, wie ihm gesagt wird.

Robert Crannock tritt auf, läuft durch den Regen.

STEVE Sie waren hier, als meine Frau zu Besuch kam.

MRS ANDREWS Tagsüber, ja.

STEVE Wie war sie?

MRS ANDREWS Ich weiß nicht. Sie war höflich, sie war eine junge Dame. Ich hoffe, Sie kennen sie besser als ich.

Robert schaut in den Regen hinauf.

STEVE Sie haben geredet.

MRS ANDREWS Sie haben die ganze Nacht geredet, glaube ich.

STEVE Worüber?

MRS ANDREWS Glauben Sie, ich war da drin und habe zugehört? Ich war bei meiner Schwester.

Robert erreicht das Haus und tritt ein.

STEVE Sie wissen, dass er seine Kinder jahrelang nicht gesehen hat.

MRS ANDREWS Ja.

STEVE Wissen Sie, warum?

MRS ANDREWS Da halte ich mich heraus. Am besten sprechen Sie mit ihm.

Von außen ein lautes Türenschlagen.

ROBERT *aus dem Off* Mrs Andrews!

MRS ANDREWS Er ist zu Hause.

STEVE Endlich.

MRS ANDREWS Mr Sullivan …

Mrs Andrews nimmt ein Tuch auf.

Wenn Sie vernünftig sind, und vielleicht sind Sie das, vielleicht nicht, ich weiß es nicht, aber wenn Sie es sind, widersprechen Sie ihm nicht.

STEVE Warum nicht?

MRS ANDREWS Weil Sie, Mr Sullivan, obwohl ich zugebe, dass Sie nicht dumm aussehen, obwohl ich anerkenne, dass Sie einen gewissen Verstand haben, kein Genie sind.

STEVE Und er ist eines?

MRS ANDREWS Ja.

STEVE Ein Genie?

MRS ANDREWS Ja.

STEVE Was bedeutet das eigentlich?

Robert Crannock tritt ein. Ein siebzigjähriger Mann in einem Regenmantel, in der Hand ein kleines Windrad.

ROBERT Eine Person mit einem außergewöhnlichen Intellekt und Talent.

Eine Person, die größten Einfluss auf andere hat. Halten Sie das.

Er gibt Steve das Windrad. Mrs Andrews schließt die Tür und gibt ihm auf sein Zeichen hin das Handtuch.

STEVE Mr Crannock, es tut mir leid, dass ich –

ROBERT Pst. Ich habe die Eckdaten, schon eine Weile, aber jetzt stehen Sie hier, jetzt schaue ich Sie an … Sie arbeiten nicht allzu hart, das ist klar, Sinn für Humor, aber keine Kanten. Sie waren früher sportlich. Kricket?

STEVE Fußball.

ROBERT Fußball. Ha! Aber das war einmal. Ihr Hemd ist ein bisschen eng an den Seiten, Sie haben in letzter Zeit zugenommen. Sie mögen die Dinge einfach. Fischstäbchen und Pommes. Mögen keine gehobenen Speisen. So ein Mann sind Sie. Ja? Chicken Nuggets und Pizza. Ketchup. Bohnen. Kindermenü. Sie haben Ihre Fingernägel nicht sauber geschnitten, verrät mir, dass Sie selbständig sind. Ja? Gut.

Und? Ich?

Kommen Sie, *Steve*. Wer bin ich? Bin ich, wie Sie erwartet haben?

STEVE Sie sind einsam. Aber das wusste ich schon.

ROBERT Oooh. Killerinstinkt. Aber nein, eigentlich nicht so einsam. Mrs Andrews leistet mir Gesellschaft. Sie ist ein Segen. Das Problem ist: Sie liebt mich.

MRS ANDREWS

ROBERT Dieser *Blick*. Ich sage ihr, *Mrs Andrews*, es ist nicht wegen Ihnen, es ist Ihr *Alter*. Es ist nicht möglich. Ich weiß, weshalb Sie hier sind.

STEVE Gut.

ROBERT Und es interessiert mich nicht, hätte ich Ihnen auch am Telefon sagen können. Und jetzt das …

Robert schenkt sich einen Drink ein.

Ein sehr guter Single Malt. Sollte ich in meinem Alter trinken, um diese Zeit am Nachmittag, überlegen Sie sich? Sie sind kein Whiskeytrinker, nicht wahr, Steve?

STEVE Nicht wirklich.

ROBERT Nicht wirklich? Sie sind einer oder Sie sind keiner. Wo haben Sie geschlafen?

STEVE Auf dem Sofa.

ROBERT Wir haben kein Gästebett, oder?

MRS ANDREWS Nein.

ROBERT Sie flirtet! Schauen Sie sie an. Es gibt kein Bett, da haben Sie es, aus erster Hand – das ist keine Beleidigung, Mrs A – und Sie haben vorher nicht angerufen, also sieht es so aus, als ob Sie noch eine Nacht auf dem Sofa verbringen.

STEVE Wenn wir jetzt reden könnten, kann ich rechtzeitig gehen, ich will nicht –

ROBERT Ich arbeite hart, das sehen Sie, ich arbeite den ganzen Tag, ich habe zu tun. Ich bin sehr beschäftigt.

STEVE Ich bin den ganzen Weg hierhergekommen –

ROBERT Also machen Sie das Beste draus, es gibt Hotels – die Landschaft. Einen See nicht weit, ein Schloss.

STEVE Ich bin wegen Freya hier.

ROBERT Ich weiß, Steve, *ich weiß*, weshalb Sie hier sind.

STEVE Das hat sie von Ihnen erzählt.

ROBERT Was?

STEVE Dass Sie schnell wütend werden.

ROBERT Sie hat mir auch von Ihnen erzählt.

STEVE Hat sie?

ROBERT Von den Problemen.

STEVE Was für Probleme?

ROBERT Genau.

Haben Sie sich entschieden?

STEVE Wofür?
ROBERT Sind Sie ein Whiskeytrinker?

STEVE In Ordnung.
ROBERT Sie sind einer?
STEVE Ja, ich nehme einen.
ROBERT Gut.
STEVE
ROBERT Guter Junge. Besser.
Sie werden besser.
Er schenkt einen ein. Gibt ihn Steve.
Hier.
Sie trinken.
STEVE Der ist gut.
ROBERT Meiner ja. Sie haben den Billigen.

Es ist jetzt spät und bewölkt. Dunkel. Windig.
Jasmine betritt eine Bar. Ein Barkeeper kommt zu ihr.
JASMINE Ich will den stärksten Drink.
BARKEEPER Entschuldigung?
JASMINE Den Drink mit dem meisten Alkohol, den du hast.
BARKEEPER Hey, es ist erst fünf.
JASMINE Bist du eine Uhr?
BARKEEPER Was?
JASMINE Weil du aussiehst wie ein Barkeeper, du arbeitest in einer Bar, aber du sagst mir, wie spät es ist. Es ist ziemlich einfach, ich will so schnell wie möglich so betrunken sein, wie es geht, also –
BARKEEPER Absinth.
JASMINE Zwei bitte.
BARKEEPER Einer für dich und einer für …
JASMINE Was zur Hölle. Komm schon …
Sie liest sein Namensschild.
Paul.
Paul! Das ist dringend.
Ich muss mich loswerden …
Jasmine schlägt plötzlich auf die Bar.
Komm schon!
Der Barkeeper schenkt Jasmine ihre Drinks ein.

Freya folgt den Müttern zum Picknick, hört Happiness *von Goldfrapp. Wolken bedecken den Himmel, werden dunkler.*
Derweil wartet Carter auf der Straße. Sarah nähert sich ihm, vom Wind gepeitscht und betrübt.

SARAH Ich bin zu spät, ich weiß. Langer Tag. Wohin gehen wir?

CARTER Haben Sie keinen Schirm?

SARAH Offensichtlich nicht.

CARTER Hier lang.

Sie gehen ab, sie unter seinem Regenschirm.

Die Gruppe von Müttern in Schwarz mit schwarzen Kinderwagen und Sonnenbrillen taucht wieder auf. Sie tanzen und singen, halten ihre eingewickelten Babys, zeigen sie einander, trinken ihren Kaffee und ignorieren Freya.
Sie singen und tanzen.
Freya steht jetzt zwischen den Müttern, klammert sich an ihren Bauch. Sie nimmt Kopfhörer hervor, aber die Musik geht darunter weiter.

MÜTTER Join our group and you will find
Harmony and peace of mind
Make it better
We're here to welcome you

We're all on a journey to
Finding the real inner you
Make it better
We're here to welcome you

Freya geht in die Mitte der Gruppe.

Time stops still when
You've lost love

Happiness
How'd you get to be happiness
How'd you get to find love, real love
Love, love, love

Die Mütter spielen mit Freya, schubsen und schwingen sie herum.

Happiness
How'd you get to be happiness
How'd you get to find love, real love
Love, love, love

Sobald die Musik zum Instrumentalteil kommt, nimmt Freya die Kopfhörer ab und spricht zu ihnen.

FREYA Entschuldigung?

ALLE MÜTTER Ja?

FREYA Ich bin hier für das Picknick.

Die Mütter mustern sie von oben bis unten. Falsches Lächeln.

ALLE MÜTTER Kein Problem, aber –

FREYA Okay.

ALLE MÜTTER Ja.

FREYA Mein Baby strampelt.

ALLE MÜTTER Wie süß!

FREYA Nicht auf eine gute Art.

ALLE MÜTTER Ahhhh.

FREYA Macht ihr euch Sorgen über die Zukunft?

ALLE MÜTTER Nicht wirklich.

FREYA Was passieren könnte?

ALLE MÜTTER Nein.

FREYA Was mit euren Kindern passieren könnte?

ALLE MÜTTER Henry ist sehr intelligent, er kann schon lesen.
Er wird Fondsmanager.
Oder Chirurg.
So etwas.

FREYA Wie war die Geburt?

ALLE MÜTTER Normal.

FREYA Wie schafft ihr das alles?

ALLE MÜTTER Spielend.

FREYA Keine von euch ließ sich davon runterziehen?
Keine von euch hatte das Gefühl, dass das Kind ein …

ALLE MÜTTER Ein?

FREYA Ein Fehler war?

ALLE MÜTTER Nein. Gott. Nein.

FREYA Und was ist mit Menschen, die ärmer sind als ihr?

ALLE MÜTTER Wir tun, was wir können.

FREYA Ja aber –

ALLE MÜTTER Nachbarschaftshilfe. Jeden Donnerstag. Wir kompensieren das CO_2 unserer Urlaubsreisen.
Weißt du.

FREYA Aber das ist nicht genug, und wenn es nicht genug ist, was bringt es dann?
Aaaahhh!
Sie klammert sich wieder an ihren Bauch.
Sie schauen sie an, ernster jetzt, fast schon bedrohlich. Sie stehen, halten ihre Kinder, fast wie Waffen.
Freya über das Singen:
Ruft mir einen Krankenwagen.
Bitte.
Bitte!

ALLE MÜTTER Happiness
How'd you get to be happiness
How'd you get to find love, real love
Love, love, love

Happiness
How'd you get to be happiness
How'd you get to find love, real love
Love, love, love

Dann kreisen sie sie langsam ein. Sie hat Angst, aber sie kann nirgends hin.
Die Frauen werfen die Babys in die Luft.
Sie explodieren in schwarzes Pulver, wie Ruß oder Staub, der alle bedeckt und vom Wind davongeblasen wird.
Die Musik geht weiter, während die Frauen verschwinden, Freya fällt auf den Boden, die Lichter blenden aus.

Ende vom 2. Akt.

3. Akt

Prolog

1973.
Roy, Daniel und Robert.
Roy und Daniel schauen einige Papiere durch. Roy raucht.

ROBERT Das ist nur die Einleitung. Um Ihnen eine Idee zu geben, in welche Richtung es gehen wird.

ROY Wir verstehen, was das ist.

ROBERT Damit Sie wissen, worauf es hinausläuft. Ich dachte, es wäre gut, Ihre … Ansichten zu hören.
Zu diesem Zeitpunkt.

ROY Glauben Sie, dass das auch im Schlussbericht stehen wird.

ROBERT In diese Richtung, ja.

ROY Sie können sich nicht vorstellen, dass es … Überraschungen geben wird.

DANIEL Neue Faktoren.

ROY Neue Faktoren, ja, noch ausstehende.

ROBERT Ich kann mir nicht vorstellen, wie das möglich wäre, nein.

ROY Gut. Nicht vorstellen, wie das möglich wäre.

DANIEL Hmm.

ROY Weil das nicht die Dinge sind, das nicht die Resultate sind, die wir erwartet haben.

DANIEL Sie sind nicht aussagekräftig.

ROY Aussagekräftig.
Genau.
Was sagen sie uns?

ROBERT Eigentlich ziemlich viel. Wenn wir dieses Modell arbeiten lassen, kommt klar heraus, dass die Emission von großen Mengen von Kohlendioxid in dieser Höhe der Atmosphäre dazu führen wird, dass die Wärme reflektiert statt abgeführt wird, möglicherweise führt das zu höheren Temperaturen und –

ROY Nein.
Robert.
Warten Sie.
Mit Respekt.
Was Sie gerade ausgeführt haben, das sagt Ihnen eine Menge.
Uns sagt es sehr wenig.
Wir fragen uns, ob es vielleicht einen Weg gibt, wie Sie das für uns *aussagekräftig* machen könnten.

ROBERT

ROY Wenn es einen Weg geben würde, dass sich der Bericht vielleicht auf etwas fokussieren könnte, das wir verstehen können. Denn wenn es einen geben würde. Einen klareren *Fokus*. Könnte das der Start einer sehr fruchtbaren Zusammenarbeit sein.

ROBERT Ja aber, das ist –

ROY Wie wir das besprochen haben.

ROBERT Richtig.

ROY Vielleicht geht es darum, wie Sie es präsentieren.
Vielleicht ist es so einfach?

ROBERT

DANIEL Oder vielleicht brauchen Sie mehr Mittel.
Um die Dinge klar zu sehen.
Reden wir darüber?
Reden wir über Mittel?
Oder sollen wir die Vergütung diskutieren?

ROBERT Es geht nicht ums Geld …

DANIEL Natürlich nicht.
Daniel schreibt auf einen Zettel.
Er schiebt ihn hinüber. Robert liest ihn.
Ich glaube, Sie sollten weitermachen. Es sind noch sechs Monate bis zum Schlussbericht. Das ist eine lange Zeit. Da kann alles passieren.

Verrückte Schlampe

Abends. Dunkelheit.
Freya steht am Empfang eines Krankenhauses. Sie trifft Marina, eine polnische Putzfrau, die I Am Not A Robot *auf einem kleinen Radio abspielt.*

FREYA Sie müssen mir helfen.

MARINA Nie potrafie mowie po niemiecki
(Ich verstehe kein Deutsch.)

FREYA Es tut weh. Es tut wirklich – Au!

Eine Empfangsdame kommt hinüber.

MARINA Jestem tulko sprazatacza, / idz ee znajdz lekarza
(Ich bin nur die Putzfrau, geh / und rede mit einem Arzt.)

FREYA Das ist ein Krankenhaus, Sie müssen / mir helfen.

EMPFANGSDAME In Ordnung …

MARINA Sie sagt, es tut weh.

EMPFANGSDAME Das sehe ich.

Marina schaut Freya in die Augen.

MARINA Po burzy zawsze slonce przychodzi
(Nach dem Sturm kommt immer wieder die Sonne.)

EMPFANGSDAME Danke, Marina, ich kümmere mich um sie.

Marina nimmt ihren Mop und schaut zu.

Wie heißen Sie?

FREYA Ich sage Ihnen meinen Namen nicht.

EMPFANGSDAME Wir können Sie nicht behandeln, so lange / wir bestimmte Informationen –

FREYA Ich bin schwanger. Sie müssen mich behandeln.

EMPFANGSDAME Fangen wir mit dem / Namen an, können Sie mir –

FREYA Ich zahle meine Versicherung, es geht nur darum, dass Sie mich behandeln, also behandeln Sie mich. Ich will nicht mit Ihnen reden, wo ist der Arzt?

EMPFANGSDAME Sie werden zum Doktor kommen, ich versuche nur ein paar Details abzuklären. Wie / lange sind Sie –

FREYA Ich sage Ihnen gar nichts. Ich mag Sie nicht. Ich habe Schmerzen. Es tritt so hart. Au!

EMPFANGSDAME Die wievielte Woche?

FREYA

EMPFANGSDAME Die wievielte Woche?

FREYA Lassen Sie mich rein!

Dr. Tim kommt.

DR. TIM Gibt es ein Problem?

MARINA Ich glaube, du solltest sie reinlassen.

Jasmine klopft an Colins Tür.

COLIN Ich komme.

Die Empfangsdame führt Freya ins Krankenhaus, Marina schaut zu, geht dann weg.

Ein Baby schreit irgendwo. Das rhythmische Geräusch eines schlagenden Herzens.

Colin öffnet die Tür.

JASMINE Ich bin völlig durchnässt.

COLIN Es ist kein guter Zeitpunkt.

JASMINE Kann ich reinkommen oder was?

COLIN Was?

JASMINE Lustig.

Sie geht an ihm vorbei ins Haus.

COLIN Sie kommt erst spät nach Hause.

JASMINE Wie immer. Sie hat einen Empfang bis um neun, dann eine späte Sitzung, hab ich mit ihrer Sekretärin abgeklärt, bin vorbeigegangen, hatte einen Streit heute, deshalb weiß ich das.

COLIN Du hast sie bei der Arbeit besucht?

JASMINE Sie interessiert mich ohnehin nicht, deshalb bin ich nicht hier.

Sie schaut sich im Haus um.

Ich habe es gehasst, als ihr hier eingezogen seid. Das war mein Haus. Ich habe diesen Ort geliebt. Aber es ist so … Schöner Wohnen. Ja … keiner meiner Freunde hat Zeit, haben Prüfungen oder was auch immer, also dachte ich, du bist alleine und kannst vermutlich eine Aufmunterung brauchen, also habe ich eine Flasche Tequila mitgebracht. Und einen Joint oder zwei oder drei.

COLIN Ich rauche eigentlich keine illegalen Drogen, das wird nicht gerne gesehen bei –

JASMINE Solltest du.

COLIN Bei Ehemännern von Ministerinnen.

JASMINE Solltest du, bei allem, was dir passiert ist.

COLIN Eine Drogensucht? Aha.

JASMINE Du hast deinen Job verloren.

COLIN Ich finde etwas anderes.

JASMINE Zum Einwerfen?

COLIN Einen Job.

JASMINE Du hast dir wahrscheinlich Kinder gewünscht, aber dazu ist es jetzt zu spät.

COLIN Nicht wirklich.

JASMINE Nein, sie ist zu spät, glaub mir.

COLIN Ich meine, wir wollen keine Kinder.

JASMINE Das Haus muss sich leer anfühlen, nur mit dir, den ganzen Tag alleine.

Sie zündet eine Zigarette an.

COLIN Du darfst drinnen nicht rauchen, das weißt du.

JASMINE Sie ist nicht da.

Also. Warum findest du keinen Job? Zu alt, nicht?

COLIN In ihrer Rechnung, und ich war nie wirklich einer von ihnen. Nie dieses Zeug mitgemacht.

JASMINE Was für Zeug?

COLIN Autos, Saufen, Koks.

JASMINE Stripperinnen.

COLIN Genau. Stripperinnen. Mein Gott.

Ein Moment.

Und du hast recht, es war nicht der einfachste Monat, auch für sie nicht, und sie tendiert dazu, es auszulassen an … nun …

JASMINE Dir.

COLIN Anderen.

JASMINE Dir. Es ist alles ziemlich düster geworden in letzter Zeit, nicht?

COLIN Warum bist du hier?

JASMINE Ich bin deine gute Fee.

Sie bietet ihm eine Zigarette an.

COLIN Ich rauche nicht.

JASMINE Wenn du schon eine Midlife-Krise hast, dann wenigstens eine verdammt gute. Sie wird dich nicht umbringen.

Er nimmt eine. Sie gibt ihm Feuer.

Sie schenkt zwei Tequila ein.

Schlimmes Zeug passiert. Lass uns die Köpfe in den Sand stecken.

Sie trinken.

Sarah ist mit Carter in einem Restaurant.

CARTER Für mich geht es bei einem Restaurant nie darum, wer da ist, sondern wer sicher nicht da ist. Und es gibt eine Menge Leute, die sicher nicht hier sind. Der Wein ist exzellent, das Fleisch ist nicht aus der Gegend, was in London von Vorteil ist, der Service bekommt acht von zehn Punkten. Der Käse. Nun, der Käse ist etwas, über das es sich zu schreiben lohnt. Liebe Mutter, ich habe gerade den besten Gorgonzola probiert –

Sie gibt ihm die Papiere.

Oh.

Gleich zum Geschäft. Danke.

SARAH Warum sagen Sie mir nicht, was das ist?

CARTER Nun. Das sind … Resultate. Von irgendwelchen Versuchen. Kopien von den Originalen, glaube ich. Es ist ein Zwischenbericht von Robert Crannock … Ihrem Vater, richtig?

SARAH Warum haben Sie sie mir geschickt?

CARTER Ich?

Nein, ich habe sie nicht geschickt. Ich weiß nichts darüber.

Der Kellner kommt und schenkt Wein nach. Sarah trinkt sofort.

SARAH Gut, in Ordnung, warum sollte mir jemand …

CARTER Warum *sollte* Ihnen jemand sie schicken?

SARAH Genau, ja, lassen Sie uns *überlegen.*

CARTER Nun, sie sind von Ihrem Vater unterschrieben, Resultate eines Projekts, das er für die größte Fluggesellschaft des Landes durchgeführt hat, Moment, das ist meine Firma, richtig? Ja, ich erinnere mich, ein Projekt über zwanzig Jahre, um herauszufinden, ob die Emissionen von Flugzeugen einen dauerhaften Einfluss auf die Umwelt haben. Und dieser Bericht scheint darauf hinzudeuten, dass ja, ganz klar ja.

Einen massiven Einfluss.

Diese Emissionen wären katastrophal für die Welt.

SARAH Richtig. Das ist, was er glaubt.

CARTER Aber das war nicht seine Schlussfolgerung. Nicht damals. Zwanzig Jahre lang haben seine öffentlichen Berichte das Gegenteil behauptet. Dass verbrannter Treibstoff und Emission von Kohlendioxid kleine oder *keine Auswirkungen* hätten. Das war einer der Hauptfaktoren bei der Expansion der Flugindustrie. Also ist die Frage, die wir … Entschuldigung. Ich nicht. Die Frage, die Sie sich stellen müssen, warum tut er das? Zwanzig Jahre lang.

Wenn er die Wahrheit wusste. Warum lügt er?

Natürlich, jeder macht Fehler, es macht uns nichts aus, dass er zwanzig Jahre gebraucht hat, um das herauszufinden, aber wenn aufgedeckt wird, dass er es *die ganze Zeit* gewusst hat … in ökologischen Kreisen ist er ein Gott … wenn das herauskommt, ist sein Ruf dahin.

Und Sie sind seine Tochter. Möglicherweise wird es auf sie abfärben. Ich nehme an, er war bezahlt. Ich frage mich, wie viel?

Sarah lächelt.

SARAH Ja.

CARTER Ja?

SARAH Sie haben recht. Die Öffentlichkeit sollte das wissen. Ich werde den Bericht morgen der Presse übergeben.

CARTER Werden Sie.

SARAH Allerdings. Und danke, das ist ein wunderbares Restaurant, der Wein ist ausgezeichnet, und ganz besonders dafür, weil ich glaube, dass mein Vater verdient, was auch immer er bekommt.

CARTER Wirklich?

SARAH Sie hätten Ihre Hausaufgaben machen sollen. Ich hasse ihn.
Ich bin mehr als glücklich, mich öffentlich von ihm abwenden zu können. Mir ist alles recht.
Tut mir sehr leid, John – keine weiteren Landebahnen.

Sie trinkt vom Wein.

CARTER Ich mag, wie Sie das Glas halten. Am Stiel.
Es ist beeindruckend. Sie sind verschwendet.

SARAH Noch nicht.

CARTER In der Politik, meine ich.

Carter nimmt ihr die Papiere aus der Hand.

Werden Sie mir den Versuch verzeihen? Solche Dinge funktionieren bei Politikern normalerweise. Sie bekommen Angst. Die meisten Politiker sind Feiglinge, wie Sie wissen, Sarah. Deshalb sind sie so hässlich.

Der Kellner kommt wieder.

Aber Sie.
Sie sind überhaupt nicht hässlich. Sie sind … beeindruckend. Intelligent. Was machen Sie jetzt?
Was möchten Sie?

SARAH Was ich möchte?

CARTER Essen.

SARAH Oh.

CARTER Ich habe mein Bestes gegeben. Es hat nicht funktioniert.
Entspannen wir uns, essen, trinken.
Genießen es.
Lassen Sie uns reden wie Männer.

Das Geräusch von einem Baby im Mutterbauch.

Eine Ärztin im mittleren Alter, Sally, steht bei Freya. Tim ist ebenfalls da.

SALLY Wir haben alle Tests gemacht.

Es ist bei bester Gesundheit.

FREYA Ich habe geraucht. Und getrunken. Ich bin im Bad hingefallen.

SALLY Es geht ihr gut.

FREYA Andere Mütter sind nicht so.

SALLY Frauen haben viele verschiedene Gefühle, speziell in diesem Stadium, aber nach der Geburt werden sich Ihre Gefühle ändern.

FREYA Ich will den anderen Arzt, nicht Sie, er ist besser –

SALLY Ich bin Oberärztin, er ist noch –

FREYA Vielleicht sollten Sie es wegmachen. Das Baby. Bevor es zu spät ist. Au!

SALLY Das ist nicht möglich.

FREYA Sie machen das ständig.

SALLY Nicht in diesen Umständen. Sie ist zu fortgeschritten.

FREYA Wenn ich eine Höhlenbewohnerin wäre, könnte ich es selbst tun. Mich in den Bauch schlagen.

Oder warten, bis es auf der Welt ist, und es verstecken oder vergraben oder so was. Vielleicht werde ich das tun. Ich dachte, das hier wäre zivilisiert. Ich dachte, ich hätte die Wahl.

SALLY Wir sind zivilisiert. Sie haben die Wahl. Aber in diesem Stadium hat sie auch Ihre Tochter. Werden Sie von jemandem abgeholt?

FREYA Ich bin alleine.

SALLY Dann ein Taxi.

FREYA Nein. Es gibt niemanden. Ich bleibe hier.

SALLY Das ist nicht möglich. Wo wohnen Sie?

TIM Sie will es uns nicht sagen. Wir versuchen, es herauszufinden.

SALLY Nun …

Sie liest sein Namensschild.

… Tim. Sie beeilen sich damit besser.

Sally geht. Tim und Freya.

FREYA Ich muss hierbleiben.

TIM Wir haben keinen Platz.

FREYA Unterschreiben Sie ein Stück Papier, und es ist getan, warum lächeln Sie?

TIM Was ist eigentlich los?

FREYA Ich sage es Ihnen immer wieder, *etwas stimmt nicht.*

TIM Nicht mit dem Baby.

FREYA Ich war den ganzen Tag draußen, ich habe so viele Menschen gesehen, und keiner macht sich Sorgen, sind Sie ein guter Arzt?

TIM Sind Sie eine gute Patientin?

FREYA Gute Patienten würden Ihnen ihren Namen sagen.

TIM Ich bin Tim.

FREYA Ich weiß, sie hat es gesagt. Hallo, Tim.

TIM Hallo, Freya.

FREYA Oh, das wissen Sie.

TIM Habe Ihr Portemonnaie in Ihrer Tasche gefunden. Alles, was wir brauchen, ist eine Adresse.

FREYA Ich bin in guten Händen.

TIM Danke.

FREYA Ich wette, Sie machen Ihre Freundin glücklich.

TIM Freund eigentlich.

FREYA Freund gut, ich wette, Sie würden ihn nicht alleine lassen, wenn er schwanger wäre.

TIM Schwer zu sagen.

FREYA Ich bin nicht sehr glücklich im Moment. Harte Schale, aber es fällt mir schwer.

TIM Ich weiß, aber –

FREYA Sie sollten mich hierbleiben lassen.

TIM Ich kann nicht, außer Sie sind hier für …
Möchten Sie sie anschauen?
Ihre Tochter?

FREYA Nein.

TIM Wenn Sie sie anschauen, können Sie die Nacht bleiben. Das ist der Deal.
Tim lächelt.

FREYA Sie sind wie mein Mann.

TIM In welcher Hinsicht?

FREYA Er lächelt auch immer, als ob alles in Ordnung wäre.
Sie zuckt vor Schmerz zusammen.

Steve schaut Robert an, sehr ernst.

STEVE Es ist ein schönes Haus.

ROBERT Neidisch.

STEVE Nicht wirklich.

ROBERT Ihr habt eine kleine Wohnung. Sie findet sie klaustrophobisch.

STEVE Hat sie das gesagt?

ROBERT Was glauben Sie? Ist sie glücklich? Mit der Wohnung? Ist sie glücklich? Mit Ihnen?
Das sind die Fragen.
Fakt ist, Sie wissen es nicht.
Was machen Sie, Steve?

STEVE Ich bin sicher, sie hat es erwähnt.

ROBERT Natürlich.

STEVE Warum wollen Sie dann, dass ich es Ihnen sage?

ROBERT Ich will, dass Sie stolz darauf sind, Steve. Ich will, dass Sie dazu stehen.

STEVE Ich bin Schriftsteller.

ROBERT Sie sind Schriftsteller. Gut. Was schreiben Sie?

STEVE Bücher. Kleine, triviale Bücher.

ROBERT Kleine, triviale Bücher. Das ist richtig. Was für kleine, triviale Bücher?

STEVE Hauptsächlich fürs Weihnachtsgeschäft, sie sind Lückenfüller.

ROBERT Und womit füllen sie die Lücke. Was haben sie für Titel?

STEVE Das neueste war »Fünfzig beschissene Dinge in England«.

ROBERT Fünfzig beschissene Dinge in England. Wow.
Steve. Wow. Glauben Sie das? Dass England beschissen ist.

STEVE Ja, nicht wirklich etwas, worauf man stolz sein kann.

ROBERT Ich weiß nicht, da ist immerhin Ihr Buch.

STEVE Wir arbeiten an einem zweiten Band, für dieses Jahr.

ROBERT Noch fünfzig beschissene Dinge in England?

STEVE Fünfzig beschissenere Dinge in England.
Sie verkaufen sich sehr gut.
Mit dem ersten die Wohnung.
Das zweite ist für Emily.

ROBERT Emily?

STEVE …

ROBERT Sagen Sie mir einige der beschissenen Dinge.

STEVE Hören Sie, darum geht es nicht, ich bin nicht hier, um zu plaudern –

ROBERT Warum nicht? Bleiben Sie? Heute Abend?

STEVE Sie haben von einem Hotel gesprochen.

ROBERT Es gibt keins, und es ist schrecklich. Bleiben Sie hier.

STEVE Nein.

ROBERT Warum nicht? Angst?

STEVE Es fühlt sich nicht richtig an.

ROBERT Was heißt das, »fühlt sich nicht richtig an«?

STEVE Unter Ihrem Dach zu bleiben.

ROBERT Sie kennen mich nicht.

STEVE Ich weiß, was Sie ihnen angetan haben.

ROBERT Was ich ihnen *angetan* habe. Ich habe überhaupt nichts *getan*. Ich habe die Dinge benannt. Ich habe ihnen die Wahrheit gesagt. *Angetan*, das klingt, wie wenn Sie mir unterstellen, dass ich sie geschlagen habe.

STEVE Nein.

ROBERT Oder sie missbraucht, etwas in die Richtung. Sie unterstellen mir nichts Derartiges, oder?

STEVE Natürlich nicht.

ROBERT Dann achten Sie auf Ihre verdammte Sprache.
Wählen Sie bessere Worte.
Bleiben Sie. Und wir werden reden. Die Zeit wird kommen. Später. Ja?

STEVE Okay.

ROBERT Gut.
Und jetzt erzählen Sie mir von den beschissenen Dingen in England.

Carter und Sarah stehen vor dem Restaurant.

CARTER Und was jetzt?

SARAH Jetzt sollte ich nach Hause gehen.

CARTER Sie sollten, das ist interessant, ja, ich bin sicher, Sie *sollten* nach Hause gehen, ich bin sicher, das ist richtig.

SARAH Mein Mann.

CARTER Ihr Mann, genau.

SARAH

CARTER Ich genieße unser Spiel.

SARAH Unser Spiel?

CARTER Ich möchte noch einen Drink. Ich kenne einen Ort. Er ist weit oben. Taxi!

Carter winkt einem Taxi.

SARAH Weit oben?

CARTER Der Ausblick ist ein Traum, nachts noch besser. Was meinen Sie? Noch ein Glas Wein?
Oder etwas Stärkeres?
Es wird Sie nicht umbringen.

Jasmine und Colin trinken Wein und sind ziemlich bekifft.

JASMINE Ich fühle mich so verdammt ziellos, Colin, ich will gehen, wohin ich will, tun, was ich will, Geld ausgeben, ich will die ganze Zeit schreien. Weil es eine verdammte Scheiße ist, alle zusammen. Schicken E-Mails herum, sollen wir uns treffen? Sollen wir uns davor treffen? Wie wäre es mit Donnerstag? Ich bin am Donnerstag beschäftigt, nun, wie wäre es, wenn wir uns treffen, um herauszufinden, wann es passt, lass uns das eintragen, wir machen auf Facebook rum, Events, Nachrichten, Profile, die Behauptung, Freunde zu haben, das macht mir nichts aus, aber nichts davon *führt* zu irgendetwas, es ist ein großes »allgemeines Treffen«, nur Gequatsche, und wenn alles am Arsch ist, was es sein wird, statistisch, historisch, wenn alles schiefgeht, werden sie es bereuen. »Ich hätte mit ihm schlafen sollen, ich hätte dahingehen sollen, dies tun, so lange es möglich war.« Und ich will nichts bereuen, Colin, also werde ich, so lange ich kann, noch verdammt viel Scheiße bauen.

COLIN Das habe ich nie gemacht.

JASMINE Was?

COLIN Verdammt … viel Scheiße … oder

JASMINE Oh, Colin.

COLIN Ich habe geglaubt, der Würde zuliebe ist es besser, wegzubleiben vom … Scheiß.

JASMINE Wir müssen uns deiner annehmen.

Colin stößt einen langen, seltsamen, deprimierten Seufzer aus.

Sarah und Carter in einer Bar – entspannter jetzt.
Cocktails und ein nächtlicher Blick über London.

SARAH Ich habe ein Grundvertrauen in die Rolle der Regierung. Ich sehe das sehr klar.

CARTER Sarah, Ihre Klarheit ist wundervoll.

SARAH Und wir sind sehr verschieden, Sie und ich.

CARTER Verschieden in vielem, das streite ich nicht ab, ich sage nur, dass Sie mit Ihren Erfahrungen, den Kontakten, Ihrem Hintergrund, Sie wissen gar nicht, wie viel Sie wert sind.

SARAH Geld interessiert mich nicht.

CARTER Tausend am Tag, vielleicht mehr.

SARAH Das ist nicht, was mich antreibt.

CARTER Ich weiß, ich weiß, okay, aber die höhere Lebensqualität, das ist etwas anderes. Ich verbringe die Abende mit meinen Kindern. Verbringen Sie Ihre Abende mit Ihren Kindern?

SARAH Ich habe keine Kinder.

CARTER Sie haben keine Kinder, gut, sehen Sie Ihren Mann oft?

SARAH Oft genug.

CARTER Oft genug?

Er lächelt – sehen Sie?

SARAH Wir gehen gerade durch eine … Phase, es ist nicht … oh.

CARTER Das ist, was ich meine.

SARAH Verdammt. Was mache ich? Ich erzähle Ihnen von meiner Ehe, warum erzähle ich Ihnen das? Meine Güte. Halt den Mund, Sarah.

CARTER Wir reden nur.

Sarah trinkt ihren Mojito.

Aber gut, Lebensqualität ist auch kein Faktor, weil es wichtige Dinge gibt, um die Sie sich kümmern. Ich verstehe. Ziele, Grenzwerte, CO_2-Handel, ein internationales Abkommen. Wie geht das eigentlich voran?

SARAH Das Momentum ist da, um etwas zu erreichen.

CARTER Das Momentum.

SARAH Ja … Ich weiß, ich weiß, in Ordnung.

Sarah schnappt sich einen Kellner.

Kann ich noch einen Mojito haben?

Er geht.

CARTER Kommen Sie, Sarah, Sie mögen es, wenn die Dinge *passieren*. Sie wissen genau, dass die Lösung im Markt liegen wird. Technologie und Innovation.

SARAH Algen, die CO_2 aufnehmen, meinen Sie?

CARTER CO_2 –

SARAH Ein Sonnenschirm in der Umlaufbahn.

CARTER Sarah, Sie werden / frech.

SARAH Nein nein, mein Lieblingsbeispiel – den Mond in ein riesiges Solarpanel verwandeln.

CARTER So *funktioniert* Innovation. Es ist *neu*? Wenn die Leute dafür bezahlen, verändert sich die Welt schnell. Das Internet gab es seit zehn Jahren, niemand nutzte es, aber sobald es Anzeigen ermöglichte, kam es in jeden Haushalt.

SARAH Die Umwelt ist langfristig, weniger quantifizierbar, ohne dass die Regierung Anreize schafft, wird es keine / wirtschaftlichen Aktivitäten geben.

CARTER Sarah, *Sarah!* Sie könnten so viel mehr tun als Anreize schaffen. Das ist, was ich sage. Es gibt nicht viele Leute wie Sie. Wenn Sie in der Privatwirtschaft wären, könnten Sie Umweltprobleme jetzt gleich lösen, Sie könnten Leben retten und Märkte aufbauen, und Sie könnten es schnell tun. Und nach der Arbeit würden Sie nach Hause gehen, in Ihr großes Haus, zu Ihrem glücklichen Mann und tun, was Sie mögen. Konzerte, malen, kochen.

SARAH Ich habe gerne gekocht.

CARTER Wie heißt Ihr Mann?

SARAH Colin.

CARTER Colin? Ja. Colin?

Sie lächeln beide.

Ja.

SARAH Er ist ein wundervoller Mann.

CARTER Ich bin sicher, das ist er.

SARAH Aber wenn ich dieser Tage nach Hause komme, schaut er mich nur an.

CARTER Weil Sie sich mit dieser verdammten Regierung voller Versager selber umbringen, obwohl Sie zu so viel mehr fähig wären. Er weiß es. Ich weiß es.

SARAH Nun …

Wir müssen abwarten und werden sehen.

CARTER Warten auf was?

SARAH Die nächsten Wahlen, sehen, wo wir stehen.

CARTER Das könnte fünf Jahre dauern.

SARAH Langsam, langsam –

CARTER Warum warten?

SARAH Sie meinen …

CARTER Kommen Sie zu uns, nächstes Jahr.

SARAH Ich dachte, wir reden theoretisch.

CARTER Nein.

SARAH Sie wollen, dass ich für Sie arbeite.

CARTER Nun, eigentlich Sarah, wenn Sie die Seiten wechseln würden, würde ich für Sie arbeiten.

Sie schaut ihn an.

Anständiges Gehalt, Mittel, Investitionen, was auch immer Sie wollen. Ein Spesenkonto. Die Führung übernehmen. Die Industrie aufräumen, von innen heraus. Sie sagen uns, was wir zu tun haben.

SARAH Das ist ein Angebot?

CARTER Ein großes Angebot. Sie bekommen, was Sie wollen.

SARAH Ja.

CARTER Und wir auch.

Sie schauen sich an.

SARAH Sie sind ein kluger Junge.

Sie trinkt. Das ist der Deal.

CARTER Was Sie alles machen könnten, Sarah. So viel größer als Flugzeuge und Landebahnen.

Robert, Steve und Mrs Andrews sitzen beim Abendessen.

ROBERT Sind Sie hierher geflogen, Steve?

STEVE Ich hatte nicht wirklich eine Wahl.

Robert schaut ihn an.

ROBERT Sie haben meine Bücher nicht gelesen, oder?

STEVE Ich habe heute reingeschaut, während ich gewartet habe.

ROBERT Sie haben *reingeschaut*?

STEVE Überflogen, ja.

ROBERT Sie sind nicht schwierig, sogar Mrs Andrews hat sie geschafft.

STEVE Ich bin nicht wegen Ihrer Bücher hier.

ROBERT Mrs Andrews, lassen Sie mich erklären. Steve macht sich Sorgen wegen seiner Frau. Ich habe zwanzig Jahre lang nicht mit meinen Töchtern geredet. Sie mögen mich nicht. Sie machen ihre eigenen Sachen – meine Älteste ist Umweltministerin. Meine Jüngste ist auf der Universität. Und Freya. Ich weiß nicht, was sie macht. Sie ist schwanger, zählt das?

STEVE Sie hilft in der Schule aus.

ROBERT Ja, sie hilft schwerhörigen Kindern, so was, aber eines Abends, ziemlich seltsam, kommt Steve nach Hause und sieht, dass seine Frau gegangen ist. Wohin? Nun, er findet schließlich heraus, dass sie einen Zug genommen hat und nach Schottland hochgekommen ist, um mit ihrem Vater zu reden. Und ja. Wir haben geredet. Sie haben ihr Früchtekuchen serviert.

MRS ANDREWS Ja.

ROBERT Rückblickend sehr angemessen, weil sie, als sie nach Hause kam, ihrem Mann nicht sagen wollte, worüber wir geredet haben. Er wusste, wo sie gewesen war, aber Freya weigerte sich, zu reden. Sie wollte nicht einmal sagen, weshalb sie überhaupt gegangen war. Ich nehme an, sie ist unglücklich. Verwirrt.

STEVE Sie verlässt kaum mehr die Wohnung, sie weint nachts.

ROBERT Richtig, also beschließt Steve, noch seltsamer, eine Geschäftsreise vorzutäuschen und hierherzukommen und selbst mit mir zu reden. Natürlich ohne zu realisieren, dass, wenn er so etwas tun muss, viel mehr auf dem Spiel steht.

STEVE Mehr als was?

ROBERT Mehr als das, was ich ihr gesagt habe.

STEVE Okay.

ROBERT Warum sie nicht mit Ihnen redet. Warum Sie heimlich hier hochkommen, ohne es ihr zu sagen.

STEVE Ich muss wissen, was vor sich geht.

ROBERT Ich kann mich nicht entscheiden, was ich sagen soll, Mrs Andrews. Steve ist den ganzen Weg hierhergekommen. Aber verrate ich das Vertrauen meiner Tochter und lasse mich darauf ein oder halte ich ausnahmsweise meinen Mund?

Sie schauen sich an.

Das Problem ist, Steve, dass es eigentlich um nichts anderes als meine Bücher geht. Wenn Sie eine Antwort wollen, müssen Sie etwas von der Wissenschaft verstehen. Sie müssen zuhören. Und es ist nicht lustig. Es ist sehr interessant, aber es gibt nichts zu lachen. Können Sie damit umgehen?

STEVE Fahren Sie fort.

ROBERT Alles auf der Erde hängt voneinander ab. Wie ein riesiger Organismus verändert sie sich ständig, entwickelt sich ständig weiter. Sind Sie in den Büchern so weit gekommen?

STEVE Ja / Bin ich.

ROBERT Arten leben und sterben und entwickeln sich, und der Planet entwickelt sich ebenfalls in Zyklen von steigenden und sinkenden Temperaturen, er reagiert auf die Anforderungen des Lebens, und das Leben reagiert auf die Anforderungen des Planeten. Aber das Problem ist …

Er schaut Mrs Andrews an.

MRS ANDREWS Die Klimaerwärmung.

ROBERT Sehen Sie, unter all dem steckt ein aufgeweckter Geist – Klimaerwärmung, ja. Sie wissen, wie das funktioniert. Natürlich wissen Sie das. Sie haben Wissenschaftssendungen gesehen. Und die Leute zeichnen ihre Graphiken, sie zeigen den Anstieg der Temperaturen, sie zeigen einen kleinen, aber kontinuierlichen Anstieg, sie sagen, dass wir ihn begrenzen können, wissen Sie, um wie viel?

STEVE Einige Grad?

ROBERT Zwei Grad, ja, so lange wir den Müll trennen, trennen Sie den Müll, Steve?

STEVE Ja.

ROBERT Und unsere Häuser isolieren, ich nehme an, das haben Sie ebenfalls gemacht.

STEVE Habe es geprüft –

ROBERT Natürlich haben Sie das, ich bin sicher, Sie gehen mit Ihrer Stofftasche einkaufen, und all das sorgt dafür, dass Sie sich besser fühlen, ich weiß, aber es ist nichts als Zeitverschwendung, weil das globale Klima sich nie für zwei Grad interessiert hat. Wenn wir die geologischen Daten historischer Klimaveränderungen betrachten, den Anfang der letzten Eiszeit zum Beispiel, sehen wir, dass es keinen regelmäßigen Anstieg gibt, keine Erhöhung Jahr für Jahr. In Wirklichkeit ist das Klimasystem ziemlich stabil, und dann passiert etwas, das System gerät durcheinander, und plötzlich kollabiert es und verändert sich, in Hunderten, nicht in Tausenden von Jahren. Verstehen Sie?

STEVE …

ROBERT Stellen wir uns vor, dieses Haus ist ein Planet. Was reguliert das Klima?

STEVE Der Thermostat?

ROBERT Mrs Andrews. Wenn es im Haus zu heiß ist, öffnet sie ein Fenster, wenn es zu kalt ist, stellt sie die Heizung an. Sie bringt Esswaren oder Getränke, und sie räumt den Abfall weg, wenn ich fertig bin. Sie reinigt die Luft und die Böden, und sie reguliert mein Leben, nicht wahr? Wir sind symbiotisch, sie würde ohne mich nicht existieren, und ich könnte ohne sie nicht leben.

STEVE In Ordnung.

ROBERT Aber sie ist momentan sehr unglücklich, Steve. Weil ihr System, wenn die Population sich verdoppelt hat wie jetzt, durcheinandergerät. Das Haus wird schneller heiß, Lebensmittel und Getränke werden doppelt so schnell verbraucht, der Boden ist doppelt so dreckig. Sie steht unter Druck, aber gibt es eine stetige Erhöhung ihres Ärgers? Können Sie einen langsamen Anstieg ihres Temperaments feststellen? Nein. Sie ist stabil, sie hält alles zusammen. Aber der Tag wird kommen, wenn Sie zu lange bleiben, Steve, an dem das System durcheinandergerät und sie ausrastet. Plötzlich wird sie Ihnen das Sofa wegnehmen, sie wird das Essen verstecken, die Heizung aufdrehen, Ihr Telefon stehlen und in Ihren Drink spucken, sie wird alles, was in ihrer Macht steht, tun, um das Problem aus dem Weg zu räumen. Sie aus dem Weg zu räumen. Und sie wird erfolgreich sein, Steve, Sie werden gehen, weil sie stärker ist als wir alle. Wir waren Teil des Systems, in einer Beziehung, und wir haben es missbraucht. Am Ende wird die Welt in Ordnung sein, sie weiß, was sie will. Sie will uns loswerden.

MRS ANDREWS Das Ende der Menschheit.

Steve schaut die beiden an.

STEVE Können wir zu Freya zurückkehren?

ROBERT Sie glauben mir nicht?

STEVE Ich sehe nicht, warum es relevant ist.

ROBERT Das Ende der Menschheit nicht relevant?

STEVE Nicht dafür, worüber wir reden, nein.

ROBERT Mrs Andrews. Er glaubt mir nicht.
Sie glauben, dass ich ein seltsamer, alter Mann bin.

Eine Pause.

Robert steht auf, geht zu Steve, packt ihn.

Aufstehen.

STEVE Was?

ROBERT Wir gehen.

STEVE Wohin?

ROBERT Das Ende der Menschheit. Wir schauen es uns an.

Jasmine und Colin rauchen einen Joint.

JASMINE Ich trage keine Unterwäsche.
Nie.

COLIN Unbequem.

JASMINE Es macht das Leben ein bisschen aufregender. Solltest du probieren.

COLIN Ich glaube nicht, dass es bei Männern das Gleiche ist.

Colin seufzt, niedergeschlagen.
Einen Moment passiert nichts.
Jasmine schaut ihn an.
Er ist völlig deprimiert.

JASMINE Colin!
Was wird sich verändern?
Sie stupst ihn an.
Komm schon!!!
Was wird *passieren!*?
Sie stupst ihn an.
Stupst ihn wieder.
Stupst weiter.
Stups stups.
Er schaut sie an.
Dann steht er auf.
Was?
Was?
Bist du jetzt sauer?
Er geht zum CD-Spieler. Nimmt eine CD. Legt sie ein.
Was machst du?
Rebellion (Lies) *von The Arcade Fire wird abgespielt.*
Was ist das?

COLIN Arcade Fire.

JASMINE Okay, ja, ich erinnere mich.
Colin steht, bewegt sich ein bisschen.

COLIN Freya hat sie mir zu Weihnachten geschenkt.
Habe sie im Auto gehört.
Colin fängt an, dazu zu tanzen, sehr ungeschickt. Er kennt den Text, aber er ist nicht gewöhnt, seinen Körper zu bewegen.

JASMINE Oh.
Mein.
Gott.

COLIN Magst du's?

JASMINE Äh … Ich …
Jasmine wundert sich.
Colin tanzt.
Ja.
Colin singt mit, laut jetzt.

COLIN Sleeping is giving in,
no matter what the time is.
Sleeping is giving in,
so lift those heavy eyelids.

People say that you'll die
faster than without water.
But we know it's just a lie,
scare your son, scare your daughter.

Wie er weitermacht, wächst sein Selbstvertrauen, er fängt an, sich gehenzulassen. Darin ist eine gewisse Schönheit.
Jasmine lacht und raucht.

Carter bezahlt die Drinks an der Bar.
CARTER Sie sehen anders aus, Sarah.
SARAH Was?
CARTER Sie sehen jünger aus.
Sarah lächelt.

Colin tanzt mit Gegenständen im Raum. Schmeißt sie herum. Fängt an, durchzudrehen. Keine ironischen Bewegungen. Er meint es.
Er zieht Jasmine hoch. Tanzt mit ihr, singt für sie. Sie kann es nicht glauben.
COLIN People say that your dreams
are the only things that save ya.
Come on baby in our dreams,
we can live on misbehaviour.

Every time you close your eyes
Lies, lies!
Every time you close your eyes
Lies, lies!
Every time you close your eyes
Lies, lies!
Every time you close your eyes
Lies, lies!

Everytime you close your eyes
JASMINE Du bist verrückt!

COLIN Everytime you close your eyes
Everytime you close your eyes
Everytime you close your eyes
Er lässt sich völlig gehen.

Freya und Tim. Die Musik spielt im Hintergrund.

FREYA Sie strampelt nicht mehr.
Sie scheint glücklich zu sein. Ich glaube, sie mag Sie.
Sie lächelt.
Vielleicht wird sie Ärztin, tut etwas Gutes.
Er lächelt.

TIM Bin gleich zurück.
Er geht hinaus.

Carter und Sarah stehen draußen im Regen unter einem Schirm.

COLIN People try and hide the night
underneath the covers.
People try and hide the lie
underneath the covers.
Come and hug your lovers
underneath the covers.

Come and hug your lovers
underneath the covers.
Hide it from your brothers
underneath the covers.
Come and hug your lovers
underneath the covers.

CARTER Hier einen Fünfziger. Fürs Taxi.

SARAH Es wird nicht so viel kosten.

CARTER Kaufen Sie Ihrem Mann was.
Sarah lächelt, steigt in ein Taxi und fährt davon durch die Stadt.

Colin tanzt weiter und mimt die Worte nach.

COLIN People say that you'll die
faster than without water,
but we know it's just a lie,
scare your son, scare your daughter,

Jasmine wird so verrückt wie er. Sie tanzen eng zusammen.
Scare your son, scare your daughter.
Scare your son, scare your daughter.
Sie küsst ihn plötzlich.
Er stoppt sie. Tritt zurück.
Sie schauen sich an, während die Musik weiterspielt.
Jasmine setzt sich. Zündet den Joint wieder an.
Colin hört der Musik eine Weile zu, dann dreht er sie leiser und stellt sie ab.

Wir hören von draußen die Geräusche des Sturms.
Robert geht mit Steve hinauf zu einem Baum.

ROBERT In diesem Baum gibt es ein Nest. Rotdrosseln, wunderschöne Musterung. Sie sind der Grund, weshalb ich hergezogen bin. Ich habe die Vögel entdeckt, kaufte das nächste Haus.

STEVE Ich habe nach Freya / gefragt.

ROBERT Diese Vögel sind vom Aussterben bedroht, und der Klimawandel ist offensichtlich der Grund. Also dachte ich, dass sie mein Barometer sein würden. Wie die Raben im Tower, wenn sie ihn verlassen, ist es vorbei. Sie sagten, dass steigende Temperaturen sie vertreiben würden. Was glauben Sie?

STEVE Im Moment ist es nicht sehr warm.

ROBERT Richtig, aber warum gehen Sie davon aus, dass es um die Lufttemperatur geht? Wenn Sie diese Dinge verstehen wollen, müssen Sie das ganze System betrachten, die Berge, die Tiere, die Luft, das Meer, es ist unendlich kompliziert, Steve, aber das ist, was ich mache, ich sitze in meinem Häuschen, und ich versuche, in die Zukunft zu sehen.

STEVE Nur Sie und Ihr Häuschen.

ROBERT Alle Modelle deuten darauf hin, dass es schlimmer wird, als irgendjemand sich vorstellt. Ich habe etwas Schreckliches gesehen.

STEVE Sie sind der Einzige, der das festgestellt hat.

ROBERT Die Leute sagen, dass sie die Wahrheit wollen – Fakten und Zahlen, aber eigentlich wollen sie gesagt bekommen, dass es mit kleinstem Aufwand abgewendet werden kann. Als Neville Chamberlain von *Hitler* zurückkam, sagte er, dass er einen Friedensvertrag bringt, sagte er, dass er diesem offensichtlich bösen Menschen *trauen* kann. Warum hat er das geglaubt? Warum haben *wir* es geglaubt?

Weil wir mussten, wenn nicht, hätte uns unvorstellbarer Schrecken ins Gesicht geschaut. Immer, Steve, wird das Vertrauen vor der Wahrheit kommen. So sind wir.

STEVE Freya hat Ihre Bücher gelesen, sie weiß, was Sie glauben, warum also ist sie den ganzen Weg hier hochgekommen?

ROBERT Alle wissen, was ich denke. Der beste Weg, den CO_2-Fußabdruck zu verringern?

STEVE Wie?

ROBERT Kein Fuß. Sie wollen grün sein?

STEVE Okay –

ROBERT Hören Sie auf, zu atmen. Der Planet kann eine Milliarde Menschen aushalten. Wir haben gegenwärtig sechs Milliarden. Also wird er in den nächsten hundert Jahren die Bilanz ausgleichen. Sie verstehen?

STEVE Ich bin nicht –

ROBERT Fünf Milliarden Menschen werden in der Zeit eines einzigen Lebens von der Erdoberfläche verschwinden. Massenmigration weg vom Äquator, Weltkriege, Hungersnöte …

STEVE Und Freya –

ROBERT Freya kam, um meinen Rat zu Kindern einzuholen.

STEVE Und was haben Sie gesagt?

ROBERT Sie müssen verstehen –

STEVE Was haben Sie *gesagt*?

ROBERT Ich habe ihr gesagt, dass ihr Kind bereuen wird, dass es geboren wurde. Seine Mutter dafür hassen wird, dass es von ihr auf diese schreckliche Welt gezwungen wurde.
Ich habe ihr gesagt, sie soll tun, was nötig ist.
Ich habe ihr gesagt, sie soll es töten.
Steve schaut ihn an. Entsetzt.

Tim macht den Ultraschall mit Freya.
Wir sehen ein sehr unscharfes Bild. Von etwas. Schwache Geräusche des Bauchs.

TIM Da. Können Sie es sehen?

FREYA Nein.

TIM Schauen Sie.

FREYA Ich sehe nichts.

Steve und Robert.

STEVE Sie haben ihr gesagt, sie soll es töten.

ROBERT Ja.

STEVE Emily.

ROBERT Es ist ein / Fötus.

STEVE Wir nennen sie Emily. Ich habe keine Ahnung, was passieren wird, ich bin nur der verdammte Mr Geschenkbuch, aber sie ist da und wächst, und sie ist auch mein Kind, nicht nur Freyas, sie ist viel wichtiger als Ihre Theorien …
Ihre verdammten *Vögel.*

ROBERT Es ist nicht nur Theorie / es ist

STEVE Sie haben kein Recht. Kein Recht, ihr das zu sagen.

ROBERT Es ist die Wahrheit.

STEVE Hören Sie! Mir zu.

ROBERT Die Vögel? Wollen Sie mehr über die Vögel / wissen?

STEVE Dieses eine Mal hören Sie zu. Sie hatten kein Recht, ihr das zu sagen. Verstehen Sie?

ROBERT Steve!

STEVE Nein –

ROBERT Die Vögel sind verschwunden, bevor ich überhaupt eingezogen bin.
Steve geht davon, um zu verhindern, dass er ihn schlägt.
Es ist die Zeit der Weimarer Republik, es ist Cabaret, rund um die Welt, Sie spüren es, wir alle. Wir wissen, dass wir nichts tun können, also tanzen wir und trinken so schnell wir können. Der Feind ist auf dem Weg, aber er hat keine Kanonen und Gas diesmal, er hat Wind und Regen, Stürme und Erdbeben.

STEVE Hören Sie auf. / Hören Sie.

ROBERT Das ist keine Theorie. Das ist *Tod*, das ist *Verlust* und *Schmerz.* Freya ist nicht die Erste, die leidet, und sie wird nicht die Letzte sein.

STEVE Sie ist wunderschön und intelligent, aber sie ist nicht stark, sie kam hierher auf der Suche nach Hilfe. Sie wollte sich dank ihrem Vater besser fühlen.

ROBERT Dann kam sie zur falschen Person.

STEVE Was hat sie gemacht?
Was hat sie gemacht, als Sie ihr das sagten?

ROBERT Die Welt, wie sie ist, eine Schande.
Die Welt, wie sie sein wird, unerträglich.

STEVE Ich muss zurück. Ich habe sie zu Hause nicht erreicht. Sie ist irgendwohin gegangen.

ROBERT Sie können jetzt nicht zurück.

STEVE Sie bringt vielleicht mein Baby um, also –

Steve geht.

ROBERT Sie musste die Wahrheit kennen.
Es ist besser, wenn es nie lebt.

Tim sucht immer noch mit dem Ultraschall.

FREYA Sie sind nicht, wie ich dachte.

TIM Wie bitte?

FREYA Ich habe Sie gesehen. Durchs Glas. Mit der Krankenschwester reden. Au. Es hat wieder angefangen.

TIM Ich finde es gleich …

FREYA Ich unterrichte schwerhörige Kinder. Teil meiner Arbeit.

TIM Wirklich?

FREYA Bedeutet, dass ich Lippen lesen kann.

TIM Oh.

FREYA Verrückte Schlampe.
Zeitverschwendung.
Dann haben Sie beide gelacht.

TIM Das war ein Witz.

FREYA Nein. Das ist, was Sie denken. Und es ist auch nicht wichtig, es ist nur, ich habe geglaubt, Sie wären das Gute, Sie waren der letzte Hoffnungsschimmer.
Und dann sind Sie rausgegangen.
Aaau!
Sie hasst Sie jetzt.
Auf dem Bildschirm ist ein sehr klares Bild des Fötus.

TIM Ich hatte einen langen Tag. Es tut mir leid.
Aber schauen Sie.
Da ist sie.
Alles wird besser aussehen.
Sie wird den Unterschied machen, nicht?
Wenn sie hier ist.

FREYA Ja. Das wird sie.
Sie wird den Unterschied machen.
Der Fötus ist auf dem Bildschirm. Er strampelt.
Sein Mund bewegt sich, und wir hören eine leise Stimme.

FÖTUS Mama?

FREYA Es hat geredet.

TIM Was?

FREYA Es hat den Mund bewegt.

TIM Das ist nur –

FREYA Nein. Ich kann Lippen lesen. Es redet.

FÖTUS Mama?
Mama?
Hilfe.
Hilf mir.
Die Geräusche des Bauchs werden lauter und lauter. Klingen wie ein Erdbeben.
Mama?
Rütteln.
Der Fötus dreht seinen Kopf, schaut uns an und schreit.
Blackout.

Ende vom 3. Akt.

Pause.

4. Akt

Prolog

1991.
Robert schaut im Dunkeln fern, betrunken.
Eine Tür öffnet sich zum Flur, gepackte Taschen stehen bereit.
Sarah kommt herein.

SARAH Ich habe genug eingepackt für eine Woche, für uns alle, aber wir müssen irgendwann zurückkommen für den Rest, wenn du das alles ernst meinst. Es ist zu viel, alles fürs Baby, die Windeln, die Tücher, die Spielsachen, die Flasche, ich kriege das Gitterbett nicht in mein Auto, wir müssen einen Lieferwagen oder so was organisieren, ich weiß nicht, ob es dir ernst ist. Ich weiß nicht, ob es dir ernst ist, aber wenn du meinst, was du gesagt hast, gehe ich jetzt gleich.

ROBERT Mit dir habe ich es versucht.

SARAH Was?

ROBERT Alle haben gesagt, wenn du ein Kind hast, wirst du dich ändern, du wirst wissen, was zu tun ist, alles wird seinen Platz einnehmen, und so ging ich am Tag, als du geboren wurdest, ins Krankenhaus, und da war deine Mutter, sie saß im Bett, und sie gab dich mir zum Halten, und ich schaute dich an und wartete.
Auf diesen Moment, in dem ich mich wie ein Vater fühlen würde.
Der Moment, von dem alle gesprochen haben, in dem ich dich lieben würde, vollkommen, mehr als alles andere. Aber es passierte nicht.
Ich schaute deine Mutter an, und sie lächelte. Bei ihr war es passiert.
Ich schaute auf dich hinunter.
Immer noch nichts.
Also schaute ich deine Mutter an und lächelte zurück, und in dem Moment habe ich angefangen, so zu tun. Einige Jahre später kamen Freya und Jasmine, und nie, in der ganzen Zeit, war ich ein Vater. Ich habe es nie gespürt.
Jetzt, wo sie gegangen ist, jetzt, wo deine Mutter tot ist, gibt es keinen Grund mehr, so zu tun. Sie war es, die ich liebte. Nur sie. Ja. Ich meine es ernst.

SARAH Was für Arbeit?

ROBERT Was?

SARAH Du hast gesagt, du hattest Arbeit, auf die du dich konzentrieren musstest.

ROBERT Ich muss *aufhören, so zu tun.*

Sarah schaut ihn an. Sehr wütend. Hält es ihm vor.

SARAH Immer wenn du mich vor dem Schlafengehen umarmt, mit mir geredet und mich zur Universität gefahren hast –

ROBERT Ja.

SARAH All die Stunden, in denen wir geredet haben, all das war –

ROBERT Damals hast du es geglaubt.

Darauf kam es an.

Ein Baby weint.

SARAH Ich habe Jasmine bei Freya gelassen.

Kalt geht Sarah hinüber und küsst Robert.

ROBERT Du siehst aus wie deine Mutter. Damit kann ich nicht umgehen. Ihr alle seht genauso aus wie sie.

Sarah geht, lässt die Tür offen.

Das Baby weint.

Macht keine Kinder.

Bringt mir keine Enkelkinder.

Er dreht sich um, schaut weg von der Tür.

Wir hören die Stimme der zehn Jahre alten Freya.

FREYA Papa?

ROBERT Geh weg.

FREYA Ich habe dieses Kleid gefunden. Ich glaube, es gehört Mama. Kann ich es haben? Ich mag die Blumen.

ROBERT Fass nichts an.

FREYA Papa?

ROBERT Lass mich alleine.

FREYA Papa?

ROBERT Nein!

FREYA Ich bin schwanger.

Robert dreht sich herum. Die dreißig Jahre alte Freya steht ihm gegenüber, schwanger, sie hält das Kleid.

Was soll ich machen?

Anwachsendes Geräusch von weißem Rauschen, wie ein Grollen, vielleicht wie Wasser, steigert sich zu …

Thomas Hood

Früh am Morgen.
Licht nur auf Freya in ihrem Krankenhausbett. Sie steigt aus dem Bett, vollständig angezogen, und nimmt ihre Handtasche.
Sie setzt ihre Kopfhörer auf, drückt Play und bricht auf.
Marina, die polnische Putzfrau von vorher, sieht Freya und fängt an, zu singen.

MARINA You've been acting awful tough lately
Freya verlässt das Krankenhaus mit Marina und geht an einer Gruppe Männer vorbei, die draußen rauchen, Freya stiehlt eine Zigarette.
Smoking a lot of cigarettes lately
But inside, you're just a little baby.
Der Mann stiehlt seine Zigarette zurück.

FREYA Oh.
Freya geht mit Marina die Straße hinunter in die Stadt und versammelt einige Pendler hinter sich.

MARINA It's okay to say you've got a weak spot
You don't always have to be on top
Better to be hated than love, love, loved for what you're not
Auf der Straße, die Pendler gehen mit ihr und fangen an zu singen.
You're vulnerable, you're vulnerable

ALLE You are not a robot
Freya hält an und beginnt, glücklicher zu werden.

MARINA You're loveable, so loveable
But you're just troubled
Sie halten an, heben Freya in die Höhe und drehen sie, während sie singt.

ALLE Guess what? I'm not a robot, a robot
Guess what? I'm not a robot, a robot
Sie stellen sie ab und rennen davon – hinein in Covent Garden!
Verschiedene Straßenkünstler treten auf, darunter ein Roboterdarsteller, ein Jongleur, einige Touristen und Kinder. Freya spielt mit allen Himmel und Hölle, isst Früchte von einem Stand, tanzt mit einem Kellner.

MARINA You've been hanging with the unloved kids

Who you never really liked and you never trusted
But you are so magnetic, you pick up all the pins
Never committing to anything
You don't pick up the phone when it ring, ring, rings
Don't be so pathetic, just open up and sing

Freya und Marina kreisen umeinander. Die anderen um die beiden.

FREYA I'm vulnerable, I'm vulnerable
I am not a robot

MARINA You're loveable, so loveable
But you're just troubled

Sie halten an und singen – schauen in die Höhe.

ALLE Guess what? I'm not a robot, a robot
Guess what? I'm not a robot, a robot

Eine Wolke zieht vorbei, Freya alleine, für einen Moment ruhig. Alle kommen ein bisschen näher.

FREYA Can you teach me how to feel real?
Can you turn my power on?

MARINA Well, let the drum beat drop

Licht! Alle tanzen. Eine Blaskapelle tritt auf, einige Leute sind als Tiere verkleidet. Die Leute aus den Fernsehern in den Schaufenstern kommen hinzu. Alles bewegt sich. Schilder, Geschäfte, die Sonne!

ALLE Guess what? I am not a robot
Guess what? I am not a robot

Enorme Beleuchtung, Glitzer von der Decke, eine Zeitungsverkäuferin wirft ihre Freiexemplare in die Luft. Die Platzanweiser tanzen und singen im Zuschauerraum.

Guess what? I'm not a robot, a robot
Guess what? I'm not a robot, a robot

Peter tritt auf, sucht Freya. Alle fangen an, sich zu entfernen, gehen ihren normalen, langweiligen Geschäften nach. Marina geht nach Hause.

Die Zeitungsverkäuferin räumt ihre Zeitungen auf, ein bisschen verwirrt, und geht ab.

Freya fängt an, eine Kurznachricht zu schreiben.

Guess what? I'm not a robot, a robot
Guess what? I'm not a robot, a robot

Freya weint und schreibt, sie lehnt sich gegen eine Wand und sinkt auf die Knie. Peter tippt ihr auf die Schulter.

PETER Hallo.

FREYA Oh / nein.

PETER Haben Sie gesungen?

FREYA Du solltest zu Hause sein.

PETER Ich weiß, aber ich habe angefangen, mich zu langweilen, nichts als Sammelboxen in Ihrer Wohnung, das Herumsitzen hat dazu geführt, dass ich mich ganz apathisch gefühlt habe, ich verstehe jetzt, was Sie meinten, also habe ich gedacht, ich gehe raus und suche Sie, das macht Ihnen doch nichts aus, oder? Sie sehen schrecklich aus. Ich will nicht unhöflich sein, aber Sie sind ganz weiß. Wie ein Junkie. Oder jemand, der tot ist. Was machen Sie?

Dunkle Wolken kommen auf. Weißes Rauschen.

FREYA Nichts. Lass mich in Ruhe.

Sie steht auf und geht davon, immer noch schreibend.

Er wartet einen Moment, dann folgt er ihr.

Das weiße Rauschen wird zu Radio in einer Taxizentrale.

Steve streitet mit Mrs Andrews.

MRS ANDREWS Vierzig Minuten.

STEVE Nein, ich war die ganze Nacht hier, ich warte nicht länger.

MRS ANDREWS Es tut mir leid, aber sie sagen, dass der Fahrer auf dem Weg ist und ein Ford Focus bei diesem Wetter nicht schneller fahren kann.

STEVE Ford Focus? Meine Güte.

MRS ANDREWS Es ist gar nicht schlecht, wenn Sie Ihre Lektion lernen. Sie mögen besorgt sein, Sie mögen nach Hause wollen, aber Sie können die Natur nicht bezwingen. Sie können die Flut nicht aufhalten.

STEVE Doch, das können wir.

MRS ANDREWS Was?

STEVE Das ist genau das, was die Thames Barrier tut. Die Flut aufhalten. Wir bauen Tunnels, wir fliegen, wir gehen zum Mond, natürlich können wir die Natur bezwingen.

Steve erhält eine SMS. Er liest sie.

Wir können tun, was wir wollen, und im Augenblick will ich verdammt noch mal mein Taxi. Also.

Er schaut hoch.

Vierzig Minuten, sind Sie sicher?

Weißes Rauschen.

Sarah hat in der Küche Frühstück gemacht.
Colin kommt herein.

SARAH Spät geworden?

COLIN Kannst du nicht?

SARAH Ich habe Tee gemacht.
Sie stellt ihn zur Seite.

COLIN Solltest du nicht schon weg sein?

SARAH Ich will reden.

COLIN Ich weiß, ich weiß, wir haben eine Sauerei gemacht, wir werden das aufräumen. Mach dir keine Sorgen, geh.

SARAH Ich habe eine Entscheidung gefällt.

COLIN Eine Entscheidung?

SARAH Ich habe ein Angebot.

COLIN Gut … Du wirst …

SARAH Ich werde zurücktreten. Einen neuen Job annehmen.

COLIN Bitte, ich habe Kopfschmerzen.

SARAH In der Privatwirtschaft. Ich werde zum Jahresbeginn anfangen.
Ich lag. Falsch. Colin.
Es tut mir leid.
Du kommst zuerst.
Colin lächelt.
Was? Ist das lustig?

COLIN Du wirst für eine Firma arbeiten?

SARAH Ein internationales Unternehmen, Position in der Geschäftsleitung. Sie zahlen gut, die Arbeitszeiten sind besser.

COLIN Früher hast du Dinge herumgeworfen.

SARAH Ich … was?

COLIN Früher hast du Dinge durch Scheiben geworfen.

SARAH Es tut mir leid, Colin, das macht keinen Sinn.

COLIN Du bist bei der Arbeit abgehauen, bist in die Stadt gegangen und hast dir die Lunge aus dem Leib geschrien. Protestiert gegen was auch immer, ich kam und holte dich hinter der nächsten Ecke ab.

SARAH Gott sei Dank bin ich erwachsen geworden und –

COLIN Die Kleider, die du getragen hast, du bist ins Auto gesprungen, dein Gesicht war rot vom Schreien, hemmungslos, du hast etwas in irgendeine Bank geworfen oder gegen die Polizei und bist ins Auto gesprungen und hast gesagt, fahr – fahr schon, und wir sind abgehauen, wie im Film, in meinem Volvo.

SARAH Du hast all das gehasst.

COLIN Wenigstens haben wir über Dinge gestritten, die Bedeutung hatten. Jetzt willst du in der Geschäftsleitung sitzen.

SARAH Ich dachte, du würdest dich freuen. Ich dachte, du würdest wenigstens mit mir darüber reden.

COLIN Schau.

SARAH Was?

COLIN Wir hassen uns.

SARAH Ich hasse dich nicht.

Sie schauen sich an.

Es ist Jasmine.

COLIN Nein.

SARAH Sie hat dich beschwatzt, dir den Kopf verdreht, während ich diejenige bin, die hinterher aufwischt, sich um ihre verdammte …

COLIN Nur Spaß.

SARAH Ihre *Kotze* kümmert, ich bringe sie zum Arzt, zahle ihre Miete, Kreditkarte und –

COLIN Es ist nicht Jasmine.

Ein Moment. Sarah nimmt den Tee, bietet ihn an.

SARAH Trinkst du deinen Tee?

COLIN Du solltest gehen. Du kommst zu spät.

Jasmine kommt herunter, in ihrem Nachthemd, raucht eine Zigarette.

JASMINE Tee! Sehr gut.

Sie nimmt ihn aus Sarahs Hand und trinkt.

SARAH Mach sie aus, Jasmine. Du weißt, dass du im Haus nicht rauchen darfst.

JASMINE Ich rauche nicht.

SARAH Das ist mein Haus.

JASMINE Ja, sieht nach dir aus.

SARAH Was?

JASMINE Veraltet. Verfallen, verrottet. Es zeigen sich Risse. Höchste Zeit für eine Renovierung.

SARAH Ich habe alles für dich getan, und du …

JASMINE Weißt du, was vor Teil B kommt?

SARAH Was?

JASMINE Teil A!

SARAH Verdammte –

JASMINE Komm, das war lustig.

SARAH Du bist wie Vater. Genau wie er.

JASMINE Kann ich nicht wissen, oder?

SARAH Colin, können wir reden …

JASMINE Wir sollten heute einkaufen gehen, Colin, ein paar neue Kleider finden, dich auf Vordermann bringen, was meinst du?

Sarahs Handy empfängt eine SMS. Sie nimmt das Handy auf, schaut es an, steckt es in ihre Tasche – schaut Colin an.

COLIN Viel Glück mit deinem Job.

Sarah geht, aufgebracht.

JASMINE Wir haben das Eis gebrochen letzte Nacht – gut, vielleicht haben wir nicht das Eis gebrochen, aber du warst ein bisschen ausgelassen für eine Minute oder zwei – gut, vielleicht warst nicht *ausgelassen*, aber dein Herz hat geschlagen wie bum bum bum, bum bum – gut, vielleicht nicht bum bum bum, aber –

COLIN Fast habe ich ihr gesagt, dass ich die Scheidung will.

JASMINE Oh.

COLIN Jetzt gerade.

JASMINE Wegen uns? Weil, du bist klasse, Colin, aber ich weiß nicht, ob ich eine richtige Beziehung will.

COLIN Red keinen Unsinn, Jasmine.
Ich meine es ernst.
Verdammte Scheiße.

JASMINE …

COLIN Also, was meinst du?

JASMINE Die Scheidung? Weiß nicht.

Jasmines Handy empfängt eine SMS. Sie nimmt es auf. Zuckt mit den Schultern.

Dinge verändern sich.

Eine Spur weißes Rauschen. Jasmine liest die SMS.

Steve, müde und unrasiert, kommt ins Wohnzimmer und nimmt seine Tasche. Robert ist da.

ROBERT Hast du sie angerufen?

STEVE Sie hat eine SMS geschrieben. Sie will mich treffen.

ROBERT Gut, sie will dich treffen. Gut.

STEVE Du hast recht, sie wird ein schwieriges Leben haben.

ROBERT Freya?

STEVE Emily. Sie wird nicht alles haben, was wir haben, vielleicht.

ROBERT Das ist richtig.

STEVE Die Welt könnte schrecklich werden. Sie könnte.

ROBERT Ja.

STEVE Aber sie wird intelligent sein wie ihre Mutter, das ist gut, und sie wird einen Sinn fürs Praktische haben, der von mir kommt. Intuition. Umgang mit Menschen.

ROBERT Das ist nicht der Punkt, Steve.

STEVE Ich glaube, das ist er. Der Punkt. Ich glaube wirklich, dass er das ist. Auch wenn die Dinge schwierig werden, wirklich hart, wie Sie sagen, wird die Welt durch sie ein bisschen besser sein. Sie wird ihr etwas Besonderes hinzufügen.

ROBERT Glauben Sie nicht, dass alle Väter so denken?

STEVE Nein, alle Väter nicht. Nein.

ROBERT …

STEVE Und überhaupt, es geht nicht um die Zukunft, sie ist schon da, denkt, lernt. Lutscht an ihrem Daumen, hört zu.

ROBERT Sie mögen die Dinge einfach. Ich verstehe. Auch gut. Sie wollen nicht darüber nachdenken.

Robert lacht, setzt sich. Das Taxi hupt.

Tun Sie, was Sie wollen. Nicht mehr mein Problem.

Steve hebt seine Tasche hoch, nimmt ein Buch heraus und gibt es Robert.

STEVE Mein Buch.

ROBERT Ihr Buch.

STEVE Auf Seite 37 steht etwas, das Sie wiedererkennen sollten. Es geht um wütende alte Männer, die glauben, dass sie Propheten sind und mit Schildern an Straßenecken stehen, jeden anschreien, der vorbeigeht.

ROBERT Faszinierend.

STEVE Sie wollen, dass die Welt mit ihnen zu Ende geht.

ROBERT Wirklich?

STEVE Und sie stinken.

ROBERT Was?

STEVE Weil sie alleine sind, sie stinken, ein bisschen, nach Pisse. Stehen Sie nicht auf.

Er geht. Robert sitzt im Stuhl. Das weiße Rauschen wird lauter.

Toms Telefon klingelt.
Sarah ist bei der Arbeit angekommen und versucht, ihn zu erreichen.

SIMON Der Premierminister sagt, dass er heute Morgen eine halbe Stunde hat, aber nur, wenn es wichtig ist.

SARAH Sag ihm, es geht ums Überleben.

SIMON Bist du sicher?

SARAH Brauch dieses Wort, wenn du es ihm sagst.

SIMON / »Überleben«.

TOM Hallo?

SARAH Tom. Hier ist die Ministerin für Energie und Klimawandel, wir haben uns gestern gesprochen, du bist zu Besuch gekommen.

TOM Woher haben Sie meine Nummer?

SARAH Ich habe darüber nachgedacht, was du gesagt hast, und frage mich, ob du zum Lunch kommen könntest.

TOM Zum Lunch?

SARAH Ja. Heute. An einem schönen Ort.

TOM Ich bin gerade aufgestanden.

SARAH Das ist bestens. Zieh dich an. Hast du eine Krawatte?

TOM Ich bin Student.

SARAH Ich schicke einen Wagen. Er bringt eine Krawatte mit. Halb eins?

TOM Woher wissen Sie, wo ich wohne?

SARAH Lonsdale Road 44.

TOM Ja, aber –

SARAH Perfekt. Halb eins. Bis dann.

Sie hängt auf.

SIMON Ministerin, was machst du?

SARAH Ich koche.

Freya geht die Straße hinunter, verfolgt von Peter, der hinter ihr geht.

PETER Sind Sie den ganzen Weg hierher gelaufen?

FREYA Ja.

PETER Wie Dick Whittington?

FREYA Was?

PETER Das ist ein Theaterstück.

FREYA Ich weiß, was das ist. / Meine Güte.

PETER Ich habe Dick Whittington im Hexagon in Reading gesehen.

FREYA Peter –

PETER Es war mit Les Dennis. Es war ein bisschen peinlich, fand ich.

Auf jeden Fall geht er darin nach London und wird Bürgermeister. Vielleicht werden Sie Bürgermeisterin.

FREYA Ich habe genug. Ich will nicht weiter.

PETER Oder sind Sie vielleicht wegen des Erdbebens hier.

Sie bleibt stehen.

Es soll angeblich heute passieren.

FREYA Ich weiß, ich weiß, dass es angeblich, aber –

PETER Gut, also wenn es heute passiert, brauchen Sie einen Kumpel. Dick Whittington hat eine Katze, ich kann die Katze sein?

Sie dreht sich von ihm weg.

FREYA Ich bilde mir dich ein. Die Drinks oder die Medikamente im Spital oder eine Art Paranoia, Schizophrenie, so etwas, das Blut steigt mir in den Kopf.

PETER Es gibt eine lange Geschichte von Erdbeben in der Hauptstadt. 1580 hat eines zwei Menschen getötet, und alle haben gedacht, dass der Jüngste Tag gekommen ist.

FREYA Peter … / halt den Mund.

PETER 1931 hat ein anderes, das in Yorkshire war, gemacht, dass Schornsteine in Clapham heruntergefallen sind. Das letzte war 2008. Sie passieren ziemlich häufig.

FREYA Du solltest dich für Mädchen interessieren oder so.

PETER Mach ich.

FREYA Ich bin müde.

PETER Ich interessiere mich für Mädchen / oder so.

FREYA Warum gibt es nirgends etwas, um sich zu setzen!?

Sie setzt sich auf den Boden.

Sie sagen, dass die Schmerzen bei der Geburt unerträglich sind. Deshalb vergessen die Frauen das. Deine Haut zerreißt, es gibt Blut, und es gibt Scheiße, und du schreist, und es fühlt sich an, als ob du sterben wirst.

Sie kratzt ihren Bauch ein bisschen.

PETER Sie haben immer noch meine Blume?

Sie hat die Blume in ihrer Tasche.

FREYA Ich mag sie.

PETER Sie sollten weitergehen.

FREYA Warum?

PETER Ich glaube, Sie sind fast da.

Hier entlang.

Freya steht auf und geht weiter. Peter lächelt und folgt ihr.

Liberty, auf der Carnaby Street.

Jasmine sitzt mit einer Liberty-Verkäuferin da, wartet auf Colin.

JASMINE Ich werde nichts *klauen.*

LIBERTY

JASMINE Musst du dich so stark schminken?

Du musst ziemlich deprimiert sein, in so einem Laden zu arbeiten, die ganze Zeit hier herumstehen, du siehst wirklich deprimiert aus.

LIBERTY Das ist nicht nur so ein Laden.

JASMINE Was?

LIBERTY Das ist Liberty.

JASMINE Aber wie viel verdienst du?

LIBERTY Entschuldigung?

JASMINE Vermutlich nicht viel, oder?

LIBERTY Was machst du?

Jasmine ruft durch die Umkleidekabinen.

JASMINE Colin! Du weißt, wie du dich anziehen musst, oder?

Keine Antwort.

Du solltest ausbrechen, komm mit uns, wie heißt du?

LIBERTY Liberty.

JASMINE Das ist der Name des Ladens, ich wollte wissen, wie *du* heißt?

LIBERTY Ich heiße auch so.

JASMINE Zufall.

LIBERTY Nicht wirklich. Ich wollte hier arbeiten, seit ich vierzehn war. Ich liebe diesen Ort, die Leute, das Licht. Das meiste kostet mehr als zweihundert Pfund. Ich verbrachte Stunden hier und ging herum, berührte Dinge. Als ich achtzehn war, habe ich mich für den Job beworben. Ich habe Liberty ins Formular geschrieben, als mein Name. Ich dachte, es würde ihre Aufmerksamkeit erregen. Ich hatte recht. Als ich den Job bekam, stellte ich einen Antrag auf Namensänderung, damit die Bankverbindung passte. Ich schminke mich so, damit der Ton meiner Haut genau zur Farbe der Wände passt? Und du wirst sehen, dass meine Kleider mit den Plakaten und den Schildern draußen abgestimmt sind.

JASMINE Nun, *Liberty*, das ist großartig, aber wir trinken Ouzo, und du solltest das alles abblasen, komm, hab Spaß mit uns.

LIBERTY Du und dein Vater?

JASMINE Er ist nicht mein Vater. Wir sind zusammen, Party, wir machen einen drauf, was meinst du?

Sie schaut Jasmine an und lächelt.

LIBERTY Nein danke.

JASMINE Kann nicht glauben, dass du Liberty heißt. Wie hast du vorher geheißen?

LIBERTY Nicole.

JASMINE Ich mag Nicole.

LIBERTY Nicole ist scheiße. Liberty ist besser. Wie heißt du?

JASMINE Jasmine.

LIBERTY Wer hat dich so getauft? Deine Mutter oder was?

JASMINE …

LIBERTY Jasmine bedeutet nichts.
Liberty ist besser.
Das bedeutet Freiheit.

Sarah, Tom und Carter in einem Restaurant.

CARTER Wie fühlen Sie sich heute?

SARAH Ich fühle mich sehr gut, danke.

CARTER In besserer Verfassung als das Land, das Sie führen. Das können nicht viele sagen. Wer ist das?

SARAH Das ist Tom.

TOM Hallo.

CARTER Praktikant?

SARAH Tom ist ein Freund.

CARTER Hallo, Tom. Schöne Krawatte.

TOM Sie hat gesagt, wir gehen an einen vornehmen Ort.

CARTER Vornehm? Hier? Nein. Das ist nicht vornehm.

SARAH Ich habe Tom gestern kennengelernt. Er hat Verwandte in Eritrea. Wissen Sie, wo das ist?

CARTER Es gibt so viele Länder, nicht? Afrika oder so wahrscheinlich? Wir fliegen das nicht an, das weiß ich.

TOM Das Getreide wächst nicht mehr. Die Temperaturen steigen Jahr für Jahr. Die Leute, meine Verwandten, sie sind am Punkt angelangt, wo sie entweder gehen oder sterben.

SARAH Tom billigt Ihre Pläne nicht wirklich.

CARTER Was machen Sie, Sarah?

TOM Sie glauben, Ihr Anzug sieht wirklich gut aus, nicht?

CARTER Es geht nicht darum, was ich glaube, Tom, es ist eine Tatsache. Dieser Anzug ist wirklich beeindruckend.

SARAH Tom versuchte, mich zu erpressen. Er glaubt, dass Heathrow nicht genug ist, er hörte, dass ich im Begriff bin, eine Erklärung zu veröffentlichen, und er verlangte einen kompletten Stopp für die Expansion des Luftverkehrs. Ich habe ihm die Hölle heißgemacht, weil ich es nicht mag, erpresst zu werden. Wie Sie wissen. Ich habe ihm gesagt, dass ich noch nicht entschieden habe.

CARTER Was sich bewahrheitet hat.

SARAH Aber als ich heute Morgen mit meinem Mann redete, erwähnte er, wie ich früher Steine durch Fenster von großen Firmen wie Ihrer geworfen habe. Wie Sie wissen, machen wir eine schwierige Phase durch, aber er scheint zu glauben, dass ich damals attraktiver war, und ich konnte verstehen, was er meinte.

CARTER Oh, ich verstehe, Sie setzen ein *Zeichen*, sie nutzt dich aus, Tom. Schau, Afrika ist ein ziemlich beschissener Ort, um Gemüse anzupflanzen, Klimaerwärmung hin oder her, die Sonne und die Wüste und der *Bürgerkrieg*. Vielleicht sollten deine Verwandten gehen, das Land verlassen, alle zusammen in einem von unseren schönen, großen Flugzeugen, oder ist das nicht das Zeichen, das Sie setzen wollen?

SARAH Ich wurde daran erinnert, weshalb ich in die Politik gegangen bin, Tom und ich / sind nicht so verschieden.

CARTER Ich kenne einen phantastischen Therapeuten, Sarah, wenn es eigentlich darum / geht.

SARAH Also habe ich Tom angerufen, ihn gebeten, mitzukommen.

CARTER Die Sache mit *Teenagern* / das ist *befremdlich.*

SARAH Dann habe ich das Büro des Premierministers angerufen, um das Treffen vorzuverlegen.

CARTER Den Premierminister?

SARAH Ich habe mich mit ihm hingesetzt und meinen Vorschlag eingebracht.

CARTER Haben Sie.

SARAH Ein kompletter Stopp der Expansion, garantiert. Keine weiteren Landebahnen, Kontrolltürme, Terminals, nichts, im ganzen Land. Ich habe gesagt, er muss hart bleiben, eine dauerhafte Entscheidung treffen. Ich habe ihm klar gemacht, dass eine starke Botschaft in diesem Fall die Regierung zusammenschweißt und im Land beliebt ist.

CARTER Und was hat er gesagt?

SARAH Er ist sehr grün. Er hat eine Windturbine auf seinem Dach. Nächste Woche treten wir an die Öffentlichkeit. Es ist vorbei.

Carter lächelt sie an.

Im Liberty.

Colin kommt aus den Umkleidekabinen. Er trägt einen sehr teuren Anzug, Hemd und Krawatte, mit neuen Schuhen. Er hat auch die Haare geschnitten. Er sieht phantastisch aus.

JASMINE Wow.

COLIN Ist es in Ordnung?

LIBERTY Wie fühlt es sich an?

COLIN Ich weiß nicht. Wie viel macht das?

Liberty nimmt einen Rechner hervor.

LIBERTY Nun, mit dem Anzug, den Schuhen, der Krawatte, dem Hemd. Die Manschettenknöpfe, die Weste, die Schutzhülle, die brauchen Sie, die Strümpfe, die Schnürsenkel …

Fünftausend Pfund und vierundvierzig Pence.

COLIN Scheiße.

LIBERTY Vielleicht möchte Ihre Freundin etwas für sich?

COLIN Sie ist nicht meine Freundin.

LIBERTY Sie sagte, dass sie / es ist –

COLIN Hast du ihr das gesagt?

JASMINE Nein.

COLIN Verdammte Scheiße.

JASMINE Colin –

COLIN Sie ist die Schwester meiner Frau.

LIBERTY Oh, nur Ihre … nun … das erklärt es wohl.

JASMINE Was?

LIBERTY Weshalb sie sich solche Mühe gibt.

Ein Moment.

Also was glauben Sie?

Sollen wir es an die Kasse geben?

Glauben Sie, es ist das, was Sie haben möchten?

Sarah, Tom und Carter.

CARTER Tom, hast du einen Computer?

TOM Ja.

CARTER Telefon?

TOM Natürlich.

CARTER Fährst du Auto?

TOM Kommen Sie auf den Punkt?

CARTER All das ist für den Profit entstanden. So entwickeln wir uns. Aber Sarah glaubt, dass wir den ersten Moment in der Menschheitsgeschichte erreicht haben, an dem wir anhalten müssen und umkehren. Sie glaubt, dass dieser Moment sich von allem, was bisher passiert ist, unterscheidet.

TOM Aber die Welt *ist* / anders. Sie hat Grenzen.

CARTER Es wird mehr Flugverkehr geben, Tom. Weil die Leute das wollen. Die Leute haben das Recht. Frei zu sein, ihre eigene Entscheidung zu treffen.

TOM Was ist wichtiger, ein Wochenende mit Freunden in Amsterdam oder das ganze Volk der Tuvalu, das im Wasser versinkt? Jährlich sechs Flüge zur Zweitwohnung oder verhungernde Familien in Eritrea?

CARTER Ich bewundere deine Leidenschaft, Tom, du bist ein kluger Junge mit großem Potential, aber ist das wirklich das, was du tun willst? Du könntest jetzt gleich mit mir kommen, ich zeige dir das Büro, ich zahle deine Studiengebühren, und bald schon wirst du in solchen Restaurants essen, mit schönen Menschen und Respekt und allen Mitteln, die du brauchst, um die Menschen, die du liebst, zu beschützen. Oder du könntest als Kellner in einem solchen Restaurant enden, nahe am Abgrund, finanziell schwierig, ein langsamer Abstieg zum letzten Platz. Sarah hat sich gerade falsch entschieden, es gibt so viele Frauen wie sie, einsam, zu spät, keine Kinder, aber sie braucht ein Projekt, also sind wir alle jetzt ihre verdammten Kinder, dumm und sorglos und schutzbedürftig, und das ist in Ordnung, sie ist nichts, sie wird in Vergessenheit geraten, aber für dich ist es nicht zu spät, Tom, was meinst du?

SARAH Tom hat bekommen, was er wollte.

TOM Was?

SARAH Das ist ein guter Tag für ihn.

TOM Das ist nicht / was ich wollte.

SARAH Wie ich, will er nur, dass die Dinge gerecht sind.

CARTER Also genießt du das Restaurant nicht, Sarah? Oder die Bar gestern Abend? Dein großes Haus? / Schöne Urlaube?

SARAH Ich verbiete den Menschen nicht ihren Lebensstil, aber –

TOM Warum / nicht?

SARAH Es muss ein Gleichgewicht geben zwischen –

CARTER Du hättest das Gehalt sehen sollen, das wir ihr angeboten haben. Und wir bitten niemanden zweimal, also –

SARAH Ich esse lieber meine eigene Scheiße, als für Sie zu arbeiten.

CARTER Was Sie eigentlich schon tun. Und überhaupt –

Ein Stück Brot trifft Carter.

Was.

TOM Halten Sie die Fresse.

Geworfen von Tom, der aufsteht. Sarah lächelt.

SARAH Guter Schuss.

Er wirft ein weiteres Stück auf Sarah.

Hey.

TOM Keinen Ausbau? Wir sollten überhaupt nicht fliegen.

CARTER Aha, sehen Sie?

SARAH Tom.

TOM Keinen *Ausbau* bedeutet immer noch jeden Tag Tausende von Flügen. Ihr alle habt euer ganzes Leben Zeit gehabt, um den Planeten in Ordnung zu bringen, und ihr habt genau gar nichts gemacht. Jetzt haben wir, laut den besten Wissenschaftlern, noch etwa fünf Jahre, bevor es zu spät ist, also vergebt mir, dass ich nicht bis zu den nächsten *Wahlen* warte, ihr versteht, dass ich *ungeduldig* bin. Denn während ihr Gespräche wie dieses in Londoner Restaurants, in Regierungsbüros und Villengärten weiterführt, während ihr eure Windturbinen präsentiert, und während ihr redet und redet, tut ihr immer noch überhaupt nichts. Und währenddessen tickt die Uhr, die Eiskappen schmelzen, Menschen sterben, und es ist meine Generation, die dafür bezahlen wird, lange nachdem ihr beide tot seid, also glaube ich, das ist der Wendepunkt. Hier und jetzt. Ich werde mit mehr Schwestern von gewählten Politikern schlafen, ich werde mich an Zäune ketten, ich werde die Polizei angreifen, Bombendrohungen ausgeben. Bis etwas getan wird, *wirklich* etwas getan wird, werde ich mich der langen und vornehmen Tradition der Direkten Aktion anschließen.

Er nimmt einen Teller und schmeißt ihn auf den Boden.

Es sterben Kinder, die nicht sterben sollten. *Lebensstil?* Fickt euren *Lebensstil.*

Er tritt einen Stuhl um.
Fotzen. Ihr alle. Schämt ihr euch?
Das solltet ihr.
Tom geht. Carter lächelt. Sarah trinkt ihren Wein.
Ein Straßenmusiker tritt auf und fängt an zu spielen.

Freya geht jetzt mit Peter am Parlamentsgebäude vorbei.

FREYA Mein Vater sagt, in wenigen Jahren werden sie sich erinnern, an die Ruinen von London, wenn die Stadt unter Wasser steht, und die alten Leute werden sagen, erinnerst du dich, wie wir die Oxford Street hinuntergelaufen sind? Die Aussicht von St. Paul's? Bis dahin wird es Hitzewellen geben, Stürme, sogar dieses Erdbeben, glauben sie, könnte von uns verursacht sein. Hat etwas mit den Eisschilden zu tun, die ins Meer stürzen. Verminderte Mengen Sediment zwischen den tektonischen Platten.

PETER Ich glaube, es ist Gott.

FREYA Was?

PETER Glauben Sie nicht, dass Gott, wenn es ihn gibt, stinksauer ist? Wie wenn Sie eine Tasse zu lange in Ihrem Zimmer stehen lassen und darin dieser schreckliche grüne Schimmel wächst. Sie schmeißen sie weg, wenn das passiert, nicht? Sie kaufen eine neue. Fangen von vorne an.

Steve ist in der Victoria Station, ein Mann in einem Eisbärenkostüm kommt auf ihn zu. Er hält eine Sammelbüchse.

STEVE Ich bin in Eile.

EISBÄR Ich sterbe.

STEVE Wissen Sie, wo es zur U-Bahn geht?

EISBÄR Ich weiß, wo mein ganzer Lebensraum hingeht, das weiß ich.

STEVE Richtig, entschuldigen Sie mich.

EISBÄR Schmelzende Eisberge, ganze Ökosysteme werden ausgelöscht, vielleicht könnten Sie ein paar Pfund spenden?

STEVE Ich habe kein Kleingeld.

EISBÄR Ich führe einen Tanz auf.

STEVE Können Sie mir aus dem Weg gehen?

EISBÄR Es ist ein guter Tanz.

STEVE Wer zur Hölle sind Sie?

EISBÄR Es ist Spendenwoche. Greenpeace.

STEVE Können Sie mir einfach / verdammt –

EISBÄR Nur Mut, vielleicht kommt es nie so weit.

Steve kämpft mit dem Bären, drängt sich an ihm vorbei und geht.

Ein junger Mann, dreckig und verschwitzt, rennt auf Freya zu und packt ihren Arm.

JUNGER MANN Bitte! Bitte.

FREYA Oh. Sie … Wie geht es –

JUNGER MANN Es tut mir leid, aber mein Kind! Mein Kind ist im Spital, habe ich eben erfahren, ich brauche ein Busticket, um runterzufahren, ich habe kein … Kleingeld … Es tut mir leid, ich bin wirklich in Eile, es tut mir wirklich leid. Scheiße. Scheiße.

FREYA Das haben Sie mir gestern schon erzählt.

JUNGER MANN Was?

FREYA Über Ihr Kind. Ich habe Ihnen fünf Pfund gegeben. Sie haben genau das Gleiche gesagt.

JUNGER MANN Oh. Gut, ja, ja.

FREYA Sie haben … kein Kind, oder?

Der junge Mann schaut sie an – natürlich hat er keines. Er rennt davon – der Eisbär geht ebenfalls ab. Ein Rumpeln.

PETER Deprimierend, nicht?

Kommen Sie.

Freya schaut Peter an.

FREYA Peter. Was geht hier vor?

PETER Was?

FREYA Das macht keinen Sinn, dass du mir nachläufst.

PETER Ich bin im Autismus-Spektrum ziemlich weit oben. Das gehört zu den Dingen, die ich mache.

FREYA Du bist nicht einmal sehr überzeugend. Hättest du nicht schon lange den Stimmbruch haben sollen?

PETER Ja, das ist wahr, den hätte ich haben sollen.

FREYA Gut. Also. Peter. Was geht hier vor?

PETER Ich glaube, ich habe eine gewisse Berufung. Vielleicht hat es mit dem Erdbeben zu tun. Manchmal stellen sich die Leute eine Figur vor, die den Tod verkörpert, den Überbringer schlechter Nachrichten, einen Mann, der sie von diesem ins nächste Leben führt. Ich könnte der Peter am Himmelstor sein.

FREYA Meine Version des Todes ist ein mürrischer, vierzehnjähriger Junge mit Verhaltensschwierigkeiten?

PETER Er nimmt viele Formen an.

Freya geht davon, aufgebracht.

Oder ich, vielleicht bin ich ein Bote.

FREYA Was soll ich tun?

PETER Peter Hase. Im Hasenbau.

FREYA Ich weiß nicht, weshalb ich hier bin, oder wo ich bin, ich will das Baby nicht –

PETER Bitte –

FREYA – aber ich kann es nicht loswerden, meine Familie hasst mich, kein einziger meiner Freunde hat mich diese Woche angerufen.

PETER Bitte –

FREYA Ich bin verdammt, eine Verdammte, ganz alleine. Eine verdammte KATASTROPHE.

Sie schaut ihren Bauch an.

Ich will dich nicht! Verdammte kleine …

Sie schlägt ihren Bauch.

PETER Bitte! Ich kann es spüren.

FREYA Was?

PETER Es ist Zeit.

FREYA Peter, es ist genug!

PETER Ich bin ein Trägersignal.

FREYA Ein was?

PETER Jemand will mit Ihnen reden und braucht mich, um Sie zu erreichen.

Das ist der Moment, in dem … Die Zeit ist da, das ist der Moment.

FREYA Der Moment?

Peter fängt an, seinen Kapuzenpullover und seine Brille auszuziehen.

PETER Das ist der Moment, in dem ich …

An wen denken Sie am meisten?

Der Moment, in dem ich …

An wen denken Sie die ganze Zeit?

FREYA Ich weiß nicht –

PETER An wen denken Sie jetzt gerade?

FREYA Emily.

PETER Emily, ja.

Peter öffnet seine Haare.

Jetzt verwandelt er sich in ein sechzehnjähriges Mädchen.

EMILY Hallo, Mama.

Eine lange Pause.

Sie schauen sich an.

Freya fängt an zu weinen. Entsetzt. Sie zieht sich zurück.

Mama –

FREYA Ich bin nicht … – O Gott … Du bist erwachsen. O Gott.

Emily schaut aufgebracht.

Freya reißt sich zusammen und versucht zu lächeln.

Entschuldigung.

Entschuldigung.

Deine Haare.

Ein bisschen wie meine.

EMILY Ich habe offensichtlich Papas Nase.

FREYA Ja.

EMILY Seinen Orientierungssinn auch.

Sie schauen sich an.

FREYA In deinen Augen sehe ich scheiße aus, vermutlich.

EMILY Nun …

Freya langt nach vorne und berührt ihren Arm.

Was machst du?

FREYA Vielleicht könnten wir einen Kaffee trinken. Magst du Kaffee?

EMILY Wir haben keine Zeit.

FREYA Aber das ist, was Mütter und Töchter tun. Sie trinken einen Kaffee zusammen. Sie reden. Keine Zeit wozu?

EMILY Nein, wir sollten gehen.

Freya folgt Emily.

Jasmine und Colin gehen den Fluss entlang.

JASMINE Fünf.

COLIN Halt die Klappe.

JASMINE Bis jetzt haben dich fünf Frauen gemustert.

COLIN Gut.

JASMINE Wie viele waren es vor heute?

COLIN Als ich zwanzig war, kam ein Mädchen zu mir, kniff mir in den Po, sie glaubte offensichtlich, dass ich gut aussah, von hinten, aber als sie mich umdrehte und mein Gesicht sah, machte sie uuuh und ging davon.

JASMINE Du hast ein hartes Leben gehabt, was?

COLIN Scheiß drauf.

JASMINE Genau, du weißt, wo wir hingehen?

COLIN Die South Bank. Hier entlang.

Eine Frau geht vorbei und mustert Colin.

JASMINE Sechs.

Colin!

Sie läuft ihm nach.

Freya und Emily.

FREYA Was machst du?

EMILY Was?

FREYA Zum Spaß. Mit deinen Freunden.

EMILY …

FREYA ?

EMILY Fußball.

Freya versucht, zu lächeln.

FREYA Das ist gut.

EMILY Mama –

FREYA Hast du einen Freund?

EMILY Ob ich lesbisch bin, meinst du?

FREYA Nein. Nur.

EMILY Ich spiele Fußball, also muss ich lesbisch sein.

FREYA Nein. Das meinte ich nicht.

EMILY Ja / okay.

FREYA Was willst du später einmal machen?

EMILY Ich beende die Schule, suche mir vermutlich irgendwo einen Job, ich weiß nicht.

FREYA Ambitionen …?

EMILY Sinnlos, oder? Ich meine, wo soll ich hin. Das verstehst du nicht. Schau dich an. Hätte gedacht, dass du besser ausgesehen hast, als du jünger warst.

FREYA Was habe ich getan? Warum bist du so?

EMILY Machst du Witze?

FREYA …

EMILY Wenn du getrunken hast, sitzt du auf dem Sofa und entschuldigst dich wieder und wieder. »Es tut mir leid, es tut mir *leid, Emily.*« Dann schläfst du ein, verschüttest alles. Ich muss dich ins Bett bringen.

FREYA Was ist mit deinem Vater?

EMILY Papa ist vor einer Ewigkeit gegangen. Sehe ihn nur samstags. Komm.

FREYA Was?

EMILY Wir wollen nicht zu spät kommen.

Emily führt Freya vorwärts.

Steve ist an der South Bank.

Eine Joggerin auf dem Weg zur Arbeit joggt vorbei.

STEVE Entschuldigen Sie.

Sie hält an.

Ich … treffe jemanden beim Theater, wo ist das … Theater?

JOGGERIN Das ist da.

STEVE Wo?

JOGGERIN Da.

STEVE Hinter dem Parkplatz, meinen Sie?

JOGGERIN Nein. Da.

Das ist das Theater.

Es ist das moderne Haus.

Nun … es war einmal modern. Offensichtlich.

Steve hält an und wartet.

Freya und Emily gehen über die Waterloo Bridge.

EMILY Weißt du, wohin sie das London Eye gebracht haben?

FREYA Nein.

EMILY Bath.

FREYA Warum?

EMILY Gute Frage. Nach der Flut sollte es auf Tour gehen, aber niemand hatte das Geld, also gab es eine öffentliche Abstimmung, und Bath hat gewonnen. Bist du mal damit gefahren?

FREYA Nein.

Sie halten an.

EMILY Also, was hast du gemacht?

FREYA Was?

EMILY Was machst du? Tag für Tag.

FREYA Ich … weiß nicht … ich finde alles ziemlich …

EMILY Du findest alles zu viel.

FREYA Ja.

EMILY Du kommst nicht zurecht.

FREYA Ich nahm es nie so leicht, wie man es eigentlich sollte, glaube ich.

Emily schaut die Aussicht an.

Haben wir angehalten?

Sind wir da, wo du mich hinbringst?

Was soll ich hier tun?

EMILY Du hast Papa eine Nachricht geschickt, oder?

FREYA Ja, aber –

EMILY Und Jasmine und Sarah.

FREYA Um mich zu treffen. Ich will mit ihnen reden.

EMILY Schau, wo wir stehen. Waterloo Bridge.

FREYA …

EMILY Du wolltest, dass sie dir zuschauen. Mama, wenn du sehen könntest, was passieren wird. Die Häuser zerfallen, die Kanalisation funktioniert nicht, und die Parks sind Slums. Immigranten überall, es wird gespielt und getrunken, die Straßen – überfüllt mit Scheiße, die Luft ist voller Rauch, es gibt Krankheiten und Rationierungen, Stromausfälle und Ausgangssperren. Jeden Morgen, wenn wir das Wasser abholen, stehen wir eine Stunde in der Schlange, und nachts schlafen wir mit einem Messer im Bett, für den Fall. Ich hasse es. Und du auch. Alle haben aufgegeben. Du liegst bewusstlos im Sessel, aber ich bin im Bett, unter der Decke, verzweifelt versuche ich, dir eine Botschaft zu vermitteln.

Spring. Das hast du mir erzählt. Das hättest du tun sollen, sagst du. Für uns beide.

FREYA Es tut mir leid, ich habe es wirklich versucht.

EMILY Es ist nicht zu spät. Du brauchst nur über das Geländer zu steigen.

Freya schaut sie an.

Dann klettert sie über das Geländer.

Gewöhn dich dran. Atme. Ich sitze in dir. Warm und glücklich, und ich werde nichts davon wissen. Du hast meine volle Unterstützung, dich runterzuwerfen. Es ist besser, wenn du es tust. Ich verspreche es dir.

Freya schaut hinaus.

Atme. Und dann stell dir vor, da ist ein Tritt. Einfach hinaustreten. Es heißt, dass die meisten Menschen am Schock sterben, bevor sie auf dem Wasser aufschlagen.

Einige Leute sammeln sich in einer gewissen Distanz, um zuzuschauen.

Emily steht zwischen ihnen, verschwindet in der Menge.

FREYA Emily?

PASSANT Wer ist sie?

PASSANT 2 Ich weiß nicht, sie ist eben rübergeklettert, aber schau sie dir an.

PASSANT Ja.

FREYA Emily …?

PASSANT 2 Eine von diesen Frauen.

PASSANT / Ja, mein Gott.

FREYA Emily, bitte!

PASSANT Warum ruft sie ununterbrochen?

PASSANT 2 Wer weiß? Emily! Scheiße! Entschuldigung – sollte nicht lachen. Hat jemand die Polizei gerufen?

Steve ist an der South Bank.

Jasmine und Colin kommen.

STEVE Sie hat dir auch geschrieben?

JASMINE Ja, aber sie hat nicht gesagt, dass du auch kommst, sonst hätte ich es dir überlassen können.

STEVE Colin, du siehst –

COLIN Ja.

STEVE Sie sollte hier sein, sollte schon hier sein, aber –

JASMINE Sie wird von leuchtenden Farben abgelenkt. Mach dir keine Sorgen, das ist ziemlich normal. Sie nimmt sich ihre Zeit. O nein.

Sarah taucht auf.

SARAH Ein richtiges Familientreffen. Steve, sie sagte, dass du weg bist.

STEVE War ich.

SARAH Sie hat allen geschrieben. Was ist mit dir passiert?

COLIN Na ja.

JASMINE Colin möchte dir / etwas sagen.

SARAH Wo ist sie?

STEVE Ich weiß nicht.

SARAH Zerrt uns alle hier raus und taucht dann selbst nicht auf, / ziemlich typisch.

STEVE Ich habe gehofft, dass sie hier wartet, aber …

SARAH Was meinst du damit, dass Colin mir etwas / sagen möchte?

STEVE Hat jemand mit ihr gesprochen? Entschuldigung. / Hat überhaupt jemand mit Freya gesprochen?

SARAH Colin?

COLIN Vielleicht sollten wir –

SARAH Ich nehme den Job nicht an. Du hast recht. Ich habe abgelehnt.

JASMINE Er will die Scheidung.

SARAH Oh … du … Verdammte Scheiße, Jasmine, er kauft sich einen neuen Anzug, du glaubst, er hat eine Midlife-Krise. Er will nicht die Scheidung, wir sind nur –

JASMINE Frag ihn.

SARAH Ich werde ihn nicht fragen.

JASMINE Frag ihn.

COLIN Ich glaube, vielleicht sollten wir …

SARAH Was? Sollten was?

COLIN Ich glaube, wir sollten vielleicht.
Ja.

STEVE Ist das …

JASMINE Was?

SARAH Wir, wir reden darüber nicht hier.

JASMINE Meinst du auf / der –

STEVE / Ja.

SARAH Vor ihr und allen anderen. Wir müssen –

COLIN Sarah.

JASMINE / verdammt, verdammt, halt den Mund. *Halt den Mund.*

SARAH Ich mache das nicht *jetzt.*

JASMINE Auf der Brücke.

Sie schauen alle.

Eine Menge hat sich auf der Brücke versammelt – Verkehr rollt vorbei. Es ist laut. Ein Polizist kommt dazu.

FREYA 1844 wurde die Waterloo Bridge Seufzerbrücke genannt, es gab so viele Selbstmorde.

POLIZIST Ich möchte, dass Sie / ruhig bleiben.

FREYA Thomas Hood hat ein Gedicht über eine obdachlose Frau geschrieben, die sich hinabgestürzt hat.

POLIZIST Es wird alles gut.

FREYA One more unfortunate
(Eine Unglückliche mehr)

POLIZIST Kommen Sie langsam zurück / übers Geländer.

FREYA Weary of breath
Rashly importunate
(Des Atmens überdrüssig
Voreilig aufdringlich)

POLIZIST Hilfe ist / unterwegs.

FREYA Gone to her death.
(In den Tod gegangen.)

PASSANT 2 / Komm schon. Verdammt, mach vorwärts.

Die Menge lacht.

FREYA Make no deep scrutiny /
Into her mutiny
Rash and undutiful:
(Fragt nicht, aus was für Saat
Aufging die rasche ungeratne Tat)

Freyas Telefon klingelt.

PASSANT 2 SPRING SPRING SPRING SPRING …!

FREYA Verdammt, verdammte Scheiße …

Die Menge ruft im Takt. Freya nimmt das Telefon ab.

STEVE Liebling, ich bin's. Ich bin hier. Ich kann dich sehen.

FREYA Steve … Ich habe Angst. Aber ich kann nicht … / Sie …

Freya weint. Jemand in der Menge fängt an Jump *von Kris Kross zu spielen. Die Menge ruft im Takt.*

STEVE Bitte. Klettere / zurück auf die Straße.

FREYA Who was her mother?
Had she a sister?
(Wer war ihre Mutter?
Hatte sie eine Schwester?)

STEVE Beruhige dich, hör zu, ich bin unterwegs.

Ein Grollen übertönt die anderen Geräusche. Der Boden wankt. Ein Erdbeben. Die Brücke bewegt sich.

FREYA In she plunged boldly —
No matter / how coldly
The rough river ran —
(Hinein taucht sie kühn auch –
Wie kalt, wie kühl auch
Der raue Fluss fließt –)

STEVE Bitte nicht. Freya. / Ich weiß, was das Problem ist.

FREYA Cold inhumanity / Burning insanity,
(Eiskalte Unmenschlichkeit / Brennende Irrsinnigkeit,)

STEVE Freya. Freya. Es ist in Ordnung, ich verstehe dich.
Das Grollen ist jetzt laut. Die Erde bewegt sich.

FREYA Steve. Ich weiß nicht, was ich tun soll. Ich will das Baby nicht, ich kann wirklich kein Baby haben.

STEVE Wir schaffen das.

FREYA Da ist ein Lärm. Es bewegt sich. Zittert. Die Brücke. *Alles bewegt sich!*

STEVE Halt dich fest und / warte oder

FREYA Ich will mich nicht festhalten – ich kann nicht mehr warten – es ist zu spät! – Das ist wichtig. Wo *warst* du! Das ist *es*!
Das Erdbeben ist sehr laut.
O Gott o Gott, das ist das Erdbeben. Wie sie gesagt haben.
Ich kann nichts tun.
Bitte bitte nein
Emily.
Es bricht.
Ich kann mich nicht halten! Ich … ich kann nicht!
Sie rutscht aus.
Blackout.
Geräusche von Zerstörung.

Ende vom 4. Akt.

5. Akt

Prolog

Während der Lärm abnimmt, wird eine Animation eingespielt.
Wir sehen eine Animation auf einer schwarzen Tafel, die die Geschichte illustriert. Es sieht ein bisschen wie die Eröffnungsszene von Unten am Fluss *aus. Der Erzähler ist alt und weise.*

ERZÄHLER Es wird erzählt, dass vor langer Zeit, in den frühen Jahren des einundzwanzigsten Jahrhunderts, die Menschheit nur an sich selbst dachte. Die Menschen beraubten das Land und plünderten die Meere, sie töteten die Tiere, entrissen der Erde die Mineralien und vergifteten den Himmel. Und als der Boden dunkler wurde, die Sonne heißer brannte und das Meer zu steigen begann, verschlossen die Menschen einfach die Augen und tranken und tanzten und versuchten, ihren sicheren Untergang zu ignorieren.
Es war zur Stunde, als die Menschheit in größter Not war, als Salomon kam. Eine junge Frau packte ihre Tasche und ging in die Stadt London. Nachdem sie drei Tage mit bloßen Füßen gegangen war, kam sie auf der Brücke über den Fluss an, am Mittelpunkt der Welt, und sie sprach. Ihre Worte verkündeten die neue Erleuchtung.
Sie war jung und so voller Hoffnung und Wahrheit, dass ihre Rede, ihre Worte, die Kraft und das Licht auf der ganzen Welt weitergegeben und wiederholt wurden, im Radio, im Fernsehen, in mächtigen Gerüchten und festgeschriebenen Geboten an jeden Mann und jede Frau auf der Erde, und langsam, langsam wendete sich das Blatt. Die Menschen hörten, und die Menschen veränderten sich. Salomon reiste den Rest ihres Lebens um die Welt, ging einen neuen Weg, zeigte uns die Zukunft, eine neue Art zu leben. Und die Menschen auf der Welt waren glücklich.
Sie wurden gerettet, und sie frohlockten.
Die schwarze Tafel wird weiß.

Unvermeidliche Zerstörung

2525.
Ein sauberer weißer Raum.
Freya liegt auf einem weißen Einzelbett. Auf einem Bildschirm im Hintergrund läuft die Animation, die wir eben gesehen haben.
Eine Frau tritt auf, sie sieht aus wie Grace und trägt eine weiße Version des Blumenkleides aus dem Prolog vom 1. Akt. Sie trägt einen Schleier.

GRACE Freya.
Freya?
Freya wacht auf. Versucht, aufzusitzen.
Nein, du brauchst dich nicht zu bewegen.
FREYA Ich war im Fluss.
GRACE Jetzt bist du in Sicherheit.
FREYA Das sind nicht meine Kleider …
GRACE Wie fühlst du dich?
FREYA Wo bin ich? Wo sind alle anderen?
GRACE Ich bin alleine. Versuch, dich zu konzentrieren. Du hast sehr lange geschlafen.
FREYA Was meinen Sie?
GRACE Du bist in der Zukunft.
FREYA In der Zukunft?
GRACE Im Jahr fünfundzwanzig fünfundzwanzig.
FREYA Sie scherzen.
GRACE Du bist am Leben. Du bist warm. Du bist sicher. Und jetzt bist du wach. Trink etwas.
Hier.
Ein Glas Wasser.
Freya nimmt es und trinkt.
FREYA Wer sind Sie?
GRACE Ich bin Grace.
FREYA Meine Mutter hieß Grace.
GRACE Ja.
FREYA Aber sie starb. Sie konnten nichts tun. Krebs.
GRACE Krebs haben wir nicht mehr.
FREYA Gut.

GRACE Wir haben keine Krankheiten und keine Schmerzen, wir haben kein Leiden und keinen Tod, wir haben nur noch Frieden. Frieden und Leben.

Grace streichelt Freyas Haare.

FREYA Genau so hat sie meinen Kopf gestreichelt.

Darf ich …

Freya nimmt Graces Schleier ab.

Mama …

GRACE Hallo, Freya.

FREYA Mama!

Ich hatte solche Angst! Ich wusste nicht … wusste nicht, was ich tun soll.

Freya umarmt sie und weint. Grace umarmt sie heftig.

GRACE Du bist in Sicherheit.

Du bist jetzt in Sicherheit.

Krankenhaus.

Freya liegt im Krankenhausbett, an einem Beatmungsgerät, bewusstlos.

Tim kommt herein.

TIM Mr Sullivan?

STEVE Ja.

TIM Ich habe Ihre Frau letzte Nacht behandelt. Mir wurde gesagt, dass Sie einige Fragen haben.

STEVE Haben Sie nicht gemerkt, dass etwas nicht stimmte?

TIM Wir hatten sicher keinen Grund zu glauben, dass sie –

STEVE Sie haben sie einfach gehen lassen.

TIM Sie hatte niemanden, der sie abholte.

Sie möchten vielleicht mit ihr reden.

STEVE Warum? Sie kann mich nicht hören. Sie haben sie in ein Koma versetzt.

TIM Um ihr beim Atmen zu helfen.

STEVE Warum sollte ich also mit ihr reden?

TIM Manche Leute finden es hilfreich.

STEVE Was glauben Sie?

TIM Es tut mir leid –

STEVE Hat sie eine Chance?

TIM Das ist nicht mein Gebiet.

STEVE Ich bin sicher, Sie haben mit Ihren Kollegen gesprochen, bevor Sie hier reinkamen, Sie *reden* alle miteinander, nicht? Also, was glauben Sie?

TIM Sie führen einige Tests durch.

STEVE Aber was glauben Sie?

TIM

STEVE Wenn es keine Chance gibt, sollten Sie mir das sagen.

TIM Ich weiß es wirklich nicht.

STEVE

TIM Gibt es noch etwas, was ich für Sie tun kann?

STEVE Ihre Familie ist draußen. Können Sie … dafür sorgen, dass sie haben, was sie brauchen, ihnen sagen, was vorgeht, alles, was sie wünschen, organisieren.
Und dafür sorgen, dass sie draußen bleiben.
Ich will nicht, dass sie reinkommen.
Tim geht.

2525.
Die Musik spielt wieder. Grace kommt herein.
Freya sitzt auf der Bettkante.

FREYA Also hat Vater einen dieser kryonischen Apparate gekauft, und wir sind alle im Moment unseres Todes eingefroren worden, du auch, erst zum Leben erweckt, als die Medizin die Kraft hatte, uns zu heilen.
Grace lächelt.

GRACE Du siehst besser aus.

FREYA Ich fühle mich besser. Also werden Vater und Jasmine und Sarah irgendwann alle hier sein.

GRACE Irgendwann ja.

FREYA Ich möchte mich umschauen. Habt ihr fliegende Autos?

GRACE Wir brauchen keine Autos.

FREYA Und Roboter.

GRACE Du hast keine Ahnung.

FREYA Wann kann ich es sehen?

GRACE Wenn du gesund genug bist.

FREYA Es geht mir gut, schau.

GRACE Zuerst haben wir ein paar Fragen.

FREYA Wozu?

GRACE Hast du dir den Film angeschaut?

FREYA Ich bin überrascht, dass ihr immer noch Filme habt, überrascht, dass ihr es mir nicht direkt in den Kopf übertragen könnt oder so.

GRACE Das ist die wichtigste Legende, die wir haben, und du bist genau aus dieser Zeit, Freya. Das Datum deiner Konservierung ist fast exakt das gleiche, als Salomon kam, und du wurdest im Fluss gefunden, am richtigen Ort. Für uns, für uns alle bist du von zentraler historischer Bedeutung.
Also.
Hast du sie getroffen?
Hast du Salomon reden gehört?

FREYA Ich weiß nichts über Salomon.

GRACE Das ist wichtig, du warst auf der Brücke, in dieser Zeit.

FREYA Ja aber –

GRACE Warum warst du auf der Brücke, wenn nicht, um Salomon zu hören?

FREYA Ich … Salomon?

GRACE Ja.

FREYA Salomon auf der Brücke?

GRACE Erinnerst du dich?

FREYA Mama. Es ist nicht Salomon. Es ist Sullivan.

GRACE Was?

FREYA Das bin ich. Ich bin den ganzen Weg zur Brücke gegangen, ich stand am Mittelpunkt der Welt.

GRACE Aber Freya …

FREYA Ich bin Salomon. Ich habe die Welt verändert.

GRACE Freya, das kann nicht sein.

FREYA Doch! Warum nicht?

GRACE Weil du gestorben bist.
Und Salomon …
Salomon lebte.

Sarah und Colin sind im Krankenhauscafé. Sarah bringt zwei Kaffee.

SARAH Hier.

COLIN Danke.
Sie trinken.
Wie geht es dir?
Sarah zuckt mit den Schultern.

Sie trinken.

SARAH Erinnerst du dich an die Jacke, die du zu Suzies Party getragen hast?

COLIN Was?

SARAH Ich habe gerade daran gedacht. Erinnerst du dich? Sie hatte Schulterpolster.

COLIN Ja.

SARAH Sie war viel zu groß.

COLIN Meine Glücksjacke.

SARAH Nun, so hast du sie genannt –

COLIN Ja.

SARAH Was für Glück genau?

COLIN Ich habe Aufmerksamkeit bekommen.

SARAH Du hast albern ausgesehen.

COLIN Wie ich sagte, Aufmerksamkeit.

SARAH Nun …

COLIN Von den Tussis.

SARAH Tussis. Meine Güte.

COLIN Deine Aufmerksamkeit.

SARAH Du hast die Ärmel hochgekrempelt.

COLIN Daran war nichts falsch, nicht in den Achtzigern.

Er krempelt die Ärmel seiner Jacke hoch.

Siehst du?

Sie lächelt.

Sieht gut aus.

Er rollt sie hinunter.

SARAH Vermutlich gerade ruiniert.

COLIN Was?

SARAH Die Jacke.

COLIN Wie meinst du das?

SARAH Es ist nur … sie sieht … teuer aus, du solltest vermutlich –

COLIN Nicht mehr dein Problem, oder?

SARAH Colin …

COLIN Was?

SARAH Ich habe versucht –

COLIN Was?

SARAH

COLIN Wir sollten nicht jetzt darüber reden.

SARAH Als du deinen Job verloren hast, ja, da habe ich vermutlich gedacht, dass ich das irgendwie kompensieren muss. Ich weiß, dass es nicht mehr ist, wie es mal war, ich weiß, dass ich anders bin in letzter Zeit.
Aber ich glaube nicht, dass es zu spät ist.
Ich verändere mich.
Oder so.

COLIN Magst du diesen Anzug?

SARAH Ja, ich meine …

COLIN Ehrlich.

SARAH …
Ich glaube nicht, dass er sehr … das bist nicht du.

COLIN Ich liebe ihn. Das tue ich wirklich.
Das ist ganz genau, wer ich bin.
Ganz genau.

SARAH …
Sarah streckt die Hand nach ihm aus.
Er weicht aus.
Magst du mich wenigstens noch?
Ich meine.
Du sagst, dass du mich nicht mehr liebst, und das ist … in Ordnung … das ist …
Du willst mich nicht mehr sehen.

COLIN

SARAH Aber glaubst du, dass ich ein netter Mensch bin?
Weil, nach all dem, was sie gesagt haben.
Nach Freya.
Und was Jasmine gesagt hat.
Ich habe sonst niemanden.
Also ist das ziemlich entscheidend.
Colin?
Magst du mich?

COLIN Du lebst in einem Millionen teuren Haus mit zwei Autos. Du bist Ministerin der Liberalen in einer konservativen Regierung. Dann sagst du mir, dass du in die Geschäftsleitung einer internationalen Fluggesellschaft wechseln willst. Das Problem ist nicht, dass ich dich nicht mag, Sarah. Ich kenne dich fast nicht.
Jasmine hat recht.

SARAH Jasmine hatte noch nie bei irgendetwas recht.

COLIN …

SARAH Was hat sie gesagt?

COLIN Die Dinge verändern sich.

Sie schauen sich an.

2525.

Freya steht jetzt.

FREYA Dann … dann muss ich zurück und tun, was ich hätte tun sollen.

GRACE Zurück? Freya, du kannst nicht zurück. Die Welt ist vor hunderten von Jahren zu Staub zerfallen. Das ist alles, was jetzt noch existiert. Das ist dein Leben.

FREYA Aber ich hätte etwas sagen sollen. Deshalb war Peter da. Und Emily. Ich hätte nicht fallen sollen, ich hätte reden sollen. Die Menge war da, bereit, zuzuhören, ich hätte ihnen die Nachricht überbringen sollen.

GRACE Freya, komm und setz dich.

FREYA Aber ich habe es vermasselt. Es muss etwas geben, was du tun kannst.

GRACE Es ist zu spät.

FREYA Mutter!

GRACE Setz dich!

FREYA Nein. Ich gehe raus. Ich muss jemanden finden, der mir helfen kann.

Ich …

Oh.

Wo ist die Tür? Es gibt keine Tür.

GRACE Nein.

FREYA Wie kommst du rein und raus?

GRACE Freya.

FREYA Was?

GRACE Du brauchst nirgends hinzugehen. Alles ist gut hier. Alles ist perfekt.

FREYA Und wo sind alle? Du redest ständig davon, dass wir dies und jenes glauben und wir sehr interessiert sind, aber ich habe nur dich gesehen. Es müsste hunderte von Menschen geben, die mit mir reden wollen, ich bin von historischer Bedeutung, erinnerst du dich.

GRACE Ich bin deine nächste Verwandte und Betreuerin, natürlich bin ich es, die nach dir schaut, und wenn du dir Zeit lässt, wirst du –

FREYA Da geht etwas vor.

GRACE …

FREYA Bitte. Mutter. Lüg mich nicht an.

Grace schaut sie an.

Ich habe immer gewusst, wenn etwas falsch war.

GRACE Hast du Kopfschmerzen?

FREYA Woher weißt du das?

GRACE Setz dich, mit mir, aufs Bett, und ich werde es dir erklären.

Jasmine ist im Wartezimmer.

Robert kommt herein.

JASMINE Äh. Das ist ein privates Zimmer?

ROBERT Wirklich?

JASMINE Wir haben dafür bezahlt.

ROBERT Davon gehe ich aus.

JASMINE Nur für die Familie, ja?

Sie schaut ihn genau an.

Oh. Scheiße. Scheiße.

Scheiße, habe dich nicht erkannt. Meine Güte. Habe Bilder gesehen, aber die müssen schon ziemlich alt sein. Du siehst … alt aus. Eine Schande, dass wir uns nicht kennengelernt haben, bevor so etwas … nicht?

ROBERT Du siehst … wirklich –

JASMINE Was? Schon legst du los, sie haben gesagt, dass du gerne austeilst, okay ja, ich war die ganze Nacht wach, ich bin nicht in bester Verfassung. Was? Wie sehe ich aus?

ROBERT Wie deine Mutter.

JASMINE Tu ich das?

ROBERT Als sie in deinem Alter war.

Sie ist sprachlos.

JASMINE Ja richtig, gut gemacht. Gute Taktik. Ich sehe aus wie meine Mutter, das bringt mich aus dem – das muss dich aus der Fassung bringen. Sarah sagt, dass Mutter nie glücklich war, sie weinte häufig, sagt sie, sieht aus, als ob Freya diese Gene abbekommen hat.

ROBERT Schau, ich weiß, dass es viel gibt, worüber wir reden / müssen, aber –

JASMINE Und ich habe deine bekommen, offensichtlich habe ich ein loses Mundwerk, erinnert Sarah an dich, ja, es gibt verdammt viel zu reden, wo willst du anfangen?

ROBERT Das ist nicht der Moment.

JASMINE Der ist nie, oder? Nie ist der verdammte Moment.

ROBERT Jasmine –

JASMINE So ein einsamer, alter, verdammter – schau dich an –

ROBERT Du bist kein Teenager, also –

JASMINE Doch, bin ich.

ROBERT Kannst du aufhören –

JASMINE Ich bin genau? Neunzehn, wenn du mitzählen würdest, was du vermutlich nicht tust, also – aufhören mit was?

ROBERT Aufhören, so verdammt bockig zu sein.

JASMINE Himmel, sie haben gesagt, dass du schnell böse wirst, ich dachte, sie meinten Stunden, nicht Minuten, schau deinen großen, roten Kopf an.

ROBERT Setz dich.

JASMINE Ich bin nicht diejenige, die wütend wird, Gandalf, du schreist, ich glaube nicht, dass das erlaubt ist, vielleicht sollte ich den Sicherheitsdienst rufen.

ROBERT Ich hasse Flugzeuge. Ich bin fertig. Gut. Du bist neunzehn. Ich bin siebzig. Setz dich und halt den Mund. Wie läufst du herum?

JASMINE Wie ich verdammt nochmal will.

ROBERT Du siehst aus wie eine Nutte.

JASMINE Redest du mit allen so?

ROBERT Ja. Du?

JASMINE Ja.

Ein Moment von Respekt.

ROBERT Gut.

Er setzt sich.

Sie setzt sich widerstrebend auch.

Dir muss kalt sein.

JASMINE Ich glaube nicht, dass du mir sagst, was ich anziehe.

Habe deine Bücher gelesen.

ROBERT Und?

JASMINE Ein bisschen trocken.

Er lächelt.

Du hast ihr gesagt, sie soll es wegmachen.

ROBERT Ich habe ihr die Wahrheit gesagt, ja.

JASMINE Wahrscheinlich bereust du das jetzt.

Ein Moment.

ROBERT Ich könnte einen Drink brauchen.

Jasmine nimmt eine Flasche aus der Tasche. Gibt sie Robert.

Was ist das?

JASMINE Ouzo.

ROBERT Oh.

Er trinkt aus der Flasche. Es ist schrecklich.

Möchtest du?

Sie nimmt die Flasche. Trinkt. Sie teilen die Flasche weiterhin.

Ich hätte die Arbeit an die erste Stelle setzen sollen, von Anfang an.

Das bereue ich.

JASMINE Obwohl Freya fast tot ist.

Sarah ist am Arsch, lässt sich scheiden.

Und ich … nun … schau.

Auch in Anbetracht von all dem?

ROBERT Genau wegen all dem.

Ich hätte von vornherein keine von euch haben sollen.

JASMINE Und warum bist du jetzt gekommen?

ROBERT Um mich zu verabschieden.

JASMINE Sie ist nicht –

ROBERT Doch. So weit ich das verstehe, hat sie keine große Chance.

JASMINE Nein, verdammt, du weißt nicht, ob irgendetwas passiert ist, Steve hätte es uns gesagt, du weißt es nicht, Scheiße. Verdammte Scheiße. Hätte eigentlich gedacht, dass du größer bist. Wir sind alle groß. Muss vermutlich Mutter gewesen sein.

ROBERT Nein. Deine Mutter war so groß wie ich.

JASMINE In Ordnung.

ROBERT Aber sie hatte deine Haare. Deine Hände.

JASMINE Was noch?

ROBERT …

JASMINE Was ist in der Tasche?

ROBERT Ein Kleid von deiner Mutter. Freya mochte es, wollte es, vor Jahren. Ich habe es ihr nicht gegeben. Ich dachte, vielleicht könnte ich …

JASMINE Ein bisschen spät jetzt.

ROBERT Du bist nicht wie die zwei anderen.

JASMINE Nein. Du hättest mich gemocht.

ROBERT Ja.
Ich glaube, das hätte ich.
Sarah kommt herein.
SARAH Du bist hier.
ROBERT Bin ich.
SARAH Ihr habt euch kennengelernt.
ROBERT Haben wir.
JASMINE Wo ist Colin?

SARAH Colin ist gegangen.
Während die nächste Szene weitergeht, sitzt Sarah bei ihnen und trinkt Ouzo.

2525.
GRACE Als du in den Fluss gefallen bist, Freya, hast du deinen Kopf angeschlagen. Da ist einiges beschädigt worden. Und manchmal, wenn das passiert, sind Menschen nicht mehr fähig, die eigenen Zellen von denjenigen um sie herum zu unterscheiden. Sie können die Grenzen ihres Körpers nicht mehr sehen – wo sie aufhören und die Welt beginnt. Sie können dafür instinktiv verstehen, dass wir alle nur verschiedene, wiederverwertete Stücke von einem größeren, älteren Wesen sind. Selbst nur Erdbeben, wunderbare Abweichungen in einem sich entwickelnden System. Wir sterben, und die Erde braucht uns für etwas Neues.
Der junge Robert kommt, weißangezogen, und rollt ein Kinderbett herein.
Ja, Freya, das ist die Zukunft, und ich bin deine Mutter. Aber das ist auch die Vergangenheit und die Gegenwart, und ich bin dein Vater, deine Geschwister, deine Freunde, dein Mann, der Tisch, das Bett, der Boden, wir sind alles, was ist, war, und alles, was sein wird. Ich bin die Natur im Ganzen. Und du auch.
FREYA Das ist nicht wirklich.
GRACE Dein Gehirn macht, was es immer macht. Sinn herstellen aus dem, was es aufnimmt. Es kombiniert Einbildung, Erinnerung, Information.
FREYA Ich träume.
GRACE Du bist auf deinem Weg.
FREYA Wohin?

GRACE Wir sind hier, um dir zu helfen.

JUNGER ROBERT Freya. Schau.

Das Geräusch von einem weinenden Baby. Freya geht und schaut ins Kinderbett.

Sie wühlt darin herum, aber es ist nichts darin.

FREYA Wo ist sie?

Doktor Harris steht bei Steve, der das Baby hält.

DOKTOR HARRIS Sie werden etwa zwei Stunden haben, nachdem wir sie geweckt haben. Und natürlich, wenn Sie ihr die Situation erklären, wenn Sie ihr sagen, was passieren wird, wird es ein Schock sein, sie wird Ihnen vielleicht nicht glauben. Sie wird sich dagegen wehren, aber ich werde hier sein, um zu helfen und Ihnen zu geben, was auch immer Sie brauchen, um Abschied zu nehmen.

Ist das in Ordnung, Steve?

STEVE Ja.

DOKTOR HARRIS Sind Sie sich sicher? Wir müssen sie nicht unbedingt wecken.

STEVE Sie möchte Emily sehen. Sie möchte es wissen.

DOKTOR HARRIS Nun gut.

Und was ist mit der Familie? Ich weiß, dass sie draußen sind.

STEVE …

DOKTOR HARRIS Möchte sie dabei sein?

STEVE

DOKTOR HARRIS Oder möchten Sie lieber alleine sein?

STEVE Lassen Sie sie herein.

Dr. Sally kommt zur Familie – Jasmine, Sarah und Robert.

Die Familie kommt hinüber.

Die Schwester sitzt in einem Stuhl, erschöpft. Stellt das Radio ein. Musik spielt.

Ein Choral.

2525.

Die Welten beginnen zu verschmelzen.

Freya ist außer sich.

FREYA Weckt mich … bitte.

GRACE Nein.

FREYA Bitte. Ich muss zurück. Ich kann nicht hier bleiben. Emily lebt. Ich kann sie hören. Sie ruft mich.

GRACE Freya. Das kannst du nicht.

FREYA Ich habe einen Fehler gemacht. Ich muss zurück. Ihnen alles sagen. Die Rede halten. Um die Erde gehen.

GRACE Nein.

FREYA Du kannst mich nicht aufhalten. Das ist nicht wirklich. Ich muss aufwachen und ihnen sagen, was passieren wird.

Freya geht zum Bett, legt sich hin und schließt die Augen.

GRACE Freya. Es tut mir leid.

FREYA Jetzt!

Ja!

Jetzt!

GRACE Es ist vorbei.

Die Musik spielt weiter, die Welten verschwimmen. Die Familie ums Bett versammelt, Grace steht etwas abseits.

Wir können nicht hören, was passiert – die Musik spielt.

Doktor Harris gibt Freya eine Spritze. Sie wacht langsam auf. Steve küsst sie. Sie fängt an zu reden, schnell, und dann sehen wir, wie sie ihr die Nachricht beibringen.

Sie kann es nicht glauben. Steve umarmt sie. Sie weint.

Etwas entfernt … während all dem, kommt Emily herein, sechzehn, sehr anders, als wir sie zuvor gesehen haben. Klar, optimistisch, intelligent.

Sie trägt das Blumenkleid, das Grace im Prolog des 1. Akts getragen hat. Und sie trägt einen Rucksack.

Langsam verschwindet das Krankenhaus, Emily wird heller.

Epilog

Die Küche eines großen Hauses auf dem Land im Westen von Oxfordshire. Nacht. Auf dem Tisch liegen Lebensmittel.
Es ist sechzehn Jahre später. 2026.
Emily packt Lebensmittel in einen Rucksack.
Etwas passt nicht hinein. Während sie alles neu ordnet, sehen wir eine Karte, eine Taschenlampe.
Es klopft an der Tür.
Emily geht und öffnet.
Tom kommt herein, jetzt fünfunddreißig, mehr ein Mann als ein Junge. Er ist viel besser angezogen, bereit für einen langen Marsch. Er ist sich seiner selbst sicher.

EMILY Vater schläft, also sei leise, Tom – du siehst nervös aus.

TOM Du hast bisher noch kaum einmal allein die Stadt verlassen, du weißt nicht, wie es ist. Du solltest mich mitkommen lassen.
Sie lächelt. Berührt seinen Arm.

EMILY Mir wird nichts passieren.

TOM Und was hast du an?

EMILY Magst du es? Bevor sie gestorben ist, hat Mutter Vater gesagt, dass es ihr Lieblingskleid war. Vater hat es mir heute Nachmittag gegeben, zu meinem Geburtstag. Es scheint mir angemessen, und ich mag das Muster. Was ist mit dir? Hast du ein Geschenk für mich?
Tom gibt ihr eine kleine Tasche.

TOM Papiere, Ausweis, Karten, ein neues Telefon.

EMILY Gut.

TOM Alles in der Tasche, wie bestellt.

EMILY Perfekt. Ich glaube, ich sollte barfuß gehen …

TOM Es ist ein langer Weg.

EMILY Das ist es, und die Menschen sollen das merken.
Sie zieht ihre Schuhe aus.
Definitiv barfuß.

TOM Du rufst mich an, wenn du in Schwierigkeiten gerätst?

EMILY Es wird keine Schwierigkeiten geben.

TOM Es könnte welche geben, vielleicht sollten wir deinem Vater sagen, was du machst. Wenn er aufwacht und du gegangen bist –

EMILY Wann hast du dich darum gekümmert, was sie denken?

TOM Diesmal ist es anders.

EMILY Wie auch immer, ich habe ihnen jahrelang gesagt, immer wieder, wenn ich sechzehn bin, wird das eintreffen. Nicht mein Fehler, wenn sie mir nie geglaubt haben.

TOM Lass wenigstens eine Notiz zurück –

EMILY In Ordnung. Zahnbürste, Schlafsack, Handtuch.

Sie zieht den Rucksack an.

TOM Die Rede?

EMILY Ich brauche keine Rede. Es ist alles hier oben … Tom! Ich bin halb so alt wie du, und du siehst aus wie versteinert.

TOM Es ist lächerlich.

EMILY Du weißt, was ich tun kann?

TOM Ja.

EMILY Und du vertraust mir?

TOM Natürlich.

EMILY Dann lächle. Es wird gut. Jetzt, wie sehe ich aus?

Er schaut sie an, prägt sie sich ein.

TOM Emily Sullivan.

Großartig.

Sie lächelt.

Er lächelt auch.

Sie schaut ihn an, geht zur Tafel in der Küche und schreibt in großen Buchstaben.

»Gehe nach London«

Sie lächelt, und sie gehen ab.

Blackout.

Ende.

Nuran David Calis

Zoff in Chioggia

frei nach Carlo Goldonis
Krach in Chioggia

Das CHIOGGIA

ISODORO, *Besitzer des CHIOGGIA*

Familie Toni

PADRON TONI, *Ehemann von Pasqua*
PASQUA, *Frau von Padron Toni*
LUCIETTA, *Tochter von Pasqua und Toni*
BEPPO, *Sohn von Pasqua und Toni*

Familie Madonna

MADONNA
FORTUNATO, *Sohn von Madonna*
CHECCA, *Tochter von Madonna*

Die Jungs

TITTA NANE
VINCENZO
TOFFOLO

Außerdem

DIE DÄMONEN
DIE GÄSTE DES CHIOGGIA

Ort

CHIOGGIA ist ein Vorort am Meer. Und ein Café am Hafen. Hinter ihm liegt die große Stadt. Vor ihm das weite Meer.

Zeit

Hier und heute. Die Geschichte spielt an drei Tagen in und im Chioggia.

1. Tag

1.

Isodoro kommt in seinen Laden. Macht Licht an. Geht in sein kleines Tonstudio: Er setzt sich hinter einen Sender. Videokamera. Computer.

ISODORO *alleine* Hallo. Test. Test. Test. Wie bediene ich das jetzt? Kommen Sie rein! Trinken Sie einen. Nein, das geht nicht… – Was rede ich denn da für einen Unsinn. Ich bin zu alt für so was. CHIOGGIA ist ein schöner Laden. Er ist 200 Quadratmeter groß. Hat festes Personal. Kommt herein und fühlt euch wohl dabei, dienstags, mittwochs, donnerstags, freitags und montags und das ganze Wochenende: Zahl einmal! Und iss, so viel du kannst! So was Blödes! Ich … ich hör jetzt auf, soll das jetzt Werbung sein? Ich weiß es nicht … – *In den Laden kommen Fortunato und Vincenzo. Sie tragen zusammen Kabel.*

VINCENZO Jetzt komm schon, schneller …

FORTUNATO *essend* Nicht so schnell!

VINCENZO Was isst du denn da! Los jetzt, da draußen ist noch eine Menge Zeug. Das muss rein. Ich muss alles noch anschließen.

FORTUNATO Nein!

VINCENZO Was ist jetzt? Du wolltest mir doch helfen?!

FORTUNATO Ja, helfen schon, aber nicht mehr umsonst.

VINCENZO Ich dachte, du bist mein Freund.

FORTUNATO Nein, das bin ich nicht. Freunde behandelt man nicht so. Kann ich nicht einfach so dein Freund sein? Ohne dass ich dir immer helfen muss? Warum müssen sich Freunde immer helfen? Ich muss immer helfen! Können Freunde nicht einfach Freunde sein? Und einfach nur zusammen rumhängen?

VINCENZO Wir hängen später rum.

FORTUNATO Ich brauche Geld.

VINCENZO Komm jetzt.

FORTUNATO Ich habe nämlich keins.

VINCENZO Pack an.

FORTUNATO Nein.

VINCENZO Hier hat keiner Geld.

FORTUNATO Die anderen sind mir egal. Ich habe keins!

VINCENZO Kein Geld. Der Fortunato sagt: Er hat kein Geld! Er habe kein Geld! Wenn einer weiß, was es bedeutet, kein Geld zu haben, dann bin ich das! Also: Mund halten. Freunde helfen sich. So ist das nun mal. Auch ohne Geld!

FORTUNATO Du brauchst keinen Freund. Du brauchst einen Sklaven! Ich will dir nicht immer helfen. Ich will lieber BEZAHLT werden als dein FREUND sein!

VINCENZO Meinst du, mir macht das Spaß? Wenn ich zahlen könnte, bräuchte ich dann die Hilfe von Freunden wie dir? Meinst du, mich bezahlt hier irgendjemand? Ständig muss ich allem und jeden was ein- und ausbauen, reparieren, löten oder schweißen! Nein! Wenn ich Geld hätte, dann müsste ich dein dummes Gerede nicht ertragen! Dann müsste ich FREUNDE wie dich nicht ertragen! Dann könnte ich mir jeden FREUND kaufen!

FORTUNATO / VINCENZO *gehen wütend aufeinander los* Was willst du damit sagen?!?

Isodoro steht auf und geht dazwischen. Sie streiten sich heftig.

2.

LUCIETTA *kommt allein in den Laden* Immer dieser Zweifel in einem. Meistens kommt er morgens so gegen fünf. Reißt einen aus dem Traum. Man dreht sich und wendet sich wie ein Stück Fleisch, in der Hoffung, dass die Nacht einen wieder in den Traum grillt. Dann hämmert es ganz dicht an der Schläfe, erst ganz leise, auf einer Seite, dann auf beiden Seiten, dann immer lauter: *Chioggia ist Endstation. Chioggia ist Endstation. Chioggia ist Endstation.* Ach, Chioggia … – Ich will rausschreien, was andere denken. Ich will weggehen und mich von allem abwenden … – Ein Zombie bin ich hier. Nicht tot, nicht lebendig, und irgendwo da draußen ist das Leben. Seelenlos steckst du hier in Chioggia fest und hoffst, dass sich etwas ändert. Aber da wird sich nichts ändern, niemand wird kommen und mich aus dieser klebrigen Scheiße herausholen … – solange ich mich nicht selber an meinen eigenen Haaren rausziehe. Entweder ziehe ich mich hier raus oder ich versinke wie jeder andere hier im bedeutungslosen Sumpf. Peng. Aus. Vorbei …

TITTA *off, von weitem* LUCIETTA!

LUCIETTA *leise, gelangweilt* Ja …

TITTA *off, ruft noch lauter* LUCIETTA!

LUCIETTA *schreit* Ja, ja, jaaaaa …

TITTA *ist da* Da bist du ja …

LUCIETTA Ja, da bin ich, wo soll ich denn sonst sein?

TITTA Ich habe dir Kuchen mitgebracht.

Madonna geht einmal durch den Raum. Alle drei nicken sich kurz zu.

LUCIETTA Ich muss mich umziehen. Die Schicht beginnt gleich.

TITTA Warte! Hast du schon was gegessen? Schau mal hier, mit Früchten, süßen Früchten und Nüssen. So, wie du es magst. Schau mal, nur für dich. Von mir für dich, nur für dich, sonst für niemanden.

Lucietta wird lieb, beide beginnen zu essen.

LUCIETTA Die schmecken echt gut.

TITTA Nimm noch ein paar von denen.

Beide essen und schauen sich liebevoll an.

LUCIETTA Und?

TITTA Was und?

LUCIETTA Du weißt schon.

TITTA Was weiß ich?

LUCIETTA Tu nicht so.

TITTA Was tu ich denn?

LUCIETTA Und? Ich meine …?! Hast du dich entschieden?!

TITTA Schmeckt es dir?

LUCIETTA Ich höre?

TITTA Nicht schon wieder, bitte. Ich dachte, wir hätten das geklärt.

LUCIETTA Titta, ich will, dass du mir jetzt sehr gut zuhörst!

TITTA Schau mal, ich habe dir Kuchen mitgebracht. Ich will wieder Frieden. Keinen Krieg. Nicht immer Streit. Streit. Streit.

LUCIETTA Ich will …

TITTA Du isst zu wenig! Liebe mich. Lieb mich. Komm.

LUCIETTA Du hast versprochen …

TITTA Ganz dünn bist du! Du weißt, ich mag es etwas fester!

LUCIETTA *schreit, wirft den Kuchen weg* TITTA!

Titta erschreckt sich. Lucietta ist kurz davor, Titta zu erwürgen.

TITTA Lucietta. Ich bin doch gerade hier angekommen.

LUCIETTA Immer die gleiche Leier.

TITTA Ich war ein kleiner Zwerg, als ich …

LUCIETTA *leiert ihn nach* … an den Strand von Chioggia gespült wurde!

TITTA Ich habe Chiogga viel zu verdanken. Wenn Isodoro nicht …

LUCIETTA *leiert ihn weiter nach* … gewesen wäre, der dich aufgenommen hat.

TITTA Meine Eltern …

LUCIETTA *streng* … sind auf dem Meer ertrunken, und bis heute fehlt von ihnen jede Spur. Ja und? Und jetzt? Du hilfst mal Isodoro im Laden, mal meinem Vater auf dem Schiff. Hängst mit den Jungs am Hafen rum. Trägst mal Fische rein, mal nimmst du den Besen und machst den Laden sauber. Aber da muss doch noch mehr sein! Allen und jedem bist du dankbar, aber das brauchst du nicht. Ist das alles, was du willst? Ist da nicht mehr? Du hast doch einen Kopf. Einen so schönen, wundervollen Kopf. Deine Gedanken sollten Dumm-Dumm-Geschosse sein, die dein Gehirn befreien. Titta, hier gehe ich ein wie ein verirrter Wal. Hörst du? Ich trockne aus. Im Kopf. Im Körper. Werde unbeweglich und steif und ersticke. Die Haut reißt mir schon auf. Schau mal: Keine Creme der Welt schaffe es, die Haut wieder zusammenzuflicken. Niemand hier hat eine gesunde Haut. Egal, wie stark die Fettcreme ist, die man nimmt. Hier bekommt man die Pest direkt am Arsch und wird sie nicht mehr los …

TITTA Aber ich will hier, nur hier, will ich mit dir zusammen sein.

LUCIETTA Du willst, willst, willst. Und was ist mit mir? Du willst immer den Dingen auf den Grund gehen! Ständig willst du wissen, wie es mir geht, ständig willst du mir was zu essen geben. Fragst andauernd, ob ich dies und das schon hab. Das ist mir alles egal! Ich will weg, raus aus dem Grund, nach dem du dich immer so sehnst. Du suchst halt immer Familie. Ich nicht. Du suchst ständig das Vertraute, ich das Fremde. Ich muss raus aus meiner Geschichte. Ich will meine eigene Geschichte schreiben zusammen mit dir! Ich will nicht in die Fußstapfen von den Leuten in CHIOGGIA treten. Ich will nicht, dass mir jemand dieses oder jenes ermöglicht. ICH WILL BLUTEN. ICH WILL SELBER EROBERN. Ich weiß alles über mich. ICH WEISS ALLES ÜBER DICH! Und ich will genau das alles vergessen. HAST DU NIE FERNWEH?

TITTA Fernweh?

LUCIETTA Ja, Fernweh!

PASQUA *tritt auf, zu Lucietta* Kommst du? Ich will nicht, dass wir die Letzten hier sind.

Lucietta folgt ihr in die Küche. Titta bleibt alleine zurück.

TITTA *alleine* Ich kann mich nicht erinnern, dass irgendwer in meiner Umgebung je dieses Wort benutzt hat. Fernweh ist das Gegenteil von Heimweh. Fernweh ist, wenn man weg will, Heimweh ist, wenn man zurück will. Ich habe bisher weder das Wort Fernweh noch Heimweh je im Mund gehabt. Auch kein anderer, den ich kenne, außer LUCIETTA, in diesem Moment, zum ersten Mal. Chioggia ist mein Heimweh. Meine Heimat. Mein Zuhause. Chioggia ist mein Hafen, mein Vorort, mein Kiez, mein Viertel, mein Block, meine Kneipe. Vor uns liegt das große Meer und hinter uns die große Stadt. Hier weht der Wind einem immer stark ins Gesicht. Wir alle, die wir hier leben und arbeiten, sind immer todmüde. Und die Netze, die wir heimbringen, immer leer. Hier müssen die Köder immer wieder ausgeworfen werden. Morgens weißt du oft nicht, welcher Fisch abends auf den Tisch kommt. Dennoch sich bloß nicht mit leeren Händen zu Hause blicken lassen! Niemals den Appetit verlieren. Den Hunger. Mehr wollen als andere. Ja: Chioggia ist Boxring. JA: Aber Chioggia ist auch meine Heimat. Fernweh hat sie. Heimweh habe ich. Sie will vergessen, wer sie ist, und ich will immer wissen, wer ich bin, woher ich herkomme. LUCIETTA träumt von fremden Welten und will sich von der vertrauten lösen. Ich lebe in einer fremden Welt und suche nach einer vertrauten. Sie will frieren. Ich will, dass es mir endlich warm wird hier.

Checca tritt auf, laufend, sieht Titta und geht langsam in die Küche.

CHECCA Alles gut bei dir? Du siehst so traurig aus. Ist irgendwas passiert? Möchtest du reden?

Titta sagt nichts. Checca geht weiter.

3.

Padron Toni, Beppo. Alle schleppen Lebensmittel. Fortunato und Vincenzo helfen. Titta macht auch mit. Isodoro geht wieder an seinen Platz.

PADRON TONI *stürmisch* Beeil dich! ALLE ANPACKEN! LOS!

BEPPO Schneller geht nicht, Vadder!

PADRON TONI Red nicht so viel! Außerdem bin ich jetzt dein Chef und nicht dein Vater!

BEPPO *ruft* Könntet ihr mir mal alle helfen?

PADRON TONI Die Zeit ist knapp! Hopp! Hopp! Hopp!

TITTA *zu Beppo* Sag mal: Hast du schon mal daran gedacht, abzuhauen?

BEPPO *zu Titta* Wo soll ich denn hin?

VINCENZO *zu Isodoro* Ich sage nur: Virus-Marketing!

FORTUNATO *zu Vincenzo* Hey, du!

VINCENZO Ja!

FORTUNATO Pscht!

Alle schmunzeln. Vincenzo nicht. Isodoro verdreht die Augen.

Fortunato zu Titta: Titta, ich war schon mal weg! Ich komme aus der Hölle. Ihr könnt mich nicht umbringen. Ha, ha! Hab ich denen gesagt. Aber keine Chance. Ich bin ein Zombie. Hi, hi! Ihr könnt mich nicht töten. Ich bin schon tot. Hab ich denen gesagt! Die dann: Nein, nein, du bist das dümmste Arschloch der Welt. Du bist so dumm und unbegabt. Du bist ein Nichts. Du hast etwas so Kostbares in die Hand bekommen, und du hast es vermasselt. Ich will wieder zurück, hab ich denen gesagt. Ich will nichts »Kostbares« mehr in die Hand bekommen. Das ist nichts für mich. Zehn Tage habe ich es ausgehalten da draußen. Ja, ja, ganz einfach vermasselt hab ich es. Die dann: Du Trottel, Fortunato, nachts liegst du so rum und fühlst dich einsam und dumm! Dir kommen die Tränen, wenn du so über dein Leben nachdenkst, du bist ein Waschlappen, der nichts hinbekommt, du beklagst dich bei der Welt: Warum hat man mich vergessen? Warum gibt es Milliardäre auf der Welt, und ich bin keiner? Warum bist du nur so ein beschissener Bettnässer! Du bist der Betrachter deines Lebens, andere leben und gestalten dein Leben, andere bestimmen deine Träume, du hast noch nicht mal einen eigenen Traum, du bist ein Versager, deine Träume sind die Realitäten der anderen, du äffst in deinen Träumen die Realitäten der anderen nach, du kleiner Regenwurm ohne Rückgrat, du hast es nicht verdient, unter dem Stein der Geschichte hervorzukriechen, du hast nix, du kannst nix, was der Menschheit einen Traum hinzufügen könnte, leg dich hin und schlaf weiter oder schau einfach fern, bis in den Morgen. Punkt und aus. Das sagen DIE einem jede Sekunde, sag ich euch – Aber ich hör auf DIE nicht mehr …

TITTA Wer »DIE«? Wen meinst du mit »DIE«?!

FORTUNATO »DIE«, »DIE«, »DIE«, »DIE«! Das habt ihr jetzt nicht gesehen, oder? Das ist kein altes Seemannsgarn, was ich euch erzähle!

Keiner sieht die Dämonen, außer Fortunato. Alle schütteln den Kopf. Dann arbeiten sie wieder.

TITTA *zieht Beppo zu Seite* Beppo! Die Lucietta hat mir diesen Gedanken ins Ohr gesetzt. Seit Wochen redet sie von nichts anderem. Sie hat gesagt, sie heiratet mich erst, wenn ich ihr das verspreche. Wenn ich verspreche, mit ihr abzuhauen. Weg aus Chioggia.

BEPPO Und hast du es ihr versprochen?

TITTA Was soll ich denn da draußen! Keiner war wirklich weg. Ich war noch nie raus aus Chioggia. Nur Fortunato war mal zehn Tage raus. An einem Ort, an den er sich nicht mehr erinnern kann. Ständig redet er davon, aber bis heute weiß keiner, ob er wirklich weg war. Vermisst hat ihn keiner, er hätte auch zehn Tage zugedröhnt am Strand liegen können …

BEPPO Nein, nein, ich rede mal mit meiner Schwester. Ich liebe die Checca, du liebst die Lucietta, ich heirate die Checca, du heiratest die Lucietta, und am Strand spielen dann unsere Kinder! Schau mal hier. Den Ring, hier, den habe ich für die Checca besorgt, ich werde es ihr heute sagen und ihn ihr geben. Dann heiraten wir, vorher heiratet ihr, dann bauen wir uns ein Haus, hier, direkt am Strand, dann kriegen wir Kinder, viele, viele Kinder, eins, zwei, drei … – Dann übernimmst du den Laden von deinem »Alten« und ich den Kutter von meinem »Alten«, und das Rad dreht sich weiter und weiter, und wir machen es dann besser und besser …

TITTA Keiner will doch ständig mit leeren Netzen nach Hause kommen. Oder? Und wenn Isodoro …

ISODORO Hab ich da meinen Namen gehört?

TITTA *leise zu Beppo* Ich liebe meine Heimat. Aber ich liebe auch Lucietta. Es muss sich was ändern. Sagt sie. Man arbeite und arbeite, sagt sie, und am Ende komme dabei nichts raus. Hier ist: tagaus, tagein. Alles leer.

FORTUNATO Leere verbindet!

PADRON TONI *zu den Jungs* Ich habe nicht den ganzen Tag Zeit. Los, Jungs! Die ganze Rampe ist noch voll. Fortunato, bitte, du reißt dich jetzt zusammen, hör auf, alle verrückt zu machen.

VINCENZO *zu Isodoro analytisch* Ich dachte, wir ballern auf allen

Kanälen! Wir gehen da rein. Wie die Fischer aufs offene Meer. So schnappen wir uns die Fische. Alle rein in die Netze! So erreichen wir Aufmerksamkeit …

FORTUNATO *ruft rüber zu Vincenzo* Hey, du!

VINCENZO *weiter zu Isodoro, akribisch an den Geräten* Ein bisschen Werbung hier, ein bisschen Werbung da. Alles aufnehmen, hier reinsprechen, hier alles herumschnippeln und dann raus damit: So wirft man heute Netze aus! So fängt man die ganz dicken, die ganz, ganz dicken Fische …

FORTUNATO *ruft rüber zu Vincenzo* Hey, du!

VINCENZO Ja.

FORTUNATO Pscht!

Die anderen lachen. Vincenzo beißt sich auf die Zähne.

PADRON TONI Bitte! Los, weiterarbeiten! Bitte! Nicht so viel reden: arbeiten!

VINCENZO *zu Isodoro, weiter erklärend* Das ist wie Mundpropaganda! Nur epidemischer. Wirkungssicherer. Es geht da rein, wie ein Infekt. Wie eine Krankheit. Befällt alles. Und jeden. Dagegen gibt es kein Gegenmittel. Niemand kann sich diesem Netz in dem weltweiten Meer des »WorldWideWeb« entziehen: www.chioggia.de – ist dein Netz. Innerhalb kürzester Zeit, ähnlich einem Virus …

ISODORO Virus.

VINCENZO Alles wird dann von Mensch zu Mensch weitergetragen. Jede Idee. Jeder Gedanke. Das Ganze kannst du wie Werbung benutzen … Oder als Anleitung zu einem Aufstand. Mit diesem Ding kannst du die Massen da draußen bewegen. In jede gewünschte Richtung.

FORTUNATO *ruft rüber zu Vincenzo* Hey du!

VINCENZO Ja …

FORTUNATO *ruft rüber zu Vincenzo* Maul halten!

Alle lachen wieder. Vincenzo nicht. Danach arbeiten alle wieder.

PADRON TONI *zu Isodoro* Hör mal, wir müssen reden: Du musst mich und die Jungs endlich zahlen! So kann es nicht weitergehen. Tagaus, tagein bringen wir dir frische Ware, Fisch und Gemüse. Seit einem Monat zahlst du deine Rechnungen bei mir nicht. Aber willst jeden Tag Ware geliefert haben. Mir fehlt schon seit Wochen die Motivation, weiter für dich zu arbeiten.

ISODORO *zu Padron Toni* Soll ich dir mal sagen, was uns allen hier wirklich fehlt?

PADRON TONI *zu Isodoro* Werde nicht mehr umsonst arbeiten! Basta!

ISODORO Zahlende Kundschaft!

VINCENZO *zu Isodoro* Zur Erfolgsmessung dienen …

FORTUNATO Hey!

VINCENZO Was!

FORTUNATO Pscht!

PADRON TONI *zu Isodoro* Ich sage dir: Wenn ich mich nicht an die Zeiten halte …

ISODORO *zu Padron Toni* Ihr fresst mich noch alle auf! Bevor ich auch nur einen Kaffee verkauft habe!

PADRON TONI *zu Titta* … Hör mal, Titta: Meine Tochter soll es einmal besser haben als ich. Hörst du, Titta. Vergiss das nicht. Wenn du ihr nichts bieten kannst? Soll sie zu einem anderen …

VINCENZO … Die unter anderem …

FORTUNATO Pscht!

VINCENZO … Die …

FORTUNATO Sag mal, hast du keine Freunde, denen du das erzählen kannst?

Aus Vincenzo bricht es raus, und er stürmt auf Fortunato los.

VINCENZO HALT DEN MUND!

Die Frauen kommen auch alle reingestürmt: Lucietta, Pasqua, Madonna, Checca. Vincenzo und Fortunato prügeln sich. Dann erschöpftes Schweigen.

ISODORO *zu allen am Ende seiner Kräfte* Ich sage euch ALLEN jetzt was: Heute ist TAG 1. Morgen ist TAG 2! Dann kommt TAG 3! Nach diesen drei Tagen will ich von euch wissen, wie es weitergeht! Ich will, dass Werbung gemacht wird! Dreht Videoclips, stellt sie ins Netz, fangt die dicken Fische da draußen! Sprecht jeden an! Ich will, dass gesungen, getanzt wird, von mir aus auch gestrippt. Ich will, dass der Laden voll ist! Wir treffen uns alle, und dann will ich Ideen, sonst wird der Laden an TAG 4 nicht mehr geöffnet! Wenn am vierten TAG der Laden nicht tsunamimäßig überrollt wird. Dann ist Schluss! Dann setze ich mich in mein Boot und bin weg! DIE UHR TICKT AB JETZT FÜR UNS ALLE! NUR NOCH DREI TAGE! SONST: Landet IHR ALLE auf der Straße. ICH HABE ES SATT!

Geht ab. Alle Männer laufen besorgt Isodoro hinterher.

4.

Die Frauen alleine. Sie heben die Stühle von den Tischen runter.

MADONNA Das macht er niemals. Den Laden schließen.

LUCIETTA Nein, leider nicht, dazu ist er zu feige.

CHECCA Wenn er den Laden schließt, dann sitzen wir alle auf der Straße.

PASQUA Schlimmer als jetzt kann es uns allen ja nicht gehen.

Ein Motor heult auf. Alle Damen laufen zum Fenster.

MADONNA Schaut mal, mit wem redet ISODORO.

LUCIETTA Was reden die denn da?

CHECCA Jetzt umarmen sie sich auch und klopfen sich ab.

LUCIETTA Auf mich macht er einen seltsamen Eindruck.

CHECCA Der sieht echt gut aus.

LUCIETTA Er sieht ganz »Oooooookaaaay« aus.

PASQUA Ich weiß, wer das ist.

MADONNA Ach!? Ja?! Woher?

PASQUA Er ist Italiener. Und diese neue Espressobar soll sein Reich werden. Isodoro meint, nur ein echter Italiener könne so eine Bar leiten. Nur ein echter Italiener wisse, wie heiß das Wasser sein muss, das durch den Kaffee zieht, nur ein echter Italiener wisse, wie warm die Milch sein muss, die dann langsam in den Kaffee fließen soll. Er könne sogar die Milch, die sich langsam auf den Kaffee setzen und dann leicht legen soll, so weich schlagen, so windelweich und zart, so zart schlagen, dass sie sich ganz sanft wie eine Wolke auf den Kaffee legt …

Alle Damen haben gut zugehört.

CHECCA Achtung, sie kommen!

Die Frauen arbeiten alle weiter. Isodoro und Toffolo kommen.

ISODORO So, meine Lieben: Das ist TOFFOLO. Der ist ab heute mit an Bord. Das ist meine erste Maßnahme am ersten TAG! Der wird ab jetzt den Kaffee machen. Er hat viele gute Ideen. Die erste Maßnahme von mir ist »frisches Blut«. Andere Maßnahmen müssen folgen, auch von euch allen! Ich sage euch noch mal: Die Uhr tickt. Ist das geil, oder was? In DREI TAGEN läuft sie aus. Entweder wir gehen alle unter oder wir ziehen uns an den eigenen Haaren aus dem Sumpf. *Geht wieder raus.*

TOFFOLO Ciao, Bellas!

ALLE DAMEN *arbeiten weiter* Ciao!

TOFFOLO *geht an die Kaffeemaschine* Will einer einen Kaffee?

Alle heben vorsichtig die Hand.

LUCIETTA *an alle* Warum eigentlich die ganze Mühe, der Laden läuft doch eh nicht.

PASQUA *zu Madonna* Madonna! Fett anheizen!

CHECCA *zu Lucietta* Das ist überall so.

MADONNA *zu Pasqua* Warum soll ich schon wieder das Fett anheizen?

PASQUA Weil ich diese Woche den Dienstplan mache!

MADONNA Du machst jede Woche den Dienstplan!

PASQUA Kannst dich ja bei Isodoro beschweren.

MADONNA Ich will auch mal die Theke machen.

LUCIETTA *an alle* Isodoro hat große Sorgen, und jeder von uns soll sie sich mit reinziehen.

TOFFOLO Will einer einen Kaffee mit Milch?

Alle melden sich. Entzückt.

CHECCA *zu Lucietta* Egal, wo du bist und was du machst. Du denkst, da draußen drehen sich die Räder anders als hier? Das tun sie aber nicht.

PASQUA *zu Madonna* Schön heiß machen, ne, das letzte Mal war das Fett nur lauwarm, ne …

LUCIETTA *zu Checca* Hier gibt es nichts, wofür es sich lohnen würde, weiterzumachen. Chioggia ist kaputt. Man muss weg von hier.

MADONNA *zu Pasqua* Also ich finde: Hinter der Bar bin ich viel besser aufgehoben!

TOFFOLO *an alle* Will einer den Kaffee mit heißer Milch, Schokopulver und oder Zimt oben drauf?

Alle bleiben stehen und schauen Toffolo sehnsüchtig an.

LUCIETTA *zu Checca* Ich sage dir: Wir sollten alle hier abhauen!

CHECCA Ich sage dir: Verteile die Macht. Damit sie keinen mächtig macht!

PASQUA Wenn ich das schon höre!

MADONNA Lass sie reden!

CHECCA Ich meine: Hier geht alles den Bach runter, weil jeder nur an sich denkt! Isodoro tut gut damit, uns die Pistole auf die Brust zu setzen.

PASQUA Nicht reden. Arbeiten.

MADONNA *streng* Du musst zuhören! Dann kannst du noch was von ihr lernen!

CHECCA *weiter* Immer höher, immer schneller, immer weiter, immer mehr geht nicht mehr … Was wir immer so wollen, geht nicht mehr …

PASQUA *fährt streng ins Wort* Was soll ich denn von der lernen …

CHECCA *lauter* Was ich damit sagen will: Wir müssen Hierarchien abschaffen. Kein Oben und Unten mehr. Alles muss eins werden. Wenn es einem schlecht geht, muss man es GEMEINSAM besser machen. Und nicht rumheulen. Nicht gleich an Flucht denken! Wir müssen das »Hier« als »Unser« begreifen.

PASQUA *blickt Madonna scharf an* Um etwas Altes umzuhauen, müsst ihr was Neues in der Tasche haben! Wenn ihr beiden denkt, dass ihr die Dinge besser in den Griff bekommt, dann müsst ihr auch den Beweis liefern. Ich sehe nur zwei Schnepfen, die den ganzen Tag reden und reden. Und sich vor »Arbeit« drücken!

MADONNA *scharf zu Pasqua und Lucietta* Die Checca muss immer servieren und abräumen, und die Lucietta kann Bestellungen aufnehmen. Und du darfst Woche für Woche die Dienstpläne machen. Kannst an der kühlen Theke stehen. Und ich verbrenne! Da stimmt doch was nicht!

PASQUA *laut* Sei bloß still!

CHECCA *zu Madonna und Lucietta* Weil jemand einen direkten Draht ganz nach oben hat!

LUCIETTA Ich arbeite mir hier auch die Seele aus dem Leib, jeden Tag!

PASQUA Tagaus, tagein!

CHECCA *schreit* So geht das nicht weiter!

PASQUA *zu Checca* Bevor du weiter den Mund aufmachst, solltest du dir erstmal einen richtigen Mann nehmen!

MADONNA *zu Pasqua* Sie könnte, wenn sie wollte, viele, viele, viele Männer haben!

CHECCA *zu Lucietta* Kein MANN wird doch glücklich mit DER!

LUCIETTA WAS WILLST DU DAMIT SAGEN?

MADONNA FRAG DOCH DEINEN TITTA! DU TREIBST DOCH NOCH JEDEN IN DEN ABGRUND!

LUCIETTA / MADONNA / PASQUA / CHECCA *schreien sich an* HALT DEIN' MUND! HALT DU DEINEN MUND! WAS SCHREIST DU SIE SO AN?

TOFFOLO *ruft* Der Kaffee ist fertig!

Alle hören auf, sich zu streiten.

LUCIETTA *resigniert* Nennt mir einen Grund, warum ich eine Sekunde länger hier bleiben sollte!

TOFFOLO *zu Lucietta, sanft* Ich würde keine Sekunde zögern und mit dir abhauen von hier. Wohin du willst. Bis ans Ende der Welt würde ich mit dir gehen.

5.

Isodoro und Titta schleppen eine Karaoke-Anlage mit. Gäste kommen.

TITTA *sieht Toffolo, wie er mit Lucietta am Tisch flirtet* Wer ist das denn?

ISODORO *leise zu Titta, die Gäste im Blick* Das ist meine Geheimwaffe! Hör mal, Titta. Ich will, dass du eines Tages diesen Laden übernimmst.

TITTA *misstrauisch* Was reden die denn da?

ISODORO Chioggia wäre in deinen Händen in guten Händen! Ich kann mich noch ganz genau erinnern, wie ich dich als Fünfjährigen am Strand gefunden habe, wie meinen eigenen Sohn habe ich dich aufgezogen. Hör mir zu. Ich liebe dich wie meinen Sohn. Du bist immer so abwesend mit deinen Gedanken, ich will, dass du mir was zurückgibst, lass meine Erziehung nicht ins Leere laufen. *Ab.*

LUCIETTA *läuft zu Titta* Und, hast du dich entschieden?

TITTA *etwas murrend* … Ja, ja, ja …

LUCIETTA Und, und, und …

TITTA … Nein, nein, nein …

LUCIETTA …– was jetzt, was jetzt, was jetzt … Heißt das jetzt ja oder nein?

TITTA *mürrisch* Wer ist dieser Typ?

LUCIETTA Er heißt TOFFOLO …

TITTA Was quatschst du mit dem?

LUCIETTA Er ist neu hier!

TITTA Du weißt, Isodoro will, dass ich das Chioggia übernehme …

LUCIETTA Du weißt, dass ich dich nur heirate, wenn wir aus Chioggia abhauen …

TITTA Da läuft doch was zwischen dir und diesem Spaghetti-TOFFOLO?

LUCIETTA *gibt Titta eine saftige Ohrfeige* Geh jetzt!

TITTA *total verliebt* Ich will ein böses Mädchen, eine echte Schlägerbraut. Die von der Schule fliegt, weil sie sich mit Lehrern haut. Sex in der Platte und unten in der Waschküche. Sogar eine Ratte hätte höhere Ansprüche. Mir ist es egal, was andere über sie denken. Sie ist ein Rasseweib, die meinen Namen nachts durch die ganze Straße schreit. Ihr Mittelfinger ist ihr Lieblingswort. Ich liebe nur dieses eine böse Mädchen. Die die anderen Bräute, die sich ihr vor den Bug stellen, einfach weghaut. Ich will Lucietta, die darüber lacht, wie andere Frauen sind. Mich untern Tisch trinkt und auf mich draufspringt. Ich will ein böses Mädchen: eine »echte« Amazone. Sie hat zwei Y- und fünf X-Chromosome. Ich wollte immer schon ein böses Mädchen, doch ich muss langsam anfangen, aufzupassen. Ich muss zugeben, ich habe langsam Angst, Schluss zu machen. Von wegen schwaches Geschlecht. Sie kreischt und schmeißt Besteck, jeder Streit mit ihr ist ein Gefecht! Mein Mädchen hat einen Kiefer wie ein Kampfhund. Sie kann Pferde heben, wie Pippi Langstrumpf. Es hilft nichts. Ich bin ihr hörig, und dafür HASS ich mich!

6.

Beppo kommt rein und geht direkt zu Checca. Dann zieht er sie zur Seite.

BEPPO Ich hab was für dich …

CHECCA Ich habe keine Pause …

BEPPO Jetzt schau doch mal.

CHECCA Können wir uns nicht später sehen?

BEPPO Nein, jetzt.

CHECCA Später …

BEPPO Wann später …

CHECCA Nicht jetzt …

BEPPO Was ist denn, du bist so abweisend?

CHECCA War es das? Ich muss noch arbeiten …

BEPPO Ich werde uns ein Haus bauen …

CHECCA Hast du den Titta gesehen, der hat gestern seine Mütze vergessen.

BEPPO Sehr schön …

CHECCA Was denn?

BEPPO Dass du mir zuhörst.

CHECCA Was hast du gesagt?

BEPPO Und einen Garten …

CHECCA Und dann?

BEPPO Was, und dann?

CHECCA Ich muss mal. *Geht ab.*

BEPPO *hinterher* Warte …

TOFFOLO *leise zu Lucietta* … Hey, pscht! Ich heiße gar nicht Toffolo, ich heiße Mesut, aber pscht!

LUCIETTA *geht rüber zu Toffolo* Ach …

TOFFOLO Und ich bin kein Italiener, sondern Türke! Aber pscht!

LUCIETTA Ach …

TOFFOLO So verkaufe ich mich besser! Die Leute hier stehen mehr auf Italiener – nicht auf Kanaken … Aber pscht! Wegen diesem ganzen Abendland-Morgenland-Scheiß und so weiter … – Willst du noch einen Kaffee?

LUCIETTA *geht rüber zu ihm* Ja …

TOFFOLO Mit Milch?

LUCIETTA Ja …

TOFFOLO *zwinkert ihr zu* Mit heißer Milch?

Checca und Beppo kommen in den Laden zurück.

CHECCA Hör mal: Das Ganze ist nichts für mich. Haus bauen. Kinder. Stall. Heuboden. Acker. Und der ganze Quatsch. Das alles ist nichts für mich, glaube ich. Ich bekomme noch nicht einmal ein Brot getoastet oder ein Ei richtig gekocht. Ich kann mich an nichts halten, an keinen Zeitplan, keine Verabredung. Ständig komme ich zu spät. Bringe alles durcheinander. Suche Streit. Mit jedem und ständig. Was willst du eigentlich von mir? Nimm dir doch eine Bessere. Die sich mehr um alles müht als ich. Ich bin als Wrack auf die Welt gekommen. Im Moment meiner Geburt fing ich schon an zu rosten. Bau nichts für die Ewigkeit. Am Ende wird eh alles in Schutt und Asche liegen.

TOFFOLO *zu Lucietta* … Aber es geht weiter: Am Abend holte Maria mich ab und fragte mich, ob ich sie heiraten wolle. Ich antwortete ihr, dass es mir egal wäre, aber wir könnten heiraten, wenn sie es will. Da wollte sie wissen, ob ich sie liebe. Ich antwortete, wie ich schon einmal geantwortet hatte: dass das nicht so wichtig sei für mich, dass ich sie aber zweifellos, wenn sie es wirklich wissen will: nicht liebe! Ich habe mir dann Eier gebraten und ohne Brot aus der Pfanne gegessen. Ich hatte keins mehr da und hatte auch keine Lust, hinunterzugehen und welches zu kaufen. Bleiben oder gehen – es kam auf dasselbe hinaus … – Bevor ich die Eier fertig gegessen hatte, war sie weg …

LUCIETTA Hast du sie jemals wiedergesehen? Ich meine, du hast sie einfach gehen lassen, ohne um sie zu kämpfen? Warum warst du dir so sicher, dass du das Richtige getan hast?

TOFFOLO Ich sehe so sicher aus, nicht wahr? Und doch ist keine meiner Gewissheiten auch nur eins ihrer Haare wert.

LUCIETTA Vielleicht sollte sie es nicht sein. Vielleicht hast du sie nicht geliebt. Vielleicht habt ihr nicht zusammengehört. Vielleicht musste es so kommen. Vielleicht musstet ihr euch trennen. Vielleicht habt ihr einfach nicht zusammengepasst.

TOFFOLO Soll ich dir was verraten? Ich bin seitdem noch nicht einmal mehr meines Lebens gewiss, ich lebe seitdem wie ein Toter. Ein Zombie, nicht tot, nicht lebendig. Deshalb hält es mich auch nie lange einem Ort. Wie könnte ich mich an einen anderen Menschen mit dem »heiligen Band« der Ehe binden? Wenn ich heute hier und morgen da bin. Am Ende stehe ich immer mit leeren Händen da. Aber ich bin meiner immer sicher, bin immer aller Dinge sicher, sicherer als jeder andere, sicher meines Lebens und meines Todes, der mich erwartet. Nur der Liebe bin ich nicht sicher. Ja, nur das habe ich. Ich besitze diese Wahrheit. Ich habe recht, habe recht und immer wieder recht. Ich habe eine wirkliche Wahrheit für mich gefunden, aber meine große Liebe verloren!

LUCIETTA Hast du sie jemals wiedergesehen?

TOFFOLO Nein. Wenn ich noch mal einmal eine solche Frau treffen würde, würde ich sie nie wieder gehen lassen. Oder ich würde ihr folgen, egal, wo sie hin will, egal wohin, die Hauptsache wäre, dass ich bei ihr bin. Nur sie würde für mich zählen, sonst nichts.

Lucietta geht raus, Toffolo folgt ihr.

7.

Über Video, in der Küche.

PADRON TONI Jetzt komm schon.
MADONNA Nein. Ich will nicht.
PADRON TONI Sonst hast du auch nie was gesagt.
MADONNA Wenn deine Furie das mitbekommt.
PADRON TONI Jetzt hör auf, immer von ihr zu reden!
MADONNA Ich bin nur der Lückenfüller.
PADRON TONI Bist du nicht.
MADONNA Hau ab, sag ich dir.
PADRON TONI Komm mit …

8.

CHECCA Warte, ich helfe dir!
TITTA Geht schon, danke.
CHECCA Lass mich dir doch helfen.
TITTA Hast du die Lucietta gesehen?
CHECCA Die ist raus mit TOFFOLO.
TITTA *wird nachdenklich* TOFFOLO?!?
CHECCA Dann stimmt das also …
TITTA Was?
CHECCA Ihr wollt, wenn ihr geheiratet habt, weg von hier. Stimmt's? Aber du willst gar nicht weg von hier, stimmt's? Ich meine, ganz Chioggia weiß, wie gut du bist. Isodoro liebt dich wie seinen eigenen Sohn: Der Titta hat dies drauf und das. Ich finde, dass man sich etwas aufbauen müsste, etwas von bleibendem Wert. Es gibt nichts Schöneres als ein Zuhause, eine Heimat. Freunde. Eltern. Familie. Wie soll man in einer Welt leben, die hier zerfällt und da wieder aufgebaut wird? Wenn alles vergänglich ist? Was hat denn in der Welt da draußen Bestand? Die Liebe, die kommt und geht. Aber die Familie bleibt. Die Heimat kommt nicht mit, wenn man weggeht. Chioggia ist so schön … – Wenn du nicht mit ihr weggehst, dann … – Dann tut es ein anderer! Stimmt's? Und wenn du weggehst, bekommst du den

Laden nicht. Stimmt's …? – Und wenn du weggehst, verlierst du deine Heimat, denn die Heimat nimmt man nicht unter den Schuhsohlen mit, wenn man weggeht. Stimmt's? Und du hast niemanden, der dir bei deiner Entscheidung hilft. Stimmt's?

TITTA Hast du nichts zu tun?

CHECCA Ach ja, die Lucietta ist ein so süßes, süßes, süßes Mädchen! Ich sage nur: Die Wände haben Ohren, die Decken haben Zähne. Dein Täubchen fliegt und fliegt, ganz ohne dich … *Ab.*

9.

Vincenzo und Fortunato kommen. Fortunato isst etwas.

VINCENZO Kommst du mit, wir gehen noch zu Gigi.

TITTA Nein.

FORTUNATO Was hast du?

TITTA Nichts.

FORTUNATO Was willst du immer von dieser Lucietta? Nimm doch meine Schwester!

TITTA Reimt sich gut!

FORTUNATO Nein, im Ernst! Die Lucietta ist besessen.

VINCENZO *zu Fortunato* Mir kannst du die Checca geben …

FORTUNATO *zu Titta* Checca ist ein süßes Mädchen. Okay, sie ist ein bisschen kratzbürstig, streng katholisch, dominant, sie hat keine Träume, sie ist fest in der Realität verankert …

VINCENZO *zu Fortunato* Ich nehme sie sofort …

FORTUNATO *zu Titta* Oft schlecht gelaunt, schläft morgens länger, hat nie Hunger, hat einen Boxsack im Keller, hält sich fit, wofür, wogegen weiß ich nicht …

VINCENZO *zu Fortunato* Gib sie mir …

FORTUNATO *zu Titta* Will immer dranbleiben an allem, lässt sich von niemandem was sagen …

VINCENZO *zu Fortunato* Ich mag sie gerne …

FORTUNATO *zu Titta* Hör mal, Titta, ich weiß, alle denken, seit dem Tod meines Vaters hätte ich einen Knall, dass ich eigentlich niemals weg war und so, dass es »DIE« gar nicht gibt. Aber sie gibt es, und ich weiß, dass du mir glaubst, weil du mein FREUND bist. Niemand glaubt mir, aber sie sind immer da. Deshalb: Die Checca, sie ist nun mal meine Schwester, und du bist dann so was wie mein Bruder. Wenn du sie heiratest, dann wären wir eine richtig große Familie.

VINCENZO *zu Fortunato* Ich mache sie glücklich!

FORTUNATO *zu Titta* Nimm die Checca!

TITTA Ich will nicht! Du hörst mir nicht zu!

FORTUNATO Ich sage nur: Die Wände haben Ohren, die Decken haben Zähne. Dein Täubchen könnte fliegen, fliegen, ganz ohne dich …

TITTA Sie könnte fliegen, ohne mich…

FORTUNATO Nimm die Checca, dann bist du mein Bruda!

VINCENZO *zu Fortunato* Kann ich sie haben?

FORTUNATO *schreit Vincenzo an* NICHT IN HUNDERT JAHREN!

TITTA Hör mal: Deine Schwester Checca ist meine Schwester, kapiert!

FORTUNATO *wieder sanft* Das sag ich doch … – Kommst du mit zu uns zum Essen?

VINCENZO Ich komme gerne mit!

FORTUNATO *schreit Vincenzo laut an* NEIN! DU NICHT! AAHH! Immer dieses Zerren und Surren im Kopf. Dieses Verlangen, tief in der Seele. Ich sage euch! Ich will nie wieder weg von hier. Da draußen ist die Hölle, sag ich, hier ist alles gut, ich hab es draußen nicht ausgehalten. Kapiert! Ich sage euch: Die sind überall, auf dem Meer, auf dem Land, im Himmel und unter der Erde. Wenn wir hier nicht aufpassen, werden sie uns alle holen und »kaputt-arschloch-machen« … verstehst du … also: Vorsicht mit Träumen und Wünschen, ehe du dich versiehst, werden sie zu deinen Alpträumen und zu deinem Verderben … Dann kommen »DIE« und holen dich, he, he, he … – Man sollte sich die nächstbeste Frau nehmen und Kinder kriegen, dann ein Haus bauen, am Strand, Frau nehmen, Haus bauen, Kinder kriegen …

Fortunato geht ab. Titta und Vincenzo sind etwas ratlos, folgen ihm aber.

10.

PASQUA *kommt zurück und stellt Stühle hoch, immer schneller und schneller* So, Schluss jetzt. Das macht alles keinen Sinn mehr. Keiner mehr da. Heute ist eine schöne Nacht, und keiner kommt hierher.

Die Stühle und Kassen sind leer. Die Gläser alle sauber. Alles tot. Ich muss mir Arbeit machen. Arbeit macht wach. Arbeit ist Leben. Wie gut, dass ich noch Arbeit habe. Wenn keine Arbeit da ist, dann mache ich mir Arbeit. Ohne Arbeit stirbt man, wie gut, dass ich Arbeit habe, denn ich will noch nicht sterben, ich werde mir immer Arbeit suchen, ich werde immer Arbeit finden, ich werde niemals aufhören, zu arbeiten, auch wenn es keine Arbeit mehr gibt, werde ich arbeiten, werde ich mir Arbeit suchen, suchen, suchen, ich werde mein Leben lang arbeiten, arbeiten, arbeiten. Ich werde arbeiten, arbeiten, arbeiten, bis der da oben sagt: »Schluss, aus, mein Mädchen, jetzt kannst du schlafen gehen, du hast genug gearbeitet, du hast gute Arbeit geleistet, du hast dich und alle glücklich gemacht, du hast dir dein Paradies verdient, das Paradies, wir machen jetzt das Licht an, und die Nacht ist zu Ende.« Das Licht, das Licht der Sonne, bis zum Ende mache ich weiter, vorher steige ich nicht aus, es ist erst vorbei, wenn alles vorbei ist, ohne Arbeit stirbt man, ich will nicht sterben, noch nicht, jetzt nicht … *Erschöpft.*

Isodoro kommt an die Theke und macht Abrechnung. Pasqua geht zu ihm.

ISODORO Wir müssen damit aufhören.

PASQUA Das sagen wir immer. Es ist ja keiner da. Los jetzt.

ISODORO Nein, diesmal wirklich. Der Schuss ist bei dir noch nicht angekommen, was? Wenn du gehst, sperr ab, mach alles aus. Wir sehen uns morgen. *Ab.*

PASQUA *allein* Das Leben ist ein Augenblick im Raum. Wenn der Traum aus ist: Erwacht der Alptraum. Bin an einem einsamen Ort. Nehme Abschied. Denke an Mord. Wenn unsere Blicke sich treffen. Drehe ich mich fort. Ich stolpere. Ich falle. Ich spüre die Tritte auf dem Rücken. Doch siehe da, das Rückgrat ist noch nicht gebrochen. Ich stehe auf und küsse den Morgen.

Pasqua geht.

Ende des ersten Tages.

2. Tag

1.

Internetvideo – Soziale Netzwerke.

ISODORO So! DIE UHR TICKT FÜR UNS ALLE! DESHALB: NUR NOCH ZWEI TAGE! CHIOGGIA muss gerettet werden. An alle meine Töchter und Söhne, Brüder und Schwestern, Mütter und Väter in diesem Land: den Vororten, Trabantenstädten, Plattenbau-Siedlungen, Ghettos, an alle Verlassenen dieser Republik: Die Zeit ist gekommen: Hier ist einer, der den Mund aufmacht und die Wahrheit spricht: CHIOGGIA muss endlich aufstehen! Wenn alles am Arsch ist, dann halt dich an dem fest, der dich liebt! ABER hier: Fangen alle an, sich gegenseitig zu bescheißen. Jeder ist gegen jeden. Dabei sitzen alle zusammen fest im Hafen von Chioggia und müssen trotzdem gemeinsam raus aufs Meer und fischen, damit sie alle was zu fressen haben, das Meer, der Sturm kennt kein Schwarz oder Weiß, Arm oder Reich. Für die Naturgewalten des Meeres, des Lebens, sind wir alle gleich viel wert, nämlich: WERTLOS(!) DESHALB MUSS CHIOGGIA GERETTET WERDEN! Wir alle sind aufgerufen … – Kommt alle in zwei TAGEN INS Chioggia. Das erste Treffen! CHIOGGIA IST NICHT NUR EIN ORT, ES IST AUCH EINE IDEE! KOMMT ALLE IN ZWEI TAGEN HIERHER!!! KOMMT UND BESETZT CHIOGGIA!

2.

PADRON TONI Das schlimmste Gefühl von allen ist, unbrauchbar zu sein. Ist ja nicht so, dass ich nicht studiert habe. Ich weiß, »seit je hat Aufklärung … das Ziel verfolgt, von den Menschen die Furcht zu nehmen und sie als die Herren – *ihres eigenen Lebens* – einzusetzen«. Und trotzdem bin hier gelandet. Da hat mir meine ganze Bildung auch nicht geholfen. Die Wahrheit ist, dass auch unser System, in dem jeder eine Chance hat, wenn er nur will, trotzdem Verlierer produziert. Da hilft es auch nicht, sich ständig Gedanken zu machen. Welch schöne Gedanken wir uns damals machen konnten auf der Universität: »Die vollends aufgeklärte Erde strahlt im Zeichen triumphalen Unheils ...« – Nur weil Isodoro an allem sparen muss! Keine Gäste kommen. Niemand hat Geld ... ja, ja. Aber weiter: »Das Programm der Aufklärung war die Entzauberung der Welt. Sie wollte die Mythen auflösen und Einbildung durch Wissen stürzen« ...[1] – Mann, Mann, Mann, herrlich! Wir müssen vorankommen. Ruhe! Ich mache mir Gedanken, wie wir aus dieser Sackgasse rauskommen könnten! Der Anfang von allem ist Aufklärung! Es war schon immer eine Illusion der Menschheit, dass das aufgeklärte Weltbild dem mythischen Ansatz überlegen sei. Das Gegenteil ist doch der Fall: Aufklärung und Mythos sind eng miteinander verbunden. »Was die Menschen von der Natur lernen wollen, ist, sie anzuwenden, um sie und die Menschen vollends zu beherrschen« ... JA! Wenn wir die Natur immer beherrschen könnten! »Nur solches Denken ist hart genug, die Mythen zu zerbrechen, das sich selbst Gewalt antut.«[2] Der Begriff wurde in der Aufklärung einfach durch die Formel ersetzt, die Ursache durch Regeln und Wahrscheinlichkeiten. »Als ›Sein‹ und ›Geschehen‹ wird von der Aufklärung nur anerkannt, was sich durch Einheit erfassen lässt; ihr Ideal ist das System, aus dem alles und jedes folgt.«[3] Alle Götter und Herrscher über uns müssen zerstört werden. Damit der Mensch seine Welt selber gestalten kann. Sein Glück selber schmieden darf. Er soll der WAHRE Herrscher über die Natur sein, die ihn umgibt. Er soll die ordnende Hand sein. Der Mensch kann göttlich sein! Aber wie damit umgehen? Die Vorstellung, alles strebe nach Ausgleich, nach einem Gleichgewicht der Kräfte, ist eine Lüge. Das Leben produziert auch Verlierer, damit

1 Vgl. Max Horkheimer und Theodor W. Adorno: *Dialektik der Aufklärung*, S. Fischer Verlag, Frankfurt am Main 1969, Limitierte Sonderausgabe 2003, S. 9

2 Vgl. Max Horkheimer und Theodor W. Adorno: *Dialektik der Aufklärung*, S. Fischer Verlag, Frankfurt am Main 1969, Limitierte Sonderausgabe 2003, S 10

3 Vgl. Max Horkheimer: *Gesammelte Schriften. Band 5, ›Dialektik der Aufklärung‹ und Schriften 1940–1950*, S. Fischer Verlag, Frankfurt am Main 1987, S. 29

müssen wir leben. Nur sagen will es keiner. Uns allen steht die Aufklärung nach UNTEN noch bevor. Ach ja, auch aus mir hätte was werden können …

PASQUA Dann hättest du mich nicht heiraten sollen. Wo sind denn die anderen?

PADRON TONI Du weißt, Bildung kann Licht ins Dunkel bringen. Ich hab studiert …

PASQUA Dann hätten wir die beiden hier nicht kriegen sollen … – Wir sind zu früh.

LUCIETTA *zu Beppo* Was wolltest du vorhin?

BEPPO *zu Lucietta* Hier, schau mal. Hab der Checca einen Ring gekauft. Hatte noch keine Zeit, ihn ihr zu geben …

PASQUA Ring gekauft! Dass ich nicht lache. Von welchem Geld denn. Geklaut hast du den!

BEPPO Sieh her, hier ist er. Wie schön der ist!

PASQUA Im Gefängnis wirst du noch landen. Für so eine …

BEPPO Was heißt denn »für so eine«?

LUCIETTA Also, ich finde ihn schön.

PASQUA Wenn du wüsstest, was sie getan hat! Diese Checca! Und ihre Mutter, die Madonna. Auch nicht wenig gesagt hat sie.

BEPPO Was denn? Was?

PASQUA Wie immer: böse Zungen. Zungen, die man anbinden sollte. Zungen, die sich allem und jedem aufdrängen. Wir saßen hier. Ganz friedlich. Wenn du wüsstest! Schuld an allem ist dieser Titta. Und die Checca hat schöngetan mit diesem Nichtsnutz. Wenn du ein bisschen Ehre und Anstand hättest. Wenn du nur ein kleines bisschen wüsstest, wo deine beiden Fäuste sitzen, dann würdest du dir das alles nicht gefallen lassen. Zuschlagen würdest du dann. Aber nein: Mein Beppo ist ein ganz lieber! Ein ganz sanfter Kerl. Ich will die Mutter sehen, die einen sanften »Jungen« zu Hause haben möchte. Jede Mutter will eine kleine Kampfmaschine zu Hause, die nur von der eigenen Mutter kontrolliert werden kann. Aber nein: Der Beppo ist und bleibt ein ganz, ganz, ganz SANFTER kleiner Junge. Er sieht zu, wie seine Liebe die Liebe seiner Schwester ausspannt, nein, nein, nein, ich schäme mich: EURE MUTTER ZU SEIN!

PADRON TONI Genug jetzt.

BEPPO Checca und Titta?

PASQUA Ach, vergiss es!

BEPPO / LUCIETTA Was haben die beiden besprochen?

PADRON TONI Schluss jetzt.

BEPPO Du brauchst mir nichts mehr sagen: Ich weiß es. Ich kenn die Checca.

PASQUA Du, die Checca ist ein ganz liebes Mädchen, wirklich!

LUCIETTA Hör auf jetzt!

PASQUA Ich sag doch nichts, hab das bestimmt falsch gedeutet mit dem Titta …

BEPPO Die Checca werde ich MIR VORKNÖPFEN! UND DEN TITTA!

PASQUA Das will ich sehen, du PFEIFE!

LUCIETTA Hört auf.

PASQUA Das ist deine Schuld.

LUCIETTA Warum meine?

PASQUA Weil du dumm bist. Dumm. Basta! Weil du mit TITTA wegwillst. Obwohl er hier diesen Laden übernehmen könnte. Die Checca macht das Richtige. Sie schmeißt sich an den Richtigen ran. Der Beppo ist doch viel zu brav für so eine … – UND WAS IST MIT DIR UND DEM TOFFOLO? KAUM IST EIN NEUER HAHN IM KORB, SCHON FÄNGST DU AN ZU GACKERN! GEHST EINMAL LINKS UND RECHTS, SO, SO, SO, BOCK, BOCK BOOOOOCK …

LUCIETTA *schreit alle an* Ich halt das Ganze mit euch nicht mehr aus. *Ab.*

PADRON TONI Genug jetzt, oder …

PASQUA *zu Beppo* Ach, was für Männer, was für erbärmliche Männer ihr doch alle seid!

Beppo geht wütend ab.

PADRON TONI *zu Pasqua* Du weißt, was jetzt passieren wird, oder? Der Beppo wird den Titta töten, der Titta wird die Lucietta töten, die Lucietta wird die Checca töten, und so werden die Kinder entweder ins Gefängnis oder ins Grab wandern.

PASQUA Sei doch froh, dann bist du wieder die Kinder los und kannst machen, was du willst, dann bist du wieder frei! UND KANNST STUDIIIIEEEREN GEHEN!!!!! *Ab.*

PADRON TONI *allein* Was ist denn jetzt? Ich dachte, wir treffen uns heute alle hier? *Will hinterhergehen, aber weiß nicht, in welche Richtung.*

3.

Toffolo und Vincenzo kommen rein.

TOFFOLO Hör mal! Ich habe CHIOGGIA einen Song gewidmet: *Sonnengebrannt – ein Schuss, der knallt und kaum gekannt, der Araber fällt und stirbt – Bumm – aus – verbrannt …*

VINCENZO Und weiter …?

TOFFOLO Ist noch nicht fertig.

VINCENZO Hier muss uns dringend was Gutes einfallen. Und zwar mehr als deine einzelnen Zeilen, ist ja nicht so, dass ich keinen Traum habe, den hat hier jeder, es ist nur, dass er, wenn ich beginne, ihn zu bauen, anfängt, unter meinen Händen zu zerfallen, ist ja nicht so, dass wir hier nicht wissen, dass alles den Bach runtergeht, es ist halt der Boden unter einem, in dem man von ganz alleine versinkt, in dem der Traum, mal kurz gedacht und draufgestellt, sofort versinkt, wir sind hier Sumpf und der Gegenstand, der in ihm versinkt, zugleich! Wie soll man sich da selber rausziehen, wenn man hier noch dazu ohne Arme und Beine auf die Welt kommt?

TOFFOLO Was ist denn dein Traum?

VINCENZO Ist ja nicht so, dass ich mein Leben lang umsonst Kabel legen möchte oder Kisten von Fischen raus- und reintragen will, nein: Ich will nach »Mänhätten« und »FETTE-FENSTER« putzen! Nicht so wie die Fenster hier! Die man mit einem einfachen Stuhl putzen kann! Hier ist kein Haus höher als 30 Meter! Und der ganze Boden in Chioggia bewegt sich! Weil er durchlöchert ist! Dort sind die Häuser 300 Meter hoch! Und sie stehen auf starkem Boden, auf einem Boden, der unsinkbar ist, dort kannst du in den Boden jeden deiner Träume reinsetzen! Und der versinkt nicht! Da will ich hin! Ich will an einen Ort, an dem ich meine Träume pflanzen kann, dessen Wurzeln sich tief in die Erde, in den Boden drücken können! Und KRAFT bekommen! Hier in Chioggia pflanzt du dir einen Traum und kannst dabei zusehen, wie er innerhalb von Stunden in den verlöcherten und versumpften Boden versinkt und verschwindet!

TOFFOLO Also ich liebe Sümpfe. Ich weiß jetzt genau, wie der Sumpf hier geschichtet ist. Der BEPPO will die CHECCA! Die CHECCA will den TITTA! Der TITTA will die LUCIETTA! Die MADON-

NA hat zwei Kinder, die CHECCA und den FORTUNATO, der von irgendwelchen ALIENS hier weggebracht wurde auf ein RAUMSCHIFF und dort vergewaltigt wurde. Ich denke, Fortunato hat einen an der »Klatsche«, weil sein Vater im Meer ertrunken ist. MADONNA hat aber auch was mit dem PADRON TONI, der mal Professor hätte werden können in Princeton, stattdessen jetzt hier irgendwelche Fische fischt, die er nur im CHIOGGIA loswird. Die MADONNA hat aber trotzdem was mit dem, obwohl er verheiratet ist mit der PASQUA. Mit der er zwei Kinder hat, die LUCIETTA und den BEPPO. Die LUCIETTA hat das Leben hier satt, sie will raus, sie will was aus sich machen! Aber nicht ohne TITTA, der aber lieber hierbleiben möchte. Die PASQUA wiederum hat ein Techtelmechtel mit ISODORO, der hier ein bisschen der Fidel Castro des Ganzen ist, Wasser predigt und Wein säuft und so weiter. Wir müssen den Leuten da draußen was bieten. Das ist ein herrlicher Sumpf! Ich liebe solche Sümpfe. Vor allem liebe ich Löcher! Und wie! Groß müssen diese Löcher sein! Richtig groß!

VINCENZO Wohin gehst du?

FORTUNATO Zu früh kommen, ist nicht gut. Ich will nicht der Erste sein. *Geht ab.*

4.

TITTA *alleine vorne* Ich will nicht weg von hier. In Chioggia stranden Asylanten, Nutten, Arbeitslose, Zuhälter, Studierte, Nicht-Studierte, Gebildete, Ungebildete, Ausländer, Inländer, verlorene Seelen, Menschen, die an den Rand gespült worden sind. Menschen, die mal eine Chance hatten oder sie nie bekamen. Geschiedene Männer, alleine oder mit Kind, hier stranden geschiedene Frauen, alleine, mit einem Kind, mit vielen Kindern, hier enden Kinder ohne Eltern bei einem Onkel, der auch von seiner Frau verlassen wurde oder auch nicht, oder bei einer Tante, die verlassen wurde oder auch nicht, oder bei Oma oder bei Opa, hier verenden Oma und Opa, alleine oder getrennt, ohne ihre Kinder. Chioggia ist nicht Endstation. Chioggia ist der Schoß der Gesellschaft, der einen auffängt, wenn die Arme der Gesellschaft einen fallen lassen!

Checca, Madonna, Fortunato, Vincenzo. Ein kleines Picknick.

FORTUNATO *ruft zu Titta* ESSEN IST FERTIG!

CHECCA Wo sind denn Lucietta und die anderen? Sind wir die ersten hier oder was?

FORTUNATO Los, essen!

CHECCA *zu Titta* Sagt mal, was ist eigentlich mit Lucietta los?

MADONNA *zynisch* Du weißt, was ich von ihr denke: Lucietta ist eine Perle!

CHECCA *kichert für sich* Und was für eine Perle!

TITTA *streng genervt* Was ist? Wisst ihr was, was ich nicht weiß? Oder nicht wissen sollte?

CHECCA / MADONNA *scheinheilig* Nein.

TITTA Nein?!?

CHECCA Frag doch Toffolo.

FORTUNATO Jetzt halt den Mund, Checca!

CHECCA Jetzt halt du deinen Mund, Fortunato!

VINCENZO Bitte streitet euch nicht, gleich kommen die anderen, lasst uns essen und friedlich sein … – der Toffolo ist ein lieber Kerl …

MADONNA *streng zu Vincenzo* Jetzt haltet den Mund!

TITTA Und: Was hat der »Liebe Kerl« mit Lucietta zu tun?

CHECCA Seitdem er da ist, ist sie immer in seiner Nähe.

FORTUNATO Vielleicht will sie an seiner Espressomaschine arbeiten. Der Service liegt ihr eigentlich nicht … – Ah, diese Bauchschmerzen …

MADONNA *holt aus* Er hat ihr gesagt, dass er sie sofort heiraten würde. Und mit ihr sofort hier abhauen würde. Sie will weg von hier. Egal, mit wem. Sie will heiraten. Egal, wen. Ja. So war sie schon immer. Du kennst sie nicht. Du kennst diese Familie nicht …

CHECCA Ja, ja, so kommt alles zusammen …

TITTA *lächelt, glaubt es nicht* Ihn heiraten will sie also, mit ihm weg will sie also, so schnell, oder was? Der ist doch erst seit einem Tag hier … – Das geht doch nicht, das glaub ich nicht, ihr wollt mich ärgern … – Kommt schon, ihr wollt mich ärgern, ihr macht euch einen Spaß mit mir …

FORTUNATO *nimmt es leicht* Ich glaub es auch nicht …

VINCENZO *ebenso* Ich auch nicht …–

TITTA *lacht* Was soll ich denn machen, wenn ich ihn finde, soll ich ihn in Stücke schneiden wie einen Fisch … oder was?

CHECCA *lacht* Wenn du ihn finden willst, dann findest du ihn bestimmt bei Lucietta.

MADONNA *kichert* Ja, bei deiner Braut.

Alle lachen sich kaputt. Außer Titta. Titta geht.

FORTUNATO Er wird ihn umbringen.

VINCENZO Ja.

MADONNA Ach, dieser Bastard Titta kann uns doch egal sein.

FORTUNATO Danach wird er die Lucietta umbringen, dann wird der Beppo den Titta töten müssen, dann wird der Isodoro den Beppo umbringen müssen.

MADONNA Soll er den Toffolo doch umbringen, und alle anderen sich gegenseitig.

FORTUNATO *zu Checca* Du solltest entscheiden, wen du willst! Den Titta oder den Beppo!

Fortunato will gehen, kann sich aber nicht bewegen. Zu dick. Vincenzo holt eine Schubkarre und fährt ihn weg.

CHECCA *streng* Nenn ihn nicht so!

MADONNA Wen?

CHECCA Den Titta, nenn ihn nicht Bastard. Du alte, verlorene Schachtel. *Geht ab.*

MADONNA *allein, traurig* Kommt alle wieder zurück, ich will nicht allein essen … – *Stille, dann ins Publikum* Ich sage nur: Liebe. Das ist nicht nur ein Wort. Liebe. Das ist nicht nur ein Gefühl. Liebe. Liebe. Liebe. Das ist nichts, was einfach kommt und geht. Es ist schön, zu sehen, wie man das alles weiß. Aber der Untergang der Welt lässt sich mit WISSEN allein nicht aufhalten. Der Untergang der Welt wird durch die Berührung eines Menschen aufgehalten. Wir alle sind noch nicht aus der trockenen Erde befreit worden. Ich will gerne leben, ich will gerne berührt werden. Ich will nicht böse sein. Eigentlich. Ich will keinen Trost. Ich will Liebe. Ich habe ihm damals gesagt, du, du musst nicht ständig da raus, aufs Meer, musst nicht immer die Leinen los machen, das Segel hissen, den Anker lichten und dich bei Wind und Wetter gegen jede Welle stemmen, wir haben doch uns, nein, hast du dann gesagt, ich muss, ich kann hier nicht sitzen und nichts tun und zusehen, wie wir alle verhungern, morgens nicht wissen, was abends auf den Tisch kommt, nein, nein, das kann ich mir nicht ansehen, Ratten leben besser, ja viel besser als wir, das kann ich mir nicht ansehen, nein, nein, ich muss, einer muss es tun, ich muss es für uns tun, nein, habe ich gesagt, für uns musst du das nicht machen, das musst du nicht, du willst es für dich machen, weil du es nicht ertragen hast, weil du nicht so leben wolltest, ja, das hast du nur für dich, nur für dich hast du das gemacht, und jetzt? Ich hab es ihm immer gesagt, immer und immer wieder, dass er nicht ins offene Meer gehen sollte. Aber er wollte nicht auf mich hören. Dass wir uns doch genügen, nur wir, du und ich und die beiden Kleinen, wenn nur wir, wir beide uns haben, aber nein, jetzt sitze ich hier alleine, und er? Mit seinem Körper ist auch mein Körper in den Tiefen des Meeres versunken. Weiß gar nicht mehr, wie es ist, berührt zu werden, ich will wieder, dass mir etwas ganz nah ist, ganz nah. Das WISSEN kann da nicht helfen, es kann einen trösten, aber nicht helfen, Wissen berührt nicht, Wissen tröstet, ich will keinen Trost, ich will Liebe …

5.

Internet Video – Soziale Netzwerke.

ISODORO Zwei Tage noch! Ja! So ist es! In SIN CITY CHIOGGIA holt sich irgendeiner, der sein ganzes Geld zusammengekratzt hat, ein Boot, einen kleinen Kutter, ein kleines Schiff, damit er beweglich ist, raus aufs Meer kann, zu seiner Nachtschicht kann, und ein anderer klaut ihm die Netze oder gleich das ganze Boot und versucht, dieses Netz oder gleich das ganze Schiff einem Dritten, der mit Schiffen und Netzen handelt, vielleicht ist es sogar der, von dem du das Boot hast, zu verkaufen, der kauft es ihm ab und verkauft es wieder, und alle sind beschissen, und jeder verarscht jeden, bis am Ende alles im Arsch ist, und niemand vertraut niemandem, und dann zieht einer die Knarre und knallt den, der ihn verarscht hat oder auch nicht, von dem er aber denkt, dass er ihn verarscht hat, ab, und der, der verarscht hat und jetzt tot ist, hatte eigentlich auch keine andere Wahl, weil sein Vadder oder seine Mutter oder seine beschissene Schwester, sein beschissener Bruder, seine beschissene Frau oder seine beschissenen Kinder oder wer auch immer, krank oder tot oder im Gefängnis ist, weil sie alle so nicht mehr leben wollen, nicht mehr mit der Miete im Verzug sein wollen, den Gerichtvollzieher nicht mehr vor der Tür haben wollen, und so wandert einer ins Gefängnis und der andere ins Grab: WENN IHR WOLLT, DASS SICH DAS ÄNDERT, DANN KOMMT ALLE INS CHIOGGIA: ZWEI TAGE NOCH, UND IHR

WERDET ANTWORTEN AUF ALL EURE FRAGEN FINDEN! DIE UNGERECHTIGKEIT MUSS EIN ENDE HABEN! ZWEI TAGE, ZWEI TAGE …

6.

Alle kommen außer: Titta und Beppo. Fortunato ist so dick geworden, dass er von Vincenzo reingefahren wird.

ISODORO Also: Was habt ihr? Was sind eure Ideen?
PASQUA Also, wir fangen an. Wir haben uns überlegt …
MADONNA Warum fangt ihr denn an?
VINCENZO *will helfen* Lasst uns doch auslosen!
FORTUNATO *suchend* Habt ihr den Titta gesehen?
LUCIETTA Weil wir anfangen!
CHECCA Ebenso könnten wir anfangen!
VINCENZO Lasst uns doch auslosen!
FORTUNATO *suchend* Habt ihr den Beppo gesehen?
PADRON TONI Ihr solltet besser erst warten, vielleicht reicht das schon, was wir haben!
FORTUNATO Ihr solltet besser warten!
VINCENZO Lasst uns doch auslosen!
FORTUNATO *suchend* Habt ihr den Titta gesehen?
LUCIETTA *suchend* Habt ihr den Beppo gesehen?
PASQUA Okay, dann lass sie anfangen!
CHECCA Wir brauchen keine Almosen von solchen wie euch!
VINCENZO Lasst uns doch auslosen!
FORTUNATO *suchend* Habt ihr den Titta gesehen?
LUCIETTA Was meinst du mit: SOLCHEN WIE EUCH!
MADONNA *schreit* Ja, ja, ja, wir wissen doch alle Bescheid! Du kannst doch dein Mundwerk nicht halten, kannst dich nicht für diesen oder jenen Mann entscheiden, treibst Spielchen mit unseren MÄNNERN hier! EINE DURCH UND DURCH VERDORBENE HURE BIST DU, JA, EINE HURE!!!
VINCENZO Lasst uns doch auslosen!
PASQUA *suchend* HALT DEN MUND, DU SCHNEPFE! Verdammt! Habt ihr den Beppo gesehen? Er muss uns unterstützen! HALT DEI-

NEN MUND. WENN ES JEMANDEN GIBT, DER DIE MÄNNER VERRÜCKT MACHT, DANN DEINE TOCHTER, ERST WILL SIE BEPPO, DANN IST ER NICHT FEIN GENUG! DANN WILL SIE DEN TITTA! EINE ZUKÜNFTIGE EHEBRECHERIN IST SIE, MEHR NICHT! EINE DURCH UND DURCH VERLOGENE SCHLANGE!! DEINE CHECCA IST DIE HURE! EINE HURE!

VINCENZO IHR LIEBEN! Lasst uns doch auslosen!

FORTUNATO *suchend* Habt ihr den Titta gesehen?

TOFFOLO *nimmt ein Mikro* Also wenn ihr wollt, fang ich an, ich habe einen Song geschrieben …

CHECCA *wütend* DU BIST DIE HURE! GANZ CHIOGGIA WEISS, WAS DU TREIBST UND MIT WEM!!!

LUCIETTA *schreit* NIMM DAS SOFORT ZURÜCK!!! WENN ES EINE HURE GIBT, DANN BIST DU DAS! HURE! HURE! FLUCH ÜBER EUCH, IHR HUREN CHIOGGIAS!!!

FORTUNATO *schreit erschrocken* Da kommt TITTA ja! OJE!!! NEIN! NEIN!

TITTA *kommt und ruft, schnappt sich Toffolo* TOFFOLO! DU SCHLAMPE! DIE LUCIETTA GEHÖRT MIR! DU WILLST SINGEN? SING DAS!!

BEPPO *kommt und ruft, schnappt sich Titta* TITTA! WAS WILLST DU VON CHECCA? ICH DACHTE, DU BIST MEIN BRUDA!

PASQUA / MADONNA / LUCIETTA / CHECCA / VINCENZO / PADRON TONI / ISODORO HÖRT AUF! HÖRT AUF! HÖRT AUF! HÖRT AUF! HÖRT AUF!

NICHT HIER! NICHT HIER!

Fortunato platzt, und alle Dämonen kommen raus. Explosion. Chioggia kracht zusammen. Alles geht kaputt.

Ende des zweiten Tages.

PAUSE!
(bitte)

3. Tag

1.

Das Chioggia ist total kaputt. Padron Toni, Madonna, Pasqua und Isodoro versuchen, aufzuräumen.

ISODORO Mir gehen langsam die Ideen aus. Eine Idee bräuchten wir. Eine Idee. Ich meine, die Frage, die wir uns alle stellen müssen, ist: Was für eine Zukunft hinterlassen wir hier unseren Kindern? Wir müssen denen doch einen Halt geben, eine Zukunft, eine Richtung … – Ich habe doch hier nicht einfach alles aufgebaut, damit alles, wenn ich einmal nicht mehr sein sollte, mit mir zusammen unter der Erde verschwindet, ich wollte doch Dinge verändern, Dinge für die Ewigkeit errichten. Träume verwirklicht man mit Blut, Schweiß und Tränen. Heißt es. Und nicht durch Reden. Es gilt, Dinge anzupacken. Jetzt. Tatsache ist, dass niemand da draußen uns hier davon abhalten wird, unseren Traum von CHIOGGIA zu verwirklichen, außer wir uns selber. Es wird nicht an den anderen liegen, wenn das ganze Vorhaben scheitert, sondern an uns selber, uns, die wir in CHIOGGIA täglich den Alltag bewältigen und gestalten. Das hier ist doch meine Heimat. Verdammt! Also lasst uns doch endlich damit aufhören, da zu scheißen, wo wir essen …

MADONNA Wir haben alles gegen die Wand gefahren. Und jetzt sollen die Jungen den Karren aus dem Dreck ziehen. Ich meine, als wir anfingen mit allem, wollten wir es doch wirklich besser machen als unsere Alten …

PADRON TONI Wir sind schlechte Menschen …

MADONNA Ja, ja …

ISODORO Ja, das sind wir …

PASQUA Mir kommen gleich die Tränen …

PADRON TONI Ja, ja …

Alle schmunzeln.

Ich meine, wir alle hatten doch unsere Zeit.

MADONNA *zu Padron Toni* Warum hast du mich eigentlich verlassen?

PADRON TONI Du hast mich verlassen für den da! *Zeigt auf Isodoro.*
ISODORO *zu Pasqua* Und warum hast du mich verlassen?
PASQUA Du hast mich verlassen für die da! *Zeigt auf Madonna.*
ISODORO Dann hat sie mich verlassen. Und du bist zu dem da. Und danach bist du zu einem anderen. Und wurdest auch verlassen …
MADONNA Ja, ja, so war das …
ISODORO *zu Madonna* Wir könnten es ja noch mal versuchen?
MADONNA Vergiss es!

2.

Nachts. Irgendwo in Chioggia. Checca geht vor. Hinter ihr Beppo.

BEPPO Jetzt warte doch endlich.
CHECCA Los, komm.
BEPPO Wo sind die anderen?
CHECCA Beeil dich!
BEPPO Jetzt warte.
CHECCA Das kann doch alles nicht so im Streit enden.
BEPPO Ich meine es ernst.
CHECCA Ich auch.
BEPPO Alles könnte so einfach sein.
CHECCA Genau.
BEPPO *holt den Ring und zeigt ihn ihr* Hier, der war eigentlich für dich, wollte ihn dir schon die ganze Zeit geben. Ich wollte immer dem Hundeleben entkommen zusammen mit dir, dem Küchentisch aus umgedrehten Kartons und weg vom Ungeziefer im Kleiderschrank. Eines Tages mehr sein als Untermieter des kleinen Manns. Ich dachte, dass ich das nur mit dir kann. Ich hatte es anders gedacht, in die Ferne mit dir zusammen, egal was kommt, ich hätte es für uns getan… Ich weiß, dass die Bilder der großen Welt zerschellen ohne Geld. Dort, am Rande der Stadt, hätte ich uns einen Palast gebaut. Aber du hast immer alles satt, ich bin einfach zu arm, du bist einfach mies, du warst mal ein Jahr für mich da, dann ein Jahr nicht. Seitdem ich 16 bin, liebe ich dich, unsere Wege kreuzen sich. Ständig. Immer. Aber du siehst mich nicht. Ich wusste nie, woran das liegt. Wann du mal so fühlst wie ich. Aber nein; Beppo, sage ich, ab jetzt lass ich

mir nichts mehr gefallen. Ich werde ab jetzt den Knall nie vergessen. Sosehr ich mich auch erschrecke, ich werde dem Feind ins Gesicht blicken. Nein; Beppo, sage ich: BEPPO, nimm das Gewehr. Mal bist du der Jäger, mal bist du der Bär. Nur wenn du Bär sein musst, um Gottes willen, dann kämpfe! Wenn das Leben nur Zitronen gibt, dann mach ich ab jetzt Limonade daraus. Ab jetzt spreche ich geraderaus, halte mein Kinn immer hoch. Ich werde nicht mit Herzen spielen. Ich bin nicht reich, werde es auch nie werden. Jeder tritt auch mal versehentlich daneben. Der Trick ist immer die Balance zwischen Nehmen und Geben. Aber du, Checca, hast es mit mir zu weit getrieben. *Beppo wirft den Ring weg. Checca denkt kurz nach, steckt sich den Ring an, dann geht sie ihm hinterher.*

3.

Irgendwo. Toffolo, Fortunato, Vincenzo treten auf. Trinken und trinken.

VINCENZO Los, komm! Wo sind die anderen …

FORTUNATO Jetzt warte …

TOFFOLO *zieht seine Schuhe aus* Ich werde Chioggia nie wieder verlassen. Ich liebe Chioggia. Ach! Maria! Warum habe ich dich verlassen? Warum habe ich mir einfach die Eier gebraten und nicht um deine Hand angehalten! Hier habe ich erfahren, was LIEBE ist! Was man für die LIEBE tut. Für die LIEBE würdet ihr ALLE EURE HEIMAT ANZÜNDEN! CHIOGGIA IN SCHUTT UND ASCHE LEGEN! Das kann alles nicht so im Streit enden. Ich wollte doch nur nett sein! LUCIETTA ist überhaupt nicht mein Typ …

FORTUNATO … – Es muss vor fünf oder zehn Jahren gewesen sein, da habe ich es versucht, da bin ich über den großen Teich rüber in eine andere …

VINCENZO Ich wäre niemals zurückgekehrt.

FORTUNATO Ich hatte bis jetzt gedacht, dass ich das geträumt habe, aber dem war nicht so, ich war weg, ich war weg, sag ich euch …

TOFFOLO *zieht sich weiter aus* Bist du nicht! Los jetzt, sag ich. Ich bin unschuldig!

FORTUNATO Aufs offene Meer bin ich, ohne Schiff, ohne Mannschaft, ohne Familie, ohne Freunde. Du weißt nie genau, woran du bist, die ganze Zeit über habe ich gezittert …

TOFFOLO *läuft nur noch mit Unterhose herum und schreit* Das alles: Wahnsinn. Hier. Los jetzt! sage ich: ICH WILL KEINEN STREIT MEHR! ICH WILL FREI SEIN! ICH BIN UNSCHULDIG. Ich protestiere! Ich bin unschuldig!

FORTUNATO / VINCENZO Warte! Warte!

TOFFOLO *schreit* Ich werde mich erst anziehen, wenn man mir glaubt! ICH WILL FREI SEIN! Ich wollte nur trösten! *Toffolo läuft schreiend davon. Die anderen beiden ihm hinterher.*

4.

Irgendwo. Titta läuft Lucietta hinterher.

TITTA Jetzt warte doch endlich.

LUCIETTA Los, komm, wo sind die anderen?

TITTA Jetzt warte.

LUCIETTA Das kann alles nicht so im Streit enden! Es macht alles keinen Sinn hier. So will ich nicht leben …

TITTA Warte!

LUCIETTA Warum folgst du mir?

TITTA Ich folge dir gar nicht.

LUCIETTA Doch, das tust du.

TITTA Warum folgst du mir?

LUCIETTA Das tu ich gar nicht.

TITTA Ich weiß gar nicht, ob du mich wirklich heiraten willst oder einfach nur weg von hier. Und weil du Angst hast, alleine da draußen, willst du, dass ich mitkomme. Es geht dir gar nicht um uns oder um mich: ES GEHT DIR NUR UM DICH! Es geht um deine Träume und Wünsche, nicht um unsere, ich bin nur eine Stufe hin zu deinem Traum. Ein Trittbrett, eine Leiter, deren Sprossen du einfach durchschlägst, sonst nichts. Zersplittert liege ich dann auf dem Boden verstreut, in tausend Teile zerfetzt, blutend, aber nein, Lucietta will ihren Traum, abhauen will sie, weg, weit weg, du hast deinen Traum, aber ich bin dann zerrissen und zerstückelt, und die Haut, die du dann für mich hättest sein können, ist weg, und ich weiß dann nicht, welche Haut ich um meine zerrissene Seele spannen soll, damit …

LUCIETTA *holt aus und will ihn schlagen* Ein Wort noch!

TITTA Ich sage dir: Brichst du mir das Herz …

LUCIETTA Was dann?

TITTA … breche ich dir die Knochen!

Lucietta geht.

Titta allein.

Halt, warte. Bitte. Das wollte ich nicht. Es tut mir leid. Es tut mir so leid. Sag mir, was du brauchst. Bitte sag mir, was du brauchst. Liebe. Liebe. Liebe. Ist doch nicht nur ein Wort. Das ist doch nicht nur ein Wort. Aber los, schau mich an! *Geht ihr hinterher.*

5.

Im kaputten Chioggia haben die vier es sich gemütlich gemacht. Sie trinken was. Sie tanzen. Sie küssen sich untereinander.

ISODORO … Jetzt wieder ernst: Wenn wir so weitermachen, hauen die Jungen ab. Und wir Greise bleiben übrig. Wer soll uns denn begraben? Uns die letzte Ruhe gönnen?

PADRON TONI Dann würden wir alle nicht fallen! Wir müssen wie Steine einer Brücke werden.

ISODORO *interessiert* Was meinst du?

PADRON TONI Wie das Tragverhalten einer Brücke.

PASQUA *wird etwas nüchterner* Will einer einen Kaffee?

PADRON TONI Wenn alles gleichzeitig nach unten fällt.

MADONNA Ja, ich! Hätte gerne einen Kaffee.

PADRON TONI *in sich gekehrt, bekommt Pasquas Reden nicht mit* Also, wenn man ganz eng zusammensitzt. Ich meine, dann hält alles.

PASQUA *ruft* Jemand muss das alles hier aufräumen, ich mach das nicht allein!

ISODORO Red weiter.

PASQUA Da gibt es nichts zu reden, alles Schwachsinn. Ich kenne ihn. Bin schon seit zwanzig Jahren mit dem zusammen. Am Anfang fand ich das noch alles lustig. Aber dann. Nichts. Stundenlang konnte ich ihm zuhören. In ihm aufgehen konnte ich. Wenn er sprach, brauchte ich nichts mehr zu essen oder zu trinken. Ich hing an jedem seiner Sätze, seiner Worte, seiner Silben. Ich war ein Schwamm, alles habe ich aufgesogen, was dieser Mann einmal von sich gab. Aber jetzt hab ich ihn satt. Einfach nur satt. Wenn ich nur mal kurz an ihn denke, sogar wenn ich weit weg bin von ihm, drehen sich meine Magenwände um. Wie ich seine Gestalt hasse, seinen Atem, seine unregelmäßigen Atemzüge, sein Kratzen im Hals, sein Räuspern, seinen Geruch, der sich überall, wo er langgeht, einbrennt, an der Tapete, an den Stühlen, an den Tischen, an den Sesseln, sich nicht mehr entfernen lässt. Ich bin ihm auf den Leim gegangen. Und jetzt schaut mich an. Das war es. In meiner Verzweiflung erniedrige ich mich schon mit dem da, ganz Chioggia weiß, was ich treibe und mit wem ich es treibe, sogar er weiß es, du weißt es, aber keiner sagt was, alle nehmen es einfach hin, nehmen das Leben einfach so hin, wie es ist, keiner wehrt sich, keiner will sich wehren, jeder will nur irgendwie sanft fallen, dass wir alle runterfliegen, einem endlosen tiefen Schlund entgegen, wissen wir alle, es geht nur noch darum, sanft zu fallen, ganz sanft in der Hölle zu verbrennen, mehr nicht, ganz sanft wird dann einem die Haut bei lebendigem Leib abgezogen. Alles ist so verlogen …

MADONNA Bist du fertig? Also: Ich würde jetzt ganz gerne wissen, wovon er redet!

PADRON TONI *in sich gekehrt, bekommt Pasquas Reden nicht mit* … wie ein Brückenbogen. Ich sage dir was: Der Bogen wird unter Belastung vor allem durch Druckkräfte beansprucht. Oder?

PASQUA Ich sage doch, alles Schwachsinn!

PADRON TONI … Wenn Bogenform und Bogenquerschnitt richtig aufeinander abgestimmt sind, treten nur Druckspannungen und keine Zugspannungen auf. Oder?

PASQUA Schwachsinn …

MADONNA Ich meine, er soll zu Ende sprechen dürfen …

PASQUA Wenn hier einer meinen Mann aussprechen lässt, dann bin ich das!

PADRON TONI … Um größere Spannweiten und damit verbunden mehr Tragkraft zu erreichen, verabschiedeten sich die Handwerker schon im Altertum davon, die Brücken mit Holzbalken zu bauen. Stattdessen griffen sie zu Natursteinen. Die Frage ist aber: Wie kann es gelingen, dass Stein so viel besser trägt als Holz? Dabei kommt es eben nicht nur auf das verwendete Material an, sondern auf die Form der Brücke. Einen kleinen Bach kann man mit einer einfachen Holzlatte überqueren, alleine. Aber was ist mit einem reißenden Fluss? Und mit vielen Menschen, die ihn überqueren wollen? Wie viele Holzlatten bräuchte man? Zu viele … – Die Lösung waren also Steine, mit denen man einen Brückenbogen bauen konnte. Diese Bogenform erwies sich im richtigen Winkel als äußerst stabil: Die Steine konnten sich durch Druck und Gegendruck untereinander stützen. Und auf einmal konnte man reißende Flüsse mit vielen Menschen und tonnenschweren Lasten ungehindert überqueren …

6.

Immer noch irgendwo. Fortunato, Vincenzo und Toffolo sind alle drei nur noch in Unterhosen. Wie Kinder. Und total betrunken! Sie laufen herum und schlagen sich gegenseitig.

FORTUNATO Doch, das habe ich, ich hab es gewagt …

TOFFOLO Nein, das hast du nicht!

FORTUNATO Ich sage dir doch, jetzt schaut euch das doch alle an, entweder seid ihr alle Teil meines Alptraumes, oder ihr alle durchlebt das Gleiche wie ich, oder euch alle gibt es nicht, und ich durchlebe alles durch euch immer und immer wieder, und es gibt kein anderes Leben, das ich mir wünschen könnte, weil es mich nicht gibt, mich und euch und alle meine Wünsche existieren nicht …

TOFFOLO Nein, du warst nie weg, das bildest du dir ein, weil du nach dem Tod deines Vaters auf dem Verlust klatschen geblieben bist! Es gibt keinen großen Teich, über den man hinüber kann … – Auf die andere Seite. Oder so. Das ist eine Lüge: Es gibt keinen Teich, es gibt keine andere Seite, es gibt kein anderes Leben. Es gibt nur das Hier, nur dieses Leben und die Frage: Schaffen wir es, dieses Leben so zu leben, dass am Ende auch das Ergebnis für uns alle stimmt? Nur nicht mit einem Minus vor der Zahl ins Grab gehen, das sage ich euch.

FORTUNATO Wenn ich es dir doch sage, dass ich es mal gewagt habe. Ich habe … – Ich weiß es doch ganz genau. Es war schön da. Sehr schön da. Ich hätte dort was machen können … – Ich hatte mal einen Traum, und ich war dabei, ihn dort zu leben …

TOFFOLO Und: Wenn es so schön da gewesen ist, warum bist du dann zurück? Wenn es so wunderbar dort war, warum bist du nicht dageblieben …

VINCENZO Viele haben es versucht. Da rüber. Aber der Teich hat alle verschluckt. Jeder, der es versuchte, wurde verschluckt. Also kannst du nicht rübergegangen sein: Weil jeder, der es versucht hat, ist nicht wieder zurückgekommen. Ich kenne niemanden, der zurückgekommen ist.

FORTUNATO *sauer weinend* Ihr könnt mich mal! Ihr könnt mich mal! ES GIBT EIN ANDERES LEBEN: ICH WEISS ES! *Haut ab.*

VINCENZO / TOFFOLO WARTE! *Alle drei ab.*

7.

Immer noch irgendwo. Beppo geht jetzt voraus und Checca ihm hinterher.

CHECCA Jetzt warte doch.

BEPPO Geh mir aus den Augen!

CHECCA Nein.

BEPPO Geh.

CHECCA Nein.

BEPPO Ich will allein sein.

CHECCA Ich werde nicht weggehen.

BEPPO Ich will dich nicht sehen.

CHECCA Ich hasse dich!

BEPPO Ich hasse dich!

Jetzt läuft Checca weg. Beppo läuft diesmal in eine andere Richtung. Kurz darauf laufen sie zurück und umarmen sich heftig.

CHECCA Beppo!

BEPPO Checca!

CHECCA Ich liebe dich.

BEPPO Ich liebe dich.

CHECCA Ich will mit dir zusammen sein. Mein Leben lang.

BEPPO Ich auch.

CHECCA Wir beide werden alles anders machen.

BEPPO Das werden wir. Wir werden nicht so enden wie die Alten.

CHECCA Kein Streit.

BEPPO Immer Liebe.

CHECCA Immer Glück.

8.

Isodoro, Padron Toni, Madonna und Pasqua sind immer noch in den Trümmern von Chioggia. Alle vier wirken sehr nachdenklich.

PADRON TONI Was ich eigentlich sagen will, ist: Gemeint ist die Verwandtschaft der Dinge untereinander!

MADONNA Verwandtschaft?!?

PADRON TONI Kraftfelder!

ISODORO Kraftfelder?!

PADRON TONI Alles gehorcht dem Gravitations- und Trägheitsgesetz, dem Paradox, dass jede Dynamik in Statik erstarrt, sobald man ihr auf den Grund geht, so als ob alle Steine eines Gewölbes auf einmal stürzen wollten. Eine Metapher … – Komm mal her: Lass dich mal fallen!

MADONNA Ich?

PADRON TONI Ja, du!

Madonna lässt sich fallen und landet auf dem Boden.

So, jetzt komm du mal hierher.

ISODORO Ich?

PADRON TONI Ja, du! So, jetzt beide Rücken an Rücken …

Madonna und Isodoro stehen Rücken an Rücken.

So, und jetzt lasst euch beide runterfallen.

Die beiden lassen sich fallen. Aber sie bleiben stehen, sie halten sich gegenseitig vom Fallen ab.

So, seht ihr. Es geht nicht. Ihr fallt nicht runter. Weil wir uns im Fall nach unten alle gleich sind. Und je enger wir zusammenrücken, je mehr wir einander Freunde sind, halten wir uns fest. Und stürzen niemals ein ins Bodenlose …

9.

Immer noch irgendwo beim Laden. Titta Nane und Lucietta treten auf.

TITTA … Die Leute sagen, dass du den Toffolo willst. Dass er mit dir weggehen würde. Dass er dich heiraten würde. Dass er alles für dich tun würde.

LUCIETTA Ich höre die Leute sagen, dass du die Checca willst, weil sie mit dir hierbleiben würde, ihr dann gemeinsam den Laden übernehmen würdet.

TITTA Und du glaubst diesen Leuten?

LUCIETTA Und du? Du glaubst denen ja auch!

TITTA Ich will, dass du mich liebst! Wahre, echte Liebe will ich!

LUCIETTA Dieses verlogene, dreckige Loch bringt doch nichts ECHTES hervor. Ich wollte an einen Ort mit dir, der echt ist. Ich wollte mit dir meine eigene Geschichte schreiben. Ich wollte nur mit dir sein. Kein verlogenes Gequatsche der anderen … – Nicht mehr lügen. Nicht mehr streiten. Hass. Hass. Hass. Überall … – Was ist denn daran so schlimm, an ein anderes Leben zu glauben, was ist daran so schlimm, den, den man liebt, jeden Tag daran zu erinnern, dass es da draußen vielleicht ein besseres, ein schöneres Leben geben könnte, was ist daran schlimm, sich immer und immer wieder vorzustellen, wie es da draußen sein könnte, wenn man nur wollte, wenn man nur will, ich will nicht mehr, ich kann nicht mehr, ich habe das Leben hier so satt, so satt, sag ich dir, immer dieselben Straßen, immer derselbe Strand, immer dieselben leblosen Wellen, die gegen die Felsen schlagen, wir sind sogar den Gezeiten gleichgültig, die Wellen wollen sich sogar nicht weiter hier reinwagen, kraftlos fallen sie schon nach ein paar Metern am Strand in sich zusammen und ziehen sich so schnell es geht wieder ins Meer zurück. Alles plätschert vor sich hin. Die Natur will nicht länger als nötig in Chioggia bleiben. Mit Recht. Alles ist Tod hier.

Beide schweigen sich an.

Ich glaube, wir haben uns jetzt genug gesagt.

Schweigen.

TITTA Ich hau ab von hier.

LUCIETTA *kalt* Jetzt, wo ich weiß, dass du wegwillst …

TITTA Ja was?

LUCIETTA *kalt* … will ich hierbleiben …

Schweigen.

TITTA *wütend* So ist das jetzt.

LUCIETTA *wütend* So ist was jetzt?

TITTA Ich will gehen, und du willst bleiben.

LUCIETTA Genau.

TITTA Gut, dann gehe ich.

LUCIETTA Na los.

TITTA Ich gehe.

LUCIETTA Bist du noch nicht weg?

TITTA Ich gehe jetzt.

LUCIETTA Na los, ich sehe dich immer noch.

TITTA Ich bin weg.

LUCIETTA *zu Titta* Hau ab!

TITTA Ja!

LUCIETTA Hau ab! Ich will allein sein!

TITTA Gut, dann hau ich ab.

Geht ab.

LUCIETTA *ihm hintersagend* Es tut mir leid. Es tut mir so leid. Sag mir, was du brauchst. Bitte sag mir, was du brauchst. Liebe. Liebe. Liebe. Ist doch nicht nur ein Wort. Das ist doch nicht nur ein Wort. Ich zünde mein Leben an. ICH: blute nachts. Ich muss zu dir. Mein geliebter TITTA. Bitte mach du Schluss mit mir. Ich kann es nicht. Du musst gehen, nicht ich. Gib mir den Gutenachtkuss. Gutenachtschuss. Schieß und bums. Ich bleibe bis zum Ende da. Worte des Nichts. Die Sorgen sind nicht vom Tisch. Heute gebe ich alles. Morgen ist Nichts. Verdammt. Ich wäre so gerne die FRAU, die den Mond für dich holt. Doch ich habe mich an den Sternen verbrannt. In die Ferne verbannte Tage geweint. Du sagst nicht ein Wort. Meine Arme sind kaputt. Doch ich trage uns weit. Ich bin stetig. Du, mein TITTA, musst wissen: Jeder Atemzug von mir ist ein Schrei zu dir. Alles mein Fehler. Alles meine Wut. Male mit meinem letzen Tropfen ein Herz aus Blut für dich an die Wand. Ich bin stumm und dumpf. Der Sinn des Lebens ist Leben. Sagen die Leute. Treppen steige ich mit dir auf und ab. Das Leben habe ich bald satt, aber ich mache weiter, immer weiter mit jedem Atemzug sind wir beide dem Leben näher als dem Tod. Der Sinn des Lebens ist Leben. Nein. Der Sinn des Lebens ist Lieben. Ich weiß, dass es mit dir zusammen ein besseres Leben gibt. Nicht ohne dich.

10.

Das Bild ist zweigeteilt: Video / Bühne. Laute Musik. Eine Party bricht herein, Isodoro sitzt wieder vor der Kamera und vor seinem Computer.

ISODORO SO, HEUTE IST TAG 3! Hallo. Hallo. Test. Test. JETZT BAUEN WIR CHIOGGIA WIEDER AUF! UND ALLE MACHEN MIT: Hört mir alle zu: Und jetzt wissen die Menschen auch nicht, wohin sie gehen sollen, wenn sie mal die große Freiheit suchen. Und hier bist du die meiste Zeit deines Lebens auf der Suche nach der großen Freiheit, nach dem großen Glück. Deshalb fischst du auch die ganze Nacht, den ganzen Tag, lässt dich treiben auf dem Meer der Armut. Und wenn du so fischst und fischst und nichts fängst, was machst du dann, du fängst an zu kapieren, dass du der Welt da draußen scheißegal bist … – Aber du musst weitermachen … nicht aufgeben … – Also knüpfst du weiter deine Netze, immer engmaschiger, in der Hoffnung, etwas richtig Fettes zu fangen, doch das Engmaschige ist die Hölle. Es tötet alles, was sich in ihm verfängt. Große Fische, kleine Fische, Schuldige, Unschuldige, Genießbare, Ungenießbare. Frauen. Männer. Kinder. Statt blühendem Leben hinterlässt du eine Wüste …

Alle, Lucietta, Pasqua, Madonna, Padron Toni, Beppo, Checca, Toffolo, Fortunato und Vincenzo sind sehr, sehr betrunken. Alle drei in Unterhosen. Immer noch wie Affen im Wald. Alle bauen CHIOGGIA wieder auf. Die Brücke wird errichtet.

Dann Stille.

LUCIETTA Habt ihr TITTA gesehen?

Alle schütteln den Kopf. Toffolo geht ab.

11.

Irgendwo am Hafen. Titta will ins Meer. Er hat seine Koffer dabei und ein kleines Boot. Toffolo kommt zu ihm und will ihn daran hindern.

TITTA Was willst du?

TOFFOLO Kennst du die Krankheit. Welche uns alle befallen hat? Die wir beklagen? Anomie.

TITTA Hör auf, mich zu belehren.

TOFFOLO Es ist die Bezeichnung eines erst schleichenden, dann oft brutalen inneren Zerfalls von dir und mir und den anderen und allem hier. Der Zerfall von Menschen, Orten, Welten. Den wir nicht aufhalten können.

TITTA An dem nur du schuld bist. Wenn du das so genau weißt, warum hast du es nicht geändert?

TOFFOLO Wir wollen alle, dass es einem gut geht. Das Ziel ist für uns alle klar mit dem Beginn unserer Geburt. Oder? Doch wie bekommen wir das, was wir wollen, wie sieht der Weg aus? Das ist uns allen schon lange nicht mehr klar. Oder? Also denkst du, das, was du da draußen findest, wird anders sein, als das, was hier ist. Glaub mir, ich kenn einige Häfen da draußen.

TITTA Aber dich an die Lucietta ranmachen, während du weißt, dass sie mir gehört. Es ist besser, wenn du und ich nicht gleichzeitig im CHIOGGIA leben.

TOFFOLO Mach nicht den gleichen Fehler wie ich. Wenn du weggehst: Dann sage ich dir, wird es überall da draußen immer einen Toffolo geben, der deine Lucietta auch haben möchte. Oder du wirst ein Toffolo sein, der jemand anderem die Lucietta wegnehmen will. Das Einzige, was uns alle am Leben hält, den Arsch morgen hochkommen lässt, gegen den Wind laufen lässt, gegen die Wand knallen lässt, gegen das Feuer, gegen die Pest, gegen die Einsamkeit, ist: …

TITTA Was willst du mir eigentlich sagen?

TOFFOLO Lucietta liebt dich. Das ist die Wahrheit. Und alles andere ist unwichtig. Es ist unwichtig, was ich sage oder die anderen, wichtig ist, was sie dir sagt. Schau ihr einfach mal in die Augen. Augen. Augen. Augen lügen nicht. Um es dir in einer Tanz-Metapher zu sagen: zwei Schritte zurück, einen seitwärts, dann die Zirkusnummer der blitzschnellen Kehrtwende, abgefedert durch ein Schrittchen vorwärts – so hüpfen und stolpern wir uns durch das Leben, bis das Leben zu Ende ist. Der Sinn des Lebens ist: Leben. Der Sinn des Lebens ist: Leben. Der Sinn des Lebens ist: Leben. Der Sinn des Lebens ist: Leben. Der Sinn des Lebens ist: Leben. Der Sinn des Lebens ist: Leben. Der Sinn des Lebens ist: Leben. Der Sinn des Lebens ist: LIEBEN.

12.

Alle treten auf und haben Ideen. Jeder will sie umsetzen. Lucietta, Pasqua, Madonna, Checca, Fortunato, Padron Toni, Vincenzo, Isodoro hört zu.

ISODORO Also: Wir können nur überleben, wenn wir alle zusammenhalten! Also: Was sind eure Ideen?

PASQUA *freundlich* Also: Ihr könnt anfangen.

MADONNA *freundlich* Ihr könnt anfangen.

VINCENZO *will helfen* Lasst uns doch auslosen!

CHECCA Nein, nein, diesmal dürft ihr.

VINCENZO Lasst uns doch auslosen!

BEPPO Ihr solltet besser anfangen, vielleicht reicht das schon, was wir haben! Und dann …

FORTUNATO Ihr solltet besser anfangen! Vielleicht reicht das, was wir haben, schon …

VINCENZO Lasst uns doch auslosen!

PADRON TONI Also das kommt nicht in Frage!

MADONNA Okay, was kommt dann in Frage?

VINCENZO Lasst uns doch auslosen!

PASQUA Okay, dann lass sie anfangen!

VINCENZO Lasst uns doch auslosen!

MADONNA Ja, ja, ja wir wissen doch alle Bescheid!

VINCENZO Lasst uns doch auslosen!
IHR LIEBEN! Lasst uns doch auslosen!

PASQUA NUN GUT: Dann fangen wir an!

VINCENZO Lasst uns doch auslosen!

MADONNA Warum jetzt doch ihr?

VINCENZO Lasst es uns bitte auslosen, dann gibt es keinen Streit!

ISODORO *entnervt* Aufhören, bitte. Es darf so nicht weitergehen.
Es wird immer lauter und immer heftiger. Dann kommen Titta und Toffolo.

LUCIETTA *und Titta fallen sich in die Arme und immer ins Wort* Titta, mein Titta, du bist zurück, du bist nicht weg, nein, ab jetzt bleiben wir hier, nur hier, wir gehen nicht weg, ich will da sein, wo du bist, nur du und ich, sonst niemand, mehr brauche ich nicht …

TITTA *und Lucietta fallen sich in die Arme und immer ins Wort* Lucietta. Ich bin nicht weg, wo soll ich denn hin ohne dich, du bist meine Heimat, nur du, ich gehe mit dir, wohin du willst, die Hauptsache ist, dass wir zusammenbleiben.

FORTUNATO Schau mal. Da draußen. Sie sind alle gekommen!

Alle schauen ins Publikum.

ISODORO *tritt ans Publikum* So viele Leute sind da. Es hat funktioniert. Das sind die ganz, ganz dicken Fische hier! Los, geht alle an eure Plätze. Los. Die ersten zehn Bestellungen sind FREI. Nein, ans Weggehen denkt keiner hier, weil das Überleben alle Energien aufbraucht, weil all deine Träume und Wünsche und Ausbrüche erschöpft sind, alles ist pulverisiert, du willst nur irgendwie den Tag rumkriegen, die Nacht, WIE JEDER HIER, das Meer. Nachts zurückkommen mit ein paar kleinen Fischen: Die weder zum Leben noch zum Sterben reichen. WIR SIND ALLE FISCHER?! Deswegen können die Fischer und Fischerinnen keine Antwort geben auf die Frage, ob man CHIOGGIA verlassen soll oder nicht. Weil sie nicht an ein Leben außerhalb von Chioggias Hafen glauben. Die Frage bleibt unbeantwortet! Und wird im Hafenbecken verhallen. Sie wird endgültig fort sein, wenn morgen wieder die Leinen losgemacht werden. Geld verdienen. Irgendwie über Wasser halten. Irgendwie nicht untergehen. Dicht bleiben. Alles, was Chioggia will, ist: irgendwie überleben. Aber Vorsicht: Irgendwann werden die Leute die Leinen nicht mehr losmachen. Dann werden die Leute die Wellen beobachten, die sich irgendwo weit auf dem Meer, am Horizont, zusammenziehen und auftürmen. Dann werden sich die Menschen umdrehen und aufs Land schauen. Und sie werden sich zusammentun, so wie die Wellen, weit draußen auf dem Meer. Und sie werden die Flut abwarten. Das Meer. Die Flut wird kommen. Ja, das wird sie. Dann werden sich die Menschen auf den Kämmen der Wellen treiben lassen und alles mitreißen, was sich ihnen in den Weg stellt!

Ende.

Beate Faßnacht

Zimmer Frauen

SEPP
FRITZ

I. Teil

SEPP ein ziemliches Arschloch, wenn du mich fragst

FRITZ kennst du den

SEPP so ein richtiges Arschloch

FRITZ du kennst den doch gar nicht

SEPP den kennt man. Arschloch.

FRITZ sie aber auch. Sie ist auch eins

SEPP sie?

FRITZ wer sich mit so einem Arschloch einlässt …
viel im Kopf haben kann die nicht

SEPP ich lass die Finger von den Weibern.
Die wollen eh nur mein Geld

FRITZ hast du denn so viel?

SEPP schon

FRITZ gibst mir was?

SEPP wie viel brauchst?

FRITZ wie viel hast?

SEPP das geht dich einen Scheißdreck an

FRITZ mehr als wie ich hast allemal

SEPP woher willst denn das wissen

FRITZ so viele Bücher, wie du verkauft hast …
besser, als wie wenn du es irgendeiner Alten gibst

SEPP was meinst, warum ich nicht verheiratet bin. Geliebt hab ich genug. Da wäre schon manch eine in Frage gekommen. Also gemessen am Geliebtwerden meine ich. Aber so ist es auch gut. So kriegen es die Kinder. Die können es brauchen. Die Frauen können selber nach ihrem Geld schauen. Die brauchen meins nicht. Ich mag jedenfalls keine, die mein Geld braucht.
Bei den Kindern ist das was anderes. Aber Frauen dürfen nichts kosten. Finde ich. Also privat meine ich natürlich. Natürlich darf eine gekaufte Frau was kosten. Das wäre ja noch schöner. Die sind viel zu billig, finde ich. Solche Frauen. Die verkaufen sich viel zu billig. Frauen können halt nicht mit Geld umgehen. Aber müssen sie ja auch nicht.

Haben ja meistens eh keines. Wofür brauchst denn das Geld?

FRITZ so halt. Dies und das. Weißt ja selber, was immer so zusammenkommt

SEPP du hast doch neulich noch welches gehabt?

FRITZ wann jetzt

SEPP ja neulich halt. Als wir's haben krachen lassen. Da hast du doch auch nicht aufs Geld geschaut

FRITZ ach, da meinst. Ja, da schon noch. Aber jetzt halt nicht mehr

SEPP bist ausgeraubt worden.

FRITZ *lacht* das jetzt nicht grad. Aber im Moment läuft's nicht so gut

SEPP musst halt mal ein neues Bild malen

FRITZ bin dran. Kannst mir jetzt was geben oder nicht

SEPP also im Prinzip schon. Musst es mir halt irgendwann wieder zurückgeben

FRITZ eh klar –

Du, ich glaub, das ist wirklich ein Arschloch

SEPP sag ich doch.

Wie blöd muss einer sein, um sich von einer Negerin verpetzen zu lassen

FRITZ hast schon mal eine gehabt?

SEPP schon oft

FRITZ was die nur immer an dir finden, die Weiber

SEPP *lacht* das wüsstest du gern. Ich weiß es selber nicht. Aber irgendwas wird's schon sein. Wahrscheinlich ist es für alle Weiber das Gleiche, das, wo sie draufstehen. Das Geld allein kann's nicht sein. Manche von denen haben selber Geld. Und stehen trotzdem auf mich. Frag mich nicht, warum. Ist halt so. Nimmst noch eins?

FRITZ hab kein Geld

SEPP nicht mal mehr für ein Bier. Also das Bier kann ich in jedem Fall übernehmen. Nicht nur heute. Sondern generell. Also mal für eine ganze Weile, meine ich

FRITZ mein ich das nur, oder schaut das Arschloch dir auch noch ähnlich

SEPP ein alter Sack halt

FRITZ er hat trotzdem was

SEPP was denn

FRITZ ich weiß nicht. ich finde, irgendwas hat der

SEPP Geld hat er

FRITZ das mein ich nicht

SEPP was hat er denn sonst noch

FRITZ gehört dem eigentlich alles

SEPP spinnst jetzt. Wieso soll denn dem alles gehören

FRITZ der schaut so aus. Irgendwie schaut der so aus, als ob dem alles gehört

SEPP so ein Schmarrn. Bloß weil einer so ausschaut

FRITZ ach, lass halt. So wichtig ist das jetzt auch wieder nicht

SEPP magst noch was trinken?

FRITZ ein Kleines noch

SEPP warum denn nur ein Kleines. Ich zahl's doch

FRITZ früh mag ich noch nicht so viel trinken

SEPP aber das ist jetzt schon das ichweißnichtwievielte Kleine

FRITZ hast mitgezählt. Ich zahl's schon selber.
Lass ich halt anschreiben. Der kennt mich

SEPP dein Bier kann ich schon noch übernehmen. Ein Leben lang, wenn es sein muss.
Ich lauf halt dreimal so oft, wenn du immer nur ein kleines Bier magst.
Sepp geht Bier holen … und kommt nach langer Zeit mit zwei Bier zurück.

FRITZ du. jetzt noch mal wegen dem Geld

SEPP wie viel brauchst

FRITZ wie viel hast. also ich meine, wie viel hast übrig

SEPP jetzt sag halt schon

FRITZ mit 10000 könnt ich was anfangen

SEPP 10000

FRITZ weniger geht auch

SEPP wofür brauchst jetzt du 10000

FRITZ na, zum Leben halt

SEPP da kommst aber nicht weit mit. Mit 10000

FRITZ dann halt 50000

SEPP sag mal, du bist aber schon mein Freund, oder? Verarschen lass ich mich nicht

FRITZ klar bin ich dein Freund. Warum sollt ich denn auf einmal nicht mehr dein Freund sein

SEPP wann krieg ich das Geld zurück?

FRITZ erst muss ich es ja mal haben, bevor du es zurückkriegst

SEPP morgen geh ich zur Bank

FRITZ ich tät dir jeden Monat ein bissel was …

SEPP schon recht. Mach dir keinen Kopf. Ich hab's ja

Lacht.

FRITZ der schaut wirklich nicht schlecht aus

SEPP was findest jetzt du an dem so interessant? Irgendwie wirst du auch immer bescheuerter.

Pass auf, dass du kein Arschloch wirst

FRITZ Arschloch

SEPP spinnst jetzt

FRITZ du. ich brauch's wirklich.

SEPP na, ein bissel was wirst schon noch haben. Gar kein Geld hat keiner. Also hier nicht.

Hier hat jeder irgendein Geld. In Afrika haben sie keins. Aber hier hat jeder ein bissel was. Zu wenig halt. Für die meisten ist es zu wenig. Weil sie nie genug kriegen können

FRITZ die Afrikaner?

SEPP Blödsinn

FRITZ 10000 täten reichen

SEPP kannst haben. Hab ich doch gesagt. Jetzt mach halt nicht so ein Geschiss drum. Morgen hast es. Ich glaub, du brauchst eine Frau. Eine Frau brauchst anscheinend noch dringender wie das Geld. Geld kannst haben. Frau nicht. Also von mir, meine ich. Von mir kannst keine haben. Die brauch ich alle selber.

Lacht.

FRITZ bist schon besoffen, oder was?

SEPP Fritz, wenn ich dich nicht so lieben tät, käme das für mich wirklich nicht in Frage.

10000! Also gar nichts ist das für mich auch nicht

FRITZ wenn's gar nichts wäre, müsste ich auch nicht so ein Geschiss drum machen. Dann würde ich einfach sagen: Her mit dem Geld, du Arschloch

SEPP spinnst jetzt

FRITZ 'tschuldigung.

Liebst mich wirklich?

SEPP vergiss es

FRITZ warum sagst denn dann so was

SEPP wenn ich immer nur das sagen tät, wo ich weiß, warum, dann würde ich gar nichts mehr sagen. Also fast nichts. »Ich liebe dich« tät ich mal bestimmt nicht sagen.

Zu dir schon gar nicht

FRITZ aber mein Freund bist schon. Oder?

SEPP *lacht – blöd* der Fritz. Magst was trinken?

FRITZ ein Kleines.

…

gell, meiner Alten sagst nichts. Mit so was will die nichts zu tun haben. Die will nicht die Frau von dem Arschloch sein, der sich was von deinem Scheißgeld leiht. Mit einem Verschuldeten will die nichts zu tun haben. Die sind so. Also meine jedenfalls

SEPP reichen 10 000?

FRITZ verhungern werd ich schon nicht. Und ein Bier würdest du mir allemal zahlen, oder?

Das hast du ja gesagt? Das Bier wäre nicht das Problem

SEPP kein Problem. Magst eins?

FRITZ danke. Ich hab noch

…

SEPP Warum heulst denn du jetzt?

FRITZ ach Scheiße. Komm. Weg hier!

SEPP spinnst jetzt. Bloß weil du heulst. Heul halt.

Das ist bestimmt wegen dem Geld. Magst was essen?

FRITZ was Kleines vielleicht …

SEPP Mensch, was würdest denn du essen, wenn ich nicht wäre. Also ich meine, wenn ich nicht dein Freund wäre. Was würdest du denn dann essen?

FRITZ liebst du mich wirklich?

SEPP spinnst jetzt?

FRITZ du hast doch vorhin gesagt …

Wann gehst denn morgen zur Bank? Soll ich mitkommen?

SEPP Ich leih dir das Geld. Mein Freund bist auch. Und das eine hat mit dem anderen zu tun. Mein Lieblingsfreund bist, verstehst? Und Liebling ist immer irgendwie Platz Eins. Also jemanden »Liebling« nennen und dann noch einen vorne dran haben – das macht irgendwie keinen Sinn. Wer der Liebling ist, der ist an Platz Eins.

Ein Lieblingsschüler ist ja auch nicht irgendeiner. Der hat keinen vor der Nase. Sondern das ist der auf Platz Eins. Das heißt nicht, dass alle anderen Schüler Deppen sind.

Das heißt es überhaupt nicht. Aber Lieblingsschüler gibt es eben nur einen.

Das ist nun mal so. Das liegt in der Sache. »Lieblings…« ist immer nur einer

FRITZ bleibst du noch lange?

SEPP weiß ich nicht. Warum fragst denn das jetzt. Hast noch was?

FRITZ Ich hab nichts mehr. Ich hab nichts mehr zu trinken, und ich hab auch nichts mehr, um mir was zu trinken zu kaufen. Scheiße ist das. Ich muss trinken. Kauf mir was zu trinken. Wenn du mir nichts zu trinken kaufst, muss ich sterben. Gar nicht mal so sehr wegen dem Trinken. Sondern weil ich dir das nicht wert bin. Weil ich dir das bisschen zu trinken nicht wert bin.

SEPP Mein Gott, wie wenig du hast. Das ist ja noch weniger, als wie ich gedacht habe. Lass halt anschreiben. Kannst du nicht wenigstens anschreiben lassen? Schau, der Wirt lacht uns aus. Also dich lacht er aus. Weil du mir nicht mal was zu trinken kaufen kannst. Hol mir ein Bier. Ich geb dir das Geld. Da hast du's. Hol noch zwei Bier. Nur für das Arschloch da drüben. Der soll nicht denken, dass du mir nicht mal mehr ein Bier holen kannst. Das halt ich nicht aus. Den Gedanken halt ich wirklich nicht aus, dass das Arschloch da drüben denkt: Der arme Fritz muss trinken und kann sich noch nicht mal was holen. Weil er nichts hat. Nichts, wovon er sich und dem Sepp was zu trinken holen könnte. Der Arme. So darfst du das Arschloch nicht denken lassen. Das bist du mir schuldig. Ich zahl's. Los. Hol noch zwei Bier.

FRITZ apropos Arschloch. Der muss jetzt mit einer Fußfessel rumlaufen. Bloß weil ihn eine Negerin verpetzt hat

SEPP selber schuld

Fritz holt Bier … mit Geld vom Sepp … Fritz kommt mit zwei Bier und einer Bretzel zurück.

was ist eigentlich eine Fußfessel?

FRITZ eine Fessel am Fuß, nehme ich mal an. Am Fuß wahrscheinlich, damit man es nicht gleich sieht.

SEPP eine Art Persönlichkeitsschutz quasi. Meinst, dass die gekauft war

FRITZ für umsonst gibt es so was bestimmt nicht. Aber Geld hat er ja genug.

SEPP ich bin auch schon oft über eine hergefallen und hab trotzdem keine Fußfessel. Mich hätte schon manch eine in die Scheiße reiten können. Das kannst mir glauben. Da muss ich grad noch dankbar sein im Nachhinein. Dass mich da keine in die Scheiße geritten hat. Ich hab auch nicht immer gefragt, ob's grad passt. Das mach ich schon lange nicht mehr. Fragen, ob's passt. Da fühlen sie sich gleich geliebt, wenn du nicht aufpasst. Wenn du zu lange nachfragst und so tust, als ob dir was dran liegt, dass sie auch ihren Spaß hat … das kann dir ganz schnell als Weiß-Gott-Was ausgelegt werden.

Vielleicht wollte er einfach vermeiden, dass die meint, dass er sie liebt. Der hat ja eine Frau. Wenn ich mich nicht irre, hat der eine Frau. Verheiratet ist der. Schon lange.

Vielleicht ist es ja gar kein Arschloch. Vielleicht hat er einfach nur Angst vor der Liebe

FRITZ meinst, dass die lügt?

SEPP keine Ahnung. Ich kenn die ja nicht.

FRITZ die haben Flecken gefunden. Flecken am Kleid. Was der für eine Angst gehabt haben muss. Wenn der noch nicht mal mehr das Loch getroffen hat, sondern nur wild in der Gegend rumgespritzt … eine Heidenangst muss der gehabt haben

SEPP arme Sau, wenn du mich fragst. Sie auch. Sie ist auch eine arme Sau

FRITZ Vielleicht hat sie Geld gebraucht. Also noch mehr Geld, meine ich. Mehr Geld als wie sie fürs Zimmeraufräumen kriegt. Vielleicht ist sie verschuldet. Oder hat einen verschuldeten Mann daheim rumhängen

SEPP ich glaube, mit Geld hat das nicht direkt zu tun. Also nur insofern, als ein Zimmermädchen natürlich erst ab einer bestimmten Kategorie von Hotel überhaupt ins Zimmer kommt. In einer 2-Sterne-Pension wird das Bett von der Wirtin abgezogen. Wenn überhaupt. Und das in der Regel erst, wenn man abgereist ist. Man kann also nicht über die Wirtin herfallen in einer billigen Pension. Insofern hat es dann doch wieder mit Geld zu tun. Bist noch nie über eine hergefallen?

FRITZ nicht wirklich.

SEPP da kann eigentlich nichts passieren. Peinlich sein kann es halt. Wenn man übereinander herfällt. Also sobald man realisiert, dass man gerade übereinander herfällt, ist es peinlich. Davor und danach geht es eigentlich. Da kann es sogar ganz lustig sein. Vielleicht war es bei dem Arschloch in dem Hotel auch ganz lustig. Davor meine ich. Vor der Fußfessel

FRITZ mir tut er irgendwie leid. Ich glaube nicht, dass er ein Arschloch ist

SEPP klar ist das ein Arschloch. Aber ich bin auch oft ein Arschloch. So ist es nicht. Manchmal wundere ich mich selber, dass mich noch keine angezeigt hat. Mich Arschloch. So ganz in Ordnung war das auch nicht immer. Diese Liebesvermeidungsaktionen

FRITZ diese Zimmerfrau wollte bestimmt geliebt werden. Bestimmt wollte die, dass er noch eine Nacht länger bleibt. Aber der musste ja auf den Flieger. Außerdem ist er verheiratet

SEPP vielleicht hätte ich doch eine heiraten sollen. Wenn man verheiratet ist, dann kann man es der Frau in die Schuhe schieben. Dann kann man so tun, als würde einer Liebe grundsätzlich nichts im Wege stehen – bis auf die Frau eben. Vielleicht hätte ich wirklich heiraten sollen. Dann hätte ich mich nicht so oft einfach aus dem Staub machen müssen. Jetzt ist es zu spät. Jetzt glaubt's mir sowieso keine mehr. Jetzt kommt's auch nicht mehr so oft über mich. Und wenn grad keine da ist, kaufe ich mir eben eine. Die gekauften wollen nicht so sehr geliebt werden. Ein bisschen vielleicht. Aber nicht für immer. Vielleicht wollte das Zimmermädchen für immer geliebt werden, und der hatte gar keine andere Wahl, als sich aus dem Staub zu machen. Der liebt ja schon seine Frau. Und zwei Frauen lieben kann keiner. Das kann mir keiner erzählen. Nicht wirklich. Jedenfalls nicht fürs Gleiche.

FRITZ bist du schon mal über ein Zimmermädchen hergefallen?

SEPP ich überlege gerade …

FRITZ und? bist?

SEPP ich glaube nicht. Ich habe lediglich mal einer gesagt, sie soll so tun, als ob sie ein Zimmermädchen sei. Aber das gilt ja nicht

FRITZ nein. Das gilt wirklich nicht.

SEPP würdest du über ein Zimmermädchen herfallen?

FRITZ grundsätzlich schon. Aber nicht ohne Geld. Einer ohne Geld kann nicht über ein Zimmermädchen herfallen. »Was hat denn einer wie du in so einem Hotel zu suchen«, würde da jedes Zimmermädchen sagen, noch bevor man überhaupt über sie herfallen könnte. Das sieht nämlich selbst das dümmste Zimmermädchen. Dir sieht man es auch an. Irgendwie sieht man dir an, dass du mir Geld leihen kannst

SEPP ich sehe dem Arschloch ja auch ähnlich. *Lacht.* Wahrscheinlich verhaften sie mich eines Tages, weil ich angeblich über ein Zimmermädchen hergefallen bin. Ähnlich sehen tät's den Arschlöchern

Lacht noch lauter.

FRITZ bevor ich mir von dir eine Frau kaufen lasse, häng ich mich auf

SEPP spinnst jetzt. Wie kommst denn drauf, dass ich dir eine Frau kaufen könnte

FRITZ weil du mein Freund bist

SEPP ich finde nicht, dass du ärmer ausschaust wie ich.

FRITZ wenn ich nicht so arm ausschauen würde, dann wäre alles nicht so schlimm. So schlimm ist es nämlich eigentlich gar nicht. Ich hab ja alles. Also alles, was man so braucht. Aber man sieht halt schon von weitem, dass ich nichts habe, was man eigentlich gar nicht braucht. Aber auch rein gar nichts. Und das macht es eben aus. Die Frauen mögen keinen, der nur das Nötigste hat. Bei so einem kommt alles so daher, als hätte er es wahnsinnig nötig. Und wenn es einer wahnsinnig nötig hat … na ja. Weißt selber, wie blöd das daherkommt. Dabei schau ich eigentlich gar nicht schlecht aus. Oder was meinst?

SEPP geht so. Das Arschloch zum Beispiel …

holst noch was? Ich geb's dir nachher

FRITZ musst es mir gleich geben. Der lässt mich nicht mehr anschreiben. Arschloch

SEPP komm. Bleib sitzen. Ich hol's. Da kommt es jetzt auch nicht mehr drauf an

… Sepp geht … und kommt mit Bier.

FRITZ gut, dass ich keine Fußfessel habe

SEPP wie kommst jetzt da drauf

FRITZ da kann man den Alkohol messen. Ernsthaft. Da wird angezeigt, ob du besoffen bist, und wenn ja, wie viel

SEPP leck mich am Arsch. Das geht doch keinen was an, wie viel einer gesoffen hat

FRITZ sollte man meinen. Aber das habe ich gelesen. Nicht nur, dass der jetzt die Negerin nicht mehr treffen kann, ohne dass alle Welt zuschaut. Saufen kann der auch nicht mehr.

Also nicht unbemerkt, meine ich

SEPP wahrscheinlich wird ihm das jetzt grad auch egal sein

FRITZ was meinst, wie viel die gekriegt hat?

SEPP für was jetzt

FRITZ fürs Maulhalten

SEPP nichts hat sie gekriegt. Gepetzt hat sie

FRITZ schön blöd. Die könnte jetzt reich sein

SEPP nachher ist man immer schlauer. Petzen ist wie ein Reflex. Da machst dir über die Konsequenzen keine Gedanken

FRITZ erpressen hätte sie ihn sollen. Da wäre mehr bei rausgekommen

SEPP erpress doch einen. Dann musst nicht deinen besten Freund anpumpen
Lacht.

FRITZ meinst wirklich, dass die geliebt werden wollte von dem Arschloch

SEPP wer jetzt

FRITZ die Petze

SEPP vielleicht wollte sie auch nur sein Geld. Eine Zimmerfrau will meistens Geld. Sonst würde sie nicht anderer Leute Zimmer aufräumen. Das macht ja keine zum Spaß. Und aus Liebe macht man es auch nicht. Also ich kenne jedenfalls keine, die aus Liebe Zimmer aufräumt

FRITZ bei seiner Verhaftung hat der auch nicht grad so ausgeschaut, als hätte er kurz davor noch einen Heidenspaß gehabt. Irgendwie scheint da keiner von beiden wirklich was von gehabt zu haben

SEPP man weiß es nicht. Sie tut ja so, als wär's ganz grauslig gewesen. Es ist halt immer eine Frage der Perspektive. In ein paar Jahren lacht sie drüber und sagt sich, so grauslig ist es auch wieder nicht gewesen. Bis dahin hat sie vielleicht noch viel Grausligeres erlebt. Diesbezüglich meine ich. Dann kommt ihr die Sache mit dem Arschloch im Hotel im Nachhinein fast lächerlich vor. Aber wenn halt alles noch ganz frisch ist. Die Enttäuschung und alles …

FRITZ wenn die dem jetzt auch noch nachweisen, dass er sauft, dann ist er wirklich angeschissen. Gut, dass wir keine Fußfessel haben. Prost!

SEPP Prost!

FRITZ du. Ich könnte dir auch ein Bild verkaufen

SEPP spinnst jetzt

FRITZ war nur so eine Idee. Daheim habe ich noch eins. Das ist richtig gut geworden. Magst es dir mal anschauen?

SEPP ich mag kein Bild. Kannst auch ein Buch von mir haben. Statt Geld meine ich

FRITZ hast denn schon ein neues geschrieben?

SEPP nein. aber du kannst noch ein paar alte haben und sie dann weiterverkaufen

FRITZ lieber Geld

SEPP sag ich ja.
meinst, ich sollte ein Buch über das Arschloch schreiben.
Du kannst ihn derweil ja malen
Lacht.

FRITZ was lachst denn da so blöd

SEPP jetzt sei halt nicht so empfindlich

FRITZ ich könnte das Bild aus der Zeitung abmalen

SEPP das ist ziemlich blödsinnig. Es kauft ja keiner ein Bild, was es schon in viel besser in der Zeitung gibt

FRITZ woher willst denn das wissen

SEPP dann mal halt. Zeit hast ja.
Aber das Geld will ich zurück. Und zwar als Geld. Nicht als Bild

FRITZ erst muss ich es mal haben

SEPP morgen geh ich zur Bank.
ich geb noch einen aus
…
Fritz heult.
ist das psychisch?

FRITZ ich glaube schon

SEPP hast das oft?

FRITZ geht so

SEPP ist es wegen dem Geld

FRITZ ja. schon. auch.

SEPP was denn noch

FRITZ allgemein. Frauen und so

SEPP deshalb heulst? Was machst denn du erst, wenn du mal richtig krank wirst

FRITZ hast eigentlich zur Zeit keine Frau?

SEPP nicht, dass ich wüsste
Lacht.
Irgendwie ekeln mich die Weiber grad alle an. Eine wie die andere. Grad gestern wieder. Da war es besonders eklig. Und wegen so was heulst du.
Geht denn bei dir überhaupt noch was?

FRITZ Ich bin raus aus dem Geschäft

SEPP und deine eigene? Geht da nichts mehr?

FRITZ gehen tät's vielleicht grad noch. Aber muss nicht sein. Da sind wir uns einig. Was das angeht, ist sie in Ordnung

SEPP malt die eigentlich auch

FRITZ wie kommst jetzt da drauf

SEPP sieht so aus

FRITZ meine Frau sieht aus, als ob sie malt?

SEPP nein. Du siehst so aus, als ob deine Frau auch malt. Besser. Besser als du. Ich hab gedacht, das könnte vielleicht der Grund sein, warum du so viel heulst

FRITZ nein. meine Frau malt nicht. Also nicht, dass ich wüsste.

SEPP weiß man eigentlich, was die Negerin angehabt hat?

FRITZ es ist von einem Kleid die Rede. Also von Flecken auf einem Kleid. Aber Kleid kann ja viel bedeuten. Vielleicht ist es auch ein Übersetzungsfehler.
Warum fragst?

SEPP ich finde schon nicht ganz unwesentlich, ob die was angehabt hat

FRITZ wie kommst jetzt drauf, dass die nichts angehabt hat.
Mir als Frau würde der auch gefallen

SEPP dann kannst auch grad mich nehmen. Ich seh so ähnlich aus.
Lacht.

FRITZ Arschloch

SEPP wahrscheinlich ist er gar keins

FRITZ sie auch nicht

SEPP sagt irgendwer, dass sie ein Arschloch ist?

FRITZ nein. Aber die sagen ja noch nicht mal, dass sie eine Petze ist. Und das ist sie ja nun objektiv. Egal, wie man zu der Geschichte steht. Wenn sie ihn nicht angezeigt hätte, dann wüssten wir nichts. Aber auch rein gar nichts

SEPP eine Wahnsinnsgeschichte

FRITZ es könnte sich auch um eine Falle gehandelt haben.
In dem Fall wäre die Frau eine Art Käse und das Arschloch die Maus.
Wärst du lieber Käse oder lieber Maus?

SEPP Käse. Falls die Falle tatsächlich zuschnappt. Dann siehst du als Maus ziemlich alt aus.

FRITZ wie alt ist der eigentlich?

SEPP mein Jahrgang

FRITZ brutal

SEPP was jetzt

FRITZ so alt und sich immer noch nicht im Griff.

Wenn jetzt ich die Szene malen müsste … also ich meine, so wie es gewesen sein könnte … damals in dem Hotelzimmer … ich würde alles in Rot malen

SEPP aha

FRITZ und sie nur von hinten. Keine Titten und so. Alles von hinten. Ganz unscharf. Und nackt natürlich. Und ihn ohne Kopf …

SEPP also für mich musst du es nicht malen. Ich hänge mir so was sicher nicht an die Wand. Und in Rot schon gar nicht

FRITZ über die Farbe könnte man reden …

SEPP ich will Geld zurück. Kein Bild

FRITZ ist ja schon gut.

SEPP schlecht hat die bestimmt nicht ausgeschaut. Das hat der nicht nötig. Der muss nicht über eine Hässliche herfallen. So gesehen hat sie Pech gehabt. Ist quasi über ihre eigene Schönheit gestolpert. Wenn sie nicht so schön gewesen wäre, hätte er sich vielleicht zusammengerissen. Aber Negerinnen sind halt nun mal schön. Doppelt benachteiligt quasi. Also in dem Fall jetzt.

Wer hat sich schon immer unter Kontrolle. Also der muss erst noch gebacken werden. Wer frei von Schuld, der werfe den ersten Stein …

FRITZ ist das von dir?

SEPP ja

FRITZ ist die wirklich nackt ins Zimmer gekommen? Das kann ich mir nicht vorstellen

SEPP in der Kategorie von Hotel ist das schon denkbar

FRITZ nein. Ich glaub, das sind die ganz billigen, wo eine schon nackt reinkommt. Je teurer, je mehr haben sie noch an. Der Gast darf sie dann ausziehen. Wenn er mag. Also was heißt dürfen. Er hat theoretisch die Gelegenheit. Das reicht den meisten. So ist es ja oft mit der Freiheit. Das Gefühl. Das reicht meistens schon. Jeden Abend einen anderen Film im Kino anschauen können. Theoretisch. Es geht natürlich kein Mensch jeden Abend ins Kino. Und es reißt auch kein Mensch einem Zimmermädchen die Kleider vom Leib.

Bis auf das Arschloch eben.

Eine Million hat der angeblich für die Fußfessel bezahlt

SEPP ich sag's ja. Mit 10000 kommst du nicht weit. Überleg dir gut, was du mit dem Geld machst

FRITZ ich hab's ja noch nicht

SEPP aber überlegen kannst schon mal. Für irgendeinen Scheißdreck leihe ich es dir nämlich nicht. Ich will dann nicht schuld sein, wenn du mit meinem Geld irgendeinen Scheiß machst, den du ohne das Geld nicht gemacht hättest. Ich will mir dann nicht vorwerfen lassen müssen, mein Geld für einen Scheiß hergegeben zu haben. Ein bissel eine Verantwortung habe ich für dich schon auch. Also in dem Moment, wo ich dir das Geld gebe, meine ich. Was hast denn vor mit dem Geld?

FRITZ Farben kaufen

SEPP Farben für so viel Geld. Spinnst eigentlich. So viel kannst ja in einem Leben gar nicht malen, bis das wieder reinkommt

FRITZ wenn ich ein Bild für 10 000 verkaufe, hab ich's schon drin

SEPP dann schon.
Ich kenne eine, die würd's dir vielleicht sogar abkaufen

FRITZ ich muss es ja erst mal malen

SEPP die würde wahrscheinlich sogar ein altes kaufen. Die steht auf mich. Wenn ich der sage, dass du mein Freund bist, kauft sie dir eins ab. Mir zuliebe. Für die wäre es quasi wie ein Bild von mir. Aber ich male ja nicht. Hast noch ein altes?

FRITZ ja, schon

SEPP wenn du der Alten das alte Bild für 10 000 verkaufst und ich dann grad auch noch 10 000 dazugebe, dann hättest schon 20 000. Und für 20 000 … na ja. Da kannst dann schon in einer anderen Liga mitspielen

FRITZ wahrscheinlich hast recht.

SEPP diese Augen. Ich krieg das Bild von dem seiner Verhaftung gar nicht mehr aus dem Kopf. Diese traurigen Augen. Wirklich wahnsinnig traurig. Ein trauriger alter Mann. Vielleicht hat er sie wirklich geliebt. Ohne es zu merken. Für einen kurzen Moment. Und traurig ist er, weil es vorbei ist. Weil er sie nicht mehr liebt. Deshalb hat er bei der Verhaftung so ein trauriges Gesicht gemacht. Anders kann ich mir diese Traurigkeit nicht erklären. Gemocht hat er sie in jedem Fall. Vielleicht nicht wirklich geliebt. Aber gemocht allemal. So schaut keiner, der gefickt hat, ohne zu mögen. So wie der schaut, ist er einfach nur traurig. Traurig, dass ihm das passiert ist. Obwohl er sie ja eigentlich gemocht hat.
Das ist das Traurige.

FRITZ worum geht's denn in deinem neuen Buch

SEPP um mich

FRITZ aha. interessant

SEPP ich bin aber noch nicht fertig. Es soll noch dicker werden als wie das letzte

FRITZ noch dicker

SEPP sonst schaut es so aus, als hätte ich zwischen dem ersten und dem zweiten Buch nichts erlebt. Was ja so nicht stimmt. Also schon allein im Vergleich zu dir habe ich ja wahnsinnig viel erlebt. Das fällt mir immer wieder auf. Du bist schon arm dran. Also nicht jetzt wegen dem Geld. Das meine ich nicht. Wirklich nicht. Ich meine dein Leben ganz allgemein. Da war ja nichts, wenn man genau hinschaut. Absolut nichts. Also jedenfalls nichts Erzählenswertes. Ich glaube, ich hätte mich längst aufgehängt. An deiner Stelle. Ich bewundere dich wirklich. Wie du das aushältst. Dieses Nichts. Tagein, tagaus

FRITZ so wenig ist es auch wieder nicht. Ich habe mein ganzes Leben lang gemalt. Und zeitweise sogar ganz gut verdient. Als meine Frau mich geheiratet hat. Da habe ich mit der Malerei gut verdient. Sonst hätte sie mich vermutlich auch nicht geheiratet. Wer heiratet schon einen verarmten Maler. Das kann man wirklich von keiner Frau verlangen. Darum kann's ja nicht gehen. Ich hab wirklich mal ganz gut verkauft

SEPP kann schon sein. Aber ein Buch kriegst damit nicht voll. Da brauchst schon noch ein paar Frauengeschichten. Magst mir eine abkaufen

Lacht.

Aber du hast ja kein Geld

Lacht noch lauter.

…

FRITZ die Frau tut mir am meisten leid

SEPP die Petze?

FRITZ nein. Die nicht. Seine richtige

SEPP vielleicht haben die beiden jetzt eine richtig gute Zeit miteinander. Ich hatte noch nie eine, der ich das zugetraut hätte. Also das Aushalten, meine ich. So gesehen, Hut ab vor der Frau von dem Arschloch. Das musst erst mal aushalten. Vielleicht haben die jetzt eine richtig gute Zeit

FRITZ jetzt im Moment grad, meinst?

SEPP vielleicht sogar jetzt grad in dem Moment. In dem Moment, wo wir hier blöd rumsitzen und uns am helllichten Sonntag volllaufen lassen. Da sind die zwei vielleicht ganz nah beieinander. Das Arschloch und seine Frau. Vielleicht hält sie ihn im Arm, schaut ihm in seine traurigen Augen, sagt nichts, schaut nur. Und er heult vielleicht sogar …

FRITZ ich heul auch gleich

SEPP vielleicht sitzt die Tochter noch mit am Tisch. Und sie reden über das Leben. Nicht nur über seins. Über Leben ganz allgemein. Und wie man es schaffen kann, ohne ein Arschloch zu werden. Vielleicht sitzen die drei am Tisch, halten sich an den Händen …

FRITZ komm jetzt …

SEPP dann halt ohne Hände. Ist ja auch egal. Vielleicht sind sie sich jetzt grad ganz nah. So nah wie noch nie.

FRITZ Pech für das Zimmermädchen

SEPP jetzt vergiss mal für einen Moment das Zimmermädchen

FRITZ vielleicht sitzt das Zimmermädchen mit am Tisch …

Ich glaube, es ist ihr scheißegal. Der Frau. Der richtigen. Die denkt, das geschieht ihm grad recht, dem Arschloch. Fickt blöd in der Gegend rum und lässt sich dann auch noch verpetzen, anstatt gleich zu bezahlen. Vielleicht denkt sie so. Vielleicht ist es eine Frau, die so über ihren Mann denkt. Vielleicht hat er deshalb so traurige Augen. Vielleicht hat er die schon ganz lange. Die Augen, meine ich. Wegen seiner Frau. Weil die ihn gar nicht wirklich liebt. Weil die ihn für ein Arschloch hält.

Wahrscheinlich war es die pure Verzweiflung, weshalb er sich auf die Negerin geschmissen hat. Die soll sich mal nicht so anstellen. Wer sich nackt aufs Bett legt …

SEPP die war nicht nackt. Nicht freiwillig.

Hast du schon mal eine ausgezogen? Also unfreiwillig, meine ich

FRITZ nicht bewusst. Manchmal geht es ja so schnell, dass man gar nicht mehr genau nachvollziehen kann, wer was macht und wer nichts macht

SEPP würdest du dir eine mit mir teilen?

FRITZ wer zahlt?

SEPP eine Unbezahlbare, meine ich. Eine, die mit nichts Bösem rechnet. Also nicht mit uns, meine ich. Kannst du dir vorstellen, so eine mit mir zu teilen?

FRITZ im Prinzip schon. Ich mache halt ungern etwas, wofür ich mir nachher wie ein Arschloch vorkommen muss. Das steht oft in keinem Verhältnis. Was man schlussendlich davon hat und wie lange einem so was noch nachgeht. Also mir geht so was ziemlich lange nach

SEPP ja meinst, ich habe Lust auf eine Scheißnummer. Es geht ja jetzt erst mal nur um deine grundsätzliche Bereitschaft, sich eine mit mir zu teilen. Das finde ich nicht unwichtig. Für unsere Freundschaft

FRITZ ja. schon. Eine zusammen wäre vielleicht besser als zwei auf einmal. Es gibt ja auch selten zwei gleich Gute. Und dann der Streit, wer kriegt welche … ich kann mir schon denken, wie das wieder ausgeht

Sepp lacht.

hast du das schon mal gemacht, zwei gegen eine?

SEPP nur umgekehrt. Ich alleine gegen zwei Frauen. Das war ziemlich schrecklich. Keiner hat da so genau gewusst, was machen. Also ich noch am ehesten. Aber die Weiber waren völlig überfordert

FRITZ so rum stell ich's mir auch schrecklich vor. Aber wenn jetzt andersrum … denkst jetzt du da eher an gleichzeitig oder an hintereinander

SEPP das musst drauf ankommen lassen, Fritz. Das hängt ja auch ein bisschen davon ab, wie das Ganze läuft. Also wie sehr sie sich sträubt. Ich meine, was da so von ihr kommt. Davon muss man es ja ein bisschen abhängig machen. Aber lange rumüberlegen darfst nicht. Dann wird's peinlich und geht nach hinten los. Und plötzlich hat es angeblich überhaupt niemand gewollt, und es kann dir so was von um die Ohren fliegen … siehst ja, was mit dem Arschloch passiert ist. Fußfessel, sag ich nur

FRITZ waren es zwei Zimmerfrauen?

SEPP das weiß er allein. Die Wahrheit wird man wahrscheinlich nie erfahren

FRITZ zwei Negerinnen wäre natürlich ein ziemlicher Hammer.

SEPP wie gesagt. Die Wahrheit wird man nie erfahren

FRITZ mir ist es eigentlich egal, wie viele es waren. Ein Arschloch ist er in jedem Fall

SEPP sollen wir uns eine teilen?

FRITZ da zieh ich den Kürzeren

SEPP warum jetzt das

FRITZ weil's immer so ist. Wahrscheinlich nimmt sie mich nur in

Kauf. Da kann ich grad drauf verzichten. Ich mag eine eigene. Ich mag nicht teilen

SEPP merkst eigentlich, was du da sagst? Du bist so ein richtiges ICH-ICH-ICH-Arschloch

FRITZ jetzt reg dich halt nicht so auf

SEPP du bist auch nicht besser als das Arschloch aus dem Hotel. Immer alles haben wollen. Und zwar am besten für sich alleine. Kaum taucht die Beute auf, gleich drüber herfallen und bloß nichts abgeben. Da kann einer nebenan am Verhungern sein … erst mal sich selber satt fressen …

FRITZ sag mal, spinnst jetzt du total

SEPP so ist es doch. Bei euch Arschlöchern. Erst das Bett vollwichsen, es hernach vom Zimmermädchen abziehen lassen und dann noch drüber herfallen. Und wenn für den Rest der Welt nichts mehr übrig bleibt … das ist so einem wie dir scheißegal. Hauptsache DU. Hauptsache DU hast deinen Spaß

FRITZ ich geh jetzt

SEPP nix da. Hör's dir ruhig an. Es ist grad gut, dass das alles mal auf den Tisch kommt.
Dir sollte man nicht bloß eine Fußfessel anlegen. Gegen dich ist das Arschloch aus der Zeitung noch harmlos. Die Negerin kann von Glück reden, dass du dir so ein Hotel noch nie hast leisten können. Bei dir wäre sie nicht so glimpflich davongekommen. Die hat wirklich einen Schutzengel gehabt. Mein lieber Scholli

FRITZ …

SEPP »Ich mag nicht teilen«. Das muss man sich mal überlegen. Wie kann einer heute noch so was sagen. Die ganze Welt ist durcheinander, weil es mit der Verteilerei nicht hinhaut. Und da hockt so ein Typ wie du da vor seinem noch nicht mal selber bezahlten Bier und sagt: »Ich mag nicht teilen«.
Wegen so Arschlöchern wie euch ist die Welt so wie sie ist. Das kannst deinem Kumpel aus der Zeitung grad sagen. Wenn er mal vorbeistolpert. Mit seiner Fußfessel

FRITZ wieso soll denn der hier vorbeikommen

SEPP warum nicht. So dumm wäre das nicht, hier unterzutauchen. Hier vermutet man so einen nicht. Ich hätte es mir ja auch nicht träumen lassen, dass hier so einer rumhockt.

FRITZ der kommt nicht. Der hat doch die Fußfessel

SEPP die wird er ja nicht sein Leben lang haben. Die wird er sich schon eines Tages wieder abkaufen lassen. Dann könnt ihr euch grad zusammen tun, ihr zwei Arschlöcher. Dann kannst dir von dem dein Geld leihen. Dann brauchst mich nicht mehr.
Mit dem brauchst dir auch keine Frau zu teilen

FRITZ also dass jetzt du da so überreagierst. Ich versteh das gar nicht. Wo ist denn da der wunde Punkt? Hast du mit deinen Geschwistern das Essen teilen müssen … oder das Zimmer … oder die Mutter? Oder wo kommt das her.
Das ist ja schon fast psychisch, so wie du dich aufregst. So langsam krieg ich einen ziemlichen Hass auf diese Negerin. Was die für eine Scheiße ausgelöst hat mit dieser Petzerei. Dafür gehört sie eigentlich eingesperrt. Mindestens.
Der Typ – Arschloch hin oder her – ist am Ende. Ehe am Arsch. Job weg. Geld noch da – aber nichts mehr wert. Und jetzt auch noch du. Jetzt drehst du auch noch durch. Nur wegen der Negerin. Das musst du dir mal überlegen. Wir hätten hier in aller Seelenruhe unser Bier trinken können und wegen dieser Scheiß …

SEPP es ist wegen dem Geld

FRITZ wenn sich das jeder leisten könnte, dann würde es auf der Welt gerechter zugehen. Das ist schon wahr. Wenn jeder so über ein Zimmermädchen herfallen könnte, wie man auch über ein Buffet herfällt … wenn das alles für alle zugänglicher wäre … also auch die Buffets und so. Das ist ja im Grunde genommen genau das Gleiche. Wie manche manchmal über ein Buffet herfallen. Da könnte einem ja auch grad schlecht werden. Aber wenn genug für alle da wäre … dann würde es vielleicht ein bisschen zivilisierter auf der Welt zugehen. Wenn man sich nichts drauf einbilden könnte, dass einem eine Frau das vollgewichste Bett abzieht und man dann über sie drüber fällt. Das würde nicht gleich so einen Tsunami auslösen

SEPP ich hol noch was.

FRITZ für mich …

Sepp geht und holt Bier.

SEPP das Arschloch hat wenigstens was aus seinem Leben gemacht. Geld hab ich auch. Und auf die ein oder andere Frau hab ich mich auch schon geschmissen. Aber das hat nie wirklich jemanden interessiert. Mich schon gleich gar nicht. Aber auch nicht irgendeine geliebte Frau. Deshalb hat mir auch noch keine verziehen. Was auch. Weiß ja keine was

FRITZ für meine Frau bist du übrigens ein richtiges Arschloch

SEPP die kennt mich doch gar nicht

FRITZ die sieht es dir an. Sagt sie. Dem sieht man es an. Was Frauen angeht, ist der ein richtiges Arschloch.

SEPP na dann geht's ja noch. Wenn sich das nur auf Frauen bezieht

FRITZ sonst weiß sie halt nichts von dir

SEPP und wie findet sie dich?

…

FRITZ morgen male ich sie nackt

SEPP wen jetzt

FRITZ meine Frau. Ich habe sie noch nie gemalt. Dabei schaut sie bestimmt gut aus. Also gemalt, meine ich. Für in echt ist ein bisschen arg viel dran. Aber gemalt schaut sie sicher aus wie ein Engel. Morgen male ich meine Frau

SEPP wenn du meinst

FRITZ vielleicht kommen wir dann wieder zusammen

SEPP vielleicht. Beim Malen

FRITZ zieh dich aus

SEPP Arschloch

FRITZ *lacht* hast Angst?

SEPP ich tät mich nie malen lassen. Auch nicht von einem, der es kann. Hast du schon mal eine gemalt? Also nackt, meine ich

FRITZ eben nicht. Stell dir das mal vor. Ich habe noch nie eine Nackte gemalt. In meinem ganzen Malerleben nicht. Stell dir mal vor, da vorne auf dem Tisch sitzt eine nackte Frau und lässt sich von mir malen

SEPP mach halt. Ich würd's machen, wenn ich malen könnte. Egal, welche. Ehrlich. Es wäre mir vollkommen egal. Ich würde einfach drauflosmalen. Der Frau sagen, was sie machen soll, und weitermalen

FRITZ nichts darf die machen. Wer gemalt wird, darf nichts machen. Das ist ja der Witz. Die muss stillhalten. Sonst wird es nichts

SEPP bezahlen musst für so was übrigens auch. Das macht dir keine für umsonst

FRITZ bezahlen musst immer. – Malt der eigentlich?

SEPP so einer malt nicht

FRITZ ich habe nur grad gedacht, wegen den Flecken auf dem Kleid. Vielleicht ist die Negerin auf dem Bett gesessen, und er war nackt und hat sie gemalt und dabei …

SEPP komm, vergiss es. Mal lieber selber. Als dir so einen Schmarrn auszudenken. Fürs Malen wird keiner verhaftet

FRITZ schade, dass grad keine nackt auf dem Tisch sitzt

SEPP denk dir halt eine. Was ein richtiger Maler ist, kann sich auch mal in der Phantasie was vorstellen

FRITZ ich nicht. Kannst ja ein Buch drüber schreiben

SEPP da müsste ich wissen, was in so einem Kopf vor sich geht. Wenn eine einfach so dasitzt. Nackt. Auf dem Tisch. Was einem da wohl so durch den Kopf geht

FRITZ nichts. Glaube ich. Das machst irgendwann ganz von alleine. Ohne dass dir groß was durch den Kopf geht. Da denkt sich keiner was dabei. Da hältst einfach still und wartest, bis es vorbei ist

SEPP ein Scheißjob

FRITZ musst ihn ja nicht machen

SEPP wenn jetzt eine reinkommt, zahl ich ihr, was sie will – nur damit sie sich nackt auf den Tisch setzt

FRITZ die hat's gut

SEPP ich zahle, und du malst

FRITZ wenn eine kommt, male ich

SEPP kommt bestimmt keine

FRITZ ich könnt euch auch beide malen. Also dich und die Nackte

SEPP kannst machen. Aber so, dass man mich nicht erkennt.

FRITZ wenn sie auf der Kante sitzt und du davorstehst, dann sieht man dich nur von hinten. Da erkennt dich kein Schwein

SEPP schade, dass keine kommt

FRITZ es muss eine Freiwillige sein. Eine, die keine Lust hat, sich malen zu lassen, kann man nicht malen. Die wackelt dann blöd und macht rum … da kann ich sie mir gleich denken.

Von der Straße kann man da keine holen. Das muss schon eine Professionelle sein. Also professionell vielleicht nicht grad. Aber eine, für die es in Ordnung geht. Eine, die sich über das Geld freut, weil sie es gebrauchen kann. Eine, die keins braucht, macht das nicht. Also nicht freiwillig. Aus Liebe vielleicht. Aber nicht wegen dem Geld.

Morgen male ich meine Frau

SEPP aber ohne mich

FRITZ wenn bis in einer halben Stunde keine kommt, hau ich ab

Ab hier ist es der Regie bzw. den Darstellern überlassen, wie viel Bier noch geholt wird …

SEPP ich hab schon bald keine Lust mehr

FRITZ vielleicht kommt ja eine, die mich kennt. Also mich als Maler.

Ein paar gibt es ja noch, die mich kennen. Wenn so eine käme, die würde es bestimmt machen. Von einem richtigen Maler gemalt werden, ist ja schon noch mal was anderes. Eine, die mich kennt, wäre gut

SEPP von den Jungen kennt dich kaum mehr eine

FRITZ in dem Fall wäre eine Alte eh besser. Eine, wo schon alles runterhängt. Die Jungen sind besser zum Fotografieren. Zum Malen gibt das nichts her. So gut, wie die aussehen, kann keiner malen. Die Alten gefallen sich meistens in gemalt besser als wie in echt. Und sonst stört es auch niemanden. Ich hätte jetzt grad richtig Lust. Also auf Malen, meine ich

SEPP meinst wirklich, das Arschloch wollte die Negerin malen

FRITZ keine Ahnung

SEPP du, ich glaub, da kommt keine mehr

FRITZ wenn eine kommt, ist noch lange nicht gesagt, dass sie sich malen lässt

SEPP mal deine Frau

FRITZ vielleicht kauft es deine dann. Also die, wo auf dich steht, meine ich. Die, der ich ein Bild verkaufen soll, weil es für sie so ist, als sei es ein Bild von dir. Vielleicht kauft die ein Bild von meiner Frau. Musst ihr ja nicht sagen, wer die Frau auf dem Bild ist. Kannst ja sagen, es sei eine reine Phantasie

SEPP morgen kriegst das Geld

…

Dass so einer sich nicht zusammenreißen kann. Irgendwie fällt das ja auf uns alle zurück. Wenn sich noch nicht einmal so einer zusammenreißen kann. Da muss man sich nicht wundern, wenn da jetzt wieder eine ganze Angstwelle losbricht. Nur weil das Arschloch sich nicht zusammenreißen kann. Da kannst jetzt wieder nirgends hingehen, ohne dass sie gleich davonlaufen. Vor lauter Angstphantasien. Da sind sie ja gut drin die Frauen.

Immer gleich ans Schlimmste denken

FRITZ meine denkt auch immer gleich ans Schlimmste. Eine richtige Katastrophenfanatikerin ist das. Da ist noch gar nichts passiert, und die zählt schon die Opfer. Da kann einem manchmal wirklich der Spaß vergehen. Da sind sie alle gleich. In dieser Schwarzmalerei

SEPP Im Grunde musst schon vorher wissen, worauf es hinauslaufen soll. Aber wer weiß das schon. Das Arschloch hat auch nicht gewusst, worauf es hinausläuft

FRITZ deshalb die traurigen Augen
SEPP jetzt vergiss mal die Augen
FRITZ ich kann nicht
SEPP was kannst eigentlich überhaupt
FRITZ malen
SEPP dann mal
FRITZ was denn
SEPP denk dir was aus

…

II. Teil

Fritz und Sepp, beide nackt … ziemlich außer Atem … gleicher Ort – aber alles ein bisschen seltsam.

FRITZ leck mich am Arsch
SEPP das kannst laut sagen
FRITZ Professionelle waren das nicht
SEPP so viel Professionelle kannst gar nicht bezahlen
FRITZ wie viele waren jetzt das
SEPP keine Ahnung. Ein ganzer Haufen jedenfalls
FRITZ bist du verletzt?
SEPP lass mich …
Ist nur Farbe …
… du mit deiner Scheißmalerei. So eine Sauerei.
Wo sind überhaupt …
FRITZ alles haben sie mitgenommen … die haben sich nicht mehr im Griff gehabt … keine von denen … wenn's mir schon mal zu viel wird … meine Herren … was die da veranstaltet haben … Jesus Maria … das musst mögen …
SEPP also ich mag's nicht. Irgendwann wird es jedem mal zu viel. Wenn eine nicht kapiert, wann es zu viel wird … na ja, also ich meine … wie soll ich sagen … dir ist es doch auch zu viel geworden. Wo ist denn diese scheiß …
FRITZ mir ist gleich eine ins Gesicht gesprungen. Ich kann zu dem ganzen Hergang eigentlich gar nichts sagen
SEPP ins Gesicht ist die dir gesprungen?
FRITZ ja. Plötzlich hatte ich eine auf dem Gesicht sitzen
SEPP das ist ja ekelhaft
FRITZ das kannst laut sagen. Aber was willst machen. Wenn sie erst mal draufsitzt
SEPP leck mich am Arsch. Du zitterst ja
FRITZ Angst hab ich gehabt. Richtige Angst. Wo ist eigentlich …
SEPP du mit deiner Scheißmalerei. Schau mal, wie das hier ausschaut. Wie im Schlachthaus

FRITZ meine Frau glaubt mir kein Wort

SEPP jetzt vergiss mal deine Frau

FRITZ meinst, dass die zurückkommen

SEPP wo sind die überhaupt hergekommen. Hat mit dir eine gesprochen?

FRITZ nein. Gesprochen hat keine. Nur blöd rumgeschrien

SEPP daran kannst noch keine Nationalität festmachen. Schreien tun sie überall auf der Welt

FRITZ hiesige waren es mal bestimmt nicht. Vielleicht Japaner

SEPP wieso jetzt Japaner

FRITZ ich weiß nicht. Diese Augen

SEPP vielleicht tauchen deine Bilder irgendwann auf dem japanischen Kunstmarkt auf. Dann wissen wir, dass es Japanerinnen waren

FRITZ So gut war ich noch nie. Ein Jammer ist das. Ein Vermögen haben die hier rausgetragen. So leicht ist es mir noch nie von der Hand gegangen. Es hat sich quasi wie von selbst gemalt. Überall Nackte. Kein Tisch ist leer geblieben. Alles voller Fleischberge. Nacktes Fleisch. Und auf einmal waren da diese ganzen Bilder. Eines schöner als das andere. So wie ich immer schon malen wollte. Es war wie eine Eingebung. Das war ich gar nicht, der da gemalt hat. Das war ein anderer. Ein Besserer. Einer in mir, an den ich sonst nie rankomme. Ich könnte dir meine Schulden auf einen Schlag zurückzahlen, wenn ich die Bilder …

SEPP wenn auch nur eine von denen zurückkommt …

FRITZ das krieg ich nie wieder so hin. So werde ich nie wieder malen können. Ich kann nämlich eigentlich überhaupt nicht malen. Ich lebe schon ein ganzes Leben lang als Maler, ohne malen zu können. Es merkt bloß keiner

SEPP doch. Ich hab's gemerkt

FRITZ ja, du schon. Aber sonst keiner. Sonst halten sie mich alle für einen Maler. Obwohl ich überhaupt nicht malen kann. Ist das nicht schrecklich. Ein Maler, der gar nicht malen kann und ein Leben lang so tun muss, als ob er es kann. Und wenn er dann mal tatsächlich malen kann, dann kommen die Japanerinnen und nehmen alles mit

SEPP Scheißweiber. Tanzen einem mit dem nackten Arsch auf der Nase rum und …

FRITZ ist auf deinem Gesicht auch eine rumgetanzt?

SEPP nein, auf meinem Gesicht ist keine rumgetanzt

FRITZ wirst sehen, auf der Straße kennt dich keine mehr von denen. Nicht mal mehr mit dem Arsch schaut dich eine an. Da kannst ihr noch so nah gewesen sein. Also körperlich, meine ich. Aber das geht so einer am Arsch vorbei

SEPP wenn mir eine von denen noch mal über den Weg läuft … auf dem Rücken gelegen hab ich … wie ein Maikäfer … und richtig festgenagelt haben sie mich … also drauf gehockt, meine ich … auf jedem Glied eine … saublöd muss das ausgeschaut haben. Ich hab's einfach laufen lassen … was willst machen … an mir rumgemacht haben sie. Da kannst dich ja dann nicht gegen wehren. Das geht ja nicht spurlos an einem vorbei. Also weißt schon …

FRITZ ich hab mich gar nicht konzentrieren können. Wegen dem hysterischen Weibergeschrei

SEPP auf was hast dich denn konzentrieren wollen. So was musst einfach laufen lassen, Fritz. Das kommt, wie es kommt. Vom Hirn her kriegst das eh nicht gesteuert. Kannst dich noch an das Arschloch erinnern? Blöd war der auch nicht. Meinst, der hat sich drauf konzentriert, über das Zimmermädchen herzufallen. Der hat es einfach laufen lassen

FRITZ jetzt kommst wieder mit dem Arschloch

SEPP ich mein ja nur

FRITZ könntest mich schlagen. Ich könnte nicht sagen, wie viele das gewesen sind, also ich meine, wie oft … mein Gott … also die können grad froh sein, dass wir überhaupt … also ich könnte mir auch vorstellen, dass es welche gibt, denen es noch schneller zu viel wird. Ich meine, wir waren ja noch zu zweit. Jetzt stell dir mal vor, wenn da einer alleine …

SEPP das mag ich mir gar nicht vorstellen

FRITZ wenn die mal bloß nicht zurückkommen. Solche können nie genug kriegen. Manch eine ist da womöglich leer ausgegangen. Also aus ihrer Sicht. Oder zu kurz gekommen. Wie will man die auch alle zufriedenstellen. Da will ja jede was anderes. Was der einen zu viel, ist der anderen zu wenig. Allen kannst du es nicht recht machen

SEPP willst es denen jetzt noch recht machen, oder was? Geht's eigentlich noch? Wem was zu viel oder zu wenig ist, das können die Weiber wegen mir untereinander ausmachen. Aber was mich angeht, da will ich dann schon noch ein Wörtchen mitreden. Also gar nicht unbedingt im gesprochenen Sinn. Wenn's mir zu viel wird …

FRITZ mir ist es auch zu viel geworden. So ist es nicht. Aber was willst machen. Da war ja kein Halten mehr. Da ist quasi eine Sicherung durchgebrannt bei denen, scheint mir. Da war ja gar keine Verständigung mehr möglich. Also irgendeine Art von Rückversicherung oder so. Da war man ja gar nicht mehr wirklich beteiligt. Also entscheidungsmäßig, meine ich. Rein körperlich natürlich schon. Körperlich waren wir ja beteiligt wie sonst was. Ohne uns wäre das Ganze ja gar nicht denkbar gewesen. Also nicht so jedenfalls. Wir sind da einem Umstand zum Opfer gefallen … also was heißt Opfer … von Opfer in dem Sinn kann ja gar keine Rede sein …

SEPP was redest denn du da für einen Schmarrn. Du tust ja grad so … haben sie dir ins Hirn geschissen, die Weiber. Oder was haben die mit dir gemacht. Du kommst ja richtig deppert daher. Kannst überhaupt noch grad laufen

FRITZ ich glaub nicht … dass die zurück …
wenn die uns im Nachhinein mal nur nicht dumm kommen.

SEPP na ja. sicher kannst dir da nie sein. Wer weiß, ob das im Endeffekt für die alles so gelaufen ist, wie es gewollt war. Wirklich im Griff gehabt haben die es auch nicht. Schon möglich, dass da die ein oder andere auf der Strecke geblieben ist. Aber das ist ja dann nicht unser Bier. Apropos …

FRITZ vergiss es. Den haben sie auch mitgenommen

SEPP wenn mir eine blöd kommt, zeig ich sie an

FRITZ das kannst vergessen. Die sind in der Überzahl. Da hast keine Chance. Wenn dir da eine was anhängen will … Fußfessel, sag ich nur

SEPP das kannst jetzt wirklich nicht vergleichen

FRITZ die machen mir Angst

SEPP komm, wir gehen zum Italiener. Da sind wir sicher. Da können sie nicht über uns herfallen. Da müssen sie sich benehmen wie zivilisierte Menschen. Sonst fliegen sie raus. Aber ganz schnell. Da kann dir nichts passieren. Musst keine Angst haben. Wo, verdammte Scheiße, ist denn meine …

FRITZ ich will nicht zum Italiener

SEPP warum willst jetzt du auf einmal nicht zum Italiener

FRITZ ich will zum Chinesen

SEPP jetzt auf einmal. Wieso willst denn zum Chinesen? Du willst doch sonst nie zum Chinesen. Immer nur zum Italiener

FRITZ ich weiß auch nicht. Mir wächst das alles über den Kopf.
ich möchte mit meiner Frau zum Chinesen

SEPP mit deiner Frau?

FRITZ ja. Mit meiner Frau. Ich war noch nie mit meiner Frau beim Chinesen. Ich möchte sie gerne einladen. Kannst du mir was leihen? Damit ich meine Frau zum Chinesen einladen kann

SEPP du willst mit deiner Frau zum Chinesen, währenddem ich beim Italiener sitze? Sag mal, was bist du denn für ein Arschloch? Ich hab gedacht, du wärst mein Freund. Da hast 100 Euro. Arschloch. Das reicht für den Chinesen.
Und jetzt verpiss dich

FRITZ reiß dich mal zusammen. Was glaubst eigentlich, wer du bist. Ich muss mich von dir nicht wie ein Depp behandeln lassen. Von dir nicht und von den Weibern schon gleich gar nicht

SEPP Da kannst jetzt nichts mehr dran ändern. Aus der Sache kommst eh nur noch als Depp raus, so wie du dich angestellt hast. Das ist mir richtig unangenehm, wie du dich da aufgeführt hast. Ich häng da ja mit drin. Das war ja auf eine Art gemeinsame Sache, was da passiert ist. Also zumindest aus deren Sicht. Aus deren Sicht haben wir gemeinsame Sache gemacht. Alle miteinander. Das hätte ich dir gar nicht zugetraut, dass dich da gleich alle Geister verlassen. Du hast ja gar nicht mehr gewusst, wo oben und unten ist. Da musst dich natürlich nicht wundern. So gesehen bin ich grad froh, dass ich dich mal so erlebt habe. Jetzt wundert mich nichts mehr. Wenn du das immer so machst… also wenn du dich immer so wenig im Griff hast, dann kannst grad froh sein, dass deine Frau noch nicht abgehauen ist. Wenn die mal abhaut, dann war's das. Da kommt keine nach. Das schwör ich dir. So was spricht sich rum. Da kannst dich auf den Kopf stellen. Dich nimmt doch keine mehr ernst. Wer sich mal so zum Deppen gemacht hat, der kriegt keinen Fuß mehr auf den Boden. Also nicht bei denen, die nichts kosten. Kaufen kannst dir natürlich immer eine. Wenn du Geld hast. Aber du hast ja keines. Also du bist wirklich ein richtiges Arschloch

FRITZ was … was hast denn du … was hast du denn da im Gesicht. Hat dir eine ins Gesicht gespuckt oder ist da … also von mir ist das mal bestimmt nicht. So weit hab ich mich dann schon noch im Griff. Dir hat eine … mein Gott, dir hat eine ins Gesicht gespuckt!

SEPP *fährt sich mit der Hand übers Gesicht …* du mit deiner Scheißmalerei

FRITZ das ist ja ekelhaft. Dass du dir so was gefallen lässt. Also wenn mir jemand ins Gesicht spuckt …

SEPP *fährt sich noch mal mit der Hand übers Gesicht …* warst du das?

FRITZ spinnst jetzt.

Bist denn du so ein Arschloch, dass die dir mitten ins Gesicht spucken. Also dass eine mal bescheißt und nicht alles schluckt … das kenn ich schon auch … aber gleich ins Gesicht spucken. Das sollte bei mir mal eine machen

SEPP bei dir machen sie noch ganz andere Sachen. Auf deinem Gesicht hocken sie rum. Mit dem blanken Arsch. Ein einziger Fleischberg hat sich da über dich hergemacht. Fast verschwunden warst, so viel Fleisch war da um dich rum. Hast eigentlich überhaupt noch Luft gekriegt? Haben sie dich überhaupt noch schnaufen lassen? Und überhaupt. Kannst mir mal sagen, was die bei dir so blöd in der Gegend rumschreien

FRITZ weil's Spaß, haben, Arschloch. Deshalb schreien sie. –

Und weil sie uns Angst machen wollen. Da sind sie dann wieder wie Kinder. Wer am lautesten schreit, ist am gefährlichsten. Das schaukelt sich natürlich hoch. Weil jede die Gefährlichste sein will. Irgendwie. Auch untereinander. Da will eine gefährlicher sein als die andere. Wenn sie gefährlich sind, kann ihnen nichts passieren. Meinen sie. Wie Kinder halt.

Blöd ist, dass ich einer ins Gesicht gehauen hab. Aus Versehen. Also in der Erregung, meine ich. In der Erregung, die eine andere ausgelöst hat. Bei mir. Also nicht die, der ich ins Gesicht gehauen hab. Das kann die vermutlich gar nicht zuordnen. Wieso ich jetzt grad der ins Gesicht gehauen hab. Die denkt wahrscheinlich, ich sei irgend so ein Arschloch. Am Ende zeigt die mich noch an

SEPP So weit kommt's noch. Nackt hier herummachen, und wenn es scheppert, die Polizei rufen. Wenn's mir zu viel wird, dann kriegen die das auch zu spüren. Also körperlich, meine ich. Das müssen die kapieren. Japan hin oder her. Wenn das dann dermaßen eskaliert, tut es mir leid. Aber ich kann's nicht ändern. Es kann keiner von mir verlangen, dass ich mir auf der Nase rumtanzen lasse.

Solche Aktionen bringen nun mal ein gewisses Verletzungsrisiko mit sich. Das ist wie beim Fußball. Beim Fußball nimmt das auch jede in Kauf. Das ist bei den meisten Spielen so. Wenn du den Gegner schlagen willst, kommt es halt schon auch mal zu der ein oder anderen Verletzung. Also nicht nur körperlich. Ein Kind weint ja auch schnell, wenn es am Verlieren ist. Deshalb lässt man Kinder auch oft gewinnen. Dass sie sich nicht als Verlierer fühlen. Das kommt noch früh genug. Das Verlierergefühl. Frauen muss man nicht gewinnen lassen. Also nicht absichtlich. Das sind ja keine kleinen Kinder. Unterlegen sind sie halt. Je nachdem. Körperlich, meine ich. Aber da hat dann schon auch jede eine gewisse Eigenverantwortung. Dann muss man sich halt vorher überlegen, was für ein Spiel man da spielt. Beim Menschärgeredichnicht ist die Verletzungsgefahr natürlich eine geringere als wie bei anderen Spielen. Aber das weiß man ja. Auch eine Frau weiß das. Frauen sind halt die schlechteren Verlierer. Da sind sie dann manchmal wie Kinder. Da wollen sie, dass man sie gewinnen lässt, obwohl die Spielregeln eigentlich ganz andere sind. Da würden sie dann am liebsten bescheißen, nur um nicht geschlagen zu werden. Da neigen sie halt auch dazu. Zum Bescheißen. Das macht dann natürlich keinen Spaß. Wenn man merkt, dass man beschissen wird. Egal jetzt mal, bei was. Beschissen werden ist nie schön. Wenn eine so tut, als hätte sie Spaß und im Grunde genommen mag sie gar nicht mitspielen. Das ist natürlich auch eine Art von Bescheißen. Wenn ich so was spüre, werde ich richtig sauer. Verarschen kann ich mich selber. Ich habe noch nie einer vorgemacht, dass ich Spaß habe, wenn es gar nicht stimmt. Ich lass mir immer anmerken, wenn ich keinen Spaß habe. Da kann mir wirklich keine was vorwerfen. Ich habe mich dann manchmal gar nicht mehr im Griff, so sehr lass ich mir anmerken, wenn mir was keinen Spaß macht. Das war schon als Kind so. Ich war immer ein schlechter Verlierer. Ich weiß nicht, ob das heute noch so ist. Ich hab schon lange nicht mehr verloren. So weit lass ich es gar nicht mehr kommen. Weil ich weiß, wie unangenehm ich werden kann, wenn ich verliere. Das möchte ich niemandem zumuten. Da schlage ich lieber rechtzeitig zurück, bevor ich blutend am Boden liege und den schlechten Verlierer abgebe. Da hat ja dann keiner was davon. Nichts blöder als ein schlechter Verlierer. Das geht ja nun wirklich jedem auf die Nerven.

FRITZ ganz schön alt haben die ausgeschaut. Teilweise. Soweit ich was erkennen konnte. Alte Schachteln. Also nicht richtig alt

SEPP aber jung auch nicht grad …

FRITZ na ja, woran willst es festmachen. Am Gesicht? An der Haut? An dem, was eine sagt?

SEPP gesagt hat keine was.
Wenn die Dicke zurückkommt, mach ich sie platt

FRITZ welche Dicke

SEPP eine war richtig dick. Fett war die. Die würd ich gern mal sehen, wenn's ihr zu viel wird. Also so weit würde ich es gerne mal kommen lassen. Die möchte ich mal sehen. Wenn die wie ein Maikäfer angenagelt … also da brauch ich dich dann nicht dazu. Das schaff ich grad noch alleine. Da möcht ich mal sehen, wie die strampelt. Und aufgehört wird erst, wenn ICH nicht mehr mag. Und das kann dauern. Das sag ich dir. Das ist dann eine andere Zeitrechnung als wie die sie kennt. Da wird die sich wundern. Wie eine Ewigkeit wird ihr das vorkommen, und Schäfchen zählen wird sie, wann es endlich vorbeigeht. Wenn ihr das überhaupt noch einfällt. Das mit den Schäfchen, meine ich. Wenn ich sie bis dahin nicht schon so blöd gefickt hab, dass sie gar nicht mehr weiß, wie sie heißt …

FRITZ dass du aber auch immer gleich so überreagieren musst

SEPP nur wenn mir eine dumm kommt

FRITZ Lust haben sie halt gehabt

SEPP mit Lust hat das für mich nichts zu tun. Die haben sich einfach nicht mehr im Griff. Ekelhaft ist das. Das muss ich mir nicht gefallen lassen. Kann ich gar nicht. Wenn sich rumspricht, dass man mir ins Gesicht spucken kann, dann kann ich grad genauso gut ohne Hose nach Hause laufen

FRITZ wenn eine zurückkommt, male ich sie grad noch mal. Aber diesmal ganz aus der Phantasie heraus. So wie sich keine gerne sieht. Und dann sag ich: Schau her, Hasi, so schaust aus. Wahrscheinlich heult sie dann und will, dass ich grad noch mal ein neues Bild male. Und ich mach den Künstler und sag: Zieh dich aus, du Schlampe, und setz dich auf den Tisch, und wenn du meinem Freund noch mal ins Gesicht spuckst, mal ich dich grad noch hässlicher als wie beim letzten Mal. Dann will ich mal sehen, was passiert … Mach das mal weg

SEPP *reibt sich an der Backe* … ist es jetzt weg?

FRITZ weiter oben … weiter rechts, ja genau … nein, weiter unten … genau. Jetzt ist es weg

SEPP wenn die zurückkommt, hau ich ihr aufs Maul.

FRITZ weißt du denn, welche es war?

SEPP was jetzt?

FRITZ weißt du, welche dir ins Gesicht gespuckt hat?

SEPP die, wo zuerst kommt, kriegt aufs Maul

FRITZ ein richtig brutales Arschloch bist du

SEPP kommst du mir jetzt auch noch blöd, oder was

FRITZ eine hat ganz traurige Augen gehabt

SEPP du immer mit deinen Augen.

FRITZ meine Frau glaubt auch nicht wirklich, dass ich malen kann. Aber sie weiß es nicht

SEPP vielleicht weiß sie es auch und sagt nichts

FRITZ vielleicht wollte der tatsächlich nur die Negerin malen. Weil er wissen wollte, ob er das kann. Weil er sowieso immer wissen muss, was er alles kann. Und was er nicht kann. Nicht, dass er mal aus Versehen in der Öffentlichkeit etwas macht, was er gar nicht wirklich kann. Malen zum Beispiel. Oder irgendetwas anderes. Fußballspielen. Fußballspielen und es gar nicht können, ist nämlich etwas vom Schlimmsten. Aber zum Fußballspielen ist der sowieso zu alt. Zum Malen nicht. Zum Malen ist man nie zu alt. Vielleicht hat er das Zimmermädchen nackt auf den Tisch gesetzt, um sie zu malen. Danach hat er dann gesehen, dass er das gar nicht kann …

SEPP deshalb die traurigen Augen

FRITZ und das Zimmermädchen ist einfach nur ausgerastet, weil sie so Scheiße ausgesehen hat. Auf dem Bild. Deshalb hat sie ihn angezeigt. Weil er sich als Maler ausgegeben hat, obwohl er überhaupt nicht malen kann. Die hätte sich erst gar nicht aufs Bett gesetzt, wenn sie gewusst hätte, dass der das gar nicht kann. Und nackt schon gleich gar nicht. Aber da sie jetzt eben schon mal nackt dagesessen hat … na ja, da ist dann halt eins zum anderen gekommen

SEPP so könnte es gewesen sein. Ich schreib das alles mal auf

FRITZ deshalb haben sie ihm die Fußfessel angelegt. Damit die ganze Welt weiß, wo er gerade wieder zeigt, was er kann. Und wenn die Welt dann erfährt, dass er wieder etwas gemacht hat, was er nicht wirklich kann, dann lacht die ganze Welt, und er schämt sich und geht zu den Frauen. Und das kann er auch nicht mehr wirklich, und sie verpetzen ihn. Die Frauen. Es hat ihn schon oft eine verpetzt. Er muss es immer wieder wissen, was er kann und was er nicht kann. Das kann ihm niemand verübeln. Im Grunde genommen ist das sehr gewissenhaft. Einen wie den kannst du nicht Dinge machen lassen, die er nicht kann. Da reißt der – wenn es mal dumm kommt – die halbe Welt mit in den Abgrund. So einer muss immer wieder überprüfen, was er noch kann und was er vielleicht nicht mehr kann. Ob das jetzt malen ist oder sonst was. Egal. Er muss es überprüfen. So einer muss sich in Ausnahmesituationen begeben und prüfen, ob er sie noch steuern kann. Eigentlich bin ich froh, dass so einer das an einem Zimmermädchen ausprobiert. Da kann ja nicht wirklich was passieren. Das ist mir allemal lieber als wenn der das zum Beispiel auf dem Weltfinanzmarkt ausprobiert. Da möchte ich die Welt mal hören, wenn der die Zimmerfrauen in Ruhe lässt, aber dafür auf dem Weltfinanzmarkt rummacht. Da wäre das Geschrei groß

SEPP ohne Hose gehe ich hier nicht raus. Wenn ich ohne Hose nach Hause laufe, ist mein Leben ein anderes. Dann war alles umsonst. Dann werden sie meine Bücher anders lesen. Wenn sie überhaupt noch gelesen werden. Es sind dann die Bücher von dem, der ohne Hose nach Hause gelaufen ist. Ich kann so nicht nach Hause laufen. Nicht in diesem Leben. Ich muss mir dann ein neues basteln. Ein anderes. Nicht das eines Dichters jedenfalls. Die Zeiten sind dann vorbei. Wenn ich meine Hose nicht wiederfinde, habe ich ausgedichtet. Dann kann ich deine Frau fragen, ob ich bei euch duschen darf, weil ich der Penner bin, für den sie mich sowieso schon die ganze Zeit hält

FRITZ du kannst so auf keinen Fall zu meiner Frau gehen

SEPP wo soll ich denn sonst hin? Deine Frau ist noch die Einzige, zu der ich gehen kann. Weil sie mir egal ist. Deine Frau ist mir scheißegal. Und dementsprechend egal ist es mir auch, was sie über mich denkt. Mir fällt niemand ein, zu dem ich sonst gehen könnte. Ich möchte nicht, dass mich irgendjemand auf der Welt für ein Arschloch hält. Einen, der nackt nach Hause läuft, nachdem er ein paar Japanerinnen durchgevögelt hat, hält jeder für ein Arschloch. Auch deine Frau. Aber die ist mir egal. Sonst niemand. Sonst ist mir niemand egal. Ein Buch von einem Arschloch liest keiner. Warum auch. Und wovon soll ich dann leben. Wovon verdammt soll ich dann bitteschön leben, wenn keiner mehr meine Bücher liest? Kannst du mir das sagen?
Die müssen unsere Hosen zurückbringen

FRITZ ich glaube nicht, dass die zurückkommen

SEPP wir könnten auch eine Zeitungsannonce aufgeben …

FRITZ was meinst, was das kostet

SEPP Scheißweiber. Setzen sich dir aufs Gesicht, und wenn du nicht jeden Scheiß mitmachst, ist das Geschrei groß

FRITZ also ist doch eine auf deinem Gesicht gesessen?

SEPP wer sich wo draufsetzt, das sag immer noch ich. Zum Deppen lass ich mich nicht machen. Nicht von einer Japanerin. Von der muss ich mir auch nicht sagen lassen, wann es genug ist. Keine muss mir das sagen. Und so eine kleine Japanerin schon gleich gar nicht. Gar keine muss mir das sagen. Wenn es genug ist, sag ich es schon. Oder meinetwegen auch du. Aber nicht die. Die nicht. Sag halt mal was. Willst dir so was noch oft gefallen lassen?

FRITZ ich hab nichts gesehen. Ich kann zu dem Hergang nichts sagen

SEPP aber gemalt hast du sie

FRITZ gemalt habe ich sie, als sie noch auf dem Tisch gesessen sind. Ich konnte ja nicht ahnen, was das mit denen macht. Diese AufdemTischSitzerei.

Kannst mir das Geld jetzt eigentlich leihen? Wenn sie es bis morgen nicht hat, verpetzt die mich

SEPP wer jetzt

FRITZ egal. Dumme Geschichte. Lange her. Na ja. So lange auch wieder nicht.

Komm, lass uns beten

SEPP spinnst jetzt

FRITZ sprich mir einfach nach:

Herr im Himmel,

bitte vergib uns, dass wir uns an den Frauen,
bei denen es sich vermutlich um Japanerinnen handelt,
vergangen haben.

Wir wurden verführt und waren nicht stark genug,
um zu widerstehen.
Unsere Scham ist grenzenlos.

Bitte erlöse uns von der Schuld,
die wir gar nicht wirklich auf uns geladen haben.
Die Frauen – also die Japanerinnen –
haben sich uns hingegeben in einem Maß,
wie wir es als Europäer nicht gewohnt sind.
Also von europäischen Frauen meine ich.

Dennoch haben wir einen moralischen Fehler gemacht.
Wir bedauern es unendlich und sind nicht stolz darauf.

Was wir mit den Frauen erlebt haben, war unbedacht –
aber einvernehmlich. Also von Seiten der Frauen.

Herr, vergib uns und beschere uns unsere Hosen
so schnell wie möglich zurück.
Damit nicht noch mehr Unheil angerichtet wird.

Wir wollen Dieses sowie auch alles Zurückliegende
ungeschehen machen
und in Zukunft davon ablassen, Dinge zu tun,
die wir nicht wirklich können.
Zum Beispiel Malen, Dichten, Vögeln und so weiter …

Auch von Gewalt wollen wir Abstand nehmen, sofern wir
das eigene Leben in der Form, wie wir es kennen
und bewahren wollen, nicht bedroht sehen.

Herr, sei mit uns und erlöse uns.

Amen

SEPP und da glaubst du jetzt dran?
FRITZ schaden kann es jedenfalls nicht. Jetzt heißt es, abwarten.
Die Zeitungsannonce können wir immer noch aufgeben

Lukas Hammerstein

Damals wurde es irgendwie heller

ER *Anfang fünfzig, ein ehemaliger Politiker, der sich seine Verbitterung nicht anmerken lässt. Ein Idealist, der sich durchaus an seine Ursprünge erinnern kann. War immer mitreißend, ein Anführer, schon jung ansteckend auf der Suche nach dem Anderen. Fand die Macht und hielt sie doch kaum aus und hält es nun kaum aus, dass er sie verloren hat. Voller Widersprüche und Leidenschaft – auch für sich selbst – jagt er der Wahrheit nach, und läge sie da unten, von wo er kommt.*

ICH *ein Mann Anfang fünfzig, der seinen Weg gegangen ist, wenn auch im Schatten seines alten Freundes. So sieht er vielleicht ein wenig blass aus. Ein Träumer, der das Land nicht kennt, wo man träumen möchte. Wirft als Unternehmensberater eines Tages alles hin, um Angst-Therapeut zu werden. Ein Freund? Ein guter Freund, ein Schatten, ein parasitärer Scheinzwilling, eine Stütze, wenn es darauf ankommt, eine Heimsuchung.*

SIE *eine jung gebliebene Frau, die keine Macht und keine großen Projekte und auch keinen Mann braucht, der von etwas anderem / einer anderen träumt. Treue Freundin und wahre Anarchistin, lebt als prekäres Multitalent und schrecklich offener Mensch. Will nichts Bestimmtes, es unterläuft ihr allenfalls. In ihren Augen hatte Er zu große Ideale, auch wenn sie ihm vorwerfen wird, keine mehr zu haben. Ich hätte sie wohl lieben können (wenn er sie erkannt hätte). Sie ist wahrscheinlich die Seele der drei.*

EIN JUNGER MANN / EINE JUNGE FRAU

IDEALISTISCHER JUNGER MANN / IDEALISTISCHE JUNGE FRAU
Idealistischer junger Mann / Frau und junge Frau / Mann können von einem einzigen Darsteller gespielt werden. Hat man mehrere Schauspieler zur Verfügung, können sie sich mit den anderen umso leichter zum dissonanten Chor aufschwingen.

Die drei Hauptpersonen – wir – sind um die fünfzig. So beginnt das Stück und wird es enden. Dazwischen sind wir Anfang zwanzig, um langsam älter zu werden, was angedeutet werden kann. Wir sind älter geworden und sehen, auf traurige Weise, noch immer jung aus.

und dann wäre da noch

MARIA *wäre sie nur zu fassen und ins Rampenlicht zu zerren. Sie bleibt über all die Jahre unerreichbar gut, beinahe heilig, und ist für Ich und Er und Sie und manch anderen eine wahre Katastrophe.*

1 Ich bin da

Unter einem schwarzen Himmel in der ausgeräumten Chefetage eines längst aufgegebenen Hochhauses. Ganz oben. Ich und Er. Es ist eine Weile her, dass sie sich gesehen haben.

> Im kältesten aller Monate hat sich ein kleiner Haufen von Patrioten am Ufer eines eisigen Flusses um erlöschende Lagerfeuer gekauert. Die Hauptstadt war verlassen. Der Feind kam näher. Der Schnee war mit Blut befleckt. … in diesem Winter unserer Bedrängnis lasst uns mit Hoffnung und Tugend einmal mehr den eisigen Strömungen trotzen. Mögen noch unsere Urenkel sagen, dass wir, als wir geprüft wurden, uns weigerten, diese Reise enden zu lassen.

ICH Die Luft
ER Da bist du ja
ICH Und das Licht, irre
ER Es ist stockfinster
ICH Früher wäre dir das nicht passiert
ER Jetzt ist Nacht
ICH Hier bist du also. Auf dem Gipfel, am Arsch der Welt
ER Damals war es hier irgendwie höher
ICH Du weißt, was ich meine. Du bist schmal geworden
ER Du erst
ICH Du siehst um Jahre jünger aus
ER Du nicht
ICH Danke
ER Sei lieb. Komm, setz dich neben mich. Da. Und da. Und da. Die alte Börse. Die Reste der Deutschen Bank. Das bleiche Gerippe der Sky-Arena. Die schwarze Ruine des Amtes für Sozialwesen. Da, das fahle alte Parkhaus. Ein Haufen schierer Unschuld. Hier oben wird alles wieder gut. Selbst tagsüber ist es still. Chefetage, du hörst nicht mal mehr die Stimmen der Putzfrauen. Nichts, was der Rede wert wäre. Wie auf dem Friedhof, du hörst den Wind

brausen, manchmal, wenn das Wetter kippt, denkst du an das Heizkraftwerk, es riecht nach nichts, es ist herrlich, du musst dir nur den Wind wegdenken und das Ticken der Uhr und das Böse in der Welt

ICH Sie tickt nicht

ER Den Hunger und den Krieg und den Hass und die Menschenrechtsverletzungen und das Elend der Flüchtlinge und den Kindesmissbrauch und die Langeweile und den Kapitalismus und die Atomkraftwerke und den Neokommunismus und den Neoneo Neokonservatismus

ICH Ist vielleicht nie gegangen

ER Das Böse in der Welt… Musst du dir dazu wegdenken. Erst dazu und dann wieder weg.

Ich bin da. Es geht mir gut. Ich bin am Ziel oder leicht darüber hinaus. Nicht im siebten Himmel, einen oder zwei darunter. Nicht mit beiden Beinen auf dem Boden, aber hier. Ich fange eigentlich erst an. Ich weiß nicht, warum mir niemand zuhört

ICH Jetzt bist du wieder der Alte

ER Du hast dich nie gemeldet

ICH Du wolltest nichts mehr hören. Von keinem von uns. Hast allen Besuchsverbot erteilt

ER Ich war nicht in Stimmung für Leute

ICH Meinst du Leute wie mich

ER Ich meine gar niemand

ICH Hierher hast du dich also verkrochen

ER Weit genug weg und mittendrin

ICH Und was mache ich hier

ER Du kannst mir helfen, aufzuräumen, fass mal mit an

ICH Da hast du deine Freiheit wieder, und was machst du daraus

ER Du hast dich nur auf den Weg gemacht, um Vorwürfe zu machen

ICH Ich bin verliebt. Diesmal ist es ernst

ER Du willst mich am Ende sehen. Ob ich mich nicht doch noch einmal aus dem Dreck ziehe

ICH Diesmal täusche ich mich nicht

ER Ob ich ein Comeback riskiere. Sie brauchen Leute mit Charisma wie mich, keine smarten Karrieristen, sie stellen mich noch mal auf, du wirst sehen

ICH Diesmal wird es nicht einfach so aufhören

ER Sie holen mich in den Vorstand. Kein Journalist, der nicht nach mir fragt. Wie geht es ihm, was hat er vor, wie füllt ihr die Lücke denn aus. Das macht sie fertig. Ohnmacht ist eine ernstzunehmende Krankheit, kein Normalzustand

ICH Diesmal fängt wenigstens nichts Neues an

ER Ich wäre auch ein großer Oppositionsführer. Die Journaille wäre selig. Ich bin der tiefe Brunnen für ihre Scheißartikel. Ich war es

ICH Sie haben dich abgeschrieben. Die dich abgeschrieben haben, sind längst selber abgeschrieben. Die jetzt das Sagen haben, haben nichts mehr zu sagen. Ihr seid am Ende, die Partei, die mal deine war, trotz der Wahnsinns-Werte zur Zeit. Hin und wieder rufen sie bei mir an und fragen nach dir. Was hat er vor, was sagt er, ich sage, ich berate jetzt die FDP, da legen sie auf

ER Was haben sie dich gehasst. Mein Erzkapitalist. Mein Nazi. Leute wie dich haben wir zum Frühstück verspeist. Sie haben gesagt, mach, was du willst, lass dich nur nicht mit ihm blicken

ICH Ich habe es ihnen nicht vergessen

ER Sie hatten recht, irgendwie, findest du nicht

ICH Missgunst und Hass, darin wart ihr gut. Mich konnten sie nicht leiden, du warst ihnen unheimlich, weil wir Freunde waren. Letzte Woche habe ich mir einen GT bestellt, mit allem Drum und Dran, das würde ihnen gefallen, ich habe eine neue Freundin

ER Als wäre das was Neues

ICH Diesmal ist es anders

ER War es das nicht immer

ICH Du hast keine Ahnung. Du bist immer nur sonst wo und kriegst nichts mit. Wenn ich zur Hölle fuhr, früher, warst du auf einer Pressekonferenz. Auf Klausurtagung. Im Wahlkampf. Unabkömmlich. Hier

ER Wie alt ist sie. Dreißig, zwanzig, siebzehn

ICH So alt wie du und ich

ER Du meinst

ICH Ja

ER Maria

ICH Ja

ER Okay

ICH Das verschlägt dir die Sprache. Ma. Ri. A. Sie sieht wieder aus wie mit zwanzig, du weißt, sie trug immer diese Kleider, schmale Taille, hoch geschnürt, du erinnerst dich. Sie steht Unter den Linden, ich erkenne sie an der Haltung von hinten auf den ersten Blick. Die Schultern, der Hals, das Haar. Die Ampel zeigt Rot, sie achtet nicht darauf, du kennst ihre Abwesenheit, die Leute schimpfen, es ist Rot, du kennst die Berliner, ein SUV braust heran, ich springe hin und reiße sie zurück, tut mir leid, ruft sie und lächelt, ach was, sie strahlt mich an, ich spüre ihre Hand auf meinem Arm, es brennt, sie riecht wie damals nach Gras und Nummer 5, du kennst ihren Blick, wenn sie eine bestimmte Vorstellung von etwas hat, aber ja, du erinnerst dich, wenn sie von einem Planeten träumt, dessen Name wir noch nie gehört haben, du weißt es noch, auch wenn du sie dir aus dem Kopf geschlagen hast ein für alle Mal

ER Du meinst ihren Wahnsinn, ich habe sie Jahre nicht gesehen. Sie ist zu links für dich

ICH Unsinn

ER Viel zu links

ICH Inzwischen kommt sie drüben wieder raus, auf der rechten Seite, hier bei mir, so links ist sie

ER Sie bringt dir die Jugend auch nicht zurück. Ihr seid beide zu lange unterwegs. Du warst schon immer gegen den Fortschritt. Lieber noch mal von vorn anfangen als eins und eins zusammenzuzählen. Entwicklungsverweigerer. Mich hat sie dann auch nicht glücklicher gemacht. Sie hat die Welt verbessert, nicht mich. Auf meine Weise habe ich sie geliebt. Sie wird dich fertigmachen, wie sie mich fertiggemacht hat

ICH Ich darf dich daran erinnern, dass du sie rausgeworfen hast

ER Es ist wohl besser für dich, wenn du dich für eine Weile von mir fernhältst. Da war sie weg. So war sie

ICH Sie ist auf Haiti, irgend so ein Hilfsdings, sie weiß nicht, dass ich jetzt bei dir bin. Sie ist einfach mit mir gekommen. Sie ist schnell eingeschlafen. Ich saß am Bett und hörte sie atmen, wie ein Kind. Sie sagte, ich bin nicht müde. Ich: Dafür sind wir nicht mehr jung genug. Da war sie schon weg. Ich war so froh, ich habe die ganze Nacht dagesessen und sie angesehen

ER Reden wir nicht mehr von ihr

ICH Du hast geweint. Du hast sie gebeten, bei dir zu bleiben in der Stunde der Not. Die Wahl verloren, das Amt warst du los. Ich war nicht da, als du die Macht hattest, was soll ich jetzt ohne sie. Sagte sie doch. Du warst nicht da, als alle dich brauchten, du hattest deine Affäre mit der Macht, und jetzt liebt dich diese Macht nicht mehr

ER Ich hab dir was zu sagen

ICH Du kannst mir nicht böse sein, *ihret*wegen, dazu hast du einfach kein Recht

ER Hör mir mal zu. Wenn sie jetzt da wäre, wäre ich nicht hier. Wäre sie noch bei mir, hätte ich mir das hier sparen können. Diese Wüste. Wäre sie hier, wäre sie hier bei mir, nur dass ich nicht da wäre, weil sie hier wäre, verstehst du, wir wären wohl alle beide nicht hier. Du verstehst nicht, natürlich nicht. Wäre sie bei mir geblieben, hätte sie mich nicht verlassen müssen. Hätte sie ein Herz im Leib, wäre sie mit mir nicht so herzlos gewesen. Wären wir am 11. September in das Flugzeug gestiegen, bräuchten wir nicht mehr davon zu reden. Nicht von der Liebe, nicht von der großen Zeit, nicht von ihrem Ende. Nicht von den Schmerzen. Nicht von den Ruinen dort. Sie wäre jetzt nicht dort in deinem Bett. Und du wärst nicht hier, oder du wärst hier, und ich säße in meiner Wohnung in Berlin am Lietzenseeufer und hörte Mozart. Hörst du mir zu. Wenn du nicht hier wärest, wüsste ich nicht, mit wem ich darüber reden sollte, dass ich das erste Mal im Leben müde bin. Dass ich keine Lust mehr habe. Wem sollte ich sonst sagen, was für ein Arschloch du geworden bist. Und dass ich dich trotzdem leiden kann

2 Ein zwei Sterne vom Himmel holen

In der Morgendämmerung. Die oberste Etage eines Hochhauses, das noch nicht fertig ist. Sie stehen oder liegen da herum, vielleicht halten sie an langen Schnüren Luftballons, die einer nach dem andern in den neuen Tag aufsteigen.

ALLE Kleiner Wagen
Wie an der Leine
Großer Wa
Sie muss nur lang genug sein
Limousine

An der langen Leine bleiben sie länger frisch
Chamäleon
Wer einen sieht, wünscht sich was
Grabstichel
Aber nichts sagen. Ideen
Fliegender Fisch
Ideale
Großer Bär
Projektionen
Kleiner
Wünsche. Anmaßung des Herzens. Lässt man sie los, sind sie weg wie Tagträume, du hast sie vergessen, ehe du sie siehst
Das Haar der Berenice
Echt
Ihr seht es nicht
Nein
Ihr könnt es fühlen
Am Ende der Leine dort draußen irgendwo
Ich fühle nichts
Soll man sich dem Leben nähern, bis man nichts mehr sieht, soll man es sich vom Leib halten
Du bist betrunken
Sollen wir nun weiter trinken, oder hören wir auf
Logisch
Studiert ist studiert
Ich weiß nicht recht. Was anfangen. Was sein lassen. Natürlich habt ihr absolut keine Ahnung, wohin das alles führen soll. Ihr seid daheim ausgezogen, dass es mal losgeht, und jetzt zieht ihr nicht ein
Ein Intellektueller
Hat einer Maria gesehen
Maria
Vergiss es
Warum nicht in den Staatsdienst gehen
Warum schon
Hat jemand einen Plan. Weiß einer, wo er in einem Jahr sein wird, wo es ihn hintreibt. An welcher Küste werdet ihr stranden. Wo schlagt ihr die Zelte auf, das Reihenhaus, Partner, Prokura, Prostata. Nach welcher Richtung zittert der Kompass. Ist aber auch egal

Das nennt ihr Feiern
Haben wir noch einen Schluck
La Pinte. Flüssiges Kopfweh
Ich will nichts werden. Geld haben schon meine Eltern, seht sie euch an. Rechts war schon Onkel Kurt-Georg
Der Parteigenosse
Links ist schon mein großer Bruder, und jetzt kann er nicht mal Grundschullehrer werden. Er gibt Gitarrenstunden
Hat jemand ein Konzept
Wenn ihr mich erwischt, wie ich einem Mann hinterherlaufe, immer einen halben Schritt zu spät, um glücklich zu sein, mit zwei Kindern an der Hand und der ZEIT unterm Arm, müsst ihr mich erschießen, auf der Stelle
Kleinfamiliengenosse
Versprochen
Wenn ich vors Haus trete und schimpfe, weil einer mit dem Auto schnell durch meine Straße
Versprochen
Fußgängerzonengenosse
Wenn ich morgens im Frühpendlerstau neben euch stehe und euch nicht erkenne vor Wut und Traurigkeit
Versprochen
Wenn ich ein Spießer bin
Spießerin
Spießerfaschist
Faschospießer
Sehen wir einfach, was kommt
Ich schlage mich noch eine ganze Weile durch, glaube ich, und dann mach ich, wenn es sich ergibt, was anderes
Faschist
Ich bin nicht aus Prinzip dagegen. Eher antianti, fast wieder dafür
Ja sagen ist auch keine Antwort
Bei den anonymen Befürwortern. Ich bin Thomas, und ich sage ja. Ich habe keine Angst, den Leuten zu gefallen
Mir eigentlich egal, ob es irgendwann losgeht, Hauptsache, es geht dann mal los, ihr wisst, was ich meine
Sie wissen es
Wir sind so weit. Wir packen es an. Wir gehen da rein. Wir schaffen

es. Wir machen uns die Finger schmutzig. Wir kennen unsre Rechte, wir sind im Kommen. Wir wollen eure Unschuld haben. Wir können auch gefährlich

Jetzt mal im Ernst

Ich weiß nicht, vielleicht Anwalt werden

Ich mache keine Pläne, kann sein, Kinder kriegen, kann sein, nicht, eine Weltreise, erst mal

Wer etwas erreichen will, macht sich zum Sklaven seiner Zukunft

Türsteher

Ich will tanzen, einfach nur tanzen

Taxifahrer

Ich will Geld verdienen

Wer geht noch in die Wirtschaft

Ich will Liebe, so viel ich kriegen kann

Man sollte alles in die Luft sprengen, die Opernhäuser und die Autohäuser und die Steakhäuser

Ich gehe in die Politik, und eines Tages komme ich groß raus, und dann mache ich eine Revolution

Ich will einfach meine Ruhe

Es ist hell geworden, sie machen sich allmählich auf den Weg, nur Ich und Sie bleiben noch zurück.

SIE Das Üble an der Revolution sind natürlich die Revolutionäre. Das Unterste kommt nach oben, und nichts ändert sich, außer denen, die davon leben, das Unglück zu verwalten. Es bleibt ja das Gleiche. Im Stürzen sehen sie schon, ehe sie aufschlagen, die Nächsten aufsteigen, müde, strahlend, verschwitzt. Die Macht ist nicht wählerisch, sie nimmt, wen sie kriegen kann. Also nehmt euch in acht.

IDEALISTISCHER JUNGER MANN Man darf sich nicht fürchten. Der Geldbeutel ist leer, der Himmel wunderbar hell, was wird, wird sich weisen. Wir werden Neues sehen und tun, was noch nie getan wurde, wir werden etwas fühlen. Spürt den Wind, den Atem der Sterne

Lässt los und fliegt davon.

3 Ich will alles

Mindestens ein Jahr später, in tiefer Nacht, im Taxi an einem gähnend leeren Taxistand, nachts in der elend kleinen Hauptstadt. Er, dann Sie, ansonsten weit und breit niemand.

Es ist jetzt die Zeit, die Versprechen der Demokratie zu verwirklichen. Es ist jetzt die Zeit, sich aus dem dunklen und trostlosen Tal zum sonnenbestrahlten Pfad zu erheben. Eines Tages werden jedes Tal erhöht und jeder Hügel und Berg erniedrigt. Die unebenen Plätze werden flach und die gewundenen Plätze gerade. Dies ist unsere Hoffnung. Mit diesem Glauben werden wir den Berg der Verzweiflung behauen, einen Stein der Hoffnung. Mit diesem Glauben werden wir gemeinsam arbeiten können, gemeinsam beten können, gemeinsam kämpfen können, gemeinsam in das Gefängnis gehen können

SIE Hey

ER Hast du mich erschreckt

SIE Was sitzt du hier

ER Was schleichst du dich an

SIE Ich muss zum Konzert, du stehst hier

ER Du warst lange weg

SIE Ist genau 368 Tage und siebzehneinhalb Stunden her. Eigentlich warst du mit einem Mal verschwunden

ER Ich war Zigaretten holen. Ich habe meine Kräfte mit der Welt gemessen. Tut mir leid

SIE Braucht dir nicht leid zu tun. Ist doch ein freies Land. Rauchst du noch, fair trade

ER Macht sich nicht gut, sagt der Onkel Spindoktor

SIE Als ob du dir einen leisten könntest. Du wolltest Zigaretten holen, deinen Abschluss machen, in die Politik

ER Den Abschluss habe ich nicht, bin mich engagieren gegangen. Ich habe viel vor

SIE Ihr hattet alle so viel vor

ER Ich weiß kaum, wo anfangen, erst mal die Freunde um mich scharen, man braucht Verbündete, wenn man in die Schlacht zieht
Der Taxistandmelder blinkt, Er steigt aus, der Anrufer hat wieder aufgelegt. Er kehrt zum Wagen zurück und setzt sich hinters Steuer (dies wird sich noch ein paar Mal wiederholen).

SIE Du redest von der Schlacht. Aber du bist in Ordnung, du lässt nichts anbrennen, willst es wissen, hast Mumm, dir fehlt nur das Stoffliche. Du hast Visionen und musst nicht mal zum Arzt, es fehlt nur noch alles. Es will irgendwohin mit dir, die Energie ist da

ER Nenn es Basisarbeit, nah am Menschen, ist spannend, auch wenn mal nicht viel los ist. Und du

SIE Nichts. Ich mache nichts, nichts Vernünftiges, wie immer halt

ER Lügst du mich nicht an. Wie geht es dir dabei

SIE Wie geht es dir dabei

ER Tu etwas, fang was an mit deinem Leben, mach was

SIE Kann richtig unangenehm werden. Heute zum Beispiel muss ich dich anpumpen, ich habe kein Geld für die Fahrt. Und wenn du nett bist, gibst du mir, was du dabei hast. Alles. Ich hoffe, du bist nicht geizig geworden

ER Ich habe auch nicht viel. Geschenkt. Du glaubst nicht, wie wenig hier meistens los ist. Hauptstadt, von wegen. Die Einzigen, die sich fahren lassen, sind die Journalisten. Die Politiker sind zu geizig. Oder haben einen Fahrer. Die Ochsentour ist nichts für mich, Plakate kleben, durch die Ortsverbände. Der rechte Moment wird kommen, der linke

SIE Du willst natürlich an die Macht

ER Das interessiert mich nicht

SIE Du willst Freiheit, Gerechtigkeit, Brüderlichkeit, willst, dass es allen besser geht, das Land retten, den Planeten. Bleib, wo du bist, fass mich nicht an, du willst mich nur in deinen Armen sehen, am Boden, da

ER Hier, ich habe genug. Ich arbeite noch im Plattenladen. Nehmen Sie die Pet Shop Boys, von mir aus, doch wählen Sie links. Taxi fahre ich nachts. Steigt einer von denen da ein, mache ich die Knöpfchen runter, er hat noch die Pressereferentin vor Augen in ihrem Kostüm und die supernette Reporterin und den Spiegel im Fahrstuhl und merkt es nicht. Ich fahre nicht los. Haben Sie einen Traum. Das macht sie fertig

SIE Manchmal träume ich davon, wie sie zu sein. Egal, wer. Der Pförtner, der morgens aufschließt, der Boss, der immer zehn Minuten später kommt, die von der Roten Armee und die Polizistin mit dem Schießbefehl und die Frau von der Gewerkschaft und der am Boden liegt, die Hände auf dem Rücken, wie die mit dem finalen Rettungsschuss und der Bettler auf der Straße und der Bundeskanzler und Grass und Habermas und Heinz Rudolf Kunze

ER Das Taxi ist der letzte Platz zum Träumen

SIE Der allerletzte. Ich schreib über dich, und du kommst groß raus

ER Komm nach vorn, setz dich zu mir. Sieh die leere Straße. Den spiegelnden Asphalt. So ist es immer, vor allem nachts. Manchmal rauscht eine Fahrzeugkolonne durch, dann spürst du den Wind. Den Atem der Geschichte. Ich hätte Lust, dich zu küssen

SIE Du willst gar nichts von mir. Würdest du dein Leben hinwerfen für eine Nacht, für eine einzige Berührung sterben, hast du mal alles drangeben wollen, damit einer dich für den Bruchteil einer Sekunde ansieht

ER Eine. Vielleicht. Findest du mich anziehend

SIE Das willst du nicht wissen

ER Findest du mich überzeugend

SIE Gib mir lieber noch etwas Geld

ER Hör die Stille. Das ist die Brandung des Nichts. Zukunft klingt irgendwie anders. Ich will, dass es losgeht. Schau, der will heim zu seinen Kindern oder seiner Geliebten, Liebe ist Selbstmord, Sex ist die Fortsetzung des Krieges mit anderen Mitteln, hat Oswald Kolle gesagt

SIE Ich geh dann mal lieber, ich komme noch zu spät. War schön, dich zu sehen

ER Nur für heute Nacht, was muss ich tun

SIE Rühr mich nicht an, das wäre schon mal etwas. Kommst du mit ins Konzert

ER Ich muss arbeiten. Ich muss hier rumstehen. Ich träume von dir Tag und Nacht

SIE Ich habe genug von dieser Art zu träumen

ER Wir könnten uns lieben

SIE Kannst du nicht. Was ist eigentlich mit Maria, seid ihr noch, seid ihr nicht mehr

ER Zusammen, wenn sie mir nicht gram ist. Momentan sind wir beide für den Frieden und gegen den Kalten Krieg. Dies hier aber geht nur uns etwas an

SIE Was willst du

ER Ich will alles. Ich brenne. Ich brauche kein Glück, sagt mein Therapeut. Ich brenne vor Ungeduld, der Hunger in der Welt, der Drogenhandel, die Waffenlieferungen, es ist schlimm, dass es noch nicht losgeht. Geduld, sagt mein Therapeut. Ich bin furchtbar, und das mag ich, alles macht mich zu Recht rasend

SIE Sagt dir dein Therapeut

ER Hier drinnen muss ich ruhiger werden, sonst halte ich es nicht so gut aus

SIE Komm ins Konzert, dein Freund kommt auch, du weißt schon, dein Schatten

ER Läuft da was. Ich kann es riechen. Ich fühle so etwas. Da, natürlich, und ich komme erst jetzt darauf. Ihr seid gemein. Komm lieber mit mir, was willst du von ihm, was soll ich mit Maria, die ist eh in Nicaragua, ich will dich, seit ich dich das erste Mal gesehen habe

SIE Steh weiter, ich steige hier aus

ER *fährt nicht los* Sperrt man sie nicht ein, ziehen sie weiter. Hält man sie fest, gehen sie erst recht. Zeige ihnen deine Ohnmacht, und sie verachten dich. Zeige ihnen deine Macht, und es ist dasselbe. Eines Tages, wenn ich groß bin, will ich Dinge tun, die bleiben, eine Weile wenigstens. Eines Tages, wenn ich weiter bin, will ich weiter sein. Eines Tages schreibt irgendwer Geschichte. Wir können die Welt verbessern, wenn auch nur so viel, sie werden mich vielleicht dafür lieben, wenn auch nur so viel. Ich will

4 Was hat sie gesagt?

Jahre später, bei Ich in der Vorstandsetage, die Chefin wartet im Besprechungszimmer, die Assistentin stört lieber nicht. Die beiden trinken Whiskey, das heißt, Er tut es.

Die Feinde der Freiheit erheben frech die Stirn: Überall werden sie zuschanden gemacht, und überall provozieren sie … Das Wohl des Volkes verlangt jetzt große Mittel und furchtbare Maßnahmen. … Lernen wir aus den Fehlern unserer Vorgänger … Seien wir schrecklich, damit nicht das Volk schrecklich sein muss …

ER Kommt immer noch gut

ICH Freiheit immer

ER Auf dein Wohl

ICH Das Wohl des Volkes

ER Die Luft. Und ein Licht wie in einem OP für Schönheitschirurgie

ICH Der Augenblick ist gekommen. Seien wir verschwenderisch mit Menschen und mit Geld

ER Wo habt ihr das her

ICH Aus deiner Bibliothek

ER Soll ich dich verklagen, Diebstahl geistigen Eigentums

ICH Das war Danton. Wir haben Anwälte, gute, teure Anwälte, eine Anwaltsfirma. Fass das nicht an

ER Tut sicher gut, so viel Geld zu haben

ICH Habe ich nicht. Lass das bitte liegen. Ich bin Vorstandsassistent, das heißt Assistent und nicht Vorstand

ER Was machst du hier eigentlich

ICH Arbeiten. Arbeit fördern. Zukunft lesen. Sagen, wo die Möglichkeiten und Grenzen der Mitarbeiter einer Firma liegen

ER Und nützt es der Gesellschaft

ICH Wir analysieren die Struktur und finden heraus, was möglich ist. Und was nicht. Wir sind Pioniere. Wir sind Seismographen. Wir sind Risikoforscher. Wir gehen voran, wir stürmen

ER Die Leute verstehen keine Ironie, ich auch nicht mehr

ICH Das ist zynisch, nicht ironisch. Alle bergen Risiken. Arbeitnehmer, Arbeitgeber, Arbeitslose

ER Wenn wir erst an der Macht sind, machen wir euch fertig

ICH Wetten, dass ihr das nicht schafft

ER Ich habe sie gefragt

ICH Hast du sie endlich gefragt. Eine Minute lang dachte ich, du kommst, um mich zu sehen

ER Ich sehe dich. Und ich sage dir, ich habe mit ihr geredet, Klartext

ICH Leg das wieder hin

ER Sie hat immer nur mich haben wollen. Du warst ihr nicht gut genug

ICH Du meinst, nicht böse genug

ER Ich will ein Leben leben, sagt sie. Wann hast du sie zuletzt gesehen

ICH Heute Vormittag

ER Ihr habt telefoniert

ICH Wir haben gefrühstückt, in ihrem Hotel

ER Ich glaube, das wollte ich nicht hören

ICH Sie hat nichts gesagt

ER Von mir. Uns. Noch nicht, hat sie gesagt, ich freue mich noch nicht, du musst warten

ICH Vielleicht ist es zu früh, vielleicht findet sie die Idee spießig

ER Vielleicht bist du eifersüchtig

ICH Sie hat ja auch nicht nein gesagt

ER Wie fandest du sie, wie sah sie aus

ICH Normal irgendwie. Das heißt, reizend, aufreizend. Ich muss jetzt da rein

ER Warum sollte ich, mein Lieber, sagt sie und sieht mich so an

ICH Grausamkeiten muss man gleich begehen. Tut mir leid

ER Hältst du mich für oberflächlich

ICH Sie wird schon noch ja sagen

ER Sie sieht gut aus, ich sehe gut aus, wir sind leidenschaftlich. Wir wollen beide im Leben was erreichen

ICH Ich habe gelesen, sie wollten dir den Innen-Ausschuss geben, und du hast abgelehnt

ER Es war der interministerielle Ausschuss. Es geht mir nicht darum, für mich persönlich etwas zu erreichen. Ich will

ICH Wenn ich da jetzt nicht reingehe, geschieht ein Unglück

ER Ich will auch keinen Job, ich will bloß gestalten. Ich wollte nie aufwachen und mittags Mahlzeit sagen. Ich will auch keine Frau, ich will nur Maria

ICH Wir sagen hier nicht Mahlzeit. Wir haben keine Kantine. Eben hatte ich noch alle Zahlen im Kopf

ER Ich muss nicht heiraten. Wenn sie nicht will, ich kann damit leben

ICH Bitte

ER Du wolltest nach oben. Ich wollte hoch hinaus. Wir wollten abheben

ICH Sie haben längst angefangen

ER Und jetzt hat die Zukunft angefangen, und man spürt nichts

ICH Bitte

ER Wenn du so weitermachst, hast du überübermorgen Prokura, und ich bin im Vorstand. Das ist unser Risiko. Du auf der einen, ich auf dieser Seite, und wir sind Freunde gewesen. Zuerst enteignen wir euch. Das hier wird meine Einsatzzentrale

ICH Jetzt komm da weg

ER Hat sich hier schon mal einer runtergestürzt. Sie springen von der Golden Gate, vom Eiffelturm, sie nehmen die ganze Reise auf sich, um zu springen, ein Schritt, sieben, acht Sekunden, eine Ewigkeit

ICH Komm her

ER Ein dumpfer Aufprall, erst unterm Pflaster ist der Strand

ICH Lass mich los

ER Sie will es sich noch überlegen

ICH Du tust mir weh

ER Kannst du nicht mit ihr reden, ihr klarmachen, was ich will. Nicht dass sie denkt, ich will sie nicht *nicht*. Von mir aus kann sie auch nein sagen. Besser als das Gefühl, verlassen zu werden eines Tages

ICH War schön, dich zu sehen

ER Du mich auch. Sieh, da unten liegt jemand. Hast du den Schrei gehört. Da liegt jemand in seinem Blut, die Glieder verrenkt, der Schädel aufgeplatzt wie eine reife Frucht

ICH Ich will es nicht sehen

ER Das bin ich… Ihr dürft euch nicht umsehen, hat Rosa Luxemburg gesagt. Oder war es Gaddafi. Bereit müsst ihr sein für die Hölle und die Hässlichkeit und das Elend und die Armut und den Tod und Modern Talking

ICH T, du musst T drücken

Geräusche einer ernsten Versammlung. Stimmen und leises Hallo, bis die Tür wieder zu ist.

IDEALISTISCHER JUNGER MANN Die Reichen werden reicher, und die Armen. Die Revolutionäre sind fett geworden. Alles verschwindet unter Asphalt, Beton, Cäsium. Der Wald steht im Sterben. Die Leute lassen sich scheiden, mit zweiundsiebzig, aus Stumpfsinn. Meine Freundin und ich werden ein Kind in diese Welt setzen, aus Trotz. Und Liebe

Lässt sich vornüberfallen und schwebt davon.

5 Revolution?

Die Demonstration ist vorbei, eine Schlacht geschlagen. Sie sitzen in der grünen Minna auf dem Weg zu einer Polizeistation irgendwo in der tiefen deutschen Provinz.

ALLE Ich war fast schon auf der Lichtung, zwischen den Fichten in der Schonung, ums Haar hätten sie mich nicht gekriegt

Um ein Haar hätten sie uns nicht mal bemerkt, wir hätten da noch eine Ewigkeit stehen können

Maria hat es richtig gemacht. Als Einzige

Sie hat sich angekettet, so fest, dass die Schweißbrenner sicher noch heute Nacht an ihr arbeiten. Was sie anpackt, macht sie richtig. Sie macht keine Gefangenen

ER Den Versuch war es wert

ALLE Mao Tse Tung Mao Tse Tung King Kong Mao Tse Tung Idi Amin Mao Tse Tung Sadat Idi Amin

Hört auf

Komisch, als die Bullen kamen und mich der eine von der Schule her kannte, ein netter Kerl über all die Jahre, viele Pickel, das schon

Er hat dich eingesperrt

Sie haben uns gerettet, vor den Zombies da draußen

Wenigstens Polizei, wenn schon kein Fernsehen

Hoffentlich rasten sie aus, dachte ich, hoffentlich schlagen sie uns und foltern sie uns, und wir zeigen sie an

Redet nicht

Du wolltest dich mit den Bullen prügeln

Nur ein bisschen, dem einen oder andern einen Zahn ausschlagen, höchstens zwei, ich habe ihn verfehlt

Du wolltest nicht

Nur wenn die Gewalt an die Stelle des Rechts tritt, wird die Menschheit weiterkommen

Red nicht

ER Nur wenn das Recht an die Stelle der Gewalt tritt

ICH Gewalt, klar. Gegen Sachen, klar. Demo, verstehe ich auch. Wogegen, wofür, klar. Und die Polizei, klar, auch. Das mit den Zombies verstehe ich nicht

ER Untote, die keinen Appetit mehr haben, nur fürchterlichen Hunger

ICH Und was hat das mit uns zu tun

ER Nichts, das ist es ja, nichts, als dass wir alle untot sind, verschnupfte Revoluzzer, matte Menschen in keiner Revolte

ALLE Was will der hier

ICH Ich gehöre zu ihm

ER Er gehört zu mir. Zombies, das sind wir, wenn keiner kommt, der einem was anhaben will

ALLE Der hat einen Anzug an, eine Krawatte

Die haben mir den Arm verdreht, und ihn haben sie gesiezt

Der hat sich kaum mit ihnen angelegt
Was will der hier
Was für ein Auto fährst du

ER Das gehört nicht hierher

ICH Tiiii, zig Zylinder, neun Sekunden null auf neunzig, fünf Bremsen, und alles bar bezahlt

ALLE Toll

Er stand da so am Straßenrand, da haben sie ihn eben mitgenommen. Die Bullen. Die haben ihr Netz ausgeworfen und alle eingesammelt, die sie kriegen konnten. Verhaftet. Nur den Jürgen haben sie laufenlassen. Er hatte Mordlust in den Augen. Mir hätten sie bald den Arm gebrochen. Sie wollten Blut sehen. Dein Sohn, sage ich zu dem, hat weiche Hände, anders als du, wissende, zärtliche Hände, dein Sohn hätte mich nicht verhaftet, er hätte mich befreit, du bist nicht dein Sohn, du bist du. Er hat mir den Arm auf den Rücken gedreht und mich in den Graben gestoßen
Red nicht, ist alles Vergangenheit
Da hinten die Autobahn, die Straßen werden endlich wieder breiter, das Herz geht einem auf, die Wiesen nicht mehr so grün, die Bäume kahl, die Schilder sind wieder klar zu lesen. Dies war eine gewaltige Aktion. Gewaltfreie Aktion

SIE Geschichte wird gemacht, es geht voran

ALLE Keine Atempause

Warum sagst du nichts dazu. Er sagt nichts die ganze Zeit. Und du hast deine Karriere beendet, ehe sie richtig begonnen hat. Der Pazifist als gewaltbereiter Linker, martialischer Parteisoldat. Will die Politik aus den Parlamenten auf die Straße tragen. Für den Rechtsstaat nicht tragbar. Der Machtanwärter kann die Macht nicht halten wie ein alter kontinenter Mann
Inkontinent
Kontinent
Ich bin universal traurig
Schon wieder. Warum denn
So halt. Brauch ich einen Grund, du Ratio, Rationalfaschist
Wer zweimal um denselben flennt, gehört schon zum Establishment
Warum sagt er nichts. Der fliegt hier jetzt raus. Anhalten. Sie hören nicht. Seht euch diesen Anzug an, dankbares Stöffle, die Fingernägel

ICH Auch Gefangene haben ein Recht auf menschenwürdige Behandlung, steht so in euerm Programm

ALLE Die bewohnbare Erde ist bedroht, steht da. Raus mit ihm

ICH Sie halten hier jetzt einmal an, bitte. Ich gehe, ist eh besser, wenn sie uns nicht zusammen sehen

ALLE Wenn sie dich nicht mit ihm sehen, oder ihn mit dir. Wenn sie den aufstrebenden linken Star der Politik nicht mit dem smarten Kapitalisten sehen oder den toughen erfolgreichen dynamischen durchsetzungsfähigen jungen Mann nicht mit dem Umstürzler

ICH Staatstragender Umstürzler

ALLE Wir sind der ultimative Kick. Wir sind die Anderen. Wir sind die Alternative zu den herkömmlichen Parteien. Wir fühlen uns verbunden mit all denen, die in der neuen demokratischen Bewegung mitarbeiten. Mit dir und mit dir und mir dir und mit dir nicht

ICH Neulich war ich in einem besetzten Haus tief in der Zone der Antikapitalisten. Ich bin ein alter Freund von Heinz, habe ich gesagt. Heinz ist dort der Häuptling. Ich hatte mich für Betriebswirtschaft an der Uni eingeschrieben, und der Heinz ging auf den Bau, wollte das Leben studieren, die Szene, ging in den Untergrund. Ich trug gestreifte Hemden, Heinz den Blaumann. Hinderte uns nicht, dicke Freunde zu bleiben, wir treffen uns öfters im Jahr, und so gehe ich ihn im besetzten Haus besuchen, sie wollen mich nicht reinlassen, auf Heinz' Zeichen darf ich passieren. Wir saßen da in der Ecke und tranken Unmengen Wein, während die Chaoten die Welt nicht mehr verstanden, weil ich ihre schöne Ordnung störte, so ist das hier jetzt auch irgendwie

ALLE Ist er weg. Wir wissen auch nicht, wo er ist. Wir waschen die Hände in Unschuld. Weltmeere verwandeln sich in Kloaken. Die Menschen werden immer gehetzter und unfreier, das soziale Ungleichgewicht

Was willst du mit einem, der nach Geld riecht, in einer Welt, die all das Geld ungerecht verteilt

Gegenüber der eindimensionalen Politik vertreten wir ein Gesamtkonzept

Was bringt er dir

Die Vernichtung der Wohnumwelt, die Kommerzialisierung der Freizeit

Wozu soll so einer nützlich sein

Wir fordern die sofortige Anwendung des Prinzips
Red nicht
Lärm ist eine der Hauptursachen von Stress und kann nur an der Quelle bekämpft werden
Pst
Hör mal
Das ist gut
Was ist das
Das ist
You know it makes sense
Genau

SIE Ihr wollt die Bösen sein. Sagt Stamokap, Schweinesystem, Bullenschwein. Wenn ihr an den Hebel der Macht kommt, nur aus Versehen, wenn einer von euch mit dem Ellenbogen dran stößt. Werdet ihr dann gut. Glaubt ihr, morgen früh in aller Schönheit aus dem Polizeirevier zu treten, und die Vögel singen nur, um euch zu grüßen. Seid mir nicht böse, wenn ich nichts mit euch zu tun habe. Wenn sie euch nicht mehr lieben, weil ihr so furchtbar böse seid, habt ihr eine Altbauwohnung mit vielen Büchern. Die Macht wartet nicht auf euch, sie wird nicht schöner mit jedem Tag, den ihr sie noch nicht habt. Sie sperrt euch ein. Ich hol euch da nicht raus.

6 Am Boden bleiben

Hotel BeeRDe. Hoch droben in der leeren Lounge, Musik, der große Raum ist gähnend leer. Ichs Zimmer ist gleich nebenan.

ICH Und er bringt sie mit
JUNGER MANN Hat er gesagt
ICH Maria
JUNGER MANN Hat er gesagt
ICH Und sie haben Zeit
JUNGER MANN So hat er es nicht gesagt
ICH Man weiß eh nie, was ihn sein Dings von gestern angeht
SIE Geschwätz
ICH Danke

JUNGER MANN Er ist sehr aufgeschlossen

SIE Solange er nicht politisch wird

JUNGER MANN Ein tolles Licht hier oben

ICH Es ist herrlich

JUNGER MANN Sie sagen, er wird leicht ungeduldig, wenn es ans Eingemachte geht

ICH Hoffentlich hat sie nicht wieder eine Unterschriftenliste dabei. Für Abrüstung oder

JUNGER MANN Er hat Fortune, irgendwie, sagen alle, die von so was was verstehen

ICH Gegen die Macht der großen Konzerne

JUNGER MANN Sie sagen, er spricht sieben Sprachen, und man weiß nie, in welcher er einem kommt

ICH Gegen Pink Floyd, für die Sex Pistols

SIE Was feiern wir

ICH Dass wir uns alle wiedersehen

SIE Ich weiß nicht, ob ich Maria ertrage, die Gute

JUNGER MANN Für mich nichts

ICH Wir lassen sie einfach nicht zu Wort kommen. Für eine gerechte Verteilung der Güter der Welt, gegen die etablierten Parteien, öffentlicher Nahverkehr für alle, gegen den Wahnsinn in Kaschmir, für mehr Binnengerechtigkeit

SIE Trinkst du nichts

JUNGER MANN Nicht in der Arbeit

ICH Leute, die nicht trinken, rauchen, nicht leben, unheimlich. Ich hasse Abstinenzler, hat er in dem Interview gesagt, Bunte oder Gala, diese Homestory. Der Hoffnungsträger mit dem Weinglas vor dem Bücherregal mit der regenbogenbunten Reihe. Sie fürchten sich, zu atmen, und wollen doch hoch hinaus, hat er der Journalistin gesagt, ihre Träume behandeln sie wie ihr Hobby. Nichts ist schlimmer, als gefährdet zu sein

SIE Du darfst ihn nicht ernst nehmen

ICH Sagen Sie mal, ja, ich will

JUNGER MANN Ja, ich

ICH Sagen Sie mal, nein, das will ich nicht

JUNGER MANN Ja, das

ICH Nein

JUNGER MANN Nein, das will ich nicht

ICH Er wird Sie noch für alles Mögliche einspannen und dann eines Tages wegwerfen wie ein Tempotaschentuch, und Sie werden ihn dafür lieben

SIE Jetzt mach ihm keine Angst

JUNGER MANN Er ist nett, sagen die Leute

ER Nett sind viele. Bis ins Gebirge sieht man. Ein Glas, ach was, eine Flasche. Wie heißt du noch mal. Nein, sag nichts, ich muss von allein daraufkommen. Ihr habt etwas vor im Leben. Du hast es, hoffe ich. Sag mal ja, aber ohne nachzudenken

JUNGER MANN Nein

ER Sehr gut. Sag, ich wäre bereit, durch die Hölle zu gehen. Zu kämpfen. Ich koche Kaffee, ich trage alle eure Aktenkoffer, nur auf Kompromisse lasse ich mich nicht ein. Ich bin bereit, auf die Straße zu gehen, um den Leuten die Wahrheit zu sagen, ja, ich wäre bereit, ins Gefängnis zu gehen. Ich träume

JUNGER MANN Ich träume nicht

ER Wie findet ihr ihn. Ein Glas, komm

JUNGER MANN Ich trinke nicht

ER Gut, endlich mal einer, der sich zurückhalten kann und lieber wach durchs Leben geht. Ich nehme sein Glas

SIE Und Maria

ER Maria

SIE Maria

ER Fliegt in die Sahelzone, in einer Stunde. Sieh mal die Leute. Wie klein sie sind. Etwas liegt über der Stadt, den Straßen, den Dachgärten, die Berge so weit weg, leicht, so hell

ICH Wie lang ging es noch, gestern

ER Mitternacht. Die von der Gewerkschaft wollte gar nicht mehr aufhören. Du warst gut gestern Abend, richtig gut

ICH Sie haben getobt vor Wut, gekocht, am liebsten hätten sie mich gelyncht

ER Du warst brillant

ICH Performance der Leistungsverweigerung

ER Eine echte Steilvorlage. Wir sind nun mal keine Streber

SIE Ihr seid bloß ehrgeizig

ER Komm mir nicht wieder mit Spitzfindigkeiten

SIE Ihr wollt nur die Macht

ER Bist du dabei, im Herbst auf dem Stamokap-Kongress, zum Kapital im revolutionären Kontext, klar bist du wieder dabei

JUNGER MANN Wir starten eine bundesweite Kampagne

SIE Und wir sollen hier schon mal alle unterschreiben

JUNGER MANN Dagegen formuliert. Oder dafür. Das haben wir noch nicht abschließend geklärt

ICH Ich unterschreibe alles. Wir sind lässiger geworden gegen damals, nicht

SIE Wir sind kälter geworden. Ich gehe schlafen

ER Was ist denn das. Vision der absoluten Leistung

ICH Das ist nur für den internen Gebrauch

ER Hutch and Loo. Leistungsgrenze jenseits der Leistungsgrenzen. Leistung, das Mantra der Märkte, ideeller Treibstoff des Kapitals. Wahnsinn

ICH Gib her

ER Externe Benchmarks. Interne Steigerung der Effizienz. Wie viel Leistung ist möglich.
Wie viele Ausfälle kann man in einer Stunde haben

ICH Einfälle, muss es heißen

ER Fraktale Volatilität, seid ihr verrückt

ICH Ja

ER Bionales Engagement, maximales Minuswachstum, totales Verständnis. Was sagst du dazu

JUNGER MANN Ich habe kein Abitur. Die Lehre abgebrochen. Meine Eltern starben, da war ich zehn, also, ich bin eher pragmatisch veranlagt, und natürlich authentisch, und meine Freundin hat das Abo Grün in der Oper, und ich bin vollkommen unmusikalisch

ICH Sie haben mir das Angebot gemacht

ER Hutch

ICH And Loo. Sie wollen mich zum Partner machen. Die Frage ist, mache ich es

ER Du machst es, worüber sollen wir lachen, wenn wir uns das nächste Mal sehen. Streng dich an, bisher hast du ja nicht gerade nicht Karriere gemacht

ICH Nicht gerade

ER Nicht gerade nicht

ICH Bis morgen muss ich zusagen. Oder absagen

ER Tu es. Oder lass es. Kommen Sie morgen in die Zentrale

JUNGER MANN Ich werde da sein, pünktlich wie die Metzger

ER Wie die Maurer, heißt es. Sei nicht zu pünktlich, das macht keinen

Eindruck. Wer sich volksnah gibt, sollte sich selber nahe sein, findest du nicht. Findest du nicht. Ich geh schlafen

ICH Hallo. Bist du es. Nein. Die Stimmen so ähnlich, sagst du, nicht zum Verwechseln, aber ähnlich, sagst du, nicht ähnlich, sagst du, aber irgendwie verwandt. Es wäre gut, wenn du jetzt. Du könntest mich festhalten. Du beobachtest mich, sagst du. Wie ich ihn beobachte. Wie ich das Leben betrachte, sagst du. Du könntest hier sein, damit ich nicht abhebe. Sie haben mir ein Angebot gemacht. Welche Zimmernummer hast du. Sagst du nicht. Spürst du meine Hand. Nein. Du spürst meine Lippen. Nein. Meinen Atem in deinem Nacken. Nein. Ehrensache, dass ich dein Zimmer bezahle. Mache ich gern. Du weißt, du kannst immer alles von mir haben. Du rauchst. Ich kann den Rauch deiner Zigarette riechen, sind es wieder Parisienne. Schlaf nicht ein. Hallo. Nein, ich schlafe nicht ein. Hat es bei dir geklopft. Was sagst du. Bei mir

IDEALISTISCHER JUNGER MANN Sie können mich verhaften. Sie können mir Berufsverbot erteilen. Sie können mich in ein Umerziehungsheim stecken. Die Rivalen von einst können längst in Amt und Würden sein, der Feind an Krebs erkrankt und die Genossen im Knast. Leicht ist es nicht, aber es gibt die Jahreszeiten, es gibt diese Leidenschaft. Du bist unerschrocken, hat Mutter gesagt, wenn einer das Talent hat zu fliegen, dann du, wenn einer, dann ich

Lässt los und schwebt rauschend davon.

7 Nach der Hochzeit

Drinnen das Fest, draußen ist es ruhig, bis auf die Musik, die heranweht, Der Mussolini, und den Wind, der Rauchen fast unmöglich macht. Ab und zu einer, der zu viel getrunken hat.

ER Hast du Feuer

ICH Immer

ER Interessiert es dich gar nicht

ICH Schon, aber ich geh da nicht rein

ER Dann eben nicht

ICH Wie ist es

ER Feierlich

ICH Tut mir ja auch leid

ER Wir haben dich vermisst

ICH Die Luft wird schon kalt in der Nacht

ER Die halbe Partei ist da. Der Flügel, vollzählig. Die Ehrenvorsitzende. Die Hälfte der halben Spitze der Union, immerhin. Praktisch alle Genossen. Maria fragt nach dir

ICH Ich bin ein Opfer der Gewerkschaften

ER Fang jetzt nicht zu streiten an, dieser Streik soll alles durcheinanderbringen, ja, Millionen verbrennen, ja. Was sein muss, muss nun mal sein. Und niemand redet von der Politik. Sie ist hinreißend in dem roten Kleid, wie von einem anderen Stern, nur mal eben hier gelandet, um mich glücklich zu machen. Meine Schrecksekunde: Sie hat den Pfarrer auf den Mund geküsst, riss die Blume aus der Vase und steckte sie mir an, hier, dann widmete sie dies Fest den armen Kindern von

ICH Kann ich mir vorstellen

ER Sie hat nicht gehört, als sie ja sagen sollte, dreimal hat er gefragt. Sie hat gelacht, als er sagte, bis dass der Tod euch scheidet. Sie hat mir die Finger gequetscht. Sie hat all ihre Ex nach vorn geholt, musste alle um sich wissen. Der Pfarrer, wollte sie alle glauben machen, war meine Idee. Mein frommer Atheist. Und kein Journalist weit und breit, nicht in der Kirche, nicht da drinnen, dafür ist gesorgt. Kirchenfeind vor dem Altar, so eine Schlagzeile fehlte noch

ICH Der kleine Che heiratet, die FAZ heute Morgen

ER Sie will alles bezahlen, sie besteht darauf, hat nur die engsten Freunde eingeladen, über zweihundert, wir warten alle nur noch auf dich

ICH Ich hatte mich so auf alle gefreut, auf dich und Maria und die Freunde, andererseits hatte ich nicht den Nerv dafür

ER Wofür

ICH Sie haben mir nicht verziehen, dass wir Freunde sind. Auf ihre Fahnen schreiben sie das Anderssein, und wer anders ist, muss draußen bleiben. Antifaschistenfaschisten, habe ich gesagt

ER Du hast gesagt: Scheiß ökoliberale Antifaschistenfaschisten, um genau zu sein. Sag wenigstens guten Tag

ICH Ich kann nicht

ER Ich habe gesagt, dass ich dich nur schnell holen gehe

ICH Ich kann das nicht. Ich käme mir vor wie ein Schmarotzer, der auf dem Fest auftaucht, um die letzten Flaschen leer zu trinken und dann die Braut zu küssen

ER Der Popnazi legt auf

ICH Und wer hat gesprochen

ER Alle

ICH Dein Vater

ER Ist nicht gekommen

ICH Deine Mutter

ER Ich bitte dich, meine Mutter

ICH Ich hätte von früher erzählt. Um ein Haar wärst du zur Burschenschaft gegangen

ER Bis zum ersten Bierjungen. Thomas hat gesprochen. Und drei oder vier von Marias Ex. Einer fing von ihrem Teint an, ihren Haschaugen, grausam, ihrem Kampfgeist noch im Bett, der Generalsekretär hat die Stimmung gerettet. Dann kamen die Freunde, einer vom rechten, einer vom linken Flügel, erst die Seerosen, dann die Billigheimer, die Fundamentalisten und die Realisten, die Null-Isten. Meine Assistentin und der Assistent der Assistentin, die große Vorsitzende. Sie sieht so schön aus

ICH Er ist lange um Maria herumgeschlichen, wollte sie haben und hat sich nicht getraut. Hatte Angst, sie weist ihn ab. Angst, du kriegst sie aus dem gutem Hause, nur das gute Haus nicht aus ihr. Sie war verrückt und stolz und total alternativ. Sie war schrecklich anziehend. Ihr war immer alles irgendwie wichtig, während wir irgendwie nur zynisch waren

ER Sie ist so feierlich, dass es mir schon wieder Angst macht

ICH Ich hätte gesagt, tief drinnen, im Grunde seines Herzens, denkt er nicht politisch, am Boden seines Herzens schlummert ein Vulkan, er ist kein Revolutionär, eher ein Despot des Sentimentalen, kein Umstürzler, sondern Propagandist seiner selbst, nicht Bakunin, eher Goebbels, nicht Kropotkin, sondern Trotzki, kein Eduard Zimmermann, sondern Rudi Carrell. Einer, der begriffen hat, dass Unten das neue Oben ist

ER Es wird kalt, komm rein

ICH Er wollte immer an die Luft, doch nicht frieren. Dein Glück wirkt so stark, dass es mir den Atem nimmt. Du kannst dir kaum vorstellen, dass einer nicht mit dir will, hechelnd neben dir herlaufend, in deinem Chor deine billigen Schlager mitsingen. Ich habe nie verstanden, dass sie dich mir vorgezogen hat. Allein gestern haben wir eine Million gemacht. Ich habe nie verstanden, wieso du mehr Glück im Leben haben sollst. Nur weil du nicht ordentlich Geld verdienst, sondern einen auf Gemeinwohl machst. Wenn ich jetzt hier runterspringe, noch nicht mal unten angekommen, schließt du schon den Nächsten in die Arme, legst die Hand auf seine Stirn, packst ihn bei den Eiern. Ich hasse dich. Aber ich liebe dich. Aber das weißt du auch so, das brauche ich dir nicht zu sagen, das ergibt sich für dich logisch aus dem und dem und den Jahren, die hinter uns liegen, das leitest du aus der Liebe zu dir selber ab, du findest es nur folgerichtig, dass Maria dich genommen hat

ER Jetzt beruhige dich. Hier, sieh mal, brauchst nur zu unterschreiben

ICH Ist das ihre Schrift. Nicht schon wieder gegen Nazis

ER Das Hochzeitsbuch

ICH Jetzt mach, dass du wieder reinkommst, ich kann das nicht, tut mir leid

SIE Die Nacht ist ja nicht mehr jung. Ich habe ein Glas zu viel. Was sehen wir, wenn wir die beiden hier sehen? Glück. Was sehen wir, wenn wir den noch immer gut aussehenden Bräutigam betrachten. Er hatte den Einfall, in die Politik zu gehen, braucht man nichts außer mächtig Macht und Wollen. Abheben. Nähe zum Volk hatte er nie. Hier heiratet kein Bewohner des Elfenbeinturms. Noch ist er nicht Minister, und schon so lange so ministrabel. Noch ist er der Ehemann einer wundervollen Braut. Noch hat er nichts kapiert. Noch weiß er nicht, wer wir sind. Ich bin eine Freundin aus frühen Tagen, und er weiß nicht mal, was ich fühle. Ich bin betrunken. Traurig. Ich bin froh. Ich finde euch alle süß. Merkwürdig. Absolut schwindelfrei. Alle haben Angst. Ich nicht. Ich liebe es da unten. Ich will ja nichts. Finden sie bescheuert. Sie sagen, ich bin oberflächlich. Unpolitisch, sagen sie, das auch. Das ist wohl wahr. Ich liebe das Oberflache. Glaube nicht an die Wahrheit, ich bin nicht in mich verliebt. Ich setze weiter auf das Glück. Prost.

8 Revolution!

Die Wahlschlacht ist geschlagen, alles deutet auf einen großen Sieg, Er schickt sich an, Verantwortung zu übernehmen. Vor dem neuen Büro, hoch droben.

JUNGER MANN Nur über meine Leiche
ICH Das können Sie haben
JUNGER MANN Tut mir leid, ich darf Sie nicht reinlassen
ICH Wir kennen uns
JUNGER MANN Seit fünf Minuten
ICH Erinnern Sie sich gar nicht mehr, wir sind mal zusammen verhaftet worden, vor Jahren
JUNGER MANN Kann ich mir kaum vorstellen
ICH Sie haben uns hochgenommen in der Schwäbischen Alb, die Bullen, Scheißbullen
JUNGER MANN Sie sind der Nazi
ICH Sein Nazi, ja, das war ich. Kann ich jetzt
JUNGER MANN Die Prognose kommt gleich rein
ICH Wollt ihr immer noch die Welt verändern
JUNGER MANN Bleiben Sie bitte hier
SIE Komm doch rein
ICH Ich darf nicht
SIE Dachte nicht, dich hier zu treffen
ICH Klar bin ich heute Abend hier. Wenn der Feind eine Schlacht schlägt. Ich sage dir, wozu diese Wahl gut sein wird: zu nichts. Außer einem Rausch. Die Flasche. Holen Sie ihn raus, für eine Minute, es dauert nicht länger, Sie können ja derweil Ihr Statement überarbeiten, zur Strategie, zickzackzickzackzick. Lassen Sie mich. Sie tun mir weh. Ich warne Sie. Ich habe Sie gewarnt. Das haben Sie jetzt davon. Weinen Sie nicht. Er weint. Der politisch aktive Mensch weint nicht. Wer hat das noch gesagt. Ernst Jünger. Richard Nixon. Wozu hat man keine Tränen mehr. Nazi nennt er mich. Wiederholen Sie das, sag es noch mal. Ihr wollt Gerechtigkeit und wisst nicht mal, dass man die Leute nicht warten lässt, das Volk, ihr wollt die Welt verändern und habt keine Zeit
SIE Sieh, was du angerichtet hast

ICH Sie sind schon jetzt wie betrunken. Siegestaumel vor dem Sieg. Darf man ihnen nicht übelnehmen, ich tu es trotzdem

ER Da bist du ja

ICH Lass dich umarmen

ER Noch nicht. Nicht hier. Komm hier herüber, da ist es besser. Jetzt umarme mich

ICH Jetzt mag ich nicht mehr. Da wird einem ja schwindelig

ER Sieh einfach nicht hin. Sieh lieber da, sie fiebern da drinnen. Sie rasten völlig aus. Wenn es ein Sieg wird, ist es grandios, ist es ein verdienter Sieg, ist es eine echte Genugtuung, ein innerer Reichsparteі …

JUNGER MANN Die ersten Prognosen sagen, wir haben es geschafft

ER Klar haben wir es geschafft. Komm, lass dich umarmen, hier, alle sollen mich sehen

ICH Hast du gewählt

SIE Wozu soll ich ihn wählen

ER Wir haben gewonnen, ge won nen. Allem Ermessen nach

ICH Die Macht gewonnen

SIE Die Macht. Geht es wieder, Sie Armer

JUNGER MANN Dabei habe ich mich feingemacht. Sie holen heute alle vor die Kamera

ER Lass dich umarmen, alle sollen sehen, wie du mich herzt. Mein hübsches Kind. Du machst mir Mut, du machst mich so siegesgewiss

ICH, SIE Ist Maria da drinnen

ER Im Katastrophengebiet. Was soll ich Siege feiern, sagt sie mir am Telefon, wenn ich etwas tun kann. Und dann hat sie einfach aufgelegt. Noch ist die erste Hochrechnung nicht da. Das ist wie bei euch mit euren Benchmarks und dem Workflow

ICH Beim Wort Workflow wird mir elend. Ein Organigramm, und ich kriege Gänsehaut. Ein Glas noch

ALLE Wie sehe ich aus, sitzt der Anzug, sitzt das Kostüm.
Ein staatstragendes Gesicht.
Die sauren Mienen der anderen nicht an sich heran lassen, die Müdigkeit der Unterlegenen ganz einfach ignorieren, nicht triumphieren, den Sieg nicht auskosten.
Die Journalisten ausnahmsweise ernst nehmen.
Wir danken allen, die uns gewählt haben, und allen, die uns nicht gewählt haben.

Wir danken allen, die uns geholfen haben. Und allen Idioten, die uns nicht geholfen haben, sollen sie schmoren in der Hölle.

Wir sind es leid, lieb zu den Verlierern zu sein.

Wir gratulieren allen, die sich jetzt schwach fühlen, zu der großen Chance, einmal über sich hinauszuwachsen

ER Wir haben endlich einmal nicht auf Inhalte gesetzt. Wir haben triumphiert, weil wir die besseren Antworten hatten, auch wenn niemand eine Frage hatte

ALLE Weniger Lügen als vielmehr Wahrheit. Weniger Versprechen und keine Versprecher. Mehr mehr wagen

ER Wir waren immer die Ersten, egal bei welchem Thema, rechts, links, wir haben es besetzt. Wir haben uns keinen Fehler geleistet. Wir hatten die Slogans, die noch besser waren, die Antworten, die alles offenließen, die cooleren Kandidaten, die brutalere Kampagne. Ich habe mir oberste Priorität ausbedungen, alle nach meiner Pfeife. Ich bin der Erste. Das war nicht arrogant gemeint, das war folgerichtig. Wenn man mich nicht richtig vorbereitet, hat alles keinen Sinn. Wir brauchen ein extremes Tempo, wer da nicht mitkommt, fliegt raus. Wir müssen so radikal wie barmherzig sein, wenn wir uns da oben halten wollen, wo die Umfragewerte den anderen weh tun. Die Ideale, habe ich jeden Morgen bei der Lage gesagt, hebt euch auf für den Parteitag. Für eure Enkelkinder. Ich brenne, und ihr brennt mit. Wenn ich einen Pfandautomaten einweihe, seid ihr dabei. Wenn wir eine Grube retten, und ich fahre mit hundert Kumpels ein, kommt ihr alle mit, und wenn einer kotzt vor Dunkelheit und Angst. Komm her

SIE Ich bin schon da. Ich bin betrunken. Ich habe schon lange keine Lust mehr auf dich

ALLE Es geht los. Es geht los. Es geht los. Es geht los. Es geht los. Es geht los. Es geht

JUNGER MANN Es sind ihre Stimmen, sie sind nur geliehen

ER Bist du auf unserer Seite? Zeig es, beweis es. Ich will, dass du für mich da runterspringst, für uns

ICH Warten Sie. Bei euch wird erst am Wahltag abgerechnet, bei uns sieben Tage die Woche, jeder Tag ist Wahltag, 365-mal im Jahr, ach was, 367. Kommen Sie da weg

JUNGER MANN Mir ist schwindelig

Er springt nicht und geht mit Ich von der Bühne.

ER Mich macht dieser Tag traurig. Ja, wir haben es geschafft. Ja, es ist ein Triumph. So viele sind da, so viele sind jetzt nicht da. Maria hilft irgendwo irgendwem. Was gäbe ich darum, wenn sie hier bei mir wäre. Die Welt läge uns zu Füßen.

SIE Komm her, halt mich, zum Abschied, ein allerletztes Mal. Mach dir nichts draus. Die Welt wird dir noch zu Füßen liegen. Ich nicht, aber die Welt. Noch ist es nicht so weit, noch nicht, mein Lieber

IDEALISTISCHER JUNGER MANN Ich fühle mich so – leicht. Ich habe nie im Lotto gewonnen. Ich würde auch nie mitspielen

9 Und jetzt den Gerhard Schröder

Wir befinden uns tief in der politischen Ebene. Nebenan läuft der große Parteitag, unser Mann wurde mit überwältigender Mehrheit wiedergewählt, wozu auch immer, der Saal kocht. Draußen vor der Halle ein eisiger Wind, Fetzen von Reden und Gesängen wehen vorbei, Pfiffe, Beifall.

Seid ihr alle da, seid ihr gut drauf, spürt ihr den Moment. Wir sind hier, Freunde, um zu feiern. Wir werden nicht weinen, wenn wir scheitern sollten. Ist da wer. Die wahren Schmerzen behalten wir für uns. Die wahren Freuden teilen wir mit allen Menschen. Das ist unser Kapital, ich wiederhole das Wort noch einmal: Kapital, wir schrecken nicht davor zurück, es einzusetzen, wir haben keine Angst mehr vor bloßen Wörtern, wir haben keine Angst mehr vor dem Kapital oder dem, was draußen vor sich geht. Was wollen wir? Wohin steuert das Land? fragt uns die Geschichte. Vorwärts bis zur Vollendung oder nur blind zurück. Für einen Stillstand und ein Verharren beim Erreichten würden wir, würden alle, würden vor allem also unsere Menschen, einen fatal hohen Preis zu entrichten haben

ICH Vergiss nicht, dass du sterblich bist

ER Was machst du hier

ICH Was machst du hier. Ich habe auf dich gewartet, im Einstein, hast du das vergessen

ER Im Einstein. Ich bin hier Sauerstoff tanken, wir sind da drinnen seit Stunden eingeschlossen, die Wahlen haben sich hingezogen

ICH Ich wusste ja, wo ich dich finde

ER Macht macht müde. Und das Licht. Die harten Neonröhren. Sind Journalisten in der Nähe

ICH Sind alle da drin. Sie schaffen ihre Kameras in den Saal. Sie wollten mich ohne Presseausweis nicht durchlassen, ich konnte improvisieren

ER Schön, dass du da bist

ICH Schön, 89 Prozent

ER 90 wären mir lieber gewesen. Wir waren verabredet, und ich habe es vergessen

ICH Ich habe keine Eile, ich bin ausgestiegen, ich habe Ernst gemacht

ER Bei Hutch

ICH & Loo. Ich hatte genug

ER So redest du seit hundert Jahren

ICH Ich habe gekündigt. Diesmal war es ernst, es gibt kein Zurück

ER Aus Langeweile

ICH Aus schierer Verzweiflung

ER Fängst du jetzt an, zu weinen

ICH Das ist nur Wut. Wir haben sie alle kaputtsaniert. In Grund und Boden beraten. Die Arbeitsteilung verfeinert, um die kleinen Leute klein zu halten. Wir haben uns Arbeitsplätze ausgedacht, damit sie was zum Streichen hatten. Haben Extrarationen empfohlen, damit sie Shoppen gehen. Wir haben sie mit Gratifikationen überschüttet, bis sie nicht mehr denken konnten. Wenn sie auf den Malediven waren, oder auch nur im Salzkammergut, empfahlen wir, sie rauszuwerfen. Abwickeln, Freisetzen, alles glatt auf null rechnen. Sie rufen uns, wenn sie einen brauchen, der die Drecksarbeit für sie erledigt. Sie nennen uns Berater, wir sind Liquidatoren. Kommando Alibi, Prinzip Schwarzer Peter. Sie haben Angst, sie zittern vor Angst, sie beben und schwitzen vor Angst, sie treten weinend vor die Shareholder. Das ist unsre Stunde. Sie waschen ihre Hände in Unschuld, das Blut klebt an den Händen von Hutch und McWahnsinn. Und davon habe ich die Nase voll. Eine Million Bonuszahlung, und es war nicht genug, weil ich genug habe. Hutch

ER & Loo, Berater der Berater der Berater der Berater, der Albtraum der abhängig Beschäftigten

ICH Architektur der Organisation. Sie sind Teil des Projekts, auf Ihre Perfomance wollen wir nicht verzichten. Hutch & Loo arbeitet mit dem Klienten, nicht gegen ihn

ER Das sage ich auch immer, wenn sie da drinnen den Aufstand proben. Wir sind mit euch, Freunde. Wir haben nichts gegen euer Anliegen, wir bekämpfen es nur

ICH Sie hieß Beatrix. Heißt sie noch immer. Sie saß im Vorstand. Foreveryoung, haben wir geprüft, neun Monate. Neun Monate lang lief das zwischen ihr und mir. Sie wurde als Erste freigesetzt

ER So was verdirbt den Charakter. Die Kriegstreiber wollen nicht kämpfen, und die Pazifisten werden immer aggressiver

ICH Sie warf den Briefbeschwerer nach mir, sie warf mich aus der Wohnung. Ich hatte nichts an. Wenn ich Mitleid empfunden hätte oder triumphiert. Den Rest der Nacht habe ich mich beim Kaufhof versteckt. Es war kalt. Die haben geschaut in der Früh. Dann haben sie mir was zum Anziehen gegeben. Mit dem Taxi ins Office. Beatrix hat recht, dachte ich. Jetzt, dachte ich. Alle. Ein spontan-obligatorischer Termin im Konferenzzimmer. Kollegen, danke für das Misstrauen, das ihr mir entgegengebracht habt, die Superrevision, ich danke euch für die stete Betriebsfeindschaft und trete mit verheerender Wirkung aus dem Laden und der Branche und meinem aktuellen Leben aus. Ich musste den Wagen abgeben, die Schlüssel, den Token, ich habe Hausverbot, es fühlt sich toll an

ER Mit verheerender Wirkung. Gut. Aktuelles Leben. Sehr gut

ICH Hör mal

Gibt ihm seinen Kopfhörer.

ER Gute Stelle.

ICH Ich mache keinem mehr Angst. Wir alle sind doch Opfer. Ich gehe mit ihnen ins Restaurant, in ein Museum. Ich setze ihnen Kopfhörer auf, dann kriegen sie nicht mehr mit, wo sie sind, wie sehr sie leiden, dass sie eigentlich Angst haben

ER Saugut

ICH Nimm es herunter

ER Was

ICH Nimm es

ER Und was bringt das

ICH Das lenkt sie ab. Ich helfe Leuten, die Angst haben. Angst vor dem Einschlafen. Angst, aufzuwachen. Angst vor dem Feind. Angst, keine Feinde mehr zu haben. Angst vor der Liebe. Dass einen nichts mehr bewegt

ER Früher haben wir den Leuten Angst gemacht

ICH Angst vor gar nichts. Es gibt immer noch was Schlimmeres. Die Haushaltslage, Ihre Schwiegermutter, der Klimawandel. Sehen Sie sich die Siedlung an, in der Sie leben, die ewig gleichen Neubauten, die Kinderwagen mit dem Aufdruck, Sie machen alles total richtig, die todtraurigen Gesichter. Ein Fehler, und es ist aus. Sie fallen aus dem Glück auf die Straße. Der Taumel springt sie wie ein Tiger an. Es kriecht in sie hinein, wenn die Tür zugeht, und sie meint nur dich. Im Lift, auf dem Alexanderplatz. Klaustrophobie, Platzangst. Ich fahre mit ihnen hier herauf. Höhenangst. In den Lidern der Herzschlag. Der Abgrund himmelt sie an. Sie haben keine Stimme mehr

ER Ich muss da jetzt nicht wieder rein. Maria war da, aber nur, um sich auf die Seite der anderen zu schlagen. Zu den Antirebellen. Neulich sagt sie, komm, wir nehmen die Fahrräder, wir machen einen Ausflug. An einem Acker hält sie an: Wenn ihr das durchzieht, verlasse ich dich. Ich habe Prinzipien, sage ich. Ich auch, sagt sie. Wer nicht für mich ist, ist gegen mich, das war wieder ich. Sie starrt mich an und sagt, ich habe dich gewarnt. Früher war sie nicht so verbohrt, nicht so herrisch, nicht so verdammt gut

ICH Früher hatten wir Ideale

ER Was weißt du von Idealen. Bist du je Taxi gefahren. Hast du nur einen Tag in einem Plattenladen gearbeitet, hast du auch nur einen Parteitag durchgestanden wie diesen hier, hast du je eine flammende Rede gehalten

ICH Ideal wäre jetzt ein Bier

ER Wir hätten eine nette Familie abgegeben. Ich und sie und ein, zwei Kinder, ein Hund vielleicht. Ruf mich an, wenn du hörst, was sie wirklich will. Kümmere dich um sie. Wenn nicht, lass es sein. Ach, lass es lieber sein. Ich habe ihr gesagt, Politik ist nicht alles im Leben, du bist alles für mich. Ach was, hat sie gesagt

ICH Ach was was

ER Ich bin noch immer nur auf Probe da, manchmal habe ich die Nase voll, gestrichen voll, von dem und dem und denen allen

ICH Du hast Soziologie studiert

ER Anderthalb Semester

ICH Und fürchtest dich vor den Leuten. Du hast den Materialismus studiert und lässt dich unterkriegen von den Dingen

ER Ein Anfall von Sterblichkeit. Kommt alle paar Monate. Inzwischen alle paar Wochen. Und jetzt lass mich, geh du zu deinen Opfern, du hast Besseres zu tun. Oder geh mit mir ein Bier trinken

Sie bewegen sich nicht. Von irgendwoher Musik.

SIE Kompromisse machen mürbe. Die Luft in den Hinterzimmern. Jetzt geht er da unten die Straße entlang mit seinem alten Freund. Sie verschwinden in der Europa-Bar. Sie kommen heraus. Zur nächsten Bar. Sie trinken eine Menge mäßig guten Wein. Sie kommen aus der Ständigen Vertretung und übergeben sich in den Kanal. Niemand hat es gesehen, nur ich. Sie erkennen mich nicht, sind so mit sich beschäftigt. Jetzt hört ihr mir mal zu. Die Reihe ist an mir. Ich habe es ja kommen sehen. Diesen Trotz, diese relative Einsamkeit, diese Gier nach Macht, dies Nichts. Ich habe einen Freund, totaler Anarchist, er ist sanft wie ein Engel, stark wie ein Grizzly, frei wie ein Vogel. Er hat keinen Humor wie ihr. Er triumphiert nicht. Er erinnert sich morgens an mich. Er hört zu, wenn ich rede. Ich weine um euch, wenn ihr wollt. Ihr wollt nicht

IDEALISTISCHE JUNGE FRAU Wer seid ihr, mit euren Geschichten, und glaubt, wir wollten wissen, was ihr denkt, was für ein Leben ihr habt, wir wollen nichts von euch. Ich habe schon alles. Wer seid ihr, euch hier hinzustellen, an den Rand des Abgrunds, und zu sagen, wo es langgeht. Wir werden es nicht sein, die euch jetzt noch wecken

Wer seid ihr, mit euren Leidensgeschichten, uns zu sagen, was Frauen sagen und fühlen und denken sollen, welche Opfer eine bringen kann, was eine Frau ertragen kann und was nicht, wer seid ihr, uns Vorschriften für das Glück zu machen

Wer seid ihr, dass ihr nicht mehr weiterwisst mit eurer Beamtenpolitik und den Krisenbewältigungsprogrammen und den teuren Sparmaßnahmen und euren Hybridversionen und dem Geschichte-darf-sich-nicht-wiederholen und all den Nichtigkeiten und eurem Charme und der Unfähigkeit zu sagen, ich liebe dich

Wer seid ihr, von Revolution zu reden. Ihr, die ihr langsam geworden seid, behäbig, selbstgerecht. Von der bösen Macht zu reden, ihr, die ihr sie immer selber haben wolltet. Von der Jugend, ihr, die ihr nie jung wart. Von der Liebe, die ihr euch immer nur habt lieben lassen. Und das ist gut so. Vom Leben zu reden, von dem ihr auch nicht mehr versteht, ihr, die ihr geredet habt und geredet und geredet

Im heißesten aller Jahrhunderte haben sich mutige Frauen am Ufer eines wilden Flusses um ein kaltes Feuer gekauert. Sie wollen Macht, sie wollen Lust, sie wollen nur noch sich selbst Rechenschaft ablegen. Die Hauptstadt verlassen, die Armee der Männer kommt näher. Bald ist der Schnee mit ihrem Blut getränkt, in diesem Winter der Befreiung. Bald trotzen sie der Ungerechtigkeit und dem Tod, bald löschen wir das letzte Feuer

Eventuell stimmt Sie irgendwann mit ein.

10 Die Halbwertszeit unserer Träume

Sie sitzen hoch droben und halten die Nase in den Wind. Ab und zu fliegt ein Blatt Papier vorbei. Sie sind sich nahe, sie sind nur etwas müde, Er ist einmal nicht da, oder nur ein kleiner Schatten seiner Magie.

SIE Kannst du es riechen

ICH Was

SIE Die Luft, das Ozon und die Müllverbrennungsanlage und Weichspüler

ICH Du hast Gänsehaut

SIE Mir ist nicht kalt

ICH Ich halte dich

SIE Ja. Spürst du die Sonne, sie ist kalt

ICH Deine Haare stellen sich auf

SIE Ja. Halt mich ruhig fest, vielleicht vergesse ich, wer mich gehalten hat. Küss mich

ICH Besser

SIE Viel besser. Danke. Ich hatte vergessen, wie es ist. Und jetzt lass mich los

ICH Bei klarer Sicht kannst du die Windräder mit Händen greifen. Bei Nebel nicht

SIE Wir sind lange nicht beide hier gewesen

ICH Ich bin zu Fuß rauf, damit mir nicht schwindelig wird. Schritt für Schritt merkst du, wie hoch es ist, mit jeder Stufe erklimmst du den Schrecken, der dabei kleiner wird. Ich komme ganz ruhig und atemlos hier oben an

SIE Wie lange ist es her, dass wir hier oben waren. Als sie die Wahl gewonnen hatten

ICH Sie haben sie verloren. Vor Jahren. Wir haben verstanden, hat er in jede Kamera gesagt. Damit hatten sie nicht gerechnet, dass sie ihre Ämter so schnell wieder los sein würden. Die Industrie hat ihn umworben. Die suchen immer Lobbyisten. Und der Gewerkschaftsbund und der BUND und der ADAC und die Stiftung Denkmal.

SIE Vor kurzem kam sein Fahrer zu mir, er hat immer noch denselben.

ICH Der Kleine mit dem großen Volvo

SIE Ich soll in den Wagen steigen. Wir fahren aufs Land, in den Gasthof, der seinem Vater gehörte. Er hat da immer noch sein kleines Zimmer. Keine Bodyguards. Er sagt nicht mal hallo. Er nimmt meine Hand, zieht mich ins Zimmer, schließt die Tür und lässt mich die ganze Nacht nicht mehr los. Er zittert. Er redet von Maria. Sie hat ihn verlassen, er versteht es nicht

ICH Du weißt, er hat dich immer gemocht

SIE Ich weiß

ICH Nach der Immatrikulation hat er die ganze Nacht von nichts anderem als dir erzählt. So große Augen. Ja, sagte ich, ich habe sie gesehen. Im Herbst 19

SIE Sag es lieber nicht

ICH Du sahst so erwachsen aus. Volkswirtschaft, du hast mich ausgelacht

SIE Du hattest Doc Martens an und einen Parka und ein Palästinensertuch

ICH Du weißt aber auch, dass ich dich immer noch etwas mehr gemocht habe als er, natürlich weißt du es

SIE Ich habe es gewusst, nicht gemerkt. Es war schwer, an euch vorbeizukommen

ICH Die Leute sehen wie Spielzeug aus, wie Puppen, nur lächeln sie nicht

SIE Von hier oben wirkt alles so hell. So heiter. Und egal. Und verrückt. Und nicht von Dauer. Und ewig. Ich meine leicht. Das heißt, schwer zu begreifen. Die Menschen und die Musik und die Krankheiten und die Liebe, alles löst sich auf, die Luft trägt es weg.

Hier oben sind die Dinge plötzlich präzise. Die Gefühle genau, Gedanken zu Ende gedacht, das Ich wiegt nichts mehr. Von hier oben brauchst du sieben, acht Sekunden. Von hier aus wäre jeder Weltkrieg ein Klacks. Hier brauchst du keine Guillotine. Jeder kann fliegen, ehe er da unten angekommen ist, man muss nur die Augen zumachen

ICH Ich habe sie zu. Ich sehe nichts. Ich erkenne nichts von dem, was du sagst. Ich fühle nichts. Ich verstehe dich nicht. Das ist gut

SIE Ist es nicht. Siehst du uns, da unten. Wir könnten es sein. So weit weg. Du brauchst keinen Anlauf zu nehmen. Du brauchst keinen Glauben, um Berge zu versetzen, keine Macht, um sie zu haben, keine Liebe, wenn du sie hast. Du machst einen Schritt, du fällst nicht

ICH Warum sind wir nie zusammengekommen

SIE Sind wir doch

ICH Ich meine richtig zusammen

SIE Ich habe dich beobachtet. Wie du hinter ihm her warst, wie du ihn vergötterst. Wie du ihn hasst. Du warst nicht zu greifen

ICH Du meinst

SIE Nicht da. Du hattest keine Zeit, und als du Zeit hattest, war es zu spät. Du hast dich verändert, du bist nicht mehr jung. Nicht mehr so verträumt. Ich habe gemerkt, dass ich nicht verliebt bin, nur neugierig, auf dich, auf ihn, auf alle. Ich war nicht zu greifen

ICH Ich träume immer noch von dir, manchmal

SIE Du wolltest immer zu viel und warst mit zu viel zufrieden

ICH Albträume. So lange Messer, und es ist immer Nacht, und irgendwer geht auf uns los, ich wache auf, man hat mir den Kopf abgeschnitten, oder den Schwanz, oder die Hand

SIE Brauchst nur die Arme auszubreiten. Lass die Augen zu. Du darfst nur nicht plötzlich umkehren wollen oder hinuntersehen oder mich festhalten. Liebe mich, wenn du angekommen bist

Sie hält noch eine Weile seine Hand, dann, als er sie einen Augenblick loslässt, schwebt sie einfach davon. Er scheint es nicht zu merken.

IDEALISTISCHER JUNGER MANN Es ist da drin. Wo das Herz schlägt. Es tut weh mit jedem Schlag. Es will heraus, das Glück, es sehnt sich nach nichts.

Nimmt Ich an der Hand und führt ihn weg.

11 Freiheit seiner Asche

Ein flirrender Himmel, das Wetter scheint zu kippen. Alle sind da, auch (der Darsteller von) Er, alle sind milde gestimmt und feiern, was nicht zu feiern ist.

ALLE Und nicht einer von der Partei
Kein einziger, keine einzige
Hier ist sein Parteibuch
Er war längst ausgetreten
Biolimo
Gibt es nichts anderes
Biowein
Ich nehme den Wein
Schade ist's um jede Leber, die unverbraucht ins Grab sinkt

JUNGER MANN Ihr seid kaputt

ICH Wir sind nur alt

SIE Wir fangen erst an

ALLE Nein, wir sind nicht traurig, kein bisschen, sind es nie gewesen
So hätte er's gewollt

JUNGER MANN Mir hat er den Jaguar vermacht

SIE Mir hat er nichts vermacht, das ist gut

ICH Hier ist sein politisches Vermächtnis

ALLE Trinken wir, bis nichts mehr da ist
So hätte er es sicher gewollt

JUNGER MANN Die Orgel spielte ich glaube Hallelujah. Da spielt die Musik, und ich sehe mich um und denke, du bist mittendrin, nicht nur drin, sondern echt mitten, ich bin das Zentrum dieser Trauer, bald mehr als die nächsten Angehörigen, und die Trauerrede richtet sich an mich, und die Tränen branden mich an, und alle starren mich an, ob ich mich gut halte

SIE Je älter ich werde, desto mehr muss ich weinen

ICH Hinter der Schläfe der Schmerz, hier. Als hätte der Tod seinen Finger draufgelegt. Es tut mit jedem Jahrzehnt mehr weh

SIE Mit jedem Jahr kommen die Tränen leichter

JUNGER MANN All die Blumen sind für meine Trauer aufgestellt. Die Sprüche auf den Kränzen sind alle von mir oder sie richten sich an mich, kennt ihr das, die Gemeinde trauert, und du allein musst die Würde wahren, hinter deinem Schleier aus Tränen, hinter deinem Wissen um das Elend der Welt, hinter deiner dunklen Brille, all das, die Frauen, die hungernden Kinder, die Seelen der Kindersoldaten, die Leukämiekranken, ach, alle Krankheiten

ALLE Wir sollten fröhlich sein
Hat er so verfügt
Nicht mein Letzter Wille hat er drübergeschrieben, sondern »Vom Krieg«, ich meine, hey, vom Krieg
Er war halt durch und durch Pazifist
Waren wir das nicht alle einmal
Vor dem Kosovo. Oder war es Libyen. Oder was. Genaugenommen, war er erst gegen den Krieg
Als Pazifist
Und dann dafür
Als Pazifist
Wird der Basis kaum gefallen haben
Der Basis hat nie was gefallen
Und dann war er wieder dagegen
Und die Pazifisten waren endlich dafür
Wegen diesem durchgeknallten Oberst

ICH Ich war bei ihm. Bis zuletzt. Ich habe geweint, ich konnte ihn nicht retten. Ich hätte ihn zum Mond schießen können. Alles musste er selbst bestimmen

SIE Du warst bei ihm

ICH Bin geblieben bis zum Schluss. Wir haben ja nicht mehr viel reden müssen

SIE Du hast versucht, ihn umzustimmen

ICH Er hätte mich ausgelacht

JUNGER MANN Warum sind Sie nicht gegangen

ICH Er konnte nie alleine sein

ALLE Wo bleibt Maria

JUNGER MANN Woran ist er gestorben

ICH An der Angst

SIE Er hatte keine

JUNGER MANN Welche Angst

ICH Hippopotomondtrosesquippedaliophobie

JUNGER MANN Das ist mir zu hoch

SIE Lass uns tanzen. Er war ein schlechter Tänzer

ICH Ich glaube, mir wird kalt

SIE Ich wärme dich

ICH Er wird mir fehlen. Er fehlt mir jetzt schon

SIE Ja

ICH Du tanzt wie eine Feder. Du lässt dich führen. Warum hast du das nicht früher gesagt

ALLE Fangen wir an

Ja

Ja

Wer hat die Urne

Du

Da ist er ja

Sie treten nach vorn an den Rand des Abgrunds, einer öffnet die Urne und lässt etwas Asche herausstäuben. Der Wind. Den Deckel schnell wieder zugemacht. Sie lachen.

12 Ich war da

Plötzlich sind wir wieder am Anfang von allem: Unter einem tiefschwarzen Himmel in der leeren Chefetage eines längst aufgegebenen und von Wind und Wetter erodierten Hochhauses.

ICH Früher hättest du einen Aufstand gemacht

ER Ich vergaß, dass du da bist

ICH Sieh, es wird hell, da

ER Das hättest du mir nicht zugetraut

ICH Ein neuer Tag bricht an

ER Damals wurde es irgendwie heller

ICH Im Hinwerfen warst du immer gut. Wie hast du es ihnen damals beigebracht

ER Ich danke euch für das Vertrauen, das ihr mir entgegengebracht habt, solange ich einer von euch war, für das große und herrliche Misstrauen, ich danke euch für die treue Parteifeindschaft und trete mit spontaner Wirkung aus der Fraktion und der Partei und der Politik und diesem Leben aus

ICH Herrliches Misstrauen, spontane Wirkung, das klingt schon besser

ER Sie haben getobt. Sie wollten mich schlagen, aber das ging nicht, prügelnde Pazifisten. Die Saalordner brachten mich raus, ich hatte noch den Blumenstrauß in der Hand, den sie mir überreicht hatten, zum Dank für die guten Jahre, und was ist mit den schlechten, die Assistentin umarmte mich

ICH 2005, 2009

ER Ich war der Mann der Nullerjahre. Die Betonung liegt auf null. Wir hatten die Macht. Für nichts. Wir haben sie verloren. Das Volk hat uns zerschmettert. Es war knapp, doch wir haben verstanden. Er hat es nicht verwunden, hieß es, nur wussten sie nicht, was er nicht verwunden hat, dass ich die Macht besaß oder dass ich sie verloren habe. Ich wollte nie zu denen gehören, die nicht wissen, wann es Zeit ist, zu gehen

ICH Ich höre

ER Die Nacht geht zu Ende, selbst die Dunkelheit wird müde

ICH Früher hättest du gesagt, eine Dämmerung kommt groß und leuchtend rot

ER Damals hingt ihr an meinen Lippen, jeder wollte mir seine Stimme geben, alle waren in mich verliebt, damals waren wir Freunde

ICH Konkurrenten. Damals wärst du zu stolz gewesen, dich zu beklagen

ER Wir waren fertig, ehe es losging, und wussten es nur noch nicht. Wir waren da und hatten keine Ahnung

ICH Wir haben keine Ahnung

ER Unterhalte mich

ICH Du willst sehen, ob ich dich umstimmen kann

ER Wir wollten die Wut auskosten und die Liebe, wir wollten von allen geliebt werden, wir wurden auf der Erde ausgesetzt, von diesen Aliens, um den Schmerz zu testen. Jetzt sind wir müde. Ich verstehe nicht mehr, was geschieht. Wenn einer mit zweiundzwanzig alles in sich hat, wonach wir noch immer suchen. Wenn einer mit einundzwanzig ein Werk vorlegt. Wenn einer am Ende der Karriere ist mit zwanzig. Sie haben Gefühle, auf die wir noch auf dem Sterbebett warten. Wenn einer mit neunzehn mehr zu geben hat als wir, wenn einer mit achtzehn mehr geweint und geliebt hat, als wir je lieben werden, wenn einer eine Zukunft hat, wie wir nie eine hatten, ist es Zeit

ICH Am Ende denkst du, dass du dir den Kopf am Himmel stößt

ER Du stimmst mich nicht um

ICH Dir ist langweilig

ER Mir ist kalt

ICH Dir war immer kalt. Was willst du von mir

ER Nichts. Das ist es wohl. Es ist nur so, dass ich die Zukunft nicht mehr spüre. Ich will nichts mehr. Ich kann es alleine

ICH Wird es weh tun

ER Sie sagen, es dauert höchstens zehn Sekunden

ICH Vielleicht irren sie sich

ER Hörst du, wie still es ist

ICH Ich höre

ER Danke, mein Lieber

Er geht (hin)ab. Ich als Schattenriss vor der Leinwand, die sich langsam dramatisch verfärbt.

ICH Idiot

Auf der Leinwand ein herrlicher Sonnenaufgang.

Verdienst

Dies ist eine Etappe. Dies ist ein Moment traurig und schwer. Es ist zu erwarten, dass es einen zerschmettert, aber der Morgen wird unser sein. Die Menschheit schreitet voran, um das Leben zu erringen. Er hatte die Macht. Er hat sie verloren. Es hat ihn zerschmettert. Er ist dahingegangen. Ja und. Er war ein Großer, ein großer Politiker, ein wirklich großes Arschloch. Er war einer wie alle, die nichts bewegt haben in diesem Land. Wir lieben das Leben, drum leben wir auch in euern Herzen weiter, und wenn nicht, dann dort draußen. Wir sind alle unterwegs zur Sonne irgendwie

Ende

Lothar Kittstein

Die Bürgschaft

THOMAS
GERD
ANJA
MÄDCHEN
MANN
FRAU
VATER
CHEFIN

Erster Teil

Eins

Im Wohnzimmer. Gerd und Thomas.
Pause.

THOMAS Schönes Haus.
GERD Ja. Danke!
THOMAS Hier versteckst du dich also.
GERD Nein! Das tue ich nicht, überhaupt nicht!
THOMAS Stehst nicht im Telefonbuch.
GERD Weil Anja das nicht will. Ich hätte dir gesagt, dass wir umziehen, aber ich hatte ja keine Nummer von dir, keine Adresse. Ich versteck mich doch nicht. Mir war ja auch klar, dass du mich findest.
THOMAS Ja?
GERD Ich hab genug Filme gesehen.
Pause.
THOMAS Stör ich gerade?
GERD Nein!
THOMAS Du wirkst angespannt.
GERD Nur weil – Anja schläft. Sie ist gerade ins Bett. Sie war ziemlich kaputt, langer Tag mit der Kleinen, das kann ganz schön anstrengend sein, also –
THOMAS Ich bin ganz leise. Wir brauchen auch nicht lang. Oder? Ist ja mehr eine Formalität jetzt.
Pause.
Euch geht's gut, was? In eurem Haus. / Euch drei.
GERD Ja! / Ziemlich gut.
THOMAS Zu dritt. Als kleine Familie.
GERD Es ist auch anstrengend, aber –
THOMAS Natürlich!
GERD Es ist gut. Es ist sehr gut.
THOMAS Pass auf, dass deine Frau genug Schlaf kriegt! Sie weiß zwar, dass du arbeitest. Dass du fit sein musst, aber nachts, wenn die Kleine

schreit, spürt sie das nicht. Sie spürt nichts. Nur dass sie einsam ist, nachts.

Pause.

Was macht die Arbeit?

GERD Du hast ja mitgekriegt, was auf den Märkten letztes Jahr los war. Alle sind nervös. Kunden. Chefs. Es ist nicht einfach. Mal abgesehen davon, dass du heute sowieso gesteinigt wirst, wenn du auf der Straße laut sagst, dass du Investmentbanking oder so was machst!

THOMAS Zu Recht! Zu Recht, mein Lieber!

Pause.

Schön habt ihr's hier.

GERD Danke. Ist Anjas Werk.

THOMAS Ziemlich groß, oder? Das Haus. / Verdammt groß für drei.

GERD Ja, es ist – / Es war tatsächlich 'ne Zwangsversteigerung. War nicht so teuer, wie man denkt. Es war sogar ziemlich billig, in Relation. Die Gegend ist 'n bisschen spießig.

THOMAS Ihr seid spießig!

GERD Ja. Vielleicht.

THOMAS Ihr seid eine kleine Familie! Ihr seid jetzt zu dritt, klar seid ihr spießig! Das ist wundervoll!

GERD Ja. Stimmt.

THOMAS Es ist ein Einfamilienhaus, es muss spießig sein, das ist gut! Es ist euer Zuhause!

Pause.

Also, der Kleinen geht's gut?

GERD Ja.

THOMAS Wie war der Name?

GERD Anaïs.

THOMAS Anaïs!

GERD War nicht so mein Fall, zuerst.

THOMAS Anaïs. / Anaïs.

GERD Mit den zwei Pünktchen über dem »i« – / – aber Anja verehrt diese – diese Schriftstellerin.

THOMAS Nin.

GERD Bitte?

THOMAS Nin.

GERD Ja. Oder hat sie mal verehrt. Als Studentin.

THOMAS Was hast du gegen den Namen?

GERD Nichts! Ich musste mich nur dran gewöhnen.

THOMAS Klangvoll. Anaïs.

GERD Ja.

THOMAS Habt ihr gut gemacht! Ihr zwei! Anaïs. Ich bin stolz auf euch! – Zwangsversteigerung!

GERD Ja!

THOMAS Du Fuchs! Clever von dir. Gut gemacht! Schönes Haus. Schöne Frau. Der Kleinen geht's gut.

GERD Ja.

THOMAS Sie ist gesund.

GERD Ja. Morgen früh ist 'n Impftermin.

THOMAS Aber sie ist gesund?

GERD Ja.

Pause.

THOMAS Das heißt, wir haben unseren Teil der Abmachung erfüllt.

GERD Ja.

THOMAS Ein Jahr ist um. Mehr als um, ich wollte schon letzte Woche kommen, du hast wohl auf mich gewartet, und dafür möchte ich mich auch entschuldigen. Termine! Aber jetzt bin ich da, also steht der Zahlung der letzten Rate nichts mehr im Wege!

Pause.

Das ist immer wie ein Geburtstag, finde ich! Ein Jahr nachher. Nicht ihrer, aber – irgendwie doch. Der Tag, an dem du diesem Kind das Leben gerettet hast! Der Tag, an dem du meine Hand geschüttelt und dadurch ein kleines Mädchen von seiner ungezieferbefallenen osteuropäischen Familie erlöst hast. Oder Kinderheim. Wie auch immer. Manchmal denke ich, was für eine Macht wir doch haben! Ein Wort, eine Geste, und zack – alles ist anders, das Leben! Ich finde das faszinierend. Also, wenn ich mich jetzt nicht verrechnet habe, dann schuldest du uns noch genau fünfundachtzigtausend.

Pause.

GERD Ich – Ich hab's nicht.

THOMAS Hab ich akustisch nicht verstanden.

GERD Ich hab das Geld nicht.

Pause.

Es ist – Es war einfach 'n Scheißjahr! Stand ja in allen Zeitungen! Es ist praktisch keine von den Prämien reingekommen, mit denen ich fest gerechnet habe, große Summen, es war 'n Scheißjahr! Ein beschissenes Jahr für die Weltwirtschaft! Und –

THOMAS Du hast dir ein Haus gekauft.

GERD Das war billig! Ich dachte, ich kann die Belastung tragen, und es kommt trotzdem genug rein, dass –

Pause.

Es kommt auch genug rein. Es wird jetzt gerade besser. Es geht wieder los. Ich krieg das jetzt hin! Es war nur – Es ging in diesem beschissenen einen Jahr nicht, es lief nicht! Ich hätt's dir gesagt, aber ich konnte dich ja nicht erreichen! Ich besorg das Geld. Keine Frage, ich – Ich brauch einfach einen einigermaßen guten Lauf. Ein etwas stabileres Umfeld am Markt und – Ich brauche einfach noch ein bisschen mehr – mehr Zeit!

Pause.

Ich kann's nicht herzaubern!

THOMAS Aber die Leute, die für dich in Vorleistung gegangen sind, die erhebliche Risiken auf sich genommen haben, damit du bekommst, was du möchtest, werden mir sagen: Thomas, wir können auch nicht zaubern!

GERD Ich weiß! Ich weiß, ich – Ich zahl's auch! Ich möchte dich bitten, dass du das deinen – Sag ihnen, wir sind unglaublich dankbar! Anja ist glücklich. Wahnsinnig glücklich mit ihr, und ich – ich will zahlen! Ich werde zahlen, und ich verspreche euch, dass ich so hart arbeiten werde, wie ich nur kann, ich tu's schon, es – Ich brauch nur Zeit. Ich bitte dich einfach ganz herzlich um Entschuldigung, weil ich dich heute enttäusche, das ist mir bewusst. Dafür bitte ich dich um Verzeihung, und ich bitte dich herzlich um – etwas mehr Zeit.

Pause.

Anja kommt.

Zwei

GERD Anja! Waren wir zu laut? Ich – Entschuldige, wir haben –

ANJA Hallo.

THOMAS Hallo.

Pause.

ANJA Was machen Sie denn hier?

GERD Er muss – Er kontrolliert in Abständen die Leute, denen er was vermittelt hat. Also – Hausbesuch, sozusagen, im Interesse der Kinder. Also – Kinderschutz.

ANJA Um halb zwölf in der Nacht?

GERD Ja. Na ja – Es ist wahrscheinlich der Sinn der Sache, oder? Die Überraschung.

ANJA Kurz vor Mitternacht.

GERD Hab ich auch gesagt! Er sagt, Kinderschutz. Vorschriften. Und es stimmt ja, ich meine, wenn du mittags kommst, wo jederzeit die Post klingeln kann, kannst du dir den Besuch wahrscheinlich sparen. Oder? Wahrscheinlich sollte man froh sein, dass das so läuft. *Zu Thomas* Dass Sie das ernst nehmen.

THOMAS Ja.

Pause.

ANJA Wär trotzdem schön, wenn das nicht so im Gestapostil abläuft.

GERD Anja.

THOMAS Schon in Ordnung.

ANJA Nein, es ist nicht in Ordnung. Gar nicht.

GERD Anja –

ANJA Ich find's nicht in Ordnung, dass jemand mitten in der Nacht in mein Haus kommt, um mich zu kontrollieren, das finde ich überhaupt nicht in Ordnung! Da war auch nie die Rede davon.

GERD Würde man vorher –

ANJA Das wurde nie gesagt, und das habe ich auch nicht unterschrieben, da bin ich mir ziemlich sicher. Ich hab eigentlich Lust, jetzt sofort die Polizei zu rufen.

GERD Jetzt warte mal.

ANJA Worauf? Wolltest du ihn gerade rausschmeißen?

GERD Nein, ich meine, letztlich ist es doch sinnvoll.

ANJA Ach ja.

GERD Wir haben ja nichts zu verbergen!

ANJA Na klar, wir haben nichts zu verbergen, also fühlen Sie sich wie zu Hause, nehmen Sie sich doch ein Bier! Was zum Knabbern? Soll ich was kochen?

Pause.

GERD *zu Thomas* Es tut mir leid, ich – Sehen Sie sich doch vielleicht alles an, damit wir das –

ANJA Das darf nicht wahr sein!

GERD Wichtig wäre nur, dass Sie oben bitte möglichst leise sind, weil die Kleine schläft – / – ja?

ANJA Ist doch egal! / Ganz egal! Die Kleine schläft, na und? Ist doch egal!

GERD Soll ich mitkommen?

THOMAS Geht schon. Danke.

GERD Wenn Sie Fragen haben, dann einfach –

ANJA Fragen.

THOMAS Bis gleich.

Thomas geht.

Drei

ANJA Das darf der nicht! So was hätte ich nicht unterschrieben! Gerd! Wieso hätte ich das unterschreiben sollen?

GERD Weil wir zusammen ein Kind wollten.

Pause.

ANJA Ich kann nicht mehr. / Ich muss schlafen, einmal richtig schlafen!

GERD Ich weiß. / Ich weiß.

ANJA Hab ich damit gedroht, die Polizei zu rufen?

GERD Glaub schon. Ja.

ANJA Ich dachte, ich seh nicht recht. Da steht dieser schmierige Typ von der Vermittlung im Wohnzimmer! Und trägt noch genau dieselbe geschmacklose Jacke, die er vor einem Jahr anhatte!

GERD Stimmt.

ANJA Oder? Die hat er vor einem Jahr schon gehabt. Sah damals schon aus, wie einem zweitklassigen Mafiafilm entsprungen!

Pause.

Wir wollten ein Kind.

GERD Ja.

ANJA Wir haben eins! / Wir haben ein Kind!

GERD Ja. / Ja.

ANJA Sieht doch gut aus hier, oder? Es ist aufgeräumt. Oder?

GERD Ja.

ANJA Sieht doch alles sauber aus.

GERD Ja, schon.

ANJA Was meinst du, »schon«?

GERD Ich find schon, ja.

ANJA Die verdammte Putzfrau hat wieder abgesagt. Ihr Sohn hat Kopfweh. Es wär ihm zu kalt, ich meine, kann sie sich das überlegen, bevor sie aus Afrika herkommt? Da oben liegt Wäsche rum.

GERD Ist nicht schlimm.

ANJA Es liegt überall schmutzige Unterwäsche im Bad!

GERD Na wegen Wäsche werden sie uns kein Kind wegnehmen.

ANJA Wer spricht von wegnehmen?

GERD Anja.

ANJA Wieso sagst du wegnehmen?

GERD Es passiert ja nicht.

ANJA Wieso sagst du das alles? »Es passiert ja nicht.« Was meinst du? Was meinst du damit?

GERD Vielleicht hättest du einfach das Bad aufräumen sollen.

ANJA Ja, räum du's doch auf! Warum räumst du's nicht auf?

GERD Weil ich arbeite?

ANJA O ja! Wo denn, im Kohlebergwerk? / Du Ärmster!

GERD Ach, komm. / Hör auf.

ANJA Soll ich dir dein Mittagessen im Henkelmann mitgeben? / Deshalb bist du so breitschultrig und so muskulös. / So furchteinflößend und so männlich-stark.

GERD Hör auf. / Hör auf, halt's Maul. / *Laut* Halt's Maul! Mann!

Er stößt sie oder schlägt sie auf den Arm, heftig und ungeschickt zugleich.

Pause. Beide lauschen.

Anja.

ANJA Wer bringt sie morgen zum Arzt?

GERD Ich kann nicht.

ANJA Und wenn du dir freinimmst?

GERD Es gibt zu viel zu tun.

ANJA Aber darum heißt es freinehmen. Man muss es sich nehmen.

GERD Was soll ich denn sagen, dass ich mit unserer Tochter zum Arzt muss, weil meine Frau gern ausschlafen will?

ANJA Ja. Ja, zum Beispiel! Lach nicht so blöd! Du Feigling. / Hast Angst vor deiner Chefin – du Feigling!

GERD Anja – / Du bist –

ANJA Was? Was bin ich?

GERD Hör auf. / Hör jetzt auf!

ANJA Was denn? Feigling. / Was bin ich, Feigling? Schlag mich doch. Schlag noch mal zu. Du Feigling.

GERD *laut* Hör auf! Mann!

Pause. Beide lauschen.

War sie das?

ANJA Warte. – Warte.

Sie lauschen. Thomas kommt.

Vier

THOMAS Herzlichen Glückwunsch. Vorbildlich! Das sieht alles sehr gut aus. Es gibt nur ein Problem, über das wir sprechen müssen.

ANJA Was?

THOMAS Sie haben eine ungesicherte Steckdose in der Küche. / Links hinten.

ANJA Oh, Scheiße! / Gerd!

GERD Ja. / Ja. Das machen wir.

ANJA Ich kaufe morgen früh so 'n Ding.

GERD Genau.

THOMAS Und das ist auch schon alles. Alles, was ich sonst in diesem Haus gesehen habe, macht mich absolut und in jeder Hinsicht zu einem glücklichen Menschen.

ANJA Haben Sie das Kind gesehen?

THOMAS Sie schläft wie 'n Engel.

ANJA Sie ist so hübsch. Oder?

THOMAS Ja.

ANJA Sie ist nicht zu warm zugedeckt, oder?

GERD Anja.

ANJA Er kennt sich doch aus.

GERD Sie ist nicht zu warm zugedeckt.

THOMAS Es ist wirklich alles bestens. Es ist genau so, wie's sein soll. Sie sind eine ganz wunderbare kleine Familie.

ANJA Wow! Hast du gehört?

GERD Kriegen wir eine Bestätigung? Also – eine Kopie von dem – dem Bericht.

THOMAS Ja. Ich denke schon.

ANJA Dass alles in Ordnung ist.

THOMAS Natürlich. Dazu bin ich verpflichtet. Kriegen Sie.

GERD Perfekt. Danke.

Anja hat sich an ihn gelehnt.

Du bist ja hundemüde.

ANJA O Gott, ja. Das bin ich.

THOMAS Tut mir leid, dass ich stören musste.

ANJA Nein, ich find's gut, dass Sie da waren. Ich find's gut, wirklich.

GERD Ruh dich mal aus.

ANJA Ja.

GERD Jetzt solltest du mal richtig gut schlafen.

ANJA Ich gehe hoch. *Zu Thomas* Danke. Wirklich. Für alles. Vielen Dank.

THOMAS Nichts zu danken.

ANJA Nacht.

GERD *küsst sie* Schlaf gut, ja? Nacht.

Anja geht.

Fünf

Pause.

GERD Okay.

Er weiß nicht weiter. Pause.

Ich meine, dass – Dass jemand nicht genug Geld hat, kommt vor, oder? Dafür wird's – ich weiß nicht, Lösungen geben, oder?

THOMAS Dafür gibt's Lösungen.

Pause.

GERD Ich gehe mal davon aus, dass du mich nicht mit 'nem Betonklotz am Bein in den See wirfst! Wär 'n schlechter Weg, an dein Geld zu kommen.

THOMAS Es ist nicht mein Geld. Ich hab das vermittelt, das Geld gehört ganz anderen.

Pause.

GERD Mir ist klar, dass –

THOMAS Für jedes Geschäft gibt's Regeln, Gerd. Wo Regeln nicht gelten, fehlt Vertrauen. Wo kein Vertrauen ist, fließt kein Geld. Und das macht Menschen unglücklich. Die Welt muss in Bewegung bleiben! Alles fließt! Das, was ich hier kassiere, wird gleich wieder investiert! Es gibt Leute, die jetzt gerade darauf warten, dass das Geld, das du uns schuldest, für sie zu arbeiten anfängt.

GERD Ich weiß, nur –

THOMAS Das Haus war ein Fehler. Du bist nicht der Erste, der zu viel ausgibt, wenn's gut läuft, aber du hast mir sogar verschwiegen, dass ihr das plant.

GERD Es war 'ne Gelegenheit!

THOMAS Ich wusste nicht mal, dass ihr so was in Erwägung zieht! Und das nehme ich dir übel. Du hast mich nicht gut informiert, das nehme ich übel.

Pause.

GERD Es lief einfach alles beschissen. Es lief viel beschissener, als ich je gedacht hätte, dass es laufen kann! Es tut mir leid!

Pause.

Das kann doch alles nicht wahr sein!

THOMAS Wieso? Weil ich so lange nicht da war? Weil du diese Wände anfassen kannst? Dein Kind? Weil du nachts im Bett die Wärme deiner Frau spürst? Gerd, das ist alles nicht real. Real ist, was bezahlt ist. Du bist Banker. Du weißt das. Dieses Haus existiert nicht! Noch lange nicht, denn es ist nicht bezahlt. Da oben schläft kein Kind. Denn es ist nicht bezahlt, und deine Frau – Na ja, ich würde sagen, sie geistert wie so 'n Irrlicht hin und her, zwischen Wahrheit und Sinnestäuschung. Schöne Täuschung. Trotzdem. Und jetzt haben wir den Salat. Also, was mache ich mit dir?

GERD Ich weiß nicht!

THOMAS Du kannst jetzt zahlen. Die volle Summe. Wie es vereinbart war.

GERD Ich kann nicht!

THOMAS Oder wir müssen zusammen in den Keller gehen. Und ich schieße dir eine Kugel in den Kopf.

Pause.

GERD Warte. – Warte, das – Ich – Warte! Scheiße. Was – Was – Was ist, wenn – wenn – wenn – wenn – wenn – wenn –

THOMAS Ja?

GERD Scheiße.

Pause.

Was ist, wenn du sie mitnimmst! Du nimmst sie zurück, als – als Sicherheit! Und wenn ich nicht in zwei Wochen zahle, vermittelst du sie weiter! Sie sieht süß aus! Hast du gesagt. Sie ist zutraulich. Und wirklich brav, und – entzückend! Nimm sie mit!

THOMAS Aber ich nehme sie in jedem Fall mit, wenn du heute nicht zahlst. Ich kann sie schlecht hier lassen, wenn du im Keller liegst. Und deine Frau da oben. Mit einer Kugel im Kopf. Ich möchte, dass dieses Kind glücklich wird.

Pause.

Gerd.

GERD Ja?

THOMAS Es tut mir leid.

GERD Warte! – Ich kann's kriegen!

THOMAS Es ist zu spät, Gerd.

GERD Ich kann's leihen! Ich kenne Leute mit viel Geld, Kunden! Mit viel Geld! Ich verwalte das für die, die – die vertrauen mir! Blind! Ich krieg das!

Pause.

Ich krieg das!

THOMAS Wie schnell?

GERD Bis morgen.

THOMAS Morgen?

GERD Morgen Abend. Mittags! Zwölf Uhr! Halb zwölf! Wenn ich jetzt gleich losfahre, schaffe ich das!

Pause.

THOMAS Wenn du losfährst.

GERD Das geht nicht von hier aus!

THOMAS Du möchtest gern weg.

GERD Das läuft nicht am Telefon, ich muss zu denen hin! Das – Das mache ich oft. Ständig!

Pause.

THOMAS Nachts.

GERD Die vertrauen mir. Blind. Ich denk mir was aus. Das ist mein Job! Dafür zu sorgen, dass sie ihr Geld hergeben, oder? Mache ich jeden Tag! Und du bleibst einfach hier! Anja ist da und die Kleine. Wenn du – Wenn du hierbleibst, dann – hast du eine Sicherheit. Sag ihr, du kannst nicht nach Hause. Wenn sie kommt. Sag irgendwas. Dann hast du 'n Pfand.

Pause.

THOMAS Halb zwölf?

GERD Ja!

Pause.

THOMAS Scheinbar mag ich euch. / Dich. Und deine Frau.

GERD Danke! / Danke, ich danke dir! Ich danke dir, ich werde –

THOMAS Wenn du das Geld nicht mitbringst, gehen wir beide in den Keller.

GERD Ja. Klar.

THOMAS Und falls du nicht zurückkommst, gehe ich mit deiner Frau in den Keller.

GERD Ja. Ich verstehe.

Pause.

THOMAS Darf ich mir wohl ein Bier aus eurem Kühlschrank nehmen?

GERD Ja, klar! Nimm alles, was du willst! Da vorne. Du musst nur –

THOMAS Fahr mal los, Gerd. Fahr zu deinen Leuten. Nutz die Zeit. Ich warte auf dich. – Bis morgen!

Er geht Richtung Küche ab.

Zweiter Teil

Eins

Auf der Straße oder im Park. Auf einer Sitzbank oder unter einer Laterne. Gerd, am Handy.

GERD *am Handy, beendet gerade ein Telefonat, spricht offenbar auf eine Mailbox* – und ich weiß, dass das so spät jetzt ungewöhnlich ist, aber was sich hier gerade auf den Märkten entwickelt, ist tatsächlich dramatisch, deshalb – Ja, ich bräuchte einen Rückruf noch heute Nacht. Denn wenn man sich entscheidet, diesen Trend mitzunehmen, muss es jetzt sofort sein. Dann wird man jetzt sofort reingehen, und zwar geht man massiv rein, mit richtig viel Geld, ja? Also – herzlichen Dank. Und bis später, tschüss!
Er legt auf, geht seine Kontakte im Handy durch. Während des Telefonats ist das Mädchen gekommen, sie hat eine Tasche dabei. Gerd findet in seiner Liste offenbar niemanden mehr.

MÄDCHEN Hey.

GERD Hallo.
Pause.

MÄDCHEN Kann ich ganz kurz das Handy benutzen?

GERD Ja, natürlich. Bitte. *Gibt es ihr.* Nein! *Nimmt es ihr sofort wieder ab.* 'tschuldigung. Tut mir leid. Das tut mir leid. Ich muss erreichbar sein.

MÄDCHEN Ein kurzer Anruf.

GERD Es geht wirklich nicht. Das ist sehr wichtig. Tut mir leid.
Pause.

MÄDCHEN Sind Sie so 'n Aktienhändler? Ich meine, die, die am Telefon mit Milliarden von – von Dollars jonglieren, oder so, wie heißen die? Die diese unglaublichen Summen vernichtet und Millionen Familien ruiniert haben, einfach so, zack! Machen Sie so was?

GERD Nein. Gar nicht.

MÄDCHEN Klang so.

GERD Ja?

MÄDCHEN Als wären Sie einer von denen.

Pause.

Das ist unheimlich, oder? Ich meine, für die ist es 'n Spiel. Oder? Und wenn sie mal 'n schlechten Tag haben, peng! Dann ist das Geld einfach weg! Was du jahrzehntelang gespart hast. Nicht mehr da! Oder, keine Ahnung, ein Krieg bricht aus. Oder 'ne Hungersnot. Oder –

GERD Vielleicht ist es nicht ganz so schlimm.

MÄDCHEN Doch! Doch, ist es, ich meine, Banken. Was tun die? Kassieren Geld dafür, dass sie Geld kassieren, oder?

GERD *lacht* Ja. Dafür sorgen sie aber auch dafür, dass –

MÄDCHEN Im Islam ist das verboten. Haben Sie das gewusst? Zinsen und so. Ist nicht erlaubt.

GERD Allerdings –

MÄDCHEN Und das ist irgendwie gut, oder? Islam, okay, aber egal, ich meine – trotzdem. Oder? Wer Zinsen nimmt, was machen die mit dem? Ist 'n bisschen wie Diebstahl. Also Hände abhacken.

GERD Vielleicht.

MÄDCHEN Oder die kleinen, gierigen Finger abschneiden! Ich muss wirklich nur kurz telefonieren.

GERD Es geht nicht.

MÄDCHEN Ein Anruf!

GERD Tut mir leid. Wirklich. Es geht nicht.

Pause.

MÄDCHEN Sind Sie Journalist?

GERD Ja. – Genau.

MÄDCHEN Sie warten auf 'n – Wie heißt das? Auf 'n Informanten. Oder so.

GERD Ja.

MÄDCHEN Wow. Wirklich? Das ist toll. Ich meine, Sie machen was Wichtiges, oder? Für – für wen, für die Gesellschaft. So was ist toll. Das will ich auch mal. In Kriegsgebiete gehen und so. Krisengebiete. Waren Sie mal in so was?

GERD Nein. Bisher leider noch nicht.

MÄDCHEN Sollten Sie. Oder? Ich meine, damit die Leute sehen, was wirklich passiert auf der Welt! Denn das ist krank, oder? Wie wir das alles hier ausplündern. Für mich ist das pervers. Ich meine, man sagt ja auch, die Erde ist 'n Lebewesen, ja?

GERD Die Erde.

MÄDCHEN Ja, dass sie lebt. Haben Sie davon gehört? Gaia.

GERD Gaia.

MÄDCHEN So heißt sie.

GERD Gaia.

MÄDCHEN Sie haben nie davon gehört, weil das 'ne Information ist, an der große Medien kein Interesse haben. Ja? Das wird natürlich nicht verbreitet. Ich hab aber 'n Buch, von meiner Freundin, also die ich anrufen muss. Hab ich dabei. Sie schläft.

GERD Wer schläft?

MÄDCHEN Gaia. Sie schläft. Ganz tief. Schläft seit Jahrtausenden, also, Jahrmillionen, ihren tiefen, tiefen Schlaf. Und träumt, von Tigern. Und Urwaldflüssen und Fledermäusen in der Nacht. Aber jetzt wacht sie auf. Weil was auf ihr rumläuft.

GERD Wir.

MÄDCHEN Parasiten. Die nicht aufhören, sich zu vermehren. Die sie verletzen. Vergiften. Sie hat Schmerzen. Und sie wacht auf. Ist das, was wir jetzt erleben. Gaia fegt uns weg, mit Stürmen und Orkanen. Mit Erdbeben. Waldbränden. Sie macht es immer heißer und heißer, bis in unseren Lungen die Luft brennt. Sie macht das Wasser giftig, bis wir Blut pissen und Kinder von der Muttermilch Krebs kriegen und bis irgendwann wieder Ruhe ist. Bis unsere Städte leer sind. Am Himmel nur noch Vögel. Und das Meer voller Fische. Ganz wenige Menschen sind übrig. Die ziehen barfuß durch die verlassenen Städte, wo Gras auf dem Asphalt wächst, und es so still ist, dass man den Wind hört. – Kann ich bei Ihnen pennen?

GERD Bei mir?

MÄDCHEN Ich brauch 'n Schlafplatz. Ich erreich meine Freundin nicht, also mit Ihrem Handy scheinbar nicht, also dachte ich – Vielleicht kann ich bei Ihnen schlafen.

GERD Ich –

Sein Handy klingelt.

Hallo! – Ja, vielen Dank für den Rückruf! Folgendermaßen, zur Zeit ist – Bitte? – In der Karibik. Das wusste ich natürlich nicht, dass Sie gerade – Nach dem Urlaub? Nein, nein, es ist dringend, wir müssen – Nein, warten Sie! Es muss heute Nacht sein, warten Sie! Ich –

Der Gesprächspartner hat offenbar aufgelegt. Pause.

MÄDCHEN Alles okay?

GERD Ja.

Pause.

MÄDCHEN Ich meine, ich hab Geld. Also, wenn Sie Geld wollen, bezahle ich Sie.

GERD Warum gehst du nicht nach Hause, zu deinen Eltern?

MÄDCHEN Das ist nicht zu Hause. Ich geh nie mehr dahin. Nie wieder. Haben Sie nicht zugehört? Was auf diesem Planeten passiert? Ich ersticke in der scheißkleinen Wohnung! Ich gehe zu den Punks, für immer. Da ist meine Freundin, da lebe ich.

GERD Auf der Straße.

MÄDCHEN Wir werden alle auf der Straße leben. Sehr bald schon.

Pause.

GERD Du bist abgehauen.

MÄDCHEN Ich kann nicht ins Hotel, die wollen den Ausweis. Und die Punks ziehen rum, die find ich nicht, ich muss anrufen.

GERD Telefonzelle?

MÄDCHEN Ich hab nur Scheine.

GERD Lass sie wechseln.

Pause.

Du hast nur große Scheine. Richtig große Scheine. Du hast deine Eltern beklaut.

MÄDCHEN Und? Es ist mein Erbe. Ich geh nie mehr zurück, also muss ich es mir jetzt nehmen.

Pause.

GERD Zeig mal dein Geld.

Pause.

Wenn du bei mir übernachten möchtest, muss ich wissen, womit ich's zu tun habe.

Pause.

MÄDCHEN Angucken, ja? Nicht berühren.

Sie öffnet ihre Tasche, nimmt einen Umschlag heraus, öffnet ihn, lässt Gerd hineinsehen. Steckt den Umschlag wieder weg.

GERD Viel Geld. Für ein junges Mädchen. Damit solltest du nicht nachts unterwegs sein. So allein. *Will die Tasche nehmen.* Komm, ich trag das. / Es ist weit.

MÄDCHEN Nein. / Nein! Nein!

Sie reißt sich los.

GERD 'tschuldigung. Tut mir leid. Ich wollte helfen! – Dumm von mir! Entschuldige. – Du kannst mit mir kommen. Ich hab ein gutes

Schlafsofa. Morgen früh kriegst du eine schöne Tasse Kaffee. Oder Kakao. Brötchen, mit Ei. Magst du Brötchen mit Ei?

MÄDCHEN Ich werd keinen Sex mit Ihnen haben.

GERD Nein! – Du kannst ins Internet. Bist du gern im Internet? Bei mir kannst du die ganze Nacht surfen, so viel du willst.

Plötzlich entreißt er ihr die Tasche, sie packt ihn.

MÄDCHEN Hey! Hey! Hey!

Er reißt sich nach kurzem Kampf los, rennt weg. Sie hinterher.

Zwei

Zu Hause. Thomas wartet. Anja kommt.

ANJA Wie spät ist es?

THOMAS Viertel nach eins.

ANJA Was machen Sie hier? Wo ist mein Mann?

THOMAS Der muss was erledigen.

ANJA Was muss er erledigen?

THOMAS Möchte ich nicht sagen.

ANJA Das möchten Sie nicht sagen?

Pause.

Ich rufe ihn an. *Sie will zum Telefon.*

THOMAS Nicht! – Bitte. Bitte nicht.

Pause.

Ihr Mann –

ANJA Ja?

THOMAS Der besorgt gerade Geld für mich.

ANJA Geld für Sie. – Warum?

THOMAS Weil – Um ehrlich zu sein, bin ich – Wollen Sie's wissen?

ANJA Ja, allerdings will ich das.

THOMAS Ich hab 'n paar Fehler gemacht. Hab mich übernommen. Eine Wohnung gekauft, gewettet. Pferdewetten! Ich war süchtig. Bin's noch. Und hab mich finanziell – Ich hab mich mit den falschen Leuten eingelassen. Jetzt ist was fällig. Ich muss zahlen. Und kann nicht. Und die fackeln nicht lange. Ihr Mann hat Verbindungen! Und wegen des Kindes dachte ich, ich – Ja, ich – Ich hab vielleicht noch was gut.

ANJA Deshalb kommen Sie mitten in der Nacht.

Pause.

Wann müssen Sie zahlen?

THOMAS Morgen. Halb zwölf.

Pause.

ANJA Ich wusste, dass mit Ihnen was nicht stimmt. Ich hab's gespürt! Mit dem stimmt was nicht, hab ich gedacht, und ich hatte recht! – Pferdewetten.

THOMAS Ja.

ANJA Wie viel Geld?

THOMAS 85 000.

ANJA Aber wo will er so viel Geld herkriegen? Es tut mir leid, aber – Gerd? Gerd hat keine »Verbindungen«. Er ist ein Rädchen im Getriebe. Hat mal Vermögensberatung gemacht, aber seit zehn Jahren handelt er mehr oder weniger mit Getreideoptionen, oder handelt mit Optionen auf Getreideoptionen, ich weiß es nicht genau – jedenfalls, wenn Sie wissen wollen, warum übermorgen in Simbabwe plötzlich kein Weizen mehr da ist, dann fragen Sie meinen Mann. Aber »Verbindungen«?

Pause.

Sie zittern ja.

THOMAS Ja?

ANJA Sie haben richtig Angst! Was – Was ist mit Polizei? Nein, natürlich nicht, keine Polizei. Ist ja klar. Aber – Was können die machen? Wenn Sie nicht zahlen.

Pause.

Was machen die?

THOMAS Die schießen mir eine Kugel in den Kopf.

ANJA *lacht ungläubig* Scheiße! 'tschuldigung. Ich – Ich weiß gar nicht, warum ich lache! Tut mir leid. Es ist nur wie – Wie ein ganz, ganz, ganz schlechter Film, oder? Irgendwie.

THOMAS Ich werd besser heimgehen. / Setz mich irgendwohin.

ANJA Nein! / Bleiben Sie bitte! Setzen Sie sich. Ich bin nur – Das ist in meinem Tagesablauf nicht vorgesehen. Dass jemand mit Todesangst hier sitzt. Das haben Sie, oder? – Ich kann's sehen. Todesangst.

Pause.

Ist das Bier leer?

THOMAS Ja.

ANJA Ich hol eins.

THOMAS Ich will Sie gar nicht länger stören.

ANJA Jetzt hören Sie auf mit dem Unsinn! Hinsetzen! – Ich hol uns was zu trinken. Nicht weglaufen!

Anja geht eilig. Kommt mit zwei Flaschen Bier wieder. Oder Bier und Wein.

So.

Stößt mit ihm an.

Cheers.

Sie trinkt.

Gott, hab ich »Cheers« gesagt? / Ich bin so ein Trampel!

THOMAS Mhm. / Klar.

ANJA ’tschuldigung.

Pause.

Pferdewetten.

THOMAS Ja.

ANJA Sie sehen gar nicht so aus! Ich meine waghalsig. Verwegen. Oder irgendwie – dreckig! Sie wirken ganz normal.

THOMAS Ja?

ANJA Grundsolide, durchschnittlich. Pferdewetten!

THOMAS Es gibt nichts Besseres als die Rennen. Das und Kokain.

ANJA Kokain!

THOMAS Was Besseres gibt’s nicht auf der Welt.

Pause.

Anja lauscht plötzlich.

ANJA Ist die aufgewacht?

Sie lauschen.

THOMAS Ich hör nichts.

ANJA Doch. – Scheiße! Ich hör sie. Scheiße! Ich komm gleich wieder. In der Küche sind noch Oliven, holen Sie die bitte, ja? Ich komm gleich. *Wieder für sich, beim Gehen.* Das kotzt mich so an. Das kotzt mich an!

Sie geht.

Thomas geht kurz nach ihr ab, in Richtung Küche.

Drei

An einer Bushaltestelle. Gerd kommt mit der Tasche.
Er zählt das Geld im Umschlag, ohne dass man genau sieht, wie viel es ist. Durchsucht gerade den Rest seiner Beute, wo vielleicht noch mehr Geld ist. Der Mann kommt währenddessen. Gerd packt die Sachen, die er herausgenommen hat, wieder ein.

MANN 'n Abend.
GERD Hallo.
Pause.
MANN War der Nachtbus schon da?
GERD Nein.
Pause.
MANN Meine Frau sagte, tun wir mal was für die Umwelt. Nicht mehr alles mit dem Auto. Nehmen wir den Bus! Dann war das auf dem Hinweg so knapp, dass fast die Kinokarten weggewesen wären. Und jetzt ist er wieder zu spät, also – Ich tue gern was für die Umwelt. Aber es wird einem nicht gerade leicht gemacht, oder?
GERD Nein.
Pause.
MANN Wir haben den neuen Woody-Allen-Film gesehen. Meine Frau wollte das. Da saßen dann zweihundert Leute. Und alle fanden es unglaublich geistreich. Und witzig.
GERD Woody Allen.
MANN Die kleine Ratte. In dieses Frettchengesicht möchte man doch reinschlagen. Oder? Der Mann löst bei mir Aggressionen aus, ich kann nichts dafür! Wissen Sie? Das sind uralte Gene. Dagegen bin ich machtlos.
GERD *dessen Handy geht* Ja, hallo, danke für den Rückruf! – Ich weiß, es ist spät, ich – Meinert. Gerd Meinert, ich hab mal Ihr Depot verwaltet, und – Ja, es ist lange her. Das stimmt. – Ja, es ist spät, dafür möchte ich mich entschuldigen, wie gesagt, nur – Ja. – Ja. – Okay. Entschuldigung, nur – Okay. Nicht mehr. – Ja. Gut. Benutze ich nicht mehr. – Lösche ich. – Ja. Ich lösch die Nummer. Entschuldigung. – Ja. Entschuldigung. Ich hatte nur – Ja. Gute Nacht. Nacht. *Legt auf. Pause.*

MANN Woody. Was ist das für ein Name? Woody. Woody, stellen Sie sich den Haufen Geld vor, den Woody mit seiner Woody-Masche verdient hat. Ich bin nicht neidisch auf Woody, ich hab weiß Gott mehr als genug Geld. Aber dann hat Woody sich dieses junge Ding geangelt. Woodys Pflegetochter! Oder? Beim Abspann hab ich zu meiner Frau gesagt, hör zu, du und ich, wir haben mit unseren Kinokarten Kinderschändung subventioniert. Haben Sie sie zufällig irgendwo gesehen? Sie ist blond.

GERD Nein.

MANN Schwarzer Pelzmantel. Verdammt empfindlich. Haben Sie eine Frau?

Gerd nickt.

Wechseljahre! Da haben Sie noch Spaß. Wir haben das auch, wussten Sie das? Aber wir treiben Sport. Wir tun was! Oder? Das sind die Gene! Ich sage Ihnen, wir sind Maschinen, vor hunderttausend Jahren programmiert. Und jetzt laufen wir. Und laufen und laufen. Sie und ich, wir warten hier nicht auf den Bus. Tief innerlich warten wir beide darauf, dass um die Ecke da ein Mammut kommt. Oder ein Weibchen, das wir bespringen können! Oder?

GERD Ja.

MANN Der Stärkere von uns beiden. – Haben Sie Kinder?

GERD Eine Tochter.

MANN Und lieben Sie sie?

GERD Ja.

MANN Aber wissen Sie auch, warum? Weil Sie da Ihr Erbgut verspritzt haben! Haben Sie doch. Oder? Wenn man sich's mal eingesteht, hat man genau das getan. Sie lieben sich selbst. Ihr Fleisch. Ihr eigenes Blut.

GERD Ich –

Pause.

Das ist jetzt eine seltsame Frage. Aber können Sie mir Geld leihen?

MANN Für den Bus.

GERD Nein.

MANN Ich hab schon ein Vermögen ausgegeben für Kinokarten. Was soll's sein, ein Fünfer? Ein Zehner?

GERD Mehr. Viel mehr. Ich –

MANN Viel mehr? Was wollen Sie, zwanzigtausend?

Pause.

Sie bitten mich um zwanzigtausend?

GERD Mehr.

Pause.

Die wollen mir mein Kind wegnehmen.

MANN Wer will Ihnen Ihr Kind wegnehmen?

GERD Ich hab eine Pistole.

MANN Wer nimmt Ihnen Ihr Kind weg?

GERD Ich hab eine Pistole! Hier drin. Ich schieße.

Pause.

MANN Ist das jetzt ein Raubüberfall?

GERD Ja!

Pause.

MANN Aber mein Lieber, was soll ich tun? So viel Geld bekomme ich jetzt nicht – oder wollen Sie den Geldautomaten auch mit Ihrer Pistole bedrohen?

GERD Haben Sie Geld zu Hause?

MANN Vielleicht.

GERD Wir fahren da hin. Sonst schieße ich!

Pause.

MANN Ist Ihre Pistole gesichert oder ungesichert?

GERD Ungesichert.

MANN Und welche Marke hat sie? – Browning? – Beretta? – Mauser?

GERD Mauser.

MANN Ja?

Pause.

Na gut. Warum nicht? Bevor ich erschossen werde. Möchten Sie, dass wir auf den Nachtbus warten, oder darf ich Sie zu einer Taxifahrt einladen?

GERD Taxi. Los jetzt.

MANN Soll ich die Hände hochnehmen? / Es könnte ja sein, dass ich auch eine Pistole habe.

GERD Los jetzt! / Los!

MANN *geht* Außerdem müssten Sie –

GERD Schnauze!

Sie gehen ab.

Vier

Zu Hause. Anja und Thomas.
Er isst Oliven.

ANJA Sie wirken so gelassen!

THOMAS Was soll ich machen?

ANJA An Ihrer Stelle würde ich durchdrehen!

THOMAS Ja?

ANJA Allein der Gedanke, dass da draußen Männer rumlaufen, die – Die mich morgen Mittag vielleicht umbringen? Ich würde durchdrehen.

THOMAS Jetzt laufen sie wahrscheinlich nicht rum. Sondern schlafen.

ANJA Ich kann's kaum glauben! Es ist so bizarr, ich kann gar nicht aufhören, darüber nachzudenken, in meinem Kopf ist so ein Bild von – von bewaffneten Männern! Mit – was haben die? Pistolen.

THOMAS Polizisten haben auch Pistolen.

ANJA Aber vor denen habe ich ja keine Angst! Ich meine, richtige Männer mit – mit Pistolen! – Sind wir nicht im Grunde armselige Kreaturen geworden? Ich stehe hier jeden Morgen auf, mache einen Haferbrei und wechsle Windeln, und beim Gedanken an Pistolen muss ich kichern wie ein dummes Mädchen. Was ist das für ein Leben?

THOMAS Ein gutes Leben.

ANJA Ich weiß nicht.

THOMAS Es ist ein wunderschönes Leben.

ANJA Ja, Gott, ich weiß, ich sollte wohl dankbar sein, weil ich nicht gerade in Afrika verrecke. Ich bin aber nicht dankbar! Ich bin überhaupt nicht dankbar, kein Stück! Soll ich Ihnen was sagen? Ich hasse es. Ich hasse es in jeder Sekunde! Ich liebe dieses Kind, aber ich hasse dieses Leben!

THOMAS Warum?

ANJA Weil ich's nicht spüre. Ich spür's nicht. Dass ich lebe. Ich möchte mit Ihnen tauschen!

THOMAS Mit mir?

ANJA Man muss doch spüren, dass man lebendig ist in so einer Situation! Sie strahlen so was aus. Merken Sie das? Man muss doch ganz anders leben, fühlen! Ich meine, Sie sind an sich ein absolut unauffälliger Typ, entschuldigen Sie, wenn ich das so direkt sage, aber – Trotzdem strahlen Sie was aus.

THOMAS Was?

ANJA Ich weiß nicht. Sie sind nicht mal besonders groß oder kräftig. Ich mache ja Krafttraining im Fitnessstudio, jeden Tag, es gibt eine supernette Kinderbetreuung, Cappuccino, das ist toll, aber – Ich meine, ich glaub fast, wenn ich mich anstrenge, kann ich Sie vermöbeln! Oder? Und trotzdem haben Sie was – Sie haben was Gefährliches.

THOMAS Sie auch.

ANJA Ich? Nein. Gar nicht.

THOMAS Doch.

ANJA Habe ich nicht.

THOMAS Sie sind brandgefährlich.

Pause.

ANJA Gott, ich red mich hier um Kopf und Kragen! Ich bin das nicht mehr gewöhnt. *Meint ihr Glas.* Was für ein Glück, dass ich nicht stille, oder?

Pause.

Bei all den Vorgesprächen, die wir hier hatten, waren Sie für mich einfach so 'n unscheinbarer Bürokrat. Ich hätte Sie auf der Straße nicht wiedererkannt, ehrlich! Hatten Sie damals schon Schulden?

THOMAS Nein.

ANJA Sehen Sie? Sie sind auf der Flucht! Vielleicht würden Sie immer noch keinen Modelvertrag bekommen, aber trotzdem sind Sie – attraktiv. Wie einer von diesen Filmstars, die Bösen. Die gar nicht mal gut aussehen, und trotzdem – sind sie attraktiv. Die so harmlos dasitzen, genau so, und plötzlich ziehen sie in aller Seelenruhe ihre – ihre »Kanone«. Sagt man das?

THOMAS Warum nicht?

ANJA »Kanone«. Sie ziehen ihre Kanone und töten jemanden, eiskalt! Peng, peng, peng! – Ich bin albern. 'tschuldigung. Das habe ich gebraucht.

THOMAS Albern sein?

ANJA Nachts wach sein! Alkohol trinken, mit Wildfremden, im Wohnzimmer! Verrückt sein!

Pause.

Sie haben das ganze Geld verwettet?

THOMAS Und Frauen.

ANJA Frauen? Jetzt ernsthaft.

THOMAS Ja.

ANJA Sie meinen, so richtig im – im Bordell? Im Puff? Oder wie heißt das?

THOMAS Nicht im Puff. Das ist billig.

ANJA Ja. Natürlich. Aber – Ich meine, ist das nicht irgendwie – Ist das nicht komisch? Also, mal ganz abgesehen von – Das sind vielleicht mehr oder weniger schöne Frauen –

THOMAS Mehr.

ANJA Aber wo – Wo doch so viele Männer, ich weiß nicht, wie sagt man? »Vor Ihnen waren«?

THOMAS Überall auf der Welt waren Männer vor mir. An jedem Fleck auf diesem Planeten. Bei jeder Frau. Bei Ihnen auch.

ANJA Ja! – Gott, ich meine – Es ist nur –

THOMAS Wo ist der Unterschied? Sie haben bloß nie dran gedacht, sich bezahlen zu lassen. Oder vielleicht haben Sie mal dran gedacht. Viele tun das.

Pause.

ANJA Jetzt haben Sie wirklich geguckt wie ein Schwerverbrecher.

THOMAS Ich?

ANJA Ja, ich hatte kurz Angst. Ganz kurz. Komisch. Man hat so selten Angst, oder? Wie selten man noch Angst hat, richtig Angst! Ganz kurz dachte ich, was mache ich jetzt, wenn unter der Jacke da wirklich eine Pistole steckt? Und dann dachte ich in derselben Sekunde, sofort dachte ich, guck bloß nicht hin. Wenn er 'ne Waffe hat, guck nicht auf die Jacke. Lass dir nichts anmerken, Anja, sieh nur in seine Augen, immer in die Augen! Und bleib ganz ruhig.

Er holt eine Pistole aus seiner Jacke.

Pause.

Ist die echt?

Thomas nickt. Pause.

Das ist auch schon krank, dass man erst mal denkt, das ist unecht. Oder? Das ist degeneriert.

THOMAS Ja.

ANJA Sie wollen sich schützen. Sich verteidigen!

Pause.

Kann ich – Darf ich sie anfassen?

THOMAS Ja.

Pause. Sie zögert.

ANJA Ich muss kurz auf Toilette! Lassen Sie sie liegen! 'tschuldigung! / Ich muss! Ich komme gleich zurück!

THOMAS Klar. / Ja.

ANJA Dann fasse ich sie an. Bis gleich.

Sie geht.

Fünf

Bei dem Mann zu Hause. Gerd und der Mann. Gerd noch immer mit der Tasche.

MANN Fühlen Sie sich wie zu Hause. Denn wer bewaffnet ist, ist überall willkommen, merken Sie das schon? Was trinken?

GERD Wasser.

MANN Still?

GERD Ja.

Der Mann schenkt ihm etwas ein.

MANN Stilles Wasser. Bitte sehr.

Stellt es ihm hin. Die Frau kommt.

Schatz, du bist schon da! Komm! Wir haben Besuch! Schau mal. Komm her. Aber vorsichtig! Er hat eine Pistole.

FRAU Was hat er?

MANN Eine Pistole. Und er will Geld. Weil jemand seine Frau gefangen hält, denn er kann seine Schulden nicht bezahlen. Und wenn ich ihm nichts gebe, schießt er.

Pause.

GERD 'n Abend.

FRAU Hallo.

MANN Ich war unmöglich im Kino. Entschuldige, Süße. Beim nächsten Mal bin ich brav. Lammfromm, versprochen!

FRAU Wir gehen nicht mehr zusammen ins Kino.

MANN Ich möchte mit dir ins Kino gehen! – Ich liebe das, mit dir! Im Dunkeln, ich möchte das!

FRAU Hat er wirklich eine Pistole?

MANN Ich möchte mit dir ins Kino.

FRAU Hat er eine?

MANN Sag, dass wir wieder ins Kino gehen. – Frag ihn selbst.

Pause.

Irgendwie glaubt man's nicht. Oder? Also, nicht ganz. Ich will nicht sagen, dass Sie lügen, Sie sehen nur – Sie wirken nicht ganz überzeugt von dem, was Sie sagen. *Zur Frau* Oder?

GERD Ich schieße!

FRAU Ist ja auch egal.

MANN Es ist nicht egal. Also – im galaktischen Maßstab ist es egal, aber – Ist es dir egal?

FRAU *zu Gerd* Schön, dass Sie da sind.

MANN Wie kannst du sagen, es ist egal?

FRAU Besonders, nachdem der bisherige Abend so entsetzlich verlaufen ist. Mein Geburtstag, wissen Sie?

MANN Ich habe mich entschuldigt.

FRAU Es ist nicht so, dass wir besonders viele Abende zusammen verbringen. Früher dachte ich mal, das ändert sich, wenn die Kinder aus dem Haus sind.

MANN Einer muss ja das Geld verdienen. Ein Studium in den USA, eine Firma im Aufbau, der dritte weiß nicht so richtig, was er will, der vierte weiß gar nicht, was er will – das kostet.

Pause.

GERD Herzlichen Glückwunsch.

FRAU Haben Sie Kinder?

MANN Eine Tochter. Damit erpressen sie ihn ja. Vergiss nicht, dass dieser Mann unter Hochspannung steht!

FRAU Ich wollte immer eine Tochter. Mit langen Haaren! Die Jungen sind mir so fremd geworden.

MANN Was hast du erwartet?

FRAU Ich wünschte mir, wir hätten sie kürzer gehalten.

MANN Ja. Ja.

FRAU Halten Sie Ihre Tochter kurz. Lieben Sie nicht maßlos. Glauben Sie nicht, dass Sie alles für sie tun müssen. Sie dankt es Ihnen nicht.

MANN Unsere bedanken sich.

FRAU Aber sie danken nichts. Sagt man nicht immer, im Kreis der Angehörigen sterben? Wenn ich daran denke, dass ich da liege, und diese hungrigen Schnäbel beugen sich über mich, die ich mein Leben lang gefüttert habe –

MANN Dein Leben lang.

FRAU Dann denke ich, vielen Dank – lass mich ohne die Kinder sterben.

MANN Das wirst du wohl. Bei den Entfernungen. *Zu Gerd* Der Jüngste ist Unteroffizier. Kämpft in Afghanistan. Im Süden!

Pause.

GERD Fünf Söhne.

MANN Sie hat sechs. Mit dem aus erster Ehe. Sie ist 'ne Gebärmaschine! Oder war eine. Meine Frau! Wo findet man das heute noch?

FRAU Das soll man doch immer.

MANN Ja. Natürlich!

FRAU Die Gebildeten sollen sich vermehren, sagt man doch. Das haben wir getan.

MANN Aber sind wir gebildet?

FRAU Ich bin gebildet.

MANN Was ist das, gebildet?

FRAU Dass du zum Beispiel mal ein Buch liest.

MANN Ich seh dich nie lesen.

FRAU Ich hab viel gelesen. Früher. Als Mädchen. Ich war verrückt danach, ich hab die Bücher verschlungen!

MANN Aber vom Lesen bist du nicht schwanger geworden. Oder?

Pause. Der Mann hat Schnaps und Gläser geholt, schenkt Gerd einen ein.

Na, gucken Sie nicht so ängstlich! *Zur Frau* Er guckt wie dieser Soldat, erinnerst du dich? *Zu Gerd* Das war ein Theaterstück, da wollte ein Pärchen Sex mit einem jungen Soldaten. Da haben wir Frank hingeschleift, kurz bevor es nach Kabul ging.

FRAU Was für ein grauenhafter, entsetzlicher Abend! Für Frank!

MANN Er fand's interessant.

FRAU Am Ende hat dieser Kerl ein junges Mädchen zerhackt!

MANN Das war ziemlich gut gemacht.

FRAU Mein Sohn geht in den Krieg, und ich, als Mutter, muss mir das ansehen! Was ist das für ein Land, in dem so etwas Kultur genannt wird? Es sind sowieso alle gegen Krieg, wieso muss ich mir das ansehen?

MANN Es war gut gemacht.

FRAU Es war widerlich.

MANN Mit dem Blut, das war gut gemacht. Er war sehr gut. Die Kleine nicht so. Ist auch undankbar. Oder? Zerhackt werden.

Alle haben Schnaps.

Jetzt trinken Sie mal. Sonst wird das nichts mit Ihrem Geld.

FRAU Auf Ihre Tochter.

MANN Ja! Richtig!

GERD Ja.

MANN Auf Ihre kleine, junge Familie!

Sie stoßen an.

FRAU Wie heißt sie?

GERD Anaïs.

FRAU Anaïs!

MANN Wie?

FRAU Nin!

GERD Ja.

MANN Was?

FRAU Toller Name!

MANN Nin?

FRAU Und geht's weiter? Ist das nächste Kind schon in Planung?

GERD Nein. Bisher noch nicht.

MANN *schenkt nach* Sie ist ein Jahr alt. Kann ja nicht jeder die Dinger so rausfeuern wie du! Alte Kanone. Trinken Sie! Ist genug da.

Gerd trinkt.

Siehst du? *Schenkt nach.* Jetzt taut er auf. Mit Frauen kann man nicht trinken. So trinkt man. Hier. Prost.

Trinkt mit Gerd.

Gut, was? / *Schenkt nach.* So kommen Sie Ihrem Geld schon ein ganzes Stück näher.

GERD Ja.

FRAU Nicht dass Sie denken, ich bin gegen Kritik an diesem Krieg. Weil ich das eben gesagt habe.

MANN Wir sind für Kritik am Krieg! Im Theater. Ganz wichtig!

FRAU Nur, wer kritisiert, sollte da gewesen sein. Nicht im Sessel sitzen, mit Sekt in der Pause.

MANN Sollte gedient haben, zum Beispiel. Wer hat das schon noch? Sie?

GERD Nein.

MANN Immerhin können Sie mit einer Pistole umgehen! *Schenkt nach.*

FRAU Er kritisiert ja auch nicht.

MANN Das stimmt. *Stellt Gerd das Glas hin.* Hier.

FRAU Er sagt nicht, dass mein Sohn ein Mörder ist. Dass er Unschuldige tötet, dass er da nichts zu suchen hat.

MANN Nein!

GERD Wobei –

Pause. Beide starren Gerd an.

Ich meine nur –

FRAU Was?

GERD Natürlich ist in diesem Krieg nicht alles richtig.

FRAU Wieso?

GERD Na ja –

FRAU Was ist nicht richtig?

MANN Lass ihn doch mal sagen, was er denkt!

Pause.

GERD Ich sage nur, dass natürlich auch – auch Unschuldige sterben. Und wir verlieren! Das ist es ja, wir verlieren auch noch! Also sollte man doch gut abwägen, ob man –

FRAU Hol mal bitte das Foto von Frank. Das mit dem Orden.

GERD Ich meine wirklich nur, dass –

FRAU Das große. Hol's mal.

MANN Ja.

Der Mann geht.

Pause.

GERD Es tut mir leid. Ich wollte Sie nicht verletzen! Ich –

FRAU Anaïs Nin. – Haben Sie sie mal gelesen?

GERD Nein.

FRAU Das sollten Sie! Es ist ungeheuer erotisch. Ich habe diese Frau verehrt. Als ich jung war. Damals waren wir alle verrückt nach diesen Büchern. Damals gab es noch Bücher, die schwer zu finden waren!

Pause.

Was tun Sie so?

GERD Ich arbeite für eine große Privatbank. Im Wertpapierbereich.

FRAU Sie sind einer von den Bösen! Einer von den Halunken!

GERD Ja. Vielleicht.

FRAU Das dürfen Sie meinem Mann nicht sagen. Er produziert Eisenwaren. Schwere Haken! Für Schlachthöfe. Banken sind sein Todfeind. Krebsgeschwüre, sagt er. Die Pest. Unser Untergang. Strafe Gottes. – Stimmt das?

GERD Nein.

FRAU Dass Sie die Welt beherrschen?

GERD Niemand beherrscht sie.

FRAU Dass Sie dafür sorgen können, dass sie untergeht?

GERD Nicht, wenn sie nicht sowieso untergeht.

FRAU Aber wird sie's? Untergehen?

GERD Kann sein.

FRAU Wird sie's?

GERD Ich weiß nicht.

FRAU Bald?

GERD Es ist denkbar. Natürlich.

FRAU Sie geht unter! Glauben Sie, ich weiß das nicht? Es hat längst angefangen. Nehmen Sie mich mit!

Pause.

Wir können weggehen. Jetzt sofort! Wir gehen in ein Hotel! Wir gehen zusammen weg! Und wir vergessen einfach, dass die Welt am Abgrund steht. Sie wissen, dass sie's tut!

GERD Ich –

FRAU Sie wissen es. Sie kämpfen in einem anderen Krieg. Wir haben nur Glück gehabt, bisher. Nur Glück. Zusammen können wir das vergessen, eine wilde Nacht lang! Ich hab Geld im Portemonnaie! Nicht so viel, wie er da oben im Safe hat, aber wenn Sie wollen, gehört alles Ihnen.

Pause. Sie hat ihm ihr Portemonnaie gegeben, er sieht hinein.

GERD Ich brauche mehr!

FRAU Sie bekommen mich dazu.

GERD Mehr Geld!

FRAU Ich kann mehr abheben! Am Morgen, wenn die Schalter öffnen!

GERD Hat er da oben so viel Bargeld?

FRAU Ja. Aber Sie dürfen ihm nicht trauen! Wir müssen gehen, bevor er zurückkommt, jetzt! Sonst ist es zu spät!

Pause. Gerd zögert.

Der Mann kommt, mit einem Foto. Gerd legt das Portemonnaie unauffällig weg.

MANN Da ist er. *Zeigt es Gerd.* Mein Jüngster.

Gerd betrachtet das Bild. Pause.

Also, das Geld ist da. Warum soll man nicht mal jemand helfen?

Pause.

Das ist das Ehrenkreuz da. Sehen Sie?

GERD Ja.

Pause.

MANN Ich mag nur den Gedanken nicht, so viel Geld einfach – wegzugeben. Das fühlt sich falsch an. Das ist – evolutionär nicht vorgesehen. Ich mag Sie. Wirklich, aber ich habe das deutliche Gefühl, dass ich – Ja, ich muss mein Geld im Kampf verlieren! Mann gegen Mann. Also, Sie könnten mich natürlich erschießen. Oder Sie kämpfen gegen mich. Und wenn Sie gewinnen, ist alles geschenkt! Was sagen Sie? – Schon mal gekämpft?

GERD Nein.

MANN Na! Schulzeiten.

GERD Ja. Einmal.

MANN Gewonnen?

GERD Ja.

MANN Sehen Sie? Und jetzt, Versicherung?

GERD Ja. Nein, Bank.

MANN Banker!

GERD Wertpapier.

MANN Das wusste ich! Das ist einer von den Brüdern, dachte ich! Sehen Sie?

GERD Ja.

MANN Dann sollten wir kämpfen! Wie früher, als man durch Zweikampf Kriege entschieden hat! Sie für das Geld, ich für die Produktion! Kommen Sie! *Zur Frau* Nimm das Bild. – Wie macht man das? – Was für eine Schande! Zwei Männer, die nicht mehr wissen, wie sie sich zum Kampf aufstellen! – Na los! Kommen Sie!

Sie umkreisen einander, beide unsicher, was zu tun ist.

Ich weiß auch nicht, wie das geht, na los! Schlagen Sie zu! Haben Sie den Film gesehen, wo alle sich prügeln? Das kann doch nicht so schwer sein!

Gerd versucht es auf einmal blitzschnell vor Verzweiflung.

Gut! – Noch mal!

Noch einmal.

Gut, aber zu lasch! So!

Er schlägt zu, trifft besser als Gerd, tut sich weh.

Scheiße! – Noch mal! – Sehr gut, noch mal, na los! Und jetzt!

Gerd schlägt noch einmal. Der Mann gleich darauf, diesmal trifft er gut. Gerd geht zu Boden. Steht auf.

Genau! Sehr gut! Ich will ja verlieren, kommen Sie! Noch mal!

Gerd ist schon angeschlagen, haut daneben, umklammert den Mann. Sie ringen. Ein stummer Kampf, bis er Gerd wegstößt und ihm ein paar Schläge versetzt, Gerd sackt zusammen.

Pause.

Was ist? Aufstehen!

Es wird klar, dass Gerd nicht mehr kämpfen wird.

Schon vorbei?

Pause.

War das jetzt der Gegenwert von 50000? – Sie sind Banker. Nicht wirklich. Oder?

FRAU Doch.

MANN Es ging zu schnell! – Hattest du Spaß?

FRAU Ja.

MANN Du siehst nicht so aus.

FRAU Doch.

MANN Sag es. Ich hatte Spaß.

FRAU Ich hatte Spaß.

MANN Es hat mich geil gemacht.

FRAU Es hat mich geil gemacht.

Pause.

MANN Ich glaub dir nicht. Ihr beide langweilt mich! Ich gehe ins Bett. Bring den Kerl raus. Dann kommst du zu mir.

Er will gehen. Gerd kommt hoch, greift ihn von hinten an, diesmal wirklich verzweifelt. Ein heftiger Kampf, den er aber auch verliert. Der Mann schlägt auf ihn ein.

Von hinten? Ja, von hinten? Banker, ja? Von hinten? Du Drecksau! Drecksau!

Lässt von ihm ab. Geht.

Pause.

FRAU Sie müssen gehen.

Hilft ihm hoch, gibt ihm ihr Portemonnaie.

Ich bring Sie raus. Hier lang.

Beide ab.

Sechs

Zu Hause. Anja kommt wieder. Thomas hat die Pistole wieder eingesteckt.

ANJA Wo ist sie?
Thomas klopft auf seine Jacke.
Ich will sie noch mal sehen.
Thomas schüttelt den Kopf.
Ist das illegal? Dass Sie das Ding haben.

THOMAS Wahrscheinlich.

ANJA Können Sie überhaupt damit umgehen? – So was will doch gelernt sein. Ich weiß nicht, ob Sie sich selbst damit am meisten gefährden!

THOMAS Hoffentlich nicht.

ANJA Ich will noch mal sehen.
Thomas schüttelt den Kopf.
Sie sollten sie nicht wegtun! Holen Sie sie raus! – Sonst tue ich's.
Er rührt sich nicht. Sie öffnet seine Jacke, holt die Waffe heraus. Lässt sie fallen.
Scheiße! – 'tschuldigung! Die ist schwer!
Er hebt sie auf.
Ich sollte ins Bett gehen. Ich muss morgen früh raus! Zu diesem blöden Arzttermin. Ich sollte nicht hier sitzen und trinken, oder? Wenn oben mein Baby schläft. Mein kleines Baby. Das ist nicht richtig, oder? – Ich will Sie aber auch nicht hier sitzen lassen, so allein! – Haben Sie keine Frau?

THOMAS Nein.

ANJA Ganz allein?

THOMAS Ja.

ANJA Na ja, zu zweit ist es auch nicht immer lustig. Wahrscheinlich kommt man nicht so leicht auf dumme Gedanken. Wie Sie! Ich wünschte so sehr, ich könnte Ihnen helfen. Denn ich glaube nicht, dass mein Mann es kann, ganz ehrlich. Sie wirken so einsam!
Pause.
Kann ich noch mal?

THOMAS Aufpassen.

ANJA Ich pass auf! Verspreche ich. Bin 'n bisschen beschwipst! Aber ich pass auf.

Er hat die Waffe wieder weggesteckt, sie holt sie sich erneut. Zielt auf ihn.

THOMAS Hey! Vorsicht!

ANJA 'tschuldigung!

THOMAS Geben Sie mal her.

ANJA *gibt sie nicht her* Ich dumme Kuh hab ein Jahr keinen Alkohol getrunken! Und stille nicht mal! Wie kann man eigentlich so dämlich sein?

THOMAS *der die Waffe nicht bekommt* Geben Sie das her.

ANJA Hab irgendwie gedacht, das gehört dazu. Als Mutter! Was für ein Scheiß! Was für ein Scheißdreck! Mutter! Was für ein Scheiß – beschissener Betrug! Ich dachte, das macht es besser! Aber es macht es viel, viel schlimmer! Frühstück. Wäsche. Einkaufen und Freundinnen und Schlafengehen, wer hat das erfunden? Wer hat gesagt, dass ich nicht rumziehen und Leute erschießen kann? Warum ziehen Sie nicht rum und erschießen die? Warum sitzen Sie hier wie 'n Jammerlappen mit Ihrer hässlichen Jacke auf meinem Sofa, trinken mein Bier und tun nichts? Feigling! Warum tun Sie nichts, warum tut verdammt nochmal keiner mehr was, Scheiße?!

Ein Schuss löst sich.

Ist sie wach?

Beide horchen.

Anja hört das Kind.

O nein. Scheiße!

Er geht zu ihr und will die Waffe nehmen. Sie wehrt sich, auf einmal entsteht ein Kampf, bei dem er ihr wehtut.

Das tut weh! Sie tun mir weh!

Er hat die Waffe.

Die ist wach. Ich kann das nicht mehr. Ich kann nicht mehr, ich kann da nicht mehr hochgehen. Scheiße!

THOMAS Seien Sie ruhig.

ANJA Ja, das sagt Gerd auch immer, ich soll ruhig sein! Ich bin nicht mehr ruhig! Die soll ruhig sein, da oben! Die soll ruhig sein, warum ist die nicht ruhig?!

THOMAS *wendet sich mit der Pistole zum Gehen* Ich gehe hoch.

ANJA Sie soll ruhig sein. Sie soll einfach ruhig sein, ist mir scheißegal, wie!

Thomas geht mit der Waffe in der Hand ab, nach oben.
Pause.
Warten Sie! Moment! Ich komme mit! Moment! Scheiße.
Eilt ihm nach.

Sieben

Gerd bei seinem Vater.
Pause.

VATER Wie siehst du denn aus? Weißt du, wie spät es ist?
Pause.
Vier Uhr in der Früh. Du hast Glück, dass ich kaum noch schlafe.

GERD Warst du wach?

VATER Natürlich war ich wach. Ich bin immer wach. Sehe raus auf die Straße.
Pause.
Hast du dich geprügelt?

GERD Ja.

VATER Oder bist du verprügelt worden?

GERD Hast du was zu trinken?

VATER Ich hab eine Flasche Bier.

GERD Wasser.

VATER Wasser! Er will Wasser. Bleib sitzen.
Der Vater gibt ihm Wasser.
Du hast dich geprügelt. Habe ich das gerade gefragt?

GERD Ja.

VATER Hast ausgeteilt?

GERD Ja.

VATER Ich hab früher ausgeteilt! Wir haben Fußball gespielt, nach der Schicht. Ich war bekannt, ich war der härteste Spieler im Betrieb! / Die haben mich Knüppel genannt!

GERD Ja. / Ich weiß.

VATER Knüppel aus dem Sack! Das waren Zeiten. Ich bin mal mit dem Vorarbeiter zusammengerasselt.

GERD Ja.

VATER Der hat sich beide Beine gebrochen! Kam nie mehr wieder. Das waren Zeiten!

Pause.

GERD Wie geht's dir?

VATER Wie soll's mir gehen? Die Frau, die das Essen bringt – Komm mal her. *Flüstert* Die Frau, die das Essen bringt, hat Titten wie zwei Honigmelonen. Komm mal mittags vorbei. Nicht wie deine Frau. Komm mal vorbei! Wie geht's ihr?

GERD Anja? Gut.

VATER Und diesem Kind?

GERD Gut.

VATER Wie heißt es?

GERD Anaïs.

VATER Hm.

Pause.

Wie läuft dein Geschäft?

GERD Ich habe kein Geschäft – / – ich bin bei einer Bank, Papa.

VATER Ja – / – ja, du weißt, was ich meine, wie läuft die Bank?

GERD Hast du mitgekriegt, dass die Finanzmärkte ein Jahr lang verrückt gespielt haben?

VATER Natürlich haben sie das. Das tun sie. Es ist ihre Aufgabe, verrückt zu spielen, was willst du mir sagen?

Pause.

Ihr werdet uns noch alle umbringen.

GERD Wer?

VATER Ja, ihr. Ihr da, in euren Glastürmen! Ihr schafft es noch. Aber vorher stürmen sie die Dinger, bringen euch um, das sage ich dir voraus, Junge. Guck mal, im Kühlschrank ist noch was von dem Essen.

Gerd bringt es.

Du solltest die Frau sehen. Besuch mich mal mittags.

GERD Ja.

VATER Die mag einen Jungen wie dich. Iss mal.

GERD Ich hab keinen Hunger.

VATER Natürlich hast du Hunger! Ich hab vierzig Jahre Schicht hinter mir, ich sehe, wenn jemand was zu essen braucht!

Gerd isst.

Streck den Finger nicht so ab. Den Finger, beim Essen, streck den nicht ab! Bist ja nicht Ludwig der Vierzehnte.

Pause. Gerd isst.

Dein Kind ist adoptiert.

GERD Ja.

VATER Ich fange an, Dinge zu vergessen. Traurig, oder? Adoptiert. Bezahlen sie dich dafür?

GERD Papa –

VATER Traurig ist das. Armes Ding. Ganz allein.

Pause.

GERD Papa, mir geht's nicht so gut. Ich hab Probleme.

VATER *deutet auf den Essensrest* Isst du das nicht mehr? Fütter mich mal. Komm.

Gerd füttert.

GERD Ich hab ein Problem, Papa. Ein großes.

VATER Sprich mit Mutti drüber. *Laut* Verdammt! Herrgott!

GERD Mutti ist tot.

VATER Ich mach Fehler. Verdammt!

GERD Ist schon gut, Papa. / Ist gut.

VATER Ich mach Fehler! / Fehler! Verdammt!

Pause.

Bist 'n guter Junge. Auch wenn ich nicht verstehe, was du da treibst. Schiebst Geld hin und her. Das mag ich nicht. Das ist nicht gut. Niemand mag das.

GERD Du hast immer eine Summe Bargeld im Zimmer gehabt.

VATER Ja?

GERD Du hattest immer eine größere Summe da. – Ist das noch so? – Papa.

VATER Stell dir vor, ich hab's vergessen! – Glatt vergessen!

Pause.

GERD Ich brauch Geld.

VATER Geh arbeiten.

GERD Wo ist das Geld?

VATER Hat noch keinem geschadet.

Pause.

Was machst du?

Gerd durchsucht Schubladen.

Hör auf damit! – Jens! Gerd! Hör auf! Verdammt!

Gerd sucht, räumt dabei Fächer aus, verwüstet das Zimmer.

Jens! Gerd! He! Wenn du nicht aufhörst, kannst du dir gleich eine abholen!

GERD *hält inne* O nein. Jetzt kannst du dir gleich eine abholen. Jetzt holst du dir eine ab.

Der Vater will etwas sagen.

Halt den Mund! Halt die Klappe! Halt's Maul!

Sucht weiter. Erfolglos.

Wo ist das verdammte Geld?

VATER Hab ich vergessen.

GERD Wo ist das Scheißgeld?

VATER Vergessen.

GERD Du hast dein ganzes blödes Leben lang Geld unterm Sofa gehortet, nie was hergegeben, und einmal, einmal, einmal brauche ich was, und es ist nicht da!

Pause.

VATER Fütter mich mal.

GERD Wo ist das Geld?

VATER Du brauchst nicht so nah zu kommen, ich bin ja nicht taub. Fütter mich.

Pause.

Hab ich das der Frau geschenkt?

GERD Welcher Frau?

VATER Die mit den – Mit den Dingern.

GERD Das hast du nicht gemacht.

VATER Ich habe ihr manchmal – manchmal – manchmal was zugesteckt, aber – Nicht so viel! Das war nicht so viel, guck mal, da. Da. Da. Da müsste es sein.

GERD Da ist es nicht.

VATER Ich hab ihr Kleinigkeiten gegeben. Kleinigkeiten. Guck mal da. Dahinter. Da.

GERD Da ist es nicht.

VATER Mutti ist tot.

GERD Was redest du da?

VATER Verdammte Schande. Meine Frau ist tot.

GERD Papa, was redest du da für eine Scheiße? Was hast du gemacht?

VATER Erinnerst du dich? An meine Frau. Was für eine Schande. Sie ist tot!

GERD Ja.

VATER Eine Schande. – Bei ihr hat's mir am besten geschmeckt! Klopse. Eine Schande.

Pause.

GERD Ich muss los.

VATER Bist gerade gekommen.

GERD Ich muss was erledigen.

VATER Jens! Warte. Jens! Gerd. Warte. Warte.

Kramt in seinen Taschen, holt zwei, drei Scheine heraus.

Wusste ich's doch. Da ist noch was, guck mal. Hier. Für dich.

Gerd nimmt das Geld.

Kauf dir was Schönes davon, ja? Den Rest kannst du behalten.

Pause.

Du solltest die Dinger mal sehen. Ich will an die Dinger denken, wenn ich sterbe. Ich will sie sehen, wenn ich sterbe. Das Letzte, was ich sehe, meinst du, das geht?

GERD Ich muss los.

VATER Ich frag sie!

GERD Tschüss, Papa.

VATER Ich werd sie fragen!

GERD Schlaf noch was, ja? Nacht.

VATER Ich frag sie.

Gerd geht.

Acht

Zu Hause.

Das Telefon klingelt, Anja kommt, geht dran.

ANJA Gerd, hast du sie noch alle? Mitten in der Nacht zu verschwinden, spinnst du? – Oben. Bei Anaïs. – Weil sie aus dem Bett gefallen ist. – Na, weil sie halt rausgefallen ist. Er kümmert sich drum. Er ist nämlich hier, wenn unsere Tochter aus dem Bett fällt, im Gegensatz zu dir. Hast du das Geld? – Das Geld, das du besorgst. Gerd, ich bin wütend. Ich bin sauwütend auf dich, auf diese ganze Aktion. Das hat eine Konsequenz, da kannst du Gift drauf nehmen. Gerd!

Gerd hat aufgelegt.

Thomas kommt.

THOMAS Sie schläft jetzt.

ANJA Wirklich?

THOMAS Alles gut.

ANJA Sie schläft sonst nur bei mir ein. Sie sind ein Zauberer! Danke.

THOMAS Sie dürfen sie nicht mehr in dem großen Bett schlafen lassen.

ANJA Ich weiß. Ja, ich weiß!

THOMAS Sie müssen sie in das Gitterbett legen.

ANJA Ich weiß ja, nur –

THOMAS Sie müssen sie in das Gitterbett legen.

ANJA Dabei wacht sie nur immer noch einmal auf, und das ist dann wirklich –

THOMAS Es ist doch scheißegal, ob sie aufwacht! Es ist scheißegal! Es ist einfach völlig klar, dass dieses Kind nicht in ein ungesichertes Bett gehört, mein Gott, ist das so schwer zu kapieren?

ANJA Ich –

THOMAS Wissen Sie, was dabei passieren kann? Haben Sie eine Ahnung, was ihr dabei passieren kann? Wie kann man so unglaublich dämlich sein!

Pause.

ANJA ’tschuldigung.

THOMAS Ja, das sagt sich so leicht, Entschuldigung! Haben Sie eine Ahnung, wie viele Menschen Risiken eingegangen sind, um Ihnen dieses Kind zu verschaffen?

ANJA Was für Risiken?

THOMAS Sie legen das Kind nicht mehr auf dieses Bett.

ANJA Ja. Ist ja gut.

THOMAS Nein, es ist nicht gut! Es ist überhaupt nicht gut, haben Sie das jetzt kapiert? Das ist das Wertvollste, das Unschuldigste und das Wunderbarste in diesem Haus. Und es ist wehrlos. Es vertraut Ihnen. Es liebt Sie.

ANJA Ja, das müssen Sie mir alles nicht sagen.

THOMAS Werd bloß nicht frech! Werd bloß nicht frech, Miststück, bloß nicht! Verdammtes Miststück!

Pause.

ANJA Das ist ja nett. Ich leiste Ihnen Gesellschaft und darf mich jetzt anbrüllen lassen. Sie haben doch vorhin selbst gesehen! Wo sie schläft. Haben auch nichts gesagt. Ich müsste morgen mal Ihren Vorgesetzten anrufen.

Pause.

Ich tu’s nicht, aber ich bin müde. Ich habe keine Lust mehr. Ich möchte Sie bitten, mein Haus zu verlassen.

Pause.

THOMAS Entschuldigung.

ANJA Ja, das sagt sich so leicht, Entschuldigung! – Sie haben auch nichts gesagt!

THOMAS Ja. Das stimmt! Das war so ein friedliches Bild, dass ich – Ich hab 'n Fehler gemacht. Das stimmt. Ich habe so viel Leid gesehen. Und dieses Bild war so friedlich, wie sie dalag! Ich habe gesehen, was Kinder durchmachen. Ich war in der Hölle! Der Hölle auf Erden. Und es gibt nicht nur eine. Es gibt unendlich viele davon! Und darum ist ein gutes Zuhause so wichtig!

ANJA Ja.

THOMAS Darum soll dieses Kind sicher schlafen. Es soll einfach nur schlafen!

ANJA Ja. Gott, ja, Sie haben recht! Ich dumme, dumme Kuh!

Pause.

THOMAS Ich danke Ihnen, dass ich hier sein durfte. Danke für alles. *Will gehen.*

ANJA Nein. Nein, warten Sie, ich – Das ist heute Nacht alles – Sie können wirklich furchteinflößend sein, wissen Sie das?

THOMAS Vielleicht sollte ich gehen.

ANJA Ich weiß es nicht. Ich weiß überhaupt nichts mehr.

THOMAS Ich komme aus ganz einfachen Verhältnissen, ich bin vielleicht hier fehl am Platz. Mit einer Frau wie Ihnen. Mit einer Klassefrau aus einer ganz anderen Liga!

ANJA Warten Sie!

Pause. Ein Kuss.

O Gott! – Scheiße! 'tschuldigung!

THOMAS *gleichzeitig* Entschuldigung.

ANJA Nein.

THOMAS *gleichzeitig* Nein.

ANJA Ich muss mich entschuldigen.

THOMAS Nein, ich.

ANJA Nein. Ich.

Beide lachen. Noch ein Kuss, länger.

Das ist verrückt!

Ein Kuss.

Sie waren lange allein. Das spürt man.

THOMAS Sie auch.

ANJA Ich bin nicht allein.

THOMAS Das spürt man.

Ein Kuss.

ANJA Einfache Verhältnisse.

THOMAS Ja.

ANJA Komisch, man sieht's auch! Man sieht's. Solche Leute haben – Sie haben eine eigene Art von Gesichtern. Wie bei diesen blassen Kindern mit den großen Augen in den billigen Kinderwagen, dic immer was Süßes in der Hand haben! – Man sieht's.

THOMAS Ich hab was Süßes in der Hand.

ANJA Gott!

Ein Kuss.

Wir müssen aufhören.

THOMAS Wieso?

ANJA Wenn Gerd kommt!

THOMAS Soll er doch! / Soll er doch kommen.

ANJA Hören Sie auf! / Hör auf! Du spinnst. Genau die Einstellung hat dich wahrscheinlich ins Unglück gestürzt!

THOMAS Ich will nicht aufhören.

ANJA Ich auch nicht. Aber du musst.

THOMAS Warum?

ANJA Weil die Dinge so sind, wie sie sind. Weil das die Hölle ist. Das ist sie! Wir können nicht tun, was wir wollen! Die Welt ist, wie sie immer war, seit wir da sind. Und wie sie sein wird, wenn wir gehen. Wir gehen abends zu Bett, und hier steht alles rum, wie es steht, und wir stehen morgens auf, und es steht immer noch da, bis ins kleinste Detail, alles gleich, jeden Tag, so wie's war! Das ist die Hölle.

THOMAS Nein.

ANJA Und wir sind drin.

THOMAS Ich nicht.

ANJA Geht für dich nicht an jedem Tag die Sonne auf? Wird dieser Körper nicht müde? Musst du nicht essen? Schlafen?

THOMAS Wir können was ändern.

ANJA Nein. Können wir nicht. Ich dachte, ich könnte. Aber ich kann nicht. Es ist sinnlos.

Pause.

Warum bist du zu uns gekommen? Ich hab dich vor und nach der Vermittlung nie gesehen, ihr seid nicht wirklich Freunde. Du bist alles, was Gerd hasst. Du bist stark, hemmungslos, du bist wild! Mein Kind schläft bei dir ein, Gerd muss dich hassen! – Warum macht er das für dich?

THOMAS Das willst du nicht wissen.

ANJA Sag's mir.

THOMAS Das willst du nicht.

ANJA Sag's mir. Wer bist du?

Pause.

THOMAS Wie spät ist es?

ANJA Weiß nicht. Bald sieben?

THOMAS Willst du noch was trinken?

ANJA Nein.

THOMAS Ich hol dir was. Ich erklär's dir, wenn ich wiederkomme.

ANJA Sei leise, ja?

Thomas geht.

Neun

Im Büro, frühmorgens. Gerd. Seine Chefin. Die Tasche des Mädchens hat er noch immer dabei.

CHEFIN Gerd! Was ist passiert?

GERD Wie spät ist es?

CHEFIN Halb sieben. – Sie sehen grauenhaft aus. Sie hätten einen Notarzt anrufen sollen, nicht mich.

Pause.

GERD Warum sind Sie so früh hier?

CHEFIN Ich bin immer so früh hier, Gerd. Ich sehe mir die Zahlen aus Asien an. Ich versuche, ein Gefühl für den Tag zu bekommen. Für das, was täglich auf uns zukommt, aus dem Osten. Wollen Sie sich krankmelden? Das hätte ich Ihnen am Telefon geglaubt. Sie sind verprügelt worden.

GERD Weil ich hier arbeite.

CHEFIN Weil Sie hier arbeiten?

GERD Ich hab gesagt, dass ich hier arbeite.

CHEFIN Wollte da jemand Ihre Stelle?

GERD Ich hab's gesagt! Ich hab die Wahrheit gesagt, ich hab gesagt, was ich mache!

Pause.

CHEFIN Das war bestimmt sehr mutig, Gerd. Aber vielleicht nicht klug. Hier. Machen Sie sich mal sauber.

Sie nimmt aus einer Akten- oder Handtasche Feuchttücher oder etwas Ähnliches und einen Handspiegel, gibt es ihm. Er wischt vorsichtig an seinem Gesicht, es tut weh, er gibt es auf.

Gehen Sie nach Hause, Gerd. So kann ich Sie hier nicht gebrauchen. Wir müssen irgendwann darüber sprechen, wie lange Sie täglich hier sind. Ich weiß, dass Ihr Kind noch klein ist, aber ich brauche Sie länger als acht Stunden, verstehen Sie? Ich toleriere das jetzt noch, auch die chronische Müdigkeit, aber wir sollten bald einmal darüber nachdenken, wie es mit Ihnen hier weitergeht. / Nur nicht heute.

GERD Ich hab gesagt, was ich hier mache. / Ich hab's ihm gesagt!

CHEFIN Und das ist bestimmt lobenswert. Oder auch nicht, ich bin gar nicht so sicher. Aber jetzt gehen Sie doch bitte nach Hause. Gerd.

Pause.

Die Sonne geht gleich auf. Ich liebe diesen Moment, wissen Sie? Wenn das Licht durch die Fensterfront flutet, und die Stadt dort unten ist plötzlich in Schwärze getaucht, einfach weg! Und dann klettert das Licht langsam unsere Fassade hinunter, und alles ist wieder da. Da unten ist Ihre Familie. Gerd! Wir wachen über diese Stadt! Wir halten Wache über alle Städte! Wir haben das Privileg, hier oben zu stehen, im allerersten Licht des Tages, weil wir die Zahlen aus dem Osten lesen müssen. Gerd! Wir wachen über die Träume der Menschen! Kaum jemand versteht das, darum sind Sie übel zugerichtet worden, das tut mir sehr leid, aber Gerd! Wir sind das Herz, das das Blut durch diese Gesellschaft pumpt! Wir dürfen kein Mittelmaß dulden! Wir müssen die Besten sein, Gerd! Ich brauche Hingabe, Leidenschaft, ich brauche hier die Besten, Gerd! Gehören Sie dazu?

Pause.

GERD Ich brauch 'n Vorschuss.

CHEFIN Was brauchen Sie?

GERD Vorschuss. Ich brauch 'n Vorschuss.

CHEFIN Gerd – das ist hier kein Handwerksbetrieb! Ein Vorschuss?

GERD Ich brauch Geld.

CHEFIN Ja, das ist etwas anderes, Gerd, jeder braucht Geld! Aber wir haben hier kein Geld.

GERD Das ist 'ne verdammte Bank.

CHEFIN Das wissen Sie doch.

GERD Das ist 'ne Bank!

CHEFIN Wir haben hier kein Geld, Gerd, was ist los mit Ihnen? Sie wissen, dass in diesem ganzen gläsernen Turm kein einziges Geldstück ist, das dieser Bank gehört! Zahlen! Zahlen, die durch uns durchfließen wie das Licht durch diese Fenster, ja. Aber Geld? Da müssen Sie schon Ihre Kollegen beklauen. Haben Sie getrunken? – Gehen Sie nach Hause, bevor ich wirklich wütend werde. Schlafen Sie Ihren Rausch aus, dann kommen Sie morgen wieder, und wir vergessen dieses Gespräch.

GERD Ich komm nicht mehr.

CHEFIN Doch, das tun Sie.

GERD Ich will nicht mehr. Scheißbüro.

CHEFIN Gerd.

GERD Scheißbüro, ich komm nicht mehr! Ich mach das nicht mehr! Ich will nicht! Ich will frei sein! / Frei!

CHEFIN Nein. / Wollen Sie nicht. Gerd.
Pause.
Sie sind 'n netter Kerl. Ihre Arbeit ist gut, auch wenn sie mal besser war. Für Sie finde ich in drei Tagen Ersatz, aber ich will nicht. Ich muss nicht. Also, wenn Sie jetzt sofort hier verschwinden, bin ich bereit, das alles zu vergessen. Und morgen ist ein neuer Tag, die Sonne wird – höchstwahrscheinlich – wieder aufgehen, und wir tun unsere Arbeit. Ja? – Ich hole mir jetzt einen Kaffee. Wenn ich zurückkomme, möchte ich, dass Sie weg sind. Falls Sie noch hier arbeiten wollen. Ist das klar? – Bis morgen früh, pünktlich, Gerd.
Sie geht. Ihre Handtasche bleibt liegen. Gerd will sie mitnehmen. Zögert. Öffnet sie, holt ein Portemonnaie heraus. Darin sind Scheine. Er entscheidet sich, nur einen Teil davon zu nehmen, so dass es vielleicht nicht auffällt, legt den Rest zurück.

Zehn

Draußen. Unter einer Brücke oder auf einem verlassenen Parkplatz.
Gerd, noch immer mit der Tasche vom Anfang.
Das Mädchen kommt.
Pause. Sie starren sich an.

MÄDCHEN Ich will mein Geld wieder.

Pause.

Ich will mein Geld.

GERD Das ist nicht dein Geld.

MÄDCHEN Dafür hat mein Vater jahrelang im Laden gearbeitet, Jahre!

GERD Hättest es nicht klauen sollen.

Pause.

MÄDCHEN Ich will's zurück.

GERD Hau ab.

Pause.

MÄDCHEN Geben Sie mir mein Geld.

GERD Hau ab. Geh weg.

MÄDCHEN Geben Sie's mir zurück.

GERD Lass mich in Ruhe. Geh weg!

Pause.

MÄDCHEN Warum machen Sie das?

Pause.

Ich will heim. Bitte. Mir ist so kalt. Ich hab nicht geschlafen, ich will einfach nur heim. Aber ich kann nicht ohne das Geld, bitte! Ich kann nicht zurück! Ich brauch nur das Geld, sonst nichts, bitte! – Ich will doch nur nach Hause!

Pause.

Warum?

Pause.

Sie sind doch 'n ganz normaler Typ! Sie gehören auch nicht hier hin! Warum tun Sie das?

GERD Nicht näherkommen.

MÄDCHEN Sie sind nicht so. Das weiß ich. Ich kenn Typen wie Sie.

GERD Komm nicht näher!

MÄDCHEN Sie gehören nicht hierhin. So sind Sie nicht.

GERD Geh weg.

MÄDCHEN *ist bei ihm* Mich haben sie geschlagen. Zu Hause. Mein Vater. Und ich geh trotzdem zurück. Ich gehör nicht hier hin. Ich pack das nicht. Sie auch nicht. Sie wollen auch nur nach Hause!

GERD Lass mich in Ruhe.

MÄDCHEN Wer hat Ihnen so weh getan? Scheiße, wer hat das gemacht? Sie zittern ja. Oh, Scheiße! Sie zittern!

Er umarmt sie, mit der Tasche, vergräbt sein Gesicht.

Ist gut. Das wird wieder, ich weiß, wie das ist. Das heilt alles. Es ist gut, alles gut! Das heilt ja. – Zittern ist gut! Es ist gut, Zittern ist gut! – Alles gut. – Alles ist gut.

Er fasst sie seltsam an.

Moment! – Nicht. Warten Sie. Nicht! – Hören Sie auf! – Hören Sie auf!

Er versucht, sie zu küssen, ihr Hemd hochzuschieben, ohne die Tasche loszulassen. Sie wehrt sich, dabei bekommt sie die Tasche zu fassen, reißt sie weg und rennt weg.

Pause.

Gerd holt aus seiner Jacke den Umschlag mit dem Geld. Schaut in den Umschlag, zählt.

Dritter Teil

Eins

Thomas und Anja.

THOMAS Alles okay?

ANJA Nein.

THOMAS Habe ich dir weh getan? – Du hast mich ganz schön gekratzt!
Pause.

ANJA Warum hast du mir das gesagt?

THOMAS Ich weiß nicht. Ich mag dich, ich – Ich möchte dich nicht anlügen.
Pause.

ANJA Wie konnte er das tun? Wie konnte ich so dumm sein, das ging so einfach, viel zu einfach! Wieso habe ich keine Fragen gestellt?

THOMAS Niemand stellt Fragen, wenn er bekommt, was er will.
Pause.

ANJA Du magst mich? – Dann tu das nicht. Bitte!
Er beginnt, ein Babytragegestell auszupacken.
Bitte!

THOMAS Anja! – Pscht! Setz dich.

ANJA Bitte.

THOMAS Ich ziehe das nur an, damit ich das gleich nicht machen muss. Die Dinger sind verdammt kompliziert. Und vielleicht zieh ich's ja auch wieder aus! Setz dich.
Sortiert die Gurte.

ANJA Er schafft's nicht.

THOMAS *zieht das Gestell an, es sitzt falsch* Nein. Scheiße.
Er zieht es aus, sortiert.

ANJA Gerd ist so pünktlich! Er hat drei Wecker! Damit er nicht zu spät zur Arbeit kommt. Er hasst Unpünktlichkeit! Und ich fand das immer so spießig. – Aber das schafft er nicht.

THOMAS Wer weiß.

ANJA Er schafft's nicht. Schafft er nicht.

THOMAS Das weißt du nicht.

ANJA Nicht Gerd.

THOMAS Hör auf, ihn so schlecht zu machen! Er ist stärker, als du denkst. Gib ihm eine Chance!

Pause. Thomas sortiert.

ANJA Nimm mich mit.

THOMAS Was?

ANJA Nimm mich! Statt ihr.

THOMAS Dich.

ANJA Sie soll hierbleiben! Bei Gerd, hier aufwachsen, und du nimmst mich, du nimmst mich dafür! Du hast doch – Es gibt doch diese – Es gibt diese Frauen, die gezwungen werden, die – die auf den Strich gehen! Du kannst mit mir doch Geld verdienen! Ich bin – Ich mache das! Ich verdien das Geld für dich! Nimm mich mit! Nicht das Kind! Nur nicht das Kind.

THOMAS Geht nicht. In dem Geschäft sind wir nicht.

ANJA Aber du kennst Leute! Du kannst – Du kannst mich weiterverkaufen! Verkauf mich – in – in ein anderes Land, wo ich die Sprache nicht spreche, dann kann ich keinem was erzählen! Und Gerd erzählt auch keinem was, wegen mir. Das geht doch, du nimmst mich!

Pause.

THOMAS Anja, das hier ist kein Frauenroman.

ANJA Ich weiß, dass es das gibt.

THOMAS Ja, das gibt es, natürlich nur –

ANJA Ich lese Zeitung. Ich kann das. Bitte, nimm nicht das Kind! Verkauf mich. Egal, an wen. Egal, wohin!

THOMAS Das kann ich nicht.

ANJA Bin ich nicht hübsch genug?

THOMAS Doch. Klar.

ANJA Ich bin hübsch.

THOMAS Ja.

ANJA Ich kann das!

Pause.

THOMAS Du bist zu selbständig.

ANJA Ich bin nicht selbständig! Überhaupt nicht! Jeden Morgen –

THOMAS Anja, es tut mir leid, selbst wenn ich die Vollmacht hätte, so einen Deal zu machen – was ich schon für den Deal mit Gerd nicht wirklich hatte – Ich kann dich niemandem guten Gewissens andrehen.

ANJA Ich ordne mich unter! Ich versprech's dir, ich tue alles!

THOMAS Es liegt zu tief in dir drin. Du würdest nach drei Tagen anfangen zu kratzen und zu spucken, du würdest Streit mit den anderen Mädchen anfangen, und egal, was du vielleicht im Fernsehen gesehen hast, – niemand hat wirklich Lust, seine Frauen ständig zu verprügeln, damit der Laden läuft. Du bist 'ne tolle Frau. Aber für jeden Geschäftsmann bist du ein Alptraum. Ich könnte mit dir klarkommen, vielleicht. Weil ich dich mag. Aber verkauft kriege ich dich nicht.

Pause.

ANJA Dann gehe ich mit dir.

THOMAS Geht nicht.

ANJA Ich bleibe bei dir! Du kannst mich einsperren, ich bleibe immer bei dir! Du sperrst mich im – im – im Keller ein!

THOMAS Ich kann dich nicht im Keller einsperren, weil ich ständig unterwegs bin. Anja, ich brauche das Geld. Das ist die Wahrheit. Sonst bin ich dran.

ANJA Aber du –

THOMAS Ich bin ein Rädchen im Getriebe. Leute müssen Geld bekommen. Und dafür sorge ich nicht, indem ich dich zwinge, bei mir zu Hause Pullover zu stricken. Es tut mir leid. Ich wollte, dass du das weißt.

Pause.

ANJA Nichts wert.

THOMAS Kein Geld wert.

ANJA Ich bin nutzlos. Komplett wertlos.

THOMAS Du bist unendlich wertvoll. Wie jeder! Nur kein Geld.

ANJA Du hast gesagt, man kann was ändern.

THOMAS Aber du kannst nicht ändern, dass du ein freier Mensch bist. *Du* bist wild. Und hemmungslos. Egal, was du sagst und von dir denkst, tief in dir weißt du, wie einzigartig du bist. Du wirst Gefangenschaft nie akzeptieren, niemals. Wie ein Raubtier. Tut mir leid. Das kannst du nicht ändern.

Pause. Er hat das Tragegestell an, will gehen.

ANJA Wenn du da hochgehen willst, musst du mich jetzt erschießen.

THOMAS Bleib sitzen.

ANJA Dann musst du auf mich schießen. Ich werde –

THOMAS Anja, ich bring dieses Glas in die Küche!

Das Glas, das er sich nach seiner vorigen Szene geholt hatte, ist jetzt leer.

Pause. Er geht.

Zwei

Anja und Thomas. Später. Sie warten.

ANJA Wie spät?

THOMAS Fünf vor halb.

ANJA Fünf vor halb zwölf?

Thomas nickt.

Pause. Anja horcht.

THOMAS Sie ist gerade erst wieder eingeschlafen. Die macht jetzt ihren Mittagsschlaf, keine Sorge.

Pause.

ANJA Er kommt nicht. Er kommt nicht.

Pause.

Er macht eine Bewegung, seine Pistole zu ziehen.

Es ist noch nicht halb!

Er zögert, lässt dann aber die Pistole stecken. Pause.

Gerd. – Gerd. – Gerd.

Es klingelt.

THOMAS *zieht die Pistole* Bleib sitzen!

Er geht. Kommt kurz darauf mit Gerd wieder.

Drei

Thomas, Gerd, Anja.

ANJA *stürzt auf ihn zu* Du bist da! / Du bist da, du bist da!

GERD Ja. / Ja.

ANJA Du bist da! – Du bist da.

Pause.

THOMAS Hast du mir Geld mitgebracht?

GERD Ja.

THOMAS Wirklich? – Du hast Geld für mich.

GERD Ja.

Pause.

THOMAS Wie du aussiehst! Man wird alt, was? Nächte durchmachen. Wie aufregend das früher mal war! Oder? Als wir zur Schule gingen. Ist das zu glauben, dass wir alle mal zur Schule gingen? Jetzt stehen wir hier und machen Geschäfte. – Mann, ich bin froh. Ganz ehrlich. Ich bin verdammt froh!

Pause.

Dann gehe ich jetzt vor dem feierlichen Moment noch mal auf die Toilette, ja? Ich lasse die Tür auf und sehe die Treppe nach oben, also macht jetzt auf den letzten Metern keinen Unsinn. Ihr habt das beide ganz toll gemacht! Entspannt euch. Setzt euch hin. Genau. Setzt euch. Bis gleich.

Er geht, noch immer mit Tragegestell.

Vier

Gerd, Anja sitzen nebeneinander.
Pause.

ANJA Sie ist aus dem Bett gefallen.

GERD Du musst sie ins Gitterbettchen tun.

ANJA Dann wacht sie nur immer auf.

GERD Ja. Das stimmt.

Pause.

ANJA Ist aber alles in Ordnung.

GERD Gut.

Pause.

ANJA Fährst du heute nicht zur Arbeit?

GERD Nein. Ich hab abgesagt.

ANJA Du hast frei!

Pause.

Ich bin fast durchgedreht.

GERD Ja.

ANJA Ich hätte nie von dir gedacht, dass du so was machst. Krumme Dinger! – Gerd. Ich liebe dich.

Pause.

Hörst du?

GERD Ja.

ANJA Ich liebe dich.

Pause.

GERD Es ist gut, hier zu sein.

ANJA Ich habe gesagt, ich liebe dich. Darauf antwortet man was.

GERD ’tschuldigung. Ich –

ANJA Du liebst mich auch.

GERD Ja.

ANJA Wir sind ’ne Familie!

GERD Ja.

ANJA Lass uns den Tag zusammen verbringen! Rausfahren! Ich will den ganzen Tag mit dir zusammen sein!

Pause.

Wo bleibt der?

GERD Bleib sitzen.

ANJA Ich will wissen, was der so lange macht.

GERD Er hat gesagt, sitzen bleiben.

ANJA Ich bin ja nicht seine Sklavin. Du hast doch das Geld. Er kann sich ja wohl nicht beschweren. Oder?

Thomas kommt, er hat das Tragegestell abgelegt, trägt es in der Hand.

Fünf

Thomas, Gerd, Anja.

THOMAS Die Dinger sind gut für den Rücken. Wenn man oft Kinder trägt. Und gut für die kleinen Hüften. Das hier, das spreizt die Beine, das ist wichtig.

ANJA Sind Sie zu Fuß da?

THOMAS *legt das Gestell zusammen* Ja, ich nehme den Bus. Ich fahr nicht gern Auto. Umweltschädlich. – *Zu Gerd* Darf ich?

Gerd holt den Umschlag hervor, gibt ihn Thomas.

Thomas schaut hinein. Zählt.

ANJA Was denn?

Thomas pausiert, zählt erneut, diesmal genauer.

THOMAS Gerd.

ANJA Was ist denn?

THOMAS Elftausendzweihundertfünfundzwanzig?

GERD Fünfunddreißig. Elftausendzweihundertfünfunddreißig.

Pause.

ANJA Gerd. – Gerd! Gerd! Gerd!

Thomas zieht die Pistole. Anja schweigt.

Pause.

THOMAS Was soll das?

ANJA Gerd.

THOMAS Du bist ein korrekter Mensch. Ich bin ein korrekter Mensch. Was soll das? Man kann hart sein, aber man verarscht niemanden. Guck dir deine Frau an!

GERD Mehr hab ich nicht.

THOMAS Guck sie dir an! Du hast hier gerade nicht nur mich verarscht.

GERD Mehr kriege ich nicht.

Pause.

THOMAS Du hättest nicht kommen sollen. Weißt du, was falsche Hoffnungen sind? Grausam! Ich bin nicht grausam, Gerd. Das bin ich nicht. Du hättest nicht kommen dürfen. Verdammt! Scheiße!

Pause.

Thomas legt das Tragegestell wieder an; es ist etwas umständlich mit der Pistole.

Was für eine Scheiße. – Ihr seid alle beide unberechenbar. Ihr seid einfach völlig unberechenbar, ihr habt sie doch nicht mehr alle! Ein schönes Pärchen. – Scheiße!

Pause.

Was für eine Scheiße du hier angerichtet hast, Gerd! – Verdammt!

Pause.

So was wie euch hab ich noch nicht erlebt.

Pause.

Scheiße!

Pause.

Okay. Hört zu. – Ich möchte einmal die Woche hierherkommen und die Kleine sehen. Ich will sehen, wie sie aufwächst. Ich will einmal die Woche mit ihr Eis essen gehen. Oder in den Zoo, was auch immer. Ich will bei den wichtigen Entscheidungen mitreden. Schule, all das. Dafür finde ich eine Übergangslösung, mit meinem eigenen Geld. Es ist riskant für mich, aber es wird irgendwie gehen. Und dafür will ich ihr Pate sein.

Pause.

Es ist verdammt unprofessionell, aber – Ich mag euch. Das ist mein Vorschlag. Warum nicht? Wir können einfach – Freunde sein! Moment mal.

Er beginnt, das Tragegestell wieder auszuziehen.

Ach, Scheiße.

Sein Arm bleibt in den Gurten hängen, die sich beim Ausziehen verdreht haben.

Scheißdinger! Das ist –

Versucht, den Arm herauszuholen, aber er steckt fest.

Verdammt. Hilf mir mal. Gerd.

Es verheddert sich immer mehr.

Das ist neu. Gerd, hilf mir mal!

Gerd stürzt sich auf ihn.

ANJA Gerd! – Gerd! Gerd!

Gerd ist dem benachteiligten Gegner überlegen, ringt ihn zu Boden.

GERD Hilf mir.

Er tritt ihn.

Hilf mir. Schnell! Hilf mir!

Sie treten oder schlagen Thomas tot.

Sechs

Beide horchen.

GERD Schläft.

ANJA Ja.

Pause. Nichts zu hören.

GERD Hast du dir wehgetan?

ANJA Bisschen.

Pause.

Küss mich.

Ein Kuss.

Was ist?

GERD Tut 'n bisschen weh.

Noch ein Kuss, vorsichtiger.

Pause.

Wir müssen beide schlafen. Solange sie noch Mittagsschlaf macht.

ANJA Ja.

GERD Geh du mal vor ins Bad.

ANJA Ja. – Danke.

Sie geht.

Er zieht den Leichnam weg, kommt danach wieder, mit einem Glas Wasser. Trinkt.

Anja kommt, putzt sich die Zähne. Fürs Bett fertig.

Ich putz keine Zähne.

GERD Ich auch nicht.

ANJA Doch du putzt. Du riechst nachher.

GERD Ja.

Pause.

ANJA Ich muss an den Film denken. Weißt du noch? Ist ewig her. Wir waren im Kino. Das Paar auf dem Boot, und der Kerl terrorisiert sie.

GERD Ja.

ANJA In dem Film würde der gleich noch mal wiederkommen!

GERD Ja!

ANJA Gruselig war das!

Pause. Er bemerkt, dass er ein Buch in der Jackentasche hat, holt es raus, sieht es an.

Was ist das?

Er gibt es ihr.

Anja sieht den Titel.

Wo hast du das denn her?

GERD Gefunden.

ANJA *blättert, liest aufs Geratewohl* »Es ist bemerkenswert, dass unsere Mutter, die Erde, die Fähigkeit hat, sich in regelmäßigen Zeitabständen von 13 000 Jahren durch Kippen der Erdachse (sogenannter »Polsprung«) zu reinigen. So entledigt sie sich des schädlichen Lebens auf der Oberfläche. Die letzte Reinigung fand nach unterschiedlichen Literaturangaben um 10 500 v. Chr. statt, und sie ist uns in der Bibel in der Geschichte der Sintflut überliefert.« Was für 'n Scheiß! Was ist das?

GERD Nur so 'n Buch.

ANJA Soll ich's wegtun?

GERD Nein, ich wollte das mal lesen.

Sie gibt es ihm.

ANJA Sie liegt im Gitterbettchen. Du kannst heute bei mir schlafen.

GERD Okay.

ANJA Ich will dich spüren!

GERD Ja.

Pause.

ANJA Komm! Wir gehen rauf. Komm! – Komm!

Sie gehen Hand in Hand ab. Er macht das Licht aus.

Ende.

Tony Kushner

Ratgeber für den intelligenten Homosexuellen zu Kapitalismus und Sozialismus mit Schlüssel zur Heiligen Schrift

(The Intelligent Homosexual's Guide to Capitalism and Socialism with a Key to the Scriptures)

Deutsch von Frank Heibert

Personen

PIER LUIGI MARCANTONIO, genannt Pill: Italoamerikaner, 53, unterrichtet Geschichte an der Highschool, Sohn von Gus

ELI WOLCOTT: Mitte 20, Stricher

PAUL CEDRIC DAVIS: Afroamerikaner, 47, ehemaliger Assistenzprofessor in Theologie an der Columbia University (Theologisches Seminar), jetzt Gastdozent an der Uni Minnesota, Pills Ehemann

MARIA TERESA MARCANTONIO, genannt Empty: Italoamerikanerin, 49, früher Krankenschwester, jetzt Arbeitsanwältin, Tochter von Gus

VITO ANTHONY MARCANTONIO, genannt V, Vic oder Vinnie: Italoamerikaner, 38, Bauunternehmer, Sohn von Gus

AUGUSTO GIUSEPPE GARIBALDI MARCANTONIO, genannt Gus: Italoamerikaner, 72, Hafenarbeiter in Rente, seit Ewigkeiten Mitglied der Kommunistischen Partei der USA

CLIO ANNUNZIATA MARCANTONIO, manchmal von Neffen und Nichte Zeeko genannt (Zia Clio): Italoamerikanerin, 69, früher Nonne (Unbeschuhte Karmelitin), früher Maoistin, Schwester von Gus

MAEVE LUDENS: 40, promovierte Theologin, Partnerin von Empty

SOOZE MOON MARCANTONIO: koreanische Amerikanerin, Anfang 30, Ehefrau von V

ADAM BUTLER: Anfang 50, Immobilienanwalt, Ex-Mann von Empty

MICHELLE O'NEILL, genannt Shelle: irische Amerikanerin, in den Vierzigern.

Ort

Das Stück spielt in Gus Marcantonios Brownstone-Haus in der Clinton Street, Carroll Gardens, Brooklyn, mit Abstechern zu ein paar Schauplätzen in Manhattan. Juni 2007.

»Two pennies will buy a rose.
Three pennies, and who can tell?«
Laura Nyro, »Buy and Sell«

(Mit zwei Pennies kaufst du dir ’ne Rose.
Und mit drei Pennies, wer weiß?)

I. Akt

Szene 1

Spätnachmittag, 12. Juni 2007, Carroll Gardens, Brooklyn. Pill steht am Fuß der Eingangstreppen zum Brownstone seines Vaters und spricht in sein Handy. Eli, am anderen Ende, ist irgendwo in Manhattan unterwegs.

ELI Also.
Was Gutes im Theater, in Minneapolis?
PILL Wann kann ich dich sehen?
ELI Ähmmm … Heute Abend nicht.
PILL Du bist …?
ELI Beschäftigt. Anderweitig.
PILL Gebucht.
ELI Jep. Jep.
PILL Du hast doch gesagt, das wolltest du nicht, du würdest nicht –
ELI Nein, ich –
PILL Doch, hast du, Eli, du hast gesagt –
ELI Wie geht's deinem Vater?
Pill wirft einen schnellen Blick zu den Fenstern vom Hochparterre, wo der Salon liegt.
Ich muss los, ich komme zu spät, wenn –
PILL Bitte. Bitte, kann ich? Nachdem du –
ELI Das wird echt spät werden, ich glaube nicht, dass wir –
Pause.
PILL Bitte.
Er ist … Ich weiß nicht –
Das wollen wir gleich besprechen.
ELI Besprechen … was?
PILL Seine Entscheidung, seine Wahl, wir setzen uns hin und sprechen miteinander. Die Familie. Wie eine Familie. Ein Familiengespräch.
ELI *bestätigend* Hm-hmm.
PILL *Major Barbara.*
ELI Wer?

PILL Du hast mich gefragt, nach …
Hält inne, aufgewühlt. Holt tief Luft.
Gutes Theater, ob ich in Minneapolis was Gutes im Theater gesehen hätte. Also, ja, *Major Barbara* …
Unten weiter.

ELI Was hat das –

PILL *spricht weiter* … George Bernard –

ELI *überlappend* Ich weiß, wer der Autor –

PILL *überlappend* Shaw. Es ist – ich gehe nicht aus, nicht oft, ich soll das nicht, die wollen, dass ich mein gesellschaftliches Leben einschränke, ohne Paul. Und Paul mag Theater nicht, hat er nie, er ist – Film. Manchmal will er ins Kino, Hauptsache, es ist, na ja, unter- oder überbelichtet, Hauptsache, es macht keinen Spaß.
Aber *Major Barbara* haben wir uns angeschaut, das war gut, weißt du, Shaw –
Unten weiter.

ELI Ja, den haben wir gelesen, Drama des 20. –
Unten weiter.

PILL … wie er seine Widersprüche entwickelt. Schwindelerregend, das steigt einem zu Kopf, ungefähr so wie, so wie –
Unten weiter.

ELI *weiter* Jahrhunderts oder so.

PILL *weiter* – was weiß ich, Poppers oder Speed oder Ecstasy oder –
Eli lacht. Das gefällt Pill.
Oder abgeschnürte Blutzufuhr. Spaß! Aber dann, was weiß ich, dann setzt meine frühe Prägung ein: alles Stufenreform! Schrott! Die Kastration der Arbeiterklasse durch einen sentimentalen Pseudosozialisten, der seine idealistische Geschichtsauffassung verhökern will!

ELI O yeah, Baby, mach mir den harten Kommunisten –

PILL Nein, bäh, ich kann es nicht leiden, wenn ich –
Im letzten Akt, mitten in Undershafts großem Monolog, dudelte irgendein Handy los. Und der Schauspieler, der Schauspieler *zuckte zusammen* und verlor den Faden, er – ich, ich, weißt du, zum Glück bin ich kein Schauspieler, immerhin ist mir diese Peinlichkeit erspart geblieben, wenn schon sonst kaum eine, aber wenn ich Schauspieler wäre, ja, dann würde ich mich von der Bühne ins Publikum stürzen, egal, von wo das Gebimmel jetzt kommt, und mir den Scheiß-Cyborg vorknöpfen, der es nicht ertragen konnte, sein Handy auszuschalten,

und ich würde ihm das verdammte Klingelding in die Gurgel stopfen.

Pause.

ELI Du hörst dich wütend an.

Pause.

PILL Echt? Wüsste gar nicht, warum.

Mir fehlen die Worte. Um dir zu sagen, wie sehr ich –

Die Haustür geht auf. Paul kommt heraus. Pill klappt schnell sein Handy zu. Zu spät. Paul hat es gesehen.

ELI *verblüfft* Äh … du?

Hm.

Eli starrt sein Handy an.

Paul und Pill starren einander an, in einem verkrampften, hässlichen Schweigen.

PAUL Unwirklich. Un. Wirklich.

Stille. Pill steckt sein Handy ein.

Eli drückt zwei Knöpfe auf seinem Handy.

PILL Ich wollte nur …

Pills Handy klingelt.

PAUL Lass mich mit ihm reden.

Sie stehen da. Pills Handy klingelt.

Eli hört dem Klingeln zu. Pills Mailbox schaltet sich ein.

PILLS MAILBOXANSAGE Hi, hier ist Pill. Wie versprochen. Hinterlassen Sie eine Nachricht.

PAUL *überlappend* Sie warten alle oben. Ich gehe zu Maeve.

Piep.

ELI Hey, ich bin's.

PILL *zu Paul* Wir sehen uns nachher …

ELI Eli. Ich … weiß nicht, was du tun solltest.

PAUL *zu Pill* Oder auch nicht.

ELI Ich bin dann wohl hier. Nachher. Ich hab dich auch vermisst. Sehr. Und du hörst dich wirklich wütend an.

Eli klappt sein Handy zu und legt sich aufs Bett.

Pill geht die Stufen hoch, während Paul herunterkommt. Pill sieht dem weggehenden Paul nach, der innehält, sich auf eine Stufe setzt, eine angerauchte Zigarre aus der Tasche zieht und in den Mund steckt.

PILL Mach sie nicht an.

Paul zeigt Pill, ohne sich umzudrehen, den Stinkefinger. Pill geht ins Haus.

Szene 2

Pill zögert vor dem Esszimmer, holt sein Handy aus der Tasche, klappt es auf und fährt mit dem Daumen über das kleine leuchtende Display. Drinnen sitzen Clio, Empty, V und Gus um den Tisch.

CLIO *ruft* Komm rein, Pill.

V Ja, ich muss bald nach Hause.

Pill klappt das Handy zu. Er betritt den Raum, Handy in der Hand. Er hält es die ganze Szene lang fest.

EMPTY Hast du gesehen, wie viel Unkraut im Garten ist?

CLIO *zu Empty* Ist dir der Grill aufgefallen?

PILL Ich war vorn vorm Haus, ich hab gar nicht –

EMPTY *zu Clio* Es sieht aus wie –

GUS Welcher Garten?

PILL Sie meint den –

EMPTY *überlappend* Das Grundstück.

GUS Wir haben nie einen Garten angelegt.

EMPTY Nonno hatte Gemüse da draußen, doch, ja.

GUS Ja, aber das war der Nonno, ich habe nie … *Zeigt auf Clio.* Sie hat ganz sicher nie etwas angepflanzt, von welchem Garten willst du – weil Nonno lange vor deiner Geburt gestorben ist.

EMPTY Nein, gar nicht, er –

GUS *weiter* Er starb vor dem, vor dem – ah, Scheißmist, verdammter. *Zu Clio* Siehst du? Ich merke mir nicht mal einen verdammten – Wann ist Papa gestorben?

CLIO *zuckt die Achseln* Wir hatten keinen Kontakt, ich weiß eigentlich gar nicht, wann er –

V *übertönt Clio, zu Gus* Hör auf, du weißt genau, wann er –

GUS *übertönt V, zu Clio* Er ist dein Vater! Wieso weißt du nicht – *Macht ihr Achselzucken nach.*

EMPTY Dein Vater war er auch, Dad, du hast es auch vergessen, jetzt schrei doch nicht –

GUS Ja, aber sie hat nicht Alzheimer!

EMPTY Du auch nicht.

PILL *überlappend* Wann war das, so 1987? Oder ’86 oder –

GUS *zu Empty, Pill überlappend* Ich weiß nicht mehr, wann mein – Was, bist du plötzlich Neurologin?

EMPTY Warst du beim Neurologen?

GUS *weiter* Ich weiß nicht mehr, wann dein Nonno, mein eigener Scheißvater –

CLIO *zu Empty, Gus überlappend* Nein.

GUS *weiter, zu Pill* Nicht 1986, 1990. Er ist 1990 gestorben.

PILL Hey, sieh mal einer an, Alzheimer hat sich ruckzuck verzogen.

V *überlappend* Du hast keinen Alzheimer.

PILL Hast du letztes Jahr geglaubt, du würdest dein Gedächtnis verlieren? Als du …

CLIO Dir die Pulsadern aufgeschlitzt hast?

Kleine Pause.

EMPTY Also, wollen wir jetzt mal reden über –

GUS Tun wir doch! Tun wir doch!

EMPTY Klar, weil es wegen Alzheimer ist.

V Angeblich.

GUS Im Anfangsstadium. Du kannst dich jetzt nicht wie ein Baby aufführen, Vinnie, du musst es ihnen sagen, du *weißt* es – *Zu Pill und Empty* Er war öfters da, hier, er weiß, dass ich –

V Was, du meinst, wie dieser, dieser alte Scheiß mit der Kommunistischen Partei, den du versucht hast, zu … Verdammt, ich weiß nicht mehr, was die –

GUS Die Korrespondenzkomitees! Genau das, ich –

Unten weiter.

PILL *überlappend, zu V* Vielleicht ist es ja ansteckend, vielleicht hast du auch Alzheimer.

GUS *weiter, zu Empty* Als sie den Parteitag von Cleveland verlassen haben, Angela Davis und, und wer immer da noch weg –

EMPTY Ähmmmm … Pete Seeger. Und … Himmel, Dad, das ist zehn Millionen Jahre her, ich habe nicht die geringste –

V Du warst doch immer Hafenarbeiter, kein Politiker – wen juckt's?

PILL *überlappend, zu Empty* War Herbert Aptheker nicht –

EMPTY *Pill überlappend, zu V* Ihn juckt's. Und zwar zutiefst. Er war nicht nur Hafenarbeiter, er war in der –

GUS Gil Green! Das war – *Zu Pill* Nicht Aptheker, den haben sie ausgebuht, aber er ist nicht, wäre er nie, vielleicht seine Tochter, die, die –

PILL Lesbe.

EMPTY Die hatte die Partei schon vor dem Parteitag in Cleveland verlassen, sie war, ich nehm mal an, sie war immer noch Marxistin, aber –

GUS *überlappend, zu Pill* Ach, hör doch auf.

CLIO *überlappend, zu Empty* Sie hat ein Buch geschrieben.

PILL *überlappend, zu Gus* Was?

GUS *überlappend, zu Pill* Hör auf mit Lesbe-hier und Lesbe-da.

EMPTY Und übrigens ist sie eine Lesbe, Dad, Bettina, sie ist eine beglaubigte, vereidigte –

V *überlappend* Ich muss bald nach Hause, Sooze hat ihren Lesekreis, und ich muss den Kleinen ihre Gutenachtgeschichte vorlesen. *Unten weiter.*

CLIO Es war ein interessantes Buch. Über ihren Vater.

PILL Jedenfalls hast du dich an Gil Green erinnert.

V *weiter* Vielleicht können wir das beim Essen fortsetzen oder –

GUS *überlappend, zu Pill* Weil, weil sie da ist und weil du mir soufflierst, da kommt es zurück, mit euch Kindern. Aber immer wieder ist einfach … nichts da. Leerstellen, nicht so wie Vergesslichkeit, sondern. So als wäre schon *der Versuch, sich zu erinnern*, zu etwas Gefährlichem geworden, es … zieht *mich* in die Leerstelle rein, *ich bin … ich werde das Unwiederbringliche, ich verschwinde.* *Zu Empty* Du warst Krankenschwester, ist das *normal?*

EMPTY Ich war keine Neurologin.

GUS *immer noch zu Empty* Z'Forto, weißt du noch – *Zu Pill* *Du* erinnerst dich doch noch an ihn, oder, nein, du warst zu – *Wendet sich Clio zu.*

CLIO Klar erinnere ich mich an Z'Forto, Gus. Er war irre.

GUS Er hatte Alzheimer, es hieß nur damals nicht so, sie nannten ihn »pazzo« –

CLIO Er war immer so, Gus, er war schon mit dreißig *pazzo*.

GUS Er hatte Alzheimer. Es liegt in der Familie. In seinen letzten Jahren, und er lebte ewig – da war er in diesem schreckenerregenden Nebel verschwunden, ein Fluch für seine Familie, ein totes Ding in Windeln, das herumwandelte. Wir haben alle gesagt, so weit soll es mit mir nie kommen. *Ich* hab das ernst gemeint.

EMPTY Wieso verbrennst du eigentlich all deine Papiere im Grill, wenn du das Gedächtnis verlierst?

PILL Welche Papiere?

GUS *überlappend, zu Clio* Du hast es ihr erzählt? Warum?

CLIO Es sieht aus, als wäre da hinten eine Bombe hochgegangen. Das kam mir vor wie ein schlechtes Zeichen, also habe ich deine Tochter angerufen, meine Nichte, und gesagt, komm mal her und sieh dir an, was dein Vater da macht.

EMPTY Aber sie ist nicht gekommen.

PILL *überlappend* Was für Papiere?

EMPTY *überlappend, zu Clio* Es war ziemlich heftig zu Hause.

GUS *überlappend, zu Pill* Meine.

CLIO *zu Empty* Wie geht's Maeve? Alles okay?

PILL *überlappend, zu Gus* Die … Streikunterlagen, die aus dem Aktenschrank oben, die –

EMPTY Riesig inzwischen. Nur noch. Furchterregend groß.

GUS *überlappend, zu Pill* Stimmt, mein alter Plunder.

V *überlappend, zu Empty* Ja, so war Sooze auch, riesenhaft, weißt du noch, als sie –

PILL *überlappend, zu Gus* Du hast gesagt, ich könnte sie sehen! Hast du sie verbrannt?

EMPTY *zu V, scharf* Mann, wow, V, du musst aber wirklich ein Supersperma produzieren, meine Güte, dass da immer solche Riesenföten bei rauskommen!

PILL *überlappend, zu Gus* Du hast immer gesagt, eines Tages, die Papiere, die Unterlagen über den Streik und die Gewerkschaft und den garantierten Jahreslohn, und ich bitte dich darum seit –

V *überlappend, zu Empty* Das ist hier gar nicht – fick dich, Arschloch.

GUS *überlappend, zu Pill* Du hast sie nicht erwähnt seit –

PILL Das, das stimmt gar nicht, ich –

GUS Na, dann hab ich's vergessen –

PILL Ich frage dich danach, seit seit seit ich im Hauptstudium bin!

GUS Ich habe Alzheimer!

PILL Nur mal gucken, nur mal in echt sehen, um –

GUS Um was?! Was ist die –

EMPTY Weil er Historiker ist, Dad, Arbeitsgeschichte.

GUS Er ist kein, kein, kein *Historiker*, er arbeitet an der Highschool als Geschichts-

PILL Oh, fick dich, Paps.

V *mahnend* Komm schon, Gus.

PILL *zu V* *Was?!* Ich bin Lehrer an der Highschool, ich schäme mich auch nicht, ein –

V Fick dich, Mann, ich versuche doch nur –

GUS *zu V* Bist du böse auf mich, weil ich dich ein Baby genannt habe? *Unten weiter.*

V *zu Pill, Gus überlappend und ignorierend* Ich wollte dir doch nur den Rücken stärken.

GUS *weiter* Er, er ist beleidigt, dass ich dich ein Baby genannt habe. Vinnie, ich wollte nicht –

PILL *Gus überlappend, zu V* Lass es einfach! Okay?! Das ist … ich weiß nicht, oh, Herr Obermacker-Baulöwe, danke, dass du mich vor dem, dem alten Troll von Hafenarbeiter retten willst, und oh, du bringst die Kinder ins Spiel, ist dir aufgefallen, mir ist aufgefallen, jedes Mal, wenn er [Gus] in eine Suada über Lesben und Schwuchteln ausbricht, jedes –

V *steht auf* Scheiße, ich fahre jetzt zu meiner Entschuldige-dass-ich-sie-erwähnt-habe-Familie zurück, inklusive deiner Nichte und deines Neffen –

Unten weiter.

GUS *überlappend, zu Pill* Nichts dergleichen habe ich gesagt. Nichts dergl-

Unten weiter.

V *weiter, zu Pill* Deiner Patentochter, du Arschloch. Himmel, was ist … War nett, dich wiederzusehen!

PILL Du weißt ganz genau, was du gesagt hast, *Genosse*.

GUS Pass auf!

V Gott, ihr zwei, ihr … Sie zerrt an mir rum wegen – und du, du hast mir gegenüber die fiese kleine Fotze rausgekehrt –

Unten weiter.

PILL Oh, die Fotze!

V *weiter, zu Empty und Clio* – 'tschuldigung – *Zu Pill* Ich meine, erklär mir doch bitte mal, was dich so anpiekt, und hör auf, das mit der Fotze so aufzublasen, dann sag ich halt Sack, besser?! Was zum Henker bist du so –

CLIO Er ist außer sich, weil sein Vater sich umbringen will, Vito.

V steht da. Kleine Pause.

Clio zu V Auch dein Vater, übrigens.

Kannst du dich vielleicht mal hinsetzen, damit wir endlich *darüber* reden können? Glaubst du, deine Frau sagt vielleicht ihren Lesekreis ab, damit du hierbleiben und es mit uns durchsprechen kannst? Ich glaube schon. Du hast mich zwar nicht gefragt, aber das solltest du tun, finde ich.

Schweigen.

V sieht Gus erschrocken an.

V *leise, zu Gus* Du willst …?

Gus nickt.

V senkt erschüttert den Blick.

GUS Will ich.

Will ich.

CLIO Ich … Vito, das hatte ich dir gesagt.

V Ich … hatte ja letzte Woche Geburtstag, deshalb … ich hab wohl gedacht, was weiß ich, das ist irgend so eine Jahrestagreaktion auf deine – na, letztes Jahr, das war ja, das ist ja deshalb zu dem Zeitpunkt passiert, weil du dich daran erinnert hast, dass sie …

Ich meine, 38 Jahre sind eine lange Zeit, aber. Auch wieder nicht.

GUS Ich hätte mir nicht an deinem Geburtstag die Pulsadern aufschlitzen sollen. Das war nicht –

In meinem Kopf war es der, ja, gut, der Jahrestag deiner Mutter, weil, ist halt Pech, dass sie an deinem Geburtstag gestorben ist, deshalb …

PILL Deshalb hast du gedacht, du schenkst ihm einfach etwas Passendes.

EMPTY Überhaupt ist sie bei seiner Geburt gestorben, nicht an seinem –

GUS Das ist doch dasselbe –

EMPTY Nein, bei dir hört es sich so an, als hätte sie, na ja, einen Kuchen gebacken und wäre dann tot reingekippt.

GUS Aber dieses Mal, also – ich, ich habe beschlossen, dieses Mal nach deinem Geburtstag. Nicht an. Ich habe gewartet.

Weitere Pause.

EMPTY *zu Gus* Also …

Nicht wieder aufgeschnittene Adern in der warmen Badewanne.

Gus antwortet nicht, sieht niemanden an. Schüttelt den Kopf.

V *leise, traurig* Denn das … das war schrecklich.

Und, und wirklich, es hat im Badezimmer oben ernsthaft den, den … Fugenmörtel versaut.

Weitere Pause.

Empty und Pill sehen sich an. Empty gibt plötzlich ihren Versuch auf, ernst zu bleiben, und prustet, was Pill ansteckt. Sie lachen. Als Einzige.

CLIO Fertig?

Sind sie. Weitgehend.

Wir stimmen jetzt ab.

Empty prustet wieder los, und Pill stimmt ein.

EMPTY 'tschuldigung, 'tschuldigung, ich … kann praktisch nicht mehr schlafen, ich bin … Entschuldigung …

CLIO Eine Abstimmung, um einen Konsens zu finden. Er hat zugestimmt, dem, dem … zu folgen, was wir beschließen.

GUS Sie hat damit gedroht, die Cops zu rufen und mich einsperren zu lassen, wenn ich es euch Kindern nicht erzähle.

CLIO Keineswegs, du hast mich gefragt, ob –

EMPTY *überlappend, zu Gus* Weißt du, sie könnte, *wir* könnten dich einliefern, Dad.

GUS Eine Woche vielleicht.

EMPTY Vierzehn Tage, glaube ich, dann kriegst du eine Anhörung, aber ich wette, nach der Nummer vom letzten Jahr könnten wir –

GUS Dann eben einen Monat. Was bringt euch das? Meint ihr, da könnte ich mich nicht rausreden?

EMPTY Nein, das kannst du.

GUS Jede Wette. Eins-zwei –

V Also stimmen wir ab? Okay, also, Gus, du? Ich nehme an, du bist eine Ja-Stimme.

GUS Ich bin eine Ja-Stimme.

V Okay, dann steht es also vier zu eins dagegen, von daher …?

CLIO Konsens, nicht Mehrheitsentscheidung.

V *kommt nicht mit* Das ist mir nicht –

CLIO Wir stellen uns als Gemeinschaft auf, die nach einer gemeinsamen Grundlage sucht. Das mag albern wirken, aber es funktioniert: Man stülpt einer ozeanischen Situation eine künstliche Ordnung über, damit sie einen nicht wegreißt und ertränkt. Wir müssen alle einverstanden sein, oder jeder muss das Gefühl haben, mit dem leben zu können, was die anderen wollen.

V Also, hm, also dann –

Kleine Pause.

EMPTY Also, Dad?

GUS Was ist, Schatz?

EMPTY Wenn wir alle vier nicht wollen, dass du, dass du dich umbringst. Sondern dich dem stellst, was … was immer es ist, auch wenn, sogar wenn es Alzheimer ist – das ist es nicht, ich glaube, es ist …

PILL Einsamkeit.

GUS *Was?*

PILL Vielleicht, oder …

V Langeweile.

EMPTY Depression, oder –

GUS Ich bin *nicht*, und ich weiß, du meinst es gut, Pill, aber ich bin nicht einsam. Und gelangweilt war ich auch nie, mein Geist, mein Geist ist aktiv, das war er immer. Ich bin schon bei der Sechzehnten Epistel angelangt, Horaz, ich …
Kleine Pause. Dann, aus dem Gedächtnis:
»Was aber äußert der Gefangene zu seinem Wärter? Auch wenn jede Hoffnung auf Entkommen ganz vergebens ist, ich komme trotzdem raus. Wie? Ich kann sterben.«
Das steht in der Sechzehnten Epistel.
Gus atmet aggressiv ein, tiefes Einatmen, dann langes Ausatmen, langsam und stetig.

EMPTY Ich weiß nicht, was das …
Wer ist dein Gefängniswärter, Dad?
Kleine Pause. Gus sieht sie an, runzelt die Stirn, dann:

GUS Das ist kompliziert.

EMPTY Ich bin ziemlich klug.

GUS Stimmt. Aber das …
Achselzucken.
Kompliziert, mein Schatz.
Kleine Pause.
Ihr erinnert euch, ich glaube, davon habe ich euch erzählt, an den Streik bei den Daily News, da habe ich ausgeholfen, ich war die Verbindung zwischen der Hafenarbeitergewerkschaft und der Transportarbeitergewerkschaft, der Zeitung und der Druckerbranche, als die die Daily News bestreikt haben? Mit den Journalisten, die Schreiber haben mitgemacht, Wort und Schwert, 1991? Im selben Jahr, als die Korrespondenzkomitees von der Partei abfielen, im selben Jahr, als ich austrat, ich trat aus der Partei aus, später trat ich wieder ein, aber – 1991, im Jahr, als Paps gestorben ist, und Gorbatschow war, na ja, diese ganze –

Große Geste, etwas Immenses.

Der Putschversuch in Moskau und Jelzin und Gus Hall, das –

Noch eine Geste, wegwerfend.

Der erste Irakkrieg – dieser ganze Irrsinn in dem Jahr. Egal. Da gab es einen alten Typen, einen Drucker, den ich damals bei den Streikposten kennenlernte, wir mochten uns, er war ein kluger Mann, er hatte eine Perspektive, vielleicht keine … *Zu Clio* Aber eine Perspektive.

CLIO Ja.

GUS Und ein Jahr nach alldem kriege ich einen Anruf, dass der alte Drucker im Krankenhaus liegt, der Kerl ist von einem Herzanfall umgehauen worden, rums. Ich hab ihn besucht, Augen fest zu, einen dämlichen Schlauch im Hals, Klebeband um den Mund, zum Festhalten, und ich sah, ich hab eine Weile dagesessen, ich bemerkte, wie seine Hände so machten …

Zeigt, wie die Hände des Druckers machten.

So, ich dachte, was ist das denn, macht er, soll das so was wie Klavierüben sein.

Erneut die Bewegung der Hände. Es sieht nicht richtig nach Klavierüben aus; die Finger bewegen sich schnell und manövrieren unsichtbare Objekte rauf, runter, seitlich.

Dann dachte ich, oh, ich verstehe, was – mir kamen die Tränen, ich weinte. Ich dachte, seine Hände wollen den Schlauch rausreißen, dämlicher Ire, wahrscheinlich hatte er irgendeinen schwanzlutschenden Priester kommen lassen –

Schnelle Geste Richtung Pill, um ihn zu beschwichtigen und seines Respekts zu versichern. Pill lässt es ihm durchgehen.

Irgendein Mistkerl hatte ihm zugesetzt und ihm seinen freien Willen ausgetrieben, deshalb… Und nun lag er da, ein Gefangener in seinem Bett. Und seine Hände machten –

Wieder die Hände des Druckers.

Sein Enkel hielt mir eine Schachtel Kleenex hin, und ich sagte, ich sagte, guck dir doch mal seine Hände an, er … Vielleicht, was meinst du, will er an diesen Schlauch ran oder, oder das Kabel von dieser verdammten Pumpe? Sein Enkel sagt, nein, das ist bloß die Erinnerung der Muskeln. Er ist ein Schriftsetzer. Seine Hände arbeiten immer noch, siehst du das? Er setzt immer noch Geschichten und Überschriften in Bleisatz. Seine Hände arbeiteten. Homo laborans. Homo faber. Der Mensch als Arbeiter. Der Mensch als Macher. *Das* machen Hände.

Betrachtet seine Hände, dann:
Und das war es, der Junge hatte recht. Aber ich auch. Mein Freund, der Drucker, als sie ihn in der Nacht allein ließen, schaffte er es irgendwie, den Atemschlauch rauszuziehen. Er ist erstickt.
Mit der Arbeit deiner Hände erschaffst du die Welt.
Und solange du sie noch gebrauchen kannst, können sie die verdammte Welt genauso gut abschaffen.
Kleine Pause.

EMPTY Ich verstehe.
Das ist … nicht so kompliziert, Dad.
Gus sieht sie an, dann seine Hände, die wieder die Schriftsetzbewegungen machen.

V *nach einer kurzen Pause* Darf ich mal was sagen.

GUS Los.

V Ich hab nachgedacht.
Zu Empty Was ich von Zeit zu Zeit tue –

EMPTY Ich hab nicht gesagt, du –

V Vielleicht brauchst du eine richtige Arbeit, Daddy.

GUS Habe ich doch. Hatte ich. Ich bin in Rente, mit siebzig soll man in Rente sein. Ich bin zweiundsiebzig.

PILL Aber du siehst aus wie …

GUS Zweiundsiebzig.

PILL Aber du hast eine tolle Haut.

GUS Zu viel davon.

V Du hast seit 1973 nicht mehr gearbeitet.

GUS Als Hafenarbeiter bin ich 2005 in Rente gegangen. Vertragliche Verpflichtung. Aber die vierundfünfzig Jahre davor habe ich –

V Ja, aber gearbeitet hast du, ich meine, Ladung gelöscht oder einen Gabelstapler gefahren oder was auch immer, körperlich gearbeitet hast du nur, wie lange? Zweiunddreißig, dreiunddreißig Jahre höchstens, bevor ihr den garantierten Jahreslohn gekriegt habt. Und danach hast du nie mehr –

EMPTY *zu V* Er ist stolz auf den GJL. Zu Recht.

GUS *zu Empty* Schon in Ordnung, er –

EMPTY *zu Gus* Das wird ihn nicht umbringen, weißt du, wenn er ab und zu mal zu hören kriegt: »Du raffst es nicht«.
V macht dicht.

PILL *zu* V Mach nicht dicht.

Red weiter, sag es. *Zu Gus* Er wollte sagen, und nicht aus mangelndem Respekt für alles, was du '73 erreicht hast, bei dem Streik, dessen Papierspuren du gerade verbrannt hast, aber, der garantierte Jahreslohn, von dem wir alle, dem wir alle so viel verdanken, ich meine, dein Lohn ohne Arbeit, der hat uns das Essen auf den Tisch gestellt, na ja, meins nicht, ich war ja praktisch weg, und Tante Clios auch nicht –

Unten weiter.

CLIO Ich bezahle selber für mein Essen.

PILL *weiter* Du warst ... Das weiß der Himmel. Bei den Maoisten in Peru –

Unten weiter.

CLIO Nein, erst '86.

PILL *weiter* – wo es kein Essen gab.

GUS Darum geht es nicht, darum ging es nie bei dem Kampf, ein Garantielohn dreht sich nicht um, ums Essen, sondern –

EMPTY Eigentlich dreht es sich sehr wohl um Essen, oder? Es –

GUS Ja, okay, klar, aber noch um so viel mehr als das, du willst immer mäßigen und zähmen, wenn es um die –

EMPTY Mäßigen, ja, genau, so bin ich, die ich die Revolution zähme, seit ich –

PILL Okayokayokay, aber jedenfalls inzwischen, vielleicht weil du die Sechzehnte Epistel von Horaz und Marc Aurel erreicht hast – Und daraus gelernt hast du nur, welche Adern du aufschlitzen solltest, oder, oder vielmehr nicht, denn aufgeschlitzt hast du ja irgendwie die falschen – aber – ich glaube, was V sagen wollte ... V?

V *zu Gus* Es ist einfach falsch.

Deshalb solltest du es nicht tun. Die Kinder sind zu klein. Ich will, dass sie dich kennenlernen. Stirb nicht, bloß weil du dich langweilst.

GUS Tu ich gar nicht!

V Du langweilst dich so sehr, dass du Latein gelernt hast!

EMPTY *zu V* Provozier ihn nicht, das ist nicht –

V *zu Empty* Tu ich gar nicht! Und du hast mich gebeten, der Samenspender zu sein, warum markierst du also hier die –

EMPTY Ach, V, das hat doch gar nichts damit zu tun – und außerdem hat dich Maeve gebeten, nicht ich.

GUS *überlappend* Können wir bitte dieses Thema *nicht* anschneiden? Bitte?

V *überlappend, zu Empty* Du hackst auf mir rum, seit ich zum ersten Mal –

Schnelle Wichsgeste.

EMPTY *überlappend, zu Gus* Ich bin vollkommen einverstanden.

Geste zu V: ekelhaft; wir reden später. Dann zu Gus:

Du gehst nie zu Parteiversammlungen, weil –

GUS Weil –

EMPTY Weil sie so tot sind.

V Anders als du. Das korrespondierende Sowieso-Komitee und Herbert Ap-dingens, die sind dir doch völlig egal –

GUS *zu Empty* Ich habe nie gesagt, die wären tot! Das sind sie nicht, du warst ja nicht mehr da, seit du ein Kind warst.

EMPTY Und mich bringen auch keine sechzig – *du bist gegangen!* Und nachdem du mit den Komitees ausgetreten warst, konntest du gar nicht oft genug betonen, wie tot es war, kaum dass du ausgetreten warst, du bist bloß wieder eingetreten, weil du nach 9/11 Angst gekriegt hast und du –

GUS Die Partei ist nicht tot! Himmel nochmal! Zeig mal ein bisschen Respekt vor –

EMPTY Okay, okay, ich wollte nicht, du hast recht, da sind bestimmt, bestimmt gute Leute drin, die gute Arbeit leisten, harte Arbeit.

Aber nicht du. Es ist Jahre her, seit du irgendwelche Feldarbeit gemacht oder was organisiert hast.

Gus winkt ungeduldig ab.

Aber aufzuhören ist – ist kein Kapitalverbrechen.

V Ich wäre sehr, sehr traurig.

Also, Homo faber, komm und hilf mir!

GUS Wie, du meinst …?

V Komm und arbeite für mich.

Gus setzt an, zu sprechen.

Ich bezahle dir ein Sub-Minimum, schwarz, wie Soozes Vettern – wenn du mir versprichst, sie nicht gewerkschaftlich zu organisieren. Komm und hilf mir, in die Küchen der schon bald weggefegten Bourgeoisie von Brooklyn Heights lackierte Zebranoschränke einzubauen.

EMPTY V lässt dich bestimmt Geheimbotschaften an ihre Wände schreiben.

V Na klar. »Kapitalismus ist Scheiße!« oder sowas.

EMPTY »Das Geld für die Renovierung der Küche dieses 23-jährigen Hedge-Fonds-Juniorchefs stammt aus nicht gezahltem Lohn, der als Profit verschleiert wurde.«

PILL »Das Kapital ist verstorbne Arbeit, die sich nur vampyrmäßig belebt durch Einsaugung lebendiger Arbeit und um so mehr lebt, je mehr sie davon einsaugt.« *Das Kapital*, Band Eins.

EMPTY *beeindruckt* *High Five!*

Sie klatschen einander ab, High Five.

V Dann können wir die Botschaften mit elfenbeinfarbener thailändischer Sonnenuntergangs-Seidentapete mit Wasserzeichen überkleben, 3770 Dollar pro Quadratmeter.

PILL *zu Gus* Du könntest das, du … Vielleicht brauchst du einfach nur, na ja, ein bisschen frische Luft.

Kleine Pause.

EMPTY »Das produktive Leben ist aber das Gattungsleben. Es ist das Leben erzeugende Leben.« Das könntest du auch schreiben.

Gus sieht sie an, dann alle miteinander, dann wieder Empty.

GUS *zu allen* Also, Folgendes.

Sieht vor allem V an.

Ich bitte euch alle, ruhig zu bleiben. Ich bin es, ich bin ruhig. Ich will euch nicht traurig machen. Aber ich bin euer Vater, eines Tages werde ich euch traurig machen, irgendwann muss ich gehen …

Passt auf, das, das Haus.

Dieses Brownstone-Haus ist das Erbe, ja, der Wohlstand der Familie, drei, vier Generationen harter Arbeit und –

Macht eine Geste, die den Raum, das ganze Gebäude umfasst.

Unseres. Wir besitzen es. *Zeigt auf Clio.* Sie will es nicht, sie will … *Zu Clio* Ich weiß nicht, was du willst.

CLIO *hebt die Hände: Gar nichts!* Wunschlos glücklich.

GUS Ich möchte, möchte –

Schneller Blick zu V.

Der Markt gibt nach. Stimmt's? Wir lesen alle die, die Scheiß-*Times*! Der Markt ist über seinen Zenit hinaus, es sei denn, man glaubt an monetaristischen Quark über endloses Wachstum, der sich aus noch mehr Quark über endloses Wachstum speist – es sei denn, man ist kein Erwachsener oder hat schlimmer Alzheimer als ich und kann sich nicht erinnern … an 1992 oder an die Siebziger oder – Und dieses Mal, dieses Mal wird es noch viel schlimmer kommen als –

PILL Worauf willst du hinaus?

V *leise, misstrauisch* »Der Markt gibt nach.«
Der Aktienmarkt?

GUS Nein, nicht der Aktienmarkt, wen interessiert das? Der, der –

V Immobilien. Markt.

GUS Ich bin clever genug, zumindest eins zu begreifen: okay, zwei Dinge: Boom und Baisse. Was heute Wert hat, wird morgen weg sein, und –

V Das ist eine vorübergehende Delle. Kein Grund zur Panik.

GUS Sagt wer?

V Die Zentralbank.

GUS Du hörst darauf, was die –

V Ja.

GUS Kleiner Rat: Tu's nicht.
Gut, also. Hört euch an, was ich sage, objektiv, losgelöst von, von Gefühlen, und außerdem, die Zeiten ändern sich, und wir müssen uns mit ihnen ändern, Erwartungen müssen den, den materiellen Realitäten weichen.
Ich will liquidieren. Und dann räumen.
Kleine Pause.

EMPTY Du willst dich umbringen und das Haus verkaufen.

GUS So ungefähr. Genau. Nur umgekehrt.

PILL Oder: Wie wär's, du verkaufst und würdest dann, statt dich umzubringen, na ja, umziehen?

GUS Ja. Will ich nicht.

PILL Eine kleine Wohnung?

GUS Ich bin hier geboren worden. Oben. Clio auch. Das war der erste Ort, den ihr drei Zuhause genannt habt. Ich will nirgendwo anders leben. Kann ich nicht.

CLIO Könntest du jederzeit.

GUS *zu Clio* Du könntest das, du kannst es, so bist du, ich nicht, ich … entscheide mich dagegen.

EMPTY Du willst lieber sterben.

GUS Ich entscheide mich *dagegen.* Das ist auch eine Entscheidung. Verweigerung.

EMPTY Verweigerung wovon? Zu packen? Gute Nachrichten! Du wirst nicht viel zu packen haben, du hast ja alles auf dem Grill verbrannt! *Hörst du dir eigentlich selber zu?*

Himmel nochmal. Ist Adam … hilft dir Adam bei der Suche nach einem –

GUS Er hat einen gefunden.

Für, ähm, eine Menge Geld. Es sind –

Er lächelt, ihm ist es etwas peinlich, dass er lächelt.

vier Millionen. *Zu V* Weit über, über dem Marktwert, also falls, falls –

Er hält inne, weil V ihn wütend anstarrt. Er starrt wütend zurück.

EMPTY Hast du einen Vertrag?

GUS *zu Pill* Ich weiß nicht, ich weiß nicht, was mit dir los ist, warum ihr zwei plötzlich nach Minneapolis ziehen musstet, warum du so aussiehst, so … als wären die ganze Zeit die Furien hinter dir her, Drogen, Suff, was weiß ich, und, und, aber meine Güte, man sieht doch sofort, dass, dass dir irgendwas fehlt, und, und Paul wird schon wissen, wie dir dabei am, am besten zu … *helfen* ist und –

Zu Empty Wie viel verdient man so als Arbeitsanwalt? Okay, ich wünschte, das Baby wäre von Adam, zumindest seine Gene, ja, also seine und deine, nicht deine, deine –

Bewegung zu V, macht die Wichsgeste nach.

– und, aber ich weiß, sie ist dir wichtig, und sie ist klug, und wenn ich es mir erlaube, mag ich sie, und ich weiß, ihr wäre es ganz lieb, wenn ihr, ähm, eher wohlhabend wärt – du, du bist wie deine Tante, aber Maeve ist, sie ist …

Er ist jetzt ziemlich aufgewühlt und kann sie nicht mehr ansehen.

… und –

V wendet sich von ihm ab, bevor er wieder ansetzen kann.

EMPTY Dad, hör mal kurz auf, zu –

GUS Selbst nach Steuer ist das eine halbe Million für jeden. Auch in dieser Welt ist das – also, mehr ist nicht drin. Ich will, dass ihr so viel bekommt, wie drin ist. Und ich will nicht, dass ihr euch nachher in die, in die Haare kriegt über –

EMPTY In die Haare kriegen? Wer soll sich bitte in die Haare kriegen über –

Paul öffnet die Tür und kommt herein.

PAUL Darf ich –

Warum frage ich eigentlich?

Zu Pill, mühsam beherrscht Du wolltest doch hierbei nicht mitmachen. Richtig? Du hast auf dem ganzen Weg vom Flughafen Minnea-

polis bis Newark und dann bis hierher deswegen herumgejammert, was ich angemessen fand, und so einen kleinen Erfolg der ganzen Psychotherapie von Minneapolis demonstriert, die zugegeben etwas weniger kostspielig war als die von Manhattan, aber da ich sie bezahlt habe, immer noch kostspielig genug. Und offenbar rettungslos für den Arsch nach nur einer Stunde zu Hause, in dieser Stadt und mit diesen lieben Menschen – ihr wisst, ihr bedeutet mir sehr viel, aber, aber, diese … *Konferenz* oder, oder dieser Hexensabbat, das legitimiert jedes letzte bisschen an echten Selbstmordgedanken in ihm, das wäre vermutlich für, für die meisten Familien keine besonders gute Idee, aber außerdem, der Mann. Ist. Ein. Mitglied. Der. Kommunistischen. Partei. Kader. Parteidisziplin, was weiß ich? *Zu Gus* Gus, ich liebe dich, und Jesus liebt dich, aber –
Gleichzeitig mit der nächsten Replik.

PILL *zu Gus* Nicht ausrasten, er glaubt nicht an Jesus, er sagt das nur so, Jesus als Platzhalter.

GUS *zu Pill* Er ist doch – *Zu Paul* Du bist Theologieprofessor, wie kannst du das ganze Zeug lehren, ohne an Jesus zu glauben?

PAUL *weiter, zu Gus – aber* du hast dein ganzes Leben in Lehnstreue zu einer wahrhaften Maschine zur Herstellung paranoid-implosiver Persönlichkeiten verbracht, deren schiere … Wucht atemberaubend ist. Selbst Schwester Clio hier, du, wir sind, wie oft sind wir uns begegnet?

CLIO Selten. War immer ein Vergnügen.

PAUL Du hast, wenn ich es recht verstehe, versucht, dich abzusetzen von dem ganzen schlimmen obsessiven Geheimkult, oder besser: der Kultur, das war dein Vater, denk ich mir, Gus.

CLIO Ich bin weg, um Nonne zu werden, und wurde dann Maoistin, Paul. Ich fühle mich in jedem Kult sofort zu Hause, je schlimmer und obsessiver, je besser.

PAUL So, und dann kommt der verlorene Sohn, nein, die verlorene Tochter zurück und bewacht ihn, seit letztem Juni! Wie hat sich das bewährt? *Zu den Geschwistern* Und was jetzt, kommt jeder mal dran, der Reihe nach? *Zu Empty* Bist du die nächste, Em? Scheint mir ganz logisch zu sein: Du bist weg hier, um Ärztin zu werden, aber Ärzte sind Bosse, also hast du die Medizinische Fakultät hinter dir gelassen und bist Krankenschwester geworden –
Unten weiter.

EMPTY Sie sind wirklich Bosse, Paul, das habe ich mir nicht ausgedacht.

PAUL *weiter* – und dann eine Krankenschwester, die andere Krankenschwestern organisiert, und dann Arbeitsanwältin – das war er, die ganze Zeit hat er seinen fetten alten Lasthaken in deiner Seele versenkt und dich daran zurückgezogen, und jetzt bist du hier, Em, wieder da, angeschissen im beschissenen Brooklyn –

Unten weiter.

EMPTY Ein bisschen stört mich schon, dass du mein Leben zur Veranschaulichung benutzt, was immer du genau damit sagen –

PAUL *weiter* – denn vor einem Jahr hat er dich dazu überredet, ihn aus dem Krankenhaus zu holen, gegen –

Unten weiter.

EMPTY Ich konnte ihn doch nicht dalassen, er war nicht –

PAUL *weiter* – gegen den Rat seiner Ärzte –

Unten weiter.

EMPTY Im Ernst? Seiner Ärzte? Die waren dermaßene Grünschnäbel, die konnten kaum einen vollständigen Satz sagen! Bitte, ja.

PAUL *weiter* Schluss damit, verdammt noch mal. Ruft die Cops. Haltet den manipulativen Drecksack fest, bis sie hier sind, ihr habt keine Ahnung, wie weit er es noch treiben wird mit seinem Bedürfnis, euch in euer dämliches Hirn zu ficken. Dann steckt ihn in eine geschlossene Abteilung und pumpt ihn mit Psychopharmaka voll, denn IHR KÖNNT IHN NICHT RETTEN, KEINER VON EUCH. Ihr glaubt, er ruft um Hilfe, aber das hat er nicht getan, er hat nach *euch* gerufen, ihr steckt in seinem Kopf, und er will, dass sein Kopf stirbt, er will *euch* töten.

Oah, warum mach ich …

PILL Komm, Bärchen, wir gehen und –

PAUL *geht plötzlich auf Pill los* Guck dich doch an, wie du dich an dein Handy klammerst, als hinge das Ewige Leben davon ab. Tut es aber nicht. Es ist bloß ein krebserregender kleiner Mikrowellenherd, vollgepackt mit Silikon und Arsen und Tantalit aus dem Kongo, für dessen Bergbaurechte Millionen und Abermillionen Unschuldiger abgeschlachtet wurden, das ist der Teufel da in deiner Hand, du herzlose, böse, verrottete Schwuchtel. Ich hab da draußen auf der Treppe gehockt und gedacht: Versuch du bloß, an mir vorbeizukommen, versuch's mal, zu ihm zurückzukehren, ich bring dich um, aber zuerst schleife ich dich an deinen Haaren zu – *Weißt* du eigentlich, was ich getan habe für – *Existiere* ich überhaupt? Deinetwegen bin ich mir nicht mehr so sicher. Nicht deinetwegen im Sinne von deinetwegen existieren, aber, aber *existiere ich überhaupt?* Du hast es geschafft, mich an den Rand der Verzweiflung zu treiben. Und das ist wortwörtlich gemeint.

Gus, ich hoffe von ganzem Herzen, dass du dich nicht umbringst. Du bist gar nicht so schlecht. Dein Sohn … die Hölle in Tüten.

Paul geht.

V schaut zu Boden, Clio auf den Tisch, Gus und Empty sehen Pill an, unbeweglich.

CLIO *zu Pill* Solltest du …?

V springt auf.

V Er hatte eine gute Idee.

Geht zur Tür.

Ich rufe jetzt die Cops.

GUS Bitte tu's nicht, Vin.

V Keine Sorge, das würde ich nur machen, wenn ich ein –

Du hast es mir versprochen.

V schnappt sich eine Garibaldi-Büste von einem Regal und haut sie mit voller Wucht in die Wand. Dann stürmt er hinaus.

Gus sitzt einen Moment da, dann springt er auf und läuft ihm hinterher.

Clio, Empty und Pill sitzen einen Moment da und sehen sich an.

Empty geht zu dem Loch, das V mit der Büste in die Wand geschlagen hat. Sie schaut hinein. Dann dreht sie sich zu Clio und Pill um und bedeutet ihnen mit einer Geste »Was sollte das denn?«

CLIO Ich glaube, er dachte, er bekommt es.

EMPTY Das Haus?

PILL *zu Clio* Paps hat ihm das …?

CLIO Ich hab keine Ahnung.

EMPTY *überlappend, zu Pill* Ach, soll er's ruhig haben.

Während sie spricht, kehrt Empty zu dem Loch zurück und zieht Garibaldi heraus. Sie betrachtet das Loch.

PILL Dein Drittel kann er gern kriegen, aber nicht –

500 000 Dollar.

Empty wirft ihm einen besorgten, entsetzten Blick zu. Dann, zu Clio:

EMPTY Wusstest du, dass er beschlossen hatte, das Haus zu verkaufen, bevor er …?

CLIO Nee.

EMPTY Ich dachte, du warst das ganze Jahr über hier, ich dachte, ihr hättet bestimmt darüber geredet, dass –

PILL *zu Empty* 530000 Dollar für dich.

EMPTY *ignoriert ihn, zu Clio* Findest du seine Sprechweise seltsam?

CLIO Ich finde jegliches Sprechen seltsam.

EMPTY *ignoriert ihn weiter, zu Clio* Sollte er nicht … einfach so raus, rauszurennen, sollten wir nicht –

Paul hat recht, oder? Wir sollten sie holen, die –

CLIO Du solltest tun, was du willst, ruf die Notrufnummer an, wenn du willst. Ich habe ein Problem damit, aber es ist mein Problem.

EMPTY Ja, klar, aber wenn du darüber reden willst, nur zu, ja, ich will nicht –

CLIO Da, wo ich wohne, rufen die Leute ständig die Cops – wo ich wohnte, bevor ich bei eurem Dad eingezogen bin. Wenn sie kommen, die Cops, dann stehst du Auge in Auge mit einer … Gewalt, einer Kraft, die deine bei weitem übersteigt, die sich nicht für die Besonderheiten deiner Situation interessiert, diese Besonderheiten mögen für dich wichtig sein und überaus bedeutungsschwer, aber für diese Kraft haben sie null Bedeutung. Gus in einem öffentlichen Krankenhaus, abgefüllt mit Drogen, die ihn nur noch lallen lassen? So wird das dann nämlich. Ich habe ein Problem damit.

Pause. Empty nickt nachdenklich.

PILL Ich glaube, ich habe meine Ehe zerstört.

EMPTY *zu Pill* Als wäre mein Hauptanliegen, mein Geld zurückzukriegen.

PILL Das habe ich nicht behauptet.

EMPTY Wir haben wahrscheinlich beide unsere Ehen –

Bloß, ich kann nicht weg oder sie einfach nur, na ja, mich anschreien und aus dem Zimmer marschieren lassen, weil sie kurz davor steht, meinen Neffen auf die Welt zu bringen.

Empty rauft sich die Haare und schreit stumm, sich vor- und zurückwiegend. Pill tut dasselbe. Beide schaukeln und schreien stumm. Als sie fertig sind:

CLIO Vito ist die ganze Zeit hier und repariert irgendwas. Was glaubst du denn, wer sich letzten Juni um das Schlachthaus gekümmert hat, das das Badezimmer war, nachher? Er hat die Tapeten abgerissen, neu gestrichen, die alte Wanne weggeschafft und für fünfzehn Dollar an Mrs Dallarizza verkauft, ein paar Häuser weiter, ihr Enkel hat sie zersägt und seiner Nonna einen Schrein für die Heilige Jungfrau draus gebastelt. *Bekreuzigt sich, dann unten weiter.*

EMPTY Ich wusste nicht, dass du –

Vage Bekreuzigung.

CLIO *weiter* V hat diese wunderschöne neue Badewanne einbauen lassen und sie auch bezahlt. Ich glaube, er hat seit Jahren eine Menge bezahlt, damit das Dach nicht einstürzt.

Wollt ihr wissen, was ich das ganze Jahr lang getan habe? – Ich habe gebadet. Ich habe in Paterson keine Badewanne. Gus redet nicht besonders viel mit mir, aber ich habe ihn beobachtet, wie er Horaz übersetzt und denkt.

Kurze Pause, dann zu Empty:

Und jetzt bist du da.

EMPTY Weißt du, was er vorhat, um …

Wie er es vorhat.

CLIO Er hat jemanden kennengelernt.

EMPTY Wen?

CLIO Eine Frau.

PILL Er … geht mit ihr aus?

CLIO Michelle. Ich weiß nicht, was da läuft. Sie ist in eurem Alter.

EMPTY Iiihh.

PILL Na und? Er ist immer noch sexy.

EMPTY *Iiihh!*

PILL Ich würd's mit ihm treiben.

CLIO Sie … Sie hat schon mal jemand geholfen. Ich schätze, sie liefert ihm das nötige Handwerkszeug. Schmerzlos.

EMPTY Hm.

CLIO Im Gegensatz zu dem, was Seneca, Cato und die Stoiker versprechen, fürchte ich, dass es doch weh tut, sich die Pulsadern aufzuschneiden, und zwar sehr weh. Und während er blutete, war es auch ein mieses Gefühl.

EMPTY Das hat er dir erzählt.

Clio zuckt die Achseln.

Kurze Pause, dann:

Hat er dich gebeten, bei ihm zu sein?

Clio schüttelt den Kopf.

Also … Michelle? Ist ihr … [Name]?

Sie wird bei ihm sein.

CLIO Er mag es nicht besonders, das Alleinsein.

Empty fängt an, zu weinen.

PILL O Empty …

Sie schaut zu ihm hoch und weint heftiger.

EMPTY O Pill …

Er geht zu ihr. Sie umarmen und halten sich.

Gus kommt herein.

Empty reißt sich zusammen.

Gus betrachtet das Loch in der Wand. Er steckt seine Hand hinein, bricht ein Stück Rigips ab, was das Loch vergrößert.

CLIO Wie geht's V?

Gus betrachtet Empty.

Du hast ihn überrascht.

GUS Allerdings.

Er legt das Stück Rigips auf den Tisch, klopft sich die Hände ab und tätschelt Empty das Gesicht.

Er wollte mir einen Haken verpassen.

Ich geh nach oben. Ich bin müde.

EMPTY Ist Adam da?

GUS Ich habe Licht bei ihm gesehen.

Sag ihm nichts … Er weiß nicht, dass ich … was ich mir überlegt hatte.

EMPTY Hat er danach *gefragt?*

GUS Bring den Deal nicht in Schwulitäten, das geht dich nichts –

EMPTY Du willst dich umbringen, um einem Preissturz auf dem Immobilienmarkt zuvorzukommen, und mein Ex-Mann ist dein Makler.

Ich finde schon, dass mich das –

PILL Ich … geh mal einen Augenblick raus.

EMPTY Kannst du noch kurz –

PILL Einen Augenblick, Himmel, ich muss, muss –

Zu Gus Und nicht, weil du Schwulitäten gesagt hast. Ich bin gleich …

Geht ab.

EMPTY *zu Gus* Ich will eben mal –

Küsst Gus auf die Wange.

Zu Clio Ich bin dann unten.

GUS Vito.

Hat sich anscheinend freiwillig aus der, der Abstimmung zurückgezogen. Zu dumm, er wäre wahrscheinlich inzwischen eine Ja-Stimme. Zwei dafür, drei dagegen.

CLIO Wir sind ja nicht zur Abstimmung gekommen. Das sind Mutmaßungen. Vielleicht hat es sich verschoben.

GUS Natürlich bin ich – Meinst du, Pill –
Was willst du mir sagen?

CLIO Ich bin …
Kleine Pause.

GUS *reimt es sich zusammen* Du bist auf dem Sprung.

CLIO Ich werde fortgehen.

GUS Wann?

CLIO Weiß ich noch nicht, ich –
Bevor du es tust.
Dafür kann ich nicht dableiben. Ich bin über mich selbst verblüfft, aber.
Du kannst mich nicht darum bitten, deinen Selbstmord als meinen persönlichen Splitter vom Kreuz zu tragen.

GUS Wer bittet dich darum?

CLIO Du bist viel allein gewesen, aber du hast nie gelernt, keine Angst davor zu haben.
Irgendjemanden wirst du darum bitten.

GUS Aber nicht dich.
Kleine Pause. Dann zeigt Clio auf das Foto von Vito Marcantonio.

CLIO Congressman Marc sta girando nella sua tomba. [Der Kongressabgeordnete Marc dreht sich im Grab um.]

GUS Non importa. È morto. [Unwichtig. Er ist tot.]
Also. Zurück nach Paterson? In die Bundessozialwohnung?

CLIO Landes-, nicht Bundes-.

GUS Bundes- ist zu bequem, wie. Du willst da hin, wo man wirklich nicht leben kann.

CLIO Hey.

GUS Ich bewundere, was du tust, Clio. Immer schon.

CLIO Du weißt gar nicht, was ich tue, Gus. Du hast mich nie danach gefragt.

GUS Ich habe gelernt, dass es bei dir besser ist, das zu unterlassen. Die Antworten können verstörend sein.

CLIO Ich lebe bei den Armen. Ich helfe ihnen, weil ich es kann und weil sie es brauchen, aber es ändert nicht viel. Früher glaubte ich mal, es könnte etwas ändern.

Kleine Pause. Clio fällt es schwer, den Raum zu verlassen, Gus zu verlassen.

Was willst du … Essen oder Kaffee oder irgendwas oder …

GUS Sei nicht traurig, Kleines.

CLIO *mit einem zutiefst zermürbten Seufzer* O Augusto.

Du sagst, du kannst nicht, aber wenn du doch sagen würdest, du könntest. Woanders leben? Oder, oder nach irgendeinem anderen Weg suchen.

Er geht zu ihr und küsst sie zärtlich auf die Lippen.

GUS Und plötzlich strahlst du mit fünfzehn aus diesem Gesicht.

Er setzt sich an seinen Schreibtisch, schaltet eine Tischlampe ein, schlägt sein Latein-Wörterbuch auf, nimmt eine kleine Klassiker-Ausgabe von Horaz' Episteln in die linke Hand, öffnet sie, nimmt mit der Rechten einen Bleistift und schreibt in sein Notizbuch, übersetzt. Mit dem Rücken zu Clio sagt er:

Es ist gut, dass du gehst, Clio. Ich will, dass alle gehen.

Gus arbeitet. Clio steht in der Tür und beobachtet ihn.

Szene 3

In der Gartenwohnung, eine Etage unter dem Salon, etwa einen Meter fünfzig unter Straßenniveau, was man daran sieht, wie die Straßenlaternen die oberen Hälften der durchscheinenden Rollos beleuchten. Empty und Adam liegen nackt oder halbnackt auf dem Boden, überall sind ihre Kleider verstreut.

ADAM Ist dir jetzt klar, dass du nicht lesbisch bist.

EMPTY Wieso? Deswegen? Das bedeutet nichts. Gar nichts. Nimm's mir nicht übel, aber jedes Mal, wenn wir's tun, denke ich währenddessen: »Das ist jetzt wirklich, wirklich wie, hm, was ist das eigentlich? Was zum Kuckuck ist denn nun da dran?« und –

Unten weiter.

ADAM Du scheinst – besten Dank, übrigens. Du scheinst es aber schon zu mögen, du –

Unten weiter.

EMPTY – und ich, ich liebe Titten, Adam, eigentlich alles an ihnen, sogar meine eigenen, ich find's einfach, und Mösenlecken, das liebe ich auch, weißt du, diese komplexen Schichten, das ist … nur lecker.

ADAM – du hast, du hast so, *gemuht*, das hast du, das war … irgendwie irre war das –

EMPTY Gemuht? Fick dich doch.

ADAM Gertrude Stein hat gemuht! Als Alice sie geleckt hat! Das schreibt Janet Malcolm im *New Yorker!*

EMPTY Okay, ich muhe. Gertrude hat gemuht, ich muhe auch, Gertrude war eine Lesbe, ergo … Ich mach mir eigentlich nichts aus Schwänzen, es sei denn, sie sind aus schwarzem Gummi und an eine Frau geschnallt, dann – Maeve ist zu kugelig, um unseren umzuschnallen, egal welchen, wir haben eine ganze Sammlung davon – sie geht gern einkaufen, als Vorspiel –, aber jetzt kann sie keinen davon mehr anziehen, und es gibt noch keine Schwangerschaft-Umschnalldildos, und außerdem, außerdem, sich von einer Lesbe, die im achten Monat schwanger ist und einen Dildo umhat, ficken zu lassen, was man dann in Hündchenstellung machen müsste, das ist echt zu viel.

Adam streckt die Hand nach Empty aus.

ADAM Komm, wir machen es noch mal. Sofort.

Sie stößt ihn weg.

EMPTY Wenn er das Haus verkauft, musst du umziehen. Schon daran gedacht? Vielleicht hast du ihm deshalb geholfen.

Unten weiter.

ADAM Ich habe ihm geholfen, weil er einen Makler brauchte, einen –

EMPTY *weiter* Ist dir inzwischen klar geworden, wie pervers das ist, dass du hier im Keller bei meinem –

ADAM In der Gartenwohnung.

EMPTY Im *Keller* bei meinem Vater im Haus! Du bist ein erfolgreicher Immobilienanwalt; wir haben uns vor fünf Jahren scheiden lassen, Adam.

Unten weiter.

ADAM Vor vier Jahren.

Unten weiter.

EMPTY *weiter Zieh aus.*

ADAM *weiter* Du bist eine »erfolgreiche« Arbeitsanwältin, was dasselbe ist wie ein erfolgloser Anwalt in egal was, aber du darfst in einer Dreizimmer-Eigentumswohnung am Riverside Drive wohnen –

Unten weiter.

EMPTY Die ist in der 97. Straße, nicht am – Du lebst vom Lügen.

ADAM *weiter* – die du dir nie und nimmer hättest leisten können ohne deine Lippenstiftmedusa von Scheidungsanwältin –

EMPTY Sie hat dir gründlich in den Arsch getreten! Wer vertritt sich auch selbst in einem –

ADAM Du hast mich fallenlassen, du hast mein Leben ruiniert, du hast Maeve in unsere Wohnung einziehen lassen, wo sollte ich denn hin? Es gefällt mir hier! Okay? Ist schließlich auch meine Familie!

EMPTY Ruf den Käufer an. Sag ihm, der Alte hat seine Meinung geändert. Er will nicht verkaufen.

Unten weiter.

ADAM Das kann ich nicht!

Unten weiter.

EMPTY *weiter* Zeig mir den Vertrag. Wo ist –

ADAM *weiter* Du weißt doch, dass ich – er ist nicht hier. Bist du deswegen mit mir ins –

Ich denke, das wird Gus guttun, befreit von den beträchtlichen Unterhalts-

EMPTY Dieses Haus, das sind wir, das ist meine Familie, das ist er, es wird ihm nicht guttun, es wird sein Ende sein. Dir fehlt jedes – Mein Urgroßvater war ein, ein Bauer aus dem Mezzogiorno, ein Stauer im Hafen, aber irgendwie, Gott weiß wie, trotz der Unterdrückung, der Verrohung, der Hungersnot, der Verzweiflung –

Unten weiter.

ADAM Ehrlich mal: Das macht mich so an, wenn du die Platte auflegst, diese selbstgerechte, mackerhafte …

EMPTY *weiter* – der Sechzehnstundentage, der Sechstagewochen, der TBC, der Enge. *Werd erwachsen. Wirklich, ernsthaft, werd endlich verdammt nochmal* – Er hat sich das hier erarbeitet. Kapierst du nicht, was ihn das gekostet hat? Sein Sohn, mein Großvater, meine Großmutter, die haben auch nach dem Schwarzen Freitag daran festgehalten, du kannst nicht, du musst –

ADAM Gus wird sich nicht umbringen, weil er das Haus verkaufen muss! Keiner tut das! Und er irrt sich, was den Markt betrifft, der geht steil nach oben, aber abgesehen davon hat der Verkauf des Hauses überhaupt nichts zu tun mit –

EMPTY Sie sind hier gestorben. Sie sind hier gestorben, Adam. Sie alle, Nicolao, Uroma Maria, mein Opa Matt, Nonna Rosa. Natürlich kann er sich das Leben nicht ohne das Haus vorstellen. Wenn er das Gefühl hat, nachzulassen, sein Gedächtnis zu verlieren, und er hat praktisch ein fotografisches Gedächtnis, das hatte er, konnte sich blitzschnell an den Namen jedes Arbeiters erinnern, der ihm je begegnet war, und zu seiner Zeit – Streiks, Mitgliederanwerbung – sind ihm Tausende begegnet, ihre Kinder und Frauen.

Ich wette, ich wette, das Haus – Wenn sein Gedächtnis wirklich nachlässt, dann wette ich, dass dieser Ort hier, ähm, sich für ihn erinnern wird? Und wenn er das Haus verkauft, um Geld für uns zu besorgen … dann wird er natürlich nicht als verrückter, verlorener alter Mann in irgendeinem bedeutungslosen, erinnerungslosen Zimmer irgendwo rumhocken.

Kleine Pause.

ADAM Ich würde Gus niemals weh tun, das weißt du, ich –

EMPTY Du hättest es uns sagen müssen.

Blas die Sache ab!

ADAM Das kann ich nicht!

EMPTY Dann finde einen Weg! Was ist das Problem, deine Provision?

ADAM Ich nehme keine – Und wenn ich dich darauf hinweisen darf, ich war da, mit Clio und V! Wo war Pill? Und wo ist er jetzt? Und wo warst du? Seit Monaten hast du dich nicht mal –

EMPTY Es war schwierig, zu, zu – Die Arbeit ist anstrengend, und, und –

ADAM Die Arbeit, ja, klar, die Arbeit, na, das entschuldigt natürlich alles, deinen Vater nach einem ernsthaften Selbstmordversuch hängenzulassen, aber ich bin das Arschloch, weil ich ihm einen Viermillionen-

EMPTY Und Maeve ist … du weißt ja.

ADAM Ja, ich weiß, was Maeve ist. Du bist trotzdem runtergekommen, um mit mir zu ficken. Das weiß ich auch.

EMPTY Ich bin nicht runtergekommen, um mit dir zu ficken, sondern um, um deinen Zwergenkopf abzubeißen und in deinen Halsstumpf reinzuspucken!

Ich weiß nicht, ich weiß nicht, ich … Wir arbeiten gerade an dem EFCA, dem Gesetzentwurf zur Erleichterung gewerkschaftlicher Organisation in Betrieben –

ADAM Ich weiß, was das –

EMPTY Klar, du bist wahrscheinlich dagegen.

Unten weiter.

ADAM Eher agnostisch, das hat keine große Auswirkung auf den Immobilien-

EMPTY *weiter* Für die Debatte im Senat sind wir eine der Gruppen, die Ted Kennedys Büro zuarbeiten, wir sind nur ein kleiner Teil der – Aber Statistiken, Theorien, Zeugnisse, Aussagen, ich bin jeden Tag rund um die Uhr in der U-Bahn, dann Restaurants und Hotels und ein paar Hausangestellte – und Geflügelrupfer! In Queens! Mein Spanisch ist echt, es ist absolut increíble cómo es fluido soy. Der New Deal in den 30ern war gewerkschaftsfreundlicher, aber weißt du, nach all diesem …

Eine Geste, dann:

Horror. Sie werden den Gesetzentwurf verschleppen, diese gierigen, ehrlosen Säcke, aber nächstes Jahr, falls ein Demokrat ins Weiße Haus kommt, wird es – Na, wir werden sehen, wie es dann wird, aber besser bestimmt, besser als das, was wir jetzt haben: das Schlimmste, das verdammt noch mal ungebremste Schlimmste. Besser und besser, wenn wir dafür arbeiten, denke ich, und ich … *arbeite*. Härter als je zuvor, und ich mach es gerne, mich an einem Großkotz-Bundesarbeitsgesetz abarbeiten. Mein Privatleben ist – na ja, objektiv betrachtet, ein beeindruckendes Desaster: dieser ganze … Rattenkönig –

ADAM Was meinst du mit Rattenkönig?

EMPTY Das ist … unwichtig, es hat nichts –

Pill ist in Schwierigkeiten geraten, und – vergiss es. Und jetzt, und –

Kurze Pause, dann, vertraulich.

Maeve ist so riesig, dass man meint, sie gebiert demnächst Fünflinge.

ADAM Und das mit Vs Samen.

EMPTY Genau. *Flüstert.* Adam. Es gibt keinen Menschen auf der ganzen Welt, der sich weniger ein Baby wünscht als ich.

Unten weiter.

ADAM Ich weiß. Du hättest bei mir bleiben sollen. Ich bin steril.

EMPTY Nein, du bist –

ADAM Geringe, äußerst geringe Beweglichkeit.

EMPTY Und du bringst mich zum Muhen.

Kleine Pause.

Letztes Jahr hat er mir einiges verrücktes Zeug erzählt, als er in der Geschlossenen war. Diese Medikamente. Als ich ihn aus dem Krankenhaus raus hatte, ist es mir schwergefallen, hierher zurückzukehren. Und er behandelt meine Arbeit abfällig, er – Aber was soll's, Scheiße, er ist mein Vater, du hast recht, er ist mein Vater, und ich habe ihn ein ganzes Jahr alleingelassen, mit den Narben an seinen Handgelenken.

ADAM Du bist ein mutiger und guter Mensch.

EMPTY Und statt zu *verhandeln*, stolpere ich nach unten, um mir einen Trostfick abzuholen.

ADAM Jederzeit.

EMPTY Selbstsüchtig. Gedankenlos. Feige, das ist unverzeihlich.

ADAM Egal was passiert. Empty, du weißt es. Du kannst immer zu mir zurückkommen.

Kleine Pause. Sie sieht ihn an.

EMPTY Hm-hmmm. *Bestätigend.*

Blas die Sache ab, Adam. Schick den Käufer zur Hölle.

ADAM *kopfschüttelnd* So leicht lassen die sich nicht zur Hölle schicken.

EMPTY Wer ist das?

ADAM Ein Konsortium. Sie, äh, krallen sich links und rechts jedes Haus, das sie kriegen können, überall in Brooklyn. Keiner weiß, wo die so viel Cash herhaben.

Szene 4

Pill und Eli sind in Elis kleiner Einzimmerwohnung – keine Sitzgelegenheiten, Waschbecken, aber kein Bad – auf der 48. Straße West zwischen der 8. und der 9. Avenue in Manhattan. Den meisten Platz nimmt Elis Bett ein, auf dem er gerade liegt und 600 Dollar in 20-Dollar-Scheinen zählt. Pill steht an der Tür und sieht ihm dabei zu.

PILL Ich hab da seit Ewigkeiten nicht mehr drin gelesen, seit … nicht mal auf dem College. Im Sommerlager.

ELI Du hast Marx gelesen, als du im …?

Pill nickt.

Aha, und …?

PILL Aber ich weiß nicht –?

ELI Los.

PILL Der Arbeiter legt sein Leben in den Gegenstand –

ELI Wie?

PILL Indem er es macht, indem er arbeitet. Seine Arbeit, sein produktives Leben geht in die Herstellung von Dingen; von seiner Arbeit bleiben die Dinge in Form ihres Wertes; der wird zu etwas Objektivem, außerhalb von ihm. Sein Leben wird zu etwas Objektivem, außerhalb von ihm.

ELI Ähm, okay …

Eli hat fertig gezählt.

PILL Sechshundert Dollar.

ELI Du bist sicher, dass du das willst?

Pill starrt ihn an. Eli lächelt Pill an.

PILL Dass der Mensch seiner eigenen Arbeit entfremdet ist, seiner selbst entfremdet ist, zeigt sich, so wie alles Menschliche laut Marx, auch im Verhältnis des Menschen zu anderen Menschen, seine Selbstentfremdung drückt sich als Entfremdung von anderen Menschen aus.

ELI Ja, klar, also, richtig, also – das ist interessant.

PILL Der *Schaden* der Prostitution, also dass du dein tiefstes Inneres zur Ware machst, deine Fähigkeit, Liebe zu geben und zu empfangen, romantische Liebe, dass du das, diese innere Fähigkeit in etwas Käufliches verwandelst, distanziert dich von deiner eigenen –

ELI Nein, ich meine, was ich meinte, war, es ist interessant, wenn du auf den Strich gehst, dann verkaufst du das entfremdete Ich. Stimmt's? Nicht wie ein iPhone, in dem dein Arbeitsleben in der Falle sitzt, also ich kapier schon, dass das, dass das schlecht ist, so, ich bau ein Haus und kann mir selber keine Wohnung darin leisten, ja, aber weißt du, was ich meine? Es geht nicht um das Haus oder das iPhone, es geht um *dich*, das ist es, was sie kaufen, du machst nicht irgendein Ding, du machst dich zu einem Ding, deshalb –

PILL Das hab ich doch –

ELI Nein, du hast so mehr *geurteilt*, aber –

PILL Ein besonders dramatisches Beispiel für das allgemeine Leiden, das –

ELI Ja, genau, das hab ich gemeint, dramatisch, Leiden, aber wenn du nicht abgelenkt wirst durch, na ja, Gefühle und so … Oh, jetzt bin ich rausgekommen – Nein, warte, es ist, es geht ja genau nicht darum, dass du ein Ding kaufst, das entfremdetes Arbeiterleben in sich verborgen trägt, es ist nicht versteckt, sondern alles da, ja! Du kaufst den entfremdeten Arbeiter, die Entfremdung, ja, du willst die Entfremdung ficken oder dich von ihr ficken lassen, diesen ganzen Prozess der … wie hast du das genannt? Kommodität …?

PILL Fetischismus.

ELI Cool. So als wäre das ein Leiden, eine Krankheit, dieser Prozess, du willst den Prozess kaufen, keinen Jungen, sondern ein Ding wie einen Jungen, in dem, in dem – es transparent wird. Das Leiden.
Lächelt. Hält das Geld hoch.
Willst du das, Pill?

PILL Du bist kein Junge, du bist, was bist du, du musst doch mindestens zwanzig –

ELI Junge, Mann, Kerl, Callboy, Stricher, egal. Was du willst, wollte ich –

PILL Dich. Egal was du bist.

ELI Du hast eben von *Schaden* geredet. Das bin ich nicht. Das finde ich dumm, es ist nichts als ein wohlfeiles Klischee, ich bin – ich bin nicht mal sicher, ob ich ein Stricher bin.

PILL Das bist du.

ELI Nein, ich meine, als du mich zum ersten Mal kontaktiert hast, was stand da in meiner Anzeige auf Craigs Liste? Ich habe nie so was formuliert wie »großzügige Männer«, ähm, »Massage«, »stehe auf ältere Männer« oder irgendeiner dieser Codes. Ich hatte da stehen, ich weiß es im Moment nicht, wann war das noch mal –

PILL Vor zwei Jahren im April.

ELI Wow. Das weißt du noch. Was stand denn in meiner – bloß irgendwelcher Dirty Talk, oder –

PILL »Kneif mir in die Nippel, und ich komme auf deine Brust.« Ziemlich atemberaubend. Vor allem zusammen mit dem Bild. Und dem Zitat von Robert Duncan.

ELI »Aus der Dunkelheit hab ich mich aufgerichtet, als du aufrecht wurdest. Wo auch immer du bist.«
Danke, Yale. Waren die vier langen Jahre also nicht ganz vergebens. Ich wusste, wenn jemand das Zitat zuordnen könnte, würde er … Du hast Geld liegenlassen, als wir fertig waren, und ich glaube –
Unten weiter.

PILL Ich bin ja nicht blöd, ich konnte doch sehen, dass, dass, dieses Zimmer, wenn ich dich wiedersehen wollte, dass das nicht ohne Trinkgeld –

ELI *weiter* Und ich glaube, vielleicht macht dich gerade verrückt, dass es dich vielleicht anmacht, für Sex zu bezahlen, ich glaube, das Geld ist ein, ein –

PILL Stimmt.

ELI Okay, cool, vielleicht macht es mich auch an, schon mal darüber nachgedacht? Dass ich dafür bezahlt werde. Wer sagt denn, dass das hier

Hält das Geld hoch.

ein Ausdruck unserer Selbstentfremdung durch unsere Beziehung oder was auch immer ist, anstatt, vielleicht ist es ein Aphrodisiakum, ein Verstärker, Rollenspiel. Nur weil es Geld ist, muss es doch nicht schlecht sein, nur weil etwas verborgen ist, muss es doch nicht schlecht sein, manche Leute lassen sich gern die Augen verbinden. Manchmal magst du es, wenn ich dir Ohrfeigen verpasse. Ich will das gar nicht unbedingt, aber dir gefällt es, also tue ich es, und mir gefällt, dass es dir gefällt, und so komme ich in die Stimmung rein, auch wenn ich sage, ich steh eigentlich gar nicht drauf. So komme ich rein ins Spiel. Wieso ist das so anders als Theaterstücke oder Gedichte oder irgendwelche anderen Metaphern? Was ist der große –

PILL Aber es ist keines dieser Dinge, Eli, es ist wirklich … real. Du bist ein Stricher. Ich bin ein, ein alter Sack. Ein Freier.

Zeigt auf das Geld.

Das ist – damit kannst du dir ein iPhone kaufen.

ELI Ich hab schon eins, also …

Hält Pill das Geld hin. Pill nimmt es nicht.

PILL Das … das ist kein Spiel, Eli.

ELI Ich habe keinen Schaden, Pill.

Ich bin kein Ding. Das weiß ich genau.

Steckt das Geld ein.

Ich hab bei MTV einen Praktikantenjob bekommen. Nachdem du nach Minneapolis gegangen bist. Ich wurde zu einer Party eingeladen, zu der Bob Dylan nicht gekommen ist. Dann war ich in einem Programm für Jungübersetzer bei der UNO, aber –

PILL Übersetzung? Du sprichst doch gar keine –

ELI Es war halt nicht, ich hab's nicht hingekriegt, und dann hatte ein Freund einen Kontakt zu ABC, hat er jedenfalls gesagt, aber, na ja, ich weiß nicht, ich hätte wohl bei MTV bleiben sollen, was zwar kein Geld eingebracht hat, aber.

Singt leise.
»Pensa che un popolo vinto, straziato,
Per te soltanto, per te soltanto risorger può.«
Kleine Pause. Eli lächelt Pill an.

PILL Da hat dich jemand mit in die Oper genommen.

ELI Das war der Hammer! Vor allem diese kleine Stelle, das war so – ich konnte einfach nicht aufhören, weißt du, es hat mich berührt, und nachher hab ich dann, ich hab mir die CD von ihm geliehen und …
Sucht herum, findet eine »Aida«-CD und gibt sie Pill.
… dann hab ich diese Stelle gesucht und auswendig gelernt.

PILL *leise, überlappend* Du hast dir die CD *geliehen*.
Sing's noch mal?
Eli schüttelt den Kopf.
Warum hast du das auswendig gelernt?

ELI Offenbar hast du dazu ja schon eine Meinung, also …

PILL Was bedeutet es?

ELI Du weißt, was es bedeutet, du sprichst Italienisch, du –
Ah.
Grinst. Cool.
Du glaubst. Du glaubst, es hätte mit dir zu tun.
Damit, dass ich dich vermisse.

PILL Hatte es damit zu tun? Hast du mich vermisst?

ELI »Bedenke, dass ein Volk, besiegt, verzweifelt,
nur durch dich …«

PILL »Risorger può.« »Wieder aufstehen kann.«

ELI Ich weiß.
Kleine Pause.

PILL Würdest du es zulassen, wenn ich dich ohrfeige?

ELI Willst du das?

PILL Erlaubst du das anderen Männern?
Eli denkt nach, dann nickt er.
Auspeitschen?

ELI Klar.

PILL Fesseln?
Eli nickt, beunruhigt.
Versengen? Würgen? Unsafe?

ELI Macht dich das an?
Kleine Pause. Dann ein breites Grinsen.

Ich hab kein Geld, Pill.

Pill fängt an zu weinen. Eli beobachtet ihn.

Ist das … Bist du …? Ist das … die Szene, ähm, unsere Szene?

Pill sitzt auf dem Bett, hält die CD in der Hand, weint.

Ich habe dich vermisst, wirklich, weißt du, ich war total, ähm, gestört ohne dich, ich hab wahnsinnig viel – ich konnte dir ja nicht mailen oder smsen oder dich anrufen, ich war irgendwie die ganze Zeit durch den Wind, oder – Ich hab vermisst, wie du mich küsst, ich hab vermisst, dass du mir sagst, na ja, wie intelligent ich bin, wie … untypisch für einen Stricher.

PILL Du bist kein –

Du hast das Geld vermisst.

Das viele Geld …

ELI Es tut mir leid, dass du, ich mach mir Vorwürfe, dass du das von deiner Schwester –

Unten weiter.

PILL *hält die CD hoch* »Geliehen«.

ELI *weiter* Ich wusste nicht, dass du – mir war nicht klar, wie sehr.

Ich hab kein Geld, Pill. Ich bin –

Nimmt die 600 Dollar aus der Tasche.

Hier, willst du es? Willst du es zurück?

Legt das Geld aufs Bett neben Pill.

Hier. Ich will es nicht, ich –

Pill nimmt das Geld und sieht es an, während Eli weiterspricht.

Ich lasse andere Männer nicht, ich lasse sie das nicht tun, ich bin doch nicht verrückt. Dir würde ich es erlauben, weil, weil ich –

PILL Nein, bitte.

ELI Ich liebe dich, Pill.

Kleine Pause.

Leise, nicht singend: »Per te soltanto …«

Pill legt das Geld und die CD aufs Bett und will zur Tür. Eli tritt ihm in den Weg.

PILL Ich sollte, ich sollte, ich bin … etwas verwirrt jetzt, ich …

Er ist überwältigt.

ELI Du bist … Ich glaube, du weinst wegen deinem Dad? Ich glaube, du hast Angst deswegen, kann das sein?

Pill kann nichts sagen, aber er versucht Eli am Weitersprechen zu hindern. Eli ignoriert das.

Vielleicht hättest du nicht herkommen sollen, vielleicht hast du ein ungutes Gefühl deshalb? Vielleicht meinst du, du solltest in Brooklyn sein und dich um ihn kümmern?

Pill sieht Eli nicht an und nickt. Eli, plötzlich tieftraurig, tritt von der Tür weg. Pill setzt sich wieder aufs Bett.

Eli geht zu ihm, setzt sich neben ihn.

Das ist bestimmt ganz, ich meine, so … ich kann's mir nicht vorstellen. Er ist dein Vater, du, du bist sozusagen aus seinem Schwanz gekommen, er hat dich in den Bauch deiner Mutter gespritzt, in die Welt, deshalb ist er – etwas Enormes für dich, immens.

Eli legt den Arm um Pill. Küsst ihm die Wangen, das Kinn, die Augen.

Ich hab mir immer vorgestellt, dass man es einem Menschen an den Augen ansehen kann, wenn er es wirklich ernst meint. Mit dem Sterbenwollen.

Pill sieht Eli an.

PILL Was würdest du dann sehen?

ELI Ich weiß nicht, dass da … irgendein Licht ist?

PILL Licht?

ELI *kleines Nicken, dann* Na ja, von der anderen Seite.

Pill küsst Eli, kurz, auf die Lippen, zärtlich, aber vermutlich ein Abschiedskuss.

Pill nimmt das Geld in die Hand.

PILL Hier. Ich möchte, dass du das Geld nimmst.

Eli nimmt es nicht.

ELI Hat er gesagt, wie er es …

Kleine Pause. Eli sieht das Geld an, dann Pill.

Nur wenn du da bleibst.

Ende des I. Aktes.

II. Akt

Szene 1

Pill und Eli liegen in Elis Bett. Pill schläft, Eli sitzt aufrecht da und schreibt eine SMS auf seinem iPhone. Pill wacht auf und beobachtet ihn.

PILL Was machst du da?

ELI *trübsinnig, ohne Pill anzusehen* Nichts.

Eli schreibt weiter. Pill sieht zu. Während der ganzen folgenden Szene schreibt Eli weiter seine SMS.

PILL Und schönen Gruß auch an –

ELI Ich muss bald los, ich habe Sachen zu –

PILL Was?

ELI Ins Studio, Yoga, das geht dich nichts –

PILL Du machst Yoga?

ELI Hab ich mir überlegt.

PILL Heute zum ersten Mal.

ELI Jap.

Jap. Jjjjjap.

Kleine Pause, Eli schreibt SMS.

PILL Alle Achtung, du kannst auf Glas tippen.

ELI Ich bin … bemerkenswert.

PILL An wen –

Pill versucht ihm das iPhone wegzunehmen, Eli hält es fest, setzt sich aufrecht hin, die Füße über den Rand baumelnd, Pill den Rücken zuwendend.

Das war herrlich letzte Nacht.

Gott, du bist so schön, wirklich. Liegt das daran, dass ich jetzt so alt bin? Nur weil deine Kapillaren dichter unter deiner Haut sitzen? Sorgt das für dein, was weiß ich, dein Leuchten?

ELI Himmel …

PILL Nur weil meine Haut ein schwieliger alter Rhinozerospanzer ist und deine noch … deinen Muskeln treu bleibt? Weil du Muskeln *hast?* Weil du 600 Dollar kostest?

Pill berührt Eli am Rücken. Eli reagiert nicht.

ELI Ich koste 300 Dollar die Stunde.

Unten weiter.

PILL Du hast die Miete erhöht.

ELI *weiter* 600 Dollar reicht nicht im Entferntesten für letzte Nacht. Was du gezahlt hast, reicht nicht im –

PILL Glaub mir, das weiß ich.

ELI Über Nacht, das kostet so Richtung eintausend, es …

Eli schreibt weiter SMS. Pill versucht, ihm wieder das Telefon wegzunehmen. Eli legt eine Hand auf Pills Gesicht und schubst ihn weg, heftig.

PILL Au!

Reibt sich den Nacken. Verdammt, das –

ELI Hör – du musst einfach – hör auf. Hau ab. Zieh dich an und hau ab, Pill.

Selbst wenn du mehr Geld hättest, würde ich nicht, ich kann nicht – Das ist mir viel zu gestört mit dir, alles immer nur Leiden, ja. Nur Bezahlen und Altwerden und dann so deine *unschätzbaren Ratschläge zu meiner geistigen Gesundheit*, was wohl irgendwie ironisch sein soll oder was!

PILL Himmel, was ist denn –

ELI Ich weiß nicht, ich weiß nicht, du regst mich auf. Deinetwegen find ich mich Scheiße, mich und was ich mache.

PILL Gut.

ELI *Ich* hab von meiner Schwester kein Geld genommen! Ich verdiene mir mein –

Unten weiter.

PILL Du hast eine Schwester? Ich dachte, du hättest nur einen –

ELI *weiter* Du bist ein Scheißheuchler. Und dann verschwindest du mal eben für –

PILL Ich verschwinde?! Du, du hast aufgehört, meine Anrufe zu beantworten, meine E-Mails, seit, das war ein halbes Jahr Funkstille und –

ELI *überlappend* Und dann tauchst du hier einfach so auf, nachdem du abgehauen bist nach –

Unten weiter.

PILL Du hast mich darum gebeten, über Nacht zu bleiben. Das wolltest du, jetzt tu nicht so, als –

ELI *weiter* Ich habe bloß aufgehört, auf deine ständigen Anrufe und

SMS zu antworten, du gruseliger alter Stalker! Du bist nach Scheiß-Milwaukee abgehauen –

PILL Minneapolis. Du weißt genau, dass ich das tun musste. Das weißt du.

ELI Warum? Weil die oberverspannte psycho-possessive Queen, mit der du verheiratet bist, da oben einen Job gekriegt hat?

Unten weiter.

PILL Du hast, das hat … es war mein Bankrott. Es hat Paul umgebracht und, und –

ELI *weiter* Um dich von mir fernzuhalten. Und du bist mitgegangen.

PILL Er ist mein Mann. Paul ist mein Ehemann.

ELI Ah ja, das fällt dir immer mal wieder ein, meistens nachdem du gekommen bist, komische Sache mit dem Gedächtnis, hm? Dein Gelübde. Du bleibst mit ihm verheiratet, weil es uns ja so scheißschmutzig macht, mich oder welche Nutte du auch immer in Minneapolis beehrst. Aber das ist ja so viel weniger atemberaubend oder unverwechselbar böse oder was auch immer. Ist ja nicht so, als hätte nicht jede Tunte im mittleren Alter, die mich bezahlt, irgendwo einen Göttergatten in der Hinterhand, einen sexuellen Kollateralschaden auf der Ständerbank. Und je älter und hässlicher, desto wahrscheinlicher ist das, weißt du, »ruf mich nicht zu Hause an, und wenn wir uns zufällig draußen oder in einer Bar oder in irgendeinem dämlichen Musical über den Weg laufen, kennst du mich nicht«. Aber weißt du was, du kannst mich mal. Und das Geld, das du mir gegeben hast, wenn ich meinen Stundensatz berechne, weißt du, wie viel Verlust ich gemacht habe, in der Zeit, die ich dir hinterhergeschmissen habe? 30 000 Dollar ist nicht mal annähernd …

Kleine Pause.

PILL Du hast recht.

ELI Ja, na ja, jippie.

Eli fängt wieder an, SMS zu schreiben.

PILL Und übrigens, ich beehre niemanden. Nicht seit wir aus New York weggegangen sind.

ELI Welche Ehre. Gibt's in Minnesota keine Stricher?

PILL Paul und ich versuchen wieder aufzubauen, was wir mal hatten, wieder in Verbindung zu kommen, sexuell, wir –

ELI Viel Glück! Ich habe ihn kennengelernt. Er ist innerlich irgendwie *zerrissen.*

PILL Gar nicht. Er ist sogar ziemlich klasse im –

ELI Er hat mich bedroht! Er wollte mich verprügeln!

PILL Er hat sich furchtbar aufgeregt. Er liebt mich, er wollte nicht, dass ich –

ELI Ja, und warum hat er dich dann nicht verprügelt?

PILL Hat er ja. Ich meine, wir haben uns –

ELI *Handgreiflich?*

PILL Er hat mir eine runtergehauen. Heftig, auf meinem Gesicht waren Spuren, seine fünf Finger. Das hat er in sechsundzwanzig Jahren kein einziges – Er hat die Kontrolle verloren, er –

ELI Das ist gestört.

PILL Sogar mein Therapeut meint, das hätte ich verdient.

Eli greift unter die Matratze und nimmt die 600 Dollar hervor, die Pill ihm gegeben hat; er hält sie ihm entgegen.

ELI Okay, du beehrst also keinen Stricher mehr, und das hier, was drückt das dann aus?

PILL Ich liebe dich wirklich, Eli, das musst du doch wissen.

ELI Ihn liebst du. Du bist aus deiner coolen Upper-West-Side-Wohnung ausgezogen, mindestens zehn Zimmer, mietpreisgebunden, Vorkriegsbau –

Unten weiter.

PILL Von der Uni gestellt, und nur vier –

ELI *weiter* – und bist an einen Ort gegangen, wo es im Januar eine Woche lang ungefähr minus 30 am helllichten Tag waren.

PILL Du hast nachgeschaut. Im Internet, du …

ELI Du liebst mich nicht auf diese Weise.

Du bist derjenige, Pill, der die Spielchen spielt. Dafür ist das da *(Das Geld.)*

damit es ein Spiel für dich bleibt. Damit *wir* ein Spiel bleiben, eine Abstraktion.

Pill nickt.

Also, dann heirate mich.

PILL Ich habe nicht … *Was?*

ELI Es muss ja nicht für immer und ewig sein, was übrigens auch sonst für gar nichts gilt, gar nichts. Du und Paul: der Tod im Bett. Ihr seid Kumpel, und ihr habt nur Angst, dem ins Auge zu sehen. Zu, zu sehen, dass das, wo ihr gelandet seid, nur eure Selbstentfremdung ausdrückt. Und was ihr für, genau, für die Sicherheit verkauft habt. Geld ist nicht die einzige Währung.

PILL Eli, meine Güte, wovon redest du überhaupt?

ELI Es wäre der Wahnsinn. Bezahl für mich. Für mein »Leuchten«. Nicht zur Miete, Eigentum. Wofür arbeitest du jetzt? Deine Therapiesitzungen? Arbeite doch, damit du dir mich leisten kannst. Mich behalten kannst.

PILL Du machst mir Angst.

ELI *Ich?* Oder …

Oder das, was unter der Oberfläche verborgen ist: Wir.

Am coolsten an dem ganzen marxistischen Quark ist das Permissive, du änderst einfach deinen Blickwinkel, und plötzlich ist da etwas Neues, wo vorher alles nur alt … und traurig war. Willst du dein ganzes Leben lang traurig sein?

Kleine Pause.

PILL Was noch davon übrig ist.

ELI Wünschst du dir das?

Willst du dich umbringen, Pill? Wie dein Vater? Du bist nicht alt und hässlich, das habe ich bloß so gesagt. Ich denke die ganze Zeit. Wenn ich denke, denke ich an dich. Die ganze Zeit. Ich will nicht für den Rest meines Lebens traurig und wütend sein, Pill. Ich will nicht sterben.

PILL Ich will nicht, dass du stirbst.

ELI Dann…?

PILL Dann …

ELI Dann …

Szene 2

Das Hochparterre, die Salonetage des Brownstone, früh am nächsten Morgen. Clio und Maeve, die im achten Monat ist, sitzen am Tisch. Neben Maeves Stuhl steht eine kleine Reisetasche. Vor Clio liegt das Foto vom Kongressabgeordneten Vito Marcantonio.

MAEVE Pill hat sich Geld von Empty geliehen. 30 000 Dollar.

CLIO Verstehe.

MAEVE Das war für unser Baby, das hatten wir gespart, für Befruchtung, künstliche Insemination, Supersamen. Teuer.

CLIO Ich weiß.

Nicht aus persönlicher Erfahrung, aber –

MAEVE Das meiste war Emptys Geld, nur wenig von mir. Ich finde bald Arbeit, vielleicht, wahrscheinlich, hoffentlich, wer weiß, ich hab gerade, im März hatte ich die Disputatio von meiner Doktorarbeit.

CLIO Hab ich gehört. Glückwunsch.

MAEVE Danke! Erfolg! Maeve Ludens, Doktor der Theologie, arbeitslos, nicht gerade ein boomender Markt da draußen für uns apophatische Theologen mit, na ja, mit ausgeprägten kataphatischen Neigungen.

CLIO Nicht anzunehmen, nein.

MAEVE Aber ich bin kataphatisch von Natur aus, ich bin einfach eine absurde Kataphatikerin! Sollen sie mich doch verklagen! Paul findet – Paul ist von Minneapolis gekommmen, er ist für die Disputatio zur Union Theological nach New York zurückgekehrt, und er ist irgendwie, ähm, unglaublich, unglaublich feindselig geworden. Nicht das, was man von seinem Betreuer erwarten würde, oder? Aber Paul – und das hat richtig weh getan, voll autsch! Weil er mich unterstützt hat, also mehr oder weniger, als ich meinen Schwerpunkt von der Systematik zur *Dialexia de Non-Certitudine* von Juan Caramuel y Lobkowitz verschieben wollte – kennst du Lobkowitz?

Clio schüttelt den Kopf.

Oh, ich dachte, wegen, na ja, Teresa von Ávila wärst du vielleicht … Du warst Karmelitin?

Clio nickt.

Na ja, und ich dachte, ich hab vielleicht Glück und – Schwierig, Leute zu finden, die sich bei den Mystikern auskennen! Es ist … Ich kriege schon eine Stelle, später, ich konzentriere mich jetzt eher auf die Schwangerschaft, eine erfolgreiche Geburtsvorbereitung ist für uns ältere Erstgebärende eine einzige Schinderei – ich bin 40! Deshalb hätte ich sie am liebsten umgebracht, als ich rausfand, dass sie unser Nestbau-Ei Pill gegeben hat! Wir konnten uns nichts anderes leisten. Also hab ich drauf bestanden: Vito, Tupperschälchen und, na ja, die Spritze ohne Kanüle. Ich dachte, das würde ihr vielleicht gefallen, wenn unser Baby Marcantonio-Gene hat. Aber …

Vermisst du manchmal das Kloster? Ich beneide euch altmodische Kontemplative! Ich muss meditieren, ich hab die ganze Diss unter Antidepressiva geschrieben, aber dann musste ich mir den Entzug geben, wegen dem

Geste: Baby.
und daher
Geste: Kopf explodiert.
ich hab's versucht, das Meditieren, aber Schweigen macht mich vollkommen wahnsinnig vor Angst. Ich weiß nicht, was an den mystischen Kirchenvätern mich so anzieht, an der Theophanie, den Ekstatikern, alles immer nach innen. Vielleicht weil ich Alkoholikerin war! Vielleicht haben mich all die Einsiedler mit ihren Glubschaugen auf den byzantinischen Mosaiken an die Mädels erinnert, mit denen ich früher immer in Bars rumgehangen habe, oder vielleicht liegt es auch daran, dass ich mit deiner Nichte zusammenlebe? Sie ist so tough, selbstbewusst, grausam sogar, manchmal, oft, und da kriegt man das Gefühl, man braucht schon ein etwas flexibleres Universum, in dem man zwischendurch mal Luft holen kann, ab und zu einen kleinen *non-certitudine*-Rückzug aus all dieser wilden Gewissheit, deshalb muss ich mich dafür nicht bei Empty entschuldigen!
Sie hat einen Krampf im Rücken.
Au! Au! Scheißrückenkrämpfe! Verfluchte –
Vollkommen erwartbar, wenn man acht Monate damit zugebracht hat, ein winziges Menschlein in 800 Millilitern Fötalurin herumzubugsieren, das ist – AU!
Pauls erste Frage bei der Disputatio war, ob ich nicht fände, dass Dionysius, der Pseudo-Aereopagit, »irrelevant« sei. *Ist das zu fassen?*
Na ja, er, er, hat mich seiner Schwägerin vorgestellt, dafür werde ich ihm auf ewig dankbar sein. Also scheiß auf ihn, wenn er kein, ähm, positives Votum abgibt.
Ist sie oben?

CLIO Nein, es sei denn, sie hat auf dem Dach geschlafen.

MAEVE Dann ist sie … unten. Adam. Okay. Auch nicht zum ersten Mal, dass DAS passiert.
Kleine Pause.
Nüchtern! Seit drei Jahren!

CLIO Das ist toll, Maeve. Gut gemacht.

MAEVE Es, es tut mir leid. Ich liebe sie so, sie, sie ist fantastisch, so elegant und schön und, und, weißt du, tief verwurzelt, und …
Maeve späht in den Flur, aufgewühlt. Clio steht auf und hängt das Foto an die Wand zurück.
Der berühmte Vetter, wie?

Clio nickt.

Sieht eher nach einem Filmstar aus als nach einem Kongressabgeordneten. Ein kommunistischer Kongressabgeordneter! Das ist …

CLIO Er ist der Partei nie beigetreten. Gus hing an ihm. Vito ist nach ihm benannt worden. Wenn ich fortgehe, werde ich das Bild vermissen, aber das war's dann auch schon. Er sah gut aus, ähnlich wie mein Vater.

Clio kehrt an den Tisch zurück.

MAEVE Du willst … fortgehen?

Clio nickt.

Wer bleibt denn dann hier bei Gus?

Weiß Empty das? Dass du –

Ein Geräusch in der Eingangsdiele, V kommt zur Haustür herein.

Vielleicht ist sie aufgestanden, ich höre da –

V kommt herein. Er bringt einen farb- und gipsverspritzten Eimer voller Handwerkszeug mit, dabei auch eine kleine dünne Handsäge, und unter dem Arm hat er ein quadratisches Stück Rigipsplatte.

V *sieht Maeve* Oh.

Hey.

MAEVE Hi, ich mach hier gerade … Kaffeeklatsch mit deiner –

V *zu Clio, überlappend* Hey, Zeeko.

CLIO Morgen, Vin.

V *zu Maeve, den Eimer und die Rigipsplatte in der Nähe des Lochs in der Wand abstellend* Wow, ich hab dich ja seit Ewigkeiten nicht mehr… Alle Achtung!

MAEVE Es hat geklappt! Wie geht's Sooze? Und den Kindern?

V redet, während er die unregelmäßigen Ränder des Lochs inspiziert, kleine Gipsstückchen aus der bloßgelegten, zerbrochenen Lattenkonstruktion in der Wand fischt, eine gefaltete dünne Abdeckplane aus Plastik aus dem Eimer holt und auf dem Boden unter dem Loch ausbreitet.

V Cool, alles gut bei ihr. Leo ist ein Albtraum. Alice war ja immer das Buddha-Baby, aber Leo will uns echt fertigmachen. Ein Jahr lang hat er nur geweint, sein Essen ausgekotzt, seltsame Hautausschläge gekriegt und bei den ganzen, weißt du, Grundlagentests versagt, so »Wo ist der Nippel« und so was. Aber Sooze ist so, ich glaube, sie mag ihn lieber als Alice, ich hätte ihn am liebsten auf den Treppenstufen des Gemeindehauses von St. Mary's Chicken of the Sea drüben in der

Court Street ausgesetzt, dass die Priester sich mit ihm rumschlagen können. Aber Sooze lacht nur, sie findet ihn brüllkomisch.

MAEVE Was ist denn mit der Wand passiert?

V Ich hab

Geste zur Büste hin.

Garibaldis Kopf reingerammt.

Zu Clio Hat anscheinend noch einer ein Stück rausgebissen.

CLIO Gus.

V bricht ein Stück Rigipsplatte ab. Er holt einen Meißel aus dem Eimer, dazu eine Schutzbrille aus Plastik. Er setzt sie auf und fängt an, beherzt, aber behutsam die Wand um das Loch gerade abzumeißeln, so dass ein rechteckiger Rahmen entsteht.

MAEVE Vielleicht sollte ich in die Küche gehen, falls es viel Staub gibt.

V Ja, wenn es dir nichts ausmacht?

Maeve steht auf und setzt sich Richtung Küche in Bewegung.

Adam kommt herein, in Jogginghose und T-Shirt. Er bemerkt Maeve.

ADAM *bezogen auf Maeves Bauch* Alles gut?

MAEVE Sensationell.

ADAM *nervös* Hey, Vin.

V arbeitet weiter, ignoriert Adam.

Ich – hört mal, ich hätte euch sagen sollen, dass Gus dabei ist, dass er dabei ist, ähm –

MAEVE Das Haus zu verkaufen.

ADAM *ignoriert Maeve, zu V* Natürlich hatte ich keine Ahnung, dass das zu seinem Plan gehörte, ähm –

MAEVE Sich umzubringen.

ADAM *zu Maeve* Du bist offensichtlich auf dem allerneuesten –

Unten weiter.

V hat etwas Seltsames gehört; er hört auf zu meißeln. Er nimmt ein kleines Stück Rigipsplatte und lässt es in den Wandzwischenraum fallen. Dann nimmt er die Schutzbrille ab. Er klopft an der Außenseite der Wand herum, etwa 90 Zentimeter unterhalb des Lochs. Er versucht, in den Zwischenraum zwischen Rigipsplatte und Backsteinwand zu spähen.

V Da ist etwas … [da unten]. Was ist das?

V geht an Maeve vorbei in die Küche.

ADAM *weiter* Oh, hast du mit Empty gesprochen?

Maeve wirft ihm einen Blick zu.

Ich meine, klar, du – Sie würde, ähm, ja nicht *nicht* auftauchen, ohne –

MAEVE Nein. Egal wie gut du bist. Stecher. Bulle.

V kommt mit einer Taschenlampe zurück. Er geht zur Wand und leuchtet in das Loch hinein, im Versuch, zu erkennen, was da unten drin ist.

ADAM *zu V* Vin, vielleicht können wir beide mal reden, draußen oder –

V leuchtet Adam mit der Taschenlampe in die Augen. Adam wendet den Blick ab. V hält den Lichtstrahl weiter auf seinem Gesicht.

Gus hat mich gebeten, niemandem was zu sagen, was sollte ich tun? Er ist mein Klient, ich kann nicht –

Maeve verlässt den Salon und betritt die Diele, lugt nach unten in den Keller. V wendet sich wieder dem Loch zu. Er versucht, die Taschenlampe so zu halten, dass er drinnen bis unten schauen kann.

MAEVE *in der Küche, Adam überlappend* Will jemand Kaffee? Ich mache welchen. Und werde … das Koffein nur inhalieren …

V *überlappend* Scheiße! Scheiße! Da unten ist irgendwas drin … Komisch.

CLIO *zu Adam* Hat er dir gegenüber was davon gesagt, wo er hinziehen wollte? Nach dem Verkauf?

V und Clio sehen Adam an. Er senkt den Kopf und schüttelt ihn dann.

Also. Vielleicht hättest du irgendwem was sagen sollen.

Maeve ist wieder reingekommen. V tritt einen Schritt zurück von dem Loch und schaltet die Taschenlampe aus.

V Ich kann's nicht sehen.

ADAM Nicht sehen –?

V *zu Adam* Und weißt du was? Deine Fenster hinten raus, der Blick von da aus auf den hinteren Teil des Grundstücks, den Garten, die Grill-Ecke. Du musst ihn gesehen haben, all die Abende, als er das ganze Zeug verbrannt hat. Hast du da jemals gedacht: »Das ist aber komisch, nachts um eins Papiere auf dem Grill zu verbrennen«? Vor allem, *Adam*, vor allem, weil der Typ, der da die Papiere verbrennt, ganz zufällig derselbe ist, *Adam*, den du vor nur einem Jahr im Garten entdeckt hast, wie er splitterfasernackt herumirrte und die Hortensien mit seinem Blut besprenkelt hat. Und jetzt – hm! Jetzt will er sein Haus verkaufen? Da *könnte* ja jemand auf den Gedanken kommen, »Hey, nächstes Mal, wenn ich mit seinem Sohn einen trinken gehe, sag ich mal was?«

Aber so ein Gedanke ist dir nie durch den Kopf gegangen.

V und Maeve sehen Adam an. Adam senkt den Kopf, dann sieht er Clio an. Sie betrachtet ihre Hände auf dem Tisch.

Adam knickt ein.

ADAM *leise, voller Scham, mit gesenktem Kopf* Nein, Vin. Nie.

MAEVE Es gehört auch Empty, oder? Das, das – Sind wir – Geht es jetzt um – Besprechen wir jetzt das Haus? Oder Gus?

CLIO Das ist unklar, oder?

V *zu Maeve* Beides geht dich eigentlich nichts an. Entschuldige, aber –

MAEVE Der Preis, den er erzielt hat, liegt weit über dem Schätzwert, wenn ich es recht verstehe, also –

V Wen juckt's? Wir müssen es nicht verkaufen, unser Haus, wir –

MAEVE Nein, nein, aber weißt du, komm schon, V, wir erwarten ein Baby, wir sind wirklich –

V Ja, na und? Ich habe zwei! Und weißt du was?

Unten weiter.

ADAM Drei eigentlich, du hast drei, wenn du das, das neue mitzählst, das …

Geste zu Maeve.

V *zu Maeve, weiter* Ich brauche keine halbe Million, um sie aufzuziehen!

Unten weiter.

MAEVE Nein, V, du brauchst nur ein vierstöckiges Brownstone mit Garten in –

V *weiter, zu Adam* Das tue ich nicht! Das da …

Geste in Richtung Maeve.

… mitzählen!

ADAM *überlappend, zu Maeve* Es ist das Haus seiner Familie, es ist Geschichte, es ist –

MAEVE *zeigt auf ihren schwangeren Bauch* Und das hier ist nicht Familie? *Zu V* Was meinst du damit, *das da* zählt nicht!? Mein Baby zählt! Ich finde das grausam, wie du … Offensichtlich kannst du mit, mit deiner Rolle im, im Zeugungsprozess nicht umgehen.

V *mit bösem Lachen* Prozess? Klar, Prozess kann man das nennen. Es gäbe auch andere Wörter. Für das, was wir gemacht haben.

Maeve wirft Adam einen Blick zu.

Keine Sorge, er weiß Bescheid. Ich hab's ihm erzählt. Damals, als ich ihm noch vertraute.

Maeve sieht Clio an. V sieht Clio an und verzieht das Gesicht. Er boxt gegen die Wand.

Maeve geht in die Küche.

Adam, V und Clio schweigen einen Moment.

CLIO Ich nehme an, Empty weiß nichts davon.

ADAM Ich kann Geheimnisse für mich behalten. Das habe ich ja wohl bewiesen.

V *zu Clio* Du bist so still, man vergisst ja fast, dass du da bist. *Boxt gegen die Wand.*

CLIO Tja. Falls du mich schockieren wolltest, Vito, verschwendest du deine Spucke.

V Maeve ist wegen der, na ja, Sahnelieferung rübergekommen. Ich kam verspätet nach Hause, und sie war da, bevor ich noch – ich fand das … es hat mich provoziert, deshalb.

ADAM Maeve ist eine rücksichtslose und grundsätzlich destruktive –

V *ist ihn leid und tut ihn mit einer Bewegung ab* Ach, halt den Mund, Adam.

Zu Clio Ich hab das nicht getan, um Empty zu verletzen, oder es war überhaupt ein Riesenfehler und –

Gus kommt herein, mit verwuschelten Haaren, seinen Horaz-Band unterm Arm. Er hält inne und betrachtet den Raum. V kehrt zu dem Loch zurück und meißelt wieder ein Stück Rigipsplatte weg.

CLIO Hast du geschlafen?

GUS Nein, nicht richtig.

Zu V Du reparierst das. Gut. Es ist ein deprimierender Anblick.

Zu Adam Wo ist Empty? Ich möchte ihr was zeigen.

V *arbeitend, ohne Gus anzusehen* Muss doch für den neuen Besitzer alles schick sein.

ADAM *überlappend, zu Gus* Sie macht –

Was du deiner Familie gesagt hast. Wie ernst ist das?

GUS Wie ernst ist was?

ADAM Ich meine, komm, stell dir mal vor, wie ich mich fühlen würde. Wenn wir das Geschäft abgeschlossen hätten und dann, danach, hättest du –

GUS Clever, meine Tochter. Sofort rekrutiert sie die Rekrutierbaren. Mach dir keine Sorgen um etwas Un-

ADAM Letztes Jahr hab ich mein Pyjama-Oberteil benutzt, weißt du, weil ich zum Bandagieren deiner –

GUS *plötzlich wütend* Es ist *mein* Haus, du bist *mein* Anwalt, wir haben gebührende Sorgfalt walten lassen, Inspektionen gemacht. Ich habe einen unterschriebenen Vertrag! Es ist Geld, dieses Haus, sonst nichts, war es immer, wird es bleiben!

V lässt sein Werkzeug fallen und geht zur Tür.

Gus ruft ihm nach. Willst du nicht … willst du nicht deinen, deinen Meißel mitnehmen? Deine Säge?!

V knallt die Tür hinter sich zu.

Gus zu Adam Für Gefühle wirst du nicht bezahlt! Tu deine Arbeit!

Maeve kommt aus der Küche.

Hm. Maeve.

MAEVE Gus.

GUS Ist ja schon Monate her, du solltest öfter vorbeikommen.

MAEVE Bring dich einfach nicht um, dann tu ich's.

GUS Abgemacht! Jetzt gerade ist es mir aber ein bisschen zu …

MAEVE Früh?

GUS Voll! Du kannst dich ja hier kaum umdrehen, ohne –

Empty kommt herein. Schweigen begrüßt sie.

EMPTY *zu Gus* Was schreist du denn so rum?

Betrachtet das Schlachtfeld der Wand, das V hinterlassen hat. Zu Adam Du hattest recht. Er ist … weg?

GUS Als wär der Teufel höchstpersönlich hinter ihm her.

CLIO Er sagt, da drin steckt irgendwas fest.

Empty versucht, in die Wand hineinzuspähen.

GUS Mach es nicht größer, lass V das –

Unten weiter.

MAEVE *überlappend, zu Empty* Pill ist auch nicht nach Hause gekommen. Paul hat gewartet. Ich hab gewartet.

GUS *weiter, hält Empty den Horaz hin* Hier, weißt du, was ich noch vergessen habe?

EMPTY *überlappend, zu Maeve* Ich hatte dir doch gesagt, ich wollte zu –

Zu Gus Warte einen –

Unten weiter.

MAEVE Du hast gesagt, du würdest auf dem Sofa schlafen.

EMPTY Nein, hab ich nicht, ich – Na schön, hab ich wahrscheinlich. Ich hab im Bett geschlafen.

ADAM *überlappend, zu Maeve* Ich habe ein Sofa in meiner –

GUS *überlappend, zu Clio* Ich dachte, du wärst weg. Muss ich wohl geträumt haben.

MAEVE *überlappend, zu Empty* In seinem Bett.

CLIO *überlappend, zu Gus* Du hast also geschlafen.

EMPTY *überlappend, zu Maeve* Ja, aber er hat auf dem Sofa geschlafen.

GUS *überlappend, zu Clio* Das hab ich nicht gesagt, ich – Oder, ich, ja, ich hab wohl – hm. Ich kann mich nicht dran erinnern, geschlafen zu haben.
Unten weiter.

MAEVE *überlappend, zu Empty* Auf *seinem* Sofa.

GUS *weiter* Findest du es nicht auch plötzlich so auffallend *geschäftig* hier drin? Lärmig?
Unten weiter.

ADAM *überlappend, zu Empty* Ja, nachdem wir – 'tschuldigung, ich sollte mich da raushalten.

GUS *weiter, zeigt auf Maeve, immer noch zu Clio* Wer hat die eingeladen?

MAEVE *überlappend, zu Empty* Also, *mir* liegt es vollkommen fern, dir – Du kannst ficken, mit wem du willst. Was hindert dich? Ich nicht.

CLIO *überlappend, zu Gus* Sie hat sich Sorgen wegen Empty gemacht. Empty sollte sie wieder mitnehmen in ihre Wohnung. Wo du plötzlich so allergisch auf Gesellschaft reagierst.

EMPTY Warum bist du hierhergekommen? Du kommst doch sonst nie.

MAEVE *schwingt ihre Reisetasche* Ich bin gekommen, weil –
Zu Gus. Ich hab mich selbst eingeladen. *Zu Empty* Weil ich dir frische Unterwäsche und einen BH vorbeibringen wollte –
Unten weiter.

GUS *überlappend, zu Clio* Empty soll ruhig noch eine Nacht hierbleiben, falls sie die Zeit erübrigen kann.
Unten weiter.

EMPTY *überlappend, zu Maeve* Du brauchtest doch nicht …

MAEVE *weiter* – und bisschen Studentenfutter, weil ihr die einzigen Italiener auf der ganzen Scheißwelt seid, die keine Eier braten können.

GUS *weiter, zu Clio* Wenn du gehen willst, tu's. Was soll das Rauszögern.

EMPTY Gehen, wohin?

MAEVE *zu Empty* Du weißt aber, dass sie fortgehen will, oder?

EMPTY Nein, sie –

Zu Clio. Wirklich?

CLIO Ich gehe nach Hause, Kleines.

EMPTY Aber … wann?!

CLIO *achselzuckend* Ich besitze keine Uhr.

EMPTY Bitte hör jetzt mal mit der Yoda-Nummer auf, nur einen –

CLIO Der was?

EMPTY Yoda. Yoda?

Clio zuckt die Achseln: nie gehört.

Aber du, du wirst das doch aufschieben, bis wir alles durchgesprochen haben, was wir – Wann hast du das beschlossen? Wusstest du das schon, als du uns angerufen hast, und warum hast du dann nicht –

Zu Gus Wusstest du davon?

GUS Sie hat es mir gestern gesagt, sie –

CLIO *überlappend, zu Empty* Ich hatte das nicht geplant, Empty-Schatz, ich hatte gehofft, die Abstimmung würde uns einige Klarheit bringen.

Unten weiter.

GUS *überlappend, zu Empty* Sie will einen sauberen Abschluss, denk ich mir. Verständlich.

ADAM *überlappend, zu Clio* Was, im Ernst, du willst – zurück nach Paramus? Paramus, oder?

MAEVE *zuckt leicht zusammen, legt eine Hand auf den Bauch* Hoppladibopp …

Keiner von den anderen bemerkt es.

CLIO *weiter* Aber ihr Kinder seid aufgeflattert wie eine Schar Vögel, kaum dass der Tod im Zimmer war. *Zu Gus* Das ist alles andere als sauber.

GUS Ich meinte nicht – ich hab dir gesagt, es ist in Ordnung, wenn du gehst; es ist besser so.

CLIO Er will mich nicht hier haben. Ich bin jetzt im Weg, ich –

EMPTY Ja, ja, und wenn du in dieser Situation das Weite suchst, bist du –

GUS *zu Empty* Lass stecken, lass es. Ich will dir etwas zeigen, das ich –

MAEVE *zu Empty und Clio* Jetzt ist ein absolut und entsetzlich unpassender Moment, um –

Unten weiter.

GUS Oh, bitte, aber wirklich jetzt –

MAEVE *weiter* – aber vielleicht könntet ihr das mal mit auf die Rechnung nehmen? Ich, also seit gestern habe ich –

EMPTY *scharf, zu Maeve* Bitte! Jetzt stell das mal für einen Moment zurück und lass mich – Das ist hier eine gefährliche Situation, du kannst nicht reinplatzen und erwarten, dass ich –

Unten weiter.

MAEVE *Mir* ist klar, dass es gefährlich ist! Ich war ja nicht diejenige, die sich gestern heimlich hat flachlegen lassen!

Unten weiter.

EMPTY *weiter, zu Clio* Was für eine hässliche Überraschung.

MAEVE *weiter, immer noch zu Empty* Ich war damit beschäftigt, mich über Braxton-Hicks-Wehen zu informieren.

Unten weiter.

CLIO *überlappend, zu Empty* Es tut mir leid, wenn ich dir Kummer mache, Empty, meine Liebe.

EMPTY *überlappend, zu Maeve* Das ist absolut normal für den achten Monat.

Zu Clio Kummer? Bist du jetzt vollkommen durchgeknallt – ich meine, klar, natürlich machst du das, natürlich –

ADAM *überlappend, zu Maeve* Geh doch mal ein bisschen auf Abstand! Sie ist aufgewühlt, weil – bläh dich nicht so auf!

MAEVE *weiter, zu Empty* Und herauszufinden, ob –

Geht auf Adam los. WARUM BIST DU HIER? WARUM BIST DU IMMER HIER?

Unten weiter.

ADAM *weiter* Immer mit der Ruhe, ich hatte »aufblähen« nicht wortwörtlich – obwohl, vielleicht doch.

MAEVE *weiter* WISSEN DIE LEUTE, DIE DAS HAUS GEKAUFT HABEN, EIGENTLICH, WAS FÜR EIN UNGEZIEFER HIER HAUST? WERDEN SIE DEIN KAKERLAKENNEST AUSRÄUCHERN?

ADAM Weißt du was, Maeve, du kannst mir mal einen blasen!

EMPTY Raus hier! Adam! Das geht dich verdammt nochmal nichts an! Es hat nichts zu tun mit –

ADAM Ich bin's doch nicht, der hier – Das kannst du deinem treulosen Drachen sagen, dieser fotzenleckenden –

EMPTY Du hast sein Leben in Gefahr gebracht!

GUS *überlappend, zu Adam* Himmel, wie kannst du nur dein dreckiges Maul aufreißen und eine schwangere Frau dermaßen beschimpfen, was zum Teufel ist los mit – Hau ab, du Ratte!

ADAM *überlappend, zu Empty* Er hat mich belogen!

EMPTY Er hat dich mit schnell verdientem Geld geködert, sonst nichts! Ich schäme mich für dich. Ich bin … fertig mit dir! Raus mit dir, sonst –

Unten weiter.

MAEVE *überlappend, zu Gus, sie achtet darauf, dass Adam es hört* Danke, Gus, das war … wahrscheinlich das Netteste, was du jemals –

ADAM *überlappend, zu Empty* Ich gehe jetzt …

Unten weiter.

EMPTY *weiter, zu Clio* Er braucht seine, seine Familie, die fami-familiäre Umgebung –

Unten weiter.

GUS *überlappend, zu Maeve* Ja, toll, wer hätte das gedacht.

Zu Empty Ich brauche nichts dergleichen, ich brauche … Ellbogenfreiheit.

Unten weiter.

EMPTY *weiter* Arme Zeeko, um deinetwillen, bleib –

Unten weiter.

ADAM *weiter* Vielleicht sollte ich mich mal nach, nach einem Hotel umschauen … zumindest, ähm, bis auf weiteres …

Keiner beachtet ihn im Geringsten. Adam geht.

EMPTY *weiter, immer noch zu Clio* Wenn du weggehst und er es tut, wirst du dich fühlen, als hättest du ihn umgebracht.

ADAM *zu Empty* Es … es tut mir leid. Empty, es tut mir so … wahnsinnig leid.

GUS *überlappend, zu Empty* Lass sie in Ruhe. Sie tut, was sie will, so war sie immer.

Pass auf, ich zeig dir was!!

EMPTY Was denn, Dad?

GUS Na endlich!

Ich konnte nicht schlafen, geht nicht mehr, ich bin die reinste Fledermaus. Also hab ich wieder zu den Episteln gegriffen und versucht, sie fertigzukriegen, die letzte Zeile ist sehr –

Zu Maeve Kannst du Lateinisch?

MAEVE Frühes Kirchenlatein, bei mir ist das meiste auf Griechisch, aber ich arbeite jetzt an einem Buch, quasi –

GUS *wendet sich abrupt wieder Empty zu und schneidet Maeve das Wort ab* Also, hier ist das, was ich vergessen hatte.

Unten weiter.

MAEVE *weiter* – eine Weiterentwicklung meiner Diss, über die Wahrscheinlichkeitsrechnung im 17. Jahrhundert, ich frage mich, warum ich nicht durchdringe? Was für ein herzliches –

Unten weiter.

GUS *weiter* Ich konnte mich die ganze Nacht nicht konzentrieren.

MAEVE *weiter, zu Clio* Ich muss mich, muss mich hinlegen, ich hab dauernd Rückenschmerzen, kann ich irgendwo –

EMPTY *überlappend, zu Gus* Du warst aufgewühlt.

CLIO *überlappend, zu Maeve* Ich habe Emptys altes Zimmer im zweiten Stock, da steht ein Bett.

GUS *überlappend, zu Empty* War ich gar nicht! Ich hab nur … mit dem Buch herumgespielt, das Papier betastet, und dann ist mir aufgefallen, dass –

Er gibt das aufgeschlagene Buch Empty. Sie nimmt es und betrachtet die Seiten: alles auf Latein, also schaut sie hoch.

MAEVE *überlappend, zu Clio* Oh, ich will dir nicht dein –

CLIO *überlappend, zu Maeve* Kein Problem, ich benutze das Bett gar nicht.

GUS Ich lese es, wunderbar, großartig. Horaz.

Zu Maeve, aggressiv Liest du Horaz?

MAEVE »Uerum operi longo fas est obrep-«

GUS *schneidet ihr das Wort ab, zu Empty* Ich fing an, das zu lesen, eine Geschichte im … Scheiße! Wo war es jetzt?

MAEVE *überlappend, bei sich* Wie gesagt …

Sie geht. Empty sieht ihr nach.

EMPTY Zweites Buch, zweite Epistel. An Julius Florus.

Zu Clio Wo ist sie hin, ist sie –

GUS Letzte Seite.

Empty blättert dort hin.

EMPTY Okay. Du hast Anmerkungen an den Rand geschrieben, und hier ist …

GUS Ich habe die komplette Stelle übersetzt – hab sie letzte Nacht gelesen, als hätte ich sie noch nie zuvor gesehen.

Zeigt auf Vs Loch in der Wand. Er irrt sich nämlich, ich habe nicht Latein gelernt, weil ich mich langweile! Ich hätte mich immer schon auf die Klassiker stürzen können, das hätte mich glücklich gemacht, aber ich, ich …

Gus hält inne, schaut plötzlich verwirrt drein, als hätte er vergessen, was er sagen wollte; sein Schweigen geht weiter, sein Gesichtsausdruck wird leer und verloren. Er starrt Empty an, die zurückstarrt, alarmiert, wartend. Clio ebenfalls. Der leere Blick und das Schweigen dauern erschreckend lange. Dann:

EMPTY *erschrocken* Du hast es nicht getan.
Du bist hiergeblieben und hast im Hafen gearbeitet.

GUS *zu Empty* Genau.
Genau.
Ernstgemeinte Frage:
Warum?

CLIO *ebenso erschrocken, aber direkt* Weil du da hingehörtest. Du wurdest gebraucht.

EMPTY Das war dein Umfeld.

GUS Klasse. Meine Klasse. Die Arbeiterklasse. Stimmt. Ich …
Ich hatte vergessen, dass ich den ganzen Text schon übersetzt hatte. Dutzende Stunden im Wörterbuch gesucht. Und jetzt, uh, wie ein verdammtes Neugeborenes! Uuh!

Empty und Clio tauschen einen schnellen Blick. Dann schaut Empty ins Buch. Sie sieht zu Gus hoch, dann fängt sie an zu lesen.

EMPTY *liest vor* »Wir hören von einem aufrechten Bürger Argos'
Dessen Geist ein seltsamer Gedanke beherrschte:
Dass er alleine
In einem Theater säße,
Applaudierend, auch ergriffen, aufmerksamer Zuschauer und Zuhörer,
Und eine wunderbare Schauspieltruppe
Spielte nur für ihn.
Ansonsten war der Bürger vollkommen normal:
Zu Nachbarn freundlich und ein guter Gastgeber,
Ein guter Ehemann, und wenn ein Diener
Etwas fallenließ und es zerbrach,
Geriet er auch nicht außer sich:
Ja, er war auch ein guter Herr.
Mit andren Worten, dieser Mann
War nicht der Typus Mensch,
Den man ertrunken auffindet, in einem Brunnen …«

Sie blättert um, liest still, hält dann inne und sieht Gus an. Sie streckt ihm das Buch wieder hin, will nicht weiter laut lesen. Gus nimmt das Buch.

GUS *liest vor* »Mit andren Worten, dieser Mann
… war nicht der Typus Mensch,
Den man ertrunken auffindet, in einem Brunnen
Oder der von einer Klippe fällt.
Doch die Familie war besorgt ob seines merkwürdigen Wahns
Und heilte ihn davon mit Nieswurz.
Als er zu sich kam, sagte er ihnen,
›Heilen wolltet ihr mich, meine Freunde, doch
in Wahrheit habt ihr mich getötet.
Denn allein mein Traum hielt mich am Leben.‹«
Kleine Pause.
Gus zu Clio Gut, oder?

EMPTY Aber … sein Traum hielt ihn aufrecht. Am Leben. Den Mann aus dem –

GUS Wie Träume es eben tun.

EMPTY Bloß, dein Traum ist der Selbstmord.

CLIO Du musst dialektisch denken, Schatz. Es gibt den Tod, der den Weg für neues Leben freimacht. Und –

EMPTY Es handelt von einem Mann, dessen Wunsch –

GUS *überlappend, zu Clio* Und Leben, das ist nichts anderes als der verkappte Tod.

CLIO *überlappend, zu Empty* Er befindet sich in einem Theater, der Bürger. Es geht um den unerreichbaren Raum, in dem sogar historische Materialisten leben.
Unten weiter.

GUS Die Beobachtung von Illusionen, fern der Welt.

CLIO *weiter* Es geht um das denkende Leben anstelle des handelnden Lebens – schließlich ist er ein »Mann der Klassik« –, bei dem man eine bestimmte Klarheit erreicht, die aus dem kontemplativen Leben entsteht, wenn man sich selbst dieser Welt voller Leiden entzieht und –
Unten weiter.

EMPTY *zu Clio, Schluss jetzt!* Kontemplativ? Er?!
Da geht es um einen Mann, dessen Familie versucht, ihn umzubringen. Ihm das zu, zu nehmen, was er zum Überleben braucht.
Was glaubst du denn, in was für einem *Spiel* du dich befindest?

CLIO *zu Empty* Du musst mal zur Ruhe kommen.

Ich bin hier fertig. Ich geh jetzt hoch und seh nach Maeve. Sie hat Rückenschmerzen.

Zu Gus Bemerkenswertes Gedicht. Und gute Übersetzung auch.

GUS Danke.

Clio geht ab.

EMPTY Ich will dir gar nichts nehmen. Und es tut mir leid, wenn du meinst, ich hätte es getan.

Gus setzt an, zu widersprechen, hält inne und zuckt die Achseln.

GUS Hast du doch auch.

EMPTY Nur den Selbstmord. Das ist –

GUS Letzten Juni hab ich diese Wanne eingelassen, meine Handgelenke vereist, wie man es machen soll, damit der Schmerz betäubt wird – das hat nicht funktioniert – und ich …

Entblößt die Narben an seinen Handgelenken.

Ich lag da und blutete, so hab ich es in Erinnerung, und es war – ich verspürte eine, eine furchtbare Freude. Und –

Unten weiter.

EMPTY O Dad, was willst du –

GUS *weiter* … und eine total wilde Kraft. Lieber Gott, wie lang war es her, dass ich so ein Gefühl hatte? 1951 oder so, das erste Jahr in der Ortsgruppe 1814, da hab ich den ganzen Tag lang schwere Kisten gehoben – wir alle taten das, und ich wurde nur immer stärker davon. Ich war jung. Dann die ganze Nacht hoch nach East Harlem, für ihn arbeiten. Oder, oder dieser unsagbare Augenblick, als wir bei dem Garantielohn gesiegt hatten. Das fühlte sich auch so an. Da gingen mir unglaubliche Gedanken durch den Kopf, ich dachte, so fühlt sich Befreiung an, so fühlt es sich an, *in der Zukunft* zu sein, wenn die, die Revolution *beginnt*. Als wäre ich in einem Traum. Einem Traum der Freude.

EMPTY Wenn es so wunderbar war, warum bist du nicht einfach still liegen geblieben und…? Du hast dich zum Aufstehen gezwungen und bist nach draußen in den Garten gegangen.

GUS Ich wusste plötzlich: Irgendwas stimmt nicht, irgendwas ist noch nicht zu Ende.

Ich krabbelte vor einem Jahr aus dieser Wanne, blutig und nackt, und ich tat es für dich. Ich wollte unbedingt, dass du mich verstehst. Ich wollte mich erklären, und dafür brauchte ich dich. Wen anders als dich?

EMPTY *kurze Pause, dann* Damit du dich umbringen kannst.

GUS Das muss doch etwas heißen, sonst ist es nur Verzweiflung, Feigheit, Verrat, nur irgendwas, das mit mir endet, allein. Ich möchte, dass es auch für dich eine Bedeutung hat. Die dir nachher helfen kann. Und –

EMPTY Schon, aber. Das heißt ja, wenn du es nicht tun kannst, es sei denn, du erklärst es mir, und wenn ich es dich erklären lasse, dann mache ich es dir möglich.

GUS Aber ich werde doch –

EMPTY Du sagst, du tust das für mich, aber natürlich will ich das gar nicht.

Kleine Pause.

GUS Aha. Das mal dazu.

Unten weiter.

EMPTY Nein, ich –

Irgendetwas, irgendetwas hat dich verlassen. Du willst deinen Körper auf der Türschwelle der Welt abladen, um zu beweisen, dass etwas Schreckliches geschehen ist.

Gus sieht sie an.

Hör mir zu, Dad.

Als du den Garantielohn gekriegt hast, hättest du alles machen können, was du wolltest – Jurastudium oder, was weiß ich, einen Abschluss in klassischer Literatur, alles. Stattdessen hast du weiter gearbeitet wie ein Hund, dafür gekämpft, die Mitgliederzahlen der Gewerkschaft zu halten, du hast Tag und Nacht für sie herumorganisiert, umsonst, meine Güte, all die Treffen auf Parkplätzen, in Kirchenkellern und bei blöden Baseballspielen, obwohl –

Unten weiter.

GUS Wir hatten Erfolge, wir –

EMPTY *weiter* Obwohl die Geschichte gegen dich stand, seit den 80ern, Reagan und der Fluglotsenstreik, seine »Dauerhaushilfskräfte« als Streikbrecher, die Gesetze zum Recht auf Arbeit, die Umstellung auf Container, die Globalisierung, alles verlorener Boden.

Und du hast immer weitergemacht, aber du hast die Partei verloren, Dad, die ganze Zeit, oder etwas noch viel Wichtigeres: die Theorie, Marx, die Methode – Das hat dich verlassen, das hat –

Überlappend mit dem Folgenden.

GUS Quatsch, überhaupt nicht! Dialektik, Materialismus, glaubst du, das –

EMPTY *weiter* – das hat dich in Verlust und Verzweiflung geführt. Wir sind uns in so vielem einig, wir machen dieselbe Arbeit, wir arbeiten beide mit Menschen, die sich zu einer Kraft zusammenschließen, zu, ja, zu etwas *Sinnvollem*. Einen Sinn zu geben –

GUS Schon, aber wir haben dabei etwas ganz anderes im Sinn, du und ich, wir –

EMPTY Und du hast aufgehört, diese Arbeit zu machen, ich aber nicht. Wenn die Methode also immer noch gilt, heißt das dann nicht, dass du irgendwo einem Glaubensirrtum aufgesessen bist? Solltest du nicht, weißt du – *Lenin!* Fangt an, fangt wieder beim Anfang an, denkt neu! Nutzt die Zeit, die ihr habt, egal wie lange, arbeitet immer weiter, bis ihr nicht mehr könnt, und dann …

GUS Genau. Gut. Und dann was?

EMPTY Zurück an die Arbeit, Organisieren – du weißt doch, wie sehr Menschen, die das können, heutzutage gebraucht werden! –, aber ohne zu erwarten, dass die Arbeiterklasse sich zu ihrer historischen Rolle erheben würde als Antriebskraft der, also …

GUS Revolution.
Die Revolution aufgeben.
Ein Nicken.
Und vielleicht kann ich ja ein paar mexikanische Tellerwäscher dazu bringen, der Gewerkschaft beizutreten, auch wenn sie keine Green Card haben. Oder Jura studieren wie du und bei dem siebenundneunzigsten gescheiterten Versuch mitarbeiten, einen anständigen landesweiten Mindestlohn durchzusetzen!

EMPTY Ach fick dich.

GUS Oder was immer deine Zeit in diesen Tagen auffrisst –
Unten weiter.

EMPTY Revolution, das ist so ein Totemwort, ein Amulett, es ist –

GUS *weiter* – was immer dich so beschäftigt, dass du keinen Fluss überqueren kannst oder einen Telefonhörer –
Unten weiter.

EMPTY Ich bin – ich weiß, ich hätte das tun sollen, aber das ist hier nicht der …

GUS *weiter* Und es ist sehr anstrengend, was du machst, und rechtschaffen und gut, aber alles, was du tust, belässt die Dinge *intakt* und … bequem, für die Leute, gegen die du zu kämpfen glaubst, aber auch für dich. Und ja, das ist weich, du weißt, dass ich das denke, warum soll ich es nicht auch sagen? Das ist der Grund, warum wir seit Jahren kein ernsthaftes Gespräch mehr geführt haben. Alle *profitieren*, sogar die mexikanischen Tellerwäscher, die dürfen hier bleiben wie Kakerlaken und sich für einen Hungerlohn unterhalb des Minimums abrackern, und das ist schaurig, aber es schlägt einen Job in den Montagebetrieben von Juarez um Längen.

EMPTY Du kannst meine Arbeit verspotten, so viel du willst, du kannst mich meinetwegen gern Edouard Bernstein schimpfen, wenn's dir was bringt, verdammt nochmal. Aber konstruktiv zu arbeiten, verbessernd, weiterentwickelnd, ich setze darauf, dass das am Ende vielleicht doch –

Der New Deal. Das Wagner-Gesetz –

Unten weiter.

GUS Das Wagner-Gesetz! Und dann das Taft-Hartley-Gesetz!

EMPTY *weiter* – Das Wahlrechtsgesetz. Das Brown-Urteil. Roe gegen Wade.

Unten weiter.

GUS Genau, Roe, warte noch ein, zwei Jahre, noch ein Termin vor dem Supreme Court oder zwei –

EMPTY *weiter* Das Luft-und-Wasser-Gesetz. Der EFCA-Entwurf, was zu meinen – Nichts davon soll Fortschritt sein, nichts davon einen Sinn haben? Willst du wirklich –

GUS Und nichts verändert sich. Nichts, nichts, nichts. Was du Fortschritt nennst, nenne ich den Wiederaufbau des Gefängnisses. Nur mit dickeren Wänden.

Du, du hast alles hinter dir gelassen, was ich dir beigebracht habe, du –

EMPTY *flippt aus!* Während du da stehengeblieben bist, wo du mit fünfzehn warst, du hast dich in einem festgeschriebenen, vorgeschriebenen, engen kleinen Spektrum heuchlerischer Phrasen verhakt, das Leute, die halb so intelligent sind wie du, nach dem zwanzigsten Parteitag hinter sich gelassen haben, zwei Jahre bevor ich auf die Welt kam!

Wäre denn die bloße Erwägung der Tod, mal irgendeine andere –

Weil diese Starre wirklich tödlich ist –

Gus zuckt die Achseln: ja.

GUS Ich hab versucht, dich zu meiner, meiner Gefährtin, meiner Genossin zu machen, immer dich, praktisch schon seit du ein Baby warst, du hast immer so viel begriffen. Und du hast auch begriffen, dass ich viel zu gierig nach dir war. Deshalb hast du mich verlassen. Und alles, was ich wusste und dir beigebracht hatte, hast du zurückgewiesen, und als du keine Ideen mehr hattest, die du zurückweisen konntest, keine Methoden und Strategien mehr und, und … keine *Verbundenheit* mehr, da musstest du dann noch –

EMPTY Was? *Männer?* O hör bloß –

GUS Ich bin allein in meinem Gefängnis. Wie du in deinem. Ich wusste, dass ich Vin das mit dem Haus sagen musste, und. Und wohl auch Pill entgegentreten, was immer das genützt –
Vielleicht braucht es nur zu bedeuten, was es mir bedeutet. Mir allein.
Gus wirft einen Blick auf den Horaz, dann will er gehen.

EMPTY Du versuchst, uns alle von dir wegzudrängen. Darum geht –

GUS Später. Ich –

EMPTY Diese Frau, Clio hat uns von ihr erzählt, die du getroffen hast, Michelle.
Gus zögert.
Clio hat gesagt, sie würde dir, äh, helfen. Ist das –
Wann?
Gus verlässt den Salon. Geht die Treppe zu seinem Zimmer hoch. Empty ist allein im Salon.
Ach du Scheiße. Verfluchte verfickte Scheiße.
Okay, okay. Okay.
Ähm …
Nachdenken.
Empty steht allein im Salon.
Gus setzt sich in seinem Zimmer aufs Bett, legt sich dann hin, liest Horaz.

Szene 3

Paul, Pill und Eli vor dem City Hall Park, gegenüber der Park Row, wo der Fußgängerweg zur Brooklyn Bridge beginnt.
Eli sitzt auf dem schmiedeeisernen Geländer, zwischen Pill und Paul, die einander gegenüberstehen.

PAUL Das ist nicht dein Ernst.

PILL Doch.

PAUL Ich weiß, dass du das glaubst.

PILL Du könntest ja mal einen Moment drüber nachdenken, bevor du gleich –

PAUL Ich weiß, dass du das für eine gute, kluge Idee hältst, sogar eine … Offenbarung. Du hast ein Loch in den Schleier gerissen, du hast –

PILL Ich werde ihn nicht verlassen.

PAUL Dann verlässt du mich.

PILL Das will ich nicht.

PAUL *lacht auf* Dann hast du ein Problem.

ELI Das habe ich ihm gesagt.

PILL Könnten wir nicht … überlegen … experimentell …

PAUL Du bist wie ein Kleinkind. Du bist so … Mit unschuldig hat das nicht mal was zu tun. Du bist … *Gierig*. Alles alles alles.

Paul starrt Eli an.

ELI Hey, wie geht's?

PAUL Dir macht das Spaß hier.

Eli macht eine unbestimmte Geste.

Zu Pill Nicht dass du dumm wärst, Gott behüte – von euch ist zwar keiner so schlau, wie ihr denkt, in deiner Familie. Aber. Du bist nicht dumm. Nur dass du –

Unten weiter.

PILL Das, das gehört zu der Frage der heterosexuellen Normen, wir reden theoretisch darüber, es anders zu machen, aber wir leben es nicht. Und die Konsequenzen, es könnte tragische Konsequenzen haben, wenn wir nicht, ähm, mutig genug sind, um –

PAUL *weiter* – all die Gewissensbisse und Vorhersagen und die hinausgezögerte Belohnung und die lebenserfahrene Kapitulation vor dem Unweigerlichen, die Vorbereitung darauf, dem Tod gegenüberzutreten – bei dir ist das alles

Fuchtelt über seinem Kopf herum.

bloß eine dicke Wolke aus Fliegen, die den Kopf eines Schweins umschwirren. Du Schwein. Du unmenschliches schweinisches Ding. Die Fliegen sind nicht die Ideale oder Ziele des Schweins, sie folgen ihm nur, wo immer es hingeht, weil es, tja, eben stinkt.

ELI Holla.

Paul starrt Eli an.

PAUL Warum verlasse ich dich nicht? Nach sechsundzwanzig Jahren

Leben mit dir, hänge ich, ohne nachzudenken, an dir wie Moos an einem Felsen? Nein, ich bin der Felsen, du bist das Moos, und ich bin daran gewöhnt, an die langsame Erosion, die du mir aufzwingst? Irgendwas wird mich sowieso erodieren, warum also nicht du? Der Tod wird für mich irgendeine Gestalt annehmen, warum also nicht deine? Warum nicht du? Warum solltest du nicht mein Tod sein?

PILL Aber ich glaube, dass das funktionieren wird.

Wirklich. Es ist verrückt, okay, es ist … Klar, es ist unsäglich, dass ich dich darum bitte, und das tut mir leid, aber ich, ich – Und weißt du, du wirst, wenn du dir Mühe gibst, er ist, er ist ein unglaublicher –

ELI Nicht –

PAUL *überlappend, zu Pill* Du willst mich dazu zwingen, dass ich es vor ihm sage, was? Das ist von einer scheußlichen Grausamkeit, aber gut:

Ich wünschte, ich könnte mich für immer von dir abwenden, ich wünschte, ich wäre so gestrickt, ich bin von einer absurden Schwäche –

PILL Bitte nicht …

PAUL Ich hasse mein eigenes Herz, das dich liebt, das sich weigert, dich nicht mehr zu brauchen. Ich hasse dich dafür, dass du mich dazu zwingst … mir vorzustellen, dass ich ohne dich leben könnte, was mir doch eine so lächerliche Angst macht. Und ich glaube, das weißt du, ich glaube, darauf zählst du, und deshalb …

PILL Stop. Wir, ähm, lassen wir das jetzt mal und –

PAUL *zu Eli* Was denkst du?

ELI Ich denke nicht, dass es –

PAUL *zu Pill* Er denkt nicht, dass es – Was hast du –

PILL Doch, tut er, er ist nur –

ELI *zu Pill* Ich kann für mich selbst sprechen, bleib du mal –

PAUL *zu Pill* Er hat's doch gerade gesagt, wenn du –

PILL Du schüchterst ihn ein.

PAUL Ich was? Oooooooch! *Zu Eli* Schüchtere ich dich ein?

ELI Du warst deutlich weniger beängstigend, als du mich damals zusammenschlagen wolltest. Dieses ganze … Gerede, das ist – Irgendwie versteh ich jetzt, warum er… Das ist irgendwie scharf.

PAUL Oh, cool, Alter, so LOL und LMAO, voll krass!, so ich so, voll der Downer, oh, Hammer, ey, was is dein Problem?

ELI Du bist Theologe.

PAUL Ja, Sozialtheologie, ich erforsche den Dispensationalismus, ich erforsche Gott. Schon mal gehört?

ELI Gott? Du meinst wie in »Oh mein Gooott«? Den Gott? Bist du Pfarrer?

PAUL Ich glaube nicht an Gott, Junge, ich erforsche Gott. Ich predige nicht, ich frage nach. Anders als manch andere habe ich eine erwachsene Skepsis. Also, sag an, was willst du denn mal werden, wenn du groß bist?

ELI Tjaaa … Wenn ich dafür an nichts glauben muss, dann will ich auch Theologe werden.

PAUL Dann will ich dir einen Rat geben: Wenn du ein Theologe sein willst, heirate nicht den Satan. Er wird deine Karriere ruinieren. Ich hatte einen Ruf an die UTS und an die Columbia. Dieses Jahr! Aber *deinetwegen* mussten wir umziehen, und jetzt bin ich ein Gastniemand an der Uni Minnesota, im Programm für Lesbisch-schwul-bisexuelle-und-Transgender-Forschung.

Zeigt auf Pill.

Sieh ihn dir an, mein Sohn. Ertrinkst du gerade? Er ist kein Rettungsboot, er ist eine verfluchte Kanonenkugel. Er hat seine Doktorarbeit im Jahre Neunzehnhundertpaarundsiebzig begonnen –

PILL Acht. 1978.

PAUL Nie abgeschlossen.

ELI Das hat er mir erzählt. Ich hab's in Yale nur bis zum Abschluss geschafft, weil mein AVL-Prof mir gern einen geblasen hat. Deshalb gucke ich auf niemanden herab, verstehst du?

PAUL Er und ich, wir ziehen dich zusammen groß –

Zu Pill Das ist also deine Idee?

PILL Musst du das alles kleinmachen? Musst du das unbedingt?

PAUL Ein Assistenz-Gast-Niemand und ein Schullehrer, wenn wir unser Einkommen zusammenschmeißen, tja, ich weiß, die Leute kriegen ihre Kinder mit viel weniger großgezogen, weiß Gott, aber

Wieder zu Pill

von mir kriegt er nicht das Schwarze unter meinem Fingernagel, nichts, hast du verstanden!

PILL Paul, ich kann dich nicht verlassen. Das werde ich niemals tun, ich kann es nicht. Ohne dich? Kann ich nicht.

Überlappend mit Folgendem.

PAUL Aber genau da stehen wir doch, oder? Haben wir nicht schließlich und endlich diesen Punkt erreicht? An allen Warnschildern sind wir vorbeigesegelt.

PILL *weiter* Ich dachte, es gäbe keine Gefahr. Du stehst für mich so vollkommen im Mittelpunkt, unersetzbar, unauslöschlich, untrennbar, das tust du, wirklich –

Überlappend mit Folgendem.

PAUL *überlappend, zu Eli* Wir haben nie Sex.

Überlappend mit Folgendem.

PILL *weiter* – und das weißt du genau.

ELI *überlappend, zu Paul* Ich weiß.

PAUL *weiter* Einmal, als wir eine unserer seltenen Nächte hatten, hey, erinnerst du dich an mich, ich hab auch einen Schwanz, da hatte ich es eigentlich gar nicht vor, ich hatte da ein Gummi liegen und hab es einfach drübergezogen, und wir haben es mit Kondom gemacht, und seither war es immer so, und wir haben nie darüber gesprochen. Ich habe nie gesagt … Ich schäme mich für –

PILL Ich hab nie ernsthaft geglaubt, ich würde dich betrügen. Ich dachte, ich fürchte, das stimmt, es muss stimmen, ich dachte, ich kann dem Geld trauen als, als Prophylaxe gegen die Bedrohung, keine Viren, sondern, sondern –

ELI Liebe.

PAUL *zu Pill* Aber du hast mich doch betrogen.

PILL Du hattest auch deine Seitensprünge. Wieso lag sonst das Kondom da?

PAUL Ja nun, dann schäme ich mich dafür auch noch, für jedes Mal, das ich dich betrogen habe. Wesentlich seltener als – aber egal. Ich schäme mich. Und dafür, dass ich dir nicht gesagt habe, wie sehr ich dich für das Gefühl gehasst habe, ich müsste mit meinem Mann ein Kondom benutzen. Und dafür, dass ich insgeheim *froh* war, wenn wieder ein Ruf kam und ich rund um die Uhr arbeiten musste, und du warst woanders beschäftigt – mit ihm, das wusste ich – und mir nicht im Weg. Ich schäme mich dafür, dass ich es *einfach* haben wollte.

Mann, ist das nicht ein grässlicher Moment?

Die Antwort ist *nein*. Nein, Pill: *kein Eli*. Du und ich, allumfassend bis in alle Ewigkeit, gewöhn dich an die Einschränkung, die Enttäuschung. Ich hab's schon getan.

PILL Ich … ich kann nicht.

PAUL *kurze Pause, dann* Aha, nun, ich bin nicht interessiert an deinem neuen, wie würdest du das nennen, ah ja, klar – deinem neuen Paradigma? Nein. Fick dich. Das war's, und du weißt, das meine ich ernst. *Unauslöschlich?* Sei dir nicht so sicher. Entscheide dich.
Paul geht an den Rand des Bürgersteigs und streckt eine Hand aus.
Taxi! TAXI!

Szene 4

Eine Weile ist vergangen, nicht viel Zeit, aber etwas. Pill sitzt auf dem Geländer und starrt auf die Straße, denkt nach; Eli sitzt neben ihm und zupft Farbplacken vom Geländer ab. Pills Handy klingelt. Pill ignoriert es ein paar Mal, dann holt er es aus der Tasche, schaut auf das leuchtende Display mit der Anrufernummer; er drückt einen Knopf an der Seite des Handys, stellt den Ton ab. Er steckt es wieder ein und starrt weiter auf die Straße.
Eli wartet darauf, dass Pill sagt, wer der Anrufer war, oder irgendetwas anderes. Pill schweigt. Eli will gerade etwas sagen, als:

PILL Siehst du, da drüben?
ELI Das Bezirksamt?
PILL Die U-Bahn-Station unter den, rechter Hand, unter den Bögen.
ELI Ja?
PILL Ein Vetter von mir ist auf diesen Stufen tot umgefallen, Herzinfarkt, in dem Jahr, als ich auf die Welt kam. Der Kongressabgeordnete Vito Marcantonio.
ELI Du hattest einen Vetter, der war –
Müsste ich … [den kennen]?
PILL Den kennt heute keiner mehr, es sei denn, du bist gründlich von der Geschichte der Linken durchtränkt. Was niemand …
ELI Ja, wahrscheinlich. Bin ich wahrscheinlich … nicht.
Das … ist nicht gut gelaufen.
Pill reagiert nicht.
Was ist Dispensationalismus?
Pill reagiert nicht.
Aber er macht den Eindruck, als wäre er irgendwie, hm, weiß nicht, unerschütterlich? Er kriegt das schon hin, wenn …

Pill reagiert nicht.

PILL Sechsmal Kongressabgeordneter für East Harlem. Ganz linksaußen. In seiner ersten Amtszeit, direkt auf dem Parkett des verdammten Repräsentantenhauses: »Ich bin ein Radikaler.« Als er starb, sagt mein Vater, schrieb irgendjemand in Kreide auf den Bürgersteig vor dem Haus der Amerikanischen Arbeiterpartei in der 122. Straße East: »Vito Marcantonio, du bist und bleibst das Brot der armen Leute.« Das finde ich toll. Er war wie ein, ein –

ELI Eine Abendmahlsoblate. Die Hostie.

PILL *etwas überrascht, beeindruckt* Genau. Er war für sie wie Christus.

Traurig schaut er Eli an. Eli sieht weg, zupft wieder an der Farbe herum.

Er hatte die Wahl davor verloren. In der Großen Depression wurde er gewählt, und der Kalte Krieg war sein Ende. Aber er hat nie lockergelassen. Er war auf diesen U-Bahn-Stufen dort, Richtung Norden zu seinem Drucker unterwegs, um die Poster für seine Comeback-Kampagne zu bestellen. Ein Jahr jünger, als ich heute bin. Einfach …

Pill schlägt sich selbst aufs Herz, hart.

Viele Herzkranke in Pauls Familie. Überhöhter Blutdruck. Nachdem Vito tot umgefallen war, verweigerte ihm Kardinal Francis Spellman – Franny nannten ihn die Chorjungen, die er fickte – ein Begräbnis in geweihter Erde, weil er Kommunist sei. Vito hatte immer darauf bestanden, kein Parteimitglied zu sein, und mein Vater sagt, er war es auch nicht, obwohl das auch die typische Partei-Paranoia sein könnte, weißt du, wer will das wissen und so, mein Vater lügt bei … Schnell mal.

ELI … Ähm, vielleicht sollten wir …

PILL Aber Jungejunge, Vito hat nach der kommunistischen Parteilinie abgestimmt. Voll für den New Deal, aber als Hitler und Stalin den Nichtangriffspakt schlossen, er gleich, Schluss mit der Aufrüstung für diesen Imperialistenkrieg, nieder mit Roosevelt, nieder mit Churchill! Roosevelts Bewilligungsvorlage 1940 wurde mit 400 zu 1 angenommen. Die Gegenstimme kam von meinem Vetter Vito.

ELI Er … dein Vetter war für Hitler?

PILL Nein, natürlich nicht! Die KP der USA, das waren die heftigsten Antifaschisten!

ELI Wieso hat Vito denn dann –

PILL Als Stalin den Pakt mit Hitler –

ELI Hat dein Vater … zugestimmt, ich meine, war er einverstanden damit, nicht zu kämpfen, mit einer nichtaggressiven Linie, oder –

PILL Er war, ähm, *fünf*, als sie den Pakt –

ELI Klar, also, er ist der Partei beigetreten, nachdem sie, ich meine, als er beitrat, *wusste* er doch, dass sie sich gegen Amerikas Kampf gegen Hitler gestellt hatte.

PILL Sie wollten Hitler natürlich schlagen, aber Russland brauchte Zeit, um – uff, das ist zu kompliziert. Google es einfach.

ELI Du bist bestimmt ein guter Geschichtslehrer.

PILL Entschuldige. Das kam – schärfer raus als …

ELI Kein Wunder, dass er sich umbringen will.
Ich meine, das ist doch ganz schön heftig.

PILL Hm-hmm *[Bestätigend].* So ist die Geschichte.
Kleine Pause.
Ich wurde mit der Vorstellung großgezogen, dass man irgendwo dazugehören muss, zu einer, einer Klasse, einer Partei, einer Zelle oder einem Kader oder, oder einer Identität, einer Gruppe, die etwas gemeinsam hat, und wenn du dich darin fremd fühlst, wenn es schwierig ist, wenn die Gemeinsamkeit fast nicht mehr zu, zu spüren und zu tragen ist – dann biegst du es trotzdem hin, du findest einen Weg. Dazuzugehören. Denn wenn du keine Gemeinschaft hast, bedeutest du nichts, erreichst nichts, *bist* nichts. Daran glaubt er. Mein Vater. Das steht an erster Stelle. Für meine Schwester auch.
Irgendwie hab ich es nicht geschafft, so tief zu irgendetwas zu gehören. Verrat ist immer meine einzige Sicherheit gewesen, die einzige … Luft, die ich atmen kann.
Eli stupst Pill an.

ELI Gehör zu mir. Und ich werde …
Pill küsst Eli und weicht dann zurück.
Was ist?
Pill starrt auf den Bürgersteig.

PILL *ganz leise* Du wirst –

ELI Was, ich kann dich nicht hören.

PILL Du wirst –

ELI Nein.

PILL Du wirst klarkommen, du wirst –

ELI Nein, nein, warte. Werde ich nicht.

PILL Er hat recht, ich, ich, ich muss von Sinnen sein.

ELI Nein, stop, schau nicht nach unten auf den –

PILL Ich kann dich nicht anschauen.

ELI Bitte, Pill, bitte. Bitte?

PILL O Gott. O verdammte Scheiße. Was hab ich nur getan? Was? Was? Warum will mein

Schlägt sich an den Kopf.

Hirn jetzt nicht arbeiten und mir sagen, mir sagen …

ELI Ich glaube nicht, dass du, dass dir klar ist, was du –

Pill wirft ihm einen erschrockenen Blick zu.

Nichts, egal, nichts. Vergiss, dass ich … Nichts.

Eli springt vom Geländer runter.

PILL Eli.

Er streckt die Hand aus, um Eli zu berühren. Eli weicht zurück.

ELI Nein, unmöglich, unmöglich, nein …

Fummelt in seinen Taschen herum, während er spricht.

Ich hab's vermasselt. O Scheiße, ich … ich kann nicht …

Er findet, was er sucht – das iPhone – und stochert und streicht mit den Fingern darüber, während er weiterspricht, schaltet es ein.

Ich kann jetzt nichts davon zurücknehmen, ich …

Er zuckt die Achseln, schaut auf das Display, starrt, sieht nichts.

Ich hab's vermasselt.

Er schaltet das Handy wieder aus.

Ich weiß nicht, aber … ich glaube, das wird dir leid tun. Für den Rest deines Lebens.

PILL Oh …

Und wenn das nicht so ist …

Überlappend mit dem Folgenden.

ELI Aber ich wünschte, ich wünschte, du hättest nicht, ähm, gesagt, was du …

Überlappend mit dem Folgenden.

PILL *weiter* Wenn das nicht so ist, Eli … dann …

Überlappend mit dem Folgenden.

ELI *weiter* Ich wünschte …

Überlappend mit dem Folgenden.

PILL *weiter* Dann will ich nicht mehr leben.

ELI *weiter* Ich wünschte … Oh. Pill. Ich wünschte, ich hätte dir nicht geglaubt.

Szene 5

Clio sitzt allein am Tisch im Salon und liest in einem alten, großen, zerlesenen Paperback.
Gus liegt auf seinem Bett in seinem Schlafzimmer oben.
Empty kommt aus der Küche, ein Glas Wasser in der Hand, und geht auf die Tür des Salons zu, dann bleibt sie stehen.

CLIO Ein ganzes Jahr lang bin ich hiergeblieben. War nicht leicht. Aber dir war es recht. Jetzt muss ich weg, und schon bin ich eine Mörderin.

Empty bleibt stehen und sieht Clio an.

EMPTY Damals, als du komplett gesponnen hast? In den späten 80ern, als du bei dem Leuchtenden Pfad in Peru warst.

CLIO Tupac Amaru, nicht der Leuchtende –

Na gut, kurz war ich auch bei denen. Beim Leuchtenden Pfad.

EMPTY *kurze Pause, verdaut das, dann* Bei diesem Besuch zu Ostern, als du Dad angebrüllt hast, in der Konditorei auf der Court Street.

Clio nickt.

So nach dem Motto, hättest du ein Messer gehabt, hättest du es ihm ins Auge gerammt. Für irgendeinen sektiererischen Wahnsinn, von dem du überzeugt warst.

CLIO Die revolutionäre Kraft von Tschiang Tsching und der Viererbande.

Ich hatte alle möglichen Schwierigkeiten in den Bergen gesehen und erlebt, und ich –

EMPTY Hast du Menschen getötet?

Clio sieht sie leer an. Dann schüttelt sie den Kopf.

Hast du, hast du mit angesehen, wie Menschen getötet wurden? Von deinen Genossen?

Clio setzt an, etwas zu sagen, kann es aber nicht. Sie hält den Kopf leicht schief, womit sie zugibt, dass das stimmt. Dann:

CLIO Einmal.

Kurze Pause, Empty nickt. Sie stellt ihr Glas auf den Tisch.

EMPTY Ich habe dich so sehr geliebt, Clio. Du warst eine, eine Kämpferin und eine Denkerin, beides zugleich, und beides wollte ich mehr als alles andere sein. Du warst ein leuchtendes Vorbild.

Dann bekam ich mit, wie du immer wütender wurdest, bei jedem Besuch schlimmer, bitterer, düsterer. Tragisch.

An dem Tag in der Konditorei – so ausgerastet hatte ich dich noch nie gesehen, Clio, aber … trotzdem warst du mir völlig vertraut, so als hätte ich immer darauf gewartet, dass irgendetwas rettungslos Dunkles in dir außer Kontrolle gerät und ans Tageslicht kommt.

Und nun ist dasselbe Dunkle in ihm außer Rand und Band. Vielleicht habe ich dich deshalb eine Mörderin genannt. Weil er mir solche Angst macht.

CLIO Gut. Ich finde es angemessen, dass du Angst hast.

Schatz, ich bin eine unbeschuhte Karmelitin, die der Kleinen Teresa von den Anden in die Gebirgsausläufer gefolgt ist, zu Mao und dem Leuchtenden Pfad und der permanenten Revolution: Wenn du die Welt umkrempeln willst, kremple dich selbst um. Ich hatte mich selbst so oft umgekrempelt, bis ich schließlich bei diesem schmerzvollen Osterwochenende anlangte und wie ein Raubvogel in der Konditorei der Court Street rumschrie. Ich flüchtete in die Sozialwohnungen von Paterson, um dich vor dieser Wahnsinnigen zu schützen, um sie vor mir selbst zu verstecken.

Manchmal muss man bereit sein, wegzulaufen. Ich war auch eine Tochter in diesem Hause, *mio tesoro*. Aber ich musste weglaufen.

Ich nenne das meinen peruanischen Katechismus, Kleines: Manche Menschen muss man auf dem Berg zurücklassen.

EMPTY Ich verstehe.

Dann lauf weg. Ich bleibe. Er ist – er braucht uns, Clio. Der Bürger in dem Horaz-Gedicht, der träumt, er sei allein im Publikum: er hat sich vom Geschehen zurückgezogen, von den Schauspielern – von uns. Das ist dein Bruder, mein Vater, er hat sich von jeglichem aktiven Engagement in der Welt zurückgezogen. Wir alle wissen, dass das katastrophal ist, Loslösung, das Trennen von Denken und Handeln, aber – wir haben ihn gehen lassen.

Ich kann ihn dazu bringen, nicht zu sterben, indem ich mir wünsche, dass er lebt. Und das tue ich, ich wünsche mir, dass er lebt. Tut mir leid, wenn das nicht, ähm, *dialektisch* genug für dich ist, aber.

CLIO Kurz bevor ich letzten Sommer herkam, hatte ich einer Nachbarin in Paterson erzählt, dass sich mein Bruder die Pulsadern aufgeschlitzt hätte, und sie schenkte mir ein Buch.

Hält das Buch hoch.

Mary Baker Eddy: *Wissenschaft und Gesundheit mit Schlüssel zur Heiligen Schrift.*

EMPTY Das ist … Ich kann nicht …
Ich muss … Ich habe Wasser für Maeve, sie ist … ihr Rücken …
Bist du jetzt bei der Christlichen Wissenschaft gelandet?!

CLIO Ich halte nichts mehr von Systemen. Aber ihr Buch ist wunderschön, ein Ratgeber für das, was man nicht wissen kann, für die Beziehung des Unergründlichen zur Materie. Und ich finde sie besonders gut beim Thema Tod.
Ich wünsche mir auch, dass er lebt. Nur …
Der Tod ist in diesem Haus, Empty; er ist hier. Ich habe ihn aus der Nähe gesehen, aber ich weiß nicht, was der Tod ist. Deshalb weiß ich nicht, was Gus dadurch zu finden hofft. Ich weiß, er hat beschlossen, das durchzuziehen, und ich glaube nicht, dass ich daran etwas ändern kann.
Sie schreibt, der Tod sei die Vorstellung vom Tod. Wenn du es so betrachtest, ist er ein Ausdruck der unbehaglichen Art und Weise, wie der Geist die Materie bewohnt, und –

EMPTY Natürlich kannst du nichts daran ändern – du und er, ihr seid ja völlig gelähmt vom Tod! Vielleicht, vielleicht ist die revolutionäre Gewaltbereitschaft eine gruselige politische Todessehnsucht, die wir aus Europa mitgebracht haben, als wir 1892 hier ankamen. Ich bin froh, dass du weggehst, Zeeko. Wahrscheinlich verstärkst du seine Depression, ohne es zu wollen. Ihr beide seid wie das »Vorher«-Foto in einer Werbung für Psychopharmaka.
Ich habe keine Zeit, über den Tod nachzudenken. Ich muss darüber nachdenken, wie ich den Tod verhindern kann.

CLIO Ich mache mir große Sorgen um dich, Empty, wenn du hierbleibst.
V betritt das Zimmer. Unter Emptys und Clios Blicken breitet er die Plastikfolie auf dem Boden aus, nimmt dann einen Hammer aus seinem Werkzeugkasten, der immer noch da steht, wo er in II, 2 war.

V Sorgen um wen?
So viele Sorgenkinder im Hause Usher.
Unten weiter.

SOOZE *vor dem Haus, auf Koreanisch in ihr Handy* Neh. Arasoh. Umma, gurundeh, giigum Vinnie-gah hwanna-geh-miitschusuh.
Hört zu, dann: Ja, er regt sich auf.

Hört zu, dann: Ja.

Unten weiter.

V *weiter* Entschuldige kurz, Zeeko.

Schiebt den Tisch beiseite. Clio hat gerade mal Zeit, aufzustehen und aus dem Weg zu gehen.

EMPTY *überlappend, zu V* Dad arbeitet, und Maeve hat sich hingelegt.

V Super. Und ihr zwei habt euch auf den neuesten Stand gebracht?

EMPTY *über die Brechstange* Was hast du eigentlich vor mit einer – Sei nicht kindisch. Mach den Schlamassel nicht noch schlimmer.

V geht zu dem Loch, steckt die Brechstange tief hinein, schlägt mit dem Hammer unter heftigem Getöse drauf, um sie noch fester zwischen Rigips und Lattenkonstruktion zu keilen.

SOOZE *weiter, immer noch am Handy, auf Koreanisch* Alles Liebe für Dad.

Hört zu, dann: Ich weiß. Ich dich auch.

Hört kurz zu, dann: Die Kinder auch. Gannan dah.

Hört zu, dann: Sarang handah. Neh.

Sie legt auf und betritt das Haus und den Salon.

V Da unten ist was drin.

EMPTY Was, wie ein, wie ein, ein … Was?

V *zuckt die Achseln* Wenn ich's wüsste, bräuchte ich es nicht rauszuangeln. Ich weiß es nicht, deshalb hab ich versucht, da ranzukommen, ja, aber ich wurde unterbrochen.

EMPTY Konntest du ihn nicht bei dir zu Hause behalten, er versucht, meinen Vater dazu zu bringen –

SOOZE Er ist völlig entfesselt, ich kann ihn nicht – Er hat sich wirklich aufgeregt über –

V *legt eine Schutzbrille an* Ich hasse alles Unfertige.

V stemmt den Fuß gegen die Wand und reißt mit aller Kraft die Brechstange nach unten, was ein großes Loch in die Wand macht. Sooze lacht.

SOOZE *kichert* Verdammte Scheiße, V, du bist ja irre! Guck dir mal an, was du mit der –

Überall Gipsstaub, auf dem Boden neben der zerstörten Wand liegt ein Trümmerhaufen aus Rigips und zerbrochenen Wandlatten. Alte Rohre sind zu sehen, alte Leitungen baumeln ungeschützt, Dämmung aus Pferdehaaren und Gips, dahinter die Backsteine der Außenwand des Hauses.

Beim Geräusch des Zusammenbruchs richtet sich Gus auf.
Maeve kommt aus dem Schlafzimmer im zweiten Stock und die Treppe herunter.

EMPTY Was – was zum Teufel! Was ist – bist du verrückt geworden, guck mal, was du – o Gott!

MAEVE *überlappend* Hey Leute – was ist passiert, alles okay?
Unter wütendem Knurren reißt V an der Rigipsplatte, bis er sie lose hat, und holt schließlich, was das große Loch in der Wand noch größer macht, einen kleinen verbeulten Lederkoffer heraus, sehr alt, mit Lederriemen und verrosteten Riegeln verschlossen. Maeve kommt herein und duckt sich gleich wieder zurück in den Flur, um der Staubwolke zu entgehen. Sooze und Empty wedeln mit den Händen, um den Staub zu vertreiben.
V trägt den Koffer zum Tisch und stellt ihn polternd ab. Er setzt sich an den Tisch. Clio steht auf, klappt ihr Buch zu.

CLIO *zu V* Überleg dir mal, wie enttäuscht du von dir selbst sein wirst.
Clio geht, als Maeve wieder hereinkommt, ihren Schwangerschaftskittel über Mund und Nase hochgezogen, so dass ihr riesiger schwangerer Bauch entblößt ist.
Clio und Gus kommen auf der Treppe aneinander vorbei. Clio setzt an, etwas zu Gus zu sagen, aber er rennt weiter ins Erdgeschoss.

MAEVE *betrachtet den Koffer* Was ist das?

SOOZE *überlappend, zu V* Mach ihn wenigstens auf.
Zu Maeve Mach das runter …
Gemeint: den Kittel.

MAEVE Ich atme doch dieses Zeug hier nicht ein …
Gus kommt herein. Alle halten inne. Er starrt das klaffende Loch in der Wand an.

GUS Tsk.
Sooze fängt wieder an, zu kichern, beherrscht sich aber.
Gus zu V Was meinst du, wie ich mich jetzt fühle?
Mannomann, Vinnie.
Gus setzt sich gegenüber V an den Tisch.
V schiebt den Koffer zu ihm.
Was ist das?

V Woher soll ich das wissen? Es gehört dir. Das Haus und alles, was sich darin befindet.
Gus schiebt den Koffer zurück zu V.

GUS Mir doch egal.

SOOZE Mach ihn auf, ich bin neugierig.

V Der gehört uns nicht.

MAEVE *zu Empty, auf den Koffer zeigend* Was ist – der war in der Wand?

Sooze bricht in Gelächter aus.

EMPTY *zu Sooze* Warum musst du –

Unten weiter.

SOOZE 'tschuldigung, Entschuldigung, ich weiß, es ist ein Trümmerhaufen, nur, er hat …

Fängt wieder an, zu lachen.

EMPTY *weiter, sieht den Koffer an, zu V* Was ist das?

V *zu Empty, mit einem Nicken zu Gus* Frag ihn.

Draußen kommt Paul zur Eingangstreppe. Er zögert, steigt ein paar Stufen hoch, setzt sich nachdenklich hin. Er kann Stimmen aus dem Haus hören, aber nicht, was sie sagen.

Er lauscht nach Pills Stimme. Er holt seine Zigarre heraus und steckt sie in den Mund, ohne sie anzuzünden.

Währenddessen, drinnen:

EMPTY *zu Gus* Weißt du, was drin ist?

GUS *überlappend, zu V* So wütend bist du. Das erstaunt mich.

V Ich bin sogar noch viel wütender.

EMPTY *überlappend, die demolierte Wand betrachtend, zu V* Du brauchst einen Therapeuten, V. Das macht einem ja Angst.

MAEVE *überlappend, zu Empty* Ich mach mal einen Kaffee, oder vielleicht –

EMPTY Keiner will jetzt Kaffee, Schatz, lass einfach –

Unten weiter.

GUS *überlappend, wedelt in Richtung von Maeves hochgezogenem Kittel* Könntest du das vielleicht wieder bedecken, den …?

MAEVE Genierst du dich?

EMPTY Wenn du einen Kaffee willst, dann … trink einfach einen, es wird nicht –

Zeigt auf das Wasser auf dem Tisch.

Da ist dein Wasser, entschuldige, ich –

Unten weiter.

Maeve greift zu dem Wasserglas.

MAEVE Ich glaube, das trink ich jetzt nicht, irgendwie … staubig.

EMPTY *weiter, zu Sooze* Kannst du ihn wegbringen – ich meine, du liebes bisschen, er läuft wirklich völlig aus dem –

SOOZE Wenn man so denkt wie er, ist es verständlich, mehr oder weniger. Ist halt eine Art zu, zu –

V *überlappend, zu Empty, über Maeves Bauch* Sag ihr, sie soll das lassen.

EMPTY Ja, klar, ihr Bauch ist ein Problem, aber du demolierst das Haus, und das ist –

V schiebt den Koffer zurück zu Gus.

V Mach schon, öffne den –

Gus wirft ihn zu Boden.

GUS Findest du das den richtigen Zeitpunkt für Wutanfälle?

V Was weiß ich, sag du's mir.

GUS Das ist hier kein Wutanfall. Was ich dir gesagt habe, ist kein –

V Sagst du.

GUS Willst du mich jetzt provozieren?

SOOZE Er provoziert dich nicht, Gus, es würde ihm helfen, wenn du dich vielleicht ein bisschen beruhigen würdest.

V *überlappend, zu Gus* Doch, klar tue ich das. Warum nicht? Los geht's!

SOOZE O Scheiße, ich habe einen Irren geheiratet, warum hab ich das nur gemacht?

MAEVE *überlappend, zu Empty* Ich …

Sie geht in die Küche.

Draußen sieht Paul, wie ein Taxi vorfährt. Pill steigt aus und geht zu Paul.

GUS *zu Empty* Warum ist sie hier? Ich will sie jetzt im Moment nicht hier haben!

MAEVE *aus dem Off, aus der Küche* Das hab ich gehört!

PILL *überlappend, zu Paul* Kannst du vielleicht das Taxi be-

EMPTY *überlappend, zu Gus* Sie kann hier sein, sie hat das Recht, hier zu sein, wenn sie will.

Unten weiter.

PAUL Du hast kein Geld?

MAEVE *überlappend, aus der Küche aus dem Off* Sie will sagen, ich bin hergekommen, um sie zu unterstützen, deshalb.

EMPTY *weiter, zu Gus* Du willst niemanden hier haben. Das ist es doch. Das hast du –

PILL *überlappend, zu Paul* Ich, ich hab mein Portemonnaie verloren.

PAUL Er hat es dir gestohlen. Er hat dich gelinkt.

V *überlappend, zu Maeve in der Küche* Um dich um deinen Drittelanteil beim Verkauf des Hauses zu kümmern!

PILL *überlappend, zu Paul* Ich hab mein Portemonnaie verloren. Ich hab mein Portemonnaie verloren. Bitte. Bezahl das Taxi.

MAEVE *aus der Küche, aus dem Off* Fick dich, V.

EMPTY *überlappend, zu V* Du, du bist der Einzige, der jetzt daran denkt. Jetzt!

PAUL *überlappend, zu Pill* Verdammt.

Paul steht auf, geht zum Taxi, das am Straßenrand wartet.

Pill schaut zu dem Haus hoch, setzt sich auf die Treppe.

GUS Furchtbar, wie ihr euch benehmt. Später werdet ihr euch deswegen schlecht fühlen.

V Sie macht sich viele Gedanken über den Kauf, *sie* will da –

Zu Gus Ach, *später!* Wie ominös!

Paul setzt sich zu Pill auf die Stufen. Sie sagen nichts.

V überlappend, zu Empty Und wieso bin ich der Einzige, er

Er meint Gus.

hat doch genug darüber nachgedacht, genug, um es uns wie eine Sahnetorte ins –

SOOZE Das stimmt, wirklich, Gus hat es zum Thema gemacht, nachdem doch immer unausgesprochen klar war, dass das Haus an Vic geht.

GUS *überlappend, zu V* Du bist nicht der Einzige, Vin!! Wirklich nicht! Ich habe drei Kinder! Du hast einen Bruder und eine –

Unten weiter.

V Der, ich weiß ja nicht, was er genau gemacht hat, aber er hat ziemlich viel Geld von ihr genommen –

EMPTY Das reicht jetzt, V –

Pill holt sein Handy heraus, streckt es Paul entgegen. Paul starrt es an, dann Pill.

GUS *weiter, zu V* – und sie, deine Schwester. Es ist ein Haus. Ja, wir hatten es sehr lange, und ja, du hast es repariert –

SOOZE Mit dir, Gus.

Unten weiter.

PILL *überlappend, zu Paul* Bitte nimm es. Bitte.

SOOZE *weiter* Mit dir. Das spielt auch eine große Rolle dabei, warum es ihm so viel –

Paul nimmt das Handy von Pill. Er betrachtet es, hält es in der Hand. Sie bleiben sitzen.

V *überlappend, zu Gus* Ich kenne die Einzelheiten nicht, zwischen die beiden geht ja

Hält die Hände zusammen, so dass sie sich fast berühren.

kein Blatt Papier. Aber sie hat sich, zack, das Geld aus ihrem Schwangerschaftsfonds unter den Nagel gerissen –

GUS *steht auf* Ich will diesen Scheiß nicht hören, Vito, du hast genug gesagt und bist alles losgeworden, was du hier loswerden wolltest, also –

EMPTY *überlappend, zu V* Ich habe nichts gestohlen, du kleines Arschloch, das meiste Geld davon war meins, ich –

V Komisch, du hörst dich gar nicht an wie jemand, der ein Baby erwartet. Maeve schon. Du nicht.

PILL Wir sollten reingehen, oder …

EMPTY *überlappend, zu V* Du hast ihn dazu provoziert, sich umzubringen.

GUS Hat er nicht.

PAUL *überlappend, zu Pill* Ich hätte nicht herkommen sollen. Ich hätte hoch zu Maeve fahren und warten sollen, bis …

Unten weiter.

EMPTY *überlappend, zu Gus* Doch, das hat er.

PAUL *weiter* Oder gleich direkt zum Flughafen. Dich endlich los sein.

Pill antwortet nicht. Paul steht auf und will gehen.

V Hab ich wirklich.

PILL *überlappend, zu Paul* Ich möchte nicht allein sein. Sollte ich besser auch nicht.

Paul überlegt, nickt dann, schaut zu Boden, steckt das Handy ein und setzt sich wieder hin.

GUS Aber das hat er nicht so gemeint.

PAUL *überlappend, zu Pill* Nur, bitte, halt den Mund. Ich werde nichts glauben, was du mir erzählst. Kann ich nicht.

Pill und Paul sitzen da.

Maeve ist zurück. Sie hat sich ein Gläsertuch um den Kopf gebunden, das Nase und Mund verdeckt; sie hält einen leeren Teekessel und einen Scheuerschwamm in der Hand.

MAEVE *überlappend* Maeve was?

V *überlappend, zu Gus* Woher willst du wissen, was ich gemeint habe?

Unten weiter.

SOOZE VIC, HIMMEL NOCH MAL! HALT DIE KLAPPE!

V *weiter* Das ist alles absurd, eine Wiederholung vom letzten Sommer, nur schlimmer, weil, weil damals warst du, als ich hier ankam, schon unter Medikamenten und bandagiert und auf eine Scheißtrage geschnallt, und sie haben dich hier rausgeschafft, aus den, den Lachen deines eigenen Blutes, das überall an Wände und Decken gespritzt war.

Unten weiter.

Adam geht unsicher auf Pill und Paul zu, die auf der Treppe sitzen. Er ist betrunken.

ADAM Hey.

Sie nicken ihm zu.

PAUL Adam.

V *weiter* Ich war so froh, die Cops zu sehen, Gus, nicht bloß die Sanitäter, sondern Blaulicht und Waffen –

Unten weiter.

GUS Die muss, die muss man rufen, wenn –

V *weiter* – und die Gummiknüppel und …

Unten weiter.

ADAM Wisst ihr, was richtig schwer ist? Nicht zu analysieren, was man getan hat, wenn man versucht, Buße zu tun.

V *weiter* Ich war überrascht, wie dringend ich mir wünschte, dass sie dich … bestraften, für das, was du getan hattest, dafür, wie du aussahst. Ich hoffte, du würdest dich heftig zur Wehr setzen, und sie müssten dann mit, mit ihren Gummiknüppeln auf deinen dummen alten Kopf einschlagen.

ADAM Wenn du Buße tust, musst du leiden, nicht erklären.

EMPTY *überlappend, zu V* Ach komm jetzt, hör auf, das ist –

PILL *überlappend, zu Adam* Geh weg, Adam. Geh nach unten und halt deinen Kopf unter –

V *überlappend, zu Empty* Du warst nicht da, du hast ihn erst Stunden später im Krankenhaus gesehen!

EMPTY *überlappend, zu V* Weil ich aus dem Scheißviertel weggezogen bin, weg aus Brooklyn! Wer hat dir denn gesagt, du müsstest zwei Straßen weiter wohnen?

ADAM Ich war in 'ner irischen Bar. Und hab 'n Taco gegessen. *Fisch*-Taco.

GUS *überlappend, zu V* Ich bin traurig, dass du es gesehen hast, das hab ich nie gewollt. Das Blut und das alles, du, du kommst mit, mit

Gewalt nicht klar, das ist … Als wäre dir die Freundlichkeit deiner Mutter eingehaucht worden, ihr Geist, ihre Seele, was auch immer, als sie losgelassen hat, dein ganzes Leben lang bist du, ich hab dich immer beschützt, ich –

ADAM Pill, es tut mir so leid, dass ich beinahe deinen Vater umgebracht habe.

PILL Mach dir keine Gedanken drüber.

V *überlappend, zu Gus* Ach ja? Vor der Gewalt hast du mich beschützt? Aber schau mal, wie wütend ich werde! Erklär mal das Loch in deinem Wohnzimmer. Wie hab ich das gelernt?

ADAM *plötzlich* *O Gott! Gus hat doch nicht –*

PILL Mach dir keine Gedanken. Ich gehe gleich rein.

PAUL *überlappend, zu Adam* Ist er …

Zeigt: »da drin«.

Pill steht auf.

SOOZE *zu Maeve* Wo ist Clio hin, vielleicht sollte sie – manchmal hört er ja auf sie. Soll ich –

PILL *zu Adam* Du solltest schlafen oder …

MAEVE *überlappend, zu Sooze* Wahrscheinlich raufgegangen in ihr Zimmer. Sie ist wirklich eine faszinierende Frau, wusstest du, dass sie bei den Christlichen Wissenschaftlern ist?

SOOZE Sie ist doch Maoistin oder so was oder –

Sooze geht aus dem Salon hinaus ins Treppenhaus.

GUS *überlappend, zu V* Ich habe alles von dir ferngehalten, all die Kämpfe, Marx und die Partei und das Organisieren, das Scheitern und die Siege auch, die paar Scheißsiege, die es irgendwann mal gab, ich brachte es nicht fertig, auch nur ein Wort davon an dein Ohr dringen zu lassen, du hast ihre Ohren, du –

ADAM Und wisst ihr, was noch?

V *überlappend, zu Gus* Oh, wie sentimental du sein kannst, wenn du willst.

Unten weiter.

PAUL *zu Adam* Kaffee vielleicht.

V *weiter* Du hast all deinen, deinen *Sülz* für mich aufgehoben, alles, was du für wertlos hältst, alles Weiche und Unwichtige, denkst du, das wüsste ich nicht? Den ganzen revolutionären, radikalen, subversiven, hirnverbiegenden, lebensverschlingenden Quark dieser wahnsinnigen Familie hast du von mir ferngehalten –

Unten weiter.

SOOZE *überlappend, ruft nach oben* HEY! HEY, TANTE CLIO?! KANNST DU VIELLEICHT MAL KOMMEN –

V *weiter* – und dafür danke ich dir! Ich bin so weit davon weggekommen, wie es mit einigem Anstand möglich war, ohne, ohne gleich zum hohlköpfigen Republikaner zu werden.

Unten weiter.

ADAM Ich hole welchen, ich komme gleich wieder rauf, in, äh – ich geh erst mal runter und, na ja, ich will wichsen, dann kann ich mich meistens besser konzentrieren, dann …

Paul geht die Treppenstufen hoch und legt Pill seine Hand auf den Rücken. Pill zuckt leicht zusammen. Ohne Paul anzuschauen, wischt er sich die Augen und geht hinein. Paul wartet einen Moment und folgt ihm dann.

V *weiter* Ich bin ein normaler Mann mit einem normalen Leben, einer normalen Familie und einer Arbeit, EIN RICHTIGER ANSTÄNDIGER ARBEITER AUS DER ARBEITERKLASSE MIT ARBEIT!

Unten weiter.

ADAM Sag's deiner Schwester nicht, sag's Empty nicht. Oh, oh, oh, wie ich sie liebe.

Adam schwankt nach unten in die Gartenwohnung.

Pill betritt das Haus, sieht sich im Zimmer um.

V *weiter* Nicht so ein, so ein Hafenarbeiter, der mir sagen kann, was auf Seite 697 in Band 6 von *Das Kapital* steht und der immer noch, der 2007 immer noch ein Mitglied der Amerikanischen Kommunistischen Partei ist –

EMPTY *überlappend, zu Pill* Wo warst du!? Warum bist du nicht ans Telefon gegangen? Du hättest –

Pill hebt die Hand, um sie zu stoppen. Sie sieht sein Gesicht. Sie geht zu ihm.

GUS Du hast verdammt nochmal recht, das bin ich! Du hast ja nie die Geschichte der Arbeit gelesen, du hast nie Marx gelesen –

Unten weiter.

V Du hast, du hast doch selbst gerade gesagt, du hast mich davon abgehalten! Hast du auch! Ich habe erst erfahren, dass du ein, ein Parteimitglied warst, als du ausgetreten bist!

GUS *weiter* Du hast *Das Kapital* nie gelesen, du lachst mich bloß deswegen aus! Genausogut könntest du Republikaner sein, was denn?

Glaubst du, nur weil du das letzte Mal für die Demokraten gestimmt hast, wärst du keiner?

EMPTY *überlappend, zu V* Mach dich nicht lustig, versuch mal, es mit seinen Augen zu sehen –

V *zu Empty* Was, du meinst, dass er als Reaktion auf Nine-Eleven wieder in die Partei eingetreten ist?! Bitte erklär mir mal, mit welchen Augen man das sehen soll!

Clio kommt herein.

EMPTY *überlappend, zu Gus* Und übrigens, ja, ich denke, ich bin keine Republikanerin, weil ich die Demokraten gewählt habe, für wen hast du gestimmt?

PILL *überlappend, zu V* Ich glaube, er brauchte, ähm, Trost, und deshalb ist er zurückgegangen.

GUS *überlappend, zu Empty* Ich wähle den Kandidaten der Kommunistischen –

V *zu Empty* Da musstest du fragen?

EMPTY *überlappend, zu Gus* Warte mal, warte, haben die nicht – doch! Die KP der USA hat John Kerry unterstützt! *Du hast für John – Zu Clio* Hast du überhaupt gewählt?

CLIO Nein, nie, ich –

EMPTY Spar's dir.

V Und wann hast du das letzte Mal Marx gelesen, Gus, hm? Du liest Vergil! Du sitzt rum und fütterst deine heimlichen Überlegenheitsgefühle, du –

PILL *überlappend, zu Empty* Was ist denn um Himmels willen mit dem … dem Zimmer passiert?

Empty nimmt Pill bei der Hand und führt ihn an Maeve vorbei in die Küche.

MAEVE V hat einen Koffer gefunden, in der –

PILL *zu Empty* Und wieso hat sie das Tuch über dem Gesicht?

V *überlappend, zu Gus* Du übersetzt Oden von Horaz und hast Zeit dafür, weil du nicht für deinen Lebensunterhalt arbeiten musst!

GUS Oh, oh, oh, da krieg ich sofort Lust, das grässliche Ding wegzuschmeißen! Nicht mal dein, dein – Ich habe dich großgezogen, um etwas Großartiges aus dir zu machen, etwas Stolzes, das keine Furcht kennt und tapfer ist, und stattdessen, stattdessen –

Unten weiter.

Maeve nimmt das Tuch von ihrem Gesicht.

Paul kommt herein, sieht sich um. Sooze folgt ihm, aus dem Treppenhaus kommend.

Gus weiter.

In meiner Verzweiflung, meinem Schmerz! In meinem!

Schlägt sich aufs Herz.

Herz! Das du zu verspotten wagst!

Unten weiter.

PAUL *zu Sooze* Was ist denn mit der –

GUS Und ich stelle mir irrigerweise vor, dass ein Beweis für mein schreckliches, ich kann … gar nicht sagen, wie schreckliches Bedauern, dass ich euch Kinder mit dem Grauen dessen zurücklasse, was ich vorhabe –

Unten weiter.

SOOZE *überlappend, zu Paul* Vic hat … er wollte die Wand reparieren, nachdem er den Garibaldi-Kopf reingerammt hat.

GUS *weiter* Aber *du* kannst das natürlich nicht begreifen, ich dachte, ich würde dich schützen, dir Dinge ersparen, aber am Ende hab ich nur einen Ignoranten aus dir gemacht!

V Was, ich ein Ignorant? Das aus deinem Mund, das ist –

GUS Ja, Ignorant, ich hätte dir alles erzählen sollen, so wie mein Vater mir, alles, was mir in der Depression geschehen ist, wie Gefängnis und Disziplinierung und –

MAEVE Gefängnis? Du warst im Gefängnis?

Gus tut sie mit einem Wedeln ab.

V *überlappend, zu Gus* Genau, genau, damit ich mich dann wie du in einer Badewanne umbringen kann, festgeklammert an –

SOOZE *überlappend, zu Maeve* Das war während des Koreakriegs, er wurde verhaftet, weil er sich dem Einberufungsbefehl widersetzt hat, sie reden nie über –

CLIO *überlappend, zu V* Er ist ja nicht in der Wanne gestorben, Vito.

GUS *zu Sooze* RUHE!

V – festgeklammert an meiner Mitgliedskarte der KP der USA in einer Hand und meiner Rente vom Garantierten Jährlichen »Ruhekissen«-Fonds in der anderen –

Maeve geht in die Küche und ruft im Gehen:

MAEVE *überlappend, zu Empty in der Küche* Du hast mir nie erzählt, dass Gus mal im Gefängnis war! Wann war –

GUS *überlappend, zu V* Wenn ich sterbe, dann nicht in der Badewanne!

Und wenn ich es tue, dann bilde dir bloß nicht ein, Vin, dass ich es tue, weil du beschlossen hast, dich auf den Boden zu werfen und wie ein Kleinkind rumzuheulen wegen deinem Erbe, Himmel nochmal! Und das »Ruhekissen« kannst du dir in den Arsch schieben, Junge, du hast keine Ahnung, was das für ein Kampf war, bis wir es errungen hatten, die Arbeit, um den Lohn zu garantieren, das Organisieren, die Streiks, aber davon hast du ja auch keine Ahnung –

Empty kommt wieder herein.

Frag sie, frag deine Schwester, sie ist zu den Versammlungen mitgekommen, sie hat mit mir Streikposten geschoben, im Winter, sie hat die Streikbrecher gesehen und die verächtlichen Sprüche von den Arschlöchern und Kotzbrocken gehört –

Unten weiter.

V Ich war fünf Jahre alt, Gus, ich wollte doch mitkommen, wirklich, aber du hast mich nie mitgenommen zu –

GUS *weiter* – die *Ruhekissen* schreien, weil, weil wir ein Mal nicht mit ihnen einverstanden waren, dass sie das Recht hatten, Scheißroboterkräne und Container anzuschaffen, von den Profiten bezahlt, die wir für sie erarbeitet hatten –

Unten weiter.

V Ja ja ja ja ja ja …

GUS *weiter* – und mit denen sie arbeitende Menschen ersetzen wollten – Ja! Ja! Wir haben damals etwas sehr Wichtiges geleistet, was heute keiner zu schätzen weiß, aber das war es, wir Arbeiter aus der Arbeiterklasse, ohne, ohne Ausbildung, ohne Politik, wir haben unsere Ängste überwunden, dass man uns Faulpelze und Betrüger schimpft, wir haben nicht nur darauf beharrt, dass die Arbeiter ein Recht auf ihren Lohn haben, sondern auch auf einen Anteil am Wohlstand, ein Recht auf Leben, ein Recht, die Zeit zu kontrollieren! Als wir den garantierten Jahreslohn erzwangen, nahmen wir die Logik von Zeit und Geld in die Hand, die Männer wie sie reich macht und Männer wie uns verschlingt, und wir brachen ihr das verdammte Genick.

V Ihr habt überhaupt nichts gebrochen! Ihr habt das Geld von irgendwem anders genommen, das euch nicht gehörte, das ihr nicht verdient hattet und von dem kein Mensch auf der Welt findet, dass ihr ein Anrecht darauf hattet, und für die Handvoll Leute, die überhaupt wissen, dass dieser Streik je stattfand, ist es ein besonders groteskes Beispiel für den Machtmissbrauch der Gewerkschaften, für Schikaneure, die sich unter den Nagel reißen, was sie kriegen können, weil sie es können, und es dadurch den amerikanischen Häfen, ha, der amerikanischen Industrie unmöglich machen, profitabel zu bleiben, *zu überleben*!

Unten weiter.

GUS Du Ignorant! Glaubst du diesen Scheiß etwa? Nicht wir haben die Häfen gekillt, sondern die Flugzeuge, wir haben uns nur geweigert, die Last der ganzen –

V *weiter* Selbst als es Arbeit für euch gab, habt ihr Garantielohn-Jungs euch da rausgemogelt – du selber hast dich mit dieser Großtat gebrüstet, mir gegenüber, und ich hab getan, als ob ich wüsste, warum du dich so aufplusterst, ich hab getan, als merkte ich nicht, dass du dich ans Drückebergertum gewöhnt hattest, egal, was es dich kostete! Persönlich!

Unten weiter.

EMPTY *ein paarmal während des Vorhergehenden, zu V* Okay. Stop. V! DAS REICHT!

GUS *überlappend, zu V* So redest du nicht über mich! Ich versohl dir den Arsch, Junge, das hab ich noch nie getan, aber glaub nicht, ich täte es nicht! Du bewirfst mich mit Scheiße, weil du sauer wegen dem Haus bist, aber solche hässlichen Dinge kannst du nicht –

EMPTY *überlappend, zu V* Ich weiß nicht, Widerstand von den anderen Arbeitern, und du siehst da Faulheit? Ich sehe Wut, und wenn du nicht um seinetwillen wütend bist, dann musst du dich mal selber anschauen, du Hohlkopf, und dass du dein Leben lang von bequemen Voraussetzungen ausgegangen bist.

Unten weiter.

V *weiter, zu Empty* Dreißig Jahre ohne Berufung, natürlich führt das zu klinischer Depression oder seniler Demenz oder welcher Wurm auch immer Löcher in sein Hirn bohrt, warum schockiert dich das?

Zu Gus Warum schockiert es mich so, verdammt noch mal, dass du ein ehrloser Scheißkerl bist, der alles Mögliche verspricht und dann wieder wegnimmt? Ich sollte dir eine Rechnung stellen für die Tausende Stunden, in denen ich alle möglichen Reparaturen –

Wieder zu Empty Warum will ich diesen verrostenden Schrotthaufen überhaupt in der Familie halten? Welche Familie? Geschwister? Ganz was Neues!

Gus setzt zu einer Antwort an, wendet sich dann aber plötzlich von V ab, von dem ganzen Streit. Im Folgenden verfällt er in tiefes Schweigen. Er setzt sich hin, wird kaum beachtet, beobachtet die anderen.

EMPTY *weiter, zu V* Wie kannst du als sein Sohn einen solchen Mist von dir geben? Schäm dich! Missbrauch gewerkschaftlicher Macht? Guckst du nur noch die Nachrichten auf Fox? Ja, wirklich zu schade mit den Arbeiterorganisationen, sonst könnten wir noch die Profitspannen aus den Kleiderfabriken von Malaysia einsacken! Die Gewerkschaften haben die amerikanische Industrie gekillt? Hatten vielleicht auch die multinationalen Konzerne und der freie Handel ein bisschen was damit zu tun?

Maeve kommt wieder aus der Küche, sie trägt ein Tablett mit einer vollen Bodum-Kaffeekanne und nicht zusammenpassenden Kaffeepötten herein und stellt es auf den Tisch.

SOOZE Darf ich mal auf etwas hinweisen?

V *überlappend, zu Empty* Na, zu wem du gehörst, darüber besteht kein Zweifel! Deinen Guru hast du dir schon lange ausgesucht, und wenn er sich aufgehängt hat, mit einem 4-Millionen-Dollar-Preisschild am großen Zeh, dann wirst du sagen, wie verdammt romantisch –

Unten weiter.

SOOZE *weiter* Nämlich, dass nicht jede Annahme, die nicht simpel ist, deshalb gleich stimmen muss. Nordkorea wird von Leuten geführt, die in ihren, ähm, unbequemen Annahmen ganz mit Gus übereinstimmen.

V *weiter* Und egal, was er

Zeigt auf Pill.

anstellt, er kriegt automatisch euer Mitgefühl, in Strömen. Ich kriege von euch bloß Verachtung.

PAUL *zu Gus* Gus, alles in Ordnung?

SOOZE *überlappend, zu Gus* Deshalb wollen meine Eltern nicht mehr mit dir reden, Gus. Sie finden dich nett, aber sie finden auch, dass du ein Narr bist.

EMPTY *überlappend, zu V* Hörst du dich eigentlich selber reden, schau dich um, was willst du, Bewunderung? Applaus?

V *überlappend, zu Sooze* Er ist kein Narr. Sag das nicht.

PILL *zu Paul* Ich glaube, ich will hier weg. Ich komme wieder, wenn –

SOOZE *überlappend* Oh, ups, 'tschuldigung. Jetzt bin ich wohl in das Fettnäpfchen getreten, das der »Heiligen Familie« vorbehalten bleibt.

PAUL *kalt, zu Pill* Mit deinem Vater ist irgendwas. Meinst du nicht, das solltest du mal angehen, statt wegzurennen? Du bleibst hier. Ich bin solange –

V *überlappend, zu Sooze* Das hab ich doch gar nicht –

MAEVE Ich komme mit, mein Rücken bringt mich um.

Zu Empty Ich kann so was nicht. Vielleicht sollten wir alle –

EMPTY *überlappend, zu Pill* Du solltest wirklich hierbleiben. Bitte. Ich weiß, dass du dich gerade sehr unwohl fühlst, aber ich bitte dich. Ich glaube, er will, dass du gehst. Ich glaube, er wird –

SOOZE *überlappend, zu V* Ich geh mal nach den Kindern schauen, was sie –

PILL *überlappend, zu Empty* Ich kann nicht.

Zu Paul Bitte hör auf.

SOOZE *überlappend, zu Gus* Entschuldige, Gus, du bist kein Narr, jedenfalls denke ich das nicht. Ich hoffe nur, meine Kinder werden glücklicher.

Gus reagiert nicht.

PAUL *überlappend, zu Pill* Womit aufhören?

SOOZE Oah, komm schon, Gus, du kennst mich doch, ich gebe dir doch nicht die Schuld an Kim Jong-Il.

GUS Lieb von dir, Schatz.

PAUL *zu Empty* Wie es aussieht, will dein Bruder wieder weg, Em, vielleicht –

Unten weiter.

EMPTY *zu Pill* Dumm gelaufen. Tut mir leid, aber du kannst nicht. Du musst jetzt –

PAUL *weiter* – vielleicht ist ihm endlich aufgefallen, dass die Beschäftigung mit … mit *uns*, mit ihm und mir, mit unseren Privatangelegenheiten nicht irgendwo draußen auf der Straße –

Unten weiter.

PILL *zu Empty* Etwas Furchtbares ist passiert. Ich muss –

PAUL *weiter* – und auch nicht unter lauter geräuschvoll abdrehenden Irren –

Unten weiter.

EMPTY Das … das ist mir egal. Du bist hergekommen und wolltest dich kümmern um, wolltest mir helfen, ihm helfen.

PAUL *weiter* – sondern unter vier Augen, *privat*, noch so ein Konzept, das diese Familie vielleicht nicht ausreichend auf dem Schirm hat. Du bist diejenige, die hier einen klaren Kopf bewahren muss, Em.

Du solltest dir wirklich überlegen, ob du das nicht in angemessener Weise angehen und Bilanz ziehen willst, bevor …

CLIO *zu Pill* Wirklich, Pill? Du kannst nicht hierbleiben und deiner Schwester helfen.

EMPTY *überlappend, zu Paul* Du meinst, ein Anruf bei der –

PILL *überlappend, zu Clio* Ja, wirklich, Zeeko. Ich kann nicht.

Paul hält Pill sein Handy hin.

PAUL Notruf.

GUS *zu Empty* Nicht noch mal die Cops!

Unten weiter.

EMPTY Okay!

Unten weiter.

GUS *weiter, attackiert V* ICH HAB DIE SCHNAUZE VOLL VON COPS!

EMPTY *weiter, zu Gus* Hör auf zu schreien! Ich hab's kapiert! Ich will sie auch nicht anrufen, aber wie kann ich dir glauben, dass du nicht – Vielleicht, vielleicht brauchst du mehr Hilfe als –

CLIO *zu Empty* Die nächste Frage wäre, ob sie ihm die Art Hilfe geben können, die du –

EMPTY *zu Clio* Bitte, Zeeko, wirklich, ich weiß, du meinst es gut, aber du verkomplizierst –

V *überlappend, zu Gus* Ich weiß nicht, was du erwartet hast, Gus, ich weiß nicht, was du dachtest, was passiert. Das wolltest du doch, du hast gekriegt, was du –

Zu Empty Paul hat recht, ruf den Notruf an, worauf wartest du? Eine Alternative? Etwas Interessantes?

CLIO *überlappend, zu Empty* Aber es ist doch auch kompliziert, oder?

GUS *ignoriert V, zu Empty, weiter* Wenn du das tust, werde ich dich bis zu meinem Tod hassen! Das schwöre ich dir!

Zu Paul WER HAT DICH GEFRAGT? DU WICHTIGTUER BRAUCHST DICH HIER NICHT EINZUMISCHEN!

Adam taucht in der Tür auf, eine halbausgetrunkene Flasche Scotch in der Hand. Er sieht noch schlimmer aus als zuvor.

PILL *zu Gus* Rede nicht so mit ihm!

EMPTY *überlappend, zu V* Genau! Hilf uns! Kannst ja, was weiß ich, die Decke runterreißen!

V Kannst ja, was weiß ich, dich ins Knie ficken?

MAEVE *überlappend, zu Gus* Ja, Gus, beruhige dich. Paul will doch nur helfen. Ich schlage vor –

EMPTY *überlappend, zu V* Vielleicht, vielleicht findest du da ja noch mehr Scheißkoffer!

Unten weiter.

GUS *überlappend, zu Maeve* O Gott, die nächste!

Zu Maeve und Paul DU UND DU! SCHAFFT EURE SCHEISS-THEOLOGIE AUS MEINEM HAUS!

SOOZE *überlappend, zu niemandem im Besonderen* Ist eigentlich sonst noch jemand neugierig, was in dem –

Unbemerkt von den anderen nimmt Sooze den Koffer. Sie nimmt ihn zu einem Stuhl mit, setzt sich hin, den Koffer auf dem Schoß, untersucht die Riegel, versucht sie zu öffnen. Geht nicht. Währenddessen:

EMPTY *weiter* Vielleicht fällt dir einer davon auf deinen dämlichen Kopf, könnte ja helfen.

Unten weiter.

PAUL *überlappend, zu Gus* Ich rufe Gott doch gar nicht an, Gus, ich brauche ihn nicht zu belästigen wegen –

V *überlappend, zu Empty* Vielleicht, vielleicht nimmst du einfach deinen Anteil vom Erlös, damit du rauskommst aus deinem lausigen – vielleicht könntest du, weißt du –

EMPTY *überlappend, zu Clio* Alles ist kompliziert, aber wollen wir nicht einmal, ein einziges Mal, versuchen, es zu vereinfachen und –

Unten weiter.

MAEVE *überlappend, zu V* Was könnte sie vielleicht?

EMPTY *weiter, zu Clio* Wenn du zurück nach Paterson gehst, kannst du wirklich nicht –

Unten weiter.

ADAM Paterson! Nicht Paramus!

V *überlappend, zu Maeve* Was?

MAEVE *überlappend, zu* V Was du vorhin gesagt hast, über ihren Anteil –

Unten weiter.

V Hab ich mit dir geredet? Ich hab doch nicht mit dir –

Eine halbe Million Dollar ist eine Menge Geld. Wie du sehr gut weißt.

Sooze nimmt eine Haarnadel aus ihren Haaren oder aus einer Tasche und versucht, eines der Schlösser damit aufzukriegen. Geht nicht.

SOOZE Verhakt. Oder abgeschlossen.

CLIO *zu Gus* Sie ist sauer, dass ich weggehe, Gus. Morgen früh.

EMPTY *Morgen?!*

GUS *überlappend, zu Clio* Morgen früh, hm?

Clio nickt.

Na schön. Morgen.

CLIO *zu Gus* Ob der Geist existiert oder nicht, irgendetwas entschwindet aus der Materie, wenn sie stirbt. Das habe ich schon mit angesehen.

Zu Empty Es ist tragisch, aber das Leben ist tragisch, Baby. Weißt du das nicht?

Wieder zu Gus Und wenn wir Glück haben, ist der Tod auch eine Art von Befreiung, eine Art –

EMPTY Okay, okay, das reicht. Dass du eine vollkommen durchgeknallte Person bist, gibt dir nicht das Recht –

CLIO Du kannst jetzt aufhören, Schätzchen, ich bin fertig.

Clio küsst Gus, der ihre Hand tätschelt.

GUS *zu Empty* Es ist in Ordnung. Schau doch, was sie für mich getan hat. Ein ganzes Jahr lang.

Gus lacht auf, der ganze Streit fällt plötzlich von ihm ab.

MAEVE Ich glaube nicht, dass sie meinte, der Tod wäre gut oder so, nur dass er, also in einem bestimmten Licht gesehen, so was ist wie … ähm … Ekstase.

Zu V Also, entschuldige, also –

EMPTY Er ist – *Was?!*

MAEVE *zu Empty* Ekstase, das bedeutet, aus der … also, Stasis raus. Eine …

Geste: Vorwärtsbewegung.

Verschiebung, Veränderung.

Wieder zu V Also, was hast du gemeint, als du vorhin –

EMPTY Der Tod als eine Art von Befreiung?! *Bist du jetzt auch vollkommen –*

MAEVE Das hatte ich nicht –

Zu V Was du eben über den Erlös gesagt hattest?

V *zu Empty* Du könntest sie damit ausbezahlen! Schieb es ihr einfach rüber, damit, damit …

MAEVE Damit was?

V *zu Maeve* Ich rede gerade mit meiner Schwester!

Zu Empty Damit du abhauen kannst, das willst du doch ganz offensichtlich! Kauf dich aus der, aus deiner Verpflichtung ihr und dem Baby gegenüber raus.

SOOZE Vic, das ist widerwärtig.

ADAM Ich will nur sagen, ich –
Das Zimmer fällt ihm auf.
Was ist denn hier passiert?
Zu Empty Ach genau, ich wollte schon die ganze Zeit – Was ist ein Rattenkönig?

MAEVE *zu V* Oh, das ist so unnötig gemein! Wie kannst du es wagen? Was zum Teufel ist bloß los mit –
Soozes Handy klingelt. Sie schiebt den Koffer von ihrem Schoß runter und kramt herum, um es zu finden – in einer Tasche ihrer Kleidung oder der Handtasche.

SOOZE 'tschuldigung, 'tschuldigung …
Während des Folgenden steht Clio an der Tür zum Salon und verabschiedet sich leise von ihrer Nichte und ihren Neffen und Gus. Außer Gus bemerkt niemand, dass sie das tut, und so will sie es auch.

CLIO *zu Pill* Alles Gute für dich, Pill.
Zu V Gib den Kindern einen Kuss von mir.
Zu Empty Ich werde an dich denken, meine Liebe.
Clio küsst Gus auf den Kopf.
Gute Nacht, du aufrechter Bürger von Argos.
Clio verlässt unbemerkt den Raum.

PAUL *überlappend, zu Adam* Nicht jetzt, Adam!
Zu V Und ich finde das auch! Absolut unpassend! Das meinte ich vorhin in Bezug auf, ähm, Privatsphäre. Ach, vergiss es, Scheiße. Als würde man Selbstgespräche führen.

PILL *überlappend, zu V* Das, das ist ekelhaft. So einen Dreck sagt man, sagt man einfach nicht, du bist – Schäm dich.
Sooze hat ihr Handy gefunden, geht mit »Hey Schatz« dran, zieht sich in eine Ecke zurück und führt ein schnelles, gemurmeltes Ruf-dich-später-zurück-Gespräch, dann legt sie auf.

MAEVE Du hast keine Ahnung, zu was der alles imstande ist, du hast seinen Auftritt vorhin verpasst, er ist –
Zu Empty Du könntest auch darauf reagieren, weißt du, was er gesagt hat, du, ich meine, hat er, ist das so?

V *überlappend, zu Pill* Hm-hmm *[bestätigend]*, ich sollte mich schämen, weil ich schlimme Sachen sage, und wann schämst du dich

für, für, was weiß ich, auf was für krankes Zeug du stehst, dass du deshalb Geld von ihr genommen hast.
Zu Maeve Und meine Schwester will deshalb nichts zum Abhauen sagen, Maeve, weil sie so scheißwütend ist, dass ich sie drauf festgenagelt habe. Was glaubst du, warum sie so unterirdisch zickig zu mir ist, seit wir – seit du von meiner Sahne schwanger geworden bist.

ADAM Ich glaube, Vinnie will sagen, dass er und –

EMPTY *überlappend, zu V und Maeve* Das ist so was von unfair.

MAEVE Nein, ist es nicht, und du weißt auch, warum. Er hat recht, du warst zickig zu ihm. Weil es funktioniert hat. Weil du jetzt auch blutsverwandt mit dem Baby bist. Das bedeutet, du kannst mich nicht einfach sitzenlassen, wenn das Baby kommt.

EMPTY Und das ist genau der Grund, warum du so beharrlich, ich wollte ja nicht, aber du hast *verlangt*, dass ich V frage, ob er der Samenspender sein will. Um dir sicher zu sein, dass ich bleiben würde.

MAEVE Weil du all unser Geld, alles, was wir für die Insemination gespart hatten, Pill gegeben hast! Als Sabotageakt gegen unsere –

PILL Ich zahle euch das Geld zurück, Maeve. Ich wusste nicht, dass es –

MAEVE *zu Pill* Uns das Geld zurückzahlen? Wann?!? Ich bin vierzig Jahre alt, denkst du, ich kann warten, bis – DU HAST DREISSIGTAUSEND DOLLAR GENOMMEN, DAS WAR MEIN BABY, DIESES GELD, DU HAST ES GENOMMEN UND FÜR EINEN STRICHER VERSCHLEUDERT!

EMPTY Nein! Nein! Du redest nicht so mit ihm! Nicht so über ihn! Und vor –

PAUL *überlappend, zu Maeve* Und du hast dich gerächt, indem du mir alles erzählt hast, was Pill gemacht hat! Wo ist deine hochmögende Entrüstung geblieben?
Unten weiter.

EMPTY *weiter, zu Maeve* Himmel nochmal! Diese abstoßende Ichbezogenheit, die dich beherrscht, seit du –
Unten weiter.

MAEVE *Meine* Ichbezogenheit? Ich versuch dir den ganzen Tag schon zu sagen, dass ich mich komisch – Fick dich!

EMPTY *weiter* Seit du herausgefunden hast, dass du dich ungestraft daneben benehmen und es auf den Blutzucker schieben konntest oder das Gewicht seines Kopfes auf deiner Blase oder –

PAUL *weiter* Und im Übrigen wusste ich das alles schon, du hast nur den Schlafwandler geweckt, dafür war ich schon dankbar, wenn auch etwas abgestoßen von deiner Indiskretion, nein, deiner heftigen –
Clio kommt nach unten, mit ihrem Schlafsack, ihrem Rucksack und einem großen alten Gemälde der Maria Addolorata. Sie geht an dem Salon vorbei – wieder erregt sie keine Aufmerksamkeit der Leute drinnen – und zur Haustür hinaus. Sie schließt die Tür hinter sich und geht die Straße hinunter.

MAEVE Ja, genau, als hättest du dich nicht auch gerächt, indem du bergeweise Mist über meine Dissertation gekübelt hast!
Unten weiter.

PAUL *Das mystische Licht?! Die hypophatische Einheit?*
Unten weiter.

MAEVE *weiter* Gib doch endlich zu, dass Innerlichkeit dir Angst macht und Gottes Schweigen dich in Panik stürzt!!
Unten weiter.

PAUL *weiter* Du hast beschlossen, nach all den Jahren, die ich damit zugebracht habe, dir Theologie im sozialen Kontext zu vermitteln, jetzt zur Ekstatikerin zu werden?
Und ob ich dir eingeheizt habe, mit deinem ganzen Hokuspokus –
Gus fängt an zu applaudieren, laut, stetig, rhythmisch.

MAEVE *weiter* Du hast mich angegriffen! Und du bist bloß eifersüchtig, weil ich bereit bin, für das Wohl meiner Ehe zu kämpfen und, jawohl, auch zu *strafen*, während du die Augen verschließt –

PAUL Und ich bin nach Minneapolis gezogen, zur Rettung meiner –
Zu Gus Was machst du da?
Gus klatscht weiter.

PILL *zu Gus* Ich bin, ich bin ein … ich habe eine schwere Zeit hinter mir, und … ich hab mir Geld von Empty geliehen, sie hat mir Geld gegeben, und ich habe es für einen Kerl ausgegeben, einen Kerl, den ich …
Gus klatscht lauter. Pill spricht lauter.
Den ich liebe.
Paul steht auf und will das Zimmer verlassen.
Jemand, dessen Vertrauen ich gekauft habe, jemand, den ich, ähm, abscheulich behandelt habe.
Gus klatscht noch lauter; Pill spricht noch lauter. Paul zögert in der Tür, dann beschließt er, zu bleiben. Er sieht Pill und Gus an.

Schlimmer, als ich … euch behandelt habe, euch alle, und ich weiß –
Zu Paul vor allem dich, ich weiß, wie furchtbar ich –
Paul wendet sich von Pill ab. Pill wendet sich wieder seinem Vater zu, schiebt sich an Gus' Klatschen vorbei, er ist fest entschlossen, ihn zum Zuhören zu zwingen.
Pill zu Gus Du bist nicht irre oder senil, du bist ein Scheißsimulant und – du läufst weg vor dem ganzen Chaos, das du angerichtet hast, aber du kommst hier nicht raus, bevor du mir nicht zugehört hast, nicht bevor ich die Gelegenheit habe –
Unten weiter.

ADAM *laut* Das finde ich interessant –
Unten weiter.

PILL *weiter* – dir zu zeigen, was ich getan habe, wer ich bin – du musst mir zuhören –

ADAM *weiter* – was Paul gesagt hat, zu Maeves hochtrabendem – Ich habe dazu auch was zu sagen, ich –

EMPTY *zu Pill* Ich finde nicht, dass du dich entschuldigen musst, für gar nichts.
Unten weiter.

PILL *zu Empty* Ich entschuldige mich nicht!

EMPTY *weiter, zu Gus* Dad! Dad! Was machst du …
Zu Pill Nicht hier, nicht unter, unter Leuten, die dir nicht wohlgesonnen sind –

GUS Ich klatsche.

V *überlappend, zu Empty* Du hast ihm Geld gegeben, damit er … damit er sich einen Stricher kaufen kann? Warum tust du so was?

EMPTY Das geht dich einen Scheißdreck –

PILL Ich hätte dich nicht drum bitten sollen, Empty, und du hättest nein sagen sollen. Er hat recht.

EMPTY Hör auf, Daddy, hör auf damit! Du hast klargemacht, was du sagen wolltest, es ist das Gedicht, es ist – du erträgst uns nicht, du erträgst es nicht, im selben Zimmer mit uns zu sein, in der selben *Welt*, du –
Zu Pill Du bist mein Bruder! Was sollte ich denn anderes tun?
Unten weiter.

GUS Das war eigentlich nicht ganz, was ich sagen wollte.

EMPTY *weiter* Du hast mich angebettelt, du hast mir total Angst eingejagt, ich hab Angst in deiner Nähe!

Zu allen außer Gus Ihr guckt überhaupt nicht hin, keiner von euch! Guckt hin, guckt doch! Wenn ihr eure Baustellen nicht in den Griff kriegt, wenn ihr nicht vorbeischauen könnt an eurem obsessiven – Wenn ihr *ihn* nicht *sehen* könnt, DANN RAUS AUS SEINEM HAUS, VERFLUCHT NOCH MAL! Wir helfen ihm, es zu tun, wir bringen ihn dazu, dass er – Das ist real! Er wird es tun, er wird sich um-

ADAM V HAT MAEVE GEFICKT!

Zu Empty DAS WILL ICH SAGEN! DAFÜR HAST DU MICH VERLASSEN! BETROGEN! DEN HEILIGEN BUND UNSERER …

Er bemerkt, dass Sooze da ist.

Ups, 'tschuldigung, Sooze.

Pause.

SOOZE Du … hast sie *gefickt?*

V Ich …

Ja.

Sooze bricht in ein riesiges, langes Gelächter aus.

ADAM Und ich will euch noch was sagen.

Ich will euch sagen:

Laut ICH BIN DER KÄUFER! ICH! *ICH HAB DEN KIRSCHGARTEN GEKAUFT!*

Wisst ihr, ich hab, das war, also, ich war letzten Monat in einer Aufführung vom *Kirschgarten*, gleich nachdem Gus gesagt hatte, er will das Haus verkaufen, und ich hab das Stück angesehen, und dann …

Wieder laut! BINGO! ICH HAB'S GEKAUFT! ICH bin DER KÄUFER! ICH!!

Zu Empty, sehr leidenschaftlich ICH LIEBE DICH!

Ende des II. Aktes.

III. Akt

Szene 1

Frühmorgens, dunkel, vor Sonnenaufgang. Gus und Pill sitzen in Gus' Zimmer auf dem Bett. Auf dem Bett verstreut liegen ein Notizbuch, ein Stift, Gus' Ausgabe der Horaz-Episteln und ein abgegriffenes Lateinwörterbuch von Cassell.
Gus in Unterhose und T-Shirt. Pill in den Kleidern vom Vortag.

PILL Ich habe immer gern für Sex bezahlt.
GUS Das geht vielen so.
PILL Nein, ich meine … es gefällt mir besser als, na ja, Sex ohne Geld. Und ich weiß nicht, warum mein Begehren mit Geld verheiratet ist. Mit so etwas Anorganischem, Abstraktem.
GUS Tja, das ist –
PILL Naiv, ich weiß. Appetit und abstrahierter Wert: Rasendes Bedürfnis trifft auf unbegrenzte Möglichkeiten, das ist Kapitalismus.
GUS *zuckt die Achseln, dann* Irgendwie schon.
PILL Irgendwie. Wir sind beschränkte Wesen, menschliche Wesen. Unendliche Möglichkeiten, das ist etwas, womit viele von uns nicht umgehen können.
Kleine Pause.
Als Student habe ich auch, kurzzeitig, Geld dafür genommen. Ein paar Mal. Aber ich habe gemerkt, dass ich lieber konsumieren wollte als konsumiert werden.
Kleine Pause.
GUS Und …?
Kleine Pause.
PILL Wenn ich kein Geld hatte, was oft der Fall war, dann eben nichtkommerzieller Sex. Ich habe Paul schon ein paar Monate, nachdem wir uns kennengelernt hatten, das erste Mal betrogen. Ich hab ihn geliebt und mit anderen Typen rumgemacht. In der Bibliothek, in der Mensa, bei uns, bei denen zu Hause, ich, ich hab mit Kerlen rumgewichst auf dem – Willst du das überhaupt hören?

GUS Stimmt es denn?

Pill nickt.

Das machen viele. Betrügen, meine ich.

PILL Du auch?

Gus setzt an, etwas zu sagen.

Schon gut, lass mal, ich will nicht – doch, will ich doch. Irgendwie schon. Schließlich …

Pause.

GUS Nein. Doch, einmal.

PILL Wow.

GUS Unter außergewöhnlichen Umständen.

Und vielleicht hab ich mal bezahlt für, na ja, mit dem Mund oder, oder mit der Hand, als …

Wütend Ich will nicht darüber reden.

PILL Mit dem Mund, du meinst, eine von der Straße oder –

GUS ICH SAGTE, ICH WILL NICHT DARÜBER –

PILL Okay! Himmel.

Letztes Jahr. Da hab ich diesen Kerl kennengelernt, einen Stricher. Ich dachte, ich hätte mich in ihn verliebt.

GUS Hattest du aber nicht?

Du hast dreißig Riesen vom Geld deiner Schwester für, einfach nur für sexuelle Handlungen ausgegeben? Oder um Zeit mit ihm zu verbringen?

PILL Genau. Um Zeit zu verbringen. Er ist … Egal, jedenfalls hab ich ihm das ganze Geld gegeben. Heute, ich meine gestern, wäre ich beinah mit ihm abgehauen.

GUS Irrsinn.

PILL Stimmt.

GUS Du und Paul, er ist so ein kluger, guter Typ, so geradeaus. Ich hab immer gedacht, gut, du hast ihn, du hast das, ein gemeinsames Leben, ob ich nun was von Homosexualität halte oder nicht, ich –

PILL *Ob?* Paps, du –

GUS Und trotzdem hab ich –

PILL Du, du hast mir gesagt, Homosexualität sei ein typisches Symptom für bürgerliche Verderbnis, für *Faschismus*, Himmel noch mal!

GUS Wir hatten damals eine andere Sicht auf –

PILL Ich war fünfzehn, und du hast zu mir gesagt, das wäre wie Ernst Röhm und, und Göring und Goebbels, die –

GUS Ich hab doch nicht gesagt, *du* wärst so! Vielleicht habe ich gesagt, dass es –

PILL Die übrigens nicht schwul waren! Göring und Goebbels waren hetero!

GUS Ernst Röhm aber nicht.

PILL Nein, stimmt, gewonnen, Ernst Röhm nicht –

Sie sehen sich an.

GUS Ja.

Kleine Pause.

PILL Weißt du, was cool ist? Der Streik, über den ich gearbeitet habe, der Dockerstreik in San Francisco 1934? Der Gründer der –

GUS Da arbeitest du immer noch dran? Du hast doch –

PILL Das ist meine Doktorarbeit. Ich bin spät dran, aber –

GUS Wie spät? So zirka dreißig Jahre?

PILL Wie lang hat Marx gebraucht für – Fick dich. Harry Hay, der Gründer der Mattachine-Gesellschaft, praktisch der ersten politischen Schwulenorganisation, war bei dem 1934er Hafenarbeiterstreik dabei. Und einer der Streikenden, die am Blutigen Donnerstag als Erste von den Bullen umgebracht wurden, war ein Schwuler, der zur Gewerkschaft der Seefahrenden Köche und Stewards gehörte! Das hab ich rausgefunden! Okay, ich kann nicht beweisen, dass er schwul war, aber ich hab ein Foto gefunden, und er sieht irgendwie – Und ich hab angefangen, ideologische Auseinandersetzungen genauer zu beleuchten – ich weiß, das wirst du hassen! – aber zwischen den Aktivisten der KP der USA, die hinter dem San-Francisco-Streik von '34 standen, und den Trotzkisten von der Vierten Internationalen, die in Minneapolis den LKW-Fahrer-Streik organisierten –

Unten weiter.

GUS Ich weiß, dass die Trotzkisten mit drinhingen bei –

PILL – im selben Jahr, als es ungefähr überall Streiks gab, riesig, ähm …

Überlappend mit dem Folgenden.

GUS 1934, ja, fast eine Revolution!

PILL *weiter* Landesweit, revolutionär! Und wie diese Trotzkisten, weil sie unabhängig waren von der Komintern, Wegbereiter wurden für, für Sozialisten wie Dwight MacDonald, indem sie Robert Duncan veröffentlicht haben, »Der –«

Der Gedanke an Eli droht ihn zu überwältigen, aber er stürmt weiter voran.

»Der Homosexuelle in der Gesellschaft«. Dieser Essay, 1944. Ich frage mich, warum die Sozialisten so viel weniger, na ja, puritanisch sind, weniger grässlich als die Kommunisten, wenn es um Homos geht, um Sex im Allgemeinen, warum sieht es so aus, als hätten die Sozialisten einfach mehr, ähm, Spaß? Was ist das für eine dunkle Angst im Leninismus, diese eiserne, eisige Wut, die du –

GUS Lenin hat die Gesetze gegen Homosexualität abgeschafft. Vor Stalin und den –

PILL Ja, ja, aber –

Ich weiß nicht, vielleicht, vielleicht liegt es daran, dass die Sozialisten sich frei von dem Druck fühlten, den revolutionären Augenblick zu, zu erzwingen, einen Bruch in der Geschichte hervorzurufen? Vielleicht hat es mit der Zeit selbst zu tun?

Also, ich, seit Jahren will ich dich das fragen: 1973, als ihr den Garantielohn erfochten habt, da müsst ihr euch doch … wie habt ihr euch gefühlt … Frei von der Stechuhr, zum ersten Mal überhaupt, stimmt's? Und ihr, so als wärt ihr andere Menschen? Nicht Reiche oder Arbeitslose, sondern …

GUS Arbeiter, die nicht arbeiten müssen.

PILL Genau, genau, Arbeiter, die nicht arbeiten.

Das muss sich doch … *komisch* angefühlt haben. Und … neu.

GUS Ja. So war's. Bemerkenswert. Eine Zeitlang. Aber …

PILL Vielleicht … ist die Zeit nur noch eine Abstraktion, die wir erfunden haben, eine andere Sprache, so wie Geld. Und vielleicht erlaubt die Freiheit von Stundenplänen den Menschen, sich andere Formen vorzustellen, die die Revolution annehmen kann, oder –

GUS Du bist nicht krank?

Kleine Pause.

Bist du's? Körperlich, körperlich krank?

Pill schüttelt den Kopf.

Und was ist mit deinem Prostituierten?

Kleine Pause.

PILL Nicht, soweit ich weiß.

Nicht so weit.

Gus nickt.

GUS Hast du nicht … hattest du nicht Angst?

PILL Angst wovor?

GUS Aids. Paul zu verletzen. Ihn zu verlieren. Allein zu sein. Dich selbst zu enttäuschen, dich zu hassen. Vor Typen, die schwule Männer ermorden. Demütigung. Bankrott.

PILL Ich fürchte, ich habe Eli aufgegeben, weil ich tief drinnen wohl ein schwacher Mensch bin. Ich habe jetzt Angst, dass ich beweisen muss, wie recht ich damit hatte, ihn aufzugeben, indem ich schwach werde, schwach bin. Für immer.

Gus sieht ihn an.

GUS Wie seltsam, dass von meinen Kindern ausgerechnet du das wilde, furchtlose geworden bist. Das keine Angst hat, Dinge kaputtzumachen. Ich habe nie bemerkt, wie sehr du mir ähnelst.

Pill ist schockiert, dann sehr gerührt von diesem Satz.

PILL *leise* Tue ich das?

Gus betrachtet ihn, sehr traurig. Dann nickt er.

Ja, es ist wohl so, dass ich … Ich wusste nie, wie man lebt, ohne etwas kaputtzumachen.

Gus nickt, kneift Pill liebevoll ins Gesicht, tätschelt ihn.

Gus nickt, dann steht er auf und legt sich wieder ins Bett.

Ich verstehe nicht, was wirklich mit dir los ist, aber –

Ich habe Leute gesehen, in den 80ern hatte ich Freunde, kranke Freunde, die beschlossen, dass sie das Leben nicht mehr ertragen konnten. Ich glaube, das verstehe ich, dass man das Leiden verweigert. Und … ich verstehe Verzweiflung. »Ich hab manches Mal mich halbwegs in den leichten Tod verguckt.«

Aber …

Ich muss jetzt die Stadt verlassen, um von ihm wegzukommen. Und. Ich möchte nicht, dass du dich zerstörst. Aber.

Ich gehe jetzt, ich verlasse dich, Paps, was immer du zu tun beschließt. Und so bekomme ich kein Mitspracherecht bei dem, was du tun wirst. Weil ich nicht für dich hierbleiben kann.

Aber bitte. Bitte tu's nicht. Stirb nicht.

GUS Fahr jetzt nach Hause, Pier Luigi. Fahr nach Hause mit Paul.

Gus wendet sich von Pill ab, nimmt Notizbuch, Stift, Horaz' Briefe und das Wörterbuch. Auf der Bettkante sitzend, legt er das Notizbuch auf die Knie, das Wörterbuch offen aufs Bett, und mit der kleinen Loeb-Ausgabe in der linken Hand und dem Stift in der rechten, beginnt er, zu übersetzen. Pill geht ab.

ADAM Verbannt aus der Gartenwohnung.

Senkt den Eisbeutel.

Guck mal, was du mit meinem Auge angestellt hast!

EMPTY *beeindruckt* Verdammt!

Sie reicht ihm die Mappe.

Du wirst's überleben.

Jetzt gib mir den Scheißvertrag, oder ich schließe den anderen ab.

ADAM *wühlt in der Mappe herum* Weißt du, was die ganze Zeit so in meinem – Was ist ein Rattenkönig?

Er findet den Vertrag.

Hier ist –

Adam will Empty den Vertrag hinhalten, dann hält er inne.

Rattenkönig. Was zum Teufel ist ein – Als wir da gefickt haben, Freitagnacht, da hast du was von Rattenkönig gesagt, und ich will wissen, was das ist, weil, weil –

Weil ernsthaft, ernsthaft, du hast mein Leben ruiniert.

Empty streckt die Hand aus. Er gibt ihr den Vertrag. Sie zerreißt ihn. Dann gibt sie ihn Adam zurück, der die beiden Hälften behutsam wieder in die Mappe legt.

EMPTY Das ist etwas Mythologisches.

Die Schwänze von allen Ratten sind zusammengedreht, und zusammen ergeben sie eine, also kollektiv, eine neue … Ratte. Eine Superratte. Den Rattenkönig.

ADAM Hm.

Adam steht auf, gibt Empty den Eisbeutel. Er steckt die Mappe in seine Reisetasche und hängt sie sich über die Schulter.

Wie beim *Nussknacker*.

Dem Ballett? Der Prinz bekämpft die Ratte mit dem –

EMPTY Vielleicht bist du schwul.

Empty sieht dem fortgehenden Adam nach. V erscheint vor dem Haus, er trägt eine Rigipsplatte in voller Größe. Sooze folgt ihm, in der Hand ein gebundenes Buch mit rotem Cover: »Legacy of Ashes: A History of the CIA«. Als V an Adam vorbeikommt, setzt Adam an, etwas zu sagen, doch V kommt ihm zuvor.

V *eiskalter Gruß, abfertigend* Adam.

ADAM Hey V, ich wollte dich sowieso anrufen, demnächst, vielleicht könnten wir in ein paar Tagen oder ein paar Monaten vielleicht, wenn du willst, sprechen wir mal darüber? Oder …?

V steigt die Eingangsstufen hoch und geht durch die offene Tür hinein. Empty tritt beiseite und lässt ihn vorbei.

EMPTY *zu V, wegen der Rigipsplatte* Es ist Sonntag. Gib mal Ruhe.

V antwortet nicht und geht hinein.

Sooze zuckt hilflos die Achseln, als sie an Empty vorbeikommt.

SOOZE Er hat gesagt, es gibt keinen Lärm.

Sooze geht hinein.

Gus, im Schlafzimmer, sieht auf, als er hört, wie V in den Salon kommt.

Sooze folgt ihm und setzt sich an den Tisch, während V die Platte an die Wand lehnt, neben das Loch.

Währenddessen draußen:

ADAM Also, ich bin … Du kannst mich anrufen, wenn du mich brauchst –

EMPTY Ja, aber, ähm … Das werde ich nicht. Adam.

Adam nickt, dreht sich um und geht weg. Empty sieht ihm nach, dann schaut sie in den heller werdenden Himmel, dreht sich ebenfalls um und betritt das Haus. Sie schließt die Tür und geht die Treppe hoch bis in den zweiten Stock.

Währendessen schlägt Gus den Horaz-Band zu und steht auf. Er geht auf die Tür zu, dann bleibt er stehen und überlegt. Er geht zum Bett zurück und holt den Horaz, dann verlässt er sein Zimmer und geht die Treppe hinunter.

Währenddessen nimmt V einen Bleistift und ein Maßband aus der Tasche und beginnt, den oberen Teil des Lochs auszumessen.

SOOZE *zu V* Wahrscheinlich schläft er. Ich warne dich.

V Ich messe ab. Das wird niemand hören.
Außerdem schläft er nicht.

SOOZE *sieht sich im Zimmer um* Was hat er mit dem, dem Kofferdings gemacht?

V Guck mal draußen im Grill nach. Vielleicht hat er es verbrannt.

SOOZE Ich platze vor Neugier, was da drin ist.

V Jimmy Hoffa.

SOOZE Du hast die ganze Wand eingerissen, um da dran zu kommen, und jetzt willst du ihn nicht mal aufmachen?

V Ich weiß nur, dass er nicht mir gehört. Nichts hier gehört mir. Sonst weiß –

Gus kommt in den Salon.

SOOZE Entschuldige, Gus, entschuldige.

GUS Hallo, Liebes. Ich dachte …
Zu V Das konnte nicht bis morgen warten, Herr Handwerker?

V ignoriert Gus. Gus geht ans Regal, in dem seine Ausgabe der Loeb-Klassiker steht.

Ich bin fertig mit der Übersetzung. Die sechzehnte Epistel.

SOOZE Gratuliere!

GUS *schlägt die Ausgabe auf* Hier, hört mal: ein Gebet. An die Göttin der Falschheit.

Liest vor.

»Pulchra Lauerna,
da mihi fallere, da –«

V Ich kann kein Latein, Gus. Und Italienisch hast du mir auch nicht beigebracht.

GUS Was wolltest du denn mit –

V Pill und Empty haben beide Italienisch gelernt.

GUS Von eurer Mutter, nicht von mir! Sie hat es ihnen beigebracht! Komm jetzt, V, was willst du von mir?!

Zeigt auf die Rigipsplatte.

Was ist das, eine Entschuldigung oder so?

SOOZE Nein, aber es ist eine –

V Die ist dazu da, das Loch zu reparieren, in der – ich bin hier nicht derjenige, der sich entschuldigen müsste, aber es überrascht mich nicht, dass du es wie üblich schaffst, die Welt auf den Kopf –

GUS Hey, jetzt mal ein bisschen weniger scheinheilig, Vito, du fickst mit einer Frau, die deiner Schwester, ich krieg's nicht über die Lippen.

V *wutentbrannt* Na mach doch, sag's schon, ich kann es sagen, und zwar gerne –

SOOZE V! VITO! VINNIE! VIC!

Unten weiter.

V Aber er hat absichtlich –

SOOZE *weiter* FALLE! FAAAAALLLLLE!

Zu Gus Die Rigipsplatte ist ein Friedensangebot. Vin entschuldigt sich für die Wand und für das Großmäulige und Mistkerlige. Und weil er, na ja, Maeve gebumst hat. Was meiner Meinung nach nicht zu ihm passt. Ich glaube, er war immer noch neben der Spur, weil du dir die Pulsadern aufgeschlitzt hast, das hat ihn furchtbar aus der Kurve geschmissen, vielleicht hat er es deshalb getan; *ihre* Entschuldigung kenne ich nicht, aber … jeder hat ja eine, oder? Er kommt morgen vorbei und –

GUS Er muss nicht –

SOOZE Er liebt dich, Gus. Und das weißt du auch absolut, oder? Wie wir alle. Du hast ihn sehr verletzt.

Unten weiter.

V Schon in Ordnung, Sooze …

SOOZE *weiter* Irgendwas stimmt nicht mit ihm, er kann es nicht vermeiden, alles immer noch schlimmer zu machen, aber.

GUS Vin, ich wünschte, ich könnte dir das Haus geben, ich wünschte –

V Es geht nicht um das Haus. Das ist ein Ding, das ist gar nichts. Es geht um das kaltschnäuzige Lügen. Nein, auch nicht, es war … dass es dir so leichtfiel zu denken, ich würde mich dermaßen wegen einem Haus anstellen; das denkst du von mir. Aber es ist nicht mal das, deine niedrige Meinung. Die Zurückweisung, die darin liegt. Oder … die Trennung, ähm, Distanz.

Nicht nur du, Gus. Ihr alle, ihr alle. Meine Familie, ihr …

Ihr seid immer irgendwo gewesen, wo ich nicht hinkann.

V sieht die Wand an und die Rigipsplatte. Gus sieht seine Bücher an. Er stellt den Horaz wieder ins Regal. Er sieht Sooze an. Sie nickt, klappt ihr Buch zu und geht in die Küche, mit einem warnenden Zeigefinger in Richtung V.

GUS Ich werde dir was sagen, und dann solltest du mit Sooze nach Hause gehen, weil ich letzte Nacht kein Auge zugetan habe, und ich will schlafen.

Kleine Pause. V betrachtet Gus misstrauisch.

V Hm-hmmm *[bestätigend].*

Kleines Achselzucken.

Nur zu.

GUS Die einzigen Männer, die den Garantielohn –

V Nein, mich interessiert nicht –

GUS *Hör mir zu.*

Wir mussten uns mit den Reedereien einigen. Wir streikten alle miteinander, als Gewerkschaft, aber wir konnten sie nicht schlagen, deshalb verhandelten wir. Sie gaben bei dem Garantielohn nach, aber nur für Angestellte, die schon länger dabei waren. Wer den Garantielohn kriegte, zog sich früher oder später zurück; die jüngeren Arbeiter … sie hatten keine Garantien, und ein Jahr später wurden viele von ihnen gefeuert. Meine Freundin Shelle, ähm, Michelle, die du mal kennengelernt hast?

V Hm-hmmm *[bestätigend].* Die kam mir –

GUS Ihr verstorbener Mann ist an der Lou-Gehrig-Krankheit draufgegangen, er war einer der Jüngeren, die rausgeschmissen wurden. Es war … für mich, bitte glaub mir das –

Unten weiter.

V Ich glaube dir, ich –

GUS *weiter* Wir haben einen Sieg für ein großartiges Prinzip errungen, nämlich dass Arbeit Wohlstand schafft und dass die Arbeiter den Wohlstand besitzen sollten, den sie schaffen. Doch für diesen Sieg opferten wir ein anderes Prinzip: Einheit. Über die Jahre hat mich das ereilt wie der Zorn Gottes. Als wir zustimmten, dass einige, nicht *alle* etwas bekommen sollten, gaben wir die Einheit auf, die Gewerkschaft, wir vertraten nicht länger eine ganze Klasse, wir wurden … Jeder für sich.

V Manchmal muss man Kompromisse machen.

GUS Das Beste, was ich je getan habe, war auch das Schlimmste, was ich je getan habe. Und unterm Strich: nichts. Du hast recht. Es bedeutet keinem etwas. Was wir getan haben, ist in einer Sprache geschrieben, die keiner mehr liest, das ist …

unglaublich.

Ich treffe diese jüngeren Männer, auch Shelles Mann, ab und zu. Ich tue so, als wäre ich alt, würde nicht gut sehen, ich tue so, als würde ich mich nicht an sie erinnern. Ich tue so, als vergäße ich … das, was ich eigentlich nicht ertragen kann, im Kopf zu haben.

V Glaubst du … Vielleicht ist *das* Alzheimer.

GUS Glaube ich … Du sagst, ich wäre irgendwo, wo du nicht hinkannst? Ich finde, wenn du nicht weißt, wie du da hinkommst, wo ich bin, dann ist das vielleicht das Beste, was mir je im Leben gelungen ist.

Also: Ich verkaufe das Haus an Adam; und ich möchte, dass du mir das verzeihst.

V Es ist nicht –

GUS Ich weiß, aber trotzdem.

Adam sagt, ich kann hier wohnen, so lang ich möchte, und das habe ich vor, und mehr will ich nicht sagen. Ich werde nicht –

V Du lügst.

Kleine Pause.

GUS Nein.

V Du … doch. Du wirst es tun, du wirst es wieder versuchen.

GUS Nein, ich –

V Du wirst dir irgendwas Fürchterliches antun.

GUS *streng, aber beherrscht* Vito, hör zu, was ich dir –

V *Nein, nein, ich höre nicht auf dich, nie mehr, Schluss damit!* Ich, ich rufe jetzt die Cops.

Unten weiter.

GUS *bleibt ruhig* Bitte, Vin, nicht.

Unten weiter.

V *weiter* Doch, doch, mir ist egal, was für Drogen sie in dich reinpumpen, mir ist egal, ob sie dir deinen Frontallappen zerschnetzeln, wenn es sein muss –

Unten weiter.

GUS *weiter* Gut. Ich verstehe. Hör auf jetzt. Ich verstehe dich.

Unten weiter.

V *weiter* Ich soll dein Gefangenenwärter sein? Ich mach dir den Wärter. Das mach ich, nur dass ich den Job an die Geschlossene Abteilung drüben im King's County Hospital weitervermittle.

GUS *weiter* Aber Vito. Ich tue es nicht. Ich habe etwas gelernt. Ich habe gesehen, welche Folgen das hatte. Ich liebe euch Kinder. Ich werde nicht –

V Ich tu's. Wenn du nicht damit *aufhörst*! Ich werde mich nicht zurücklehnen und dir beim Sterben zuschauen.
Ich weiß, was du von mir denkst, ich weiß, wie … gutgläubig und dass ich ein Narr bin wahrscheinlich –

GUS Ach Kleiner, ich denke nichts dergl-

V – und damit werde ich wohl leben müssen, aber Gus, du darfst mich nicht, du darfst mich nicht anlügen in dieser Sache, tu's nicht. Ich bin kein *Kleiner*. Hast du überhaupt keinen Respekt vor mir?

GUS Doch, natürlich.
Ich werde mich nicht umbringen. Ich sage dir die Wahrheit, Hand aufs Herz.

V So wahr du mich liebst?
Sag mir das.

GUS So wahr ich dich liebe, V.
Atmet tief.
Ich bitte deine Schwester, heute Nacht hier zu bleiben.
Komm morgen nach der Arbeit vorbei, dann bauen wir die Scheißwand wieder auf. Okay?

Gus klopft V auf die Brust und verlässt das Zimmer.

Pill kommt die Treppe herunter, vom Dachgeschoss. Er hält inne, als er Gus sieht, der nach oben geht. Auf dem Treppenabsatz des ersten Stocks geht Gus an Pill vorbei und in sein Zimmer. Dort setzt er sich aufs Bett und fasst sich schweratmend an die Brust.

Pill steht auf dem Treppenabsatz vor Gus' Zimmer.

Währenddessen steht V unbeweglich im Salon.

Empty kommt die Treppe hoch, aus dem Keller. Sooze kommt aus der Küche in den Salon.

SOOZE V? V?

Irgendwas geklärt?

V sieht sie an.

Empty kommt die Treppe hoch, aus dem Keller.

V Ja. Alles hat sich aufgelöst.

Empty betritt den Salon.

Hauen wir ab.

SOOZE Wie geht es Maeve?

EMPTY Sie hat Rückenschmerzen, örtlich begrenzt, aber … Sie muss ins Krankenhaus, damit sich jemand das mal anschaut, sie hat Dr. – ihre Geburtshelferin angerufen. Ich –

SOOZE Wir können hierbleiben und nach ihr –

V *zu Sooze* Eigentlich können wir nicht.

EMPTY *wirft V einen Blick zu, dann* Ich bleibe da, kein Problem.

SOOZE *überlappend, zu V* Sie ist deine Schwägerin oder was auch immer.

Unten weiter.

Pill betritt den Salon.

V *zu Sooze* Kein Problem, siehst du? Sie bleibt da. Wir können –

SOOZE *weiter* Die du gebumst hast. Deshalb solltest du da bleiben.

PILL Ist Maeve –

SOOZE Sie hat vielleicht Wehen. Kann Clio nicht –

EMPTY Sie ist weg.

PILL Sie – *Wann?*

EMPTY Irgendwann in der Nacht. Maeve ist im zweiten Stock, ich wollte nach ihr sehen, und – Clios Schlafsack, ihr Rucksack – weg. Sie hat Uromas Bild von der Jungfrau Maria mitgenommen.

PILL Die Maria Addolorata, die mit dem großen Messer im Herzen?

Empty nickt.

Die wird sich in Paterson wie zu Hause fühlen.

V Hm. Na, Glückwunsch –

EMPTY Ich rufe einen Wagen, um Maeve ins –

PILL Ich kann nicht bleiben.

V Musst du auch nicht.
Bewegung zu Empty.
Sie bleibt.
Zu Sooze, bereit zum Gehen.
Jetzt. Bitte.

EMPTY *zu V* Ja, geh. Bevor du einen noch größeren –
Entschuldige.
Er ist unser Vater. Du musst ihm verzeihen, V. Das musst du.

V *sieht Empty nicht an* Ja, das ist –
Ich werde nicht hierher zurückkommen.
Zu Sooze Ich, ich bin ruhig, und ich meine es ernst. Und ich bitte dich, mit mir nach Hause zu kommen.

SOOZE *zu V, sehr besorgt* Was ist los? Du siehst –
V schüttelt den Kopf, damit Sooze schweigt. Sie sieht ihn an, erkennt, dass er sich nur mit Mühe zusammenreißt. Ohne einen Blick zu Pill und Empty verlässt Sooze den Salon. V rührt sich nicht. Sooze verlässt das Haus. Dann:

V Wir haben Frieden geschlossen.
Zu Empty Du warst nicht dabei. Aber trotzdem geschieht etwas.
Wie es aussieht, steht's immer noch vier zu eins, aber jetzt anders herum. Jetzt sind es vier Stimmen für –

PILL Was zum Teufel willst du –

V Was ist nicht klar, Pill? Du gehst doch.
Pill zögert, dann nickt er.
Das ist deine Stimme. Dazu kommen ich und Clio. Und Gus. Die Gemeinschaft hat sich entschieden. Konsens. Beinahe.
Zu Empty Du bist die Verweigerin.
Das bist du, Empty. Das wolltest du immer sein. Das warst du immer.
Sieht sich um.
Viel Glück damit.
V setzt sich in Bewegung.

EMPTY Hier gibt es keine Konkurrenz, V. Keinen Wettbewerb. Warte mal, rede mit mir, statt –
Empty packt V am Arm. Als sie ihn berührt, ergreift V sie mit plötzlicher Heftigkeit und einem wütenden Knurren und schubst sie unbe-

herrscht in das Zimmer zurück. Sie stolpert und fällt beinah hin. Pill fängt sie auf.

Gus, der die Geräusche von unten hört, steht auf, geht aber nicht zur Tür.

Pill, Empty und V sind erstarrt, stieren einander erschrocken an. So verharren sie lange.

PILL *zu V, flüsternd* Meine Güte. Meine Güte, V.

Sanft Geh. Alles in Ordnung, kommt alles in Ordnung … Geh einfach.

V geht ab.

Pill und Empty schweigen. Dann:

Er hat schon angefangen, zu trauern.

Kleine Pause.

EMPTY *erschüttert, ängstlich, traurig* Na.

Und du?

Pill sieht sie an.

Ich nicht.

Kannst du Maeve ins Krankenhaus bringen? Du und Paul?

PILL Bist du sicher, dass du nicht bei ihr sein solltest?

EMPTY Natürlich nicht. Aber ich bin sicher, dass ich hier sein sollte. Deshalb.

PILL Ich fliege zurück nach Minneapolis. Heute. Ich muss, ich –

Hier ist es nicht sicher für mich. Ich bin… Ich werde zu ihm zurückgehen.

Ich werde Maeve in die Notaufnahme bringen. Ich werde bei ihr bleiben, bis sie untersucht worden ist. Dann fahren wir zum Flughafen. Dann fahre ich zum Flughafen. Ich weiß nicht, was Paul …

Kleine Pause.

Ich weiß etwas von Gus, das du vielleicht nicht weißt, obwohl du mit angesehen hast, wie er mich immer abtat, als ich klein war. Er hat den Kampf mehr geliebt als mich. Er liebt den Kampf mehr als alles andere. Mehr als jeden Menschen.

EMPTY Du willst gehen und hast Schuldgefühle deswegen. Hör auf, dir die wegzureden, indem du mir sagst, ich soll gehen.

Paul betritt den Salon.

PILL *zu Empty* Du kannst ihn nicht ewig bewachen. Irgendwann wird er allein sein.

Empty und Pill sehen sich an. Dann geht sie in die Küche.

PAUL Hast du mit ihm gesprochen? *Zeigt nach oben.*

Pill nickt.

Und …?

PILL Wir haben … über meine Doktorarbeit gesprochen.

PAUL Ähh … ich dachte, du wärst –

Kleine Pause.

PILL Ich habe daran gearbeitet. In Minneapolis.

PAUL Tatsächlich.

PILL Heimlich. An sämtlichen 75 000 Seiten. »Ratgeber für den intelligenten Homosexuellen –«

PAUL So hätte ich es nie nennen dürfen.

PILL Ich finde das super, das trifft es doch. Wenn ich je fertig werde, ist das der Titel. »– zu Kapitalismus und Sozialismus.«

Ich habe so viel Zeit in Minneapolis.

Zeit – wofür mein Vater gekämpft hat – unverkaufte, unkontrollierte, wahlfreie Zeit – kommt hinzu und schiebt das rasende Bedürfnis beiseite.

PAUL Und die Zeit wird dich tragen, Tick um Tack, bis du den letzten Satz erreichst, die letzte Seite, bis zum Ende.

PILL Ich habe Angst vor dem Ende.

PAUL Glaub mir, das weiß ich. Sehr große Angst.

Pill sieht Paul an, dann zu Boden.

PILL Ich liebe dich. Ohne dich verstehe ich mich selbst nicht. Aber … Wenn mein Leben endet, von wem kann ich dann behaupten, ich hätte ihn gerettet? Nur von mir selbst? Das ist bedeutungslos.

PAUL *Kurze Pause* Rette mich.

Versuch's. Ich verspreche dir nicht, dass ich es zulasse, aber… Rette mich, Pill.

Ich bringe dich jetzt nach Hause.

Maeve kommt herein, mit ihrer Tasche. Sie bleibt in der Tür stehen.

MAEVE Wo ist –

Ich fahre ins Krankenhaus.

PAUL Was ist los? Bist du –

MAEVE »Wehe den Frauen, die in jenen Tagen schwanger sind und –«

Empty kommt aus der Küche.

Hast du –

EMPTY Die sind ziemlich schnell, die sind hier in –

Zu Paul Du und Pill, ihr fahrt sie hin.

PAUL Ach ja?

Er sieht Pill an.

Na schön.

Paul nimmt Maeves Tasche und gibt sie Pill.

Paul verlässt den Salon. Er geht hinaus, setzt sich auf die Eingangsstufen und steckt die nicht angezündete Zigarre in den Mund.

Pill umarmt und küsst Empty.

PILL Egal wann, Tag oder Nacht, ruf an. Aber ruf Pauls Nummer an, ich habe kein Telefon.

Pill verlässt den Salon. Er geht in den Flur und langsam die Treppe zu Gus' Zimmer hoch. Dann steht er vor dessen Tür.

MAEVE *überlappend, zu Empty* Wenn du mich und dieses Baby verlässt, wird dich das teuer zu stehen kommen.

EMPTY Ich habe nie gesagt, ich würde –

MAEVE Gar nicht! Du hast kein Wort – Ich musste erst vorzeitige Wehen kriegen, um …

Unten weiter.

EMPTY Es sind nur Rückenschmerzen. Wahrscheinlich.

Unten weiter.

MAEVE *weiter* – um endlich mal deine Aufmerksamkeit zu erregen. Wann soll der Wagen –

EMPTY Sie haben gesagt, es dauert nur –

MAEVE Und guten Morgen an –

EMPTY *Maeve, verdammt nochmal, du hast mit meinem Bruder gefickt! Sind wir solche Hinterwäldler?!*

MAEVE Ja, genau, der erste Kerl, mit dem ich seit der Highschool geschlafen habe, und ich kann dir versprechen, nie, nie, nie wieder!

EMPTY Ich bin ja so froh, dass du es überstanden hast! Ich muss immer noch das Bild von dir und V wegkratzen – V! Ich hab den kleinen Wichser anderthalb Jahre lang gewindelt!

MAEVE Meine Motive sind zumindest klar, wenn auch schändlich: *Rache*. Du hast mit Adam, dem Unerklärlichen, gefickt.

EMPTY Ich war unter Schock. Deshalb. Das war –

MAEVE Warum bist du da nicht zu mir nach Hause gekommen?

Fasst sich an den Bauch.

Woah. Moment. Das ist –

EMPTY Was?

MAEVE Nichts, nichts, sie – hat bloß einen Satz gemacht oder sie – Wow. *Wehe* den Verdammten dieser Erde

Reckt die linke Faust.
und *Wehe*, die erste
ihr Bauch.
Wie post-Sündenfall, wie –
Der Wagen hupt, zweimal.
Paul steht von den Eingangsstufen auf und steckt die Zigarre ein. Er geht zum Wagen hinunter und spricht mit dem Fahrer.
Maeve steht auf.
Gus, im Schlafzimmer, bewegt sich im Bett. Setzt sich auf.
Okay, also …

EMPTY Wann hast du herausgefunden, dass es – sie, dass sie ein – Es ist ein Mädchen?
Du hast gesagt, du wolltest das Geschlecht nicht wissen, du fändest das … Mysterium so toll oder was es war.
Paul kommt die Stufen wieder hoch.

MAEVE Ich kam auf all diese Sachen, Vision und Licht, nachdem ich dir begegnet war. Du bist dickköpfig, du sammelst Fakten. Und ich dachte, ich hätte dich.
Empty legt eine Hand auf Maeves Bauch.
Das ist ja ganz was Neues.

EMPTY Gar nicht.

MAEVE Es ist sehr, sehr lange her, dass …
Sie küssen sich.
Gus wählt eine Nummer mit dem Telefon am Bett. Er spricht leise mit jemandem am anderen Ende.
Draußen auf der Eingangstreppe will Paul gerade die Haustür öffnen, als der Fahrer wieder hupt, drei kurze Stöße. Paul dreht sich um und schreit:

PAUL WARTEN SIE EINEN MOMENT.
Himmel.
Paul dreht sich um und geht ins Haus. In der Diele:
Hereinspaziert, herausspaziert, der Wagen wartet.
Paul wartet auf Maeve und Pill in der Diele.

EMPTY Ich weiß nicht, ob du mir verzeihen kannst. Versuch es, so gut du kannst. Bitte. Versuch die Dinge mit meinen Augen zu sehen. Vielleicht stirbt er, wenn ich ihn wieder verlasse. Du stirbst im Moment nicht.

MAEVE Und wenn doch?

EMPTY Lass mich erst, ähm …

MAEVE Die Situation lösen?

EMPTY Ich kann gar nichts lösen. Aber ich kann dran arbeiten. Gib mir Zeit dafür. Und dann. Und dann werde ich auch an anderen Dingen arbeiten. Okay?

MAEVE Ich glaube, wenn sie kommt, von Gott oder wo immer sie sonst herkommt, wird sie alles lösen, sie wird die Antwort auf jede unmögliche Frage bringen.
Ich hoffe, du wirst da sein, wenn sie kommt.
Das Auto hupt.
Maeve verlässt den Salon.
Paul hilft ihr draußen auf den Eingangsstufen. Paul ruft ins Haus zurück:

PAUL PILL! BEEIL DICH!
Bei sich
So viel zum Thema Zeit …
Pill betritt Gus' Zimmer.
Gus ist immer noch am Telefon.

PILL Entschuldige die Unterbrechung, ich mach's kurz:
So schlimm es ist, was du uns antust, so schlimm die Dinge wahrscheinlich für uns alle sein werden, Paps. Für dich wird es noch viel schlimmer sein.
Weil du ein Baum sein wirst. Im Wald der Selbstmörder. Auf der zweiten Ebene des siebten Kreises der Hölle. Und bis ans Ende der Ewigkeit werden Harpyien das Laub von deinen Ästen reißen.
Geschrei und Blutvergießen ist auch dabei, glaube ich.
Also schick mir eine Scheißpostkarte, weil …
Du hast selber Probleme. Denk mal darüber nach.
Ein letztes langes Hupen.
Pill verlässt Gus' Zimmer und rennt die Treppe hinunter.
Paul ist vom Wagen zurückgekommen und steht auf den Eingangsstufen.
Pill kommt heraus, geht an Paul vorbei zum Wagen.
Paul sieht ihm nach, dann dreht er sich um und schließt die Haustür.
Dann geht auch er die Treppe zum Wagen hinunter.
Drinnen sitzt Empty im Salon.
Gus ist in seinem Zimmer darüber.

Ende des III. Aktes.

IV. Akt

Szene 1

Mehrere Stunden später.
Gus, Empty und Shelle sitzen am Tisch im Esszimmer auf derselben Etage wie der Salon. Shelle hat eine Einkaufstüte aus Papier neben ihren Stuhl auf den Boden gestellt.

SHELLE Und so bringt man sich um.
Das sind die Tabletten.
Sie nimmt eine bernsteinfarbene Tupperwareschale in mittlerer Größe aus der Einkaufstüte; darin sind diverse Tabletten. Empty macht auf und sieht hinein, schüttelt die Schale ein bisschen, um die Formen und Marken der Tabletten zu erkennen.
Die sind der Schlüssel. Seconal, Nembutal, Phenobarbytol, Xanax, Sonata, Restoril, Valium. Wenn du selbst welche hast, mehr als du brauchen wirst, dann spende sie, stocke den Fonds auf. Nach dir … Der Gedanke ist, mit etwas Hilfe kann man sie vielleicht anderen zur Verfügung stellen, wenn's geht. Sie werden bei Gus sein?
Empty sieht sie nicht an.
Die hier haben wir, mein Mann und ich, von einer Krankenschwester bei ihrer Visite bekommen, und sie hatte sie von einem anderen ALS-Patienten, der, ähm, sich selbst entbunden hat.
Kleine Pause.
Ich weiß, das klingt so, als hätte man draußen irgendwo auf dem Land, wo einem keiner hilft, ein Kind zur Welt gebracht, aber … Nein.
Wir sagen das so. Also, das hier haben wir benutzt, das ist eine Packung mit Plastikbeuteln in Truthahngröße.
Sie holt eine Packung Plastikbeutel aus der Einkaufstüte und stülpt sich eine Tüte über den Kopf.
Ich hab sie vor Thanksgiving gekauft, ganz unschuldig, für den Truthahn.
Sie zieht die Tüte wieder vom Kopf, legt sie auf den Tisch, dann holt

sie aus der Einkaufstüte eine Mundschutzmaske und zwei lange, dicke Gummibänder.

Und der Mundschutz. Den zieht man zuerst an, über Mund und Nase. Damit man nicht den Plastikbeutel einatmet und in Nasenlöcher oder Mund bekommt, das würde einen aufschrecken und aufwecken und kämpfen lassen.

EMPTY O Gott.

SHELLE Soll ich …?

GUS Was sonst? Du machst das großartig.

Und diese dicken Gummibänder.

SHELLE Ja. Die sind das Entscheidende.

Kleine Pause.

Manche Leute nehmen, ähm, entwässernde, ähm, harntreibende Mittel, um die Körperfeuchtigkeit zu reduzieren, so dass sich keine Verdunstung im Beutel abspielt – jegliches Unwohlgefühl arbeitet gegen die Narkotisierung. Je ausgetrockneter man ist, desto weniger wahrscheinlich ist Erbrechen. Das will man natürlich überhaupt nicht haben! Man könnte es einatmen und daran sterben, aber das ist … unangenehm.

EMPTY Und das hier ist angenehm.

SHELLE Da müssten Sie Hal fragen. Meinen Mann. Aber …

Man sitzt in einem Sessel, einem Lehnstuhl, oder man macht sich eine Sitzgelegenheit aus Kissen, so dass man nicht flach daliegt, denn die Schwerkraft muss mitarbeiten. Man lässt die Klimaanlage laufen, wenn es kühl ist, geht es schneller. Und es ist ganz einfach: Mehrere Stunden vorher nichts mehr essen, vorher pinkeln, das Entwässerungsmittel eine Stunde vorher nehmen, und dann, wenn man so weit ist, die Tabletten langsam einnehmen, mehrere gleichzeitig, mit kleinen Schlucken Wasser, das kann so lange dauern, wie man eben braucht, aber nicht zu langsam, sonst schläft man ein, bevor man genug geschluckt hat.

GUS Wie viele sind genug?

SHELLE Achtzig bis hundert.

Pause.

'kay … wo war ich gerade?

Zu Empty Alles in Ordnung?

EMPTY Glauben Sie, er hat Alzheimer?

SHELLE Ob ich…? Ach, Liebes, nein… ich mache die Buchhaltung in der Big-Bear-Karosseriewerkstatt auf der Hamilton Avenue, und dann arbeite ich noch Teilzeit am Checkout im Hotel Grand Union. Glauben Sie? Dass er …? Hatte Gus nicht gesagt, Sie sind Krankenschwester?

GUS War, ich sagte war, sie ist jetzt Anwältin. Arbeitsrecht.

SHELLE Ah, es liegt also in der Familie!

Singt »Es war einmal 'ne Gewerkschaftsmaid,
die hatte schlicht für Angst keine Zeit
vor den Streikbrechern, Spitzeln und Schlägern
und dem Sheriff aus dem Razziageleit!«

Kleine Pause.

Hat mir mein Vater beigebracht.

'tschuldigung, ich werde albern, wenn ich nervös bin.

GUS Sie sind großartig. Ich habe Alzheimer. Was ist das Nächste? Achtzig bis hundert Tabletten, und dann …

SHELLE Dann lehnt man sich zurück, aber aufrecht, nicht hinlegen. Man sagt, was es zu sagen gibt, oder vielleicht tut man das noch vor den Tabletten. Man setzt den Mundschutz auf. Dann die Tüte. Dann zieht man die Gummibänder um die Tüte, am Hals. Und dann, dann … Entschuldigung.

GUS Ist das…?

SHELLE Man steckt die Finger rein. Zwei Finger von jeder Hand, so

Sie demonstriert es mit ihren Händen.

zwischen den Gummibändern und dem Hals, auf beiden Seiten, so dass Luft reinkommt, damit beim Einschlafen Luft reinkommt, dann hat man nicht das Gefühl, zu ersticken oder in Gefahr zu sein, es gibt keine Panik. Erst wenn man wirklich schläft, zieht die Schwerkraft an den Armen, den Händen. Dann sinken die Arme herunter. Die Finger rutschen heraus. Die Bänder schließen sich um den Hals, es kommt keine Luft mehr rein.

Gus betrachtet seine Hände, seine Finger.

EMPTY Das ist ja … clever.

SHELLE Sie dürfen ihn nicht berühren. Überhaupt nicht. Sie sehen zu, und wenn die Polizei kommt – und die kommen, die fragen nicht vorher –, dann ist es Suizid. Aber die müssen nach Anzeichen suchen, ob Sie nachgeholfen haben, körperlich, und wenn Sie das getan haben, und die finden das raus – und die werden es rausfinden, wenn Sie ihn angefasst haben –, dann müssen sie Sie verhaften und des Mordes oder Totschlags anklagen oder – na, Sie sind Anwältin, also …

EMPTY Sie haben bei Ihrem Mann zugesehen.

Beim Sprechen packt Shelle langsam alles wieder in die Tüte.

SHELLE Er war … Er war in einem sehr schlechten Zustand. Es ist eine sehr schlimme …

Ihn zu pflegen war schwer. Er war schon lange ohne Arbeit … Na ja, nach dem Streik, das habe ich Gus schon erzählt, er war ein junger Mann, aber er kam aus einer Hafenarbeiterfamilie, und als er entlassen wurde, hatte er noch kein hohes Dienstalter, also bekam er keinen Garantielohn, er gehörte zu denen, die gefeuert wurden. Und danach hat er nie wieder Arbeit gefunden. Unser Leben war also schon vor ALS nicht so toll, er war eine Last für mich, ich war noch auf der Highschool, als ihr gestreikt habt, aber ich habe ihn unterstützt. Er hatte immer mal Jobs, aber … Er hatte keinen Ausweis von der Hafenarbeitergewerkschaft, und das hat, obwohl es nicht so hätte sein dürfen, alles für ihn verdorben. Sein ganzes Leben. Und meins. Und dann, später? Nachdem er krank wurde? Wirklich alles andere als großartig – seine letzten beiden Jahre.

Wollte ich, dass er tot ist? Ja. Manchmal. Als ich sagte, ich würde ihm helfen, fiel es mir schwer, ganz sicher auszuschließen, dass ich da, ähm, auch ein persönliches Interesse verfolgte. An dem Ausgang der Sache. Aber das ist … Ich kann zur Messe gehen. Ich gehe da jetzt hin.

Was immer sonst noch war, ich wollte nicht, dass er einsam war. Er ging an einen Ort, wo er vielleicht allein ist.

Zum ersten Mal.

Ich glaube, das sollte ich wohl sagen. Schließlich liefere ich Ihnen diesen Beutel hier.

Pause.

Shelle singt, leise.

»Ihr könnt mir keine Angst einjagen,
ich bleib der Gewerkschaft treu,
ich bleib der Gewerkschaft treu …«

SHELLE UND GUS »Ihr könnt mir keine Angst einjagen,
ich bleib der Gewerkschaft treu,
ich bleib der Gewerkschaft treu,
bis zu meinem letzten Tag.«

Szene 2

Empty und Gus sind allein, kurz nachdem Shelle gegangen ist.

EMPTY Sie wirkt sympathisch.

GUS Wir sind uns in einer Bar begegnet. Der Irischen Bar. Sie ist Irin. O'Neill.

EMPTY Wann?

GUS Vor einem Jahr.

EMPTY Warum bist du eigentlich nie mit jemandem ausgegangen? Nach Mom?

GUS *tut spöttisch so, als spräche er für sie* »Du willst dich umbringen, weil du niemanden hast, mit dem du ins Kino gehen kannst. Du willst sterben, weil du einsam bist. Du brauchst ein bisschen, ein bisschen …«

EMPTY Liebe. Muschi.

GUS Nicht …

Unten weiter.

EMPTY Funktioniert für mich.

GUS Ich hasse es, wenn du redest wie –

EMPTY Eine Nutte? Ein Hafenarbeiter? Würde es dir besser gefallen, wenn ich Schwanz gesagt hätte?

Unten weiter.

GUS Vielleicht.

EMPTY *weiter* Du bringst mich dazu, ihr zuzuhören, wenn sie … ihr gruseliges Selbstvernichtungs-Do-It-Yourself-Kit auspackt, und tust ganz, was weiß ich, fasziniert, aber bei Sex windest du dich, du bist so viktorianisch, so –

GUS Du machst dich banal.

EMPTY Du bist immer ein Held für mich gewesen. Deine Bereitschaft, Härten zu ertragen, jede Art von Härte, zum Nutzen des Kollektivs. Was ist passiert?

GUS Welcher Nutzen? Welches Kollektiv? Die Gewerkschaft? Ich bin im Ruhestand, ich bin raus aus dem Kampf, und sowieso, der Kampf … Ich will nicht darüber reden. Die Partei? Wenn ich jetzt gehe, kann ich ihr wenigstens im Ableben zuvorkommen. Aber da muss ich mich beeilen.

EMPTY Und wir?

GUS Ich bin 72. Welchen Nutzen ich auch immer für uns darstelle, ich werde immer weniger. Das aushalten? Vielleicht noch fünf oder zehn Jahre? Mittlerweile vergehen die Jahre sehr schnell. So viel weniger drin als früher.

EMPTY Warum soll ich's denn dann nicht auch tun? Worauf warten wir, alle miteinander? Wenn das Durchhalten so … dumm ist, warum bringen wir uns dann nicht alle sofort um? Auf der Stelle?

Kleine Pause.

GUS Willst du das Baby nicht?

EMPTY Darüber will ich nicht reden.

GUS Komisch, dass ich dich nie mit Kindern gesehen habe.
Meine Maria Teresa. M. T.
Empty.

Kleine Pause. Sie sieht ihn an.

EMPTY Ich hab mich aber wirklich nie leer gefühlt, auch wenn mich alle Empty nennen. Mich interessieren andere Dinge. Immer schon. Ich habe es immer zu schätzen gewusst, dass du es nie als krankhaft dargestellt hast und nie, ähm, neugierig oder auch nur interessiert warst, warum Adam und ich keine Kinder haben. Wir könnten Streitgespräche führen, du und ich. Wir könnten argumentieren und lesen, ich könnte dir Louis Althusser mitbringen und Chantal Mouffe …

Gus macht missbilligende Geräusche.

Und du könntest mir all die, weißt du, handfesten Kerle geben, Sweezy und Braverman und wie heißt sie noch? Ellen Meiksins Wood. Und E. P. Thompson.

GUS *Die Entstehung der englischen Arbeiterklasse.*

EMPTY Ich hatte dir keine Babygeschichten zu bieten, sondern … Statistiken über Heimarbeiter. Und so hast du mir deine Geschichten erzählt. Das hatten wir, ich war, ich war immer an dir interessiert. Und was du mir erzählt hast, war vollkommen meins. Sachen, von denen Mom nie was erfuhr.

GUS Nein.

EMPTY Das mit dem Gefängnis, ich weiß, dass das sonst keiner weiß.

Gus nickt.

GUS Aber vielleicht hätte ich dir das nicht erzählen sollen. Vielleicht habe ich zu viel von dir verlangt und dir dein Leben aus der Hand genommen; vielleicht habe ich zu viel von dir für mich haben wollen.

EMPTY Vielleicht.
Aber wenn du das alles denkst, wie …
Wie kannst du *das hier* in Erwägung ziehen?
Gus sieht auf seine Hände.

GUS Ich habe einmal die Welt betrachtet, und wo die meisten Menschen nur harten Stein sehen oder nur Chaos, da konnte ich … hindurchsehen, ich konnte Systeme erkennen: Konstanten, aber zwischen den Konstanten sah ich *Kräfte*
Er zeigt auf seine Augen.
ich *sah* sie, Anziehungs- und Abstoßungskräfte. Ich konnte sehen, dass diese Kräfte gegen die Konstanten drückten und dass ein Ausgleich zwischen diesen Kräften die Konstanten sicher an Ort und Stelle hielt, dass Systeme also durch … Lähmung überleben. Die Antithese zum Leben. Und ich hatte gelernt, ich *weiß*, wenn man das Kräftegleichgewicht ändert, kommt es zu Instabilitäten, Konstanten lockern sich. Das ist keine Zauberei, aber es fühlte sich so an.
Kleine Pause.
Jetzt sehe ich … nur noch, was die meisten sehen. Ein System an Ort und Stelle. Ich sitze darin in der Falle, wie alle anderen. Die unerträgliche, wütendmachende Ungerechtigkeit der Welt, die jetzt triumphiert, die ihren Triumph seit langem aufgebaut hat. Und das Gefängnis ist –
Das fällt ihm schwer:
Ich kann keinen Agenten, keine Klasse sehen, die in der Lage wäre, das Kräftegleichgewicht so zu ändern, dass es einen Umsturz gäbe. Dass es zerstört würde. Ohne eine Hoffnung darauf sehe ich nichts Sinnvolles, an das ich denken, worauf ich mich freuen oder hinarbeiten könnte. Ich habe keine Rolle mehr. Entweder akzeptiere ich, dass die Zukunft sinnlos ist, dass es keine Zukunft gibt, und kapituliere vor der Verzweiflung, oder –

EMPTY *Kurze Pause* Oder?

GUS Ich verweigere die Verzweiflung. Ich verweigere die Nutzlosigkeit. Ich verweigere meine Rolle bei der Verhöhnung der Menschheit, ich verweigere diese hohle Welt voller wertloser Scheiße. Ich weiß, dass der einzige wahre Tod darin besteht, ein sinnloses Leben zu führen, wie ein hilfloses Tier, ein totes Ding. Ich wende meine Disziplin, mein Training an, ich werfe das, was von meinem kühlen, objektiven Blick übrig ist, auf meine *Umgebung*, und ich befreie mich. Ich hole mein Leben aus dem Gefängnis heraus. Nicht mein Tod ist meine Verzweiflung, sondern mein Leben. Mein Tod, mein Suizid, das ist meine Hoffnung.

EMPTY *Hoffnung?*

Aber … ich muss leben. Ich wirke in der Welt, auf die Welt. Ich arbeite, um spezifische, tatsächliche Bedingungen zu ändern.

GUS Du zerbrichst gar nichts. Du willst es nicht.

EMPTY *nickt, dann* Das Leben … besteht daraus, etwas zu zerbrechen.

Plötzlich hat sie Angst.

Ja, ich …

GUS Wenn das alles vorbei ist, wenn du in die Welt zurückkehrst, und das wirst du, erschüttert, niemand kennt die Zukunft, niemand kann sagen, wer du dann sein wirst, du wirst verändert sein und und neu –

EMPTY Warum bin ich hier.

GUS Ich kann es allein, aber.

Wenn du mich bewachen würdest. Du.

Weißt du, worum ich dich bitte, Liebes?

Empty schüttelt den Kopf.

Wer sonst? Wer außer dir?

EMPTY Das ist – das ist grotesk, eine obszöne Parodie auf Kampf, Arbeit, Handlungsmacht, auf, auf Revolution – Du kannst den Sinn des Lebens nicht bekräftigen, indem du das Leben beendest –

Unten weiter.

GUS Ich möchte dir nicht das Herz brechen, aber … in welcher Welt träumst du eigentlich, dass du lebst.

EMPTY Das ergibt keinen Sinn. Das ist … es ist Irrsinn oder, oder Hass oder Bestrafung, weil ich nicht bin, was du bist, nicht alles bin, was du bist, mich zu verletzen, zu –

GUS *ein verzweifelter Aufschrei* Ich will nicht mehr leben. Empty! LASS LOS! Nimm meinen Tod hin! Damit ich, wenn ich tot bin, wieder … in deinem Herzen sein kann. Gib mir das, bitte, bitte, nimm mich mit dir, mit dir, dass ich in dir leben kann, dir sagen kann, dir zeigen kann … was es kostet … die, die Verzweiflung zu überwinden! Wie viel es kostet –

EMPTY Noch ein Wort, und ich geh in die Küche und rufe die, die –

GUS Das wirst du nicht, mein Schatz. Du hast es bis jetzt nicht getan, und du wirst es auch nicht mehr tun. Denn ich glaube, du hast die ganze Zeit etwas davon verstanden, was ich meine. Ich habe dich dazu erzogen.

Empty holt unwillkürlich scharf Luft. Dann:

EMPTY *Kurze Pause* Du, du hast doch nicht gedacht, ich … ich würde dir *zusehen.*

Du kennst mich, du …?

Gus steht langsam auf.

Empty leise O Gott.

GUS Dann geh halt.

EMPTY O nein. O nein.

GUS Dann ruf die Cops an.

EMPTY O nein, o nein, o bitte, hör auf, bitte, Daddy, hör auf, hör auf, hör auf …

Unten weiter.

GUS Ruf die Cops an. Sperr mich ein.

EMPTY *weiter, ein Aufheulen* O GOOOOOTT!

Sie steht auf, ein Fluchtimpuls, aber sie weiß nicht wohin.

Was soll ich tun? Was soll ich tun?

Gus steht auf, läuft zu ihr, nimmt sie fest in die Arme, was sie zulässt und worin sie Trost zu finden versucht, um sich zu beruhigen; aber dann wird ihr wieder klar, wer sie da umarmt, wie beängstigend er ist. Sie knurrt und versucht sich loszumachen; Gus hält sie fest. Sie findet genug Kraft, um ihn beiseite zu schubsen. Er taumelt zurück, fällt beinahe hin. Empty presst ihr Gesicht an eine Wand, kehrt ihm den Rücken zu. Er richtet sich auf, hilflos, verloren, und betrachtet sie.

GUS Komm zurück, bitte komm zurück zu mir.

Sie atmet tief, bis sie sich beruhigt hat, sieht ihn nicht an.

EMPTY Du musst dir keine Sorgen machen. Ich rufe niemanden an.

Ich … verstehe.

Aber.

Wenn du meinen Vater ermordest, nimmt er den Teil von mir, den er für sich behalten hat, mit sich. Wie kann ich dich nicht hassen. Wer immer du bist.

Ich werde dich hassen. Für immer.

Das will ich nicht. Aber ich werde es.

Sie sieht Gus an.

Bitte. Glaub mir. Das ist der Preis.

Gus geht auf sie zu. Sie weicht zurück. Sie erstarren.

Szene 3

Eli steht in der Tür zum Salon, in den Kleidern des Vortags; er ist erschöpft und nervös. Gus steht im Salon.
Der Koffer liegt offen auf dem Tisch. Die Einkaufstüte steht daneben.
Eli holt ein Portemonnaie aus der Jackentasche.

ELI Er hat sein Portemonnaie vergessen. Könnten Sie es ihm einfach geben, bitte?
Öffnet das Portemonnaie, um es zu zeigen.
Alles ist da, Kreditkarten waren keine drin, aber ich hab nicht…
Nervöses Lachen.
Es waren keine drin, als ich es gefunden habe, ein paar Dollar, alle drin, ein paar alte Quittungen und das hier:
Nimmt einen laminierten Ausweis mit Bild heraus.
ein altes Foto von ihm… sein Schwimmclub-Ausweis von der Highschool, vermute ich?
Er hält Gus das Portemonnaie entgegen, der sich nicht rührt, um es anzunehmen.

GUS Er war immer ein guter Schwimmer.

ELI Bestimmt. Wie ein Messer.
Gus starrt Eli an. Eli zeigt die Rückseite des Ausweises.
Hier steht seine Adresse drauf.
Steckt den Ausweis zurück ins Portemonnaie, sieht zu Boden.
Ich wollte, dass er es wiederbekommt. Und, na ja, ihn sehen, oder, die Außenansicht von seinem … wo er aufgewachsen ist?
Er wird plötzlich aufgeregt, eine Art Panikattacke.
Ich hab was genommen, wovon ich angeblich schlafen sollte …
War aber nicht so. Hat mich aufgedreht. Panikattacke vielleicht, ich kann nicht – hab lange nicht mehr ausgeschlafen, aber ich mag Schlaf eh nicht, was bringt das schon, oder?

GUS Sein Nutzen liegt in seiner Nutzlosigkeit.

ELI Genau.
Sie erinnern mich an Pill.
Entschuldigung, ich sollte… Soll ich…?
Er geht zum Tisch, betrachtet das Portemonnaie einen Moment lang, legt es hin. Betrachtet den Koffer.
Verreisen Sie?

GUS Von meinem Großvater.

ELI Sieht alt aus.

GUS Vorletzte Jahrhundertwende.

ELI Und ob.

Schaut hinein.

Lotteriescheine?

GUS Nicht ganz.

Eli will etwas aus dem Koffer nehmen, dann hält er inne.

ELI Darf ich…?

Gus zuckt die Achseln. Eli nimmt ein altes, vergilbtes Heft von etwa dreißig Seiten heraus und schlägt es auf.

GUS Vorsicht.

ELI Sie sprechen Italienisch, stimmt's?

GUS Via, vaffanculo, finochettino. *[Los, mach die Mücke, kleine Schwuchtel.]*

ELI *liest vor, mit gutem Ohr für den richtigen Sound* Il Manifesto del Partito Comunista.

Grinst. Na, was das heißt, weiß ich.

Eli legt das Heft auf den Tisch.

Auch Ihr Großvater, wie? Das geht ja weit zurück, ich –

GUS Anarcho-Kommunist. Aus Paterson in New Jersey. Er ist 1900 von dort weggezogen. Nach hier.

ELI Wie das?

GUS Kompliziert.

ELI Bestimmt.

GUS *sieht ihn an, dann* 1900 ist ein Mann aus Paterson, Gaetano Bresci, ein Einwanderer, zurück nach Italien gefahren –

ELI La patria.

GUS Äh … genau.

Mit einem Revolver, und er erschoss den König von Italien. Drei Kugeln in die Brust. Tot.

Geht an den Koffer.

Umberto Uno. Der einem Wichser von General einen Orden umgehängt hatte, weil er eine Kanone in eine Menschenmenge hatte abfeuern lassen, die gegen den hohen Brotpreis protestierte.

Bresci gehörte zu einem Anarchistenzirkel in Paterson. Italienische Einwanderer, Zimmerleute. Das weiß keiner, aber die Mitglieder des Zirkels hatten Bresci die Fahrkarte bezahlt, auch die Waffe, und sie sammelten später Geld für seine Familie. Laut ihrem Treuegelöbnis. Hier

Er greift in den Koffer und nimmt ein Billett heraus.

ist das meines Großvaters.

Kurze Pause.

Du lässt dich für Sex bezahlen?

Kleine Pause. Eli späht in den Koffer.

ELI Wozu die Musik?

GUS Sie waren auch ein Chor. Der Anarchistisch-Kommunistische Chorverein. Sie haben gesungen. Den Garibaldi-Marsch.

Eli hält ein Notenblatt hoch: »Va Pensiero« aus Nabucco.

ELI Verdi.

GUS Was sonst?

Singt leise bei sich.

»Va, pensiero, sull'ali dorate; va, ti posa dada da da dada da …«

Sie kriegten Angst. Was wenn Bresci unter Folter reden würde? Deshalb stiegen sie aus. Gingen ihrer Wege.

Als Bresci verhaftet wurde, sagte er: »Ich habe keinen Menschen getötet. Sondern ein Prinzip.«

ELI Hm. Das ist … Ich weiß ja nicht.

GUS Und mein Großvater Nicolao Marcantonio kam nach Brooklyn. In dieses Haus, um im Hafen zu arbeiten, zu sparen, zu Geld zu kommen, Besitz zu erwerben.

Gus nimmt Eli das Notenblatt weg, legt es in den Koffer und macht ihn zu.

Er rollt den oberen Rand der Papiertüte zu, um zu verbergen, was darin ist. Er hält sie fest zu.

Eli nimmt das Heft vom Tisch.

ELI Das haben Sie vergessen.

GUS Behalt es.

ELI Oh. Äh, danke …?

GUS Du solltest vielleicht …

Eli schlägt das Heft auf der ersten Seite auf. Er versucht vorzulesen.

ELI »Uno spettro s'aggira –«

Spricht das »gg« wie ein deutsches G aus.

GUS *korrigiert die Aussprache* »s'aggira«. »geht um«.

Aus dem Gedächtnis »Uno spettro s'aggira per l'Europa – lo spettro del comunismo.«

»spettro«, das ist … ein Geist, ein Gespenst.

Lächelt.

Ganz am Anfang dachten sie darüber nach …

»Ein Gespenst geht um in Europa – das Gespenst des Kommunismus.«

»Die Geschichte aller bisherigen Gesellschaft ist die Geschichte von Klassenkämpfen.«

Gus bricht ab. Eli wartet, dann, mit einem Nicken zur Einkaufstüte, auf der weiterhin Gus' Hand liegt.

ELI Was ist da drin?

GUS Ich weiß es nicht.

ELI *ein Nicken, dann* Werden Sie …?

GUS Wieviel lässt du dir bezahlen?

Eli sieht ihn an.

Pro Stunde?

ELI *unbehaglich, nervös* Dreihundert.

GUS *verblüfft* Oho! Was kauft man mit so viel Geld?

ELI Es ist kompliziert.

GUS Ja.

ELI Hängt, ähm, ab von Ihrer …

GUS Perspektive.

ELI Genau. Geld erkauft Ihnen …

So ziemlich … alles, Gus.

Es ist, äh …

Was Sie wollen.

GUS Aha.

Sie schauen sich an.

ELI Was denken Sie gerade?

Gus betrachtet die Tüte, die er festhält, dann den Koffer; kurze Pause; dann:

GUS Ich denke.

Ende

Gerhard Meister

In meinem Hals steckt eine Weltkugel

Zu den Sprecheinsätzen und der Verteilung des Textes: Ich stelle mir ein von den Schauspielern gemeinsam verkörpertes Ich vor, das getrieben von seinen Widersprüchen um ein nicht näher bestimmtes Zentrum eiert. In einer Pendelbewegung tritt dieses Ich einmal als Einheit eines Chores oder eines gemeinsamen Erzählens zutage, um dann wieder auszufasern in Sequenzen von Rede und Antwort oder das Monologisieren von Einzelstimmen.

Ich hier und sie dort

Mein Handy, ich habe eins, wie jeder eins hat, und in jedem steckt ein halbes Gramm Coltan. Coltan ist eine technische Notwendigkeit, Handys funktionieren nicht ohne Coltan. Muss ich wissen, woher dieses Coltan stammt und unter welchen Bedingungen es abgebaut wird. Muss ich mich um so was kümmern. In meinem Handy steckt auch ein Stück Relativitätstheorie. Büffle ich deswegen Einstein.

Ich bin schon überfordert, wenn ich in einem Supermarkt stehe, schon ein Supermarkt ist für mich ein unentwirrbares Labyrinth und viel mehr, als ich emotional und intellektuell verkraften kann. Aber wenn es wieder mal so weit ist, und ich weiß, dass ich jetzt nicht aufgebe und nicht einfach irgendeinen anderen Joghurt nehme, sondern weitersuche nach diesem Joghurt, diesem nach griechischem Rezept hergestellten und mit kleinen Feigenstücklein durchsetzten Joghurt, der irgendwo versteckt ist in dieser Masse von Joghurts, die sie wieder vor mich hingestellt haben, und ich mir leid tue und ich schon halb paranoid geworden bin und eine Absicht vermute hinter dieser Wand aus Joghurts, in der dieser eine Joghurt verschwunden ist, und ich schon denke, das machen die absichtlich so, die wollen mich fertigmachen mit dieser Unmenge von Joghurts, und ich überzeugt bin, dass jeder einzelne von diesen verdammten Joghurtbechern genau nur zu diesem einen Zweck in diesem Supermarkt steht, und ich überzeugt bin, dass alles in diesem verdammten Supermarkt vom Hundefutter bis zu den Slipeinlagen nur deshalb herangekarrt wurde, um mich fertigzumachen, dann ist es in diesem Augenblick kurz vor dem Ausflippen ganz einfach kein hilfreicher Gedanke, dass es auf diesem Planeten eine Milliarde Menschen gibt, die mich beneiden, weil ich in diesem Supermarkt vor diesen Joghurts stehen darf, die mich fertigmachen, eine Milliarde Menschen, die noch nie in ihrem Leben in einem Supermarkt gestanden haben und die alle nur eins im Kopf haben, alle wollen sie möglichst schnell ebenfalls im Supermarkt stehen, wie ich das gerade tue, mit meinen Nerven völlig am Ende.

Wie kann ich mich diesen Menschen, die nichts haben, öffnen als ein Mensch, der alles hat, und damit natürlich auch die Gefühle, die es auslöst in mir, dass ich alles habe und der andere nichts. Ich meine, wie kann ich mich öffnen, wenn sofort diese Schuldgefühle da sind und ich als Erstes wieder blocken muss, um mich gegen diese Gefühle zu wehren, die ja am Schluss auch niemandem helfen. Und doch sind es meine Gefühle, und ich will meine Gefühle nicht blocken, ich kann das nicht länger mit meiner persönlichen Entwicklung vereinbaren, dass ich meine Gefühle blocke und einfach die Augen verschließe. Es geht dabei auch um Dinge wie meine Spiritualität, ich merke, wie das wichtig ist für mich, meine Spiritualität zu entwickeln, zu der bekanntlich Mitgefühl gehört, Güte und die liebevolle Zuwendung zu anderen Menschen. Spiritualität, das ist dieses Bewusstsein, wir alle leben in derselben Welt, und wir sind alle miteinander verbunden.

Mein Handyhersteller behauptet wie jeder andere Handyhersteller auch, dass das Coltan in seinen Handys nicht aus dem Kongo kommt. Aber der Kongo exportiert mehr Coltan als irgendein anderes Land der Welt, und die Handelswege für Coltan sind vollkommen undurchsichtig, das Coltan aus dem Kongo gelangt deshalb über Umwege trotzdem in den Handel und damit vielleicht auch in mein Handy hinein. Da steckt es vielleicht drin, ein halbes Gramm Coltan aus dem Kongo, wo es unter fürchterlichen Arbeitsbedingungen abgebaut wurde, mitten in einem Krieg, geführt mit Waffen, die aus dem Verkauf von Coltan finanziert sind. Und das ist nicht irgendein kleiner, begrenzter Konflikt, das ist das größte Morden und Abschlachten seit dem Ende des Zweiten Weltkriegs. Ein Tropfen Blut aus dem Kongo, vielleicht klebt so ein Tropfen an meinem Handy oder ist in ihm drin, von außen sieht man ja nichts, alles sauber, alles glänzend, aber drinnen, wer weiß, vielleicht – und was fange ich jetzt an damit. Bin ich mitverantwortlich für das Gemetzel im Kongo, weil ich ein Handy habe. Schmeiße ich mein Handy jetzt weg.

Jeden Morgen, wenn ich aus dem Haus trete, liegt er schon da. Und jedes Mal denke ich, warum gleich beim Hauseingang, warum geht er nicht ein paar Schritte weiter mit seinem Köter. Was ist so einer für ein Mensch. Jeden Morgen. Ich rege mich auf über ein Stück Hundescheiße. Ich tue das, und ich stehe dazu. Ich muss das nicht irgendwie problematisieren, da sehe ich überhaupt keinen Grund dazu. Es ist alles in Ordnung mit dieser Aufregung. Es ist eine Sauerei, dass er seinen Köter direkt vor der Haustüre scheißen lässt, und bleibt es auch, wenn in Afrika Menschen verhungern. Das hat doch miteinander überhaupt nichts zu tun, das hier ist mein Leben und mein Ärger und meine Freude, und das bleibt so, das lasse ich mir nicht nehmen, auch wenn ich weiß, dass es anderswo diese Millionen von Hungertoten gibt. Was kann ich dafür, dass wir hier keine Hungertoten haben. Dass vor meiner Haustüre nur ein Stück Hundekacke liegt und ich über keine Hungertoten steigen muss auf dem Weg zur Arbeit. Wenn sich welche zum Verhungern vor die Haustüre legen würden, von mir aus, dann würde ich mich aufregen darüber, keine Frage, dann fänd ich das auch eine Sauerei, aber es ist nun mal nicht so.

Wenn ich an einen Verkehrsunfall herankomme, dann bin ich zur Hilfe verpflichtet, egal, ob ich an diesem Unfall schuld bin oder nicht. Ich mache mich strafbar, wenn ich nicht wenigstens den Notarzt anrufe. Und dann kann ich den Notarzt nicht anrufen, weil ich mein Handy weggeworfen habe. Ich versuche, etwas zu tun für die Dritte Welt, und schon sterben hier Menschen deswegen. Und wer weiß, vielleicht ist das ein Fortschritt, immerhin kommt etwas Abwechslung in die Rollenverteilung.

Ein Dollar pro Tag

Eine Milliarde Menschen hat zum Leben nur einen Dollar pro Tag.

Ich weiß das.

Und weitere 1,6 Milliarden leben von zwei Dollar oder weniger.

Immerhin hat der, der zwei Dollar hat, doppelt so viel, das ist ein Unterschied, lebt der mit zwei Dollar so wie der mit einem, hat er am Ende vom Monat dreißig Dollar übrig. Damit kann man in Äthiopien richtig auf den Putz hauen.

Wer weiß, in welchen Landesteilen Äthiopiens die meisten Menschen wohnen. Kommt drauf an, aus welcher Richtung der Wind weht.

Ich bin mit diesem Witz aufgewachsen, wir alle sind das und wissen alle, dass man von einem Dollar am Tag nicht leben kann. Man ist unterernährt, geschwächt und ständig krank.

Ich weiß, ich weiß, mit einem Dollar pro Tag stirbt man an Durchfall, an Infektionskrankheiten, die hier bei uns völlig harmlos sind, das weiß ich doch.

Ich weiß, dass man mit einem Dollar pro Tag kein Geld hat für Medikamente, kein Geld für eine Wohnung und überhaupt irgendetwas außer Nahrungsmitteln.

Und auch dafür reicht ein Dollar pro Tag noch nicht.

Wer von einem Dollar pro Tag lebt, der hungert.

Ein einfacher, aus einfachen Wörtern gebauter Satz.

Wer von einem Dollar pro Tag lebt, der hungert. Und ein Sechstel der Menschheit tut das.

Auch so ein Satz.

Einem Sechstel der Menschheit wird das Recht auf Nahrung verweigert.

Ich weiß das.

Ein Sechstel der Menschheit, das sind eine Milliarde Menschen.

Ich weiß das.

Eine Milliarde ist eine Zahl mit neun Nullen.

Ich weiß das.

Niemand kann sich eine Milliarde vorstellen.

Ich weiß das.

Einer unvorstellbaren Zahl von Menschen wird das Recht auf Nahrung verweigert.

Ich weiß das.

Ich weiß, das Recht auf Nahrung ist ein Menschenrecht.

Auch so ein Satz.

Niemand bestreitet, dass das Recht auf Nahrung ein elementares Menschenrecht ist.

Ich weiß das.

Niemand bestreitet, dass es ein Verbrechen ist, einem Menschen dieses Recht vorzuenthalten.

Ich weiß das.

Hunger ist die schlimmste Form von Gewalt, sagt Mahatma Gandhi.

Gandhi, ja, von mir aus Gandhi.

Diese Gewalt findet täglich statt.

Ich weiß das.

Tausendfach, millionenfach ereignet sich täglich diese Gewalt, die ein Gewaltverbrechen ist.

Ich weiß das.

Täglich ereignet sich dieses jedes Maß übersteigende Gewaltverbrechen.

Ich weiß das.

Dieses Gewaltverbrechen ist die permanente Katastrophe, die größer ist als jede andere Katastrophe auf der Welt.

Ich weiß das ich weiß das ich weiß das.

Tagesschau

Und ich schalte die Nachrichten ein, und die Bundeskanzlerin besichtigt eine Autofabrik in Südkorea, und die Waldbrände in Südfrankreich sind jetzt unter Kontrolle, und diese Schauspielerin, die in diesem Film mitspielte, den man eigentlich kennen müsste, ist mit 88 Jahren in Los Angeles gestorben, und die Wetteraussichten sind ganz passabel.

Guten Abend, meine Damen und Herren, herzlich willkommen zur Hauptausgabe der Tagesschau. Auch heute haben die katastrophalen Menschenrechtsverletzungen in weiten Teilen der Welt mit unveränderter Härte angehalten. Rund eine Milliarde Menschen in weiten Teilen Afrikas, Indiens und Südostasiens sowie in Lateinamerika sind unmittelbar betroffen. Nach unabhängigen Schätzungen sind allein heute 50 000 Menschen gestorben, darunter 30 000 Kinder. Die Zahl der Todesopfer hat sich damit seit Anfang des Jahres auf rund neun Millionen erhöht. Ich stehe nun in Verbindung mit unseren Korrespondenten im Slum von Laos, von Mumbai, von Nairobi, von Kalkutta, von Recife, von Kinshasa, von Dhaka, von Bangkok –

Korrespondent
Und die Menschen hier fragen sich, wo die Hilfe bleibt, warum die ganze Welt wegschaut, die Menschen fragen sich, wie lange ihre Kinder noch an Durchfall sterben, an Masern, an einer schlechtverheilten Schnittwunde, und wenn man hier steht, mitten in diesem Elend, dann stellt man sich genau diese Frage. Wann endlich wird etwas getan, frage ich mich, wann wacht die Welt endlich auf aus ihrem Schlaf. Tag für Tag stehe ich hier in diesem Gestank aus den Kloaken, den Hütten und Abfallhaufen, ich stehe in diesem Verwesungsgestank, ich kann nicht mehr, da hinten steht das Taxi, das mich zum Flughafen bringt, und den Arzt, der mir meinen Burn-out verschreibt, habe ich auch schon, ich werde ein halbes Jahr nur noch schlafen, nichts weiter als schlafen; und dann suche ich mir einen anständigen Job.

Ich stelle mir diese Nachrichten vor und weiß, es wäre keine Maßnahme zur Abschaffung des Welthungers.

Es wäre eine Maßnahme zur Abschaffung des Fernsehens.

Und ich spüre sie

Und ich weiß, es gibt Menschen, die versuchen, diesem Elend zu entkommen.

Und ich spüre sie.

Es gibt Millionen von ihnen.

Im Ernst, ich spüre sie wirklich.

Sie riskieren ihr Leben und durchqueren auf überfüllten Lastwagen die Sahara.

Das geht an die Nieren, es ist nur eine Redewendung. Aber ich spüre sie.

Sie riskieren ihr Leben auf überfüllten Booten.

Die liegen doch ungefähr hier.

Niemand weiß, wie viele in der Sahara verdursten.

Das ist doch der Ort, wo der Mensch seine Nieren hat.

Über die Ertrunkenen gibt es Schätzungen.

Also spüre ich meine Nieren.

Tausend pro Jahr.

Irgendwas ist los mit denen.

Tausend Tote pro Jahr an den Grenzen Europas.

Irgendwas ist da nicht in Ordnung.

Tausend Tote pro Jahr an den Grenzen Europas.

Aushaltbarer Horror

Aber diese Festung gibt es auch in unserem Kopf. In einer Miniaturausgabe tragen wir die alle mit uns herum. Wir wissen zwar alles, aber lassen es nicht an uns heran. Wann fangen wir endlich an, diese Gefühle an uns heranzulassen. Ich will das jetzt endlich an mich heranlassen. Ich will das. Ich will das hier und jetzt, ich breche aus, jetzt, in diesem Moment, breche ich aus dieser Festung in meinem Kopf aus.

Ich breche aus meiner Festung aus.

Ich breche aus meiner Festung aus.

Ich breche aus meiner Festung aus.

Visualisierung
Ein Dorf, irgendwo in Afrika, es hat nichts, nichts funktioniert, die Menschen sind geschwächt von Krankheiten, Mangelernährung. Sie schuften auf Feldern, die sie nicht ernähren. Sie liegen in ihren Hütten und hungern.

Ich betrete eine dieser Hütten. Ich begebe mich in eine dieser Stätten der Hoffnungslosigkeit.

Ich will das an mich heranlassen jetzt, ich will erfahren, was das ist, eine Stätte der Hoffnungslosigkeit.

Und ich sehe diese Menschen, auf ein bisschen Stroh, einem alten Teppich oder direkt auf dem Lehmboden.

Da liegen sie.

Und ich will das jetzt an mich heranlassen.

Ich will jetzt wissen, was ist das, ein Hungerbauch, wie entsteht der, wie kommt es zu diesen Wassereinlagerungen im Bauchgewebe, wenn die Nahrung fehlt. Wie wirkt sich das aus aufs Wachstum eines Kindes, wenn die Nahrung fehlt, ich will wissen, wie dieses Kind zurückbleibt, weil es nichts zu essen hat, wie es verzwergt, weil die Nahrung fehlt, wie der Hunger ihm seine Größe raubt und seine Intelligenz, wie es dumm wird vor Hunger und dumm bleibt, ich will dieses für sein ganzes Leben beschädigte Kind heranholen, zu mir her, ich will es ansehen, dieses Kind, das einfach nur dasitzt in seiner Apathie mit seinen großen, leeren Augen, ich will diese Augen aushalten, dieses halbverhungerte und bald schon tote Kind und die Kraft, die dieses Kind nicht mehr hat, diese Fliegen zu verscheuchen, diese Fliegen, die um seine großen Augen herumspazieren und darauf warten, dort hinein zu können, durch diese Augen hinein an das bisschen Fleisch, das von diesem Kind übrig bleiben wird, ich lasse diesen Horror jetzt an mich heran, ich will das jetzt aushalten, und ich halte das aus, da gibt es Horror von ganz anderem Kaliber, Horror, der wirklich einfährt, der Exorzist zum Beispiel, dieses tobende Mädchen auf dem Bett, in dem der Teufel wütet, brutal, der Film von diesem Buben, der tote Menschen sieht, überall sieht er diese toten Menschen, fürchterlich, Bruce Willis spielt den Kinderpsychiater, der ist eigentlich auch schon tot, und da ist dieses tote Mädchen in seinem Pyjama, ich konnte danach nicht schlafen, ich bin sehr sensibel, wenn es um Kinder geht, wir alle sind das, deshalb immer wieder Kinder in diesen Horrorfilmen, weil das was trifft in uns, wir können uns nicht wehren dagegen, aber dieses Kind aus Afrika, ich halte das aus, keine Gänsehaut, keine Alpträume, obwohl ich weiß, dass es dieses Kind tatsächlich gibt, und weiß, dass Bruce Willis ein Schauspieler ist und das Kind, das Tote sieht, auch, und es deshalb in Wirklichkeit keine Toten sieht, sondern Schauspieler, die lachen und auf die Uhr schauen, wenn sie Drehpause haben und sich was zu essen holen von diesem riesigen Buffet, das der Cateringservice hingestellt hat, ich weiß das und weiß, dass es für das Kind in Afrika keine Drehpause gibt, in der es aufsteht und sich eine Cola nimmt und ein Sandwich, dieses Kind bleibt dort sitzen, bis es tot ist, verhungert, ich weiß das, ich bin ja nicht blöd, aber irgendwie spielt es eben doch keine Rolle, irgendwie landet das am Schluss doch alles in der Schublade Spielfilm und ist gar nicht wahr.

Oxytoxin

Und ich weiß, dass es wahr ist, und spüre doch nichts. Es ist mir nicht einmal besonders egal, es ist einfach überhaupt nichts, nichts als eine emotionale Leerstelle.

Seltsam, wie du deine emotionale Leerstelle beschreibst, das ist ganz nah an dem, wie in den buddhistischen Schriften über das Nirwana gesprochen wird.

Vielleicht ist er schon viel weiter als wir alle und längst ins Nirwana eingetreten.

Rein äußerlich ist niemandem anzusehen, ob er schon ein Buddha ist oder nicht.

Ich kann doch nicht am Nirwana leiden, mit dem jedes Leiden endgültig überwunden ist.

Hier, probier's mal mit dem.

Was ist das denn.

Ein Nasenspray. Oxytocin wird über die Nasenschleimhäute aufgenommen.

Oxytocin.

Ein Hormon. Frauen schütten es aus, wenn sie ihr Baby stillen. Es ist die Mutterliebe und damit die stärkste Liebe überhaupt, die mit Oxytocin in dir zu wirken beginnt. Man hat das getestet, ganz konkret, Oxytocin erhöht die Bereitschaft, sich mehr um andere als sich selber zu kümmern, man fängt an, für gemeinnützige Organisationen zu spenden. Es wirkt auch bei Männern.
Benutzt das Nasenspray.

Und.

Ich weiß nicht. Die sind ungefähr hier, das stimmt doch.

Was denn.

Seine Nieren, er hat irgendwas mit seinen Nieren.

Eine Art Stechen.

Vielleicht Nierensteine.

Und sonst, noch immer nichts.

Das muss doch zuerst ins Blut und von dort dann ins Gehirn, das geht nicht so schnell.

Wir können von unserm Gehirn nicht verlangen, wozu es nicht in der Lage ist. Wir haben noch immer das Gehirn von Höhlenbewohnern, deren Welt hinter dem nächsten Wald schon zu Ende ist. Deren Menschheit aus den Mitgliedern ihrer Rotte besteht. Zwanzig, dreißig Leute, das ist die Menschheit, mit der unser Gehirn umgehen kann. Die Menschheit ist ein vollkommen abstrakter Begriff.

Welthungerskeptiker

Gibt es wirklich jedes Jahr Millionen Hungertote auf dieser Welt. Ist Hunger tatsächlich die häufigste Todesursache auf diesem Planeten.

Hunger ist mit Abstand die häufigste Todesursache auf diesem Planeten.

Hunger hat allein in den letzten paar Jahren mehr Menschen getötet als alle Weltkriege zusammen.

Aber sind diese Zahlen nicht vielleicht alle etwas übertrieben. Ich frage mich, wie kommen diese Zahlen zustande, wer hat diese Toten gezählt. Das ist doch alles nur Statistik, Statistik, die auf Hochrechnungen beruht, auf Annahmen, Vermutungen, die weit auseinandergehen, je nach politischem Interesse. Gibt es nicht einen berechtigten Zweifel an diesen Zahlen. Oder schon überhaupt nur einen Zweifel. Woran gibt es denn nicht einen Zweifel heutzutage. Zu jeder Tatsache gehört doch heutzutage auch ihr Zweifler. Gibt es nicht irgendwo auf der Welt wenigstens einen Menschen, der diese monströsen Zahlen in Frage stellt, jemand, der hinter diesen Zahlen eine weitere Verschwörung sieht. Die Hälfte der Amerikaner glaubt nicht an den Klimawandel. Jeder Vierte glaubt nicht an die Evolutionstheorie. Jeder Zehnte glaubt, dass es nie Menschen gab auf dem Mond. Glauben diese Amerikaner wirklich alle an den Welthunger. Es muss doch irgendwo diesen Experten geben, der sagt, das ist alles nicht wahr. Es gibt doch immer Experten, die das Gegenteil behaupten. Gibt es wirklich keinen Welthungerskeptiker und seinen Zweifel, der mich weitermachen lässt wie bisher.

Und ich weiß, es gibt keinen Welthungerskeptiker.

Niemand liefert mir einen Vorwand, einfach weiterzumachen wie bisher.

Niemand stellt diese Zahlen in Frage.

Claudia und Brad

Alle drei Sekunden stirbt ein Kind an den Folgen extremer Armut.

Jetzt.

Und jetzt.

Und jetzt.

Und jetzt.

Und Brad Pitt schaut mich an mit diesem Blick, ganz aus seinem Innersten heraus, den ich aus diesem Film kenne, zu dem mir der Titel grad nicht einfällt.

Und Brad Pitt schnippt mit dem Finger.

Und Claudia Schiffer schaut mich an, und es ist einfach Claudia Schiffer minus ihr Lächeln.

Und Claudia Schiffer schnippt mit dem Finger.

Und drei Sekunden später schnippt Herbert Grönemeyer mit dem Finger.

Wir wollen nicht dein Geld, wir wollen deine Stimme.

Schreib eine SMS, schreib einen Brief, melde dich bei deiner Regierung.

Erhöhen wir den Druck, sagen sie.

Deine Stimme zählt.

Deine Stimme gegen die Armut.

Erhebe deine Stimme gegen die Armut.

Gut, von mir aus, ich erhebe jetzt meine Stimme gegen die Armut. Hat zufällig jemand die Handy-Nummer von einem Regierungspolitiker, damit ich dem eine SMS schreiben kann. Und was schreib ich, damit sich der Druck erhöht bei diesem Politiker und er nicht länger nur ein Politiker ist, der an die Wahlen denkt und die Interessen, von denen er abhängt, und an seine Partei und die Linie seiner Partei. Wie bringe ich diesen Politiker mit 160 Zeichen dazu, politischen Selbstmord zu begehen. Hat jemand eine Idee. Also, wenn das alles ist, was ich tun kann, dann kann ich mein Handy tatsächlich mit gutem Gewissen wegschmeißen.

Und Brad Pitt sagt.

Und Claudia Schiffer sagt.

Wir wollen nicht dein Geld, wir wollen deine Stimme.

Deine Stimme gegen die Armut.

Und ich frage mich, warum wollen die nicht mein Geld? Was haben die gegen mein Geld. Es ist ganz normales, normal verdientes Geld. Geld aus einem durchschnittlichen Gehalt eines durchschnittlichen Bürgers dieses Landes, oder leicht überdurchschnittlich, von mir aus, das Gehalt entspricht meiner Qualifikation, es gibt an diesem Geld überhaupt nichts auszusetzen, also nehmt es endlich, verdammt nochmal.

Ich weiß nicht, wovon er redet.

Ich auch nicht.

Mein Geld wollen sie.

Meins auch.

Mein Patenkind

Ich werde über mein Patenkind regelmäßig informiert, ich kann meinem Patenkind schreiben, ich kann es sogar besuchen und sehen, was meine Hilfe konkret bewirkt.

Es geht ganz einfach um das Leben der Kinder. Ihre Dankbarkeit und Herzlichkeit haben mich zu Tränen gerührt. Ich bereue keinen Euro, den ich dafür gespendet habe.

Juma zum ersten Mal gegenüberzustehen und sich zu begrüßen, das hieß, begreifen, wie nahe wir Menschen uns eigentlich sein sollten.

Ich habe bei einer Reise durch die Mongolei mein Patenkind Bilguudei besucht. Es ist verblüffend, wie viel mit nur dreißig Euro im Monat erreicht werden kann. Bilguudei kann jetzt in die Schule gehen, hat genug zu essen, hat sauberes Trinkwasser. Darüber hinaus ist der persönliche Kontakt und das Gefühl, helfen zu können, für mich eine echte Bereicherung.

Ich habe in die großen, wunderschönen Augen meines Patenkindes Anessa geschaut, und wir beide wussten, dass wir dieses Treffen niemals vergessen werden. Ich habe gesehen, welchen Unterschied es für sie und ihre Familie macht, dass wir sie unterstützen. Es macht mich sehr glücklich, wenn ich sehe, wie sich ihre Lebensumstände auf diese Weise spürbar verbessern.

Ich kann so viel Gutes tun mit meinem Geld.

Es ist einfach unglaublich, wie viel ich mit meinem Geld bewirken kann.

Hundert Euro genügen, um eine Hebamme in Mali auszubilden.

Fünfzig Euro schützen in Äthiopien kleine Mädchen vor skrupellosen Kinderhändlern, die sie in ein Bordell verschleppen.

Zwanzig Euro ermöglichen einem ehemaligen Kindersoldaten im Kongo, ein Jahr zur Schule zu gehen.

Fünfzehn Euro pro Monat, und ein Straßenkind in Manila hat eine Zukunft.

Zehn Euro, und ein Kind in Haiti ist nach seinem Durchfall noch am Leben.

Fünf Euro für Antibiotika, und für ein Baby in Äthiopien ist eine Lungenentzündung kein Todesurteil mehr.

Fünf Euro, was sind fünf Euro gegen das Leben eines Kindes.

Ich habe dieses Geld.

Und ich habe die Wahl.

Ich kann hier helfen, ich kann dort helfen.

Guatemala, Afrika, die Philippinen.

Ich habe die Wahl.

Wer weiter hungert, wer in die Schule geht.

Aber ich kann nicht allen helfen.

Ich muss mich entscheiden.

Wer mein Geld bekommt und wer nicht.

Ich muss mich entscheiden.

In die Schule.

In den Hungertod.

In die Schule.

In den Hungertod.

In die Schule.

In den Hungertod.

Das ist Selektion.

Das ist Auschwitz.

Ich entscheide über Leben und Tod wie ein gottverdammter Nazi.

Selber mal Hand anlegen

Ich bin ein Nazi, weil ich den einen helfe und den andern nicht. Will ich kein Nazi sein, muss ich den andern auch helfen, aber dann sind da wieder andere, denen auch noch nicht geholfen ist, also muss ich denen auch noch helfen, denn ich will ja kein Nazi sein und muss schauen, woher ich das Geld kriege für all diese Hilfe, aber da sind ja noch meine Ersparnisse, da ist dieser Urlaub, den ich nötig habe, aber doch nicht so überlebensnötig wie die Hilfe, die andere noch nicht bekommen haben, weshalb ich noch immer ein Nazi bin und einer bleibe, bis ich alles weggegeben habe und selber verhungert bin, und da frage ich mich dann, ob alles an mir hängt, ob nicht auch noch andere was tun könnten, ob nicht auch die selber mal was tun könnten, und jeder weiß doch, es wird schon massenhaft geholfen, Milliarden und Abermilliarden sind schon nach Afrika geflossen, Zehntausende von Hilfsorganisationen streiten sich um die paar Leute, denen noch nicht geholfen ist, ein gigantischer Hilfsapparat, der nichts hervorgebracht hat als eine gigantische Bettlermentalität.

Und natürlich ist das noch immer die alte koloniale Haltung, dass wir für sie verantwortlich sind und nichts geschieht ohne unsere Hilfe. Das ist alles noch immer aus der Überlegenheit des weißen Mannes heraus gedacht.

Diesen weißen Mann, den räumen wir jetzt fort. Und dann sollen sie endlich mal selber schauen dort unten. Selber mal Hand anlegen.

Sie legen ja Hand an.

600 Kilometer nordöstlich von Mumbai liegt die Provinz Vidharba, allgemein bekannt als Selbstmordgürtel, weil sich dort noch mehr Bauern umbringen als im Rest von Indien, wo es jährlich Zehntausende sind, die sich umbringen, weil sie ihre Schulden nicht bezahlen können, weil ihre Felder verdorren, weil die indische Regierung auf Druck der Welthandelsorganisation die Schutzzölle gesenkt hat, Zehntausende von indischen Bauern bringen sich jedes Jahr um, weil sie abhängig sind von teurem, genmanipuliertem Saatgut, das resistent ist gegen das ebenfalls teure Pflanzenschutzmittel, mit dem sie ihre Baumwolle besprühen und das sie in ihre letzte Mahlzeit mischen, wenn sie ihre Verzweiflung

nicht mehr aushalten. Andere trinken ein in Indien beliebtes Haarfärbemittel, das, wie es heißt, zu schnellem Nierenversagen führt. Und ich sage, es geht mir an die Nieren, so was zu hören, aber meine Nieren bleiben so gesund wie zuvor.

Ich bin nicht sicher, ich bin verdammt nochmal nicht sicher, ob meine Nieren noch immer gesund sind.

Und mein Herz pumpt Blut, und mein Gehirn denkt, was es eben so denkt nach dem Aufstehen, und der Kaffee schmeckt nach Kaffee wie immer, und ich trete vors Haus und rege mich auf über den Hundehaufen dort, oder mein Nachbar ist ein ordentlicher Hundebesitzer und greift mit einem Kotbeutel ins Geschäft von seinem Hund und stülpt den Beutel drüber, und was Abfall ist, kommt in den Abfall, und wer den Wagen falsch parkt, bekommt eine Buße, es ist alles wie immer, wohlgeordnet, normal, und ich weiß, in was diese wohlgeordnete, von Normalität getränkte Welt verstrickt ist, und weiß, wie sich alle Normalität in Monstrosität verwandelt, sobald ich zu denken anfange, ich weiß, es gibt diese Normalität nicht, sie ist nur eine Illusion, ich weiß das und verdränge dieses Wissen, ich klammere mich an die Illusion und verdränge, in was diese Illusion verstrickt ist, ich lebe in einer Blase, die sofort platzt, wenn ich zu denken anfange, aber ich fange nicht zu denken an oder höre wieder auf mit Denken, an einem bestimmten Punkt kann ich nicht anders als aufhören mit Denken, und ich verdränge, ich kann keinen Schritt mehr tun, wenn ich aufhöre zu verdrängen, weil ohne Verdrängung der Boden unter meinen Füßen so unerträglich hohl klingt, so unerträglich, ja, so unerträglich, als würde mir jemand ein Messer durch den Gehörgang rammen. Ich lebe, weil ich verdränge, ich atme, weil ich mich mit jedem Atemzug belüge. Und ich will das nicht mehr, es ist so weit entfernt von jeder Vorstellung von Lebensqualität, die ich habe, es ist wirklich nur noch ein Vegetieren, ich vegetiere, und ich will das nicht, ich will das nicht.

Wir hier in Europa

Vor kurzem, in der Einkaufspassage, dieser ältere Herr, Hemd, Jackett, Krawatte, vielleicht war die Krawatte etwas zu breit, vielleicht einen Tick zu bunt, aber das ist mir erst aufgefallen, als er sich das Sandwich aus dem Abfallkorb gegriffen hat.

Und man denkt dann immer gleich, der arme Kerl, muss sich aus dem Abfall ernähren, und ein letzter Rest Würde flattert als Krawatte am Hals, und dabei treibt ihn vielleicht nur krankhafter Geiz, und wenn er tot ist, findet man unter seiner Matratze einen Riesenhaufen Geld.

Wer weiß, aus welchen Gründen er sich aus dem Abfall ernährt, nehmen wir mal an, er hat wirklich Hunger.

Er hat seine Sozialhilfe schlecht eingeteilt.

Er hat alles verspielt.

Er hat seinen letzten Euro nach Afrika gespendet.

Wichtig ist, was er jetzt tut. Er macht nicht irgendwo die hohle Hand, nein, er hilft sich selber. Er bindet sich seine Krawatte um, und dann gibt er sich diesen gewaltigen Ruck, und er tut, was er nie tun wollte, aber jetzt, in seiner Situation, eben tun muss. Er inspiziert Abfalleimer, er greift in sie hinein, er überwindet seinen Ekel und beißt in dieses Sandwich. Was für eine Selbstdisziplin, was für ein Durchhaltewillen, sogar ein Hauch von Abenteuerlust ist hier spürbar, dieser Mann wird sich wieder aufrappeln, er wird wieder hochkommen, in ihm verkörpert sich, was Europa schon immer ausgezeichnet hat.

Wenn jemand will, dass ihm geholfen wird, dann muss er sich zuerst selber helfen.

Wir hier in Europa, wir wissen das.

Wir hier haben uns seit jeher selber geholfen.

Als es hier noch aussah wie in der Dritten Welt, da gab es nirgendwo eine Erste, die uns hätte helfen können.

Wir haben uns selber geholfen.

Aus jeder noch so schlimmen Notlage war es niemand anders als wir selber, der uns geholfen hat.

Wirtschaftsflüchtlinge

Zu Tausenden haben wir uns selber geholfen.

Zu Millionen.

Bis zum Ersten Weltkrieg waren es 44 Millionen, die sich selber geholfen haben.

44 Millionen Europäer haben sich nicht damit abgefunden, dass ihnen ihre Menschenrechte verweigert werden.

Der Mensch hat ein Recht, sein Glück zu verfolgen. So steht es in der amerikanischen Unabhängigkeitserklärung. So ist es dort versprochen als unveräußerliches Recht.

44 Millionen Europäer sind diesem Versprechen gefolgt.

Und sind abgehauen.

Wirtschaftsflüchtlinge, heute heißen Menschen, die sich für ihre Menschenrechte wehren, Wirtschaftsflüchtlinge.

44 Millionen Wirtschaftsflüchtlinge sind aus Europa geflohen.

Und man hat Bücher geschrieben und hat Filme gedreht und hat Museen gebaut, um an diese 44 Millionen Wirtschaftsflüchtlinge zu erinnern.

Man hat Datenbanken eingerichtet, um das Schicksal jedes dieser Wirtschaftsflüchtlinge auch heute noch, hundert Jahre später, verfolgen zu können.

Man hat diesen Wirtschaftsflüchtlingen ein Denkmal gesetzt.

Denn ihr Leben ist schwer, und sie beweisen Mut, es sind Helden.

Sie durchqueren die Sahara.

Sie verdursten in der Sahara.

Und niemand zählt dort die Toten.

Sie durchqueren das Mittelmeer.

Sie ertrinken im Mittelmeer.

Und über die Ertrunkenen gibt es nur grobe Schätzungen.

Und einige schaffen es.

Schaffen es bis hierher.

Und hoffen, dass man ihnen das Menschenrecht auf ein anständiges Leben gewährt.

Aber statt ihrem Menschenrecht gibt man ihnen Handschellen.

Und behandelt sie wie Verbrecher.

Menschen, die ihr Menschenrecht einfordern.

Die einen gingen von hier fort.

Die andern kommen hierher.

Den einen baut man ein Museum.

Den andern ein Gefängnis.

Die einen sind Helden.

Die andern Kriminelle.

Oxytocin II

Sprayt sich manisch in die Nase.
Vielleicht müsste ich das Zeug trinken.

Warum ist dieses Oxytocin nicht in unsere Nahrungsmittel gemischt. Oxytocin oder sonst irgendwas, was unsere von Gleichgültigkeit zerfressenen Gehirne heilt. In Deutschland hat Speisesalz mit beigemischtem Fluor einen Marktanteil von sechzig Prozent. Sechzig Prozent der Deutschen lassen sich Fluor in ihr Salz mischen, weil sie etwas für die Gesundheit ihrer Zähne tun wollen. Wann tun sie endlich etwas für die Gesundheit ihrer Gehirne?

Warum wird dieses Oxytocin nicht mit Flugzeugen über unseren Städten versprüht. Warum sind diese Flugzeuge noch nicht in der Luft. Wir brauchen die Dusche aus diesen Flugzeugen, dringend, wir müssen endlich aufwachen. Warum zwingt uns niemand in ein Flugzeug nach Afrika, warum müssen wir nicht in eines dieser verlorenen Dörfer, in einen dieser Slums, warum werden wir nicht gezwungen, diesen Menschen dort in die Augen zu sehen. Warum kein Zwangsbesuch an diesen Stätten der Hoffnungslosigkeit, den Orten des Elends und Sterbens, warum ist es nicht wie damals, als man die Leute in die KZs geschleppt hat, wo sie sahen, was sie zwölf Jahre lang nicht sehen wollten.

Massenmord und Massensterben, das ist nicht das Gleiche, das will ich einfach festhalten, nur weil sie sterben, werden sie deshalb nicht gleich ermordet.

Massenmord

Massenmord ist das richtige Wort dafür, was auf diesem Planeten vor sich geht. Die Weltwirtschaftsordnung könnte geändert werden. Doch alles läuft weiter wie bisher. Man lässt lieber Leute verhungern, als weniger zu verdienen.

Es wird doch niemand umgebracht. Sie verhungern, sie werden nicht getötet.

Menschen schaffen Gesetze und Regeln, unter denen andere Menschen umkommen, das ist Mord.

Reden wir über Mord, von mir aus können wir gerne auch über Mord reden.

Ich blocke das emotional ab, und zwar total und ganz unwillkürlich, ich kann gar nicht anders. Ich ziehe mich zurück, in meine Festung, in mein Schneckenhaus, wohin auch immer.

Und was heißt das denn spirituell, ein Mörder zu sein.

Auch ein Mörder kann sich spirituell entwickeln, aber natürlich nicht innerhalb einer Inkarnation. Und natürlich auch nicht innerhalb der nächsten, da fällt er zuerst mal zurück und wird als Hund wiedergeboren oder noch tiefer und muss sich wieder zum Menschen hocharbeiten.

Aber vielleicht will ich ja als Hund wiedergeboren werden. Als Hund muss ich mir nicht die Frage stellen, ob ich irgendwen umbringe mit meinem Leben hier, das doch verdammt nochmal ein ganz normales Leben ist.

Meine Nieren, was ist nur mit meinen Nieren los.

Geh doch endlich mal zum Arzt und lass uns mit deinen Nieren in Ruhe.

Ich glaube, die Aufregung, in die wir hineingeraten, ist eine durchaus verständliche Aufregung. Sie ergibt sich zwangsläufig aus dem Zusammenwachsen der Welt, ihrem Kleinerwerden, wir sind einfach noch nicht so weit, wir haben dieses Gefühl noch nicht, Bewohner eines globalen Dorfes zu sein.

Welcome to the Global Village!

Global Village

Links und rechts zwei Häuserzeilen, dazwischen die Straße, über die ein Spruchband gespannt ist. WELCOME TO THE GLOBAL VILLAGE, so steht es dort in einer frischen, hoffnungsfrohen Farbe, vielleicht geschmückt mit Blumengirlanden, und links und rechts der Straße, da sind die Menschen. Links auf die Knochen abgemagerte Gestalten, die kriechen da herum, in ihren verlangsamten Bewegungen, mit letzter Kraft, sie rufen nach Hilfe, ihre Stimmen sind ganz dünn, kaum hörbar, kurz vor dem Erlöschen. Rechts der Straße sitzen die andern. Alle übergewichtig, ihre Leiber und Gliedmaßen sind vom Fett ins Monströse aufgeblasen, so sitzen sie dort in Sesseln, vielleicht auch Stühlen. Neben den Sesseln und Stühlen stehen kleine Tischchen, auf diesen Tischchen sieht man Kartoffelchips, Schokoladestücke, Hamburger, Fritten. Die Tischchen sind überhäuft mit Esswaren, und die Fettleibigen wollen sich etwas nehmen davon, aber es geht nicht. Sie können sich nicht mehr bewegen, so fett sind sie. Sie können ihre Arme nicht mehr heben vor lauter Fett, und deshalb schreien sie ebenfalls um Hilfe, weil sie zu fett sind, um sich den eigenen Mund zu stopfen. Und die Hilfeschreie, die dringen als Quietschen, das an das Quietschen von Schweinen erinnert, aus den Fettbergen hervor, in denen die Münder fast verschwunden sind, so überwuchert und zusammengedrückt sind sie vom Fett. Und die zu Knochengerüsten Abgemagerten reagieren auf das Um-Hilfe-Quietschen der Fettleibigen, in dem ihre eigenen Hilfeschreie untergegangen sind. Unendlich langsam setzen sich die Abgemagerten in Bewegung, kriechen von links nach rechts über die Straße, eine Prozession halbtoter Insekten, die sich den Fettleibigen nähert. Die Abgemagerten kriechen an den Fettleibigen hoch, sie lassen sich nieder auf den Fettwülsten und greifen dann nach der Schokolade, den Hamburgern, den Chips auf den Tischen und drücken diese mit ihren pinzettenartigen Fingern den Fettleibigen in die Mundlöcher. Man sieht die langsame, mit unendlicher Geduld verrichtete Arbeit der tödlich Abgemagerten, man hört das Röcheln der Fettleibigen, die angestrengten Mahlbewegungen ihrer Zähne, das Schmatzen ihrer Zungen, ihr ersticktes Schlucken, ihr Schnappen nach Luft. Manchmal stürzt einer der Abgemagerten, von seiner letzten Kraft verlassen, vom Fettberg ab, auf dem er sich abmühte, und fällt zu Boden, wo er liegen bleibt, während es aus dem Fettberg heraus wieder anfängt, um Hilfe zu quietschen. Manchmal bricht ein Stuhl unter dem Gewicht der Fettmassen zusammen, die auf ihm lasten, der Fettberg fällt vornüber und begräbt den Abgemagerten unter sich, der, an ihn festgekrallt, seine Fütterungsarbeit verrichtet hatte. Es kommt auch vor, dass sich einer der Fettleibigen erbrechen muss. Heftig schießt dann der Strahl aus der Mundspalte hervor. Der Abgemagerte versucht, seiner Wucht auszuweichen. Vielleicht gelingt es ihm, vielleicht auch nicht, er wird zu Boden gespült, liegt dann am Fuß des Fettbergs, versucht, wieder hochzukommen, rutscht aus im Erbrochenen, versucht es wieder, schafft es vielleicht und setzt, eingehüllt in eine Kruste aus Erbrochenem, seine Arbeit fort, die so lange dauert, wie Leben in ihm ist. Von der anderen Straßenseite sind schon welche unterwegs, die seinen Platz einnehmen werden.

Hundekacke

Magenbandoperationen gibt's jetzt übrigens auch für Hunde und Katzen. Auch bei einem Meerschweinchen hat die Einsetzung eines Magenbandes schon den gewünschten Effekt gehabt, diese Operation war aber nur ein Experiment im Rahmen einer veterinärmedizinischen Doktorarbeit. Doch für Hunde ist das Magenband Routine in den Tierkliniken, mit erfreulichem Nebeneffekt fürs Stadtbild, die Hundehaufen werden so klein, dass man sie gar nicht mehr sieht.

Ich frage mich, ob das eine tiefere Bedeutung hat oder eine Zwangsläufigkeit, dass wir über globale Probleme zu reden versuchen und doch nicht weiter kommen als bis zu dieser verdammten Hundekacke.

Solange wir nur reden, können wir genauso gut über Hundekacke reden. Das spielt keine Rolle, unser ganzes Gerede ist nichts weiter als ein Stück Hundekacke. Wir reden und produzieren Hundekacke, und genau das ist es, was wir wollen, Hundekacke produzieren aus lauter Gerede, damit sich ja nichts ändert. Wie schaffe ich es, dass der Scheißhaufen vor der Eingangstür mein größtes Problem bleibt, das ist das Einzige, was uns interessiert. Das ist das Einzige, worüber wir reden und reden und reden. Mich kotzt das an. Ihr kotzt mich an mit eurem Gerede. Ich kotze mich selber an.

Sie hat recht, reden ändert nichts, und wer will, dass sich etwas ändert, der muss mehr tun als reden, der muss diesem Wahnsinn etwas entgegensetzen, wenn Hunger ein Gewaltverhältnis ist, dann kann man reden, so lange man will, dann braucht es Gegengewalt, Sprengstoff statt Worte, aber bei diesem Aufstand, ohne den es nicht geht, bin ich nicht dabei, ich müsste aufstehen, jetzt und hier, ich müsste das tun, aber ich tue es nicht, ich bleibe sitzen, ich habe kein Talent zum Revolutionär, tut mir leid. Ich bin ein ganz gewöhnlicher Mensch, der an seinem gewöhnlichen, geordneten Leben hängt. Und ich habe ein Recht auf dieses ganz gewöhnliche Leben und lasse mir dieses Recht nicht ausreden. Warum sollte ich. Warum sollte ausgerechnet ich nicht weiterleben dürfen wie bisher, wo doch alle andern auch weiterleben wie immer und so tun, als gebe es das alles gar nicht. Als sei es normal, was sich hier auf diesem Planeten täglich ereignet. Warum soll ausgerechnet ich mir die Rettung der Welt auf die Schultern laden. Soll mir jemand erklären, warum ich hier den Messias spielen soll. Niemand kann mir das erklären, und ich weiß, was das bedeutet. Sie sterben weiter, Tag für Tag, in Afrika, in Asien, auf dem Weg hierher sterben sie weiter und sterben und sterben und sterben, bis zum Tag, an dem ich selber sterbe. Ich werde sterben und werde nichts daran geändert haben.

Verdrängung

Es gibt ein Menschenrecht auf Verdrängung.

Aber man verdrängt ja nicht einfach so, Verdrängung ist eine durchaus gesunde Reaktion auf Situationen, die nicht anders zu bewältigen sind, und von daher völlig legitim.

Und ich weiß, immer mehr Psychologen raten heute davon ab, sich jede problematische Erfahrung bewusst zu machen. Dieses gewaltsame Ans-Licht-Zerren und Durcharbeiten, sagen immer mehr Psychologen, bringt überhaupt nichts. Und gerade hier, wo der Einzelne ja eigentlich gar nichts tun kann und immer nur ein weiteres Mal auf seine Hilflosigkeit gestoßen wird, gerade hier ist Verdrängen vielleicht die beste Möglichkeit, auch moralisch gesehen oder überhaupt nur moralisch gesehen, Verdrängen vermindert in diesem Fall doch einfach unnötiges Leiden, also das unnötige Leiden von jemandem, der nicht verdrängt, der sich diesem Thema stellt, sich auseinandersetzt damit und am Schluss doch nur seine Hilflosigkeit hat, an der er dann leidet, ohne dass jemand etwas davon hat.

Vielleicht ist eine konsequente Verdrängung überhaupt der einzige sinnvolle Beitrag, den der Einzelne zu diesem Thema leisten kann.

Verdrängung, es klingt hässlich, aber vielleicht ist das nur ein Vorurteil.

Was kann ich dafür, dass der einzige Mensch, dem ich wirklich helfen kann, ausgerechnet ich selber bin.

Ich verdränge und helfe damit wenigstens mir selber.

Einem Menschen ist geholfen, wenigstens das.

Verdrängungsmeditation

Und ich stehe vor diesem Kornfeld, das leuchtet in diesem warmen, sanften Licht.

Und ich atme ein –

und atme aus.

Und mit jedem Ausatmen lasse ich etwas los von meiner Hilflosigkeit.

Diese Stille, diese Schönheit.

Mit jedem Ausatmen schrumpfen die Hungerbäuche –

– und die Hungerbäuche schrumpfen und schrumpfen.

Dieses Meer von Ähren, dieses Meer aus Farben und Licht.

Es gibt keinen Hunger.

Mit jedem Ausatmen verschwindet ein Flüchtlingsboot.

Wie durchsichtig der Himmel ist.

Und noch eins und noch eins und noch eins.

Niemand muss hungern, niemand muss fliehen.

Dieses Wogen der Ähren, auf und ab, wie der Atem eines großen, schlafenden Tieres.

Wir geben nicht auf

Nein, nein, nein, nein, nein. So geht das nicht. So nicht. Dafür bin ich nicht hier. Dafür habe ich mir nicht von meiner Zeit genommen. Ich habe mir Zeit genommen, Zeit, die ich eigentlich gar nicht habe. Ich will nicht sagen, dass ich damit moralisch schon etwas geleistet habe, ich will es nur festgestellt haben. Ich habe mir diese Zeit genommen, ich habe die eingesetzt, ganz bewusst, und ich will jetzt nicht in irgendein kleinliches Rechnen hineingeraten, aber irgendwie muss es sich doch lohnen. Unterm Strich muss irgendwas rausschauen dabei. Verdrängen kann ich auch alleine.

Genau, es sollen nicht diejenigen recht behalten, die meinen, dass es nichts bringt, sich diese Zeit zu nehmen, sich auseinanderzusetzen und zu konfrontieren.

Wir ziehen das durch jetzt, wir lassen den jetzt hinein zu uns, diesen von Hunger und Elend gedemütigten Menschen, der um unsere Hilfe bettelt und sie nicht bekommt, den bekommen wir hin. Den schaffen wir. Wer sind wir denn. Das kriegen wir gebacken.

Wir geben nicht auf.

Wer redet denn von aufgeben. Willst du aufgeben und nach Hause gehen, ohne dass sich irgendwas verändert hat bei dir.

Von mir aus, versuchen wir's noch mal.

Einer fällt um.

Was ist das jetzt wieder.

Er sagt was.

Was sagt er.

Er sagt doch was.

Die Nieren. Es sind die Nieren. Verdammt nochmal, ruft endlich jemand einen Arzt.

Indische Niere

Die Diagnose des Nierenspezialisten ist niederschmetternd. Meine Nieren sind kurz vor der terminalen Niereninsuffizienz.

Nierendialyse.

Auch so ein Wort, von dem ich glaubte, es habe mit meinem Leben nichts zu tun.

Ich kann es nicht fassen, warum ausgerechnet ich.

Ich habe mäßig getrunken, mich gesund ernährt, Sport, ich habe bewusst gelebt und nun das.

Vielleicht ist mir irgendwas an die Nieren gegangen, wer weiß. Aber »an die Nieren gehen« ist nur eine Redewendung.

Man erkrankt nicht an einer Redewendung. Was ich erleide, ist einfach Zufall. Es ist einfach Schicksal.

Und ich denke, vielleicht ist es ein Schicksal, an dem ich wachsen werde. Vielleicht erleide ich ein Schicksal, das meine spirituelle Entwicklung begünstigen wird. Und ich hoffe auf eine spirituelle Entwicklung. Und ich weiß, dass ich nur deshalb auf eine spirituelle Entwicklung hoffe, weil ich auf sonst nichts mehr hoffen kann.

Und ich weiß, ich hoffe auf eine spirituelle Entwicklung, weil ich nach einem Sinn suche für mein Leiden.

Nichts ist so schwer auszuhalten wie sinnloses Leiden.

Leiden, das keinen Sinn hat und dem man trotzdem ausgeliefert ist.

Und da liege ich, angeschlossen an die Maschine, die mein Blut wäscht, weil meine Nieren es nicht mehr tun. Da liege ich und verbringe Stunden in diesem Raum mit dieser Maschine, die mein Blut wäscht. Und ich habe zu nichts mehr Kraft. In meinem Körper ist keine Kraft mehr. In meinen Gedanken ist keine Kraft mehr. In meinem Gewebe sammelt sich Wasser an.

Diese Apathie.

Dieses Wasser in meinem Gewebe.

Mein Zustand hat eine große Ähnlichkeit mit den Auswirkungen von Unterernährung.

Da liege ich in meiner Apathie und Schwäche in diesem Raum mit dieser Maschine und warte darauf, dass mir jemand hilft.

Da liege ich in meiner Apathie und Schwäche und warte auf den Toten, der mich rettet. Ich warte auf den Autounfall, den Motorradunfall und den Toten, der mir seine junge, funktionstüchtige Niere überlässt.

Ich warte auf einen Nierenspender.

Und ich weiß, dieses Warten kann ewig dauern. Eine Stätte der Hoffnungslosigkeit. Jetzt weiß ich, was das ist, eine Stätte der Hoffnungslosigkeit.

Ich warte.

Ich will wieder ein Leben haben.

Ich habe ein Recht auf dieses Leben, so wie jeder andere auch.

Nächte ohne Schlaf, weil ich mich nicht abfinden kann mit dieser Ungerechtigkeit. Und ich weiß, wenn ich will, dass mir geholfen wird, dann muss ich mir selber helfen.

Und ich weiß, es gibt eine Möglichkeit, wie ich mir helfen kann.

Nächtelang liege ich wach und versuche, mich zu entscheiden.

Dann habe ich mich entschieden. Dann kann ich wieder schlafen. Und träume von Indien.

Nächte voll von indischen Träumen.

Und ich weiß, es ist illegal, was ich vorhabe.

Ich sitze im Flugzeug.

Und ich denke, legal, illegal, was bedeutet das, wenn es um mein Leben geht.

Unter mir der Indische Ozean.

Indien, diese Menschenmassen, dieses Gewimmel, dieser Lärm. Und die Bettler natürlich, überall diese Bettler. Diese von Lepra zerfressenen Gestalten.

Ungefähr so hatte ich mir das vorgestellt. Aber das Spital ist sauber, fast wie hier. Und die Ärzte sind freundlich und wirken kompetent. Für die Operation besteht dennoch ein erhöhtes Risiko.

Die Operation ist erfolgreich.

Ich erhole mich schnell.

Ich spüre dieses neugeschenkte Leben in mir. Ich spüre diese Dankbarkeit. Und ich merke, es geht nicht. Ich kann nicht einfach abhauen nach Europa. Zahlen und gehen, ich merke, das geht einfach nicht. Ich will diese junge Frau kennenlernen. Ich will ihr in die Augen schauen. Ich will ihrem Blick standhalten.

Ein Treffen wird arrangiert.

Da steht sie vor mir. Eine junge, gutaussehende Frau.

Ich schaue ihr in die Augen. Sie schaut mir in die Augen. Sie lächelt. Auch sie hat die Operation gut überstanden.

Bald wird sie heiraten. Das ist jetzt möglich. Jetzt hat sie das Geld dafür. Sie kann jetzt die Mitgift bezahlen, für die ihr Vater kein Geld mehr hatte, weil er schon zwei Töchter hat verheiraten müssen. Sie kann die Mitgift bezahlen, ohne die eine Heirat für eine Frau in Indien unmöglich ist.

Ich weiß, wie viel sie für ihre Niere bekommen hat. Es ist ein Bruchteil von dem, was ich insgesamt bezahlt habe.

Der Preis für eine indische Niere.

Ich lege ihr das Geld noch einmal in die Hand.

Ich bitte sie, das Geld anzunehmen, ich sage, bitte, nehmen Sie das Geld, es ist mir ein großes Anliegen, dass Sie es annehmen. Sie nimmt das Geld, das so viel wert ist wie die eine Niere, die sie noch hat. Sie lädt mich zu ihrer Hochzeit ein.

Nein, sage ich, bitte nicht.

Bitte, sagt sie, nehmen Sie die Einladung an, es ist mir ein großes Anliegen, dass Sie diese Einladung annehmen.

Es ist keine Hochzeit von reichen Leuten. Aber es ist trotzdem eine indische Hochzeit mit allem Drum und Dran. Das Geld hat für den Astrologen und seine günstige Prognose gereicht.

Das Geld hat für die reichgefüllte Festtafel gereicht.

Das Geld hat für die Musiker gereicht.

Sogar für das weiße Pferd hat es gereicht, auf dem der Bräutigam heranreitet. Und natürlich ist ein Fotograf anwesend. Die Braut lächelt im Blitzlicht der Kamera.

Kushala, die Braut mit den drei Nieren.

Alle nennen sie nur noch die Braut mit den drei Nieren. Weil sie es geschafft hat, zwei Nieren zu verkaufen und dennoch eine zu behalten. Das hat hier noch niemand geschafft.

So viele haben hier schon eine Niere verkauft, um ihre Schulden zu bezahlen, um ein Geschäft zu eröffnen, um zu heiraten. So viele sind es, dass diese Stadt den Namen Kidney-Ville bekommen hat.

Nierenstadt.

Aber noch niemand hatte in Kidney-Ville zwei Nieren verkauft.

Kushala hat es geschafft.

Sie kann heiraten, und es bleibt noch immer viel Geld übrig. Sie kann mit diesem Geld sich und ihrem Mann eine Existenz aufbauen. Kushala hat Glück gehabt. Sie kann beruhigt in die Zukunft schauen.

Kushala. Ihre mit traditionellen Brautmalereien bedeckte Haut. Ihr Lächeln für den Fotografen.

Dann der Händedruck des Bräutigams.

Der Händedruck ihres Vaters. Dieser unendlich lange Händedruck. Ich weiß, ich bin nicht irgendein Gast auf dieser Hochzeit, ich bin derjenige, dank dem es diese Hochzeit gibt.

Und ich weiß, dass ich nicht so viel trinken dürfte. Ich weiß, Alkohol und diese Pillen, die ich schlucke, damit mein Körper die neue Niere nicht abstößt, sie vertragen sich überhaupt nicht. Ich leere ein weiteres Glas.

Ich verschwinde.

Und flüchte in mein Hotel.

Und flüchte ins Flugzeug.

Meine indische Niere passiert problemlos den Zoll.

Ich lebe, sehe mit neuen Augen, fühle tiefen Frieden, der Brief aus Indien, Kushalas Dankbarkeit, ihr Glück in diesem hilflosen Englisch, sie ist schwanger, ich liege wach, ich spüre Kushalas Niere, ihre Wärme, sie erfüllt mich, verbindet mich mit den Menschen, der Welt, der Wechsel der Jahreszeiten, die Weisheit dieser uralten Schriften, jener Geist, der im Traum so fröhlich umherschweift, der ist das Selbst, das Unsterbliche, das Furchtlose, das ist Brahman, Indien, ein zweiter Brief, vom Vater diesmal, Kushala ist tot, das Kind lebt, es trägt meinen Namen, heißt wie der Mensch, dem sie alles verdankt, sie starb mit diesem Wunsch, schreibt der Vater und dankt selber noch einmal, der

Tod ist eine Türe zwischen Leben und Leben, unendlicher Kreislauf in unendlichen Räumen aus Zeit, Brahmas langer Atem, wir hier im Westen, sehen nichts, hängen am Schein, blind für das Licht, es dringt durch meine geschlossenen Lider, spricht zu mir, spricht Kushala, alles ist gut.

Falk Richter

My Secret Garden

Personen

ANNE
LAURENT
STAN

Das Stück *My Secret Garden* entstand als Auftragswerk für das Festival d'Avignon 2010 für und mit Stanislas Nordey, Laurent Sauvage und Anne Tismer. Wenn dieses Stück nachgespielt wird, so können die Namen »Falk Richter« und »Stanislas Nordey« in Kapitel 2 entfallen oder durch andere Namen ersetzt werden. Der Text kann anders, als hier vorgeschlagen, und auf mehr als 3 Performer verteilt werden.

Kapitel 1

Buchholz in der Nordheide

STAN Ich habe noch immer keinen Titel für dieses Stück.

Ein Titel kann ein Auftrag sein an einen Autor.

Ein Titel kann die Richtung vorgeben, ein Thema, eine
Reise, ein Titel kann anzeigen: Da soll's langgehen, das solltest du dir mal genauer anschauen.

Aber im Moment sind da immer nur all diese Krisen und Zusammenbrüche in meinem Kopf und

Ja, KRISE wäre ein guter Titel.

Dann würden wir hier einen vierzigjährigen Mann sehen, MICH, dem gerade alle Gewissheiten, alle Beziehungen und alle menschlichen Kontakte weggebrochen sind, angekommen im Zustand permanenter Erschöpfung und Rastlosigkeit in einem Körper, der sich nur noch wenige Exzesse erlauben kann, ohne sofort mit Vitaminspritzen und Wellnessprogrammen bearbeitet werden zu müssen.

Dessen Vater an Schläuchen angeschlossen im KOMA liegt.

KRISE wäre gut oder

EINSAMKEIT

EINSAMKEITSEXZESSE oder

ERSCHÖPFUNG

oder

KINDHEIT, denn seit einigen Nächten kommen immer wieder diese Kindheitsbilder, und ich wache auf, und da ist nichts weiter als ANGST, einfach nur ANGST.

Meine Eltern sterben, und ich würde gerne noch alles mit denen klären, aber ich weiß nicht genau, was und wo ich anfangen soll.

Da war leider nie wirklich Nähe zwischen uns.

Und wenn da Nähe war, dann war es immer ZU NAH, so dass man es nicht aushalten konnte.

Ein beklemmendes Gefühl wie eingeschlossen sein unter Wasser und langsam festfrieren.

TAGEBUCH

Irgendwer redet also einfach so drauf los aus seinem Leben.

AUTOFIKTION

Wäre auch ein guter Titel, denn dann wäre klar: Das hier habe ich zwar alles erlebt, aber nicht genau so, wie ich es hier beschreibe, ich bin ja AUTOR, ich nehme das sowieso alles immer dramatischer wahr, als es sich in Wirklichkeit zugetragen hat. DAS IST ALLES FIKTION, FREI ERFUNDEN, NICHTS VON DEM, WAS ICH HIER SCHREIBE, HAT SICH WIRKLICH SO ZUGETRAGEN.

Meine langjährige Beziehung ist weggebrochen.

Mein ganzes Geld ist bei dieser Scheißfinanzkrise weggebrochen.

FUCK ALL wäre da mein Titelvorschlag, um den Themenkomplex BEZIEHUNG ARBEIT GELD mal intensiver zu bearbeiten.

SAG, DASS DAS ALLES HIER NICHT MEINE SCHULD IST.

Wäre auch ein guter Titel, denn seit einiger Zeit habe ich dieses schreckliche Gefühl, dass ich einfach nichts, absolut nichts mache, um den Zustand dieser Welt in positiver Weise zu verändern, sondern einfach nur so vor mich hinlebe, arbeite und Geld kassiere und es dann fleißig wieder ausgebe.

Ein Titel kann ein Auftrag sein an einen Autor.

NOTIZEN

TAGEBUCH

AUTOFIKTION

FLUCHT NACH FRANKREICH

Endlich mal weg aus dem dunklen Land mit dieser grauenhaften Vergangenheit, die da irgendwo tief abgelagert noch in den Körpern all dieser Menschen klebt.

FLUCHT NACH FRANKREICH

Das würde mir gefallen.

Wie Schiller, wie Büchner, später Fassbinder, Romy Schneider, die wollten alle weg aus dieser deutschen Dunkelheit, die wollten alle hierher in dieses helle Land mit den schönen Frauen und dem guten Essen und den Studenten, die über Sartre, Foucault und Badiou diskutieren, während sie endlos Kette rauchen und unentwegt zum Streik gegen einen ungerechten Staat aufrufen und abends Godard-Retrospektiven in kleinen Kinos schauen.

FLUCHT NACH FRANKREICH

oder

HOTEL NACHTS

Denn meist sitze ich ja in Hotelzimmern, nachts, allein,

und schau aus dem Fenster,

hohe Glasfront,

Ruhe,

angenehm,

kein Geräusch, kein Geräusch dringt nach hier oben.

Und wenn ich etwas brauche, rufe ich einfach bei der Rezeption an, und dann bringen die mir das, ich bin versorgt, ich stehe außerhalb aller Verpflichtungen, man kümmert sich um mich AUSSERHALB VON ZEIT UND RAUM, Fernbedienung, Minibar, Laptop, der Blick aus dem Fenster, Erinnerungen, keiner, der meinen Gedankengang unterbrechen kann. TELEFON AUSSCHALTEN, einfach rausschauen auf die Stadt, und da liegen sie dann: all diese Fragmente, Geschichten, Erinnerungen, Anfänge.

Ein Titel kann ein Auftrag sein.

KINDHEIT KRISE KOMA

Ich würde gerne über meine Eltern schreiben.

Auch wenn mir das schwer fällt,

und ich mich immer wieder frage WOZU EIGENTLICH? WEN INTERESSIERT DAS?

Das ist doch alles schon so lange her, und das war alles nicht schön, und ich bin so froh, dass ich da endlich weg bin und nicht mehr in Geiselhaft verwahrt werde von diesen

Ist das jetzt schon Text? kalten, wirren, lieblosen Menschen, die alles mit mir machen durften, und ich saß da ohne Rechte, ohne Anwalt, ohne die Genfer Konventionen,

denn die hatten ja nur DEN KRIEG UND DIESE NAZIZEIT UND NAZIIDEOLOGIE UND NAZIERZIEHUNG in ihrem Kopf und ihrem Herzen und dann den WIEDERAUFBAU und das ADENAUERDEUTSCHLAND, das ja kaum besser war als diese NAZIZEIT, denn da wurden ja einfach nur DIE ALTEN NAZIS UMETTIKETTIERT zu CHRISTLICHEN KORRUPTIONSMITGLIEDERN einer ebenfalls menschenverachtenden ANTIDEMOKRATISCHEN SCHEISSPARTEI, und alle mussten alles so schnell wie möglich VERGESSEN UND ARBEITEN UND NICHT HINTERFRAGEN, und ANGST WAR EIN WICHTIGES THEMA DIESER GENERATION, Angst davor, dass irgendjemand erfährt, was sie im Dritten Reich gemacht haben, Angst davor, abzuweichen von der Norm der komplett kontrollierten arbeitstreuen Mittelklasse, Angst davor, dass ihre Kinder nicht dem entsprechen, was das Fernsehen einem so vorgibt als Rollenmodell für die eigenen Kinder. Die Idee meiner Mutter war:

Diese Kinder machen mich glücklich.
Diese Kinder, die sind lieb.
Diese Kinder geben mir all das, was mein Mann mir nicht geben kann.
Diese Kinder sind besser als eine Flasche Rotwein nachts vor dem Fernsehgerät, wenn ich vor dem Testbild sitze und ganz allmählich hinwegdämmere.
Diese Kinder werden mir endlich LIEBE geben, DANKBARKEIT, VERSTÄNDNIS.

Die werden mich ablenken.
Jetzt muss ich nicht mehr nur für mich alleine putzen.
Jetzt kann ich endlich auch für mehrere Leute putzen.
Und am Wochenende fahren wir Rad.
Und am Wochenende sitzen wir im Garten.

Halt mich fest, mein Sohn, das Leben war keine Freude bislang.

Alle Geschwister gestorben auf der Flucht.

Erfroren,

aber das interessiert keinen.

Wenn Nazis fliehen, dann fliehen keine Menschen, dann fliehen Nazis, und deshalb wird sich auch für deine Geschichte niemand interessieren, und jetzt setz dich da in dieses Fertighaus, warte, dass dein Mann zu spät von der Arbeit kommt, schau dir WETTEN DASS ODER SONST IRGEND 'NE SCHEISSE IM FERNSEHEN AN und trink eine Flasche Rotwein, eine zweite Flasche Rotwein, badischen oder COTE DU RHONE, und langsam flimmern die Gedanken, und ein angenehmer Rausch besetzt den Kopf, und alles wird etwas müder und weniger aggressiv und

Weißt du, ich habe mir immer so sehr Kinder gewünscht, und dann kamt … ihr.

Ich hatte mir das alles ganz anders vorgestellt.

Ihr seid so
seltsam.

Ich krieg keinen Bezug zu euch.

WAS WOLLT IHR EIGENTLICH?

Das versteh ich gar nicht.

WIESO SEID IHR SO KOMISCH ZU MIR?

Saß da im sogenannten Partykeller mit der dritten Flasche gepflegten Rotwein in ihrem 70er-Jahre-Outfit und der düsteren Beleuchtung, Möbel in Schwarz und Dunkelbraun gehalten

und hielt sich an mir fest.

DU LIEBST MICH GAR NICHT.

DAS SPÜR ICH.

DU LIEBST DEINE MUTTER GAR NICHT.

DU GRAUENHAFTER MENSCH.

Wieso bist du abends immer weg? Wo bist du denn da?

Ich

SCHAU MICH NICHT AN MIT DEN AUGEN DEINES VATERS
DAS ERTRAG ICH NICHT.

WIESO LIEBST DU MICH NICHT?

Aber ich
SEI STILL LASS MICH.

Diese Ehemänner waren einfach nicht in der Lage, diesen Frauen irgendwas zu geben.
Die dämmerten da vor sich hin in den Vorstadtsiedlungen.
Die durften nicht arbeiten, denn die Männer hatten Angst, dass andere Männer dann denken würden, dass sie selbst zu schwach seien, nicht genug Geld verdienen würden und

diese Frauen waren da geparkt, saßen da rum, hatten ABSOLUT NICHTS ZU TUN.

Die mussten ja nicht mal kochen, die konnten einfach eine Fertigpizza in die Mikrowelle schieben.

Standen da,
hielten sich fest am Küchenschrank von Eierlikör und Cognac und Einsamkeit benebelt

und starrten auf die sich langsam drehende Scheibe der Mikrowelle, warteten *pling,* holten die Pizza raus, kippten etwas Olivenöl drüber und servierten sie sich und den Kindern, und

die wurden nicht gebraucht, und die hatten nichts zu tun, und

die mussten irgendwie den Tag rumbringen.

Mikrowelle,

Saftpresse,

Kaffeemaschine,

Staubsauger,

Bügeleisen,

Waschmaschine,

Wäschetrockner,

Geschirrspülmaschine,

Tiefkühltruhe.

FASS MICH NICHT IMMER AN, MUTTI, ICH MAG DAS NICHT.

KOMM MIR NICHT IMMER SO NAH, ICH BIN SCHON SIEBZEHN.

Diese Häuser waren so leer und einsam tagsüber.

Der Mann bei der Arbeit.

Die Kinder in der Schule.

Also putzten sie,

dann putzten sie noch mal,

dann noch mal.

Damals gab es noch kein Nachmittagsprogramm im Fernsehen.

Also öffneten sie Briefe,

stöberten in Schulheften,

in Tagebüchern.

Machten sich Notizen.

DIE WOLLTEN IHREN SÖHNEN NAHEKOMMEN.

DIE WOLLTEN WISSEN, WAS DIE SO DENKEN.

WIE DIE FUNKTIONIEREN.

Wie ein Uhrwerk, das man auseinandernimmt und in Einzelteile zerlegt, um genau herauszufinden, was sich im Kern dieses mysteriösen Gehäuses verbirgt.

ABER DIE SÖHNE WOLLTEN KEINE NÄHE.

DIE SÖHNE WOLLTEN IN RUHE GELASSEN WERDEN.

FASS MICH NICHT IMMER AN, MAMA.

KOMM NICHT IMMER INS BADEZIMMER, WENN ICH DUSCHE.

FUMMEL NICHT IMMER AN MEINEM GÜRTEL RUM, ICH BIN SCHON SIEBZEHN, MAMA.

Mutter schleicht heimlich durch mein Zimmer, öffnet alle Schränke, sucht nach irgendwelchen Anzeichen von Leben.

Was lebt dieser Junge eigentlich?

Ich muss mehr über den erfahren.

Mutter öffnet Briefe, die an mich gesendet wurden, Mutter stöbert in den Tagebüchern herum, Mutter notiert sich die Telefonnummern, die ich gewählt habe, Mutter sucht die Schulhefte nach Randnotizen ab, Mutter telefoniert mit anderen Müttern von Söhnen, mit denen ich befreundet bin, und fragt so nach,

was machen denn die beiden so, wenn sie bei Ihnen sind?

Ich habe ja keinerlei Zugriff mehr auf meinen Sohn, und

ist alles in Ordnung? Und

Mutter ruft die Lehrer an und erkundigt sich.

Mutter ruft die Eltern der ersten Freundin an und erkundigt sich.

Mutter, trink nicht jeden Abend zwei Liter Rotwein, das verkraftest du doch gar nicht.

Und komm nicht dauernd nachts in mein Zimmer, verdammt nochmal.

Nein, wenn ich da schwer atme, heißt das nicht, dass ich krank bin, mein Gott, dann heißt das einfach nur, dass ich einfach einen Moment mal für mich sein muss, diese Wände hier im Haus sind zu dünn, viel zu dünn, es gibt zu wenig Türen in diesem Haus, alles ist offen, Wohnzimmer, Küche, Flur, alles ist einsehbar, hörbar, keine

Wände, kein Schutz, alles wird gehört, überwacht, wahrgenommen, ausgewertet UND SPÄTER GEGEN MICH VERWENDET, es gibt hier keinen einzigen Ort, an dem die Mutter nicht ist. LASS MICH IN RUHE UND HÄNG DICH NICHT IMMER SO AN MICH DRAN UND NIMM NICHT IMMER MEINE HAND, WENN WIR AUF DER STRASSE LANGLAUFEN, ICH BIN SCHON SIEBZEHN, VERDAMMT NOCHMAL.

Nein, ich finde dich nicht attraktiv.

Nein, du bist nicht der wichtigste Mensch in meinem Leben.

Nein, ich will nicht zu Hause wohnen bleiben, bis ich 30 bin.

Nein, ich will nicht erst Karriere machen und dann eine Familie gründen, ich will überhaupt erst mal LEBEN und IRGENDWAS KENNENLERNEN, bevor ich mich überhaupt entscheiden kann, WORIN ICH KARRIERE MACHEN WILL.

Und nein, ich werde dich nicht heiraten, wenn ich mal groß bin.

LASS MICH ENDLICH LOS.

FASS MICH NICHT DAUERND AN.

Und wir sehen jetzt einen Jungen,

nachts,

der sitzt in einem Wohnzimmer, umgeben von Maschinen auf Standby,

das Surren des Kühlschranks, der Stereoanlage, der Alarmanlage.

Das Blinken des Fernsehapparats, der Küchenuhr, der Mikrowelle.

Alle schlafen,

angenehm ENDLICH SIND DIE MAL STILL.

In den Bücherregalen

endlose Reihen unberührter Reader's-Digest-Bände und gebundene deutsche Klassikerschmuckausgaben.

Goethe

Lessing

Kleist

Schiller

Büchner

Niemand hat diese Bücher jemals berührt,

die meisten sind noch immer in ihrer Plastikfolie originalversiegelt.

Es drängte in ihm,

er suchte nach etwas,

wie nach verlornen Träumen,

aber er fand nichts,

alles war ihm so klein, so nahe, so

RISS.

Nachts, alle schliefen.

Ich erinnere mich an das Geräusch in dem Moment, als ich die Plastikfolie ganz langsam von den unberührten Bänden deutscher Klassik abzog.

Dieses Geräusch,

es riss ihm in der Brust.

Er begriff nicht, dass er so viel Zeit brauchte.

Er meinte, er müsse alles mit ein paar Schritten ausmessen können.

Büchners Lenz

Nachts zwischen den Maschinen auf Stand-by

Es fasste ihn eine namenlose Angst in diesem Nichts: Er war im Leeren! Er riss sich auf und rannte los.

Und wir sehen jetzt ein Kind, einen Jungen, der läuft,

der ist AUF DER FLUCHT,

der will weg, der will raus, der läuft und läuft und

der weiß, HIER KANN SICH LEBEN NICHT EREIGNEN.

Buchholz in der Nordheide,

wo die Frauen verstört durch weite, leere, dunkelgetäfelte Häuser irren und nach Staubkörnern suchen, tagelang, nächtelang.

Und die Männer nachts im Cognacrausch vor dem Testbild wegdämmern.

Er stand keuchend, den Leib vorwärtsgebogen, Augen und Mund weit offen, er meinte, er müsse den Sturm in sich ziehen, alles in sich fassen, er dehnte sich aus und lag über der Erde, er wühlte sich ins All hinein, es war eine Lust, die ihm weh tat, er setzte sich seinen Walkman auf den Kopf SWEET DREAMS ARE MADE OF THIS und hörte immer wieder diese eine Stelle, spulte die Kassette immer wieder zurück an diese eine Stelle, an der Annie Lennox nicht mehr singt, sondern nur noch schreit, und drehte die Musik so laut auf, wie es nur ging, so dass kein Geräusch mehr von außen zu ihm durchdringen konnte und er nur noch diese synthetischen Klänge hörte, und lief vorbei an den endlosen Reihen immer gleicher Häuser mit immer gleichen Geschichten, aus denen die Fernsehgeräte blau heraus auf die Straße flimmerten, und er sah nichts mehr, und er hörte nichts mehr, und alles verschwamm, und die Zeit blieb stehen, und die Zeit raste weiter und hörte auf und riss in ihm in alle Richtungen, er rannte und rannte WEG HIER WEG oder er stand still und legte das Haupt ins Moos und schloss die Augen halb, und dann zog es weit von ihm, die Erde wich unter ihm, sie wurde klein wie ein wandelnder Stern und tauchte sich in einen brausenden Strom, der seine klare Flut unter ihm zog. Aber es waren nur Augenblicke; und dann erhob er sich nüchtern, fest, ruhig, als wäre ein Schattenspiel vor ihm vorübergezogen – er wusste von nichts mehr.

Vielleicht sollte ich dieses Stück MACHINES AT NIGHT nennen.

Dann sähen wir Kinder, die nachts allein zwischen all den blinkenden Maschinen auf Stand-by in weiten dunklen Räumen säßen und einfach nur vor sich hinschauen und warten, dass die Zeit verstreicht, dass sie älter werden und endlich, endlich diese toten leeren Orte verlassen können, diese Vorstadtwüsten, in denen kein Leben war, nichts.

DAS ALLMÄHLICHE VERSTREICHEN DER ZEIT IN ERWARTUNG EINES ANDEREN LEBENS.

Oder wir würden einfach hier sitzen und zusammen Musik hören.

Die Musik dieser Jahre.

Dieser Raum wäre mit großen Teppichen ausgelegt, und wir würden hier alle gemeinsam liegen und uns unsere Lieblingslieder vorspielen und uns erzählen, wie das war, als wir diese Songs das erste Mal gehört haben, welche Geschichten, welche Dramen wir mit diesen Liedern verbinden.

Das erste Mal Sex.

Ging voll schief.

Ich kam schon nach zwanzig Sekunden und dachte: Aha, das war jetzt also diese große Sache, von der alle reden?

Oder

Der erste Kuss.

Der erste Pornofilm, krass mit elf, das hat mein Leben nachhaltig verändert, dieses Gefühl, ständig Hochleistung vollbringen zu müssen.

Der erste Selbstmordversuch.

Die Party, zu der keiner kam, weil ich den Leuten zu spät Bescheid gesagt hatte

oder weil ich gerade out war und keiner mit mir feiern wollte.

Alleine nachts vor dem Plattenspieler liegen mit einer Flasche Gin, leise mitsingen.

Immer weitertrinken,

Gedichte schreiben,

weitertrinken,

kotzen

oder

zu lieben und nicht zurückgeliebt zu werden

und dann besoffen auf der Autobahn mit dem Auto der Eltern ohne Führerschein auf der falschen Spur fahren und hoffen, dass einem irgendwer entgegenkommt und alles vorbei ist.

ERINNERUNGEN

ERINNERUNGSRÄUME

Und wie Musik uns da hinführt zu diesen Bildern und Gefühlen, die da alle abgespeichert in unseren Körpern lagern wie in großen Archiven.

Wer bin ich? Was erinnere ich? Wie erinnere ich es? WAS IST DAS ÜBERHAUPT, EINE ERINNERUNG? Es ist ja auch eine Form der Fiktion.

Von wo aus schaue ich überhaupt zurück?

Und WER erinnert da WEN?

Diese Menschen, unter denen ich damals so gelitten habe.

Das sind ja nicht mehr dieselben Menschen,

das sind ja heute andere Menschen,

das sind ja ganz andere Körper,

und ich habe ganz andere Beziehungen zu denen,

und

die sehen nicht mal mehr so aus wie diese Menschen damals, und ich,

ich sehe auch nicht mehr so aus wie

Er liegt jetzt da IM KOMA, an Schläuche angeschlossen, kraftlos, braucht meine Hilfe, seine Organe werden mit Eispacks gekühlt, und hinter ihm hängen große Computerbatterien und zeigen an, wie viel Lebensenergie noch in ihm ist.

NICHT MEHR VIEL

NICHT MEHR VIEL

MEIN VATER

Auch ein möglicher Titel für dieses Stück.

MEIN VATER, DIESES FREMDE WESEN

DER MANN, DEN ICH NIE VERSTANDEN HABE

DER MANN MIT DEN SELTSAMEN EIGENSCHAFTEN

DER MANN, DEN ICH SO GERNE LIEBEN WÜRDE, ABER NICHT LIEBEN KANN

MEIN VATER, was erinnere ich da?

Da war dieser Garten.

Und in diesem Garten stand mein Vater

mit dem Insektenvertilgungsgerät.

Ein langer Schlauch, und er

sprüht mit diesem seltsamen Plastikgerät das Vertilgungsmittel auf den Rasen,

sehr konzentriert, beobachtet jeden Graswipfel und sprüht dann sehr konzentriert

und

Meine Mutter, mein Vater morgens im Badezimmer, ich stehe an der Tür, höre zu.

Meine Mutter – Eine Frau kann auch mal unpässlich sein.

Mein Vater – NEIN, KANN SIE NICHT.

Meine Mutter – Natürlich kann sie das.

Mein Vater – NEIN, DANN BRAUCH ICH DOCH GAR KEINE FRAU ZU HABEN, das geht ja jetzt schon drei Tage so, seit drei Tagen verweigerst du den Verkehr. JETZT REICHT ES MIR ALLMÄHLICH, ich hab die Schnauze voll, heut Nacht schläfst du mit mir oder du packst deine Koffer und fliegst raus.

Oder

Vater stürmt ins Zimmer.

Ich liege im Bett.

STEH AUF, LOS STEH AUF, DU FAULES SCHWEIN, IST SCHON ACHT UHR, DU MUSST ZUR SCHULE.

Was?

AUFSTEHEN, SCHULE, DU FAULES SCHWEIN.

Vati, heut ist Sonntag.

Ach so, hm, gut.

Diese Versuche, Vater zu sein, ERZIEHUNG ZU SPIELEN.

Nachdem er sich jahrelang im Büro und auf Flughäfen versteckt hatte, saß mein Vater plötzlich zu Hause rum, er hatte sich mit 59 aus dem Berufsleben zurückgezogen, weil es immer sein Traum war, irgendwann mal nicht mehr so viel arbeiten zu müssen, jetzt saß er da, hing rum, zu Hause, saß vor dem Fernseher, lief orientierungslos durchs Haus, kam alle zehn Minuten in mein Zimmer, um nach irgendeinem Gegenstand zu fragen, den er im Haushalt nicht finden konnte, und WOLLTE PLÖTZLICH ALL DIE VERPASSTEN JAHRE DER ERZIEHUNG NACHHOLEN, aber da war ich schon 17. Es war nicht auszuhalten, dieser Mann hatte keine Ahnung, was er mit seiner Zeit anfangen sollte, wenn er nicht arbeiten würde, unentwegt stand er am Telefon, unschlüssig, hektisch, zögerlich, wählte die Nummer seiner alten Firma, fragte da nach, wie es so läuft, wollte mit Rat und Tat zur Seite stehen, aber die wollten ihn da nicht mehr haben, er versuchte seine alten Kontakte zu reanimieren, begann mit waghalsigen Währungsspekulationsgeschäften, wollte chinesische Pfirsiche vorbei am Zoll und den deutschen Steuerbehörden nach Hamburg verschiffen lassen und mit enormen Gewinn zurück nach China exportieren und

Dieser hektisch-panische Mann, der jeden Tag älter und älter wurde,

ANGST in seinem Gesicht,

WAS MACHE ICH JETZT NUR MIT MEINEM LEBEN?

Alles war so angerissen und abgerissen, und da waren keine Beziehungen außerhalb der Arbeit, da war nur die Arbeit, und jetzt war die weg, und da waren keine Freundschaften und keine Interessen, und vor allem war da keinerlei Beziehung zu mir, meiner Schwester, meiner Mutter, DIESER TYP GING ALLEN ENTSETZLICH AUF DIE NERVEN, ein enormes Problem: Auf einmal sitzt da dieser alte Typ rum und weiß nichts mit sich anzufangen, manchmal saß er einfach da stundenlang und zappte durchs Fernsehprogramm, schaltete alle fünf Sekunden um, stundenlang nichts, keine Geschichte, keine Handlung, keine Figur hielt er länger aus als fünf bis zehn Sekunden, alles war zerrissen, weggesprengt, bezugslos ohne Geschichte, EINSAMKEITSEXZESS, schnelle zerrissene Leere.

ABSOLUTE INNERE LEERE

Auf was blicke ich eigentlich zurück?

SCHOCK DER BANALITÄT

Ein Leben in der Fertigmusterhausausstellung.

So tun, als WOHNTEN wir,

als seien wir eine ganz normale Familie.

Das waren Häuser aus dem Versandkatalog. Zwölf unterschiedliche Modelle, und am Wochenende liefen da all diese Leute vorbei und schauten sich die Häuser an, um zu entscheiden, welches davon sie bestellen und zu Hause bei sich aufbauen lassen sollten, und wir saßen da, und all diese potentiellen Kunden liefen durch unseren Garten, schauten durch unser Fenster, und Makler klingelten bei uns und forderten uns auf, alles sauber zu halten, einen möglichst guten Endruck zu hinterlassen und objektfremde Elemente vom Haus zu entfernen, um mögliche Kunden nicht zu verschrecken.

WENN DIE HIER NICHTS KAUFEN, LIEGT DAS AN IHNEN, NICHT AM HAUS, DIE KUNDEN KAUFEN JA EIN LEBENSGEFÜHL, UND DAS MÜSSEN SIE DEN KUNDEN VERMITTELN.

OBJEKTFREMDE ELEMENTE

könnte ein Titel sein.

ANGST

GESCHICHTSLOSIGKEIT

oder noch besser

FLUCHT AUS DER VERGANGENHEIT.

Diese Fertighausausstellungen hatten keine Vergangenheit, keine Geschichte, die wurden da hingesetzt innerhalb weniger Tage, vorher war da WALD. Plötzlich war da ein Dorf binnen weniger Tage OHNE GESCHICHTE OHNE VERGANGENHEIT, ein Neustart, eine Tabula rasa, eine leere Fläche, auf der man sein Leben neu beginnen konnte.

Meine Mutter immer unter Beobachtung, immer unsicher, immer unter dem Druck, nicht dem Anspruch zu genügen, nicht ALLES UNTER KONTROLLE zu haben, spielte Mutter, spielte Familie, spielte Normalität.

Meine Mutter:

FALL NICHT AUF, REISS DICH ZUSAMMEN, SAG NICHT SO KOMISCHE SACHEN, ZIEH NICHT SO SONDERBARE KLAMOTTEN AN, MACH DIE MUSIK LEISER, LASS DEINE BÜCHER HIER NICHT SO OFFEN LIEGEN, PACK DEINE NOTIZEN WEG, VERHALT DICH RUHIG, VERHALT DICH NORMAL, NICHT AUFFALLEN, NICHT AUFFALLEN, BITTE, BITTE NICHT UNANGENEHM AUFFALLEN.

Ich will nicht auffallen, ich will nicht auffallen, ich will meine Ruhe, ich will nicht auffallen.

Diese Flucht durch den Winter, die war so anstrengend und

die Soldaten, weißt du.

Meine Mutti, also deine Oma, die war immer so nett zu den Soldaten, und

dann durften wir da bei denen übernachten,

alle beide.

Und die Soldaten waren dann immer ganz nett zu meiner Mutti und

manchmal auch ganz nett zu mir, die haben mich dann,

immer wenn's kalt war, da haben die mich,

da haben die mich,

da haben die so Sachen gemacht, und danach war mir nicht mehr kalt.

Da waren wir dann alle

ganz

–

warm

–

–

WAS?

–

ANGST LEERE FLUCHT

oder

ICH WILL MICH NICHT ERINNERN.

ICH WILL MICH NICHT ERINNERN.

Eine Frau steht in einem dunklen, weiten Raum irgendwo am Rande der Stadt, versteckt sich ängstlich hinter der Gardine, kriecht hinter die Heizung, hält sich an der Mikrowelle fest und sagt immer wieder, immer wieder

ICH WILL MICH NICHT ERINNERN, ICH WILL MICH NICHT ERINNERN.

Wie diese Häuser hier einfach in den Vororten abgeworfen wurden und mit ihnen ganze Familien, denen Väter zugeteilt wurden, die morgens in langen Mänteln in einer Reihe standen und ihre schwarzen Mercedes und Volvos vom Eis freikratzten, während die Mütter die Fahrräder der Kinder aus den Kellern holten und ihnen hinterher winkten und WAS DA FÜR ERINNERUNGEN IN DIESEN MENSCHEN TOBTEN UND NICHTS, NICHTS, NICHTS DAVON KAM AN DIE OBERFLÄCHE, NICHTS, KEIN GERÄUSCH, DIESE STILLE, DIESE ENTSETZLICHE STILLE.

Es fasste ihn eine namenlose Angst in diesem Nichts: Er war im Leeren!

Er riss sich auf und rannte los.

Weg,
weg nur weg,
HIER IST ALLES TOT.

HIER FÜHRT ALLES IN DIE ENGE,
INS DUNKLE,
IN DIE VERZWEIFLUNG, DIE PSYCHOSE, DIE ANGST.

Und in diese deutsche Vergangenheit, MIT DER ICH NICHTS ZU TUN HABEN WILL. ICH BIN DAS NICHT, ICH BIN DAS NICHT, ICH WILL DAS NICHT SEIN.

Wenn dieses Stück DEUTSCHE GESCHICHTE heißen würde, dann würden wir vielleicht der Herkunft, der Geschichte, der Vergangenheit dieser Eltern auf den Grund gehen, wir würden uns mit ihrer Erziehung beschäftigen, mit ihren Eltern und den Eltern ihrer Eltern, mit Deutschland und Europa zur Zeit zwischen den Kriegen, wir würden uns damit auseinandersetzen, wie Eltern und Kinder damals miteinander umgegangen sind, DIESE BEZIEHUNG AUS ANGST, AGGRESSION UND FREMDHEIT zwischen den Generationen, wie Eltern einfach auf ihre Kinder einprügeln, ihnen Gehorsam und Zucht und Ordnung eingeprügelt haben, WEIL DIE EINZIGE VORSTELLUNG VON GESELLSCHAFT DAS MILITÄR WAR.

Wir würden hier ein paar elfjährige Kinder auf die Bühne bitten, in historischen Kostümen, und einfach stundenlang auf sie einschlagen, sie in kleine, enge Räume einsperren, und wir würden das Fremde, das Böse in diesen Kindern verorten und es als unsere Aufgabe ansehen, es in den Griff zu bekommen, zu ordnen, in klare Bahnen zu lenken, diese Kinder durch Zucht und Ordnung von all dem Bösen zu befreien und so lange auf sie einzuschlagen, bis wir selbst ganz verstört dastehen würden und jeden Bezug zu uns und der Welt verloren hätten und nichts mehr da wäre außer Hass und Leere und Unverständnis und der Wille, uns selbst, unsere Kultur und alle anderen Kulturen endgültig vom Bösen zu befreien, neu zu ordnen, alles auszulöschen, alles zu vernichten, bis nichts mehr da wäre außer einem Haufen Trümmer, in denen schwerverletzte Menschen wirr, verstört herumirren würden, einzelne Trümmerteile aufheben, sie endlos lange anstarren würden und sich nur noch in Fertighausbauten zurückziehen, alles vergessen, sich in irgendeine Arbeit stürzen wollen und abends so viel Wein und Cognac trinken, bis sie schwerbenebelt auf dem Sofa einschlafen würden.

Aber das wollen wir nicht.

Wir wollen dieses Stück NICHT DEUTSCHE GESCHICHTE nennen.

Lieber nennen wir es

HOTELZIMMER NACHTS.

Ein Mann, etwa vierzig Jahre alt, sitzt irgendwo im 27. Stock,

Notizhefte,

alte Briefe,

Skizzen, Tagebucheinträge liegen ausgebreitet vor ihm.

Er sucht nach Anhaltspunkten.

AUTOFIKTION

Ich wollte über meine Eltern schreiben, aber

das ist jetzt alles weg,

wir haben auch nie wirklich miteinander gesprochen und

Dein Vater ist zusammengebrochen, der

Ich versuche das zu beschreiben, aber ich,

ich weiß ja gar nicht mehr, was ich in dem Moment gefühlt habe.

Eher die Frage, wie löst man jetzt all das Organisatorische.

Prozess der Auflösung und Verwirrung.

Rechnungen, Verträge, Versicherungen, Bankauszüge, Depotunterlagen, Quittungen, Belege.

Es war nicht mehr zu erkennen, was meine Eltern in ihrer Verwirrtheit alles unterschrieben hatten.

Wer ihnen da welche Rendite versprochen hatte und

Die hatten völlig den Überblick verloren.

Teleshopping, Großeinkäufe,

komplexe Immobilienfonds.

Das Geld war weg oder auf Jahre gebunden.

Meine Schwester und ich verbrachten Tage und Nächte damit, all diese Unterlagen zu sortieren,

herauszufinden, was sie alles unterschrieben und gekauft hatten,

durchsuchten ihre Ordner nach Anhaltspunkten,

trafen auf diese Kisten,

Fotos,

Schriftstücke,

Dokumente,

und dabei fand ich es plötzlich: Alles, was ich je irgendwo als Notiz auf einem Zettel vermerkt hatte, jeder Brief, der je an mich geschickt wurde, all meine Tagebücher und jugendlichen Romanfragmente, da lagen sie als Kopien in mehreren Kisten verpackt. Die hatten das alles aus meinen Schränken und unterm Bett und aus allen Schubladenverstecken herausgezogen, und meine Mutter hatte das abgetippt und, mit handschriftlichen Notizen versehen, abgeheftet. 100 Kisten mit abgeschriebenen Zetteln, der Ordner meiner Jugend. Jetzt lagen sie da. Mein Vater an den Schläuchen, hinter einer Maske zappelte er und rang nach Luft, sah aus wie ein riesengroßer Frosch, tiefgekühlt mit Eispacks, die von außen um seine Organe geschnallt waren, und wachte immer für Sekunden aus seinem Koma auf, lag da, und plötzlich sprachen all diese Sprengungen, die Menschen, wie die wegrennen auf der brennenden Brücke und in die Tiefe stürzten oder einfach auseinandergerissen wurden durch die Wucht des Aufschlages, all das sprach aus ihm heraus in wilden abgehackten Sätzen. Ein panischer tiefgekühlter Frosch hinter einer Sauerstoffmaske mit einer Armada aus fiependen, sirrenden Computern hinter sich, die seinen Herzschlag überwachen, bricht das Schweigen

Diese Brücke, und die liefen dann da alle weg, diese Schreie, und

siehst du, jetzt beißen die sich wieder die Köpfe ab.

Was?

Da, da drüben beißen die sich wieder gegenseitig die Köpfe ab.

Vati, was siehst du da?

Da an der Wand, da liegen die doch, und jetzt rennen sie los, und aber zu spät, die, nein, das schaffen die nicht mehr und

Aber das war doch alles am letzten Tag vor Kriegsende.

Die hätten wir doch auch leben lassen können.

Wir wussten doch alle, dass das jetzt vorbei war, aber

das war auch ein Schmerz, weil

das begreift ja keiner.

Ich war doch 16.

Und ich hab das doch geglaubt.

Das war doch gar nicht zu verstehen, warum wir Deutschen plötzlich alles verlieren sollten, wir,

wir waren doch eine große Nation, und wir haben doch daran geglaubt, dass.

Wo warst du denn in Frankreich? Wo genau?

Wieso willst du das wissen?

Welche Stadt, sag mal, in welcher Stadt hast du diese Brücke gesprengt, ich

Warum interessiert dich das? Ist doch egal. Da wurden doch massenhaft Brücken gesprengt auf allen Seiten, und das ist doch jetzt alles vorbei, das ist

Aber das lebt in dir.

Und diese Angstzustände, die spüre ich doch auch, und ich weiß nicht, woher die kommen, ich

5 Uhr 51

HOTELZIMMER NACHTS

Ein Mann, etwa vierzig Jahre alt, liegt auf seinem Sessel,

müde,

erschöpft,

kann nicht schlafen,

schaut auf seinen Laptop,

all diese abgebrochenen Fragmente.

27. Stock,

schaut aus dem Fenster,

Nebel,

Eisschollen treiben den Fluss entlang.

Minibar,

Wodka,

Whisky,

Schokolade,

Fernbedienung,

zieht sich langsam aus,

Schuhe,

Hose,

Hemd,

Socken,

Unterhose,

schaut auf seinen Körper,

diese Haut hier,

dieses,

dieser, dieses,

O Gott.

Programmwechsel,

schaut vor sich hin,

Augen zu müde, um

irgendetwas zu erkennen.

ANNE Sie haben bislang nie über Ihre Eltern gesprochen.
STAN Nein.
ANNE Warum nicht?
STAN Scham.
Pause.
Ich schäme mich, und … ich bin mir auch immer noch nicht sicher, ob das eine gute … ich weiß es nicht … es ist so, dass … also … diese Menschen, die mir damals all das angetan haben, und diese kraftlosen, verwirrten Menschen, die mir heute gegenüberstehen und meine Hilfe brauchen, … das sind nicht dieselben Menschen, und … ich will nicht mehr dieser Mensch sein, dieses verletzbare, einsame, orientierungslose Wesen, ich will … mich nicht erinnern, ich bin … heute … etwas anderes … die durften ja alles mit mir machen, die haben meine Briefe geöffnet, meine Tagebücher geklaut und gelesen, und die haben mich verfolgt, mir hinterherspioniert, die haben mich sogar fotografiert, wenn ich allein spazieren gegangen bin … ich habe da massenhaft Fotos gefunden und … ich habe sogar Fotos von mir gefunden, wie ich schlafe … die sind nachts in mein Zimmer gekommen und haben mich fotografiert, wie ich schlafe … auf einigen der Fotos war ich sogar … nein, ich … und jetzt, heute, ich … ich weiß es nicht … ich habe nie eine Beziehung zu diesen Menschen gehabt, und ich will sie auch nicht mehr haben, ich … zahle für die, … ich zahle dafür, dass sie noch nicht sofort sterben, dass sie noch … eine Weile in ihrem Heim rumsitzen und Aquarelle malen oder … ich weiß es nicht … aus dem Fenster schauen, und … da war sehr wenig Liebe … ich weiß nicht, wo die war, aber sie war nicht in unserem Haus, und sie war nicht in unseren Körpern, und auch heute … sie ist hier nicht
Fasst seinen Körper an.

sie ist nicht hier, hier drin, ich weiß nicht, ob sie da außen irgendwo ist und ob einfach irgendeine Verbindung zwischen mir und diesem Außen da nicht so ganz funktioniert, aber

ANNE Gibt es auch schöne Momente in Ihrem Leben?

STAN Nein, ich glaube … oder … was meinen Sie?

ANNE Sind Sie manchmal glücklich?

STAN Ich glaube … seltsamerweise … ich weiß es nicht, sicher, vielleicht, oder? Sonst wäre das ja … nein.

ANNE Was denken Sie jetzt?

STAN Dass ich nicht hier sein möchte in diesem Moment.

ANNE Aha.

STAN Dies alles hier ist … ich möchte nicht hier sein.

ANNE Wo möchten Sie sein?

STAN Irgendwo, wo niemand ist … an einem Ort, von dem niemand weiß … ich möchte einfach nur, dass keiner weiß, wer ich bin, das wäre mir … am liebsten und … das Gegenteil ist der Fall, seltsam.

Kapitel 2

Zen Revolution

LAURENT SHANGHAI EXPO im Jahre 2010
HOTELZIMMER NACHTS

Fernsehen
Minibar
Whisky
Schokolade
Die Musik von Richard Wagner auf einem iPod
Ein Fotoband über den Zweiten Weltkrieg
Europa liegt in Schutt und Asche
Verletzte
Verwundete
Vernichtungslager
Zerbombte Städte
Goebbels' Tagebücher
Briefwechsel zwischen der Familie Wagner und Adolf Hitler
Ein Buch über die Architektur Albert Speers
Ein deutsches Schulbuch für den Musikunterricht aus dem Jahr 1938, antiquarisch erstanden in einem Buchladen in der Nähe der Metrostation STALINGRAD in Paris
Eine *Lohengrin*-Partitur liegt aufgeschlagen auf dem Bett
Akt 2
UNRUHE SCHLAFLOSIGKEIT
ERSCHÖPFUNG
DIESER KÖRPER ICH MAG DEN NICHT MEHR ICH WEISS NICHT MEHR WAS ICH DAMIT MACHEN SOLL DER KANN NICHTS MEHR DER MACHT MICH NICHT GLÜCKLICH
Ausgebrannt leer

WAGNER
DEUTSCHE GESCHICHTE
KRISE

VATER
KOMA
KRIEG

Ich will das alles nicht.

Wenn dieses Stück ERSCHÖPFUNG heißen würde, dann würden wir einen sehr einsamen Mann sehen, z. B. den Opernregisseur Stanislas Nordey, der den Auftrag bekommen hat, Wagners *Lohengrin* zu inszenieren, ein schauderhaft, grauenhaft, selten dämliches Stück Nazischeiße, aber er will den Ruhm, die Ehre, das Geld, und er betrügt und belügt sich selbst und findet Sätze, die sagen: Dies ist ein sehr interessanter, hochbrisanter, aktueller Stoff, der auch heute EINE ENORME EMOTIONALE RELEVANZ entfalten kann, und er liegt da in seinem Hotelzimmer in Shanghai im 27. Stock, wohin er sich zurückgezogen hat, und er schaut raus, und aus dem Nebel wächst nun langsam dieses neue faschistoide radikalkapitalistische Empire, und wir sehen Nokia, Sharp, Toyota, Siemens, *nike*-Schriftzüge in wilden Neonfarben und 20 mal 30 Meter lange Werbeflächen, die von großen Schleppkähnen den Yangtze River entlanggezogen werden, wo die Helden Beckham, Clooney, Pit, Obama, die Lohengrins unserer Zeit, Versprechen abgeben, die nie ein Mensch einlösen wird können, und er liegt da, und er hört diese Wagner-Musik auf seinem iPod, und er denkt an seinen Vater, der irgendwo tiefgekühlt im Koma an Schläuchen hängt und dessen Herz künstlich am Leben gehalten wird und der immer mal wieder für Sekunden aus seinem Koma erwacht und von den Zivilisten, Frauen und Kindern erzählt, die mit weitaufgerissenen Mündern panisch versuchen, von der Brücke zu fliehen, die er und seine Kameraden gerade in die Luft sprengen in der Nähe von Reims neunzehnhundertvierundvierzig.

STAN Und es handelt sich natürlich nicht um den Opernregisseur Stanislas Nordey, sondern um den Opernregisseur Falk Richter, der da jetzt sitzt, diese Musik hört und denkt:

Nein, ich will da nicht rein in diese Nazischeiße.
Diese Welt meines Vaters.
Zu dieser Oper müssten unentwegt große Videos laufen mit Genickschüssen, Menschen, die massenweise exekutiert werden.
Diese dämlich verschwollene Sprache.

Diese saudumme, nicht mehr nachvollziehbare, sentimental vertriefte Handlung.
Das ist unsere große deutsche Tradition.
Ich halt das nicht aus.

ANNE Er packt seinen Koffer,
fährt zum Flughafen.
Er steigt in den Flieger nach Bangkok.
Dort erwartet ihn der Chauffeur des Internationalen Health Resorts ZEN REVOLUTION und fährt ihn in einer dreistündigen Autofahrt, auf der dreimal das Tape RELAXING SOUNDS A GUIDE TO YOUR INNER WORLD durchloopt, über staubige Straßen vorbei an riesigen Werbeflächen mit seltsamen Schriftzeichen und kaum mehr verkehrstauglichen Mopeds, an denen sich ganze Familien festklammern ohne jegliche Sicherheitsvorkehrungen, alle Geschwindigkeitsbegrenzungen ignorierend, Richtung Abendsonne und Meer.

STAN Er kommt an.

LAURENT Er steigt aus.

ANNE Alles wird ihm abgenommen.

STAN Der Koffer.

LAURENT Seine Sorgen.

ANNE Sein Leben.

LAURENT Er muss sich diesen Leuten nur anvertrauen.

STAN Er legt sich hin,

ANNE und die bewegen seine eingerosteten Glieder.

LAURENT Er schaut auf die Palmen, den Himmel.

STAN Er legt sich auf einen gynäkologenähnlichen Stuhl, man führt einen kleinen Schlauch in seinen Anus ein und saugt allen Dreck, all die Scheiße, die sich dort in den letzten Jahren und Jahrzehnten in den Windungen seines Dickdarms und Zwölffingerdarms angelagert hat, aus ihm heraus.

ANNE Das ist sehr schmerzhaft, und man muss oft weinen, denn mit all dieser Scheiße, die sich da so festklammert in den entlegensten Verästelungen, strömen auch alle verborgenen Erinnerungen an die Oberfläche.

LAURENT Und die sind nicht immer angenehm.

STAN Ich glaube, mein ganzes Leben bestand daraus, durchzuhalten, weiterzumachen, nicht aufzugeben.

LAURENT Das wurde mir so mitgegeben, aber ich weiß gar nicht, warum.

STAN Ich hatte ja überhaupt kein Ziel vor Augen, außer nicht unterzugehen.

ANNE / LAURENT / STAN Ich weiß auch heute noch nicht so recht, wo ich hinwill.

ANNE In diesem Ressort gibt es

LAURENT keine Kinder,

STAN keine Handys,

LAURENT keine Laptops,

ANNE keine Kameras,

STAN keine iPods,

LAURENT keine laute Musik.

ANNE / LAURENT / STAN Das ist da alles nicht erlaubt. VERBOTEN.

LAURENT In dem Ressort gibt es
kein Geld
und kein Alkohol und nur selbstangebautes Essen.
Und man steht morgens um sechs auf und macht Yoga, und dann geht man ans Meer und nimmt ein kleines Frühstück ein und macht etwas Stretching, und dann geht man schwimmen und am Strand entlang spazieren, geht in die Sauna und trifft einen Coach, mit dem man all seine Sorgen bespricht, und der macht dann unterschiedliche Pläne, an die man sich halten kann:
Was esse ich?
Was gucke ich im Fernsehen oder Kino?
Was trinke ich und wie viel?
Welche Muskelgruppen trainiere ich?
Was lese ich?
Wann schlafe ich und wie viel?
Wie organisiere ich meine Freundschaften?
Wie schaffe ich kleine Zwischenräume zwischen Arbeit und Privatleben?
Wie schaffe ich mir überhaupt ein Privatleben?

Was ist das überhaupt, EIN PRIVATLEBEN, inwieweit unterscheidet sich das von meiner Arbeitswelt, und ist das nicht etwas für ARBEITSLOSE, die den ganzen Tag zu Hause rumliegen, WEIL SIE NICHTS ZU TUN HABEN UND NICHT GEBRAUCHT WERDEN? EIN PRIVATLEBEN, was meint der damit, dieser nette Heilpraktiker mit der sanften Stimme? Was soll das sein? Und wieso hält der die ganze Zeit seinen Mittelfinger auf meine Stirn UND ÜBT EINEN LEICHTEN DRUCK AUS, während er mir AUSTRALISCHE BUSCHBLÜTEN unter meine ausgestreckte Zunge träufelt, die angeblich meine dysfunktionale BINDUNGSFÄHIGKEIT wieder ins Gleichgewicht bringen sollen?

Gemeinsam mit Freunden kochen und dabei lachen.

Ein neues Fischgericht ausprobieren zum Beispiel und anschließend über Kunst, Musik, Theater, Kino, Literatur, Sport, Reisen, Mode, Politik oder auch Beziehungsprobleme eine angeregte Unterhaltung führen.

Witze machen.

Die Dinge leichtnehmen.

Aber meine Freunde sind ja nie in der Stadt, in der ich mich gerade aufhalte, und auf Facebook und über Skype kann man einfach nicht so richtig gut zusammen kochen. Den Garten umgraben? Aber wie mach ich das, ich habe ein Arbeitsloft, in dem ich ab und an auch übernachte, und ansonsten lebe ich im Hotel.

ANNE Kaufen Sie sich doch einfach einen Garten, und dann fliegen Sie da ab und an hin und graben den um.

STAN ICH SAGE IHNEN, DAS BERUHIGT UNGEMEIN.

ANNE Wenn Ihnen das zu aufwendig ist, kaufen Sie sich einfach eine Schaufel,

STAN gehen heimlich nachts in den Park

ANNE und graben da die Beete um.

LAURENT Bei mir ist kein Park.

ANNE Ach, schauen Sie einfach mal, irgendwo in Ihrer Straße steht bestimmt ein Baum,

STAN sprechen Sie mit dem,

ANNE geben Sie dem Wasser, BERÜHREN SIE DIESEN BAUM,

STAN und Sie werden sehen, WIE VIEL LIEBE SO EINE PFLANZE GEBEN KANN.

ANNE Aber passen Sie auf, dass Sie niemand dabei sieht,

STAN sonst werden Sie eventuell abtransportiert und mit Medikamenten abgefüllt,

ANNE und das ist nicht so gut für Ihre Verdauung,

STAN das irritiert in der Regel den sensiblen Bereich im Zwölffingerdarm, und der ist sehr wichtig für Balance und Kreativität UND REGULIERT DAS ANGSTCHAKRA, und das ist bei Ihnen ohnehin völlig außer Kontrolle geraten.

ANNE Vergessen Sie nie: SIE SIND DAS ZENTRUM DES UNIVERSUMS.

STAN Sagen Sie sich: DAS HIER IST MEIN UNIVERSUM.

ANNE Alle anderen sind da nur ZU GAST.

STAN Und wenn die IHRE AURA STÖREN, dann schmeißen Sie die einfach raus.

LAURENT Aha, gut, okay. Aber da ist im Grunde niemand mehr übrig, ich glaube, ich hab schon alle rausgeschmissen, und mein Universum ist irgendwie gerade sehr kalt und einsam und leer. Da sind einfach zu viele Sonnensysteme erloschen in meinem Universum in den letzten Jahren und

er bricht ab,

er legt sich an den Pool,

er schaut sich um und sieht

nur reiche Leute mit seltsam unförmigen schlappen Körpern, die sie hinter sehr teuren Markenklamotten verbergen, die traurig und einsam vor sich hinschauen, allein am Tisch vor ihrer Algensuppe sitzen und sich an einem vollkommen debilen Buch von Dan Brown oder einem dieser schwachsinnigen Debilautoren festklammern.

Alle sind fett.

Keiner lächelt.

Alle sind müde.

Alle halten sich an etwas fest, das ihnen keine Substanz gibt.

Stille.

Ich muss einfach mal zu mir kommen.

Aber was finde ich dann da vor in mir?

Oje.

Gar nichts.

ANNE / LAURENT / STAN *nicht chorisch* Ich will mich nicht erinnern.
Ich will nicht wissen, wer ich hier und heute bin.
Ich will das alles nicht.
Ich weiß überhaupt nicht, was ich will.

LAURENT Er geht auf das Laufband im Fitnessraum, und er schaut raus und sieht dort einen alten schwerbeweglichen Mann mit einem jungen Coach an seiner Seite. Der Mann sieht genauso aus wie sein Vater. Und der Coach wirft ihm immer wieder einen Ball zu, und der alte Mann hebt den Ball auf, wenn er es schafft, und oft schafft er es nicht, weil seine Gelenke zu eingerostet sind, als dass er sich nach etwas bücken könnte. Dieser Körper hat sich einfach ein Leben lang nicht bewegt, wurde nicht gebraucht, nicht begehrt, kam nie zum Einsatz, hatte irgendwo eine Frau geparkt, die ihm alle praktische Arbeit abnehmen konnte, so dass er tagein, tagaus über seinen Laptop mit den Börsen dieser Welt virtuell verbunden Fondspakete packen, umverpacken, neuverpacken, neuetikettieren und zwischenlagern und verkaufen konnte, und nun steht er da mit seinem unbrauchbaren Körper und versucht, einen Ball, den ihm ein freundlicher, gutaussehender 23-jähriger Thaijunge zuwirft, vom Boden aufzuheben, bückt sich, es fehlen etwa 15 Zentimeter bis zum Boden, er lacht etwas verschämt, aber er erreicht den Ball nicht, macht nichts, sagt der Trainer, wir versuchen das noch mal, wir haben ja noch zwei Wochen … und wenn wir dranbleiben und jeden Tag zwei bis drei Stunden trainieren, dann kommt er irgendwann vielleicht einmal ran an den Ball. Plötzlich fällt der Mann um, bewegt sich nicht mehr, Herzstillstand, wird abtransportiert und ist weg. Tja.

STAN Falk steigt runter von seinem Laufband, hält inne und weint, aber da kommen keine Tränen, woher auch, ich habe es doch immer so perfekt geschafft, alles zurückzuhalten, was in mir ist. Wenn ich eines von meinen Eltern gelernt habe, dann das: Zeig niemandem deine Gefühle und arbeite viel.

ANNE / LAURENT / STAN Und da bin ich nun: Was für ein Leben!

LAURENT Einsame Frauen mit körperlichen Defekten und einer Unmenge an Geld sitzen dort in Strandkleidern von Dior und Versace, aber niemand sieht sie, denn keiner der Männer hat die Energie, überhaupt aufzuschauen, die liegen alle nur da, und der Blick geht nicht weiter als bis auf ihre fetten kraftlosen Körper und die Haut, die diese Schlaffheit umzingelt wie ein ledernes Band, das

nein, auch die Bilder funktionieren nicht mehr.

Sprachbilder lösen sich auf,

jetzt bin ich wirklich nur noch mit mir beschäftigt.

ANNE / LAURENT / STAN Ich nehme nichts mehr wahr.

LAURENT In dieser Reparaturstätte für ausgelaugte überarbeitete Körper, aus denen der angestaute Kot der letzten Jahre mit langen Schläuchen herausgesaugt wird, damit ihre Organe wieder etwas Platz bekommen in diesen Körpercontainern.

STAN ALLES IST SO ENTSETZLICH TRAURIG UND EINSAM.

ANNE Seine Mutter fällt ihm ein,
die sitzt da irgendwo allein und verzweifelt neben dem Bett ihres Mannes und schaut auf die Computergraphiken,

stirb nicht, stirb nicht, bitte lass mich nicht allein.

Und sie sitzt da jeden Tag und hält seine Hand, und er bewegt sich nicht, und sie redet mit ihm und streicht ihm sanft über die mit Eis gekühlte Haut, streicht ihm die Haare aus der Stirn oder lehnt ihren Kopf vorsichtig auf seine Brust und atmet seinen Geruch ein.

Komm zurück, bitte, mein Schatz, verlass mich nicht.

STAN ALLES IST SO ENTSETZLICH TRAURIG UND EINSAM,

LAURENT denkt er und
schaut auf seinen eigenen Körper, der irgendwie keine Energie mehr hat.

STAN WO IST DIE DENN BLOSS HIN DIESE ENERGIE IN DEN LETZTEN JAHREN?

WAS HABE ICH DENN BLOSS MIT MEINEM LEBEN GEMACHT?

WO IST DENN DAS?

WO IST DENN BLOSS MEIN LEBEN GEBLIEBEN?

ANNE Er geht auf sein Zimmer und schaltet heimlich sein Telefon ein,

LAURENT zweihundert Anrufe in Abwesenheit,

ANNE hundertsechsundfünfzig ungelesene SMS.

LAURENT DIE EXPO IN SHANGHAI will wissen, wann er endlich zu den *LOHENGRIN*-Proben zurückkehrt.

ANNE Immerhin hat er einen Vertrag unterschrieben, für die Eröffnungsfeierlichkeiten WAGNERS *LOHENGRIN* im neuerrichteten LICHTPALAST in Pudong zu inszenieren.

STAN Ich will nicht, ich kann nicht, ich,

ANNE denkt er und wirft sich dramatisch auf sein Bett.

LAURENT Er liegt da, schaut auf das Gemälde einer Lotusblume und denkt,

STAN ich muss jetzt einfach mal mit irgendwem reden, irgendjemand, der mir NAH ist, aber wer könnte das sein?

ANNE Ihm fällt niemand ein.

LAURENT Minuten verstreichen.

STAN Wen rufe ich denn jetzt mal an?

ANNE Er schaut durch die Kontaktliste seines iPhones.

STAN Alles nur berufliche Kontakte.

LAURENT Plötzlich trifft er auf einen Eintrag, den er schon fast vergessen hatte.

STAN Da war doch irgendwas.

Kurze Pause.

ANNE Er ruft seine Freundin an,

STAN die wir hier jetzt mal Alexandra nennen,

LAURENT eine Schauspielerin,

ANNE sie träumt von der großen Karriere in Hollywood und hat nun nach zehn Jahren erfolglosen Castings in den USA endlich einen Part in einer History-Fernsehsoap als KZ-Aufseherin bekommen und versucht sich gerade mit Lee-Strasberg-Einfühlungstechniken, die sie bei einem Workshop in der Nähe von Nürnberg kennengelernt hat, auf die Rolle vorzubereiten. EINS, ZWEI, EINS, ZWEI, STEHENBLEIBEN, sie nimmt ab. *LOHENGRIN* dröhnt aus ihrer Stereoanlage.

STAN ICH FASS ES NICHT, MACH BITTE DIESE SCHEISSE AUS.

ANNE BELEIDIGE NICHT DIE MUSIK DES FÜHRERS, SONST LEGE ICH SOFORT WIEDER AUF.

STAN Diese gestörte Borderlinerin ist tatsächlich alles, was ich an Beziehungsversuchen noch habe auf der Welt. Das muss man sich mal vorstellen!

ANNE Stell dir mal vor, wir hätten den Krieg nicht verloren.

STAN Was? Wer, wir?

ANNE WIR DEUTSCHEN.

STAN Mach diese Musik aus.

ANNE Diese Musik ist so wunderschön, ich muss immerzu weinen, während ich diese Musik höre, SIE BEWEGT MEIN HERZ. Stalingrad haben wir zwar verloren, da waren wir schwach, aber nach dem Zusammenbruch der Sowjetunion sind wir nun doch noch ans Ziel gekommen: Niederschlagung der Bolschewisten und eine Führungsrolle innerhalb der Europäischen Union. Wir sind Exportweltmeister. Und wenn durch diesen Finanzwahnsinn nun bald auch der amerikanische Führungsanspruch in Frage gestellt wird und sich die USA, die arabische Welt und China gegeneinander aufreiben, wird Deutschland als Führungselite innerhalb einer erstarkten europäischen Union die Weltvormachtstellung …

STAN SAG MAL, treibst du es nicht etwas zu weit mit dieser EINFÜHLUNGSMETHODE? Und jetzt mach bitte diese Musik aus, mir wird ganz schummrig.

ANNE DIE MUSIK DES FÜHRERS WIRD NICHT AUSGESTELLT. Der Führer musste das deutsche Volk verlassen, so wie Lohengrin, denn das deutsche Volk war noch nicht reif für seine Erlösung. Der Führer wollte das deutsche Volk zum Endsieg führen, aber das deutsche Volk hat sich nicht führen lassen, es war des Führers unwürdig, und erst jetzt in einem erstarkten Europa unter deutscher Führung mit Angela und Guido werden wir endlich die Weltmachtstellung antreten, die uns seit 1945 zugestanden hat.

STAN UM GOTTES WILLEN, WAS REDEST DU DENN DA?

ANNE Ich bereite mich auf meine Rolle vor. EINE WELT OHNE NATIONALSOZIALISMUS WILL ICH MIR EINFACH NICHT VORSTELLEN, das ist mein einziger Satz in dieser dämlichen Serie, ansonsten sage ich nur etwa fünfundzwanzigmal EINS, ZWEI, SCHNELLER, EINS, ZWEI, STEHENBLEIBEN. Am Ende habe ich eine ergreifende Szene: Ich stehe am letzten Tag des Krieges kurz vor der Kapitulation unter einem Bild Friedrichs des Großen, höre *Lohengrin* und sage: EINE WELT OHNE NATIONALSOZIALISMUS WILL ICH MIR EINFACH NICHT VORSTELLEN und erschieße mich.

LAURENT Wir hören einen Schuss, und Alexandra fällt tot um. Ein Teil ihres Gehirns spritzt gegen die Stereoanlage, die Musik verstummt. Endlich Stille.

STAN Nein, Unsinn. Wir hatten beschlossen, dass dieses Stück hier nicht DEUTSCHE GESCHICHTE heißt, wir haben zwar immer noch keinen Titel, aber DEUTSCHE GESCHICHTE soll es nun wirklich nicht heißen, auch nicht FRANKREICH ZWISCHEN KOLLABORATION UND WIDERSTAND ZUR ZEIT DER DEUTSCHEN BESATZUNGSMACHT. Das Thema würde einfach zu weit führen, und dann müssten wir vor allem erst mal die ganzen Archive mit Originaldokumenten zur französischen Résistance und Kollaboration sichten, um uns einen genauen Überblick zu verschaffen, das überlassen wir dann doch lieber dem netten Team vom ARTE-Themenabend, das ohnehin viel besser ausgerüstet ist für so eine Sache als wir.

LAURENT Gehen wir also noch mal ein paar Schritte zurück und nehmen eine andere Abzweigung.

STAN Er ruft seine Freundin an,

ANNE die wir hier jetzt mal Viviane nennen.

STAN Die beiden haben sogar eine gemeinsame Wohnung, nur wohnen sie nicht darin.

ANNE Sie haben sogar eine Beziehung, aber die führen sie nicht.

STAN Diese Frau ist irgendwie der einzige emotionale Bezugspunkt, den ich noch habe. Das muss man sich mal vorstellen.

LAURENT Sie ist Schauspielerin.

STAN UND SIE HÖRT NICHT *LOHENGRIN*. Sie kennt *Lohengrin* gar nicht, sie hört Lady Gaga oder Shakira, aber sie hört IN KEINEM FALL WAGNER.

LAURENT Sie sitzt zu Hause an drei ihrer vier Handys und kann sich nicht entscheiden, ob sie am Tag der Kleist-Premiere in Wien lieber die Kostümanprobe für den *Tatort* in Stuttgart oder den Frischkäsespot in München terminieren sollte, und diskutiert das gerade angestrengt verhetzt mit ihrer Agentin Claudia, während unten das Taxi wartet für dieses Lifestyle-Shooting für *Allegra*, das sie auf dem Weg zu den »Drei Fragezeichen und das Geheimnis des verschwundenen Weckers«-Hörspielaufnahmen noch mitnehmen wollte, all das kurz vor einem Kurztrip nach Ibiza mit ihrer Künstlerfreundin Sibylle, mit der sie dort kurz mal runterkommen und auskühlen wollte und sich mit diesem neuen History-Doku-Drehbuch beschäftigen wollte, das da gestern noch auf den Tisch geflattert ist und einfach SO GEIL KLINGT, DAS GANZE PROJEKT, und sie sich bis übermorgen entscheiden muss, ob sie da zusagt oder nicht, und sie hier in Berlin sowieso niemals zur Ruhe kommen würde, schon allein, weil ihr Freund Stefan gerade in den Endproben steckt zu seinem Projekt mit diesen

STAN Moment mal, wieso Stefan? Ich dachte, ICH sei dein Freund.

ANNE Bist du auch, also bist du AUCH.

STAN Aber, was, wieso?

ANNE Hör mal, du bist nie hier, ich meine, wir sehen uns einfach nie, und … das ist auch nicht schlimm, ich meine, das ist völlig in Ordnung, niemand sieht sich, zumindest nicht live, aber ich kann hier nicht die ganze Zeit allein rumhängen, Mann, ich komm abends nach Hause, und da bin ich müde, und da will ich was erleben, und da will ich vor allem nicht hier rumsitzen und darauf warten, dass du mich anrufst und mir erzählst, wie kaputt und müde du bist und wie Scheiße grade alles läuft, da will ich einfach mal, dass hier so 'n junger Typ rumsitzt und …

Du, es tut mir leid, aber der ähm, der Stefan kann einfach supergut ficken, und ich hab nur dieses eine Leben, und ich muss versuchen, in dieses eine Leben so viel reinzupacken wie möglich, ein Leben ist einfach zu wenig, und ich hab eines mit dir, und ich hab eines mit Stefan, und ich hab auch noch ein paar andere Leben, aber das ändert nichts daran, dass ich dich immer noch mag und dass ich ab und an an dich denke, und ich freu mich schon, wenn wir uns dann im Herbst oder Frühjahr, ich weiß es nicht mehr so genau, ich hab mir das aufgeschrieben, wenn du aus Frankreich zurück bist, wiedersehen, und dann

LAURENT Er legt auf.

ANNE Stille.

Kurze Pause.

STAN ALLES IST SO ENTSETZLICH TRAURIG UND EINSAM.

Und ich kann nichts dagegen tun,

LAURENT denkt er, und

STAN wer ist überhaupt dieser Stefan?

Der ist zehn Jahre jünger als ich und macht diese total wilden, abgefahrenen Performances, veröffentlicht so radikale Kurzprosa auf seiner eigenen Homepage und ist irgendwie sensibel, intelligent, aggressiv, innovativ, witzig, sieht gut aus, ist supererfolgreich und kann total gut ficken und ich,

ich,

ich,

ich nicht.

ANNE Er schaut aus dem Fenster seines kleinen Thai-Pavillon im INTERNATIONAL HEALTH RESORT ZEN REVOLUTION.

LAURENT Dicke erschöpfte Fondsberater stehen in der Abendsonne und machen Tai Chi.

STAN Dieser Ort ist ein Lazarett,

ANNE denkt er.

STAN Wie das Lazarett, in das mein Vater 1945 eingeliefert wurde, nachdem er und seine Kameraden Europa in Schutt und Asche gelegt haben.

LAURENT Er schaut auf eine Gruppe erschöpfter Männer um die vierzig, die mit einem frisch gepressten ENERGY BOOSTER am Pool liegen und sich mit Klangschalen neu ausvibrieren lassen.

STAN Hier werden all diese verwundeten Finanzspekulanten und Hedgefonds-Manager eingeliefert, um sich mit buddhistischen Heilpraktiken fitmachen zu lassen für die ökonomischen Angriffskriege, die Europa erneut in Schutt und Asche legen werden,

ANNE denkt er.

STAN UND DAS KOTZT MICH AN.

LAURENT Er will seinen besten Freund anrufen,

ANNE aber er hat keinen besten Freund, er hat nur Leute, für die er bezahlt.

LAURENT Also versucht er seinen Therapeuten anzurufen.

ANNE TOM, DER SKYPE-THERAPEUT, der jederzeit und überall für ihn zu erreichen ist.

LAURENT Die Therapie-Flatline ein Superangebot mit endloser Redefreiheit.

ANNE Für 2.750 Euro im Monat ist Tom jederzeit und überall per Handy oder Skype für ihn erreichbar.

LAURENT Er will sich einfach ausheulen und erzählen, wie traurig und einsam und Scheiße alles ist.

STAN ALLES IST SO ENTSETZLICH TRAURIG UND EINSAM UND SCHEISSE.

LAURENT Auch das wäre ein möglicher Titel.

STAN Die Frage ist nur, ob so ein Titel viele Zuschauer anziehen würde.

LAURENT Das könnte ein echtes Problem sein.

STAN Wer kauft schon ein Ticket für ein Stück mit dem Titel

ALLES IST SO ENTSETZLICH TRAURIG UND EINSAM UND SCHEISSE.

ANNE Er will seinen Skype-Therapeuten Tom anrufen und ihm erzählen von diesem Wellnesslager, das ihn plötzlich an ein Lazarett im Zweiten Weltkrieg erinnert und von diesem Gefühl, das er grade hat.

STAN DAS IST DOCH KRIEG. DIESE FINANZKRIEGE, DAS SIND DOCH AUCH KRIEGE.

Und hier liegen all diese Verwundeten und Verletzten dieser Wirtschaftskriege herum und lassen sich mit buddhistischen Heilpraktiken wieder fitmachen. Das ist doch ein Kriegszustand jetzt hier, und

Wir müssen doch etwas machen.

Diese Finanzspekulanten machen hier alle Yoga und Watsu-Therapie mit den Geldern aus den staatlichen Rettungsfonds.

Die liegen hier alle rum und ruhen sich aus, und wir müssen doch irgendwas machen, aber wir machen nichts, und die behaupten einfach, dass die gesamte Wirtschaft zusammenbricht, wenn die Regierungen sie nicht retten mit Milliarden von Steuergeldern, und das macht mich unendlich wütend, und ich weiß grad nicht, wie ich meine Wut beruhigen kann. HILF MIR DOCH MAL BITTE.

LAURENT Aber Tom geht nicht ran.

ANNE Tom hat nämlich ganz andere Sorgen.

LAURENT Tom sitzt nachts mit einem Whisky in der Hand allein im 27. Stock eines Konferenzhotels in Saarbrücken und denkt

ANNE / LAURENT / STAN MANN, IST DAS ALLES EINSAM UND TRAURIG UND SCHEISSE.

LAURENT Er hat am Abend einen Vortrag gehalten über WUTMANAGEMENT und wollte danach einfach mal ein bisschen Spaß haben, aber das hat irgendwie nicht geklappt.

ANNE WUT ist etwas, das Ihnen nur schadet,

LAURENT hat er den Angestellten einer mittelgroßen Drogeriemarktkette in Saarbrücken erklärt, denen zuvor im Zuge der Finanzkrise gerade das Weihnachtsgeld gestrichen wurde.

ANNE WUT zerstört Ihre Fähigkeit, in eine reibungslose, effiziente Kommunikation mit anderen Menschen zu treten.

Wenn Sie WUT spüren, dann sollten Sie davon ausgehen, dass irgendetwas in Ihrem Leben nicht stimmt.

Vielleicht Ihre Beziehung zu Ihren Eltern,

vielleicht Ihre Beziehung zu Ihrem Körper,

vielleicht Ihre Beziehung zu Ihrem Partner.

WUT ist immer ein kindliches Gefühl und ein Zeichen dafür, dass Sie mit sich selbst nicht im Reinen sind,

dass Sie den Weg zu sich selbst noch nicht gefunden haben.

Wenn Sie wütend sind, nehmen Sie diese Wut und schauen Sie sich diese Wut in Ruhe an.

Ziehen Sie eine Grenze zwischen sich und Ihrer Wut.

Lassen Sie Ihre Wut nicht an sich herankommen.

Wer wütend ist, ist verletzbar.

Wer wütend ist, sagt: »Ich bin schwach«.

Reagieren Sie gelassen.

Atmen Sie lange und tief.

Sagen Sie sich:

Ich entscheide selbst, was ich fühle.

Und WUT will ich nicht fühlen.

Ich will kein Opfer meiner eigenen Gefühle sein.

Ich bin kein Opfer, ich bin stark.

Ich bin kein Opfer, ich habe KEINE WUT.

LAURENT Nach dem Vortrag zog er sich schnell zurück ins Hotel, um einfach mal ein bisschen Spaß zu haben, aber jetzt sitzt er da und denkt: MANN, IST DAS ALLES EINSAM UND TRAURIG UND SCHEISSE.

ANNE Und ich schlage vor, wir verlassen jetzt das internationale Health Resort ZEN REVOLUTION

LAURENT und schalten direkt rüber nach SAARBRÜCKEN zu unserem Skype-Therapeuten TOM, der einfach nur Spaß haben wollte in seinem HOTELZIMMER NACHTS und immer wieder laut vor sich hinsagt:

STAN / ANNE MANN, IST DAS ALLES TRAURIG UND EINSAM UND SCHEISSE.

ANNE Okay, gut, also, Achtung und

LAURENT HOTELZIMMER NACHTS

STAN 4 Uhr 52

MANN, IST DAS ALLES TRAURIG UND EINSAM UND SCHEISSE.

Dieser entsetzlich dumme Billigstricher verlässt endlich das Hotelzimmer, und ich habe wieder Ruhe.

Ich weiß auch nicht, was da jedes Mal in mich fährt,

ich sollte einfach weniger trinken

oder einfach diese Callboy-Internetplattformen für meinen PC sperren lassen.

Da muss es doch eine technische Lösung für dieses Problem geben.

Ich trinke keinen Kaffee mehr,

ich kokse nicht mehr,

ich hänge nächtelang auf diesen Internetportalen rum, und

es ist auch so anstrengend,

wenn alles in seine Einzelteile zerfällt,

jede Bewegung, jede Praktik genau ausgehandelt und taxiert werden muss.

LAURENT Grundrate ist meine Anwesenheit,

STAN sagt das billige verdrogte Wrack, das da in meiner Tür steht und absolut nichts mit den Fotos zu tun hat, die da in seinem Profil stehen und

LAURENT Küssen plus 30,

Blasen aktiv plus 25,

Ficken sind 40 extra,

Schlagen ins Gesicht 30, Schlagen auf den Arsch 30, Anspucken mach ich umsonst, aber nur aktiv, passiv ist teurer als aktiv und

Taxi plus 20,

Taxi zurück plus 20,

Küssen ja, aber nicht Zungenkuss, das sind dann noch mal 20 extra,

Blasen ja, aber ich nehm ihn nur zur Hälfte rein, sonst gilt das als deep throat, sind dann noch mal 25 Aufpreis,

Abspritzen plus 35, Gleichzeitig-Abspritzen noch mal 15 extra,

Ins-Gesicht-Abspritzen plus 10,

Augen offen plus 15,

wenn du bestimmte Worte magst, kannst mir vorher sagen, sag ich dir dann, plus 20.

Sag mal, hast du 'nen Energy-Drink, ich hab jetzt zwei Nächte durchgefeiert, und ich kann eigentlich nicht mehr, ich würde eigentlich,

STAN Ähm.

LAURENT kann ich mich einfach mal kurz hier hinlegen, und

ich muss einfach mal kurz 'ne Runde,

ich muss einfach mal

mich kurz ausruhen und

weck mich in 'ner Stunde, und dann legen wir voll los, und

STAN Und wenn dieses Stück EIN BESSERES LEBEN heißen würde, würde ich keinen Text mehr schreiben, ich würde einfach nur Musik auflegen, Ben Frost, Mark Hollis, Tricky, und ich würde ganz sicher nicht so eine saudumme Figur wie dich erfinden.

LAURENT guck nicht so, du bürgerliches Geldschwein.

STAN Was?

LAURENT Glotz mich nicht so doof an.

STAN Na ja, hör mal, du siehst nicht so aus wie auf den Fotos in deinem Profil, du kommst eine Stunde später als vereinbart, du willst plötzlich das Doppelte von dem vereinbarten Preis, aber du liegst einfach nur hier und schläfst.

LAURENT Ich muss mich einfach mal ausruhen.

STAN Ja, aber, muss das denn unbedingt HIER sein, und wieso soll ICH dafür zahlen?

LAURENT MANN, ICH BIN MÜDE, LASS MICH IN RUHE, ICH BIN MÜDE.

STAN MANN, IST DAS ALLES EINSAM UND TRAURIG UND SCHEISSE, UND JETZT HAU ENDLICH AB HIER, LASS MICH IN RUHE, LASST MICH ALLE ENDLICH IN RUHE.

ANNE Wenn dieses Stück PASSIVER WIDERSTAND heißen würde, dann würden wir keine T-Shirts mehr kaufen, keine Autos, keine Callboys und Callgirls, wir würden nicht mehr an irgendwelche tropischen Strände fahren, die für uns so hergerichtet wurden, dass wir die Armut, die sie umlagert, nicht mehr spüren, wir würden einfach nur hier sitzen, uns wahrnehmen und miteinander reden und endlich erkennen, DASS WIR DIESE GANZE SCHEISSE NICHT BRAUCHEN.

STAN Ich habe immer noch keinen Titel für dieses Stück.
Aber wer weiß schon am Anfang seiner Arbeit, wo er am Ende ankommen wird.
Wir wissen ja nicht mal, wie wir in fünf Jahren diese Gesellschaftsform hier nennen sollen, die wir jetzt gerade leben.
Worauf sich das hier gerade alles zubewegt.
Das kann ja keiner benennen oder vorhersagen.
Das ändert sich doch jeden Tag.

LAURENT Diese enormen Umverteilungen von Geld. Über 700 Milliarden allein in Deutschland hat die Bundesregierung an Steuergeldern weitergeleitet an die Führungsetagen der Banken, und die durften damit machen, was sie wollten, und mussten nicht einmal Rechenschaft ablegen darüber, wohin das Geld denn nun genau fließen würde, und mussten an ihren riskanten Geschäftspraktiken absolut nichts ändern.

700 Milliarden Euro für einen vollkommen undurchsichtigen Prozess, der sich jeglicher Kontrolle und Regulierbarkeit entzieht. 700 Milliarden, die in den nächsten Jahren von irgendwem zurückgezahlt werden müssen.

Und wo ist dieses Geld jetzt?
Und wo war es vorher?
Und wenn dieselbe Summe in die Kunst, in die Bildung, in die Was-

serversorgung derjenigen, die keinen Zugang zu Trinkwasser haben, gegangen wäre, und
das wäre ja AUCH möglich.
Das ist ja gar nicht NICHT MÖGLICH.
Es wird nur immer gesagt, dass das NICHT MÖGLICH ist.
Da unrealistisch.
WAS IST EIGENTLICH REALISTISCH?

Gibt es ihn denn, den anderen Ort? Die andere Möglichkeit? Das andere Leben?

STAN Ein Titel kann ein Auftrag sein.

Ich würde diesem Stück gern den Titel REVOLUTIONÄRE ENERGIEN geben, und dann wäre die Richtung zumindest schon einmal klar.

Es ginge um KAMPF, WIDERSTAND UND EINE GRUPPE VON MENSCHEN, DIE DIE SCHNAUZE VOLLHAT UND ZURÜCKSCHLÄGT.

LAURENT Wenn dies Stück REVOLUTIONÄRE ENERGIEN heißen würde, dann würden wir hier junge Menschen sehen, die sich nicht mehr alles gefallen lassen, die ihr Leben für sich zurückerobern wollen, die morgens aufstehen, müde, ausgelaugt, verpennt, sich in Unterhose in die Küche stellen und einen Kaffee kochen, die erste Zigarette anzünden und aus dem Fenster schauen: Und dann würde sie da liegen, die Stadt; schnell und kalt und unfreundlich und viel zu groß, und sie würden ihr Spiegelbild im vom Morgentau beschlagenen Fenster sehen und sagen: DIESE GEDEMÜTIGTE PRAKTIKANTENFRESSE HAT KEINEN BOCK MEHR, JEDEN TAG UMSCHLÄGE ZUR POST ZU SCHLEPPEN ODER NEBEN DEM KOPIERAUTOMATEN HERUMZUSTEHEN, DAS AUTO DES CHEFS AUS DER GARAGE ZU FAHREN UND SUSHI FÜR DIE TEAMSITZUNG IN DER PAUSE ZU HOLEN UND DAFÜR ABSOLUT KEINEN CENT UND NICHT MAL EIN FREUNDLICHES WORT ZU BEKOMMEN. DIESE GEDEMÜTIGTE PRAKTIKANTENFRESSE WILL JETZT MEHR VOM LEBEN UND GEHT ZU DIESER SCHEISSFIRMA EINFACH NICHT MEHR HIN, DIE KNACKT JETZT LIEBER DEN BANKACCOUNT DES CHEFS, KLAUT SEINE STEUERUNTERLAGEN UND ERPRESST IHN,

FÄHRT SEIN AUTO GEGEN DEN PFEILER IN DER TIEFGARAGE, OOOPS SORRY, UND VERBINDET JEDEN ANRUFER MIT IRGENDEINER SEXHOTLINE, BIS NIEMAND MEHR ANRUFT UND DIESE SCHEISSAGENTUR KEINE SCHEISSWERBEAUFTRÄGE MEHR BEKOMMT UND DIE STADT NICHT MIT IHREN SCHEISSWERBESLOGANS VON WEGEN ZUKUNFT, FORTSCHRITT, INNOVATION, FREIHEIT, GRENZENLOSIGKEIT, ABENTEUER, INTENSITÄT, SICHERHEIT VOLLHÄNGEN KANN. ICH KANN DIESE SCHEISSE NICHT MEHR SEHEN, ICH REISS DIESE GANZE VERLOGENE WERBESCHEISSE AB VON DEN HÄUSERFASSADEN, ICH ZIEHE MIT ALL DEN ANDEREN UNBEZAHLTEN GEDEMÜTIGTEN PRAKTIKANTENFRESSEN LOS UND REISS DIESE VERLOGENE SCHEISSE, DIE MIR DEN BLICK AUF MEINE STADT VERSPERRT, VON DEN FASSADEN UND KAUFE NICHTS MEHR, ICH KAUFE EINFACH NICHTS MEHR.

Das wäre zum Beispiel eine Möglichkeit.

STAN Aber vielleicht wäre das auch alles viel zu anstrengend,
und wir sind einfach zu erschöpft für REVOLUTIONÄRE ENERGIEN
und würden dieses Stück hier viel lieber RAUSCH nennen.

LAURENT Und wenn dieses Stück jetzt RAUSCH heißen würde, dann würden wir alle hier liegen auf großen Sofalandschaften und komplexen flächigen Sounds lauschen, wir würden uns aneinander anlehnen. Wir würden sehr viele gutaussehende junge Frauen und Männer casten mit sehr schönen Gesichtern und tollen fettlosen Körpern, und wir würden hier liegen, wochenlang, und Musik hören und die würden von ihrem Leben erzählen, ihren Träumen, wir würden denen zuhören, wir würden rumknutschen, uns berühren, uns in die Augen schauen, wir würden über mehrere Wochen so eine sehr schöne, erotische Choreographie einstudieren, wo wir hier alle nackt liegen würden, aufeinander, übereinander und ineinander verkeilt, und das wäre sehr gut, das würde uns ENERGIEN ZURÜCKGEBEN, DIE WIR IN DEN LETZTEN JAHREN VERLOREN HABEN. Das wäre eine Möglichkeit.

STAN Aber das wäre vielleicht nicht krass genug. Vielleicht sollten wir dieses Stück lieber BLUTRAUSCH nennen. Und wenn dieses

Stück hier BLUTRAUSCH heißen würde und als HARDCORE-AKTIONSKUNST-LIVEPERFORMANCE im Sinne der Wiener Schule angekündigt werden würde, dann würden wir hier eine Gruppe Banker, die irgendwelche Rentner vorsätzlich falsch beraten und sie um ihre gesamte Rente gebracht haben, um sich einen Outdoor-Pool im Winterskigebiet davon zu kaufen, mit Schweinegedärmen einreiben, nackt aufknüpfen und hier hängenlassen und draufpissen, und DAS WÄR DANN KUNST, dann wären diese nutzlosen Schweine endlich mal IN EINEN SINNZUSAMMENHANG GERÜCKT WORDEN.

ANNE Aber vielleicht wäre es auch interessant, ein Stück über eine aggressive revolutionäre FRAU zu machen. Sie ist intelligent, sieht gut aus, liest komplizierte sozialwissenschaftliche und philosophische Werke, macht Kunst, experimentiert mit Drogen und hat gerne brutalen innovativen Sex. Sie hat einen revolutionären Auftrag: Sie fickt all diese Fondsberater und Bankmanager und fickt sie so hart und brutal durch, dass die beim Sex sterben. Herzinfarkt. Koma. Und das filmt sie ab. Und das stellt sie auf ihre Homepage PORN REVOLUTION. Sie hackt alle Seiten, auf denen Börsenkurse und Fondspakete gehandelt werden, und verlinkt all diese Seiten mit ihrer Seite PORN REVOLUTION, so dass überall nur noch diese vergewaltigten, gedemütigten Finanzspekulanten und Wirtschaftsbosse zu sehen sind. Sie löst den totalen Hype aus und hat immer mehr Anhängerinnen. Junge Frauen, die sich unter dem Schlachtruf CUM TILL YOU DIE, FUCKER zusammenrotten.

Und wenn dieses Stück jetzt CUM TILL YOU DIE, FUCKER heißen würde, dann würden wir jetzt diese Widerstandsgruppe sehen,

siebzehnjährige Mädchen, die sich nachts in Clubs rumtreiben und Ausschau halten nach Männern aus der Finanzindustrie,

Fondsberater, Banker, Spekulanten,

und die mit Alkohol und Drogen abfüllen und sie dann so lange ficken, immer wieder und immer wieder, bis die Typen mit einem Herzinfarkt zusammenbrechen und im Koma enden,

und auf sehr großen Videoleinwänden würden wir uns das jetzt gemeinsam angucken:

vergewaltigte, gedemütigte Fondsberater und Wirtschaftsbosse in Großaufnahme.

STAN Aber auch das bleibt eine Phantasie,

auch das bleibt nur eine kleine infantile Phantasie eines Autors, der nachts an seinem Laptop sitzt, allein, und an seinem Stück schreibt, für das er noch immer keinen Titel gefunden hat und das von ihm selbst, seinem Leben, der Welt da draußen, der Krise, dem Koma, den Ängsten und Phantasmen unserer Gesellschaft handeln soll, und

denkt,

irgendwann sollte dieses Stück bei so etwas wie Schönheit und Vergebung ankommen.

ABER ICH WEISS NICHT, WIE DAS GEHT

Kapitel 3

Lenz

LAURENT »Den 20. ging Lenz durchs Gebirg. Die Gipfel und hohen Bergflächen im Schnee, die Täler hinunter graues Gestein, grüne Flächen, Felsen und Tannen. Es war naßkalt, das Wasser rieselte die Felsen hinunter und sprang über den Weg. Die Äste der Tannen hingen schwer herab in die feuchte Luft. Am Himmel zogen graue Wolken, aber Alles so dicht (…) es drängte in ihm, er suchte nach etwas, wie nach verlornen Träumen, aber er fand nichts. Es war ihm alles so klein, so nahe, so naß, er hätte die Erde hinter den Ofen setzen mögen, er begriff nicht, daß er so viel Zeit brauchte, um einen Abhang hinunter zu klimmen, einen fernen Punkt zu erreichen; er meinte, er müsse Alles mit ein Paar Schritten ausmessen können. Nur manchmal, wenn der Sturm das Gewölk in die Täler warf, und es den Wald herauf dampfte, und die Stimmen an den Felsen wach wurden, bald wie fern verhallende Donner, und dann gewaltig heran brausten, in Tönen, als wollten sie in ihrem wilden Jubel die Erde besingen, und die Wolken wie wilde wiehernde Rosse heransprengen, und der Sonnenschein dazwischen durchging und kam und sein blitzendes Schwert an den Schneeflächen zog, so daß ein helles, blendendes Licht über die Gipfel in die Täler schnitt; oder wenn der Sturm das Gewölk abwärts trieb und einen lichtblauen See hineinriß, und dann der Wind verhallte und tief unten aus den Schluchten, aus den Wipfeln der Tannen wie ein Wiegenlied und Glockenläute heraufsummte, und am tiefen Blau ein leises Rot hinaufklomm, und kleine Wölkchen auf silbernen Flügeln durchzogen und alle Berggipfel scharf und fest, weit über das Land hin glänzten und blitzten, riß es ihm in der Brust, er stand, keuchend, den Leib vorwärts gebogen, Augen und Mund weit offen, er meinte, er müsse den Sturm in sich ziehen, Alles in sich fassen, er dehnte sich aus und lag über der Erde, er wühlte sich in das All hinein, es war eine Lust, die ihm wehe tat; oder er stand still und legte das Haupt ins Moos und schloß die Augen halb, und dann zog es weit von ihm, die Erde wich unter ihm, sie wurde klein wie ein wandelnder Stern und tauchte sich in einen brausenden Strom, der seine klare Flut unter ihm zog. Aber es waren nur Augenblicke, und dann erhob er sich nüchtern, fest, ruhig als wäre ein Schattenspiel von ihm vorüberzogen, er wußte von nichts mehr.«

Kapitel 4

Le Mépris

1

LAURENT Und meine Augen? Kraftlos, erschöpft, müde, magst du sie?

ANNE Ja.

LAURENT Und meine Haut, schlaff, blass, voller Falten, magst du die?

ANNE Ja.

LAURENT Und meine Hände, magst du meine Hände, die ich seit Jahren nur noch dafür benutze, ein Handy in der Hand zu halten, Termine abzusprechen oder die Tasten eines Computers zu drücken, um E-Mails abzuschicken oder online ein paar Flüge für meine Geschäftsreise zu buchen?

ANNE Ja.

LAURENT Und meinen Hintern, magst du meinen Hintern, der hier irgendwie so an mir dranhängt, schlaff und schlaffer werdend mit all den Jahren?

ANNE Ja.

LAURENT Und meinen Schwanz, magst du meinen Schwanz, den ich jetzt nicht mehr so oft brauche wie früher, zumindest nicht, wenn du in meiner Nähe bist, weil wir uns nur noch selten wirklich für einander begeistern können?

ANNE Ja.

LAURENT Und wenn ich tanze und du diesen kraftlos werdenden Körper siehst, der nicht mehr mithalten kann mit dem Tempo der Musik und so lächerlich herumzappelt, während all diese jungen, muskulösen Körper um ihn herum diese neuen, aufregenden Moves draufhaben und dir diese unglaublichen Blicke zuwerfen, weil sie einfach mal Lust haben, mit einer älteren Frau betrunken auf dem Klo ihres Clubs ein paar Drogen einzuwerfen und sie dort vor Ort in der kleinen Toilettenkabine zu ficken, und sie ihren Kumpels davon erzählen können, die alle zusammen an der Bar stehen und sich totlachen über mich, während ich weiter auf der Tanzfläche unrhythmisch zu HipHop und viel zu schnellen Breakbeats herumspaste wie ein Asthmatiker mit Dauerepilepsie voller Schmerz und Scham im Gesicht, so entsetzlich unglücklich, weil so entsetzlich FEHL AM PLATZ, aber ich wollte dich ja endlich mal wieder ausführen, da wir ja SONST NUR ZU HAUSE RUMHÄNGEN UND GAR NICHTS MACHEN, und langsam wie in Zeitlupe zu Boden stürze, mit meinem ersten Herzinfarkt, der sich schon seit Monaten durch meinen Körper geschleppt hat und nun endlich dort angekommen ist, wo er hingehört: In diesem einsamen, leeren, überforderten Herz, das jetzt für Sekunden stillsteht, und so WIDERSTAND LEISTET GEGEN EIN LEBEN, DAS ES IN DIESER FORM NICHT MEHR FÜHREN WILL und aus Widerstand EINFACH NICHTS MEHR MACHT, AUFHÖRT ZU SCHLAGEN, EINFACH EINE SEKUNDE PAUSE EINLEGT, SO DASS FÜR EINEN MOMENT ALLES ZUR RUHE, ZUM STILLSTAND KOMMT und von da an ein Neuanfang gewagt werden könnte, KRISE, KOLLAPS, RUHE, WIDERSTAND, und nur jemand die ZEICHEN RICHTIG LESEN MÜSSTE und endlich endlich aufhören müsste mit dem Falschen, das würde schon reichen, einfach aufhören, auch, wenn man noch nicht weiß, WAS DAS NEUE SEIN KÖNNTE.

ANNE Ja, auch dann werde ich dich noch lieben und bei dir bleiben.

LAURENT Und meine Augen?

ANNE Ja, ich mag deine Augen.

2

STAN Sag, dass ich ein guter Autor bin.

ANNE Du bist ein guter Autor.

STAN Sag, dass meine Texte Relevanz haben und dich tief in deinem Inneren erschüttern und berühren.

ANNE Deine Texte haben Relevanz, und sie erschüttern und berühren mich tief in meinem Inneren.

STAN Sag, dass es nicht meine Schuld ist, dass die Welt so ist wie sie ist.

Sag, dass es nicht meine Schuld ist, dass ich die Welt noch immer nicht geändert habe.

Sag, dass ich alles tue, was in meiner Macht steht, aber dass eben nur sehr, sehr wenig in meiner Macht steht, fast gar nichts, ich aber trotzdem kämpfe und mir Mühe gebe, Tag für Tag, Nacht für Nacht.

ANNE Du tust alles, was in deiner Macht steht, und du kämpfst trotzdem, obwohl nur sehr, sehr wenig in deiner Macht steht, fast gar nichts, und du gibst dir Mühe, Tag für Tag, Nacht für Nacht.

STAN Sag, dass ich zwar älter werde und meine Haut auch schon schlaffer wird, dass ich aber für einen Mann über 40 noch immer sehr, sehr gut aussehe – interessant, attraktiv, aggressiv, radikal, sensibel, sensitiv.

ANNE Du wirst zwar älter, und deine Haut wird an einigen Stellen schon schlaff, aber für einen Mann über 40 siehst du immer noch sehr gut aus – interessant, attraktiv, aggressiv, radikal, sensibel, sensitiv.

STAN Sag, dass alles, was ich schreibe, Tiefe hat, Substanz, Kraft, Intelligenz, Vision, Gefühl und für die Ewigkeit geschrieben ist und dass folgende Generationen unsere Zeit und unser Leben heute durch mich und meine Texte begreifen und erinnern werden.

ANNE Alles, was du schreibst, hat Tiefe, Substanz, Intelligenz, Vision, Gefühl und ist für die Ewigkeit geschrieben und

STAN Ja, ja, du sagst es nicht so, dass ich es dir glaube.

ANNE Was?

STAN Du sagst es nicht so, dass ich es glaube. Du musst es so sagen, dass ich es glaube.

ANNE Alles, was du schreibst, hat Tiefe, Substanz, Intelligenz, Vision, Gefühl und
Bricht ab.

STAN Du musst es sagen. DU musst es sagen, sonst, sonst höre ich mit allem auf, sonst verliere ich alle Hoffnung, du musst es sagen, und du musst es so sagen, dass ich es glaube:

Sag, dass von dieser Zeit, in der wir heute leben, nichts mehr übrig bleiben wird außer mir, dass nur ich noch gelesen werde in 100 Jahren oder 1000 Jahren, zumindest in Fragmenten, in Auszügen, dass ein paar Sätze, wenigstens ein paar Sätze übrigbleiben, ein paar Gedanken, irgendwas, irgendwas, ein paar Satzfetzen, irgendwas, das irgendwer dann zusammenfügen kann und … sag, dass all das hier nicht meine Schuld ist und dass es nicht meine Schuld ist, dass ich alles so lasse, wie es ist, und dass es nicht meine Schuld ist, dass mir die Kraft ausgeht und die Lust und die Zuversicht und dass ich nicht mehr für dich da bin und dass ich vielleicht, ich weiß es nicht, dass ich eigentlich gar nicht, nie, da bin, dass ich, im Grunde, nicht hier bin, dass

Kathrin Röggla

Kinderkriegen

Ein Musikstück

Figuren

ALTE MUTTER: 3 Kinder
SPÄTBERUFENER: dieselben 3 Kinder
OMA: 1 Tochter, 4 Enkel
RABENMUTTER: unklare Kinderanzahl
BUNDESTAGSABGEORDNETER (BA): angeblich 2,5 Kinder
LUFTHANSAMENSCH (LH): angeblich keine Kinder
KINDERLOSE
DER ENGAGIERTE: Henrys Vater

SOWIE: SOPHIE, ANNABEL, ANAEL, MAXIMILIAN, LINUS, OTTO, PAUL, LISA, LIESELOTTE, KLARA ......

Orte

ICE
Wellnesshotel
Pampa (Spielplatz, Industriebrache)
Kinderarztpraxis
ICE (Schlussbild)

Vorbemerkung: Dieses Stück sollte einmal ein Stück mit Musik werden, das war sein Auftrag. Doch wie heute so oft ging die Musik verloren oder etwas verloren oder halb verloren, weil die familienpolitischen Umstände dagegensprachen. Zurückgeblieben ist ein Stück, das die Abwesenheit der Musik ständig bemerken muss. Ein Musical, dem die Farbe abgeblättert ist, im übertragenen Sinn. Im übertragenen Sinn kann man sagen: Der Vergnügungspark steht noch, aber Riesenrad, Achterbahn und Wasserrutsche werden schon für andere Dinge benutzt, über die man ungerne in der Öffentlichkeit spricht.

I. Akt
Terror der Intimität

Ort: ICE, Zugabteil.
Zeit: Mittag –

DER CHOR Hallo, ich habe da eine Frage, was jetzt mit meinem Körper los ist.
Ich war gestern beim Frauenarzt –
Ich weiß nicht, was mit meinem Körper los ist –
Ich habe mal diese Frage –
Bin ich schwanger oder –
Und der hat einen Ultraschall gemacht –
Er hat auch im Urin nichts gesehen –
Oder er zeigt es noch nicht her.
Er zeigt nichts her.
Da trägt man seine Urinbecher quer durch die Praxis
immer an allen Leuten vorbei, immer an den Leuten vorbei,
und er zeigt nichts her –
Mein Test heute früh hat zwei leichte Linien ergeben –
Und jetzt weiß ich nicht, was ich glauben soll, ich bin am Ende –
Ich weiß nicht mehr, ich bin am Ende mit den Nerven –
Mein Frauenarzt hat gesagt, da muss was sein –
Doch jetzt ist da nichts –
Ein einziges Warten auf die Bluterei beginnt –
ein Frühabgang
ein Menstruationsknäuel
Marmelade
Flecken überall
Klumpen
Hallo, ich habe da eine Frage –
Kann irgendjemand in diesem Forum mir sagen, was da los ist.
Als Schriftzug, der schnell vorüberzieht:
Wir können aus rechtlichen Gründen keine Diagnose online erheben, aber lass Dir gesagt sein, das sieht gut aus.
Doch unsere Antworten ersetzen keineswegs ein Gespräch mit dem Kinderwunscharzt.

Wir legen darauf Wert, dass respektvoll miteinander umgegangen wird.
Das hier ist ein Onlineforum, wo sich die unterschiedlichsten Charaktere tummeln.
Stänkerer und Aufwiegler sind nicht willkommen.
Ebenso verletzen uns Themen wie Abtreibung oder ungewollte Schwangerschaften, die nicht ausgetragen werden sollen. Für solche Themen ist dies nicht das richtige Forum.
Hier im Forum sind acht Spezialisten am Werk.
Und eine Reihe Mädels, die schon sehr lange hier sind und bestens Bescheid wissen.
Danke für die tolle Begrüßung –
Super, wie ihr das macht –
Wir sind Lizi, Laulau, Lakritzschnecke und Sjun, die sagt: Ich hätte gerne noch etwas zu Mutmachpostings geschrieben.
Wir wollen uns Mut machen.
Sind Mutmachpostings hier erlaubt?
Hallo?

1. Szene

Der Engagierte tritt auf. Es sitzen bereits die Kinderlose und etwas davon entfernt Oma und BA auf der Bühne.

DER ENGAGIERTE Schau mal, Henry, da sitzt eine Frau, die liest Zeitung. Das machst du auch, wenn du einmal groß bist. Dann erfährst du alles über die Welt. Schau mal, und da sitzt einer, der schlägt ein Buch auf. Der möchte lesen. Er hat noch nicht angefangen, aber gleich liest er. Das hier ist ein kultiviertes Abteil. Nur der da drüben klappt wieder einmal sein Notebook auf und möchte jetzt arbeiten. Also er würde gerne arbeiten, aber er kann sich nicht konzentrieren, er reibt sich die Augen. Er sieht uns an, als wären wir schuld an seiner Zerfahrenheit, dabei sind es nur die blöden Exceltabellen, das ist nur sein betriebswirtschaftlicher Kurzschluss, den er da durchexerzieren muss. Das verstehst du noch nicht, nicht wahr? Aber wir sind ganz leise, Henry, wir schaffen das, ja? Wir sind jetzt zusammen mal ganz leise – schau, er reibt sich schon wieder die Augen. Ich vermute mal, er hat einfach zu wenig geschlafen, wie so viele hier. Aber wir, wir haben genug geschlafen. Wir sind jetzt richtig wach, was, Henry?

OMA Pssst!

DER ENGAGIERTE Bitte?

OMA Das ist ein Ruheabteil und kein Kindergarten.

DER ENGAGIERTE Wir sind jetzt ganz leise, Henry, nicht? Wir üben das mal. Wie? Du bist schon leise? Also du könntest noch ein ganz klein wenig leiser sein, finde ich. Und nein, mit dem Fuß gegen die Lehne zu hauen, ist nicht leise. Auch das Plastikdings macht Krach. Du hast doch gehört, die Dame möchte ihre Zeitung in Ruhe lesen, und du haust dauernd …

OMA Pssssst! Haben Sie nicht gehört?

DER ENGAGIERTE Was? Ja, natürlich habe ich gehört!

BA Das Kinderabteil ist in Wagen 37.

DER ENGAGIERTE Henry, die Dame ist so viel Krach nicht mehr gewöhnt …

BA Es ist auch für *Sie* besser, wenn Sie da hingehen …

DER ENGAGIERTE Wieso soll es da für mich besser sein? Es ist vielleicht für Sie besser, dann sehen Sie gar kein Kind mehr.

BA Keine Sorge: Ich sehe in meinem Leben genügend Kinder.

DER CHOR Der Herr Bundestagsabgeordnete singt davon, dass er so viele Kinder sieht, weil er so viele Kinder hat und seine Frau jetzt auch noch ein drittes möchte, aber er dann doch etwas Angst vor einem dritten Kind hat. Er weiß auch nicht, warum. Doch er weiß, warum. Aber darüber spricht er öffentlich nicht. Öffentlich spricht er vom Glück des dritten Kindes.

Der Bundestagsabgeordnete wirkt irritiert und macht gar nichts. Der Engagierte zieht langsam weiter.

OMA Ach, Sie sind ein Bundestagsabgeordneter. Ich habe schon gehört – in jedem ICE sitzt jetzt ein Bundestagsabgeordneter mit drin, um Demokratiebewusstsein zu demonstrieren. Das heißt, Demokratiebewusstsein mit Mittelstandsnähe zu kombinieren – sind Sie etwa auch auf dem Weg nach Stuttgart?

BA *versteht nicht* Stuttgart?

OMA Sie sind nicht auf den Weg nach Stuttgart?

BA Nein.

OMA Wirklich nicht? Na, dann Gorleben, Bremerhaven, Chemnitz –

wo bleibt das Engagement? Sie werden doch nicht ernsthaft nach Berlin fahren oder Brüssel!

BA Wenn Sie meinen, na gut, dann bin ich eben auf dem Weg nach Stuttgart.

OMA Sage ich es doch.

Der Spätberufene und die Alte Mutter tauchen auf. Sie gehen langsam durch die Reihen.

SPÄTBERUFENER Wieso grüßt du die?

ALTE MUTTER Kenne ich aus der Kita.

SPÄTBERUFENER Und den?

ALTE MUTTER Kenne ich aus der Kita.

SPÄTBERUFENER Aber den doch nicht.

ALTE MUTTER Krabbelgruppe.

SPÄTBERUFENER Nein.

ALTE MUTTER Wie?

SPÄTBERUFENER Glaube ich nicht.

ALTE MUTTER Geburtsvorbereitung.

SPÄTBERUFENER Haben wir doch gar nicht gemacht.

ALTE MUTTER *Wir* nicht. *Zeigt auf die Leute.* Babymassage. Kinderturnen. Pekipgruppe, Babyschwimmen, Vorschule.

SPÄTBERUFENER Das, bitte schön, dauert noch ein paar Jahre.

ALTE MUTTER Man kann nie früh genug anfangen.

Sie setzen sich zur Kinderlosen.

LH *kommt ganz gemächlich herein, setzt sich langsam neben den Bundestagsabgeordneten und wendet sich dann zu ihm* Sagen Sie, haben Sie meine Frau gesehen? Ich suche sie schon eine ganze Weile. Sie wissen schon – die neben Ihnen gesessen hat.

BA Nein, so leid es mir tut, ich erinnere mich nicht …

LH Blonde Haare, nee, Moment mal, hat sie ja gefärbt, also schwarze Haare, rundliches Gesicht, nee, ist auch schmal geworden in letzter Zeit, jedenfalls: Kostüm mit Kleckerflecken.

BA Sie müssen entschuldigen, aber neben mir sitzen selten Gattinnen. Ich werde stets neben dem Minister und neben dem Staatssekretär platziert.

LH Kleckerflecken, die wollte sie sich eben auswaschen gehen …

BA Ach, ich vergaß, ich bin jetzt hier mal ganz privat. Ich zeige mich heute von der privaten Seite.

LH Kleckerflecken …

BA Das kommt immer gut, habe ich mir sagen lassen. Erst kürzlich war im Tagesspiegel eine ganze Seite Privatleben von meiner Parteikollegin zu lesen. Wie es für sie ist, Kinder zu kriegen.

OMA Sagen Sie, könnten Sie mal über was anderes sprechen?

LH Ich sagte »Kleckerflecken«!

OMA Eben, eben!

BA *verwirrt, formuliert deswegen allgemein* Ich finde auch, man sollte Rücksicht nehmen, einerseits …

LH Wie? Einerseits?

BA *rudert zurück* Aber andererseits muss man auch wieder verstehen …

DER CHOR Der Herr Bundestagsabgeordnete singt ein Lied über die Kinderfeindlichkeit in diesem Land. Wie man sie gerade an einem Ort wie diesem wieder zu spüren bekommt, wie man ihr begegnen muss die ganze Zeit, die ganze Zeit, die ganze Zeit, Zeit …

OMA Gar nichts singt er!

2. Szene

Alte Mutter und Spätberufener sitzen vor der Kinderlosen, die kaum Reaktion zeigt.

SPÄTBERUFENER Ach, Sie haben keine Kinder? Na so was –

ALTE MUTTER Das kommt noch. Sie ist ja noch jung.

SPÄTBERUFENER Aber so jung auch wieder nicht.

ALTE MUTTER Stimmt, man sollte nicht zu lange warten. Den Fehler habe ich gemacht. Hätte ich ein paar Jahre jünger angefangen, hätten wir jetzt sicher das eine oder andere Kind mehr.

SPÄTBERUFENER *scherzhaft* Da habe ich ja noch mal richtig Glück gehabt.

ALTE MUTTER *geht darauf nicht ein* Man muss aber dankbar sein, dass es überhaupt noch geklappt hat. Freunde von uns hatten da nicht so viel Glück.

Sie schweigen.

SPÄTBERUFENER Wir haben lange keine Kinderlosen mehr getroffen.

ALTE MUTTER Ja, es ist lange her. Was ist mit ihnen geschehen?

SPÄTBERUFENER Keine Ahnung –

Lacht. Haben wohl Kinder bekommen.

ALTE MUTTER Das waren Zeiten! Damals haben wir uns laufend gestritten …

KINDERLOSE *ironisch* Nein!

SPÄTBERUFENER Aber auch später, vor den Kindern. Das soll man ja eigentlich nicht machen, obwohl es immer heißt: Schön authentisch bleiben. Aber ich konnte gar nicht authentisch bleiben, weil ich immer so wütend war. Man kann ja nicht seine volle Wut an den Kindern ablassen, oder?

ALTE MUTTER *mit sorgenvollem Seitenblick* Nein, das kann man nicht.

Sie schweigen.

Wir haben uns beispielsweise ganz friedlich über die Paartherapie von unseren Bekannten unterhalten. Ob die noch vorankomme, ob das überhaupt noch Sinn mache, und ganz plötzlich – flupp – ist er ausgeflippt.

SPÄTBERUFENER *beinahe fröhlich* Stimmt.

Die Kinderlose will etwas sagen, kommt aber nicht zu Wort.

ALTE MUTTER Jedenfalls wir haben gestritten –

SPÄTBERUFENER Aber was hätten wir auch anderes tun sollen.

ALTE MUTTER Ich bitte dich, wir haben uns über die Paartherapie der anderen gestritten!

SPÄTBERUFENER *lacht* Diese Zeiten sind nun wirklich vorbei.

ALTE MUTTER *trocken* Ja, wir streiten jetzt nicht mehr über die Paartherapie von anderen. Wir glotzen nur geradeaus an anderen Pärchen vorbei und kümmern uns um unseren eigenen Kram. Das Paradies zu dritt, wir haben es erlebt, das Paradies zu viert, wir kennen es. Im Augenblick sind wir im Paradies zu fünft angelangt. Das heißt, unsere Kinder kommen alle Augenblicke angerannt und wollen was. Nur jetzt gerade sind sie auf einer Modellflugzeugshow.

SPÄTBERUFENER Deine Eltern! Wer denkt sich denn so was für eine Einjährige und einen Dreijährigen aus.

ALTE MUTTER Oskar ist sechs und fährt total drauf ab.

SPÄTBERUFENER Sie sehen, wir haben unsere eigenen Ideen, wie wir Kinder großziehen. Also Prinzipien. Aber wir haben uns erst langsam darauf einstimmen müssen. Wir haben die Kinderlosen hinter uns gelassen, wir haben die Pärchen hinter uns gelassen mit ihren Einzelkindern. Und die Waldorfpädagogen, die haben wir hinter uns gelassen.

ALTE MUTTER *kreischt auf* Die Waldorfpädagogen!

SPÄTBERUFENER Ja, meine Idee war das ja nicht gewesen.

ALTE MUTTER *kreischt hysterisch* Wenn Sie mich fragen: Mobbing, das kenne ich aus der Kita. Mobbing, das kenne ich aus der Kita! Mobbing, das kenne ich aus –

SPÄTBERUFENER *beruhigend* Schatz!

Die Kinderlose packt ihre Sachen und steht auf. Die beiden sehen ihr zu. Sie geht langsam durch die Reihen.

Die Streits jedenfalls haben wir hinter uns gelassen.

ALTE MUTTER Und ich habe Angst gehabt.

SPÄTBERUFENER Ja, du hast Angst gehabt. Sogar die Kinder haben das gemerkt. Das ist nicht gut, wenn die Kinder was von deiner Angst merken.

ALTE MUTTER *beharrt* Ich habe Angst gehabt vor deinen Wutanfällen.

SPÄTBERUFENER Aber die hast du jetzt nicht mehr, oder?

ALTE MUTTER Hm.

SPÄTBERUFENER Gut.

Sie schweigen einen Augenblick. Die Kinderlose sucht immer noch einen Platz. Sie bewegt sich in Richtung Oma.

ALTE MUTTER Meine Güte, es ging ja meist um die Arbeitszeit. Also wer darf wann arbeiten, wer darf wann raus. Das heißt, ausgegangen sind wir ja sowieso nicht. Das haben wir abgehakt.

SPÄTBERUFENER *plötzlich hart* Ja, entweder oder.

ALTE MUTTER *ebenso hart* Wie?

SPÄTBERUFENER *im Streitmodus* Entweder arbeiten oder zu Hause bleiben. Du wolltest ja deinen Job durchziehen, da muss man natürlich Abstriche machen.

ALTE MUTTER *beleidigt* Da kannst du aber verdammt froh sein, dass ich das wollte.

Sie schweigen.

Die Kinderlose setzt sich völlig erschöpft neben die Oma. Währenddessen nimmt der Engagierte, der wieder aufgetaucht ist, Platz neben dem Spätberufenen und der alten Mutter. Er tut so, als ob sich am Platz ihm gegenüber sein Sohn Henry hingesetzt hat.

OMA Ach, du liebe Güte, was hat man denn mit Ihnen gemacht?

KINDERLOSE Ich würde hier gerne mitreden, aber darf man ja nur mit einem Kind oder zwei.

OMA 1,5, früher 2,3, um genau zu sein. Nur meine Tochter musste übers Ziel hinausschießen. Zuerst zieht sie in den Süden, und dann kriegt sie auch noch ihre zwei, drei, vier Kinder. Ihr Mann lässt sie natürlich im Regen stehen, das heißt, er ist Architekt, da kann er nicht anders. Sie ist auch Architektin. Also, sie macht die Kinder, er kennt sich da nicht so aus, sagt er. Er ist ein Idiot. Also, mein Schwiegersohn ist ein Idiot. Aber was soll man da schon machen. Und jetzt sind da diese zwei, drei, bald vier Kinder da, und eine Tochter, die sagt: Emanzipation? Hat sich erledigt. Das heißt, das ist doch jetzt alles ganz anders. Ich sage ihr: Gar nichts ist anders, und dann sagt sie: Sie wolle das eben so. Jetzt liest sie aber nur noch Bücher, in denen Mütter ihre Kinder am Bahnsteig stehenlassen. Was anderes kann sie nicht mehr lesen, sagt sie. Da muss man sich doch Sorgen machen.

KINDERLOSE Ach.

OMA Ich meine, sie hat jetzt schon drei Kinder, und ein viertes ist unterwegs. Sie will, dass ich helfe. Will ich aber nicht. Aber gleichzeitig will ich sie natürlich nicht im Stich lassen, und so fahre ich permanent durch die Bundesrepublik und denke mir: Schon wieder neun Monate rum. Ich beginne, Umwege zu machen. Es gibt ja verschiedene Routen, von Nord nach Süd, aber ich suche immer kompliziertere raus, immer solche, wo man mit krassen Verspätungen rechnen muss. Heute habe ich die über Wuppertal erwischt. Mehr brauche ich nicht zu sagen.

KINDERLOSE *wird es wieder unangenehm* Aber ich würde gerne mitreden.

OMA Was wollen Sie denn immer mitreden?

ALTE MUTTER *ruft rüber* Kriegen Sie doch erst mal eines.

KINDERLOSE Wieso? Ich bin doch Businessfrau.

OMA Ach, Sie sind die Businessfrau, von der immer die Rede ist. Wissen Sie, das war ich auch einmal, nur haben wir das nicht so genannt. Wir hatten da elegantere Bezeichnungen.

KINDERLOSE *steht auf* Ach, Quatsch, das gibt es doch erst seit ein paar Jahren.

Sie setzt sich neben den Lufthansamenschen, der erfreut guckt.

LH *zur Kinderlosen, vertraulich* Wissen Sie, das muss ein Virus sein …

KINDERLOSE Bitte? *Lacht unsicher.* Ach so …

3. Szene

RABENMUTTER *stürzt herein* Wildfremde Menschen sind hinter mir her. Sie sagen andauernd: Hauen Sie nicht ab! Hauen Sie nicht ab!

ALTE MUTTER Moment mal: Sind Sie die Frau, die andauernd abhauen möchte? Ich bin das nämlich nicht, das möchte ich bitte hier festhalten …

RABENMUTTER Wildfremde Menschen ermahnen mich, bei meinem Kind zu bleiben. Sie sagen: Bleiben Sie doch bei Ihrem Kind, so bleiben Sie doch bei Ihrem Kind.

DER ENGAGIERTE Und?

RABENMUTTER Sage ich: »Mache ich doch, mache ich doch.« – »Das behaupten Sie jetzt so«, sagen die, »Sie sind doch dabei, wegzulaufen, das sehen wir ganz genau. Sie können hier aber nicht rauslaufen.« Sage ich: »Möchte ich doch gar nicht.« Sagen die: »Sehen wir doch ganz genau. Außerdem: Ihre Kinder brüllen!«

LH Das wollte ich auch schon anmerken.

RABENMUTTER Aber dieses Kind gehört nun zufällig nicht zu mir! Sie sagen: »Sehen Sie! Sehen Sie!« Ich sage: »Meine Kinder brüllen nicht.« Sie sagen: »Erzählen Sie uns nichts, wir beobachten Sie schon eine ganze Weile. Sie haben das hier nicht im Griff. Ihnen entgleitet alles.«

LH *nicht uninteressiert* Sie haben das nicht im Griff.

RABENMUTTER Ich bin nicht die Frau, die abhaut. Im Gegenteil: Ich bin immer da.

KINDERLOSE Und ich bin die Frau, die zu allem bereit ist. Zu allem. *Sie kramt entschlossen in ihrer Tasche.*

LH *nicht uninteressiert* Ach, guck!

KINDERLOSE *zieht aus der Tasche eine Gebrauchsanweisung mit Giftwarnung heraus, die sie vorliest* Immer zu einer Mutter sagen: Brauchen Sie Hilfe? Nie die Partei des Kindes einnehmen – das ist nur kontraproduktiv.

RABENMUTTER Bitte?

ALTE MUTTER Also, ich halte das einfach nicht aus, wenn eine neben mir ihr Kind anbrüllt.

RABENMUTTER Ich brülle nicht.

ALTE MUTTER Von Ihnen war gerade mal nicht die Rede.

RABENMUTTER Wen soll ich schon wieder anbrüllen?

ALTE MUTTER Eine gefühlte Stunde lang – Vermutlich waren es nur fünf Minuten. Das fühlt sich ja gleich immer wie eine Stunde an. Ich sage mir dann: Das ist nur fünf Minuten in Wirklichkeit, daran ist noch kein Kind gestorben, aber ich weiß doch – ich meine – sieht man doch.

KINDERLOSE *liest weiter* Man geht besser um das Kind herum und spricht die Mutter an: Kann ich Ihnen helfen? Das soll man ganz freundlich sagen, nicht zu laut auftreten. Nicht zu erkennen geben, dass man in Sorge ist.

Sie stockt.

Und ich bin in Sorge –

Wechselt den Tonfall.

– aber mehr wegen der Geschäftsführersitzung –

Sie stockt, überlegt.

Also ich für meinen Teil würde jetzt gerne hier aussteigen, ich muss nämlich zu meinem Businesstermin. Ich muss nach Norddeutschland, und wie es aussieht, fahren wir die ganze Zeit nach Süddeutschland. Ich weiß auch nicht, wie das kommt. Die ganze Zeit schon fahre ich nach Süddeutschland, obwohl ich nach Norddeutschland muss. Ich meine, da stimmt doch was nicht. Ich habe die Züge verwechselt oder die Züge mich, Tatsache ist, plötzlich reden hier alle nur noch vom Kinderkriegen. Eben redeten sie noch von Microsoft, von der Volatilität der Börse, allenfalls Eurokrise, und jetzt reden sie nur noch vom Kinderkriegen. Ich finde das unheimlich.

LH *zur Kinderlosen, beruhigend* Vielleicht ist es ein Virus …

OMA Man berührt die Mutter am besten nicht, sondern trennt sie erst mal räumlich von ihrem Kind. Überredet sie beispielsweise, auf einen Kaffee mitzukommen. *Zur Alten Mutter* Kommen Sie auf einen Kaffee mit?

ALTE MUTTER Ich? Wieso jetzt ich? Die da müssen Sie fragen. *Zeigt auf Rabenmutter.*

OMA Ich meinte schon Sie –

ALTE MUTTER *ignoriert das* Also ich halte das nicht aus, wenn neben mir so eine Mutter ihr Kind anbrüllt, kann man da nichts machen?

KINDERLOSE Ich meine, eben noch fand ich mich in einer Frankfurter Geschäftsführersitzung wieder, und man schickte mich nach Norddeutschland …

RABENMUTTER Ich sage denen: Schnauze! Und dann ist erst mal Ruhe. *In gemäßigterem Ton* Ach, es ist sooooo unglaublich lange her, dass ich einmal nach Süddeutschland gekommen bin, insofern wurde es jetzt mal wirklich langsam Zeit. Es ist auch unglaublich lange her, dass ich nach Norddeutschland gekommen bin, dass ich überhaupt irgendwohin gekommen bin. Mir sagt die ganze Geographie nichts mehr.

KINDERLOSE Die Welt geht bankrott, und Sie reden von Süddeutschland.

RABENMUTTER Sie haben doch angefangen!

KINDERLOSE *memoriert* Man fängt keinen Streit mit der Mutter an, auf keinen Fall, das schadet nur dem Kind.

RABENMUTTER *agressiv zur Kinderlosen* Oder wer hat hier angefangen?

KINDERLOSE Ich muss erst mal zu meinem Businesstermin.

Kinderlose bleibt aber sitzen und starrt aus dem Fenster, holt ihr Handy raus und tippt darauf rum.

LH *zu Alter Mutter* Aber haben Sie meine Frau gesehen?

ALTE MUTTER Ist sie vielleicht bei den Kindern?

LH Ja, genau, sie ist bei den Kindern! *Irritiert* Bei welchen Kindern?

SPÄTBERUFENER Sie wissen schon… bei den Kindern …

LH Ich warte darauf, dass sie endlich vom Waschraum zurückkommt und ein paar Snacks aus dem Bordbistro mitbringt. Aber andauernd trifft sie diese Mütter, die es jetzt überall gibt, und findet es wichtig, mit ihnen zu reden. Während ich andauernd immer wieder neue Politiker treffe, trifft sie diese Mütter. Ich weiß auch nicht, wieso. Wird so ein Charity-Ding sein. Oder ein Virus. Irgendeine Krankheit, die alle nach und nach zu befallen scheint, und bumm!

SPÄTBERUFENER Ach, ist das Ihre private Revolution, jetzt keine Kinder zu kriegen, wo alle Kinder kriegen? Ich kannte nämlich mal einen, für den war das die Revolution schlechthin. Er hat sich immer nur die Leute angesehen und hat gesagt: Jetzt ist der und der umgefallen.

ALTE MUTTER Waren sie nicht zu zweit? Ich meine, gab's zum Kinderlosen nicht auch eine Kinderlose?

SPÄTBERUFENER Stimmt. Sie waren im Plural. *Lacht.* Aber kein Dreierplural, nur ein Zweierplural.

ALTE MUTTER Hat er sie dann nicht verlassen?
SPÄTBERUFENER Ja, als er ihren latenten Kinderwunsch entdeckt hat.
ALTE MUTTER Und jetzt?
SPÄTBERUFENER Hat er vermutlich selber Kinder. *Prustet los.*

4. Szene

Einen Augenblick später.

ALTE MUTTER Ich vermisse sie schon jetzt.
SPÄTBERUFENER Morgen sehen wir sie doch schon wieder.
ALTE MUTTER Trotzdem.
Sie schweigen einen Moment.
Also ich könnte das nicht so machen wie Petra und Stefan, ich meine Nicole und Georg, nein, Stefanie und Sebastian.
SPÄTBERUFENER Bitte?
ALTE MUTTER Sie genießen es nicht richtig.
SPÄTBERUFENER Bitte?
ALTE MUTTER Nicole und Georg genießen es nicht richtig, dabei sollten sie es tun.
SPÄTBERUFENER *Wir* genießen unsere Kinder richtig.
ALTE MUTTER Ja, aber auch bei uns hat das gedauert.
Nach kurzem Zögern.
Wir haben hart dran arbeiten müssen.
SPÄTBERUFENER Echt?
ALTE MUTTER *geht darauf nicht ein* So ist seine Achtwöchigkeit schon an ihnen vorübergezogen, eben war noch seine Zwölfwöchigkeit dran, und bald schon wird seine Fünfzehnwöchigkeit an ihnen vorüberziehen, und sie haben nichts bemerkt.
SPÄTBERUFENER So alt ist ihr Sohn schon?
ALTE MUTTER *weinerlich* Ja. Andererseits, erinnere dich: Auch bei uns ist die Zwölfwöchigkeit mal vorübergezogen. *Seufzt bedenklich.*
SPÄTBERUFENER Das kann man doch nicht vergleichen.
ALTE MUTTER Das kann man wohl sagen – Sie sind permanent am Wegorganisieren. Sie kriegen von Ihrem Kind rein gar nichts mit. Sie schaffen es sich nur noch vom Leib.

SPÄTBERUFENER Und dieses Wegorganisieren kostet Kraft! Und Geld! Und Zeit!

ALTE MUTTER Sie sagen, sie wollen mal durchatmen.

OMA Wir wollen auch mal durchatmen.

BA *unterbricht* Also, das Kinderabteil ist in Wagen 37.

RABENMUTTER Also, was soll das denn heißen? Und außerdem: Waren Sie schon mal im Kinderabteil? Nein, Sie kennen das Kinderabteil nicht, Sie bestimmt nicht! Ich sage Ihnen eines: Das Kinderabteil ist der reinste Horror, insofern: Lassen Sie das.

BA Aber Ihre Kinder haben Sie dort gelassen?

RABENMUTTER *trocken* Mein Sohn wird mir bei Augsburg reingereicht.

OMA Bei Augsburg? Fahren wir etwa über Augsburg?

DER ENGAGIERTE *in völlig überzogenem, euphorischem Tonfall* Ein Müllauto! Ja, da draußen fährt ein Müllauto. Und ein Laster mit einem Riesenanhänger! Ja, richtig, wir kommen nämlich gleich in eine Stadt. Mit Häusern und Straßen. Dann wird der Zug im Bahnhof halten, und manche werden aussteigen und manche einsteigen. Und dann kommt auch der Schaffner wieder! Der wird nach unserer Karte fragen. Und wir werden uns wieder verstecken. Ja? Das ist ein lustiges Spiel, nicht? Ja, gleich halten wir in Augsburg an. Gleich kommt Augsburg, und dann werden jede Menge Kinder reingereicht, du wirst schon sehen, der ganze Zug wird voll mit Kindern sein …

KINDERLOSE Also, ich würde jetzt wirklich gerne aussteigen … *Sieht sich suchend nach Hilfe um.*

OMA Kindchen, das musst du schon alleine schaffen.

KINDERLOSE Herr Bundestagsabgeordneter, Sie wissen doch in diesen Fragen Bescheid: Wie kann ich hier aussteigen?

BA Ich fürchte, Sie verwechseln da etwas. Aussteigen ist nicht meine Expertise.

OMA Und was machen Sie dann hier?

BA Ich demonstriere Familienwerte.

OMA Und was macht Ihre Frau? Lassen Sie mich raten: Die kümmert sich derweil um die Kinder.

Die Kinderlose steht auf und versucht, rauszugehen. Sie schafft es nicht.

5. Szene

Einen Augenblick später.

KINDERLOSE *kommt wieder* Kein Durchkommen. Alles verbarrikadiert. Schulklassen oder so. Immerhin noch nicht Augsburg!

BA *lauscht* Aber haben Sie eben die Durchsage gehört? Hier wird ein Kind vermisst.

ALTE MUTTER *unvermittelt* Unterbrechen Sie mich nicht!

BA *irritiert* Sie haben doch eben gar nichts gesagt. *Beginnt noch mal.* Also: Hier werden zwei Kinder vermisst. Das muss man doch ernst nehmen.

LH Kenne ich. *Ahmt nach.* Dies ist ein dringender Aufruf: Achtung, die unbegleiteten Kinder Linus und Finja, gebucht mit airberlin, ich korrigiere, natürlich mit Lufthansa nach Berlin Tegel, melden Sie sich bitte am Flugsteig 16.

SPÄTBERUFENER Aber wir sind doch in der Bahn.

BA *lauscht – irritiert* Jetzt sind es schon drei, die vermisst werden.

LH Die Bahn ist nur ein verlängerter Arm des Flughafens –

ALTE MUTTER Unsere Kinder sind es nicht!

BA *unvermittelt* Auch ich vermisse meine Kinder, das versichere ich Ihnen. Ich meine, ich bin da ganz bei Ihnen.

OMA Bei wem?

BA Ähm… *Ihm fällt nichts ein.* Moment mal, ich hole mal eben den Chor… *Geht, um den Chor zu holen.*

ALTE MUTTER *zu Rabenmutter* Haben Sie eben die Durchsage gehört?

RABENMUTTER Mich interessieren diese Durchsagen nicht.

ALTE MUTTER Habe ich schon gemerkt.

RABENMUTTER Bitte?

OMA *zu Alter Mutter* Wer interessiert sich heute schon? Sehen Sie, ich komme ja aus der Geschichte und habe ein Sensorium für Leute, die sich nicht interessieren. Meine Tochter beispielsweise. Da komme ich aus meinen 60ern und 70ern, und meiner Tochter sind die schnurzpiepegal. Sie interessiert sich nicht für Geschichte, allenfalls für die 80er in modischen Fragen. Nein, wenn überhaupt, bleibt sie bei ihren 40ern und den Frauen, die aus Ostpreußen kommend, ihre

Kinder am Bahnsteig stehen lassen. Immer Ostpreußen und stehen lassen, verstehen Sie?

ALTE MUTTER Vielleicht will sie all die stehengelassenen Kinder wieder einsammeln?

OMA Da bin ich mir nicht sicher.

DER CHOR *kommt endlich* Die Rabenmutter singt ein Lied über alleinreisende Kinder.

RABENMUTTER Ich kann doch gar nicht singen.

DER CHOR Die Rabenmutter singt ein Lied über alleinreisende Kinder, die jetzt an allen Orten auftauchen. Sie singt über die alleinreisende Person Jamal und die alleinreisende Person Linus – Ach ja, Finja ist auch dabei, am Flughafen München, ähm, im ICE 236. Sie singt: Achtung, die unbegleiteten Kinder Linus und Finja, gebucht mit airberlin …

RABENMUTTER Das hatten wir schon.

DER CHOR Sie singt.

RABENMUTTER Nein.

DER CHOR Die Rabenmutter singt, wie sie sich immer mehr in die Suche nach den alleinreisenden Kindern verstrickt. Wie sie die unbedingt finden will. Wie sie über Kisten und Koffer stolpert und doch am Ende fündig wird, wie sie in das Kinderabteil kommt, das der reinste Horror ist. Wie sie in das Kinderabteil reingeht, um die Kleinen rauszuholen …

RABENMUTTER *schreit* Nein! *Dann überlegt sie es sich.* Gerne, aber können Sie mal kurz auf meine Tochter aufpassen?

DER CHOR Nein, können wir nicht.

RABENMUTTER Dann kann ich nicht singen.

ALTE MUTTER Aber klar, mache ich doch.

RABENMUTTER Sie habe ich nicht gefragt – aber stimmt –

Wendet sich an Alte Mutter.

– können Sie kurz nach ihr sehen. Ich meine, es könnte eine Weile dauern.

ALTE MUTTER Mache ich doch.

RABENMUTTER Ich muss ein wenig auf Zeitreise gehen. Ich muss zurück zu meinen Anfängen, wieder auf null. Unbedingt. Burn-out. Settle down. Schlussaus. Verstehen Sie?

ALTE MUTTER *beiläufig* Klaro. Mache ich.

RABENMUTTER Ich meine, so richtig. Also: Können Sie?

ALTE MUTTER Sie sind ja jetzt noch da, ich meine, Sie sind noch nicht weg. Ich gucke, wenn Sie weg sind, ja?

RABENMUTTER Ich muss aber sichergehen.

DER CHOR *genervt* Na gut, die Oma singt.

OMA Die Oma singt nicht.

DER CHOR Die Oma singt von ihrem beispiellosen Engagement.

OMA Nein, die Oma singt nicht. Sie leistet nämlich noch Widerstand. Also bleibt sie knochentrocken. Ich sage Ihnen jetzt was: Meine Tochter liest nur noch Bücher, in denen Mütter ihre Kinder in den 40ern am Bahnsteig stehen lassen und in den 90ern wieder auftauchen als alte Gespenster. Was anderes wird aber auch gar nicht mehr geschrieben. Ich finde das bedenklich. Nur noch auf diese Weise wird Geschichte verhandelt, als wäre das ganze zwanzigste Jahrhundert ein einziger negativer Kindergeburtstag, an dem sich Mütter ihren Kindern entziehen, und daraus resultiert das ganze Elend.

DER CHOR *beharrt* Die Oma singt jetzt.

OMA Nein!

DER CHOR Wir hören aber Geräusche aus der Tasche der Oma. Sind es etwa Kinderstimmen? Ist es Musik?

OMA Lassen Sie meine Tasche in Ruhe …

DER CHOR Wir sind uns sicher, es sind Kinderstimmen in der Tasche der Oma drin, und das bedeutet, die Oma singt gleich.

OMA OKAY – also gut.

Musikeinsatz.

Der Engagierte taucht wieder auf, er geht zur Oma, unterbricht den Musikeinsatz.

DER ENGAGIERTE Aber Henry, wie oft soll ich dir noch sagen, dass du die Dame loslassen sollst. Hör auf, die Frau zu betatschen, ihr die Sachen wegzunehmen. Du kriegst wirklich Probleme, wenn du das machst. Die Frau ist ja ganz wehrlos, weil sie schon so alt ist und aus ihrer Ecke nicht rauskommt. Vielleicht ist sie sogar gehbehindert. Also wenn du nicht sofort aufhörst, dann setzt es was!

Das Kind scheint sein Verhalten nicht zu verändern, wichtig ist, dass der Ton vom Engagierten nicht wirklich schärfer wird.

Ich weiß, du willst jetzt nicht aufhören, ich kann dich sogar verstehen, dass das Spaß macht, aber an den Haaren zu ziehen, ist keine gute Idee. Du weißt, was ich dir über die Polizei gesagt habe, Henry? Nein, auch ihren Bauch musst du in Ruhe lassen. Du weißt doch genau, dass du den Tischtennisschläger nicht gegen sie hauen sollst. Gleich wird der Papa böse –

Wirkt nicht sehr böse.

– nur einen Moment, dann wird Papa böse. Nur einen Augenblick noch –

II. Akt
Elterndiktatur

Ort: Wellnesshotel, Lobby oder wohnzimmerartiger Gemeinschaftsraum.
Zeit: spätabends, nachts.

DER CHOR Wer kommt aus dem Raum Minden und hatte schon eine Fehlgeburt?
Sind auch Männer hier, die darunter leiden? Hallo Männer, meldet euch!
Niemand da?
Sind Ärzte anwesend? Die Statusanzeige sagt nämlich nichts darüber aus.
Denn wir zählen jetzt.
Wir zählen die Tage, die Minuten, die Sekunden. Wann kommt der Eisprung?
Kommt er? Wir hören die Uhr ticken –
Wir zählen die Sekunden bis zum Eisprung. Und wieder ist nichts passiert.
Und wieder läuft die Behandlung: Insemination mit Clomifen und Spender –
Wohin läuft sie?
Wissen wir nicht.
Läuft davon: Verklebte Eileiter, Low Responderin, schlechte Hormonwerte.
Hormonwerte.
Obwohl ich erst 31 bin.
Mein Eisprung.
Ein Unfall, heißt es.
Ein zufälliges Zugunglück könnte noch abhelfen.
Ein Meteoriteneinschlag
gegen niederschmetternde Diagnosen.
Wer oder was sitzt auf meiner Eizelle?
Und: Wer ist hier noch Low Responder?

Low Responder bin ich nicht, habe aber PCO, CCP und KFL
und mein Mann ein miserables Spermiogramm
Ach nein! Ach nein!
In welcher Praxis
in München bist du?
Komisch, dass wir uns noch nicht getroffen haben.
Ja, klitzekleine Teilchen in der Luft, die alles verhindern,
ein einziger Chemieunfall, das ganze heutige Leben.
Und man trifft sich nie.

Ich komme nicht mehr – ich komme einfach nicht mehr
raus aus diesem unerträglichen Kusinenzustand.
Alleine so ein Wochenende mit Freunden auf dem Land –
Ein Jagdhaus, eine Pension, eine Hütte, ein Wellnesshotel in den Bergen –
Im Teutoburger Wald, im Odenwald, im Schwarzwald, im Kobernaußer Wald, im Harz.
Treptower Busch.
Wo sie dann alle drinnen hocken mit ihren Gören.
Und immer alles bestimmen –
Wer darf wo und wann auf Toilette. Oder so.

Lass dir gesagt sein, das geht vorüber –
Das Wichtigste ist, du verabschiedest dich –

1. Szene

BA alleine im Vordergrund mit Chor.

BA *übt eine Rede zum Chor, die er dem Publikum halten möchte* Meine Damen und Herren, Sie sehen hier, wie ich Familie demonstriere. Die Politik ist ja jetzt gerade in den Sommerferien, da macht sich das gut. Ich weiß, bisher hat sich da die andere Partei draufgesetzt, Sie erwarten das jetzt nicht von mir.

DER CHOR *murmelt* Richtig, richtig.

BA Obwohl Sie nicht genau wissen, von welcher Partei ich jetzt stamme, aber die gute Nachricht ist: Das ist auch ganz und gar nicht nötig. Die schlechte Nachricht ist: Sie müssen mir jetzt zuhören –

Zu sich Ha, kann auch nach hinten losgehen – Na ja, ich bin ja auch untypisch für meine Partei, ich bin eher konservativ, so privat, wenn Sie mich fragen, und das sage ich auch öffentlich, auch wenn ich öffentlich andere Meinungen vertreten muss – nein, das geht nicht –

Setzt noch mal an. Ich weiß, Sie und Ihre Internetcommunity sind ein wichtiger Bestandteil der Zivilgesellschaft –

Zu sich Macht sich immer gut –

Der Chor seufzt laut auf, BA reagiert da drauf.

Ist ja schon okay.

Fährt fort. Ich meinte nur, ich trete auch immer für Ihre Rechte ein –

Wird leiser, beginnt zu murmeln. Praktisch die ganze Zeit, wenn ich nichts anderes zu tun habe… nein, das geht nicht …

Sammelt sich und fängt noch mal straighter an.

Jetzt, wo uns ein Unfall hier zusammengeführt hat, und uns führt heute meist ein Unfall zusammen, können wir Tacheles reden. Ich meine ein Zufall, ein Eisenbahnzufall, ein Eisenbahnunfall, ein Fluglotsenstreik, eine Wetterlage, irgendwas war da doch: Gewerkschaften oder Finanzkrisen? Egal, wir sitzen jedenfalls in einem Boot, das heißt, Hotel. Busse haben uns hierhergebracht, wir wankten übers Feld, wir haben ein Taxi genommen, egal: Wir sind eine Notgemeinschaft, hier am Kamin, und wir haben eines bitternötig: Solidarität. Und zwar alle mit allen – na ja –

ALTE MUTTER Pssst!

SPÄTBERUFENER Ja, pssst!

BA *flüstert* Sie haben recht, vielleicht muss man hier flüstern.

SPÄTBERUFENER *laut* Man muss nicht vielleicht flüstern, man muss hier flüstern.

ALTE MUTTER *zu Spätberufenem* Pssst!

BA *etwas lauter* Sie haben recht, man muss hier flüstern.

SPÄTBERUFENER Pssst!

KINDERLOSE *kommt rein, laut* Bitte?

BA *flüstert* Man muss hier flüstern.

KINDERLOSE *leise* Ach so.

LH *der gleich hinter Kinderloser reinkommt* Was ist los?

ALTE MUTTER *entnervt, sehr laut* Pssssst!

BA Und auf Zehenspitzen gehen.

LH *lacht* Ja, flüstern Sie mal, das wird Ihnen guttun.

ALTE MUTTER Und nicht mit den Türen knallen – Bitte!

LH Und ich wette – nicht auf dem knarrenden Holzboden entlanggehen –

Verfällt in Werbetonfall.

– der neuerdings in jedem gepflegten Wellnesshotel vorhanden sein muss. Das suggeriert Authentizität und Wohlbehagen. Erinnert an Großmutters Zeiten und alte Herrenhäuser.

ALTE MUTTER Ja, und auch nicht mit den Autotüren knallen!

SPÄTBERUFENER *zu Alter Mutter* Pssst!!!

OMA *kommt rein* Was ist, bin ich schon wieder zu laut gewesen. Das passiert mir nämlich in letzter Zeit andauernd, dass ich zu laut bin, ich weiß auch nicht. Irgendwas mit den Größenverhältnissen verschiebt sich da wohl …

BA Mit den Größenverhältnissen? Sie meinten wohl »mit den Abstufungen«.

SPÄTBERUFENER Ja, kein Auto starten und fortfahren!

LH Vielleicht darf man die Treppe auch nicht mehr benutzen, also gar nicht, weil man könnte ja mit Gerumpel wieder runterfallen –

ALTE MUTTER Sie könnten aufwachen.

SPÄTBERUFENER Ja, die Kinder schlafen schon!

BA Ähäm, ich müsste jetzt ein ganz klein wenig mit dem Essgeschirr klappern –

LH Nicht daran zu denken! Am besten, wir bewegen uns überhaupt nicht.

Er blickt grinsend zur Kinderlosen, die erstarrt im Raum stehen geblieben ist.

Sie machen das schon ganz gut!

BA An Fernsehen ist wohl auch nicht zu denken.

ALTE MUTTER *zu BA* Mit Kopfhörern immer.

OMA Aber dann hörst du deine Kinder nicht mehr, wenn sie schreien.

ALTE MUTTER Die Babyfone sind schon aufgestellt.

SPÄTBERUFENER Jedes Babyfon hat einen Namen, zusammen ergeben sie ein Gedicht.

ALTE MUTTER Zusammen ergeben sie eine ganz große Stille, hoffe ich.

OMA *kichert* Ein Orchester der Stille.

BA Und morgen? Man darf in diesem Haus wohl auch nicht zu laut frühstücken, nehme ich an.

Alle nicken.

ALTE MUTTER Das hängt davon ab.

BA Wovon?

ALTE MUTTER Wann Sie das zu tun gedenken.

Er starrt sie an.

Sehen Sie, wir zwingen uns hier zu einem Rhythmus.

Er starrt sie an.

Sehen Sie, auch ich tue mich mit dem Mittagessen schwer. Ich mache es quasi nur aus Pflichtgefühl, damit Essen als soziale Situation an die Kinder herangeführt wird und sie später nicht fett werden. Abendessen habe ich auch für verzichtbar gehalten, früher, und zu frühstücken – das war früher was für andere – ich habe früher überhaupt wenig gegessen. Jetzt esse ich viel –

SPÄTBERUFENER Im Hochpreissegment –

ALTE MUTTER Wir essen uns durchs Hochpreissegment –

OMA *kichert und flüstert zum BA* … und werden fett, damit die Kinder später nicht fett werden …

ALTE MUTTER *starrt sie an und schreit plötzlich* Mobbing, das kenne ich aus der Kita! Mobbing, das kenne ich aus der Kita!

SPÄTBERUFENER Schaaaatz …

2. Szene

ALTE MUTTER Ich kann es kaum glauben, ich treffe die nun wirklich. Ich meine, so in echt. Das hätte ich nicht gedacht, dass ich das schaffe. All die Leute aus den Kinderwunschforen.

Zu BA Ja, da war einmal ein Kinderwunschforum, und jetzt trifft man sich regelmäßig im Odenwald, im Teutoburger Wald, im Kobernaußer Wald. Im Schwarzwald. Im Schwarzwald. Immer dieser Schwarzwald. *Zu Spätberufenem* Oder haben Sie sich etwa nicht aufgemacht? Wir haben uns doch alle aufgemacht und sitzen jetzt gemeinsam in diesem Wellnesshotel, und alle sind sie aufgetaucht: Hasipuffer 240, Gabi 37, Arsenique, Impala34, Bebi88, und »Danielle«. Alias Sandra, Meike, Sofie, Sebastian und Gregor. Oder so.

BA *tippt in sein Handy* Na, das ist doch toll!

ALTE MUTTER Ich weiß nicht. Jetzt sitzen sie gerade unten und reden über die Verstrahlte, die sie jetzt alle in der Küche sitzen haben.

OMA Schon wieder?

ALTE MUTTER Ja, sie reden schon wieder drüber.

BA Sind Sie sicher, dass es Hasipuffer 240, Gabi37, Arsenique, Impala34, Bebi88, und »Danielle« sind?

ALTE MUTTER Absolut sicher.

BA Dann ist da wohl nichts zu machen.

OMA Also ich kann da nicht mitmachen, ich habe schon so oft über Verstrahlte gesprochen.

BA Was für Verstrahlte?

ALTE MUTTER *stöhnt* Haben wir nicht erst heute Nachmittag über die Verstrahlte in unserer Küche gesprochen? Immer dieser Einbruch der Dritten Welt in unsere Kinderzimmer.

SPÄTBERUFENER Du weißt, es ist nicht anders machbar. Das heißt, es ist für viele nicht anders machbar.

ALTE MUTTER Sie sagen ständig: Wir haben uns Hilfe geholt, und jetzt haben wir eine Verstrahlte in der Küche sitzen.

OMA Die Au-pair-Agenturen versprechen einem das Blaue vom Himmel, und dann schicken sie Verstrahlte oder Unverstrahlte in deutsche Haushalte.

BA *langsam, unkonzentriert, mit dem Handy beschäftigt* Das hat man mir schon oft gesagt, da muss natürlich was unternommen werden …

OMA Ich sage immer, so geht es nicht weiter – mal ganz abgesehen davon, dass es Ausbeutung pur ist.

KINDERLOSE Verstehe ich das richtig: Immer mehr Väter schmuggeln etwas vom iranischen Atomprogramm ins Herz der Familie?

ALLE Nein!

BA Wir sind dabei, ein Rahmenabkommen mit Russland zu treffen …

ALLE Nein!

ALTE MUTTER *singt* Sie sagen: Junge Frauen, die Operationen in Deutschland machen wollen, gehen durch unsere Küche und geben vor, Au-pairs zu sein.
Sie sagen: Junge Frauen mit Tumoren, mit Zahnproblemen, mit Leistenbrüchen –
und jetzt haben wir eine vermutlich Magersüchtige in unserer Küche sitzen –
und wir vermutlich eine Bulimische, wir wissen es nicht.
Wir gehen ja nicht nachsehen.
Wir gehen nicht nachsehen.

Aber immerhin haben wir keine Philippinas!
Immerhin haben wir keine Philippinas!
Die ihre eigenen Kinder nicht mehr sehen.
Weil – Das wollen wir nicht.

OMA Moderne Sklaverei, das ist, was dabei rauskommt.

BA Und Sie sind sich sicher, dass Impala34 dabei ist, und Hasipuffer?

OMA Quatsch, das da unten ist der neue Mittelstand, der plötzlich Kinder kriegt.

BA Der neue Mittelstand heißt heute so.
Oma sieht ihn entgeistert an.
Wir haben eine Tschechin in der Küche sitzen.

LH *nachdenklich* Auch wir haben eine Tschechin in der Küche sitzen oder Tschetschenin …

BA Tschechin – *Er stutzt.* Sie haben doch gar keine Kinder …

LH Eben, eben.

OMA Meine Tochter schwört auf Nepalesinnen. Über die arterhaltende Funktion der Georgierinnen, Uganderinnen, Ecuadorianerinnen sollte mal gesprochen werden.

BA Und in allen keimt die Hoffnung auf ein Visum …

OMA Ihr Mittelstand würde aussterben ohne die …

KINDERLOSE Was ist nun mit Ihrer Tochter? Fahren Sie noch zu ihr?
Rabenmutter stürmt herein.

RABENMUTTER Entschuldigung, ich bin zu spät –

ALTE MUTTER Ja, Sie sind zu spät.

OMA Sie haben gegen die Regeln verstoßen. *Lacht.* Zu spät kommen ist doch sicher auch verboten.

RABENMUTTER Ich weiß, ich hätte längst hier sein müssen, aber ich bin aufgehalten worden, und jetzt bin ich auch ohne meine Tochter hier angekommen, ich hoffe, das ist okay, ihr Vater hat das nicht wollen, er hat auf sein Wochenende gepocht. Hat gesagt, dass er nicht tauschen könne.

LH Sie sind tatsächlich spät.

KINDERLOSE Viel zu spät.

LH Wir meinen, Sie haben was verpasst. Sie haben das Hochpreissegment verpasst.

RABENMUTTER Im Unterschied zu Ihnen hier allen muss ich mein Geld verdienen.

ALTE MUTTER Ach was, kommen Sie erst mal an – *Sie stockt.* – aber sagt mal, welches Kind ist es, das gerade schreit? Ist es deines, ist es meines, ist es Antons? Gabrieles?

SPÄTBERUFENER Unsere Kinder sind es nicht.

ALTE MUTTER Richtig! Und doch, es schreit ein Kind.

OMA Das ist kein Kind, das sind Vögel.

KINDERLOSE *entsetzt und angewidert* Richtig, es sind Vögel.

ALTE MUTTER Vögel?

OMA *trocken* Möwen.

SPÄTBERUFENER Sie hat recht, das sind Tiere.

ALTE MUTTER *zu Rabenmutter* Das sind keine Tiere – da hinten ist doch gerade Ihr Sohn umgefallen, könnte er es nicht sein?

RABENMUTTER Das ist nicht mein Sohn –

ALTE MUTTER *gleichmütig, erleichtert* Ach so.

OMA Jemand sollte was machen.

ALTE MUTTER Bitte?

RABENMUTTER Jemand sollte hingehen.

LH *angsterfüllt und angewidert* So in etwa: aufspringen und hinrennen?

ALTE MUTTER Na ja …

SPÄTBERUFENER Lass mich gehen, Schatz!

ALTE MUTTER Nein, Schatz, ich kann das schon machen!

SPÄTBERUFENER Nein, wirklich Schatz, ich gehe schon.

ALTE MUTTER Aber du rennst doch ohnehin daaaaauuuuernd.

SPÄTBERUFENER Wirklich, es macht mir nichts aus.

Er sieht sie an. Beide bleiben sitzen.

Wirklich!

Beide küssen sich.

OMA *trocken* Jetzt hat es aufgehört.

DER ENGAGIERTE *taucht auf* Pssst, können Sie mal hier alle die Klappe halten, ich bin gerade dabei, Henry etwas vorzulesen, und wenn hier alle so laut durcheinanderreden, wird daraus nie was.

Er gibt der Rabenmutter eine leichte Andeutung einer Kopfnuss und geht dann.

LH *lacht* Was war denn das?

KINDERLOSE Möchte ich lieber nicht wissen.

Man hört im Hintergrund die Stimme des engagierten Vaters, dämonisch vergrößert.

DER ENGAGIERTE Henry, es ist ein bisschen laut hier, ich weiß. Aber sie werden bestimmt gleich ganz leise sein, ich verspreche es dir. Ich lese dir noch mal die Geschichte der Baugruppe vor in Prenzlauer Berg, in Eimsbüttel, im Glockenbachviertel, Köln-Ehrenfeld. Und wie sie kaltgemacht wurden von den Gentrifizierungsgegnern. Ich lese dir vor, was in unseren Städten passiert. *Er verstummt.*

Nach einem Moment.

ALTE MUTTER Wir lesen unseren Kindern auch immer vor, was in den Städten passiert, nicht, Schatz?

Spätberufener brummelt.

RABENMUTTER Ich nicht, beileibe nicht.

OMA Jetzt hört man es wieder. Das Kind.

3. Szene

KINDERLOSE Pssst, darf ich Sie mal was fragen?

LH Aber natürlich.

KINDERLOSE Haben Sie schon mal diesen Henry gesehen?

LH Wie meinen Sie das?

KINDERLOSE Ich meine, mit eigenen Augen!

LH Weiß nicht. Hab noch nicht darüber nachgedacht.

KINDERLOSE Ich nämlich nicht. Das ist doch merkwürdig.

LH Wieso merkwürdig. So was kommt vor. Man kann doch nicht alle Kinder mit eigenen Augen gesehen haben. Da würde man ja wahnsinnig.

Sie schweigen.

KINDERLOSE Er soll eines dieser neuen Kinder sein.

LH Um Gottes willen, die sind jetzt überall und versperren einem den Weg.

KINDERLOSE Nicht nur das, Sie wissen das. Sie machen noch ganz andere Dinge!

LH Die Eltern ticken nicht mehr ganz richtig. Erst kürzlich wurde ich aus einem Café geschmissen, nur weil ich …

KINDERLOSE Also ich finde das richtiggehend beängstigend.

LH *ernst* Sie haben recht.

Sie schweigen.

KINDERLOSE Wissen Sie, ich bin auf Umwegen zu meiner Kinderlosigkeit gekommen …

LH Ich auch.

KINDERLOSE Sie haben es gar nicht beabsichtigt.

LH Es ist so passiert.

KINDERLOSE Und?

LH Na ja, da kann man doch ganz zufrieden sein, dass es so gelaufen ist.

KINDERLOSE Und Sie haben sich nie ein Kind gewünscht? Ich meine, so insgeheim.

LH Nein.

KINDERLOSE Ich auch nicht. Aber –

LH Was, aber?

KINDERLOSE Warum habe ich nur das Gefühl, Herr Lufthansamensch –

LH Nennen Sie mich Hans!

KINDERLOSE Warum habe ich nur das Gefühl, wir befinden uns in diesem Film von Nanni Moretti. Man ruft wo an, und immer nur gehen Kinder ran, mit denen man erst mal eine halbe Stunde reden muss, bis man mit deren Eltern sprechen darf. Sie wissen schon, dieser Film, Herr –

LH Nennen Sie mich Hans!

KINDERLOSE Ich meine, ist das schon die Berlusconisierung? Ist hier schon eine Berlusconisierung im Gang? In diesem Kinderzimmer, ich meine in diesem Wellnesshotel? Ja, denken Sie das denn?

LH Nennen Sie mich –

KINDERLOSE Und warum habe ich nur das Gefühl –

LH Ja?

KINDERLOSE Also es gibt da eine Kapitalismustheorie, die das alles mal zusammendenkt, die unsere Krisenhaftigkeit, unsere originäre, dem Kapitalismus inhärente Krisenanfälligkeit mit unserem Verhältnis zu Kindern zusammendenkt.

LH Hmmm. *Unglaubwürdig*: Erzählen Sie! Und bitte: Nennen Sie mich Hans!

KINDERLOSE Ich weiß, dass ich mir hier damit keine Freunde mache.

LH Nicht doch …

KINDERLOSE Ich meine, alle wollen immer diese Konsumterrorschelte hören, aber wenn man umgekehrt sagt – Also ich weiß, ich mache mir ja auch keine Freunde, wenn ich den Leuten gratis ausrechne, dass sie sich im Grunde kein Kind leisten können, denn das ist ja mein Job, also das mache ich ja so beruflich, auch wenn mein Arbeitgeber das anders sieht – aber die richtige Hassfront kommt erst –

LH Nicht doch …

KINDERLOSE So hören Sie mir doch zu! Man sagt, der reibungslose Kapitalismus gehört der Vergangenheit an, aber der reibungslose Kapitalismus ist in Wirklichkeit nichts als ein regressiver Wunsch, zurück ins Stadium der Ursuppe, alles regelt sich automatisch und sieht doch so verdammt vertraut aus. Verstehen Sie?

LH Ich verstehe vollkommen.

KINDERLOSE Das funktioniert eben nicht – Und plötzlich heißt es, mein Nein zu einem Kind tickt heute überall mit. Mein Nein zu einem Kind vergiftet jede Arbeitsatmosphäre, deswegen bin ich wohl auch hier. Strafversetzt quasi. Und das wirklich Schlimme dabei ist: Das war keine Empfehlung meines Arbeitgebers, das kam aus meinem Inneren, das war keine Empfehlung von staatlicher Seite, das kam aus meinem Inneren.

LH *unterbricht* Aber nein, wir sind da nicht so …

KINDERLOSE Doch! Doch! Ich meine, es heißt immer: Das sei von Feministinnen nicht wegzureden, dieser Kinderwunsch. Das können Feministinnen nicht kleinreden, die uns andauernd die Suppe versalzen wollen …

LH *sieht sie verträumt an* Nein, das können sie nicht – Quatsch, was sagte ich eben? Ach, nennen Sie mich doch Hans, nennen Sie mich Hans, nennen Sie mich Hans! Hans! Hans! *Er nähert sich ihr.*

KINDERLOSE Ach so… also gut: Hans.

Sie beginnen, sich zu küssen.

Der Engagierte tritt auf, kommt zu den beiden und droht ihnen. Sie fahren erschreckt zusammen. Der Engagierte geht wieder.

4. Szene

ALTE MUTTER *tritt auf und singt* Katastrophe, Katastrophe, wenn man nur mehr wahrnimmt, wie andere durchschlafen können. Wie andere in Ruhe essen können, wie andere so einfach auf die Toilette gehen, unter die Dusche, in die Waschküche, zum Zahnarzt, zum Friseur. Arbeiten! Ja, arbeiten können! Katastrophe, Katastrophe, wenn man nur noch sieht, wie es dem Vater der Kinder gesundheitlich besser geht und man ihn selbst nur noch durch schmale Augen anblickt, Sehschlitze, ja, Sehschlitze überall, und Müdigkeitsschlitze, Schlitze, aus denen die Müdigkeit quellt. Katastrophe, Katastrophe …

SPÄTBERUFENER *taucht auf, zur Alten Mutter* Gehst du nicht schlafen?

ALTE MUTTER Nein, mich bringen keine zehn Pferde in dieses Schlafzimmer zurück – es ist angefüllt mit meinen Schlaflosigkeiten. Bis oben hin angefüllt mit meinen Schlaflosigkeiten. Ich habe tagsüber das Spielzimmer hier bereits angefüllt mit meinen Schlaflosigkeiten, und danach die Küche, jetzt ist alles voll. Nur in diesem Wohnzimmer ist noch ein wenig Platz. Was machst eigentlich du hier?

SPÄTBERUFENER Kopfschmerzen.

ALTE MUTTER *fast erleichtert* Ach, du Ärmster. *Sie streckt sich wohlig.* Na, vielleicht kann ich jetzt schlafen. *Geht ab.*

Der Spätberufene bleibt zurück. Jetzt erst sieht er den BA, der in einer Art Sofaecke sitzt und mit seinem Handy rumspielt. Er geht auf ihn zu.

SPÄTBERUFENER Pssst, darf ich Ihnen was anvertrauen?

BA Aber bitte doch, ich habe immer ein offenes Ohr!

SPÄTBERUFENER Wir können keine Filme mehr gucken.

BA *desinteressiert* Ach was!

SPÄTBERUFENER Also, es ist uns nicht möglich.

BA *desinteressiert* Ach so!

SPÄTBERUFENER Ja, praktisch keine. Sie schafft das nicht mehr, sagt sie. Ich meine, es ist verrückt. Sie zieht sich dauernd irgendwelche Horrorgeschichten rein: Totgeburten, Spätabgänge, plötzliche Kindstode. Was andere Mütter eben so reden. Aber Filme können wir uns keine mehr ansehen. Wir können uns Oliver Stones *Wall Street* nicht ansehen, weil darin ein Kind gequält wird, wir können keine Roland-Emmerich-Filme mehr angucken, weil Kinder darin arg zerzaust werden, oder gar *Star Wars*, *Silent Hill* – eh klar! Aber selbst *Die Eleganz der Madame Michel* konnten wir uns nicht ansehen, weil da von Kinderselbstmord die Rede ist, das ist doch absurd.

BA »Mit dieser Sehnsucht habe ich nicht gerechnet«, sagte kürzlich meine Parteigenossin dazu im *Tagesspiegel*, in der *Süddeutschen*, in der *FAZ*.

SPÄTBERUFENER Bitte?

BA Mit dieser Sehnsucht hat sie nicht gerechnet in der *Bunten*, in der

Gala, im *Spiegel*, in der *Bild am Sonntag* und natürlich allen voran, in der *Zeit*.

SPÄTBERUFENER Ich möchte mir jedenfalls wieder ein Video reinziehen können.

Sie schweigen, dann geht der Spätberufene ab.

Auftritt Oma.

OMA Darf ich Sie mal ansprechen.

BA *genervt* Nur zu –

OMA Wissen Sie was? Da unten sprechen Sie die ganze Zeit von ihren Verstrahlten in der Küche, das ist doch nicht zu glauben. Ich meine, das ist doch unheimlich … Aber eigentlich wollte ich über was anderes mit Ihnen sprechen.

BA Bitte!

Im Gegensatz zu seiner Aufforderung steht er auf, geht weg und sieht hinterm Sofa den LH und die Kinderlose. Er zieht die Kinderlose hinterm Sofa hervor.

Was machen Sie hier?

KINDERLOSE *steht auf und singt* Na, Deutschland zum Aussterben bringen, das ist es, was ich mache, so hauptberuflich, so nebenberuflich, so ganz daheim. Was anderes fällt mir doch nicht ein. Deutschland zum Aussterben bringen und dann mal weitersehen, ob sich das ausdehnen lässt. Ein globales Unternehmen wird es aber wohl nicht werden. Das müssen andere übernehmen. Deutschland zum Aussterben bringen, das hat mich auch in dieses Hotel gebracht, Komplizenschaften suchend.

Ja, Sie haben recht gehört: Ich bin nicht dabei, Urinproben abzugeben, Eisenwerte unters Volk zu streuen, damit es dem kleinen Winzling an nichts fehlt. Ich bin ganz und gar winzlingsfrei, ein absolutes Winzlingsloch, ja, Sie haben es richtig verstanden: Ich habe keinen Wochenplan, der sich um meinen Uterus dreht.

LH *setzt singend ein* Deutschland zum Aussterben bringen, das machst du, und ich bin eine Weile mit dabei. Ich darf dich doch begleiten, ich darf dir doch dabei über die Schulter sehen?

Ja, ich darf. Ich halte meine Hand für eine Weile in deinen Fahrtwind. Und vielleicht, mal sehen, bringe auch ich ein wenig Deutschland zum Aussterben …

BA *macht mit* Deutschland zum Aussterben bringen, das macht ihr, mehr fällt euch nicht ein …

KINDERLOSE (Deutschland zum Aussterben bringen), das machen wir, denn ich bin nicht allein. Will sagen: Mir ist das auch nicht alleine eingefallen. Das ist unsere gemeinsame Idee, unser gemeinsames Projekt …

LH Nicht doch, nicht doch … Du rechnest allen vor, dass sie kein Geld für Kinder haben, und ich sehe zu, dass dies auch stimmt. Du sagst ihnen, was Kinder kosten, und die Leute erstarren sofort. Sie erstarren und rudern zurück. Sie gehen rückwärts. Langsame Schritte rückwärts. Bis sie auf mich stoßen. Dann nehme ich ihnen alles ab. Als Investmentbeule, als Abzocker, als Großkapital …

KINDERLOSE Aber nein!

SPÄTBERUFENER UND ALTE MUTTER *im Duett, von hinten* Deutschland zum Aussterben bringen, das macht ihr, während wir Waldorfberge versetzen, während wir Waldorfzwerge verpetzen, während wir Waldorfsärge verätzen …

Eine Einsatztruppe stürmt den Raum und führt Kinderlose und LH ab. Die anderen sehen zu.

BA Kaum zu glauben.

OMA Aber sagen Sie mal: Wo sind eigentlich Ihre Kinder, Herr Bundestagsabgeordneter?

BA Kaum zu glauben.

OMA Bitte? Ach, sagen Sie, finden Sie nicht auch, wir befinden uns inmitten einer Elterndiktatur? Was machen wir mit all den Regeln hier im Raum?

BA *besinnt sich* Zu viele Regulierungen, Sie haben recht. Wir müssen das System verschlanken, entschlacken, entsanden, entsenden … äh … wir müssen den Steuerzahler entlasten.

OMA Ich meine, man kann sich gar nicht mehr frei bewegen.

BA *wie abwesend* Mach ich, mach ich …

Er nimmt sein Handy und wählt eine Nummer. Er spricht nach vorne, von der Oma weg.

BA am Telefon zum Chor Also ich habe da mal eine Frage: Verstehen Sie Ihre Kinder immer? Weil ich verstehe sie immer weniger. Ich bemühe mich so, aber sie entgleiten mir. Meinen ersten Sohn habe ich anfangs noch verstanden, den zweiten schon nicht mehr so gut, also eigentlich immer schlechter, kaum noch, und jetzt beim dritten Kind wird es von Anfang an ganz aussetzen. Ich weiß, es wird absolut unverständlich reden –

Wie oft sehe ich hier Eltern, deren Kinder im Schlafanzug die Treppe herunterkommen und die am Ärmel zupfen. Die Eltern beugen sich zu ihrem Kind runter, und es sagt was. Die Eltern schneiden dann Gesichter, als würden sie verstehen. Das ist doch merkwürdig. Warum passiert das nicht mir? Warum gehe nicht ich die Treppe herunter und verstehe alles? Sehen Sie, ich habe ein ganzes Team am Laufen, das mich unterstützt, aber es hilft nichts. Kein Wunder, dass hier alles schiefläuft, weil ich es nicht kapiere. Sie sprechen einfach eine andere Sprache. Sie haben sich einfach dazu entschlossen, Chinesisch zu sprechen oder so. Finden Deutsch irgendwie blöd. Oder ist das die Sprache unseres Au-pairs? Ich weiß es nicht. Hallo? Sind Sie noch dran? Ich meine, was mache ich nur, wenn die groß werden. Wenn sie so klein und herzig sind, kein Problem. Aber wenn sie in meine Wählerschichten reinwachsen und die Wählerschichten durchwachsen, dann wird das doch ein echtes Problem! Hallo? Hallo?

DER ENGAGIERTE *stürmt hier rein* Sie haben Henry aufgeweckt. Jetzt müssen Sie mit allem rechnen. Wenn Henry erst mal wach ist um diese Uhrzeit, garantiere ich für nichts. Wer soll ihn abhalten davon, hier alles zu zerlegen? Bei einem Kind wie ihm ist der Schlaf eben doppelt wichtig!

ALLE *rufen* O Gott!

DER CHOR *übernimmt* O Gott, o Gott, Henry ist wach. O Gott, o Gott, Henry ist wach. O Gott, o Gott, Henry ist wach. O Gott, o Gott …

OMA Klappe!

5. Szene

Ein wenig später. Henry sitzt offensichtlich im Kreis der Erwachsenen.

DER ENGAGIERTE Henry, magst was trinken?

OMA Möchten – Sie könnten wenigstens sagen: Möchtest du was trinken?

DER ENGAGIERTE Ach, halt die Klappe, alte Funzel!

OMA Der Mann hat Humor! Aber Sie überfordern Ihr Kind!

DER ENGAGIERTE Ich überfordere mein Kind? Ich? Da kenne ich jemand anderen. Den ganzen Tag hat sie gesagt: »Soll die Mama das kaufen? Soll sie sich das wirklich kaufen oder es sein lassen? Die roten Schuhe oder die grauen? Soll die Mama lieber bunt sein oder griesgrämig? Soll die Mama Kaffee nehmen oder Tee?« Und jetzt bin ich einmal dran. Jetzt dürfte ich mal sagen: »Henry, möchtest du lieber dieses Joghurt oder diese Schuhe kaufen? Sollen wir in dieser Wellnessbude jetzt lieber in die Sauna oder ins Kinderkino? Sollen wir das Schaukelpferd zurückstellen oder sollen wir einen Saustall hinterlassen?« Aber ich mache es nicht, ich mache es nicht. Ich mache was ganz anderes.

ALTE MUTTER Sie hat recht, das überfordert ein Kind.

DER ENGAGIERTE *zu Henry* Henry, kannst du mal was sagen?
Henry, so sag doch was.
Nein?
Du willst nicht?
Also lieber Schuhe oder Schaukelpferd? Ich verstehe dich so schlecht.
Nimm doch den Schnuller mal aus den Mund.
Nimm doch den Lolli mal …
Wer hat dir den Lolli überhaupt gegeben?

SPÄTBERUFENER Was passiert hier?

OMA Henry steht immer noch vor der Frage, was er mögen soll. Und dort bleibt er wahrscheinlich noch eine ganze Weile stehen.

SPÄTBERUFENER Und wir müssen mit?

OMA Und wir müssen mit.

RABENMUTTER Einen Moment, ich erledige das. *Zum Engagierten* Können Sie Ihren Sohn mal von meinem Sohn weghalten? Ihr Sohn stellt sich andauernd meinem Sohn in den Weg.

DER ENGAGIERTE Das werden die doch noch selber regeln können.

RABENMUTTER Und nicht nur das. Ihr Sohn hantiert hier mit einer Schere rum.

DER ENGAGIERTE Sie können es ihm selbst sagen.

RABENMUTTER Gut, dann sage ich es ihm selbst.
Aber auf mich hört er anscheinend nicht. Dann werde ich ihn eben wegheben.

DER ENGAGIERTE Sie heben ihn nicht weg!

RABENMUTTER Sie heben ihn weg!

DER ENGAGIERTE Nein, Sie heben ihn nicht weg.

RABENMUTTER Sag ich doch: SIE heben ihn weg!

ALTE MUTTER Stopp! Lassen Sie uns mal ein paar Regeln aufstellen!

OMA Lassen Sie uns hier ein paar Regeln aufstellen, hat sie gesagt.

Unglaublich. Ich finde, es ist vielmehr an der Zeit, jetzt mal ein Kinderplenum einzuberufen. Sollen doch die Kinder entscheiden, was hier geschieht.

RABENMUTTER Ich kann Ihnen sagen, was mein Sohn will, und kein Kinderplenum der Welt wird ihn davon abhalten, dies zu wollen.

OMA Lassen Sie ihn mal selber sprechen!

ALTE MUTTER Ja, lassen Sie ihn mal selber sprechen!

DER ENGAGIERTE Ja!

ALTE MUTTER *zischelt zu Spätberufenem über Rabenmutter* Ohne Ohrfeigen geht es bei der sicher nicht ab.

SPÄTBERUFENER *ebenso verschwörerisch* Meinst du?

RABENMUTTER Sie müssen mal anfangen, Ihr Kind endlich normal zu behandeln!

DER ENGAGIERTE Um Gottes willen!

RABENMUTTER Sehen Sie nicht, wie er meinem Sohn Kaugummi ins Haar schmiert? *Zum Engagierten.* Fällt Ihnen dazu nichts ein?

DER ENGAGIERTE Nein, aber Ihnen mit Sicherheit. *Zu Henry* Aber Henry, du hast ja Schokolade in der Hand. Wo hast du denn die Schokolade her? *Zu den anderen* Alle geben den Kindern automatisch Schokolade, als wären sie Tiere, und niemand denkt an die Folgen! *Zu Henry* Aber Henry, du hast sie doch nicht etwa gegessen? *Zu den anderen* Niemand denkt daran: In diesem Kind könnte ein Allergikerkind stecken.

RABENMUTTER Und? Steckt in ihm ein Allergikerkind?

DER ENGAGIERTE Henry, du musst das wieder ausspucken, sofort.

ALTE MUTTER Lassen Sie uns mal ein paar Regeln hier aufstellen!

Sie kommt mit LH und der Kinderlosen wieder in den Raum, die sie geholt hat, als gäbe es hier eine Vollversammlung, an der auch die Illegalen teilnehmen müssen.

RABENMUTTER Aber haben wir doch schon längst: Keine Cornflakes, kein Kakao – unsere Kinder sollen kein Zuckerzeugs kriegen.

OMA Lassen Sie mich raten! Keine Cornflakes, kein Kakao, unsere Kinder sollen kein Zuckerzeugs kriegen?

RABENMUTTER Sagte ich eben.

OMA Sehen Sie, so weit ist es schon.

DER ENGAGIERTE Irgendjemand hier teilt Schokolade aus.

SPÄTBERUFENER Also, ich teile hier keine Schokolade aus.

KINDERLOSE *piepst schüchtern* Ich war's nicht.

OMA Ich auch nicht.

ALTE MUTTER Ich würde nie einem fremden Kind Schokolade geben.

OMA *ironisch* Ist Henry denn ein fremdes Kind?

LH Was weiß ich schon, ob ich dem Schokolade gegeben habe.

BA Ich auch nicht. Vielleicht hat jemand unbeabsichtigt Schokolade ausgeteilt?

OMA Sie werden doch noch wissen, ob Sie Schokolade ausgeteilt haben –

BA Was weiß ich, was in den Wahlgeschenken drin ist.

DER ENGAGIERTE Henry!

RABENMUTTER Tatsache ist, wir brauchen einen Arzt!

SPÄTBERUFENER Dr. Dernhagen!

ALTE MUTTER Ja, wir müssen zu Dernhagen.

DER ENGAGIERTE Können Sie Platz machen? Mein Sohn muss bald kotzen. Können Sie mal zur Seite gehen, mein Sohn bekommt vielleicht einen anaphylaktischen Schock. *Zu Henry* Henry, du drehst jetzt nicht durch!

BA Können Sie mal Platz machen? Sein Sohn bekommt vielleicht einen anaphylaktischen Schock.

LH Können Sie da nichts Genaueres sagen?

DER ENGAGIERTE Henry, bleib ganz ruhig. Wir atmen jetzt langsam ein und aus. Henry!

LH Er hat keine Ahnung!

KINDERLOSE *sieht in Richtung Engagiertem* O Gott, ich kann so was nicht sehen.

BA Was wollen Sie denn sehen?

KINDERLOSE Sehen Sie doch hin!

BA Ich sehe hin. Ich sehe immer hin.

RABENMUTTER Sie machen ihn doch ganz nervös.

DER ENGAGIERTE *man sieht ihn von hinten, wie er ein Kind zu schütteln scheint.* Henry, du beruhigst dich jetzt sofort! *Wird immer heftiger in seinen Bewegungen, nahezu gewalttätig.*

RABENMUTTER Hören Sie auf! Hören Sie auf! Hören Sie auf! Sie tun ihm ja weh! *Versucht, ihn davon abzuhalten. Die beiden beginnen, zu raufen.*

OMA Das ist jetzt aber wirklich gegen die Regeln.

DER ENGAGIERTE *röchelnd* Man muss einen Luftröhrenschnitt versuchen.

SPÄTBERUFENER Haben Sie so was überhaupt schon mal gemacht? Wo ist überhaupt Ihr Antiallergikerkit? Haben Sie keine Spritze? Ich meine, heute hat man doch immer ein Notfallset dabei.

DER ENGAGIERTE *röchelt* Einen Luftröhrenschnitt.

BA Haben Sie so was überhaupt schon mal gemacht?

RABENMUTTER Um Gottes willen, wir müssen in die Notfallaufnahme!

DER ENGAGIERTE *fasst sich* Weißt du was, Henry? Der Papa geht jetzt nach draußen und sieht, ob die Luft rein ist. Der Papa holt dann einen Arzt. Der Papa kann nämlich leider nicht mitkommen ins Krankenhaus, du weißt schon, weil die Mama das nicht will. Die Mama hat das dem Papa doch verboten. Aber wenn du ins Krankenhaus kommst, dann werden sie sicher gleich die Mama anrufen, und sie wird gleich kommen. Ganz gleich wird sie da sein. Bestimmt. Der Papa weiß das. Auch wenn er sich nicht sicher ist.

III. Akt
Aufbruch! Suche! Rettung naht!

Ort: Pampa, Spielplatz, Industriegebiet, wer kann das sagen.
Zeit: spätnachts, sehr frühmorgens.

DER CHOR Nachricht an die Ungeborenen: Ihr seid chemisch unmöglich.
Körperlich zu kompliziert
Von euch schaut kein Zipfelchen aus uns raus
Ich schreibe euch mal einen Brief
Ja, wir schreiben jetzt Briefe an unsere Ungeborenen
Und Zweizeiler an Mütter, Väter, Eltern, Papas, Mamas, Muttis, Vatis, Mamás und Papás, Mamis und Papis: Lasst uns in Ruhe
Wir trauern ständig über Abfahrten ins All
Sternenkinder, Sternchen
Also Kinder mit starkem Abwesenheitscharakter
Kinder, die nicht kommen
die immer nur drinnen bleiben
kein Zipfelchen
Wir sind jetzt ein anderes Forum.

Jetzt wissen wir plötzlich nicht mehr, wie zählen geht
Wir haben es verloren, die Sekunden, die Minuten, die Tage
Von einem Moment auf den anderen
Zählen wir nicht mehr
Wir haben vergessen, wie es geht
Jetzt gibt es nur noch eines
Geld verdienen
Tiere im Zoo
Chips und Erdnussflakes
Sexmaschinen
Sonntagsmatinee im Trachtenanzug
Sonntagssoufflé und vorher Gottesdienst
Nein
Kuckuck!

Als Schriftzug: Also ich komme aus dem Raum Minden, leide aber nicht unter einer Fehlgeburt, sondern bin eher auf Spielplatzsuche.
Dann bist du hier genau richtig.
Ich suche nette Mamas in München Ost – Haar –
Wir sind aus Waltrudering, auf welchem Spielplatz seid ihr denn immer so?
Wir treiben uns auf verschiedenen Spielplätzen in Haar herum.
Soll ja einen neurenovierten Abenteuerspielplatz geben –
Wir sind immer in der Sperberstraße auf dem großen Spielplatz …
Da, wenn man bei der Essotankstelle den Waldweg reingeht …
Nein, wir wohnen in der Nähe der Pferderennbahn.
Ich wohne auf der anderen Seite, in Ottendichl.
Mit Ottendichl kenne ich mich gar nicht aus, Ottendichl kenne ich nur vom Durchfahren.
Hallo, Ottendichl!

Lasst uns in Ruhe
Wenn wir keine Ruhe kriegen, dann kommen wir
Wir erscheinen euch
Wir sind nicht angenehm
Wir
In jedem Fall
Wir haben euch gewarnt!

1. Szene

Oma, ein wenig weiter hinten: Alte Mutter – so was wie ein Spielplatz könnte in Sicht sein.

OMA Lieber Herr Bundestagsabgeordneter: Jetzt ist also der siebenmilliardste Mensch geboren, auf den Philippinen, wo sonst auch? Janika oder Danika oder so was. Der Sechsmilliardste kam zur Begrüßung. Ein zwölfjähriger Junge. So sieht es aus auf unserem Planeten. Und meine Tochter kriegt ein Kind nach dem anderen, das ist es, was ich Ihnen mitteilen wollte. *Sie stockt kurz, setzt dann wieder an.* Aber, sagen sie gerade im Radio, wenn man alle Menschen Schulter an Schulter aufstellen würde, käme man mit dem Saarland aus. Und alle

Menschen, die jemals gelebt haben, passen allesamt nach Bayern. Merkwürdiges Bild, nicht wahr? Ich meine, wer denkt sich so was aus? Bayern. Und da wohnt sie nun, meine Tochter, als ob sie nicht ganz richtig im Kopf wäre. Und von da, lieber Herr Bundestagsabgeordneter, ruft sie mich an, weil sie nur noch daran denken kann, wie irgendeine Mutter in Thüringen, oder war es Erfurt, ihre zwei Kinder in der Wohnung für zwei Wochen zurückgelassen hat. So jemandem müsste man doch dasselbe antun, sagt sie, da habe sie ganz archaische Rachegefühle, und gleichzeitig wisse sie, sagt sie, das könne ihr ganz genauso passieren, Herr Bundestagsabgeordneter. »Das kann mir genauso passieren«, sagt sie, und ich antworte ihr: »Was für ein Unsinn, das passiert dir schon nicht.« – »Doch, doch«, sagt sie, »und: Stell dir vor: Die sind verhungert und verdurstet«, als wäre es ihre eigene Geschichte. Dabei ist doch sie die Verhungerte, zumindest sieht sie aus wie ein Gespenst. Als hätte es die 70er nicht gegeben. Ihr ganzes Tun und Trachten ist überhaupt, die 70er ungeschehen zu machen. Das ist doch gefährlich. Stellen Sie sich vor, alle würden so sein!

Ich meine, Feminismus ist ihr an und für sich kein Fremdwort, dafür habe ich schon gesorgt, aber sie praktiziert ihn nicht. Sie sagt, sie sei eben keine Praktikerin, sie schufte nur wie eine Verrückte. Manchmal kann sie nicht einmal mehr lesen und schreiben, so schlimm ist es, Herr Bundestagsabgeordneter. Sie hat ein Burn-out, sage ich Ihnen. Ich weiß, Burn-outs haben Sie nur für sich und Ihresgleichen gepachtet, Herr Bundestagsabgeordneter, aber dieses eine Mal hat sich ein anderer einen Burn-out abgezwackt, und das ist ausgerechnet meine Tochter, die sagt, ich solle mal einspringen, und natürlich springe ich ein, aber soll das das Ergebnis meiner Erziehung sein?

Ich meine, das ist doch demokratiegefährdend, oder sehen Sie das etwa anders?

ALTE MUTTER Was machen Sie da?

OMA Ich halte meine Rede an den Bundestagsabgeordneten.

ALTE MUTTER Aber der ist doch gar nicht da.

OMA Der ist doch nie »da«.

ALTE MUTTER Und ich dachte, wir sind auf der Flucht.

OMA Sind wir auch. Wenn man es in einem größeren Rahmen betrachtet. Tun wir aber im Augenblick nicht, denn wir sind unterwegs zu der Notfallaufnahme.

ALTE MUTTER Ach ja. Stimmt. Und? Hilft es was?

OMA Was?

ALTE MUTTER Die Rede?

OMA Ach so. Hm.

ALTE MUTTER *als würde sie nicht verstehen* Bitte? Ach, entschuldigen Sie, das ist der Spielplatz, dass ich mich so schlecht konzentrieren kann.

OMA Vermutlich.

ALTE MUTTER Was sagten Sie?

OMA Ja, es ist wirklich ziemlich laut hier. Dabei sind wir mitten im Wald.

ALTE MUTTER Entschuldigung, es ist so laut!

OMA Ja, der Wald lärmt frühmorgens. All das Vogelgeschrei.

ALTE MUTTER Und die Kinder lärmen auch.

OMA Sie hätten sie im Bett lassen sollen.

ALTE MUTTER *zerstreut* Die da? Nein, das sind nicht meine – Aber ist Ihnen das auch schon aufgefallen? Andauernd ist da ein Spielplatz um mich rum, der verhindert, dass ich mich normal unterhalten kann.

OMA Ich kann mich auch schwer konzentrieren, aber ich reiße mich zusammen.

ALTE MUTTER *singt* Entschuldigen Sie, da ist permanent ein Spielplatz um mich rum, der verhindert, dass ich in Ruhe nachdenken kann. Da ist meist ein Sandkasten vor, also vor meinem Nachdenken stehen ein Sandkasten, eine Rutsche und ein Klettergerüst. Manchmal auch ein Schaukelteil. Sie wissen schon, das mit den roten Haltegriffen. Mit den Haltegriffen. Was sagten Sie eben?

Ach, entschuldigen Sie, da ist permanent ein Spielplatz um mich herum, der eiert schon ein wenig, der ist schon ein wenig morsch, aber verschwinden tut der nicht. Sie verschwinden einfach nicht, die Klettergerüste, von denen Kinder so gerne herunterfallen. Was sagten Sie eben? Sie verschwinden nicht, die Schaukeln, die Kinder gerne von hinten gegen den Kopf knallen, nachdem sie runtergefallen sind. Und die Rutschen, in denen sich Kinder verklemmen können. Was sagten Sie eben? Sie verschwinden nicht, die Balancierbaumstämme, die im Spätherbstregen ganz glitschig werden –

OMA Wir haben keinen Spätherbst!

ALTE MUTTER Entschuldigen Sie, aber ich kann Ihnen nun wirklich nicht zuhören, was Sie erzählen.

OMA Ich sagte, wir haben keinen Spätherbst. Also reißen Sie sich ein wenig zusammen, ich lasse mich auch nicht permanent ablenken, seien Sie nicht so selbstmitleidig, das ist ja ekelhaft.

ALTE MUTTER Aber haben Sie nicht auch das Gefühl, dass wir schon ewig unterwegs sind?

Die beiden verschwinden im Gebüsch. Die Rabenmutter tritt auf.

2. Szene

Immer noch Waldspielplatz.

RABENMUTTER *fast wie ein Bericht vor Gericht* Schon wieder habe ich mein Kind beinahe umgebracht. Ich habe gerade noch die Kapuze erwischt, bevor er mit seinem Laufrad auf die Straße ist, ich habe gerade noch verhindert, dass meine Einjährige an die Hundekacke ging und mein Halbjähriger sich aus dem Buggy geworfen hätte. Einige Leute weisen mich darauf hin, dass es jetzt besser wäre, mein Kind an die Hand zu nehmen. Ich frage: welches? Und bekomme natürlich keine Antwort. »Das ist eine gefährliche Kreuzung«, sagen sie nur, obwohl von einer gefährlichen Kreuzung nichts zu sehen ist. Hier gibt es ja nur Gebüsch und Wildnis, Forstwege. »Passen Sie auf«, sagen sie, »ein Kind kann das doch nicht abschätzen. Haben Sie eine Ahnung, wie voll meine Klinik mit Kindern ist«, sagen diese Menschen, »die einfach nur auf Forstwegen unterwegs waren, im Wald, im angeblichen, der sich dann immer noch als vierspurige Autostraße entpuppt hat.« Wir müssen also nahe der Klinik sein, denke ich mir, doch schon empfiehlt man mir, mein Kind besser an die Leine zu nehmen. »Als Ärztin sage ich Ihnen: So viele Kinder kommen bei mir gerade aus solchen Situationen an.« – »Welchen Situationen?« frage ich – »Na, Verkehrsinsel, Kindergeburtstag, Überlandbusse.« – »Überlandbusse?« – »Ja, sicher, sie hauen ab, wo sie nur können. Sie wollen nichts wie weg.«

Wir sind schon eine ganze Weile unterwegs durch diesen Wald, der unter anderen Umständen sicher ein Märchenwald wäre, aber im Augenblick kann ich nicht unterscheiden: Vogelgezwitscher oder Passantengemaule, denn schon wieder steckt mir einer zu, dass ich den Kaltwasserhahn hätte abdrehen sollen, damals in der Küche, oder den Gashahn. Ein kleiner alter Mann am Waldesrand macht mich darauf aufmerksam, dass das ganz schön viel Wasser für ein Kind war und dass ich jetzt lebensrettende Maßnahmen einleiten sollte. Ich habe keine Ahnung, wovon er spricht. Ein Busfahrer verheddert sich in verschlungenen Äußerungen über Maßnahmen, die man in vergleichbaren Fällen gemacht habe und die für alle Beteiligten übel ausgegangen seien, also man solle abwägen. Und noch bevor ich mir überlegen kann, was ein Busfahrer hier im Wald zu suchen hat, fällt mir eine Zuseherzuschrift in die Hand, ein Leserbrief der Fernsehzeitschrift und eine Mail des Onlineforums, die mein Verhalten von eben anprangert. Auch würde ich nichts Richtiges kochen, meldet sich ein Stimmchen aus dem Unterholz, meine Kinder stürben an Mangelernährung, krächzen die Raben von den Bäumen. »Fettwerte! Fettwerte!« – und alle protestieren, dass es darum schon längst nicht mehr gehe –

ALTE MUTTER Sssscht! Ich muss dem Kind die Blaumeise im Gebüsch erklären. Ich muss dem Kind den Specht am Baum erklären. Ich muss dem Kind –

RABENMUTTER Das Kind heißt Henry.

OMA Nein.

ALTE MUTTER Sorry, ich muss dem Kind gerade die Tiere im Wald erklären.

RABENMUTTER Mit Ihrer Erklärerei machen Sie doch alle verrückt, vor allem das Kind.

ALTE MUTTER »Jedes Vögelchen hat einen Namen, zusammen ergeben sie ein Gedicht …«

OMA Und was ist mit den Ventilen im Wald, den Strommasten, den unvermittelten Maschendrahtzäunen, was ist mit den Traktoren und Lastwagen, die man entlangdonnern hören kann?

ALTE MUTTER Ja, aber sssscht, ich muss dem Kind den Alterswohnsitz erklären, dort oben in den Bäumen, wo wir alle mal landen werden, wenn nur noch Menschen wie diese da regieren.

Zeigt auf LH und Kinderlose, die ein wenig entfernt im Gebüsch zu erkennen sind.

RABENMUTTER Halten Sie doch Ihren Mund! Ich bin dabei, mich vor diesen Leuten zu rechtfertigen. Tötungsabsichten habe ich keine. Vernachlässigungsabsichten auch nicht. Das müssen die erst mal kapieren! Das ist harte Arbeit! Ich komme vor lauter Rechtfertigung nicht einmal dazu, mich um meine Kinder zu kümmern, geschweige denn um Henry.

ALTE MUTTER Mein Gott, wie oft habe ich nach der Geburt den Impuls gehabt, mein Kind aus dem Fenster zu schmeißen, weil mich dieses neue Leben überfordert hat. Also keine Sorge, ich verstehe das.

RABENMUTTER Ich will mein Kind gar nicht aus dem Fenster schmeißen.

ALTE MUTTER Aber klar doch – welche Mutter wollte das nicht dann und wann?

OMA Mich wundert es eh, dass nicht mehr Kinder aus den Fenstern fliegen.

ALTE MUTTER Sagen Sie nicht so was!

OMA Ich dachte, Sie verstünden das.

RABENMUTTER Aber ich will das doch gar nicht.

ALTE MUTTER Ich meine, finden Sie es nicht unheimlich, wie viele Todesarten in den Kindern drinstecken? Sie sind nicht vollgestopft mit Leben, wie immer behauptet wird, sie sind mit Todesarten vollgestopft, mit tausenden verschiedenen Todesarten, die man erst abarbeiten muss, so als Elternteil, bis das eigentliche Kind, das Lebendige, jeweils zum Vorschein kommt, und dann aber immer schon gleich erwachsen ist.

RABENMUTTER Meine Kinder kennen keine Todesarten, Ihre vielleicht …

OMA Ach, tun Sie doch nicht so.

ALTE MUTTER Sie sind doch auch eben aus den Todesarten Ihrer Kinder rausgelaufen und stehen jetzt hier im Wald, und von Ihren Kindern keine Spur.

OMA Immer nur Henry, Henry, Henry – wo ist er eigentlich?

ALTE MUTTER Keine Ahnung.

RABENMUTTER *kurz* Bei mir.

ALTE MUTTER Ach sooo. *Weiter mit ihrem Thema.* Ich dachte immer, Leben schenken, du musst doch Leben schenken, wo bleibt es nun? Ich meine, man schenkt doch eher potentielle Todesarten.

OMA Sie sehen das zu negativ.

ALTE MUTTER Auch meine Träume sind so. Ich träume nur mehr von Kinderunfällen.

OMA Wissen Sie, meine Tochter träumt nie von ihren Kindern. Sie träumt immer nur von ihrem Single-Leben. Das ist doch merkwürdig. Ihr ganzer Traumalltag ist kinderlos. Hat sie mir letztens gestanden.

RABENMUTTER Und? Hat sie ein schlechtes Gewissen?

ALTE MUTTER Es gibt noch Träume von Eltern, in denen keine Kinder vorkommen? Nur her damit!

RABENMUTTER Also ich träume immer von meinem Sohn, nie von meiner Tochter.

ALTE MUTTER Gut für Ihren Sohn.

RABENMUTTER Ich weiß nicht, meinem Sohn passiert immer was.

ALTE MUTTER Was?

RABENMUTTER Darüber will ich nicht sprechen.

Die Kinderlose und der Lufthansamensch kriechen aus dem Gebüsch.

KINDERLOSE Mich plagen Alpträume. Nichts als Alpträume. Dämonische Kinder tauchen auf, in Businessanzügen, mit Power-Point-Präsentationen. Kinder, die in Vorstandssitzungen einen harten Kurs durchsetzen, die Krisen auslösen und ihren Spaß daran haben, mit schnarrenden Stimmen …

LH *unterbricht völlig unzusammenhängend* Ja, stimmt! Mit Kindern muss man permanent ins Krankenhaus. Ich kenne nur Eltern, die …

KINDERLOSE *etwas genervt* Ja.

LH Ohrenschmerzen lindern. Andauernd Ohrenschmerzen lindern.

KINDERLOSE *stark genervt* Ja! Ja! Ja!

LH Arzt oder Schule, das ist das, wo man landet.

KINDERLOSE *äußerst genervt* Mensch, ja! Ich muss mir nicht andauernd Gründe anhören, warum ich keine Kinder brauche. Das heißt –

Plötzlicher Ausbruch.

Ich will keine Kinder, weil ich keine Kinder will.

Ich will keine Kinder, weil ich keine Kinder will.

Ich will keine Kinder, weil ich keine Kinder will.

Ich brauche keine Gründe. Dauernd reden Sie über Gründe, als ob das nicht schon längst klar wäre …

LH *zaghaft* Nennen Sie mich Hans!

KINDERLOSE *äußerst genervt* Nein.

Sie schweigen. Kinderlose will noch mal ansetzen.

Ich meine, im Zentrum unserer Gesellschaft steht doch immer noch das Kindsopfer …

RABENMUTTER Ach, geben Sie nicht so an!

KINDERLOSE Das heißt, vielmehr am Schluss wird immer umgebracht, und alle sind erschüttert, rücken aber zusammen.

BA *interessiert* Rücken zusammen?

KINDERLOSE Aber ja!

ALTE MUTTER Woher wollen Sie das wissen? Sie haben doch gar keine Kinder.

OMA Sie hat aber recht.

ALTE MUTTER *in ähnlich hektischem Tonfall wie über die Waldorfgeschichte* Mein Sohn sagt, er war mal in Freiburg vergraben. Mein Sohn sagt, er ist einmal mit dem Flugzeug in Italien abgestürzt, aber jetzt sei alles wieder gut. Mein Sohn hat Freunde, die Tote sind. Mehr noch, er sucht sich unter den Toten seine Freunde – sein imaginärer Freund Henning z. B. Und er sagt als Dreijähriger so Sachen: Damals war ich auch einmal tot.

Also als Dreijährige hätte ich das nicht gesagt.

LH Als Dreijähriger fühlte ich mich vergraben. Ich war das Händchen, das aus der Erde ragte, und dann habe ich kapiert, ich möchte raus. Ich habe Business begonnen. Also ich habe gedealt, ohne zu wissen, was das ist. Mit drei Jahren habe ich den Kapitalismus erfunden, ja, ich war das, bewerfen Sie mich ruhig mit Tannenzapfen, Fichtenzapfen, Steinchen, Holzstückchen, Industriemüll, Spielplatzteilen, Baumstämmen, Strommasten. Ich war ein Genie. Und ich habe mir einen Kern davon bewahrt. Den Kern kindlicher Kreativität. Deswegen brauche ich keine Kinder. Weil ich genug Dreijährigkeit in mir versammelt habe, aus der ich immer noch schöpfen kann und meine neuen Businessideen ausgraben, mit der ich Weltherrschaft erlangen werde – glauben Sie mir, die gesamte Dreijährigkeit, die ich dafür brauche, haust in mir. Jetzt z. B. denke ich an neue Technologien.

KINDERLOSE Seien Sie doch nicht so ungleichzeitig! Das ist doch von vorgestern.

LH *deprimiert* Ich weiß, der Markt ist ruiniert. *Unzusammenhängend.* Ich finde übrigens auch, dass so viel Sonne nicht gut tut.

Alle schweigen.

ALTE MUTTER *setzt ihre Geschichte fort* Und: Er fühlt sich von Polizisten verfolgt.

RABENMUTTER *steigt darauf ein* Das ist ja schon wieder normal.

ALTE MUTTER Er sagt. Polizisten gehen dorthin, wo die Toten sind.

Sie suchen die. Sie wissen noch nicht, wo die sind, und suchen sie überall. Wie Ostereier.

Sie schweigen.

Äh, wo ist eigentlich mein Mann?

Der Spätberufene krabbelt aus dem Unterholz.

SPÄTBERUFENER Hier.

ALTE MUTTER Ahh. *Zu ihm* Sag mal, wo ist eigentlich Henry?

SPÄTBERUFENER Und wo ist Henrys Vater hin?

RABENMUTTER Ja, wo ist Henrys Vater hin – eine gute Frage, die man immer mal wieder stellen sollte. Nur leider stellt sie niemand in unserer Gesellschaft.

SPÄTBERUFENER Hab ich doch eben.

RABENMUTTER *beharrt* Nur stellt sie niemand. Henry ist jedenfalls bei mir. Er sucht seinen Vater und wird ihn immer suchen. Du suchst ihn, nicht, Henry? *Deutet eine Kopfnuss an oder zieht an den Haaren.*

ALTE MUTTER Armes Kind, so ganz allein.

RABENMUTTER Henry, du musst nicht weinen, dein Vater kommt gleich wieder. Dein Vater verschwindet immer mal wieder, das ist ganz normal, daran musst du dich gewöhnen –

Hart – also gewöhn dich schon mal dran!

Wieder weich Bleib erst mal bei mir, Henry.

Zu den anderen Sehen Sie, er ist ein ganz normales Kind, behandelt man ihn normal.

ALTE MUTTER Und da sind Sie Expertin?

OMA Er weint.

RABENMUTTER Das ist doch schon was.

BA *krabbelt aus dem Unterholz* Finde ich gut, normal behandeln finde ich gut. Normal ist immer gut. Und zusammenrücken ist gut. Ja, doch …

OMA Bitte?

BA Das wäre doch mal was, wenn wieder etwas wie Solidarität im Raum zu spüren wäre… wie war das noch mal mit dem Kindsopfer?

ALTE MUTTER *unvermittelt* Wir sind aber nicht so für das Umbringen. Äh, wo ist eigentlich mein Mann?

SPÄTBERUFENER Hier bin ich doch – neben dir!

Alte Mutter reagiert nicht.

LH *überhört das auch* Währenddessen können Sie was anderes tun. Sich ablenken mit eigenen Kindern beispielsweise …

ALTE MUTTER Das ist doch nicht Ihr Ernst!

KINDERLOSE Er sagt nur, wie es läuft. Alle wiederholen ständig: Bringen Sie dieses Kind nicht um, bringen Sie es nicht um, und dann tun sie es doch.

RABENMUTTER Welches Kind?

OMA Henry zum Beispiel.

ALTE MUTTER Nein, ich bringe dieses Kind nicht um.

OMA Aber so wie Sie hier agieren, bringen Sie es doch ohnehin um.

ALTE MUTTER Bitte?

BA *beschwichtigend* Sie müssen es ja nicht gleich machen …

ALTE MUTTER Wie? Äh, wo ist eigentlich mein Mann?

SPÄTBERUFENER Hier bin ich doch – neben dir!

KINDERLOSE Hier ist er doch – neben Ihnen!

BA *fährt fort* … Sie können ja vorher noch andere Dinge machen. Einkaufen. Einrichtungsgegenstände sortieren, wie es Ihresgleichen so macht.

BA, LH und Kinderlose verschwinden wieder im Gebüsch. Die anderen verharren lustlos. Sie haben ihre Mission komplett vergessen. Man sieht sie, wie sie sinnlose Aktionen machen wie Stückchen werfen, am Boden ritzen.

3. Szene

Nach einer Weile.

SPÄTBERUFENER Gott sei Dank sind die Kinder am Spielen und merken nichts.

OMA Die können sich gut ablenken, was?

RABENMUTTER Die haben ja auch so einen traumhaften Schlaf – man kann neben denen beinahe abkratzen, und sie schlafen einfach weiter.

ALTE MUTTER Meine Kinder schlafen nicht.

RABENMUTTER Bitte? Das könnte mir nicht passieren …

ALTE MUTTER Wie?

BA Es könnten Revolutionen stattfinden, und sie schliefen erst mal durch.

ALTE MUTTER Meine Kinder schlafen nicht.

ALLE *genervt* Ja!

SPÄTBERUFENER *setzt noch mal an* Gott sei Dank sind die Kinder am Spielen und merken nichts.

OMA Sie haben ihre eigene Art, das zu verarbeiten.

RABENMUTTER Es ist einfach nicht ihr Problem.

KINDERLOSE *taucht mit einem neuen Jackett und so was wie einer Brille wieder auf* Ich habe Studien gelesen, die etwas anderes sagen.

ALTE MUTTER Was lesen Sie denn für Studien über Kinderpsychologie?

KINDERLOSE Wissen Sie, ich bringe jetzt nicht mehr Deutschland zum Aussterben, ich bin jetzt als seriöse Journalistin unterwegs und recherchiere zu Leihmutterschaften und der Ausbeutung der indischen Frau.

ALTE MUTTER Was Sie nicht sagen!

KINDERLOSE Ich recherchiere zu Frauen, die andere Frauen umbringen, um an ihre Kinder ranzukommen.

ALTE MUTTER Was Sie nicht sagen!

KINDERLOSE Das grassiert derzeit ganz schön, nur spricht niemand drüber. Was sagen Sie dazu?

ALTE MUTTER Ich? Ich weiß jetzt nicht –

KINDERLOSE Darf ich das schon verwenden? Darf ich das zitieren?

ALTE MUTTER Ich –

KINDERLOSE Wunderbar. Eine weitere Frage wäre: Ganze Gruppen, die Kindsopfer vornehmen, um einander auszuhalten.

DER CHOR Wir waren es nicht! Wir waren es nicht! Wir waren es nicht!

KINDERLOSE Gut, dann sprechen wir über die Preisliste aus den Ländern: Ukraine, Georgien, Indien, USA. Ein Geschäft wie jedes andere, sagen Sie? Oder doch eher Fleischhandel? *Sie läuft davon.*

ALTE MUTTER Unverschämtheit!

SPÄTBERUFENER *setzt noch mal an* Gott sei Dank sind die Kinder am Spielen und merken nichts.

ALTE MUTTER Du meinst, sie merken wirklich nichts.

SPÄTBERUFENER Nein, die sind in ihrer eigenen Welt.

ALTE MUTTER Aber die Spannungen übertragen sich, denk an die Babys.

SPÄTBERUFENER Welche Babys?

ALTE MUTTER Bei den Babys merkt man das doch.

SPÄTBERUFENER Es sind aber gerade keine Babys da.

OMA UND RABENMUTTER Gott sei Dank!

ALTE MUTTER Schade eigentlich.

BA *taucht ebenfalls wieder auf* Wieso eigentlich – haben wir schon wieder Geburtenrückgang?

DER CHOR Wir waren es nicht! Wir waren es nicht! Wir waren es nicht!

BA Noch nicht!

SPÄTBERUFENER *fluchend, weil er endlich »gehört« werden will* Gottseidank sind die Kinder am Spielen und merken nichts.

OMA Die sind so beschäftigt, nicht zu uns herzusehen, dass es schon beinahe wieder auffällt. Ich glaube, sie lassen uns einfach in Ruhe, die wissen genau, was abgeht.

RABENMUTTER Die haben doch ihre eigenen Probleme. Sehen Sie nicht, wie sie sich schon wieder um ein Spielzeug raufen?

SPÄTBERUFENER Das ist nicht irgendein Spielzeug, das wissen Sie.

OMA *seufzt* So werden ganze Länder kaputtgemacht.

ALTE MUTTER Jemand sollte es ihnen wegnehmen.

RABENMUTTER Es lenkt sie so schön ab.

OMA *seufzt* Und ganze Volkswirtschaften ruiniert.

Nach einer Weile, träge.

Trotzdem, jemand sollte was unternehmen.

RABENMUTTER Lassen wir sie noch eine Weile spielen, lange haben sie nicht mehr so schön gespielt. Sie müssen auch ein wenig experimentieren dürfen.

ALTE MUTTER Außerdem: Das wird ein Geschrei geben. Unser Jüngster wird einen Trotzanfall kriegen, und unsere Älteste wird eine Stunde lang einen halben Kilometer hinter uns gehen.

OMA *ironisch* Na, dann geht das eben nicht, dass wir es ihnen aus der Hand nehmen.

SPÄTBERUFENER Sie wird das Essen verweigern.

RABENMUTTER Meine Kinder spuren. Die haben das schon gelernt, wenn es los geht, geht es los.

SPÄTBERUFENER Unsere Jüngste wird brüllend auf dem Arm sitzen, kennt man ja alles schon.

ALTE MUTTER *zur Rabenmutter* Wie haben Sie denn das geschafft?

RABENMUTTER Was sein muss, muss sein.

4. Szene

Ein bisschen später, immer noch im Wald.

ALTE MUTTER Ich weiß doch, dass der die Hand ausrutscht. Das braucht die mir doch nicht zu erzählen, dass sie durch Überzeugungsarbeit ihre Kinder so in die Spur gebracht hat.

BA Was sagen Sie?

ALTE MUTTER Ach, entschuldigen Sie, ich dachte, Sie wären mein Mann.

BA Aber Sie wissen doch, dass Schläge nichts bringen.

ALTE MUTTER Sie sagen es.
Sie schweigen.
Und doch – ein bisschen Zwang muss sein, ich meine jetzt nicht Drill, ich meine jetzt nicht Härte …

BA Warum soll sie das nicht anders geschafft haben? Es gibt ja auch Eltern, die bringen ihren Kindern irgendwie bei, durchzuschlafen. Davon habe ich gehört. Es gibt Eltern, die schaffen das irgendwie, dass ihre Nachkommenschaft ordentlich isst. Sich anzieht beispielsweise. Oder sich vernünftig in den Straßenverkehr begibt. Sich irgendwie hineinbegibt.

ALTE MUTTER Es gibt Eltern – was willst du mir damit sagen? Ach, entschuldigen Sie, ich dachte schon wieder, Sie wären mein Mann. Wie Sie so reden, erinnern Sie mich sehr an meinen Mann – und dem würde ich eines sagen: Die schlägt ihre Kinder. Die brüllt sie nicht nur an, wie ich das im Zug erlebt habe. Die greift da ordentlich durch. Sehen Sie sich den Jungen an, wie der zitternd vor ihr steht.

BA Gute Frau, der zittert vielleicht vor Kälte. Sie wissen schon: Morgenkälte, Rauhreif, Tau, neues Lebensgefühl.

ALTE MUTTER Sehen Sie, wie der vom Spielplatz runtergeht.

BA Sie beobachten aber genau.

ALTE MUTTER Ich beobachte nicht, ich sehe nur, was passiert. Ich habe einen Blick für so was.

BA Hm.

ALTE MUTTER Das heißt nicht, dass ich nicht eine gewisse Härte für notwendig halte. Das Einhalten von Hierarchien. So ganz ohne Grenzen geht es eben doch nicht.

BA Hm.

ALTE MUTTER Ich meine, klare Ansagen. Ich meine Konsequenzen, ich meine, Strafen.

BA Hm.

ALTE MUTTER Mit Ihnen kann ich ja geradezu so reden wie mit meinem Mann. Ist Ihnen das schon aufgefallen?

BA Mit mir kann man immer reden. Das ist meine Berufung.

RABENMUTTER Wieso sind wir hier noch mal gemeinsam unterwegs? Ich habe das ganz vergessen, ich werde in letzter Zeit immer vergesslicher.

SPÄTBERUFENER Vielleicht sollen wir ein wenig Spaß miteinander haben.

RABENMUTTER Nein, danke – lieber nicht. Außerdem: Geht ohnehin nicht. Habe doch jetzt immer Henry dabei.

SPÄTBERUFENER Ich dachte, wir rücken jetzt gleich alle ohnehin ein wenig mehr zusammen.

RABENMUTTER In der Theorie ja, in der Praxis nein.

SPÄTBERUFENER Trotzdem, was denken Sie zu Sex in der Schwangerschaft, Sex nach der Schwangerschaft und Sex vor der Schwangerschaft?

RABENMUTTER Ein bisschen viel Sex.

SPÄTBERUFENER Ja, Sex, Sex, Sex! Ich möchte es mal aussprechen dürfen, ich möchte einmal davon reden dürfen, von geilen Schwänzen reden dürfen, von geilen Schwänzen und von nassen Mösen, von vollen Brüsten, von Brustnippeln, ja von Brustnippeln, von Morgenlatten und Abendlatten, von – Mist, mehr fällt mir nicht ein. Mir fällt einfach nicht mehr ein! Jedenfalls: Dieses Recht, diese Freiheit nehme ich mir jetzt erst einmal heraus! Jawohl!

RABENMUTTER Geht es Ihnen jetzt wieder etwas besser? *Nach kurzem Zögern, freundlicher.* Haben Sie denn keinen Spaß? Sie kennen womöglich nur andere Eltern. Gehen nur zu Elternbesprechungen, Elternabenden, führen Elterngespräche, mit Eltern! Haben Sie keine anderen Freunde? Nur Elterndisco? Elternamüsement? Sind Sie einer von denen? Ich gebe zu, Sie sehen nicht sehr attraktiv aus. In Ihrem Alter noch Kinder … puhh!

SPÄTBERUFENER *unvermittelt, wütend* Ach, ihr Frauen macht euch doch nur gegenseitig fertig.

RABENMUTTER *keift zurück* Ja, und ihr Männer steht daneben, und es ist euch schrecklich peinlich.

SPÄTBERUFENER *schreit* Unsinn, sie sagen sich: Mit einem dritten Kind zementiert sich alles, aber niemand hört ihnen zu.

RABENMUTTER *triumphierend* Das ist doch, was passiert: Die Väter stehen meist abseits und genieren sich.

SPÄTBERUFENER *besteht darauf* Während die Mütter sich in die Haare kriegen!

Rabenmutter ohrfeigt Spätberufenen.

LH *taucht wieder auf, anders gekleidet, jetzt schon Pharmareferent* Unsinn, die Frauen halten ihr Gewicht, das ist das Einzige, was jetzt noch passiert.

SPÄTBERUFENER *triumphierend* Und kündigen Freundschaften, wenn eine mal was gesagt hat! *Er ohrfeigt Rabenmutter.*

LH *zu Rabenmutter* Sie würden doch sicher auch gerne mal Gewicht halten, nicht? Da wüsste ich ein Spitzenprodukt für Sie …

Rabenmutter reagiert nicht drauf. Stattdessen ohrfeigt sie Spätberufenen. Er ohrfeigt zurück.

ALTE MUTTER *zu Rabenmutter, die jetzt mit Spätberufenem rauft* Wir sind ja nicht in einem Wettbewerb. Also ich bin hier in keinem Wettbewerb. *Sie* mögen in einem Wettbewerb sein, ich aber nicht. Ich bin keine Wettbewerbstante, falls Sie das meinen, ich bin völlig wettbewerbslos. Ich sehe jetzt gerade nicht auf Ihre Hüfte, ich schaue mir Ihren Speck nicht an, die Bauchfalte ist mir wurscht, ich sehe auch nicht, dass Ihr Lippenstift verrutscht ist, Ihr Haar verwirrt, Sie sehen nach Waldhexe aus, ja, das sehen Sie.

Ihr Tonfall wird ruhiger, verliert an Härte.

Sie erinnern mich an meinen Sohn, der das mal ganz lieb zu mir gesagt hat: Mama, warum bist du eine Waldhexe? Und ich habe ihm geantwortet: Ich weiß es nicht, wir gehen doch zu dieser Party, und da trete ich nun mal als Waldhexe auf …

Plötzlich zu Spätberufenem, der sich endlich losgemacht hat und erschöpft zu ihr kommt, in altem harten Tonfall. Gib dem Kind nicht dauernd Gummibärchen!

SPÄTBERUFENER Mach ich doch nicht.

ALTE MUTTER Du gibst ihm schon wieder Gummibärchen!

SPÄTBERUFENER Nur einmal!

OMA Also ich würde gerne langsam mal aus dem Wald rausfinden.

RABENMUTTER Das ist kein Wald, das ist ein Industriegebiet.

OMA So geraten wir nur immer tiefer hinein.

LH Und Henry – Wo ist er überhaupt?

RABENMUTTER Er ist bei mir. *Sieht sich um.* Das heißt – wo ist er?

BA *geschäftig, der »Mann der Stunde«, als ob Rabenmutter nichts gesagt hätte* Ja, wir müssen Henry suchen, wir müssen uns sofort aufteilen. Henry suchen.

RABENMUTTER Er war doch eben noch bei mir!

KINDERLOSE Und jetzt ist er nicht mehr bei Ihnen.

RABENMUTTER Gerade noch, vor einer Minute.

LH Ich meine, man weiß ja nicht, ob er etwas hat.

OMA Wie? Ob er was hat? Natürlich hat er was.

LH Ich meine, ob er ansteckend ist.

OMA Wieso soll er denn ansteckend sein?

LH Sie werden doch die Allergikerstory nicht glauben!

SPÄTBERUFENER O Gott, wir müssen Henry suchen!

ALTE MUTTER Er ist doch noch ein Kind!

LH Henry ist kein Kind mehr, das wissen Sie.

SPÄTBERUFENER Was soll das jetzt wieder heißen?

LH Henry als Kind zu bezeichnen, das kann auch nur Ihnen einfallen. Wen bezeichnen Sie noch als Kinder? Womöglich diese Typen da! Sie bezeichnen wohl gerne andere als Kinder, das tut Ihnen gut. Wir haben hier Produkte, mit denen wir Ihnen helfen können.

ALTE MUTTER *davon unbeeindruckt* Er ist doch noch ein Kind!

OMA Da hinten! Die Notfallaufnahme!

ALTE MUTTER Praxis Dr. Dernhagen!

SPÄTBERUFENER Nichts wie hin!

Alle treten ab.

Der Engagierte taucht weiter hinten auf. Er sieht aus wie ein Waldschrat.

DER ENGAGIERTE Henry, sieh dir diese Menschen an!
Beobachte sie ganz genau!
Sieh ihnen zu, wie sie durch den Wald tapern.
Sie haben ein schlechtes Gewissen. Und wie sie ein schlechtes Gewissen haben!
Es wäre ein lieblicher Wald, wenn nicht alle permanent auf der Suche nach einem Abkürzer wären.
Doch schon wieder: Das schlechte Gewissen. Sie haben dich verloren.
Die Kinderlose ist vorausgeeilt –

Der Lufthansamensch hat überholt –
Die Rabenmutter ins Gebüsch, auf der Suche nach einem schnelleren Weg durchs Unterholz.
Der Bundestagsabgeordnete wollte an vorderster Front sein –
Die Oma ist ohnehin für Direktverbindungen zuständig –
Die Alte Mutter weiß längst Bescheid über schnellstmögliche Anschlüsse –
Und schon wieder was verloren.
Und schon wieder ist es da, das schlechte Gewissen.
Wieder sind sie ein Kind weniger. Sie sind immer ein Kind weniger.
Lass dir also nichts erzählen, Henry!
Und jetzt stehen sie nur vor der Kinderarztpraxis, wie sie immer vor irgendeiner Kinderarztpraxis stehen.
Sie halten alles Mögliche für eine Kinderarztpraxis.
Und denken sich: Da war doch was!
Sie haben sich nur eingebildet, dich mitgenommen zu haben. Ein jeder dachte vom anderen, dass er das macht. So passieren die meisten Kinderunfälle. Viele Eltern auf einem Haufen: Alle denken, die anderen gucken schon, ob niemand ersäuft. Am Ende sind alle ersoffen.

IV. Akt
Utopie, Rettung, Institution.

Ort: Kinderarztpraxis Dr. Dernhagen.
Zeit: kurz nach der Öffnungszeit.

DER CHOR Hallo, Lakritzemaus, Schnecke 37, Laulau, Sandra 77, seid ihr noch da? Hört ihr?
Es ist so lange her, dass ihr online gewesen seid. So lange haben wir nichts mehr von euch gehört.
Wir haben gehört, ihr habt es doch geschafft.
Wir auch.
Wir sind jetzt glücklich.
Aber kann uns mal jemand sagen, wie lange wir schon schwanger sind? Weil, das dauert doch jetzt ein bisschen lang. Wir dachten, es seien so neun Monate, ungefähr, und jetzt entpuppt sich das Ganze als eine längere Angelegenheit.
Alles bleibt drinnen sitzen: schlechte Gewohnheiten, Tabakkonsum, Fingerspitzen, miese Stimmungen, gekürzte Sozialtransfers, Randerscheinungen, Alkohol, DNA, RNA, Botschaften ans All –
Die andere Gruppe, die hat das schneller geschafft –
Manche lassen ja das Kind rausholen und warten nicht –
Wir warten –
Aber die Natur lässt ganz schön aus.
Das heißt, sie lässt uns sitzen.
Nein?

LH Aber geben Sie doch erst mal Ihren Blutzuckerspiegel bekannt! Und was ist mit dem Eisengehalt Ihres Blutes? Den wollen Sie doch nicht etwa für sich behalten. Da hängen andere Leben dran. An Ihnen hängen doch jetzt immer andere Leben dran, das dürfte selbst Ihnen schon aufgefallen sein. Leben, die mit Ihnen Schlaftests machen, Leben, die Sie an die Grenze Ihres Stoffwechsels bringen, und das von Anfang an. Jede Minute. Leben, die Sie in Internetforen treiben, spätnachts. *Er stockt.* Ich kann aus rechtlichen Gründen keine Diagnose online erstellen, aber ich will euch sagen, es sieht gut aus. *Merkt, dass er eben falsch zitiert hat.* Ähäm, ich meine, wir können Ihnen helfen. Das heißt, wir sind jetzt immer an Ihnen dran.

LH geht ab, hinterlässt die freundlich grinsende Kinderlose.

OMA Was hat er gesagt? Ich verstehe ihn so schlecht.

RABENMUTTER Er spricht vielleicht eine andere Sprache. Oder er vertritt eine Firma. Das weiß man heute ja nie. *Zur Kinderlosen* Und was machen Sie hier? Sie stehen ja nur daneben und lächeln.

KINDERLOSE Ich bringe nicht mehr Deutschland zum Aussterben, auch bin ich nicht mehr seriös und recherchiere, ich bin jetzt Assistentin der Geschäftsführung.

OMA UND RABENMUTTER *ratlos* Aha.

DER CHOR Mädels, könnt ihr mal still sein und nicht über eure bevorstehende Geburt reden. Einen Moment lang. Einen Moment lang wollen wir nichts hören vom Abgang des Schleimpfropfens, von Blasensprung und Vierfüßlerstand! Denn diese Frau da will was sagen. Die Frau sucht den Eingang zur Praxis. Auch die anderen wollen da rein. Zeigen wir ihn ihnen? Nein!
Es gibt hier nämlich einige, die stänkern: Aufwiegler, Miesepeter, Kaulquappen, die uns das nicht gönnen.
Sie dürfen hier nicht rein.
Wir müssen heute immer gleich sagen: Damit ist jetzt Schluss. Auch wird im Moment an einem geschlossenen Mitgliederbereich gearbeitet, haltet also durch, Mädels. Bald wird hier dichtgemacht.

1. Szene

ALTE MUTTER Im Ernst. Schon wieder haben sie jemanden vorgelassen.

SPÄTBERUFENER Die türkische Familie?

ALTE MUTTER Das ist keine türkische Familie, so was gibt es hier nicht.

SPÄTBERUFENER Die sind doch schon dagewesen, als wir kamen.

ALTE MUTTER Die kamen *nach* uns. Auch die da drüben mit der blonden Rotznase sind nach uns gekommen, und ich wette mit dir, die kommen auch *vor* uns dran.

BA Die sieht auch richtig krank aus.

ALTE MUTTER *zu BA* Ich sage dir, die lassen hier dauernd Leute vor.

Wir sitzen jetzt schon seit mindestens einer Stunde hier, und die sind doch gerade erst gekommen.

Sie schweigen. Der Spätberufene guckt irritiert zum BA.

Alte Mutter wendet sich Rabenmutter zu. Sie haben eine wunderbare Kleinkindpädagogik hier in dieser Praxis. Sehen Sie den Montessoriansatz, ja sehen Sie den?

RABENMUTTER Ja, da drüben. Und ein Kinderparlament haben sie auch. Da dürfen sie basisdemokratisch Entscheidungen treffen.

ALTE MUTTER Sie machen Volksentscheide.

OMA Fragt sich nur, über was?

BA Für oder gegen den Euro?

ALTE MUTTER Sehen Sie, da ist er schon wieder, der Montessoriansatz! Sehen Sie ihn?

OMA UND RABENMUTTER *recken angestrengt die Hälse* Ja, wir sehen ihn.

ALTE MUTTER Er huscht vorbei und kommt aber sicher gleich wieder.

RABENMUTTER Nur, warum es so laut ist, frage ich mich.

ALTE MUTTER Der Arzt ist auch toll. Er nimmt richtig Kontakt zu den Kleinen auf. Er spricht sogar mit ihnen.

OMA *ironisch* So was habe ich ja noch nie erlebt!

RABENMUTTER Kein Wunder, dass die Praxis voll ist, ja übervoll.

SPÄTBERUFENER Nur bei den Spritzen hört der Spaß auf.

RABENMUTTER Aber warum ist es so laut hier!

SPÄTBERUFENER Und es sind eine Menge Spritzen.

Rabenmutter sieht ihn ängstlich an.

Und es sind eine Menge Spritzen. Und manchmal schlägt der Doktor auch mit einem Hammer aufs Knie. Oder öffnet Münder, die nicht zu öffnen sind. Oder –

Rabenmutter rennt von ihm weg.

OMA *davon unberührt* Manchmal kommen Eltern her, um es noch mal zu erleben.

ALTE MUTTER Was heißt das?

OMA Sie wollen sich erinnern, wie es damals war, mit ihren Kindern.

RABENMUTTER *ungläubig* Eltern ohne Kinder?

OMA Kinderlose Eltern oder Menschen, deren Kinder erwachsen geworden sind und selbst Kinder haben, aber woanders.

ALTE MUTTER Aber das macht doch die Praxis nicht voll. Ich meine, die ist ja riesengroß. Hat jemand schon mal gezählt, wie viele Behandlungszimmer, Wartenischen und Vorräume es hier gibt? Alleine das Wartezimmer ist ja riesig. Ein richtiger Indoorspielplatz. Das riesige Schiff, das Flugzeug, der Hubschrauber. Und überall können sich die Kinder reinsetzen und raufsetzen, und sie setzen sich auch überall rein und rauf.

OMA Dazu kommen die Eltern, die das als Krabbelgruppe missverstehen.

ALTE MUTTER *entsetzt* Die Kitaplatzlosen …

OMA Sie glauben doch nicht, dass diese Kinder hier alle krank sind.

ALTE MUTTER Natürlich nicht. Ich dachte, die seien hier wegen der Tests.

OMA Natürlich, die Tests. Die Tests machen die Bude erst richtig voll. Dazu kommen die ganzen Freiwilligen, Baugruppen, die sich hier einmal engagieren wollen, Stadtutopisten von oben, Klimaveränderer aus der Elitetruppe. Die vom freiwilligen Jahr. Kinder reicher Eltern, Studienabbrecher, die noch nicht wissen, was sie weiter tun sollen. Die Geschwisterkinder, die Großeltern, die Tanten und die Onkel, die Bundestagsabgeordneten, die auch mal ein Bad in der Menge nehmen und sich das nur hier trauen.

Zeigt auf BA, der telefoniert.

Hier werden Sie –

Zu LH, der wieder aufgetaucht ist. Herr Lufthansamensch, mit Sicherheit auch Ihre Frau finden.

LH Und? Was mache ich dann mit der?

OMA *zuckt mit den Achseln* Outsourcen.

LH Sie missverstehen da was.

KINDERLOSE Aber dürften wir Ihnen ein paar Fragen stellen?

OMA UND ALTE MUTTER Nein!

KINDERLOSE *zum Spätberufenen* Darf ich Ihnen …

SPÄTBERUFENER Ich kann jetzt gerade nicht, tut mir leid. *Er eilt zur Rabenmutter und gibt ihr unvermittelt eine Ohrfeige.*

BA tippt aufs Telefon, um zu zeigen, dass er nicht kann.

KINDERLOSE *zur Rabenmutter* Aber dürften wir Ihnen ein paar Fragen stellen?

OMA UND ALTE MUTTER NEIN!

Spätberufener gibt Rabenmutter wieder eine Ohrfeige.

DER ENGAGIERTE *taucht plötzlich auf* Fragen Sie mich! Vor zwanzig Jahren habe ich das hier gegründet. Glauben Sie mir, da sah das hier noch ganz anders aus. Wir haben die erste Initiative, die Hausbesetzung durchgeführt. Instandbesetzung –

OMA *wie zu einem Kind* Aber Sie sind doch erst 25 –

DER ENGAGIERTE All die Jahre habe ich mich gefragt: Was sind das alles für Leute, die mit mir plötzlich auf dem Spielplatz herumsitzen und Latte macchiato trinken?
Und was sind das für Leute, die keine Latte trinken?
Und jetzt weiß ich die Antwort! Die einen zumindest sind die schlimmsten Verdränger! Abschieber! Kleinholzmacher! Geldvernichter!

OMA *noch immer wie zu einem Kind, aber strenger* Aber Sie sind doch erst 25 –

RABENMUTTER Und viel schlimmer ist doch: Sie trinken selber Latte macchiato –

DER ENGAGIERTE Mach ich das? Nein, mach ich nicht! Mach ich nicht!

RABENMUTTER Doch, doch, Sie sind der Oberlattemacchiatotrinker!

DER ENGAGIERTE *ignoriert sie* All die Jahre dieser Spielplatz und Latte macchiato, und jetzt weiß ich die Antwort. Dabei habe ich das gegründet. Oder so. Ich und meine Leute, die alle nicht mehr hier wohnen, weil sie es sich nicht mehr leisten können. Fragen Sie also mich, und ich sage Ihnen, das ist alles eine Verschwörung der Windelindustrie, und Sie schreiben das in Ihren schicken Fragebogen! Nein, schreiben Sie: Hier scheißt jemand auf dieses System! Dann können Sie es schön abhaken.

OMA Was ist denn mit Ihnen los?

Sie schweigen betroffen. Dann, nach einer Weile:

RABENMUTTER Na, das ist aber interessant, dass Sie es nicht aushalten, dass ich mein Kind hier stille.

DER ENGAGIERTE Habe ich das gesagt?

RABENMUTTER Na, das ist aber interessant, dass Sie jetzt so tun, als ob nichts wäre.

DER ENGAGIERTE Ich hänge Ihnen meinen Schwanz auch nicht ins Gesicht.

LH *applaudiert* Jawohl! Jawohl! Jawohl!

ALTE MUTTER Lassen Sie die Frau in Ruhe! Was machen Sie da? Das ist hier eine Kinderarztpraxis.

DER ENGAGIERTE Und was für eine! Die habe ich mit aufgebaut. Damals vor zwanzig Jahren. Und jetzt werde ich hier verdrängt.

OMA *müde* Aber Sie sind doch erst 25 –

DER ENGAGIERTE Das ist so Ihre Perspektive. In Ihren Augen ist jeder ein 25-Jähriger, der nicht so ist wie sie. Sie haben die ganze 60-Jährigkeit gepachtet, was? Ich bin aber ein Wiedergänger. Und: Ich halte mich fit. Und nicht nur das, ich halte den Laden hier am Laufen.

ALTE MUTTER *abrupt, zum Spätberufenen* Ach, hör doch auf, deine Kontobewegungen sind auch nicht das, was sie mal waren.

SPÄTBERUFENER *provokativ in die Runde* War das eben meine Frau?

OMA, RABENMUTTER, BA Ja!

KINDERLOSE, LH, DER ENGAGIERTE Nein!

SPÄTBERUFENER Na, dann ist ja gut.

RABENMUTTER *beginnt wieder, zeigt auf LH* Da! Erwischt! Er hält es auch nicht aus, dass hier ein Stück Brust zu sehen ist.

LH Nicht nur ein Stück!

RABENMUTTER Ihn ekelt es.

LH Ja. *Er beginnt zu würgen.* Aber ich bin hier professionell. Also ich bleibe professionell.
Ich bin ja in meinem Leben viel rumgekommen und habe Kinder in 110 Ländern beobachtet, auch Lateinamerika und Asien, und habe solche Kinder noch nie erlebt wie hier. Solche Quengelgeister, solche Nervenbündel, solche Zitterpartien des zwischenmenschlichen Austausches.

DER ENGAGIERTE Ja, genau: In Eimsbüttel, in Dresden-Neustadt, in Prenzlauer Berg, Glockenbachviertel, ach ja, Köln-Ehrenfeld. Da wohnt ihr doch alle in euren teuren Lattemacchiatohäusern.

LH Ich beobachte also Kinder in 110 Ländern und stelle fest: Nirgendwo ist es wie hier.

DER ENGAGIERTE Stimmt! Nirgendwo dürfen diese Quälgeister ihren Eltern so auf den Kopf scheißen. Nirgendwo infantilisieren sich ganze Bevölkerungsgeschichten mit so einer Rasanz. Die neue Egoshootergeneration, die hier am Wachsen ist, die wird euch aus den Latschen kippen!

RABENMUTTER Ach was, da redet ja der Richtige. Und was ist mit Ihrem Henry?

DER ENGAGIERTE *gleichgültig* Mein Henry? Ausgerechnet Sie kommen mit meinem Henry! Ja, was ist mit ihm? *Euphorisch* Henry und ich, wir hatten damals eine Utopie! Wir wollten was bewegen. Wir wollten ein anderes Leben! Und jetzt seid ihr gekommen, habt alles aufgekauft. Ja, das könnt Ihr! Alles aufkaufen und dann wieder ausspucken. Und danach erst feststellen, Ihr seid doch in Sindelfingen geblieben, in Oberhachingen oder wie das heißt.

OMA Hören Sie auf, Sie 25-jähriges Bürschchen!

DER ENGAGIERTE *ironisch* Das ist alles eine Verschwörung der Windelindustrie! Vergessen Sie das nicht. Sie sind doch die Erste, die so was sagen würde. Und jetzt wollen Sie mich hier einfach so loswerden.

RABENMUTTER Was ist denn nun mit Henry?

DER ENGAGIERTE Henry ist ausgezogen. Nein, er studiert jetzt in Erlangen. Oder war es Bochum? Nein, er studiert ganz und gar nicht. Wir reden nicht mehr, das merken Sie ja, wir reden nicht mehr. Er macht den Kiez unsicher. Er macht jetzt eine Ausbildung als Kfz-Mechaniker. Nein, er macht gar keine Ausbildung. Ausbildung gibt's nicht mehr. Er terrorisiert Mütter auf Spielplätzen. Er wohnt in einem Wohnheim. Und jetzt wollen Sie mich loswerden.

BA *beschwichtigend, wie zu einem Kind* Wer sagt denn soooo was?

ALTE MUTTER Ja, richtig, gehen Sie mal ruhig hier raus – denn mein Mann und ich streiten.

SPÄTBERUFENER Bitte?

DER CHOR Bitte?

ALTE MUTTER *beharrt* Wir machen das aber nicht vor den Kindern, gell? Wir sind da professionell. Wir zischeln uns nur an. So ganz kurz. SZSSSSZSSSSZS – Sehen Sie, so geht das! Also: Raus mit Ihnen, dalli dalli.

Sie beginnt alle bis auf den LH rauszudrängeln, einschließlich des Spätberufenen.

DER CHOR Wo bleibt der geschlossene Bereich? Was soll das sein? Wir sind jetzt die Schwangeren! Wir wollen keinen Streit! Wir brauchen Ruhe und Brutfrieden. Wir brauchen Händchen, die in Schößen liegen, Bäuchlein, die sanft ein- und ausatmen, wir wollen das hier nicht.

ALTE MUTTER *zu LH* Ich will, dass der Test beginnt! Ich will! Dass wir es amtlich haben, unsere Hochbegabung, das heißt, unser hochbegabtes Kind. Unsere hochbegabten Kinder. Stabhochsprung!

SPÄTBERUFENER *von hinten, wie zu einem Kind* Aber sieh mal, hier sitzen so viele, die vor uns da waren, die das auch hören wollen. Sie alle warten friedlich ab.

ALTE MUTTER *ruft zu ihm rüber* Ja, ja, du findest es gut, dass alle vor uns drankommen – *Zu LH* – zum Beispiel die Familie da drüben –

SPÄTBERUFENER *von hinten* Diese Hartz-IVler?

ALTE MUTTER Hier gibt es keine Assis. Hier ist doch der Ort zur Feststellung der Hochbegabung? Aber – *Winkt ab.* Sie sind doch sicher kein Hochbegabter.

LH Wer? Ich?

ALTE MUTTER Ich meine Ihren Sohn.

LH Welcher Sohn? Nein, ich bin hier als Vertretung meines Unternehmens. Wir sponsern hier eine Produktlinie zur Verbesserung des Betriebsklimas in Kindergärten. Also, ich meine, wir erziehen uns kommende Fluggäste. Wir halten dabei auch eine kleine Pharmaindustrie ab, und die geht so – *Will singen.*

ALTE MUTTER *unterbricht* Ich dachte, Lufthansa?

LH Lufthansa, Luftschmansa, Kluftfransa – das hängt davon ab.

ALTE MUTTER Was hängt davon ab?

LH Sie wollen also das Ergebnis hören?

ALTE MUTTER Wir wollen erst mal testen.

LH Aber ich sagte Ihnen doch schon: Wir haben das Ergebnis bereits. Wir sagen den Eltern grundsätzlich immer, ihre Kinder seien hochbegabt, auch wenn sie sich nur schwer konzentrieren können und Lernschwierigkeiten haben. Immer steckt eine Hochbegabung drin, hinter jeder Legasthenie und Schwerfälligkeit. Also werden wir das auch Ihnen sagen.

ALTE MUTTER Wie schön!

LH *seufzt* Heute kommen schon die Zweijährigen dahergestapft, deren Hochbegabung wir feststellen müssen. Und wehe, wenn nicht.

RABENMUTTER *kommt wieder hervor* Wir wollten eigentlich ein Kind zur Untersuchung herbringen, ich meine, eigentlich …

LH Hier gibt es nur Studienergebnisse. Das heißt, hier gibt es nur Tests. Das heißt, Testergebnisse.

RABENMUTTER Leider haben wir es unterwegs verloren, und es ist inzwischen groß geworden, und jetzt terrorisiert es Mütter und lebt in einem Wohnheim, aber …

LH Nein, meine Liebe, das funktioniert heute anders. Wir behandeln nicht mehr so wie früher. Also im engeren Sinn. Es kostet den Sozialverband zu viel. Die Krankenkassen machen nicht mehr mit. Auch die Ärzte streiken. Heute wird nur noch vorgetestet. Und dann errechnen wir Wahrscheinlichkeiten. Wie an der Börse. Oder so. Der Rest ist nicht versichert. Also Sie sind nicht versichert.

SPÄTBERUFENER *kommt auch raus* Wir sind wohl versichert!

LH Sie sind pleite.

SPÄTBERUFENER Aber nur im übertragenen Sinn. Ich meine, so volkswirtschaftlich. Ich als Individualbürger bin sehr wohl solvent. Darauf bestehe ich. Ich mache volkswirtschaftlich hier nichts mit. Meine Volkswirtschaft mag mit dem Geld durchgebrannt sein, ich aber nicht, ich bin nicht durchgebrannt. Ich bin nicht abgebrannt, ich stehe hier total unabgebrannt und undurchgebrannt.

BA Wohl, wohl!

Spätberufener sieht BA irritiert an.

ALTE MUTTER Aber sagen Sie, Sie rufen hier die einzelnen Eltern nach einer nicht nachvollziehbaren Reihenfolge auf. Die da drüben kamen doch auch viel später.

SPÄTBERUFENER *schreit* Das kommt dir nur so vor!

LH *als wäre nichts* Na, ist doch logisch: Hier sitzen Eltern, die sprechen mit komischen Stimmen mit ihren Kindern. Sie wissen nicht, man kann mit denen auch normal reden. Manche heben ihre Stimme nur etwas an – neunzig Prozent machen das, das ist anscheinend ein natürlicher Reflex. Bei zwanzig Prozent kommt so ein Tonfall dazu, ich sage Ihnen, ich habe Angst vor diesem Tonfall, die anderen haben auch Angst vor diesem Tonfall, und diese Angst bestimmt die Reihenfolge.

ALTE MUTTER Ach sooooo… Aber: Hier gibt es keine Quarantäne-Boxen… Ich meine, was ist mit der Ansteckungsgefahr?

RABENMUTTER Stimmt, Henry müsste sofort …

SPÄTBERUFENER *murmelt abstrakt wie in* Shining*s REDRUM-Szene* Henry, Henry, Henry, Henry, Henry …

ALTE MUTTER *in hysterischer Unvermitteltheit, als wäre nichts* Wissen Sie, mein Kind kann schon laufen, dabei ist es erst zehn Monate alt. Mein Kind bildet schon Einwortsätze und kann rückwärts gehen, dabei ist es erst eineinhalb. Mein Kind kann schon singen und Geld zählen und geradeaus gehen, dabei ist es erst zwei. »Es muss in der Norm bleiben«, kommt höchstens mal eine Antwort, »alles andere ist gefährlich.« Ich weiß, die Norm ist das Paradies. Das Unauffällige. Das Verschwinden in der Menge. Diesbezüglich sind wir sehr chinesisch.

RABENMUTTER Ja, die Norm ist klasse.

ALTE MUTTER *erleichtert* Danke!

SPÄTBERUFENER Ich werde euch mal die Norm zeigen! Die Norm der Devianz! Der ganz normale Wahnsinn! Es gibt ein Durchschnittsverhalten der Amokläufer, eine Norm der Liegengebliebenen, einen gut erreichbaren Mittelwert des Mord und Totschlags. Und es gibt eine Norm des Familienvaters, der durchdreht!

Der Spätberufene steht auf und beginnt langsam mit Demolierungsarbeiten.

DER CHOR Wo bleibt der geschlossene Bereich? Wir warten! Wir warten! Wir wollen nicht angesteckt werden. Duckt euch! Ging nicht eben ein Bindehautentzündungsalarm durch die Menge? Biegt euch zur Seite: Ein Noro-Virus-Alarm und eine Windpockenpanik spazierte durch den Raum! Wir biegen uns zur Seite: Da kommt der Keuchhusten – Pertussis! Pertussis! Pertussis! Wer weiß, was wir für Kinder kriegen werden, wenn das so weitergeht. Pertussis! Pertussis! Pertussis!

2. Szene

Die Kinderlose und der LH bereiten sich auf eine Ansprache vor allen vor. Es soll etwas sehr »Amtliches« haben. Sie treten auf.

LH Ich weiß, Sie wollen was anderes hören. Sie sind hierhergekommen, um endlich Antworten zu hören, um das Ergebnis zu erfahren. Das Testergebnis, die ausführliche Erklärung, wie es zu all dem kommen konnte. Sie sind aus Ihren Kitas rausgekommen, aus Ihren Elternschlafzimmern, von Ihren Spielplätzen runter, ich weiß nicht, wie Sie das geschafft haben. Ja, Sie sind von Ihren Indoor- und Outdoorspielplätzen runter, raus aus den Kindercafés und den Kindermuseen und wollen eine Antwort, und ich muss Ihnen sagen, ich weiß nicht, ob ich die Ihnen zu Ihrer Zufriedenheit geben kann. Ich will mich jetzt nicht auf Rechtliches zurückziehen und Ihnen mitteilen, dass ich nicht verpflichtet bin, Ihnen irgendetwas zu erzählen. Das wissen Sie. Dass ich das hier jetzt ganz freiwillig mache. Meine Anwälte haben mir abgeraten. Sie sind etwas schreckhaft, was die Öffentlichkeit betrifft, aus verständlichen Gründen. Sie sagen mir, ich hole mir nur Folgeprobleme, weil die Leute glauben, man sei für etwas verantwortlich, wofür man überhaupt nicht verantwortlich ist.

KINDERLOSE *als Cheerleaderin* Mehr noch –

LH *bedeutet ihr, ruhig zu sein* Man sagt den Leuten, geben Sie um Himmels willen erst mal Ihre Cholesterinwerte bekannt.

KINDERLOSE Leberwerte, Eisenwerte, Zuckerwerte, Hämoglobin, Zink, Ultraschall!

LH … Man sagt ihnen, gebt uns die notwendigen Zusatzinformationen …

KINDERLOSE Vorlieben, Nachlieben, Trostpflaster, Alter, Geschlecht, Zungenschlag, Automarke, Hausmarke, Hundemarke …

LH … aber Sie tun es nicht. Daten will heute keiner mehr rausrücken. Auch schon mal gar keine Einkommensverhältnisse, weil sonst andere ja auf dumme Ideen kommen könnten. Auch verständlich. Aber manchmal müssen Sie eben doch.

KINDERLOSE Ja.

LH Sie sehen, ich bemühe mich, allgemeinverständlich zu sein.

KINDERLOSE Ja.

LH *irritiert* Ich spreche heute zu Ihnen zwar in meiner Funktion, aber praktisch als Privatperson, weil es jedem juristischen Instinkt widerspricht, hier für unser Unternehmen …

OMA Außerdem ist das Unternehmen, für das er arbeitet, pleitegegangen …

LH Ich habe jetzt keine Kinder und weiß sicher nicht, wie sich das anfühlt, also wie es Ihnen geht – keine Ahnung! Wissen Sie was? Sie sagen mir, wie sich das anfühlt, und ich mache den Rest.

KINDERLOSE Ja.

LH blickt sie irritiert an.

RABENMUTTER Keine Ahnung, wovon der redet. Doch nicht von Henry?

OMA Vielleicht sind wir jetzt die Wutbürger, von denen immer die Rede ist, und wissen es noch nicht?

BA Was? Sie sind die Wutbürger? Na, dann bin ich doch auf Ihrer Seite. Auch ich finde mich in den Bildungsplänen meiner Kollegen nicht mehr zurecht.

ALTE MUTTER *schreit wieder einmal* Mobbing? Das kenne ich aus der Kita! Mobbing? Das kenne ich aus der Kita. Mobbing?

SPÄTBERUFENER UND BA Schatz?

Spätberufener und BA blicken sich erstaunt an. BA macht eine Höflichkeitsgeste gegenüber Spätberufenem, und dieser nickt ihm zu.

LH Aber wir sind doch hier, um Frieden zu schließen, schon alleine Ihren Kindern zuliebe. Wir wollen einen Industriefrieden mit einem Kinderfrieden kurzschließen …

RABENMUTTER *zur Kinderlosen* Und wer sind Sie?

KINDERLOSE Wie ich schon sagte, ich bin die Assistentin der Geschäftsführung.

OMA Aber die Geschäftsführung ist doch gar nicht »wirklich« da?

RABENMUTTER *zur Kinderlosen* Sie können nicht mitreden.

KINDERLOSE Mache ich auch gar nicht. Und Sie können sich sicher sein, ich bin auch so ziemlich froh, dass ich hier nicht mitreden muss.

LH *bedeutet ihr, zu schweigen* Sie sind alle freiwillig hier und haben das freiwillig mitgemacht. Dass dabei nicht immer ein positives Ergebnis herauskommen kann, war Ihnen bekannt.

KINDERLOSE Ich meine, wir sind alle erwachsene Menschen.

OMA Da wäre ich mir nicht so sicher.

BA Darf ich mal als Außenstehender ein Beispiel anbringen. Da haben wir Baby A und Baby B. Ach was, sprechen wir nicht mehr von Baby A und Baby B, sprechen wir von meinem Sohn. Ja, ich will Ihnen mal eine ganz persönliche Geschichte erzählen. Mein Sohn hat den Test auch nicht bestanden. Da hieß es auch. Unvermeidlich, das Ergebnis. Unumkehrbar. Folgenschwer. Keuchhusten. Sekundarstufe. Rücktritt.

KINDERLOSE *verunsichert* Bleiben wir lieber bei Baby A und Baby B – Baby A gibt pro Jahr nur 3000 Dollar für seine Gesundheit aus, Baby B aber 6000. Trotzdem ist Baby A gesünder: Weil es sozial vernetzt lebt.

BA Sie werden fragen: Was hat das mit meinem Sohn zu tun? Ja, auch ich hänge da mit drin. Auch ich bin auf Ihrer Seite. Ich bin immer auf Ihrer Seite, merken Sie sich das!

LH Bleiben wir lieber …

BA Ja, bleiben wir bei meinem Sohn.

KINDERLOSE *zu LH* Sie haben doch gar keinen Sohn. Sprechen wir von Baby A und Baby B!

BA Baby A und Baby B sind auch auf unserer Seite. Immer.

LH *zu BA* Sie haben hier doch gar nichts zu melden.

BA Vergessen Sie nicht, die öffentliche Hand sitzt überall mit drin.

LH *sieht Kinderlose an* Gut. Dann können wir?

Er tritt ab, die Kinderlose bleibt verdattert stehen.

KINDERLOSE Also normalerweise sagt er noch was. Ich versichere Ihnen, dass er normalerweise dem noch was hinzufügt. Er hat noch nie dermaßen abrupt aufgehört. Ja, heute ist er kurz angebunden. Auch mir gegenüber – Er hat mir schon mal nichts verraten über mein Arbeitsverhältnis hier, das heißt, wie wirklich bin ich hier – aber er hat mich nur unterbrochen und gesagt, das tue jetzt nichts zur Sache. Ist so. Anstellungswirklichkeiten interessieren ihn nicht, das habe ich festgestellt, Anstellungswirklichkeiten interessieren hier niemanden. Dabei wissen wir alle längst, es gibt nur noch Anstellungsunwirklichkeiten, und inmitten dieser Anstellungsunwirklichkeiten das Stillschweigeabkommen. Und das kommt jetzt zu Ihnen. Das Stillhalte –, ach, ich meinte das Stillschweigeabkommen.

Ich meine, ich meinerseits unterzeichne ja gerne dies und das, man unterzeichnet ja jede Menge in seinem Arbeitsleben, aber eigentlich steht immer nur drinnen: Sagen darf man nichts. Also ich darf hier nichts sagen, weil ich sonst vertraglich Mist baue, und Sie dürfen jetzt auch nichts sagen. Sie müssen Ihre Klappe halten. Das wissen Sie nicht? Haben Sie Ihre Zettel nicht durchgelesen? Man sagt mir immer, ich würde diese Zettel nicht durchlesen, aber Sie sind ja noch viel schlimmer! Jetzt sagen Sie sicher gleich wieder, ich solle mich mal hinten anstellen, ich solle mich mit meinen Schweigeabkommen hinten anstellen, weil Sie erst mal mit Ihrem Redeabkommen dran sind, Sie als Familienmenschen dürften erst Ihre Redeabkommen durchsetzen und vorbringen, während ich als Kinderlose mit meinem Schweigeabkommen erst mal warten soll. Aber das mache ich nicht mehr mit! Ich bin auch einmal als Erste dran, und zwar hier und jetzt!

BA *stutzt, wechselt dann abrupt den Tonfall* Ach, du meine Güte. Wir stehen hier und plaudern hier so schön und haben ganz vergessen, dass wir ja alle was vorhatten. Also, ich zumindest vergesse jetzt ganz mein politisches Tagesgeschäft. Also ich könnte mich noch tagelang so unterhalten, aber Berlin ruft. *Zu LH* Hey, warten Sie auf mich! *Der BA will ihm hinterhertraben, kommt aber nicht mehr raus, flucht leise.* Mist.

OMA War's das?

RABENMUTTER Ja, vermutlich.

3. Szene

Der Spätberufene hat weiter damit begonnen, sinnlos die Praxis zu zertrümmern.

ALTE MUTTER *greift Zettel auf, die das Team liegen gelassen hat, oder zeigt sinnlos in eine Ecke* Sind das hier die Ergebnisse?
Die Oma zuckt mit den Achseln, der Engagierte öffnet fragend die Hände, die Rabenmutter macht »hm«, der BA sieht auf seine Uhr, die Kinderlose sieht in die Luft, der Spätberufene zerlegt die Praxis weiter.
Aber hat das mein Sohn gezeichnet? Weil: Ich weiß, was das heißt. Ich weiß, was das heißt, wenn jemand so zeichnet. Was man dann für Schlussfolgerungen zieht.
Sie läuft zu den Einzelnen hin, hält die Zettel unter deren Nase. Der Spätberufene zerlegt weiter.
Aber hat das meine Tochter geklebt? Weil: Ich kann mir ausrechnen, was für Folgen das haben wird. Ich weiß, wie sich dann alles nur um die Psychologie dreht.
Die anderen machen sich langsam auf. Spätberufener zerlegt weiter.
Aber hat das mein Sohn gerechnet? Weil: Ich kann mir zusammenreimen, wenn einer so rechnet, wie alt er in Wirklichkeit ist – Sind das hier meine Kinder, ich meine, sind das die Ergebnisse meiner Kinder? Wo sind meine Kinder eigentlich?

OMA Gute Frau, sprechen Sie doch mal deutsche Sätze! »Ich kann es mir nämlich zusammenreimen.« Nein: »Wenn es so ist, dann kann ich mir es zusammenreimen.«

ALTE MUTTER Hören Sie endlich auf mit Ihren Deutschkenntnissen! Sie haben keine – Nicht, Schatz? Sie hat keine Deutschkenntnisse! Sie spricht überhaupt nicht Deutsch!

SPÄTBERUFENER UND BA *rufen unisono automatisch* Aber ja, Schatz!
Die beiden sehen sich irritiert an.
Der BA macht eine Höflichkeitsgeste dem Spätberufenen gegenüber, der nimmt das gentlemanlike entgegen, zerlegt aber dann weiter die Praxis ...

ALTE MUTTER Wo sind unsere Kinder eigentlich? Und was machen Sie eigentlich noch hier? Ich meine, Sie haben doch hier rein gar nichts zu suchen.

OMA Ich sehe meiner Tochter zu. Meine Tochter ist jetzt in einer Klinik. Aber ich habe immerhin von hier aus, von diesem Fensterchen hier, Sichtkontakt. Wenn ich mich hier ganz weit nach vorne beuge –
Beugt sich Richtung Publikum.
– sehe ich sie wie aus der Vogelperspektive. Also Klinik von oben. Und es ist keine Schwarzwaldklinik. Also nicht sehr angenehm. Aber ich komme aus der Vogelperspektive nicht mehr heraus. Das ist unheimlich. Ich sehe sie unter mir herumlaufen als kleines Pünktchen mit drei noch kleineren Pünktchen neben sich. Meinen Enkeln. Enkerln. Enkerrrrrrrrlllllln. Ich rufe ihnen was zu, aber der Wind verweht meine Worte immer – ich sehe, sie bringen sich in Gefahr (denn die Klinik rückt zwei Zentimeter ab von sich selbst, es öffnet sich ein gähnender Abgrund). Plötzlich stürze ich selbst ab. Falle diesen vier Pünktchen entgegen, die immer größer und größer und größer werden, gleich sind sie eins zu eins, denke ich mir, nur noch einen Augenblick. Ich kann schon ihre Gesichter erkennen. Ihre Augen sehen mich fragend an, was ich denn hier zu suchen habe, so oben. Ihre Augen sind groß und werden immer größer. – Der Augenblick, in dem sie Normalgröße haben, ist schon vorbei, der Augenblick, den ich gerne hinausgezögert hätte, aber schon geht es weiter. Ja, mein Fall geht nämlich weiter und weiter, und meine Enkerrrrrrln werden größer und größer, Riesen, monströs, nahezu Gebirge, mindestens schon Alpen, eigene Planeten, meine Enkerrrrrrln. Ich frage mich, wann und wie ich landen werde, das heißt, aufschlagen, ob ich überhaupt lande, oder ob mein Fall unendlich weitergeht. Schon lange kann ich keine menschlichen Konturen mehr erkennen, diesen Zeitpunkt habe ich verpasst. Ich verschwinde in ihren Zellen, den Chromosomen, die ganze Erbinformation schluckt mich, als wäre ich nichts. DNA, RNA, was weiß ich, in Nanostrukturen –

ALTE MUTTER Geben Sie nicht so an! Unterbrechen Sie lieber die sinnlose Aggression meines Mannes.

RABENMUTTER *die alte Mutter ansehend* Unterbrechen Sie die sinnlose Agression dieser Frau gegen ihre Kinder!

ALTE MUTTER Welche Kinder? Sind doch gar keine da! Wo sind die eigentlich? Wo bleiben unsere Kinder, Schaaaaaatz?

SPÄTBERUFENER Unterbrechen Sie eeeeeeeeendlich meine Frau!

BA Unterbrechen Sie mich! Ich kann mich nicht mehr hören!

DER ENGAGIERTE Unterbrechen Sie den Zuzug dieses Pärchens in meinen Bezirk …

SPÄTBERUFENER Schnauze!

DER ENGAGIERTE … Sie ziehen ja jetzt immer in meine Nachbarschaft.

SPÄTBERUFENER Schnauze!

DER ENGAGIERTE … Sie machen nichts als Kinderkriegen und blöd herumlabern, im Weg stehen mit ihren Markenkinderwagen und Markenkinderkleidungen.

SPÄTBERUFENER Schnauze!

DER ENGAGIERTE … Sie lassen nur noch den Vornamen stehen, sonst bleibt nichts von Ihnen übrig. Sie und Ihre Terrorblagen. Ich hänge Hassposter auf. Ich verteile –

Spätberufener hält ihm den Mund zu.

ALTE MUTTER Was machst du da? Manno, wann kommen unsere Kinder endlich raus?

SPÄTBERUFENER *plötzlich ruhig* Ist das der Moment, in dem ich mit einer gerichtlichen Verfügung drohen muss? Ist das der Moment, in dem ich meine Nachbarn zusammenrotten muss? Ist das der Moment, in dem Reden nichts mehr hilft und Nicht-Reden auch nicht mehr geht? Ist das der Moment, in dem sich der späte Familienvater dabei beobachtet, wie er kindische Freude empfindet, wenn andere stolpern, wenn andere über das Schnürchen stolpern, das man selbst gezogen hat. Wie er sich Fallen ausdenkt, wie er Kratzer in andere Autos macht, wie er schon mal den Autoschlüssel eines Kollegen in den Gulli wirft und ihm lange nachsieht. Staunt, was alles so passieren kann. Die Freude, die man empfinden kann, wenn man Kaugummi in Ritzen schmiert, in Schlüssellöcher, Handys im Klo versenkt, Glühbirnen abschraubt und Rasierschaum in die Fassung füllt, Waschmittel mit Müsli mischt und wieder in den Schrank stellt. Die Freude an den kleinen Explosionen, wenn Milchgläser umfallen, Blumenvasen vom Tisch auf den Teppich kippen, Vorhänge runtergerissen werden. Ist das der Moment, wo dem späten Familienvater gar nicht mehr auffällt, dass seine Kinder schon eine ganze Weile weg sind, seine kleinen, klitzekleinen Winzigkinder. Aber vielleicht liegt das daran, dass er sich langsam selbst wie ein Kind fühlt, weil alles so groß geworden ist, so riesig, so abgründig. Hat jemand die Abwesenheit unserer Kinder bemerkt? fragt er sich auch nur ganz kurz, ich jedenfalls nicht. Niemand da. Nur die ganze Kitabekleidung, die alles noch aufrecht hält, steht noch da. Überall diese Holzpanele, diese Leiterchen und Treppchen, dieses Knallrote, Knallblaue, Quietschgelbe, Grasgrüne, das die ganze Stadtlandschaft durchzieht und noch stehen lässt. Dieser ganze Legobaukasten. Ein einziges Kitageschwulst. Holzikeagrashüpferwahnsinn, Marienkäferschaumgummileidenswesen, Prinzessinlilifeelilaperpetuummobile, Tigerentenstreifenmaschinenfeuer, Pusteblumendreck, KrachundLachgeschichtengesichtskontrollen, Tuktuktuk-die-Eisenbahn-wer-will-mit-zur-Hölle-fahren-Singsangbrei …

Ist das der Moment, in dem der späte Familienvater sich auf alte Werte besinnt und sagt: Jetzt wird geschossen?

Spätberufener bricht zusammen.

KINDERLOSE *kommt nach vorne* Ich möchte jetzt auch mal was sagen: Ich bin schwanger.

Schlussbild

Stimmung wie zu Beginn in Szene 1.

ALTE MUTTER Es ist wie immer. Kaum sind wir aus der Praxis raus, sehen wir uns erneut vor die Frage Impfen-Nicht-Impfen gestellt und wollen endlich eine Antwort.

RABENMUTTER Ach, ich dachte, Sie stehen vor der Frage Zucker-Nicht-Zucker?

ALTE MUTTER Und Sie sind erst bei Rauchen-Nicht-Rauchen, oder?

RABENMUTTER *ironisch* Uiiiii! Teufelszeug!

ALTE MUTTER *zu den anderen* Kann hier jemand die Impfrisiken zu Ende abwägen? Kann mal jemand sagen, wie hoch die Impfrisiken tatsächlich sind?

RABENMUTTER Ach, hören Sie doch auf!

ALTE MUTTER Habe ich Ihnen schon gesagt, dass Ihre Tochter einen schlechten Einfluss auf meinen Sohn hat?

RABENMUTTER Ja, er macht alles, was sie will, stimmt's?

ALTE MUTTER Ach, hören Sie doch auf!

RABENMUTTER Wo haben Sie Ihren Mann gelassen?

ALTE MUTTER Und wo Sie den Ihren?

Beide lachen.

RABENMUTTER Strenggenommen sind wir ja auch gar nicht draußen.

ALTE MUTTER Strenggenommen erwarte ich meinen Mann jede Sekunde.

SPÄTBERUFENER *springt herein und setzt sich einen Tirolerhut auf* Ja, hier bin ich, Schatz, ich weiß, es braucht ein Oberhaupt in der Familie.

ALTE MUTTER *zur Rabenmutter* Wir schätzen jetzt gute alte Werte wieder ein wenig mehr. Wir haben nämlich etwas dazugelernt: In der Familie braucht es ein Oberhaupt.

SPÄTBERUFENER Sag ich doch.

ALTE MUTTER *wie zu einem Kind* Sagst du doch.

SPÄTBERUFENER Schau, da drüben kommen unsere lieben Kleinen –

ALTE MUTTER Endlich!

SPÄTBERUFENER Oder sind es überhaupt unsere Kinder? Doch es sind unsere Kinder.

ALTE MUTTER Ist das nicht Marie?

SPÄTBERUFENER Ach, da ist ja Oskar!

ALTE MUTTER Und da Martha!

SPÄTBERUFENER Und hier ist auch der kleine Felix.

ALTE MUTTER So süüüüüüß!

SPÄTBERUFENER Ach, unsere Zwerge sind wieder da! Sie kommen direkt auf uns zugelaufen.

ALTE MUTTER Sie kommen mit all den anderen Kindern zusammen.

SPÄTBERUFENER Sie halten sich dabei alle an der Hand, wie herzig.

ALTE MUTTER Sozial kompetent. Sie singen ein Lied.

SPÄTBERUFENER *zu den anderen* Unsere Kinder singen nämlich immer.

ALTE MUTTER Schau mal, wie die schon eine Straße überqueren können.

SPÄTBERUFENER Sie kommen immer näher.

ALTE MUTTER Es sind ganz schön viele.

SPÄTBERUFENER Sie haben einen Affenzahn drauf.

ALTE MUTTER Der Emil ist auch da!

SPÄTBERUFENER Und Rosa!

ALTE MUTTER Milan!

SPÄTBERUFENER Antonia.

ALTE MUTTER Benjamin.

SPÄTBERUFENER Klara.

ALTE MUTTER Anne.

DER CHOR *steigt mit ein* Asia. Egon. Ferdinand. Stella. Amalia. Fritz. Franz. Moritz. Emilia, Anael, Nils, Tom, Wim, Anton, Musil, Stegmann, Henry, Gernot, Turban, Malichor, Annabell, Natanael, Moers, Schnark, Thorstenzwei, Wendelin, Alissa, Genia, Schnupfen, Musbach, Gleitflug, Walternein, S-A-P, Merklin, Office-Paket, ZDF-Märchen, Mutz, Leasing, Bankrott, Abrupt, Senior, Wohlstandswulff, Mirko, Gauck-pauk, Sagnochmalwas, Schlagmichtot, Kreuzweis, Krutzitürken, Borstenhorst, Knallbonbon, Ausrutsch-er …

Sarah Ruhl

Nebenan oder The Vibrator Play

(In the Next Room or The Vibrator Play)

Deutsch von Ursula Grützmacher-Tabori

Auf der Bühne

Ein Klavier.
Geschlossene Vorhänge.
Nippes.
Eine Chaiselongue.
Ein Vogelkäfig.
Ein Stubenwagen.
Ein Schaukelstuhl.
Üppige Teppiche und Tapeten.
Viele elektrische Lampen, eine besonders schöne mit grünem Glasschirm.

Neben dem Wohnraum das Behandlungszimmer eines Privatarztes, auch Laboratorium genannt.
Die Beziehung zwischen Wohnraum und Labor ist, da in beiden Räumen gleichzeitig gespielt wird, für das Bühnenbild sehr wichtig.
Im Labor steht eine Liege, bedeckt mit einem Laken.
Ein Waschbecken, vom Tisch aus kaum zu sehen.
Mehrere Vibratoren.
Eine Steckdose für elektrische Geräte.
Eine Tür führt in das private Sprechzimmer des Doktors und eine Tür in den Wohnraum, der einen Ausgang zum Kinderzimmer und einen ins Freie hat.

Falls einer der Schauspieler Klavier spielen kann, ist das Live-Spiel einer Aufnahme vorzuziehen.
Statt der üblichen modernen Scheinwerfer könnte es Lampen aus alten Zeiten geben.
Die Frage ist – in einem Stück, das zur Geburtsstunde der Elektrizität spielt – wie soll sich das Theater anfühlen?
Hochtechnologisch oder sehr primitiv ausgestattet oder keins von beidem?
Auf jeden Fall sollte ein etwaiger Einsatz von Technologie beabsichtigt wirken.

Personen

DR. GIVINGS, Facharzt für gynäkologische und hysterische Leiden, Mitte vierzig.

CATHERINE GIVINGS, seine Frau, Ende zwanzig.

SABRINA DALDRY, seine Patientin, Anfang dreißig.

ANNIE, Dr. Givings Hebamme und Assistentin, Ende dreißig.

LEO IRVING, Dr. Givings Patient, ein Engländer Mitte zwanzig oder dreißig.

ELIZABETH, Afroamerikanerin, Ersatzamme, Anfang dreißig.

MR DALDRY, Sabrina Daldrys Ehemann, Mitte vierzig oder fünfzig.

Ort

Ein florierender Kurort außerhalb von New York City, vielleicht Saratoga Springs.

Zeit

Die Geburtsstunde der Elektrizität, nach dem Bürgerkrieg, etwa 1880.

Danksagungen

Ich wurde inspiriert von dem Buch *The Technology of Orgasm* von Rachel P. Maines. Mein großer Dank gilt Luke Walden, der mich darauf aufmerksam gemacht hat. Ferner bin ich dem Buch *AC/DC: The Savage Tale of the First Standards War* von Tom McHichol für die Gedanken zur Elektrizität zu Dank verpflichtet. Ich danke außerdem meinem Mann, dass er es für mich aufgetan hat. Schließlich danke ich *A Social History of Wet Nursing*. Asteriske deuten auf Zitate aus historischen Quellen hin. Dinge wie der Chattanooga-Vibrator und das Drumherum des »Fremdstillens«, die man für Erfindungen hält, sind alle authentisch. Die scheinbar normalen Dinge entstammen meiner Phantasie.

1. Akt

1. Szene

Mrs Givings knipst die elektrische Lampe an.
Sie zeigt sie ihrem Baby.
Unterdessen wechselt Annie im Labor die Tücher auf der Liege und reinigt medizinische Geräte im Waschbecken.

MRS GIVINGS Schau mal, Baby, dieses Licht! Keine Kerze, kein rostiges Werkzeug, das sie erstickt, sondern Licht, reines Licht, geradewegs aus der menschlichen Phantasie in unseren Wohnraum gesprungen. An, aus, an, aus! *Sie knipst die Lampe an und aus.*
Dr. Givings kommt.
Er geht durch den Raum, ohne seiner Frau hallo zu sagen.
Sie beobachtet ihn. Als er raus ist:
Hallo.
Dr. Givings kommt zurück.

DR. GIVINGS Verzeih. Hallo, Liebling. *Er geht wieder ab.*

MRS GIVINGS *zum Baby* Wir finden eine Amme für dich, ja? Eine nette Amme mit ganz viel gesunder Milch. Dein Vater hat eine Anzeige in die Zeitung gesetzt. Heute werden viele Antworten kommen. Meine Milch macht dich leider nicht satt. Bist du heute weniger dick, Liebling? Sind deine Wangen weniger rund?
Sie ist den Tränen nahe. Sie erholt sich.
Ich besorge dir eine Amme, die kein eigenes Kind hat. Nicht dass ich mir eine Amme wünsche, die ein totes Kind hat, das wäre tragisch, nichts ist tragischer – ach, allein der Gedanke daran schmerzt, du leblos in deinem Wägelchen –, aber ich denke, wenn ich eine kinderlose Amme finde, die überschüssige Milch hat, muss ihr Baby gestorben sein, erst kürzlich, o mein Gott, ich mag gar nicht daran denken.
Dr. Givings kommt zurück.

DR. GIVINGS Eine neue Patientin hat sich angemeldet. Sie kann jeden Moment klingeln. Bitte, lass Annie öffnen.
Es klingelt.

Ihre Nerven liegen blank, und ich fürchte, es bringt sie völlig aus dem Gleichgewicht, wenn sie dich und das Baby sieht.

Es klingelt.

Versteck dich, bitte. *Ruft nach seiner Hebamme.* Annie!

Mrs Givings versteckt sich hinter dem Klavier.

Dr. Givings eilt mit dem Kinderwagen hinaus.

Annie geht öffnen.

ANNIE Hallo, Sie müssen Mr und Mrs Daldry sein. Bitte, kommen Sie herein.

Mr und Mrs Daldry kommen herein.

Mrs Daldry ist zerbrechlich und ätherisch.

Ihr Gesicht ist bedeckt von einem Schleier, der an ihrem Hut befestigt ist.

Sie stützt sich schwer auf den Arm ihres Mannes.

Dort entlang, ins Laboratorium –

Mrs Daldry erschrickt …

Ach, nennen wir es vorerst den Raum nebenan, kein Grund, nervös zu sein, Mrs Daldry. Geben Sie mir Ihren Hut?

Mrs Daldry schüttelt den Kopf.

MR DALDRY Sie ist sehr lichtscheu.

ANNIE Natürlich. Hier entlang.

Annie knipst die elektrische Lampe aus.

Sie führt sie ins Labor.

Dr. Givings kommt aus dem Wohnraum.

DR. GIVINGS Schön, Sie kennenzulernen, Mr Daldry, Mrs Daldry. Darf ich Ihnen den Mantel abnehmen?

Mrs Daldry schüttelt den Kopf.

MR DALDRY Sie ist sehr kälteempfindlich.

DR. GIVINGS Ich verstehe. Nehmen Sie Platz, bitte. Lichtscheu, kälteempfindlich –

Ein Baby weint.

MRS DALDRY Oh, gibt es hier ein Baby? Ich wusste nicht, dass Sie ein Baby haben. Wie schön.

DR. GIVINGS Ja. Schließen Sie bitte die Tür, Annie.

Annie tut es.

Sie setzt sich in eine Ecke und folgt – unsichtbar – der Unterhaltung.

Dr. Givings setzt sich, nimmt einen Schreibblock und macht sich Notizen.

Mrs Givings im Nebenraum hat das Babyweinen gehört.
Sie schlüpft ins Kinderzimmer.
Welche Symptome hat Ihre Gattin noch?

MR DALDRY Sie weint, zu den seltsamsten Tageszeiten, und murmelt etwas von grünen Vorhängen und anderem Unsinn.

DR. GIVINGS Ist es Unsinn, Mrs Daldry?

MRS DALDRY Wahrscheinlich. Die grünen Vorhänge bereiten mir rasende Kopfschmerzen. Diese Farbe. Alte Gespenster im Dunkeln.

Mr Daldry wirft Dr. Givings einen bedeutsamen Blick zu.

DR. GIVINGS Bitte, erzählen Sie mehr von den Vorhängen.

MRS DALDRY In dem Haus, in dem ich aufwuchs, wusch meine Mutter jede Woche die Vorhänge, sie schlug mit einem Stock darauf ein, damit die Gespenster weichen. Wir hatten einen weinüberwucherten Laubengang, und wenn die Vorhänge frisch gewaschen waren, hatte man einen schönen Blick auf die Trauben, fast konnte man sie wachsen sehen, im Herbst wurden sie ganz prall. Meine Mutter kochte massenhaft Marmelade – sie war keine nervöse oder reizbare Frau. Es gab Marmelade, Gelächter und lange Spaziergänge im Freien. Hier haben wir keinen Laubengang mit Wein – ich schweife zur Zeit ständig ab, Dr. Givings –, aber die Sache ist die, ich habe nicht die Kraft, jede Woche die Vorhänge zu waschen und die Geister herauszuprügeln. Sie denken, ich rede wie eine Irre, aber wenn Sie die Vorhänge sehen würden, wüssten Sie, dass ich im Grunde sehr logisch bin. Sie sind schrecklich.

Mr Daldry sieht Dr. Givings an und zieht die Augenbrauen hoch.

DR. GIVINGS Und Sie haben die üblichen Hausmittel angewandt, Schlaf und Entspannung?

MRS DALDRY Ich tue nichts anderes als schlafen! Immer nur schlafen!

MR DALDRY *gleichzeitig* Ja. Als ich Mrs Daldry kennenlernte, war sie siebzehn. Ein außergewöhnliches Geschöpf. Sie spielte Klavier. Wir aßen Marmelade im Laubengang, und dort sagte ich ihr, ich wolle immer für sie sorgen und sie beschützen, nicht wahr?

MRS DALDRY Ja.

MR DALDRY Jetzt, fürchte ich, herrscht sehr wenig Sympathie zwischen uns.

MRS DALDRY Ich breche ihm das Herz. – Er mag mich auf ganz bestimmte Weise. Vielleicht wenn ich wieder Klavier spielen würde, aber meine Finger wollen nicht.

MR DALDRY Nein, ihre Finger wollen nicht. Weder im Wohnraum noch in einem anderen Raum, wenn Sie verstehen, was ich meine, Dr. Givings.

MRS DALDRY Mr Daldry, bitte, bringen Sie mich nicht in Verlegenheit mit derlei Obszönitäten. Ich verlasse schockiert und empört den Raum.

Sie geht hinaus.

Sie steht aufgelöst im Wohnraum.

Sie sieht die elektrische Lampe und knipst sie an und aus.

DR. GIVINGS Mr Daldry, Ihre Gattin leidet an Hysterie. Ein eindeutiger Fall. Ich empfehle als Therapie elektrische Massagen, wöchentliche, möglicherweise tägliche Sitzungen, wir werden sehen. Wir müssen ihre Nerven vom Druck befreien. Schon bald wird Ihre Gattin wieder erblühen, sie wird Farbe haben, Licht und Kälte werden ihr nichts mehr anhaben. Und Sie werden wieder Traubenmarmelade essen und sich freuen, dass Mrs Daldry einer blühenden Siebzehnjährigen gleicht.

MR DALDRY Danke, Dr. Givings. Sie können sich nicht vorstellen, welchen Verdruss mir die Krankheit meiner Frau bereitet. Ihr natürlich auch.

DR. GIVINGS Natürlich. In einer Stunde händige ich sie Ihnen wieder aus.

MR DALDRY Danke, Doktor.

Unterdessen hat Mrs Givings mit dem Baby den Wohnraum betreten.

MRS DALDRY *zu Mrs Givings* Diese Lampe ist ungewöhnlich.

Es schmerzt meine Augen, wenn sie an- und ausgeht, aber ich genieße den Schmerz.

Es ist eine Art religiöser Ekstase, halbblind zu sein, finden Sie nicht?

MRS GIVINGS Doch, nicht wahr?

Ich hätte Ihnen nicht begegnen sollen, aber jetzt bin ich froh.

Ich hoffe, mein Mann wird Ihnen ein Trost sein.

Er ist es mir.

MRS DALDRY Darf ich Ihr Baby halten?

MRS GIVINGS Ja, natürlich.

DR. GIVINGS Ich möchte Sie bitten, Mrs Daldry mir zu überlassen, während Sie einen Spaziergang im Park machen. Vielleicht ist es besser, Sie stören sie jetzt nicht.

MR DALDRY Gern. Wie Sie meinen, Doktor.

MRS DALDRY *mit dem Baby im Arm* Wie heißt das Baby?

MRS GIVINGS Lotty. Kurz für Laetitia. Vier Silben schienen uns zu viel für ein Baby.

MRS DALDRY Lotty.

Zuvor hat Dr. Givings Mr Daldry die Hand geschüttelt.

Mr Daldry setzt seinen Hut auf.

Mr Daldry wirft dem Vibrator einen fragenden Blick zu.

Und geht ab.

ANNIE *öffnet die Tür zum Wohnraum; zu Mrs Daldry* Der Doktor ist so weit.

MRS DALDRY Ach, muss ich noch mal rein? Ich würde lieber das Baby halten.

Mr Daldry kommt in den Wohnraum.

MR DALDRY Sei ein braves Mädchen.

Mrs Daldry übergibt das Kind Mrs Givings.

MRS DALDRY Ach, wie schön sie ist.

MRS GIVINGS Nicht wahr? Nur etwas mager.

Mrs Daldry zögert, betrachtet das Baby.

MR DALDRY Der Doktor wartet, Sabrina.

MRS GIVINGS Keine Sorge. Mein Mann ist ein guter Arzt. Das sagt man wenigstens. Wenn Sie mich entschuldigen, sie braucht jetzt ihren Schlaf.

Mrs Givings geht ins Kinderzimmer.

Annie führt Mrs Daldry ins Labor.

Mr Daldry blickt sich im Wohnraum um und macht sich bereit für seinen Spaziergang durch den Park.

DR. GIVINGS Mrs Daldry, bitte, entledigen Sie sich Ihrer Kleider, die Unterwäsche können Sie anbehalten. Und bitte noch das Korsett. Annie wird ein Tuch über Ihre unteren Teile breiten. Ihre Intimsphäre wird natürlich gewahrt.

Mrs Daldry nickt.

Ich drehe mich inzwischen um.

Er wendet ihnen, ganz Gentleman, den Rücken zu.

Mrs Daldry entkleidet sich mit Annies Hilfe.

Mrs Givings ist zurück im Wohnraum, ohne Kind.

Sie erblickt Mr Daldry.

MRS GIVINGS Oh, da sind Sie wieder.

MR DALDRY Hallo. Man will mich loswerden, ich soll im Park spazieren gehen.

MRS GIVINGS Aber regnet es nicht, Mr –?

MR DALDRY Daldry. Keine Ahnung.

MRS GIVINGS Wie Sie heißen?

MR DALDRY Nein. Ob es regnet.

MRS GIVINGS Eine schwere Entscheidung: Nehmen Sie einen Schirm oder nehmen Sie keinen.

MR DALDRY In der Tat.

Unterdessen im Labor:

Mrs Daldry entkleidet sich mit Annies Hilfe.

Es dauert eine Weile, bis sie die verschiedenen Schichten abgelegt hat.

Im Wohnraum bei Mrs Givings und Mr Daldry:

MRS GIVINGS Es gibt drei Sorten von Mensch. Der erste nimmt einen Schirm, wenn es nicht regnet, der zweite nimmt keinen Schirm, selbst wenn es regnet, und der dritte nimmt einen Schirm exakt und ausschließlich dann, wenn es regnet. Zu welcher Sorte gehören Sie, Mr Daldry?

MR DALDRY Ich nehme einen Schirm, wenn es regnet.

MRS GIVINGS Ach, wie schade. Ich finde Menschen, die keinen Schirm nehmen, wenn es regnet, ausgesprochen romantisch. Mit großen Schritten durch den Regen gehen, nein, *schlendern,* und mit nassen Haaren die Regentropfen an den Zweigen betrachten.

MR DALDRY Meine Frau gehört zu der Sorte.

MRS GIVINGS O ja! Das habe ich gesehen.

MR DALDRY Verflixt ärgerlich, das. Ich mache mir ständig Sorgen, dass sie sich erkältet.

MRS GIVINGS Aber schrecklich romantisch. Mein Mann spannt seinen Schirm schon beim kleinsten Wölkchen auf. Auch wenn es nicht regnet, lässt er ihn aufgespannt, stur wie ein Ochse, und marschiert vor sich hin. Mein Mann ist Wissenschaftler.

MR DALDRY Und welche Sorte Mensch sind Sie, Mrs Givings?

MRS GIVINGS Wenn ich das wüsste. Mein Mann hält immer den Schirm. Komisch. Ich weiß nicht, was für eine Sorte Mensch ich bin.

Im Nebenraum ist Mrs Daldry jetzt ausgezogen bis auf die Unterwäsche.

Annie breitet ein Tuch über sie.

Ich zeige Ihnen den Park, Mr Daldry. Wir nehmen diesen riesigen Schirm mit. Vielleicht halte *ich* ihn, und wir schauen, was für eine Sorte Mensch ich bin. Ich hoffe nur, Sie werden nicht nass.

MR DALDRY Klingt richtig verwegen.

Mrs Givings und Mr Daldry gehen ab.

Im Labor:

DR. GIVINGS *zu Annie* Sind Sie so weit?

ANNIE Ja, Dr. Givings.

DR. GIVINGS *zu Mrs Daldry* Ist Ihnen warm genug?

Mrs Daldry nickt.

Mrs Daldry, wir werden jetzt einen Krampf in Ihnen hervorrufen, einen sogenannten Paroxysmus. Die Ursache Ihrer hysterischen Symptome ist ein Stau in Ihrem Schoß. Lösen wir einen Teil dieser Blockade, so dass die Säfte abwärts fließen können, ist Ihre Gesundheit wiederhergestellt. Dank der Geburtsstunde des Glühlichts – ich ziehe den Hut vor Mr Edison, einem großen Amerikaner – habe ich dieses neue Gerät. Früher hat es mich oder Annie Stunden gekostet, einen Paroxysmus bei unseren Patientinnen auszulösen. Es bedurfte großer Geschicklichkeit und Geduld. Es war wie bei diesem Kinderspiel, bei dem man versucht, gleichzeitig den Scheitel zu reiben und auf den Bauch zu klopfen, aber dank dieses neuen elektrischen Geräts ist die Sache in wenigen Minuten erledigt.

MRS DALDRY Ich – ich fürchte, ich kann nicht –

DR. GIVINGS Drei Minuten, manchmal fünf, im äußersten Bereich. Sind Sie bereit, Mrs Daldry?

Sie nickt.

Er nimmt einen großen Vibrator zur Hand.

Er stöpselt ihn ein.

Er knipst ihn an.

MRS DALDRY Ich habe Angst.

DR. GIVINGS Das müssen Sie nicht.

MRS DALDRY Kann ich auch keinen Stromschlag bekommen?

DR. GIVINGS Ausgeschlossen.

Er steckt den Arm unter das Tuch und führt den Vibrator ein.

Ich habe eine amüsante Geschichte für Sie: Einmal zu Weihnachten beschloss Dr. Benjamin Franklin, für sein Truthahnessen einen Vogel mit Strom zu töten. Versehentlich berührte er die Metallkette, der Stromkreis schloss sich, er hing fest. Er zappelte wie wild, bis er sich durch schiere Willenskraft von der Kette befreite. Er war in bester Verfassung! Sind Sie jetzt beruhigt?

MRS DALDRY Ein wenig.

DR. GIVINGS Es ist eine Sache von Minuten.

Mrs Daldry stöhnt leise.

Keine Angst, Mrs Daldry. Es wird schon.

Mrs Daldry stöhnt leise.

Annie wird Ihnen die Hand halten.

Annie nimmt ihre Hand.

MRS DALDRY Oh, Vater im Himmel!

Sie hat einen stillen Paroxysmus.

Nicht vergessen: Wir befinden uns in der Zeit vor der Digitalpornographie.

Damals gab es keine Vorlage, auf welche Weise Frauen einen Orgasmus haben, keine Vorstellung, welche Laute sie ausstoßen.

Mrs Daldrys erster Orgasmus könnte still sein oder auch organisch, unangenehm, ursprünglich. Oder sehr klinisch.

Oder natürlich gereizt. Wie auch immer, er sollte kein Klischee sein, eine Camp-Version dessen, wie Frauen beim Orgasmus zu klingen haben.

Es muss einfach deutlich werden, dass sie einen Höhepunkt hat.

DR. GIVINGS Das war sehr gut, Mrs Daldry. Ist das Gerät nicht ein Wunderwerk? Dank Benjamin Franklin und seinem elektrisierten Schlüssel. *Winkt mit dem Vibrator gen Himmel.* Wussten Sie, dass man vorige Woche auf Coney Island einen Elefanten mit Strom getötet hat? Großartig. Annie wird Ihnen beim Ankleiden helfen, und dann können Sie zu Mr Daldry in den Park.

MRS DALDRY Gut. Vielleicht könnte ich vorher Ihr Baby noch mal halten.

DR. GIVINGS Ah, Sie haben das Kind gesehen! Hoffentlich hat es die Therapie nicht beeinträchtigt.

MRS DALDRY Nein, es war schön, sie zu halten. Es ist uns verwehrt –

Sie bricht in Tränen aus.

ANNIE Nun, nun!

MRS DALDRY – Kinder zu haben. Ich weiß nicht, was ich falsch mache.

DR. GIVINGS Liebe Mrs Daldry, Kopf hoch. Sehen Sie, Annie, die Ursache dieser Symptome sind die aufgestauten Affekte im Unterleib, es ist eindeutig. Ich wiederhole die Behandlung. Legen Sie sich noch einmal zurück, Mrs Daldry.

Er schließt erneut den Vibrator an.

MRS DALDRY Nein, bitte nicht, berühren Sie mich da nicht mehr, es tut sehr weh – nein, bitte nicht –

Er führt den Vibrator ein.

Oh –

DR. GIVINGS Was empfinden Sie, Mrs Daldry?

MRS DALDRY Meine Fußsohlen brennen – Tanz auf heißen Kohlen – rauf – und runter – kalt und heiß bei Berührung – mein Herz rast –

Sie hat einen stillen Paroxysmus.

DR. GIVINGS Alles ist gut, Mrs Daldry, nun, nun. Bleiben Sie nur eine Weile still liegen. Ich wasche mir inzwischen die Hände.

Er geht zum Waschbecken.

Sie setzt sich auf.

MRS DALDRY *zu Annie* Geben Sie mir meinen Hut, bitte?

ANNIE Gern. Sie müssen sich nicht schämen. Das Gerät hat bei allen unseren Patientinnen die gleiche Wirkung. Manchmal lachen und weinen sie gleichzeitig. Häufig rufen sie Gott an.

Mrs Daldry steht auf mit Hut und dem umgelegten Tuch. Das Tuch fällt herab, als sie den Hut aufsetzt, und sie steht da in Pluderunterhose und Schleier.

MRS DALDRY O mein Gott!

ANNIE Das macht gar nichts, Mrs Daldry.

Annie legt ihr das Tuch wieder um.

MRS DALDRY Ich bin plötzlich so schläfrig.

ANNIE Die meisten unserer Patientinnen sind schläfrig nach der Behandlung.

MRS DALDRY Darf ich mich noch mal hinlegen?

ANNIE Bitte.

MRS DALDRY Sind Sie Hebamme?

ANNIE Ja.

MRS DALDRY Und Sie assistieren Dr. Givings bei Geburten und solchen Dingen?

ANNIE Ja.

MRS DALDRY Wie sind Sie Hebamme geworden?

ANNIE Ich war dreiunddreißig und hatte nicht die Geduld, Kinder zu unterrichten.

MRS DALDRY Haben Sie Frauen bei der Entbindung geholfen?

ANNIE Ja.

MRS DALDRY Dann ist Ihnen keine Form der Qual fremd?

ANNIE Ja, ich habe Frauen in großen Schmerzen erlebt.

MRS DALDRY Halten Sie meine Hand, dann kann ich einschlafen.

ANNIE Natürlich. Ich mache nur das Licht aus.

Annie hält Mrs Daldrys Hand und streicht ihr übers Haar.

Mrs Daldry schläft ein.

Während des nächsten Dialogs döst sie vor sich hin, wird dann wach und zieht sich mit Annies Hilfe an.

Im Wohnraum:

Mrs Givings und Mr Daldry kehren lachend von ihrem Spaziergang zurück. Sie sind durchweicht vom Regen.

Mrs Givings schüttelt ihren Schirm aus.

MRS GIVINGS Ich muss die sehr sprunghafte Sorte Mensch sein!! Ich bin gern nass, dann bin ich gern wieder trocken und dann wieder nass.

MR DALDRY Sie sind gesund und kräftig. Ich konnte kaum mit Ihnen Schritt halten.

MRS GIVINGS Ich laufe gern – ich hatte als Kind nie genug Bewegung, deshalb laufe, laufe, laufe ich, niemand hält mit mir Schritt, nicht einmal Dr. Givings. Deshalb hat er sich in mich verliebt, er sagte, er sei entschlossen gewesen, mit mir Schritt zu halten. Vor der Heirat hatte er nur meinen Hinterkopf gesehen, ich war ihm immer voraus. Er sagt, er habe mich heiraten müssen, damit er mein Gesicht sieht.

Dr. Givings kommt.

Nicht wahr, Liebling?

DR. GIVINGS *zerstreut* Was?

MRS GIVINGS Du hast mich heiraten müssen, damit du mein Gesicht siehst.

DR. GIVINGS Ah, Sie haben meine Frau kennengelernt!

MR DALDRY In der Tat.

DR. GIVINGS Die Sitzung war sehr erfolgreich. Mrs Daldry ist jetzt sehr entspannt.

MR DALDRY Ausgezeichnet.

MRS GIVINGS Ich habe Mr Daldry den Park gezeigt. Wir sind pitschnass geworden.

DR. GIVINGS Hol dir nur keinen Schnupfen. Das Kind darf nicht krank werden in seinem zarten Alter.

MRS GIVINGS Du weißt, ich bin gesund wie ein Pferd. Wenn nur meine Milch fließen würde. Oh, verzeihen Sie, Mr Daldry, so was sagt man nicht in gemischter Gesellschaft.

MR DALDRY Suchen Sie eine Amme?

MRS GIVINGS Allerdings.

MR DALDRY Unsere Haushälterin hat kürzlich ihr Baby verloren, und ich glaube, sie hat reichlich Milch. Vielleicht könnte sie einspringen, obwohl wir nicht gänzlich auf ihre Dienste verzichten wollen. Sie ist ein aufrechter Mensch. Eine so aufrechte Frau zu finden ist schwer, sie ist ein Juwel, Autodidaktin, Umgangsformen einer Dame. Ich weiß nicht, ob sie je daran gedacht hat, Amme zu werden, Sie wissen, was man über Ammen sagt, neun Teile Teufel, ein Teil Kuh, aber so was suchen Sie ja, nicht wahr? Eine nette junge Frau, die nie vorhatte, Amme zu werden, aber Milch hat, überschüssige Milch.

MRS GIVINGS Oh, sie klingt perfekt, wir suchen händeringend eine sittsame Frau, deren Kind kürzlich verstorben ist. Oh, ich wollte damit sagen –

DR. GIVINGS *gleichzeitig* Sie wollte sagen –

MRS GIVINGS Weil Sittsamkeit auf die Milch abfärbt. Erst neulich hat Mrs Evans gesagt, sie würde nie eine Farbige einstellen, weil Sittsamkeit direkt in die Milch übergeht. Aber im Süden, was machen die Leute im Süden –

MR DALDRY Nun unsere Haushälterin Elizabeth *ist* farbig, aber sie ist sehr sittsam, sehr christlich. Sie geht jeden Sonntag in die Kirche. Mit Mrs Daldry, die tiefreligiös ist.

MRS GIVINGS Ich verstehe.

DR. GIVINGS Hat sie sich vom Tod ihres Kindes erholt?

MR DALDRY Wie gesagt, sie ist eine tiefgläubige Frau, die sich Gottes Willen gefügt hat. Sie hat noch reichlich Milch.

MRS GIVINGS Liebling, ich weiß nicht, ob eine Far-

DR. GIVINGS Mein Vater war ein bekannter Sklavereigegner, Mr Daldry.

MR DALDRY Ich glaube, ich habe von ihm gehört. William Givings.

DR. GIVINGS Ja. *Zu Mrs. Givings* Aber dir wäre eine protestantische Negerin lieber als eine katholische Irin, nicht wahr?

Mrs Givings denkt darüber nach.

Ist sie verheiratet?

MR DALDRY Ja.

MRS GIVINGS Das ist gut.

MR DALDRY Natürlich. Sie wollen doch keine unverheiratete Frau im Haus haben, die Unruhe bringt, jedenfalls eine hübsche –

Er lacht und stößt Dr. Givings an.

Mrs Givings blickt erstaunt.

Dr. Givings räuspert sich.

Genauer gesagt, sie hat einen guten Mann in fester Anstellung –

DR. GIVINGS Wir würden Ihre Haushälterin Elizabeth mit Freuden als Amme einstellen. Wir würden sie großzügig entlohnen, aber nicht so großzügig, dass sie Sie verlässt. Wir sind in einer argen Klemme, die Milch meiner Frau reicht leider nicht aus. Und Flaschenkinder tun sich schwer in der Cholerasaison, sie tun sich überhaupt schwer im Leben. Vorurteile sind hier fehl am Platz, Catherine.

MRS GIVINGS Mein Mann ist sehr unkonventionell, ein Wissenschaftler. Aber die Nachbarn, was werden die sagen?

DR. GIVINGS Sie werden sehen, dass dein Baby dick und rund wird.

Mrs Daldry kommt herein, herrlich ausgeruht.

MRS GIVINGS Wie ausgeruht Sie aussehen!

MRS DALDRY Ich fühle mich wunderbar. Ihr Mann ist ein guter Arzt.

MRS GIVINGS Das ist er.

MR DALDRY Du hast Rosen auf den Wangen.

DR. GIVINGS Stört Sie das Licht, Mrs Daldry?

MRS DALDRY Nein, ich habe es kaum bemerkt. Ich war entsetzt, als das Glühlicht erfunden wurde. Ich ziehe Kerzenlicht vor und dachte, von jetzt an werden die Gesichter der Menschen abends aussehen wie Ungeheuer, ohne das Zutun von Kerzenlicht. Kein Flackern, kein Schimmern. Aber niemand von Ihnen sieht aus wie ein Ungeheuer. Sie sehen alle ganz reizend aus. Sie sind nass, Mr Daldry.

MR DALDRY Es regnet, Mrs Daldry. Wollen wir?

Mrs Daldry nickt.

MRS DALDRY Könnten wir uns einen Schirm borgen? Ich hätte nicht gedacht, dass es regnet.

DR. GIVINGS Gern. Ich habe immer einen Extraschirm für den Notfall.

MRS DALDRY Danke, Dr. Givings. Ich sehe Sie hoffentlich bald wieder?

DR. GIVINGS Am besten schon morgen. Wir brauchen tägliche Sitzungen.

MR DALDRY Ausgezeichnet. *Leise, wendet sich von den Damen ab* Was schulde ich Ihnen, Doktor?

DR. GIVINGS Keine Sorge. Wir werden wöchentlich abrechnen.

MR DALDRY Gut. Also bis morgen. Wir bringen Elizabeth mit!

DR. GIVINGS *als sie hinausgehen* Guten Tag!

MRS GIVINGS Guten Tag!

Die Tür geht hinter ihnen zu.

Es macht mich nervös, dass eine Fremde in unser Haus kommen soll, sehr nervös.

DR. GIVINGS Lotty verliert an Gewicht, meine Liebe.

MRS GIVINGS Ja, natürlich, und ich bin schuld.

DR. GIVINGS Das war keine Schuldzuweisung, Liebes.

MRS GIVINGS Wer sonst?

DR. GIVINGS Niemand. Der Körper ist ohne Schuld, Milch ohne Absicht.

MRS GIVINGS Gute Mütter haben dicke Kinder. Das weiß jeder.

DR. GIVINGS Dann wäre eine gute Amme ein Segen.

MRS GIVINGS Allerdings. Ich kann es kaum erwarten, sie kennenzulernen.

DR. GIVINGS Kopf hoch, Schatz. Wir sind gesund und glücklich, nicht wahr?

MRS GIVINGS *automatisch* Ja.

Dann mit ernstem Lächeln Ja.

Er küsst sie auf die Wange und geht hinaus.

Mrs Givings allein.

2. Szene

Dr. Givings untersucht Elizabeth im Labor.

DR. GIVINGS Ich muss nur feststellen, ob Ihre Milch gesund ist.

ELIZABETH Ja, Sir.

DR. GIVINGS Außerdem muss ich mich vergewissern, dass Sie keine Geschlechtskrankheit haben, die Sie mit der Milch auf das Kind übertragen könnten. Bitte, legen Sie sich hin …

ELIZABETH Lieber nicht, Sir.

DR. GIVINGS Ich bin ein Mann der Wissenschaft, Elizabeth. Glauben Sie mir, mich erschüttert nichts.

ELIZABETH Ja, Sir. Sir, Sie berühren mich doch nicht da unten?

Mrs Givings kommt in den Wohnraum.

DR. GIVINGS Es ist nur eine medizinische Untersuchung.

Elizabeth streckt sich aus.

Er breitet ein Tuch über sie.

Es klingelt.

Mrs Givings öffnet.

Mrs Daldry erscheint.

MRS DALDRY Hallo!

MRS GIVINGS Hallo!

MRS DALDRY Ich war im Park spazieren, er ist wunderschön.

MRS GIVINGS Ja, Sie sehen aus wie das blühende Leben.

MRS DALDRY Ich habe wieder Klavier gespielt!

MRS GIVINGS Was haben Sie denn gespielt?

MRS DALDRY Ich denke mir Lieder aus.

MRS GIVINGS Spielen Sie mir was vor? Bitte, bitte!

MRS DALDRY Ich bin sehr scheu.

MRS GIVINGS Bei mir ist niemand scheu, Mrs Daldry. Ich habe eine wunderbare Wirkung auf scheue Leute. Sie hören mich plappern und denken, oi, warum scheu?

MRS DALDRY Bei Ihnen bin ich nicht scheu, Mrs Givings.

MRS GIVINGS Natürlich nicht! Wissen Sie, ich bin eine Niete am Klavier, ich klimpere mit ein, zwei Fingern, es ist kaum benutzt, Sie müssen darauf spielen. Das arme Ding verkümmert ohne menschliche Berührung. Ohne bespielt zu werden, ist es ein totes Stück Holz.

MRS DALDRY Wie kann ich da nein sagen.

Mrs Daldry geht zum Klavier. Sie spielt ein hübsches kleines, trauriges, geheimnisvolles Lied.

Im Raum nebenan:

DR. GIVINGS Danke, Elizabeth, Sie waren sehr tapfer. Und Sie sind kerngesund. Sie können sich anziehen.

Dr. Givings geht in sein Privatzimmer. Elizabeth zieht sich an.

MRS GIVINGS Oh, das war schön. Etwas traurig, oder? Meinen Sie, wir machen Trauriges zu Liedern, um die Traurigkeit zu behalten oder um sie zu vertreiben? Ich glaube, wir wollen sie vertreiben. Also, wenn man ein fröhliches Lied schreibt, ist es dann nicht trauriger als ein trauriges Lied, weil man seine Fröhlichkeit zu einem Lied gemacht und sie so vertrieben hat? Was meinen Sie?

MRS DALDRY Ich weiß nicht.

MRS GIVINGS Hat es einen Text?

MRS DALDRY Nein.

MRS GIVINGS Aber es braucht einen Text, Mrs Daldry, unbedingt. Ich liefere die Worte. Bitte, spielen Sie es noch mal, ich denke mir Worte dazu aus, was meinen Sie?

MRS DALDRY Ja, gut.

MRS GIVINGS Du öffnest den Vorhang am Morgen,
Und ich sehe in dein Gesicht,
Wir schlafen unter den Sternen
Und vergessen das elektrische Licht.

Dr. Givings geht zurück ins Labor und begleitet Elizabeth in den Wohnraum.

MRS DALDRY Das war sehr hübsch.

MRS GIVINGS Gefällt es Ihnen? Passt es zu Ihrer Melodie? Ich hoffe, es hat Ihnen gefallen. Ich hoffe, das Lied mochte die Worte, denn die Worte lieben das Lied!

MRS DALDRY Das Lied mochte die Worte.

Dr. Givings kommt mit Elizabeth.

DR. GIVINGS Mrs Givings.

MRS GIVINGS Hallo, Liebling.

DR. GIVINGS Ich habe Elizabeth untersucht, sie ist kerngesund und wird Laetitia eine gute Amme sein.

MRS GIVINGS Das ist ja wunderbar! Es tut mir so leid, das mit Ihrem Kind, Elizabeth, es ist entsetzlich.

ELIZABETH Danke.

MRS GIVINGS Wie hieß Ihr Baby? Oder hatte sie noch keinen Namen, das wäre schrecklich, ich weiß offen gesagt nicht, was schlimmer ist, mit oder ohne Namen zu sterben, oh, ich muss meine Zunge hüten. Wenn es um den Tod geht, komme ich ins Plappern, ich bin jetzt still.

ELIZABETH Sein Name war Henry Douglas.

MRS GIVINGS Ein Junge.

ELIZABETH Ja.

MRS GIVINGS Haben Sie ihn – schon beerdigt?

ELIZABETH Er liegt auf dem Friedhof »All Souls«. Er wurde getauft, bevor er starb, und dafür bin ich dankbar. Ich war noch nie an seinem Grab. Ich konnte nicht.

MRS GIVINGS O ja. Die Taufe ist ein kleiner Trost – er ist jetzt im Himmel.

ELIZABETH Ich rede nicht gern von Henry Douglas, Ma'am.

MRS GIVINGS Nein, natürlich nicht. Verzeihen Sie.

MRS DALDRY Elizabeth hat noch zwei Kinder. Zwei reizende Knaben, sehr gut erzogen.

MRS GIVINGS Oh, das hilft! Wir hoffen, nur für den Fall, auf Extrakinder, ich wollte sagen, auf weitere Kinder. Ich hätte zu gern einen ganzen Stall voll, die über Tisch und Bänke klettern, Möbel sind so tot, ich wollte sagen, so leblos, ich meine, so traurig ohne Kinder.

MRS DALDRY Ich habe keine Kinder.

MRS GIVINGS Oh, wie schade.

Mrs Daldry ist sichtlich aufgewühlt.

DR. GIVINGS Elizabeth, möchten Sie das Kind sehen?

ELIZABETH Ja, Sir.

DR. GIVINGS Catherine, hol das Kind. Mrs Daldry, kommen Sie mit.

MRS DALDRY Ja, Doktor.

Mrs Givings geht ins Kinderzimmer.

Elizabeth wartet nervös. Sie nimmt ihren Hut ab.

Mrs Daldry und Dr. Givings gehen ins Labor …

DR. GIVINGS Hat Sie das Gespräch über Kinder aufgeregt?

MRS DALDRY Ein wenig.

DR. GIVINGS Sind Sie nervös?

MRS DALDRY Ein wenig. Mein Herz hämmert, und ich fühle mich ziemlich schwach.

DR. GIVINGS Nun, nun, strecken Sie sich aus, es geht gleich los.

MRS DALDRY Wo ist Annie heute?

DR. GIVINGS Sie müsste jeden Moment hier sein.

MRS DALDRY Ich möchte mich nicht vor Ihnen ausziehen.

DR. GIVINGS Ja, natürlich. Ich mache mir inzwischen ein paar Notizen. Sagen Sie Bescheid, wenn Sie so weit sind.

Dr. Givings setzt sich an seinen Schreibtisch.

Mrs Daldry beginnt, sich auszuziehen.

Mrs Givings kommt mit dem Kind und reicht es Elizabeth.

MRS GIVINGS So, da ist sie!

ELIZABETH Soll ich sie gleich füttern, Ma'am?

MRS GIVINGS Ja, doch. Sie hat bestimmt Hunger.

Elizabeth setzt sich, hält das Kind im Arm, öffnet ihre Bluse und beginnt zu stillen.

Elizabeth weint lautlos.

Mrs Givings sieht zu. Sie weint auch.
Elizabeth bemerkt es.

ELIZABETH Soll ich sie im Kinderzimmer füttern?

MRS GIVINGS Das wäre gut.

ELIZABETH Entschuldigen Sie mich.

MRS GIVINGS Natürlich. Gleich dort entlang.

Elizabeth geht mit dem Baby ins Kinderzimmer.
Dr. Givings kommt in den Wohnraum.

DR. GIVINGS Entschuldige, Liebling.
Was ist mit dir?

MRS GIVINGS Lotty mochte Elizabeth auf Anhieb, ist direkt auf ihre Brust los. Es war ein seltsames Gefühl, sie an der Brust einer anderen Frau zu sehen. Zur Abwechslung war es nicht das Baby, das geweint hat. Mir ist ganz seltsam zumute.

DR. GIVINGS Denk an das Wohl des Kindes. Ohne Milch würde es verhungern. Also sieh es praktisch.

MRS GIVINGS Mir ist nicht wohl.

MRS DALDRY *aus dem Labor* Ich bin so weit, Dr. Givings.

DR. GIVINGS Ich muss mich um Mrs Daldry kümmern. Ruh dich eine Weile aus. Ich lösche das Licht.

Er tut es.

MRS GIVINGS Ich will mich nicht ausruhen. Ich will mein Kind füttern.

DR. GIVINGS Aber das geht nicht, Liebes. Deine Milch reicht nicht aus.
Ich liebe dich.

Er geht ab.
Sie geht im Zimmer auf und ab.
Sie versucht, Mrs Daldrys Lied zu spielen.
Sie klimpert mit zwei Fingern auf dem Klavier.
Entschuldigen Sie die Verzögerung.

MRS DALDRY Schon gut.

DR. GIVINGS Angenehmes Wetter, nicht wahr?

MRS DALDRY Mm.

DR. GIVINGS Ein kühler, aber heller Tag.

MRS DALDRY Kann man sagen.

DR. GIVINGS Es geht los.

Dr. Givings schaltet den Vibrator ein.
Er macht ein lautes Geräusch.
Mrs Givings stutzt bei dem Geräusch, klimpert dann weiter.

Dr. Givings führt den Vibrator ein.

Es dauert nur ein paar Minuten, Mrs Daldry.

MRS DALDRY Oh …

DR. GIVINGS Nun, nun. Was empfinden Sie, Mrs Daldry?

MRS DALDRY Es funktioniert nicht, heute funktioniert es nicht.

Dr. Givings justiert das Gerät, es wird lauter.

DR. GIVINGS Besser so?

MRS DALDRY Ich weiß nicht.

Er positioniert das Gerät unter dem Tuch.

Nichts. Ich empfinde nichts.

Er stellt das Gerät noch höher. Plötzlich bricht das Geräusch ab.

Es wird schlagartig dunkel.

DR. GIVINGS Ah, zu dumm.

MRS DALDRY Ist es meine Schuld?

DR. GIVINGS Es ist nicht Ihre Schuld. Ein Stromausfall.

Im anderen Raum geht das Licht aus.

Mrs Givings blickt auf.

Sie entzündet einige Kerzen.

Annie kommt ins Labor.

Gut, dass Sie da sind, Annie, ein Stromausfall.

MRS DALDRY Mein Kopf.

ANNIE Ach, liebe Mrs Daldry, sind Sie krank?

DR. GIVINGS *leise zu Annie* Ich versuche es seit drei Minuten, so lange hat es noch nie gedauert mit diesem Gerät.

ANNIE Soll ich es mit manueller Therapie versuchen, Dr. Givings?

DR. GIVINGS Ja, warum nicht, ich kümmere mich inzwischen um den Strom. Guten Tag, Mrs Daldry. Annie.

MRS DALDRY Was ist »manuelle Therapie«?

ANNIE Entspannen Sie sich einfach.

In fast völliger Dunkelheit steckt Annie ihre Hand unter das Tuch und beginnt Mrs Daldry zu stimulieren. Wir sehen es natürlich nicht, und die Schauspielerin muss es nicht genau simulieren, aber unter dem Tuch hat Mrs Daldry eine weibliche Ejakulation.

MRS DALDRY Es ist alles ganz nass! Was ist das, es tut mir leid, ich – Wie peinlich.

ANNIE Das kommt schon mal vor, Mrs Daldry. Ich wechsle die Tücher. Aristoteles hat es genau beschrieben.

MRS DALDRY Aristoteles?

ANNIE Ja.

MRS DALDRY Lesen Sie Griechisch?

ANNIE Ja.

MRS DALDRY Mein lieber Schwan.

ANNIE Ich wasche mir jetzt die Hände.

MRS DALDRY Natürlich.

Unterdessen betritt Elizabeth den Wohnraum.

Viele Kerzen brennen.

ELIZABETH Brauchen Sie mich heute Abend, Mrs Givings?

MRS GIVINGS Vielleicht nach dem Essen?

ELIZABETH Ja, gut.

Elizabeth wendet sich zum Gehen.

MRS GIVINGS Warten Sie, Elizabeth. Wenn die Milch einschießt, empfinden Sie dann Liebe für das Kind?

ELIZABETH Ich versuche, nicht an Liebe zu denken. Ich versuche, nicht an Henry Douglas zu denken.

MRS GIVINGS Natürlich. Wollen Sie noch Kinder, Elizabeth? Oh, wie taktlos von mir, antworten Sie erst gar nicht, verzeihen Sie, manchmal kommt mir was in den Sinn, und ich platze damit raus. Ich will mehr Kinder, mein Mann vor allem will mehr Kinder, aber ich habe Angst vor der Geburt, Sie nicht? Ich erinnere mich sehr genau an den Moment, als ihr Kopf aus mir rauskam. Ich dachte: Warum sollte eine vernünftige Frau das noch einmal auf sich nehmen, wenn sie weiß, was ich jetzt weiß? Und dann war sie draußen und kroch gleich auf meine Brust und versuchte, mich zu essen, sie war so hungrig, so hungrig, er hat mich erschreckt – ihr Hunger. Und ich dachte, Ist der Hunger die erste menschliche Regung? Und nicht der Hunger nach Nahrung, sondern diese Gier, einen Menschen zu essen? Genauer, seine Mutter? Und dann dachte ich – ist es nicht seltsam, dass Jesus ein Mann war? Es sind doch die Frauen, die gegessen werden – die ihre Leiber in Nahrung verwandeln. Ich habe mein Blut hingegeben – und da war sehr viel Blut –, aber ich konnte sie nicht nähren, konnte meinen Leib nicht in Essen verwandeln, und sie war so *hungrig*. Ich glaube, das macht mich irgendwie zu einer minderwertigen Frau und einem noch minderwertigeren Jesus.

ELIZABETH Hm …

MRS GIVINGS Ach, herrje, man sagt, Sie seien sehr religiös, das muss für Sie klingen wie –

ELIZABETH Ich *war* sehr religiös.

MRS GIVINGS Oh, es tut mir leid, ich –

ELIZABETH Ich dachte wie Sie an Jesus, als ich in den Wehen lag. Aber nicht, warum Er ein Mann war. Ich dachte: Bitte, verschone mich, Jesus. Und das tat Er. Warum Er meinen Henry nicht verschont hat, weiß ich nicht. Da habe ich aufgehört, an Ihn zu glauben.

MRS GIVINGS Oh!

Es wird wieder hell.

Ah, wir haben wieder Strom.

Mrs Daldry kommt angekleidet herein.

MRS DALDRY Hallo.

MRS GIVINGS Hallo!

ELIZABETH Hallo.

MRS GIVINGS Sie sehen erquickt aus.

MRS DALDRY Wirklich?

MRS GIVINGS Und wie. Spielen Sie uns noch etwas auf dem Klavier? Elizabeth würde es sicher freuen.

ELIZABETH Ich muss zum Abendessen zu meinen Jungs.

MRS GIVINGS Ach, nur ein Lied.

MRS DALDRY Ja, gut.

Mrs Daldry spielt eine kleine, traurige Weise.

Alle lauschen.

Elizabeth weint, unbemerkt von den anderen.

Annie kommt herein.

ANNIE Was für ein hübsches Lied, Mrs Daldry.

MRS DALDRY Danke, Annie.

ELIZABETH Ich muss gehen.

MRS DALDRY Ich auch.

ANNIE Ich muss in Ihre Richtung.

MRS GIVINGS Also auf Wiedersehen, alle können hinaus und laufen, laufen, laufen, nur ich nicht. Kommen Sie morgen wieder, sonst langweile ich mich.

Elizabeth verweilt.

Was gibt's, Elizabeth?

ELIZABETH Bezahlen Sie mich gleich oder später?

MRS GIVINGS Ach, herrje! Ich habe kein Geld, ich muss meinen Mann fragen. Könnten wir vielleicht wöchentlich abrechnen?

ELIZABETH Einverstanden. Auf Wiedersehen.

MRS GIVINGS Auf Wiedersehen.

Alle gehen ab.

Mrs Givings pustet die Kerzen aus.

Dr. Givings kommt herein, froh, dass der Strom wieder fließt.

DR. GIVINGS Wieder Strom! Eines Tages werden ganze Städte elektrifiziert sein. Mr Edison wird dafür sorgen.

MRS GIVINGS Erzähl mir nichts von Elektrizität.

Du weißt, wie mich das langweilt.

Alle sind weg.

Und wir sind allein.

DR. GIVINGS Allerdings.

MRS GIVINGS Ich lösche das Licht.

Sie küsst ihn.

DR. GIVINGS Wir gehen besser hinauf.

MRS GIVINGS Oder wir bleiben hier …

DR. GIVINGS Im *Wohnraum*?

MRS GIVINGS Ich mag es hier.

Sie gehen zum Sofa.

Es klingelt.

Sie blicken einander an:

Nicht aufmachen.

DR. GIVINGS Ich gehe schon.

Dr. Givings knipst die Lampe an und geht öffnen.

Mrs Daldry?

MRS DALDRY Ich habe meinen Hut vergessen.

DR. GIVINGS Geht es Ihnen gut? Sie sind erhitzt.

MRS DALDRY Vielleicht vom Laufen. Ich bin nicht gewöhnt, an einem einzigen Tag so viel zu laufen. Annie und ich sind ziemlich schnell gegangen und haben dabei diskutiert – sie kann Griechisch, denken Sie nur, mir ist ganz schwindelig.

Mrs Daldry sinkt halb über die Lehne ihres Armsessels.

Dr. Givings geht zu ihr.

Oh!

DR. GIVINGS Nun, nun, Mrs Daldry. Kommen Sie mit nach nebenan. Wir haben wieder Strom …

MRS DALDRY Störe ich auch nicht ihr Familienleben?

DR. GIVINGS Ganz und gar nicht.

MRS GIVINGS Ganz und gar nicht.

DR. GIVINGS Hier entlang. Mrs Givings, gehen Sie doch inzwischen ins Kinderzimmer.

MRS GIVINGS Ja, Liebster.

Dr. Givings und Mrs Daldry gehen ins Labor …

Mrs Givings lauscht an der Tür.

DR. GIVINGS Da Ihnen nicht wohl ist, verzichten wir aufs Entkleiden. Legen Sie sich hin, vorsichtig. Ist Ihnen noch schwindelig?

MRS DALDRY Ein wenig.

Sie schüttelt ihren Kopf, zieht ihre Handschuhe aus.

DR. GIVINGS Haben Sie das öfter, diese Schwindelanfälle?

MRS DALDRY Nur etwa einmal die Woche, würde ich sagen.

DR. GIVINGS Aha. Das kriegen wir hin, keine Sorge. Sind Sie bereit?

Sie nickt.

Er führt den Vibrator ein.

Mrs Givings lauscht an der Tür.

MRS DALDRY Oh. Oh. Nein!

Mrs Givings' Kopf fährt zurück.

DR. GIVINGS Was fühlen Sie jetzt?

MRS DALDRY Ich will – keine – Maschine.

DR. GIVINGS Kommt Flüssigkeit, Mrs Daldry?

MRS DALDRY Nein. Nichts.

DR. GIVINGS Ich werde es mit dem Gerät und dem Finger versuchen so wie Annie bei ihrem Experiment vorhin. Die vaginale Massage wird von manchen Kreisen abgelehnt, aber mitunter ist sie, richtige Diagnose und Anwendung vorausgesetzt, das Mittel der Wahl.

Er steckt einen Finger unter das Tuch und macht weiter mit dem Vibrator.

MRS DALDRY Oh, oh, oh!

DR. GIVINGS Ja, ja, Mrs Daldry, lassen Sie alles heraus.

MRS DALDRY Oh, Annie!

DR. GIVINGS Wie bitte?

MRS DALDRY Bitte, hören Sie auf. Ich bin schon sehr erleichtert.

DR. GIVINGS Ich wasche mir die Hände, während Sie zu sich kommen. Lassen Sie sich Zeit.

Mrs Givings klopft an die Tür.

Zu Mrs Daldry Entschuldigen Sie.

Er geht in den Wohnraum.

Zu Mrs Givings Was ist denn? Das Kind?

MRS GIVINGS Was sind das für Geräusche? Was tust du da drin?

DR. GIVINGS Elektrotherapie, meine Liebe. Eine äußerst erfolgreiche Sitzung.

MRS GIVINGS Ich will dabei sein.

DR. GIVINGS Davon verstehst du nichts. Lass mir meine trockene Wissenschaft, und ich schenke dir den Rest der Welt. Du hast selbst gesagt, meine Elektrizität langweilt dich.

MRS GIVINGS Ich bestehe darauf, dieses Gerät zu sehen.

DR. GIVINGS Zwingst du mich, mein Labor abzuschließen?

MRS GIVINGS Ich bin deine Frau.

DR. GIVINGS Zum Glück. Meine gesunde, junge Frau. Ohne die kleinste Neurose. Bei dir wirken meine Experimente nicht.

MRS GIVINGS Experimentiere an mir!

DR. GIVINGS Glaub mir, es würde dir nicht gefallen.

MRS GIVINGS Experimentiere an mir!

DR. GIVINGS Es ziemt sich für einen Mann der Wissenschaft nicht, an seiner Frau Experimente durchzuführen. Ich würde meine Glaubwürdigkeit verlieren. Und jetzt sei bitte still, Mrs Daldry ist im Raum neben –

Mrs Daldry kommt herein. Sie ist das blühende Leben.

MRS DALDRY Dass ich ja nicht wieder meinen Hut vergesse …

MRS GIVINGS Hier ist er.

MRS DALDRY Ah. Danke, Dr. Givings.

Mrs Givings reicht Mrs Daldry ihren Hut.

DR. GIVINGS Gern geschehen. Auf Wiedersehen.

MRS DALDRY Auf Wiedersehen.

MRS GIVINGS Auf Wiedersehen.

DR. GIVINGS Ich gehe in den Club. Mr Edisons Assistent wird heute Nachmittag Hunde mit Strom töten. Er will beweisen, dass Wechselstrom tödlicher ist als Gleichstrom. Ich halte das für Humbug. Beim Wechselstrom schnellt die Ladung vor und zurück, vor und zu – siehst du, wie es dich langweilt.

Er schließt die Tür des Labors ab und steckt den Schlüssel in seine Tasche.

MRS GIVINGS Ja, es ist todlangweilig, und, bitte, gib mir keinen Kuss.

DR. GIVINGS Wie du meinst.

Er geht.

Sie tobt.

Sie geht zur Tür des Labors.
Sie rüttelt an der Klinke.
Es klingelt.

MRS DALDRY Ich habe meine Handschuhe vergessen, verzeihen Sie, was müssen Sie von mir denken.

MRS GIVINGS Ach, ich freue mich, Sie zu sehen! Mein Mann ist in seinen Club gegangen, und ich mopse mich zu Tode.

MRS DALDRY Ich glaube, meine Handschuhe sind im Raum nebenan.

MRS GIVINGS Der ist abgeschlossen.

MRS DALDRY Ach, es hat Zeit bis morgen.

MRS GIVINGS Bitte, bleiben Sie. Ich bin wahnsinnig neugierig, was es mit diesem Gerät auf sich hat. Vielleicht können Sie mir sagen, wie es funktioniert.

MRS DALDRY Nein – ich weiß nicht, wie es funktioniert –

MRS GIVINGS Er stöpselt es ein, knipst es an, und dann was?

MRS DALDRY Er führt elektrischen Strom in – meinem Körper – um magnetische Flüssigkeiten abzuleiten. Das sind seine Worte. In meinem Schoß ist ein Überschuss an Flüssigkeit, und das verursacht meine hysterischen Symptome.

MRS GIVINGS Flüssigkeit?

MRS DALDRY Ja. – Also, ich muss jetzt wirklich gehen –

MRS GIVINGS Sie haben so komische Geräusche von sich gegeben – oh, oh, oh!

MRS DALDRY Sie haben gehorcht?

MRS GIVINGS Es war laut.

MRS DALDRY O mein Gott. Ich gehe jetzt.

MRS GIVINGS Kommen Sie, trinken Sie eine Tasse Tee. Wo bewahrt mein Mann dieses Gerät auf?

MRS DALDRY *zeigt* Da drin.

MRS GIVINGS Hm. Und, wie ist das Gefühl? Ist es angenehm oder tut es weh?

MRS DALDRY Es ist angenehm und tut gleichzeitig weh – elektrischer Strom fließt durch meinen Körper – ich sehe Licht – Kaskaden von Licht hinter den Lidern – weißglühende Kohle an den Fußsohlen – ich zittere heftig, wie vom Blitz getroffen – und dann wird alles dunkel um mich herum, und ich will schlafen.

MRS GIVINGS So was Seltsames habe ich noch nie gehört.

MRS DALDRY Reden wir von was anderem. Auf Coney Island hat man einen Elefanten mit Strom getötet.

MRS GIVINGS Davon habe ich gehört.

MRS DALDRY Es wird dunkel.

MRS GIVINGS Ich mache die Lampe an.

MRS DALDRY Bitte nicht.

Sie sitzen im Dunkeln.

Stellen Sie sich vor! Eine Zeit, in der alles elektrisch ist. Beim Licht wird es nicht haltmachen, man wird seine Eier damit kochen, und die Hühner werden ihre Eier elektrisch legen. Mr Edison hat ein sogenanntes Aufzeichnungsgerät erfunden. Er sagt, es wird die Welt verändern, *es nimmt den letzten Wunsch eines Sterbenden auf.* Stellen Sie sich das vor! In Zukunft wird man die Stimme seines Urgroßvaters kennen und seinen letzten Wunsch. Und dann der menschliche Körper! Was wird mit ihm? Vielleicht werden die Arme elektrisch. Vielleicht sogar die Glühwürmchen.

MRS GIVINGS Elektrische Glühwürmchen?

MRS DALDRY Ja.

MRS GIVINGS Elektrische Klaviere.

MRS DALDRY Da sei Gott vor.

MRS GIVINGS Ach, nie mehr eine Kerze tragen! Nachts nie mehr mit der Kerze durch einen dunklen Gang gehen und Angst haben, dass man stolpert und es anfängt, zu brennen! Es macht einen feierlicher, finden Sie nicht? Oder eine Kerze auspusten, wie schön! Mit seinem Atem ein Licht löschen! Ob unsere Kindeskinder weniger feierlich sein werden? Ein Fingerschnipsen, und alles ist hell! Ein Fingerschnipsen, und alles ist dunkel! An, aus, an, aus! Wir könnten unsere Meinung jederzeit ändern, in Sekundenschnelle! An, aus, an, aus! Wir werden wie die Götter sein!

MRS DALDRY Ich fürchte, ja.

MRS GIVINGS Haben Sie eine Hutnadel?

MRS DALDRY Ja.

Sie gibt Mrs Givings eine Nadel aus ihrem Hut.

Mrs Givings geht zur Tür des Labors und bricht sie auf.

MRS GIVINGS Ich hole Ihre Handschuhe.

Mrs Givings geht ins Labor.

Mrs Daldry steht bereit zur Flucht.

Mrs Givings blickt sich um.

Ist es das?

MRS DALDRY Ja.

MRS GIVINGS Seltsam. Sieht aus wie ein Gartengerät. Wo kommt es hin?

MRS DALDRY Da.

Mrs Givings hält den Vibrator an ihre Scham.

MRS GIVINGS Aha. Und wo ist der Schalter?

MRS DALDRY Keine Ahnung.

Mrs Givings entdeckt den Schalter.

Der Vibrator geht an.

MRS GIVINGS Was für ein Geräusch!

MRS DALDRY Ich halte es für sie.

Sie tut es.

MRS GIVINGS Ist es schwer?

MRS DALDRY Es geht.

MRS GIVINGS Also, ich verstehe dieses ganze Buhei nicht.

MRS DALDRY Manchmal schließe ich die Augen.

Mrs Givings schließt die Augen.

Und das Summen des Vibrators, länger als angenehm.

MRS GIVINGS Oh! Oh!

Mrs Givings hat einen Höhepunkt.

Sie weint dabei.

Das war schrecklich – ein seltsames, schreckliches Gefühl, jetzt ist mir klar, warum er es mir vorenthalten hat.

MRS DALDRY Ja.

MRS GIVINGS Wollen Sie auch mal?

MRS DALDRY O nein, nur der Doktor kann das.

MRS GIVINGS Aber wieso denn! Es ist doch ganz einfach. Heutzutage muss man nur wissen, wie man auf einen Knopf drückt oder einen Schalter umlegt. Ich halte es für Sie.

MRS DALDRY Na gut. Moment – *Sie lauscht.* – Ist das Dr. Givings' Wagen?

MRS GIVINGS Ich höre nichts.

MRS DALDRY Ich höre Hufeklappern.

MRS GIVINGS Ach, das bilden Sie sich ein. Vor sieben ist er nie zu Hause.

MRS DALDRY Sind Sie sicher?

MRS GIVINGS O ja, wenn er über Elektrizität redet, findet er kein Ende.

MRS DALDRY Na dann.

MRS GIVINGS Sind Sie bereit?

MRS DALDRY Ich glaube ja.

MRS GIVINGS Dann also los!

Mrs Givings führt den Vibrator in Mrs Daldry ein.
Sie sehen himmelwärts.
Das stetige Summen des Vibrators.
Transzendentale Musik.
Vorhang.

Ende 1. Akt.

2. Akt

1. Szene

Etwa zwei Wochen später.
Dr. Givings und Leo im Labor.

LEO Und dann fuhr sie urplötzlich nach Italien zurück.

DR. GIVINGS Ich verstehe.

LEO Es war ein entsetzlicher Schock.
Ich war für ein Jahr in Florenz, um Malerei zu studieren. Dort sind anspruchsvolle Meister – der Strich muss *so* sein, die Proportion *so* – es gibt keinerlei Freiheiten – man muss seinen Bleistift mit dem Messer anspitzen, genau wie früher Leonardo. Es war das Paradies, keine Freiheit zu haben. Freiheit in der Kunst gab es nicht, aber dafür im Leben, im Leben! Die Pfirsiche schmeckten nach Pfirsich, der Regen nach Regen. Dort lernte ich die fragliche Dame kennen. Eine wunderschöne Frau. (Ich weiß, kein Mensch sagt: Ich habe mich in eine potthässliche Italienerin verliebt.) Aber sie war wirklich schön. Vielleicht nicht im klassischen Sinn, aber egal. Es war in den Uffizien. Sie betrachtete die Skulpturen ohne Verlegenheit, ohne die geringste Verlegenheit. Ich malte den ganzen Sommer ausschließlich ihr Gesicht. Wenn sie küsste, küsste sie mit ihrem ganzen Körper, nicht wie amerikanische Frauen mit spitzen Lippen!

DR. GIVINGS Mm.

LEO Vielleicht schockiert es Sie, Doktor, dass ich sie vor der Heirat geküsst habe. Ich bin ein Verehrer der Natur und wollte dem Schicksal eines Jugendfreundes entgehen. In der Hochzeitsnacht erlebte er den Schreck seines Lebens in Gestalt seiner Frau. Er sagte, als sie sich auszog, habe er Abscheuliches gesehen. Was denn? fragte ich. Sie war behaart, sagte er, da unten! Wie ein Tier! Sie müssen wissen, Doktor, er kannte die weibliche Gestalt nur von Marmorstatuen! Für Sie als Wissenschaftler ist das sicher amüsant.

DR. GIVINGS Was Männer alles nicht sehen, weil ihr Intellekt ihre Wahrnehmung trübt, könnte Bücher füllen.

LEO Allerdings.

DR. GIVINGS Was wurde aus Ihrem Freund?

LEO Er ist heute ein berühmter Kunstkritiker. Seine Ehe wurde drei Jahre nicht vollzogen und dann annulliert. Dieses Schicksal wollte ich mir ersparen, und da ihre Lippen willig und offenherzig und weich waren, küsste ich sie. O ja, ich küsste sie.

Sie war nicht aus guter Familie, und ihr Englisch ließ zu wünschen übrig, aber es kümmerte mich nicht. Aus ihren Augen sprang mir ihre Seele entgegen. Wenn ich sie malte, hatte ich das Gefühl, ich kann Seelen malen. Ihre Seele schwebte etwa hier, und ich konnte sie sehen. *Deutet auf eine Stelle fünf Zentimeter entfernt von den Augen.* Wenn ich sie malte, dann immer eine Stelle fünf Zentimeter von den Augen entfernt, nicht die Augen selbst – es war eine Offenbarung! – Ich schweife ab.

Mrs Givings kommt in den Wohnraum und arrangiert das Teeservice um.

Sie kam mit mir nach England, um meine Eltern kennenzulernen und um unsere Verlobung bekanntzugeben. Aber am folgenden Morgen floh sie zurück nach Italien. Kein Brief. Keine Antwort auf meine Fragen. Kein einziges Wort. Mein ganzer Körper rebellierte. Kopfschmerzen, Sehstörungen, Schwäche, Übelkeit …

DR. GIVINGS Und diese Schwäche hält jetzt an – wie lange?

LEO Neun Monate.

DR. GIVINGS In den Extremitäten?

LEO Ja. Das Schlimmste ist die Sehschwäche. Ich kann nicht mehr malen.

DR. GIVINGS Sie haben also seit neun Monaten nicht gemalt?

LEO Im Dunkeln geht es nicht.

DR. GIVINGS Hysterie beim Mann ist sehr selten, aber es gibt sie.

LEO Ist sie heilbar?

DR. GIVINGS Ich denke schon. Bitte, ziehen Sie sich aus bis auf die Unterwäsche und legen Sie sich auf den Tisch. Annie, meine Assistentin, kommt gleich.

Elizabeth kommt mit dem Baby in den Wohnraum.

LEO Ich wusste nicht, dass eine Dame dabei sein wird.

DR. GIVINGS Annie ist ein Ausbund an Takt und Diskretion.

Leo zieht sich aus.

Unterdessen im Wohnraum:

MRS GIVINGS *zu Elizabeth* Hat sie schön getrunken?

ELIZABETH Wie ein Engel.

MRS GIVINGS Danke, Elizabeth.

ELIZABETH Ich glaube, Babys sind Engel im ersten Lebensjahr, solange sie ausschließlich Milch trinken. Sie könnten direkt dahin zurückfliegen, woher sie gekommen sind, zur Milch in den Wolken. Wenn die Zähne kommen, ist es der Anfang vom Ende, sie werden Tiere, und es gibt kein Zurück.

MRS GIVINGS Ja.

ELIZABETH Aber noch ist sie ein Engel, keine Zähne.

Elizabeth berührt die Wange des Kindes.

Das Baby lächelt.

Mrs Givings ist eifersüchtig.

MRS GIVINGS Nun. Das wäre alles, Elizabeth.

ELIZABETH Ich hole nur meinen Mantel.

Elizabeth geht ins Kinderzimmer.

Leo ist jetzt entkleidet.

Mrs Givings hält das Kind.

Annie ist ins Labor gekommen und hat ein Tuch über Leo gebreitet.

Mrs Givings allein mit dem Baby.

MRS GIVINGS Kein Lächeln?

Du hast Elizabeth angelächelt.

Singt leise.

Du öffnest den Vorhang am Morgen,
Und ich sehe in dein Gesicht,
Wir schlafen unter den Sternen
Und vergessen das elektrische Licht.

Im Labor:

DR. GIVINGS Dieses Gerät, Leo, ist der Chattanooga-Vibrator. Meine Erfindung. Er wird in die anale Höhle eingeführt.

LEO Tatsächlich.

DR. GIVINGS Schauen Sie dorthin und ziehen Sie, bitte, die Beine an. Annie wird mit dem Fußpedal die Geschwindigkeit regeln. Es funktioniert – ähnlich wie eine Nähmaschine.

LEO Ah.

Dr. Givings stöpselt den Vibrator ein.

DR. GIVINGS Wir stimulieren jetzt die Prostata. Sind Sie bereit?

LEO Ich glaube.

Dr. Givings führt den Vibrator in Leo ein.
Annie assistiert.
Leo ist beunruhigt.
Leo ist schockiert.
Leo hat einen analen Paroxysmus.
Oh.
Oh.
Oh!
Oh.
Mrs Givings geht zur Tür – die Stimme eines Mannes?

DR. GIVINGS Ausgezeichnet! Ich glaube, das war's für heute. Wie fühlen Sie sich?
Möchten Sie eine Tasse Tee?

LEO Eine Tasse Tee wäre schön.
Dr. Givings geht in den Wohnraum.

MRS GIVINGS Hallo, Liebling. Was macht die Arbeit?

DR. GIVINGS Ein neuer Patient. Interessanter Fall. Äußerst selten.

MRS GIVINGS Ein Mann?

DR. GIVINGS Woher weißt du?

MRS GIVINGS Ich habe eine Männerstimme gehört.

DR. GIVINGS Ach, ich wusste nicht, dass die Wand so hellhörig ist.

MRS GIVINGS Was macht ein Mann bei dir?

DR. GIVINGS Hysterie beim Mann ist sehr selten, aber er ist Künstler. Vielleicht gehst du mit dem Kind ein wenig ins Freie. Ich will nicht, dass du ihm über den Weg läufst.

MRS GIVINGS Ich glaube, das Baby hat noch Hunger – ich hole Elizabeth.

DR. GIVINGS Tu das.
Sie geht mit dem Kind hinaus. Dr. Givings holt Tee.
Unterdessen hat sich Leo mit Annies Hilfe angekleidet.

LEO Danke. Wie bizarr.
Dr. Givings kommt und reicht Leo eine Tasse Tee.
Wunderbar.

DR. GIVINGS Ich sehe Sie morgen. Ich denke, am Anfang brauchen wir tägliche Sitzungen. Wenn Sie wollen, können Sie gern im Park spazieren gehen.

LEO Großartig. Danke, Doktor.

DR. GIVINGS Nichts zu danken. Bis morgen dann.

LEO Ja, ja, selbstverständlich.

Leo kommt genau in dem Moment in den Wohnraum, als Mrs Givings ohne das Kind hereinkommt.

MRS GIVINGS Hallo.

LEO Hallo.

MRS GIVINGS Mrs Givings.

LEO Sind Sie die Frau Doktor?

MRS GIVINGS Ja. Er hat selten Männer hier. Es ist mir ein Vergnügen, Ihre Bekanntschaft zu machen!

Sie starrt ihn an. Sie erinnert sich an ihre Erfahrung mit dem Vibrator und fragt sich, wie um Himmels willen er bei Männern angewandt wird.

LEO Leonard Irving.

MRS GIVINGS Ich freue mich, Mr Irving.

LEO Ganz meinerseits.

Er küsst ihr die Hand.

MRS GIVINGS Wie altmodisch.

LEO Heutzutage gehen die Leute herum und sagen: Ich bin ein moderner Mann, ich bin eine moderne Frau. Na ja, die neue Zeit. Ich persönlich verabscheue die Moderne.

MRS GIVINGS Ach! Wie eigenwillig. Sind Sie ein eigenwilliger Mensch?

LEO Manche Leute sehen es so.

MRS GIVINGS Ihr Mantel ist sehr altmodisch.

LEO Das ist der abgelegte Mantel meines Vaters. Mäntel interessieren mich nicht besonders. Ich werfe mir über, was mein Vater ausrangiert hat.

Leo sieht zur Lampe und blinzelt.

MRS GIVINGS Ist Ihnen das Licht zu grell?

LEO Licht hat mir in den vergangenen neun Monaten sehr zugesetzt, aber im Moment ist es besser.

Sie knipst die Lampe aus.

MRS GIVINGS Für alle Fälle.

LEO Als Edisons Glühbirne aufkam, sagten die Leute, mein Gott! – ein Licht wie der Sonnenuntergang im italienischen Herbst … kein Blaken, kein Geruch, ein Licht ohne Flamme, ohne Gefahren! Aber für mich, Mrs Givings, hat ein Licht ohne Flamme nichts Göttliches – ein Licht ohne Flamme ist wie –

MRS GIVINGS Was?

LEO Das sage ich nicht.

MRS GIVINGS Warum nicht?

LEO Ich kenne Sie kaum. Es könnte Ihr weibliches Empfinden beleidigen.

MRS GIVINGS Ach, bei mir ist Scheu unnötig, ich platze mit allem heraus.

LEO Nun denn, ein Licht ohne Flamme ist, als ließe man sich mit einer Prostituierten ein. Keine Flamme der Liebe, des Verlangens, nur der schiere körperliche Akt. Aber ohne Liebe, ohne geistige Stimulation, ohne Augen, ohne Blut, ohne Herz oder Intellekt, sind Körper nur Fleisch. Fleisch und Knochen und Hebel und Technik.

MRS GIVINGS Vielleicht haben Sie recht. Sie hätten es besser nicht gesagt.

LEO Nicht dass ich je was mit Prostituierten hatt-

MRS GIVINGS *überlappend* Das wollte ich damit nicht –

LEO Es war nur eine Metapher –

MRS GIVINGS Natürlich.

Unbehagliche Stille.

Sie sitzen in zunehmender Dunkelheit.

LEO Ich liebe diese Zeit am Nachmittag, wenn die Welt dunkel wird und man die Lichter in den Fenstern der Nachbarn angehen sieht. Eines gelb – eines fast weiß – kleine helle Rechtecke, das Leben der anderen – behütet gegen die Nacht, ein Zeichen der Hoffnung. Absurd, nicht wahr, sich zu erhoffen, dass ein kleines helles Rechteck die Dunkelheit vertreiben könnte – ah, da ist noch eins –

Er führt sie zum Fenster und zeigt es ihr.

MRS GIVINGS Ja, eins und da noch eins –

LEO Schauen Sie – noch ein goldenes Fenster – das übrige Haus dunkel – ein unvollendetes Gemälde. Ich liebe unvollendete Gemälde – Es ist mir ein Rätsel, warum Maler ihre Bilder unbedingt vollenden wollen! *So ist das Leben nicht.*

MRS GIVINGS Oh!

LEO Und die Gemälde, die *Michelangelo* nie vollendet hat, kennen Sie sie? – Geisterhafte Striche im Hintergrund. Zum Beispiel »Madonna und Kind mit dem heiligen Johannes und Engeln«. Haben Sie es mal gesehen?

MRS GIVINGS Ich war noch nie in Italien.

LEO Oh. Sie müssen sofort hin und es sich ansehen – gleich nach der Ankunft. Die unvollendeten Striche Gottes – man kann sie nicht ergänzen, sie wären zu schön, ein Schock für die Sinne, und so sind sie nur *beinahe* da – die Frauen oder die Engel –, tauschen Vertraulichkeiten aus, während sie zum Leben erweckt werden. Ein Mädchen, eine Frau, die zu zwei Dritteln fertig ist, ist Gott nahe. Eine junge Frau, im Begriff, sich kennenzulernen, ist daher für einen Mann das Attraktivste auf Erden.

MRS GIVINGS Meinen Sie?

LEO O ja.

Sie sitzen einen Augenblick im Dunkeln.

Mrs Givings unterdrückt ihren gewohnten Sprechdrang, denn neben Leo zu sitzen ist eine ganz neue Seinserfahrung für sie.

Es klingelt.

MRS GIVINGS Entschuldigen Sie.

Mrs Givings springt auf und öffnet.

Es ist Mrs Daldry.

Mrs Daldry!

MRS DALDRY Hallo. Komme ich zu früh? Ich glaube, ich komme zu früh.

MRS GIVINGS Ich habe soeben Mr Irving kennengelernt.

MRS DALDRY Sehr erfreut. Aber Sie sitzen im Dunkeln.

Mrs Givings knipst die Lampe an.

Leo ist fasziniert von Mrs Daldrys zerbrechlicher Schönheit.

Nach seinem unerwarteten Paroxysmus würde er sich in jedes Wesen verlieben, das ihm über den Weg läuft.

LEO Ich muss gehen. Ich bitte tausendmal um Gemälde, wollte sagen, um Entschuldigung, dass ich so unvermittelt aufbreche. Ich muss sofort tausend Gemälde malen. Es hat mich überkommen wie ein Blitz aus heiterem Himmel. Ich muss eine Leinwand bestellen. Viele. Sofort. Auf Wiedersehen.

Er eilt hinaus.

MRS GIVINGS Was für ein interessanter junger Mann.

MRS DALDRY Ja.

MRS GIVINGS Ein Maler.

MRS DALDRY Was Sie nicht sagen.

Mrs Givings vergewissert sich, dass sie allein sind.

MRS GIVINGS Mrs Daldry, ich will mit Ihnen reden seit unserem Abenteuer mit der Hutnadel. Sie sagten, Sie sehen Licht, wenn mein Mann Sie behandelt, und werden dann schläfrig. Ich hatte ganz andere Empfindungen, so dass ich mich frage, ist es überhaupt dasselbe Gerät? Ich war danach gar nicht schläfrig, ich hatte das Bedürfnis zu laufen, zu rennen, auf Bäume zu klettern, ich hätte sie ausreißen können. Wie kann ein Gerät so gegensätzliche Reaktionen hervorrufen? Vielleicht weil es mir gutgeht und Sie krank sind?

MRS DALDRY Das weiß ich nicht. Ich hatte solche Angst, dass Ihr Mann uns ertappt und so böse wird, dass er meine Behandlung abbricht.

MRS GIVINGS Egal. Ich muss das Gerät noch mal probieren. Ich muss herausfinden, warum es Sie schläfrig macht und mich so erregt. Ach, ich komme mir vor wie ein Wissenschaftler!

Dr. Givings kommt herein.

DR. GIVINGS Ah, Mrs Daldry, Catherine. Wir sind bereit für Sie im Raum nebenan.

MRS DALDRY Ja.

Dr. Givings wirft Mrs Givings einen bösen Blick zu, weil sie mit seiner Patientin gesprochen hat.

Er führt Mrs Daldry ins Labor.

DR. GIVINGS Hier entlang. Sie sehen gut aus, sehr gut. Ihr Appetit hat sich gebessert?

MRS DALDRY Das will ich meinen.

DR. GIVINGS Wunderbar!

Sie gehen ins Labor …

Mrs Givings sieht ihnen nach.

Es klingelt.

Mrs Givings geht öffnen.

LEO Entschuldigen Sie, ich habe meinen Schal vergessen. In meinem Zustand vorhin …

MRS GIVINGS Ich bin so froh, dass Sie zurückgekommen sind, Mr Irving. Ich bin ganz allein, Mrs Daldry ist da drin zur ihrer elektrischen Therapie, und ich, die Ehefrau, bin auf mich selbst angewiesen. Sozusagen.

LEO Ich verstehe nicht ganz, Mrs Givings.

MRS GIVINGS Noch eine Tasse Tee?

Sie schenkt ein.

LEO Ich will nicht stören.

MRS GIVINGS Sie können Ihren Schal erst holen, wenn die Sitzung beendet ist. Setzen Sie sich. Zucker?

LEO Nein, danke. Zucker ist was für Frauen und dicke kleine Jungs. Vielen Dank.

Während sich Mrs Daldry auszieht, das Geräusch des Vibrators.

Mrs Givings und Leo heben die Stimme.

MRS GIVINGS Es ist schön für November.

LEO Ja, nur etwas dunkel.

MRS GIVINGS Stimmt, dunkel ist es.

Mrs Daldry stöhnt im Raum nebenan.

Leo redet noch lauter.

LEO Sehr früh dunkel. Und die Bäume sind so groß und nackt. Ich finde, der November ist der größte Monat, denn wenn die Bäume ihre Blätter verloren haben, sehen sie viel größer aus. Groß – und einsam.

Mrs Daldry stöhnt.

Ja – November ist ein großer Monat – Oktober ist ein runder Monat – April ist ein magerer Monat –

MRS GIVINGS Ach, lassen Sie doch die Jahreszeiten!

LEO Wie bitte?

MRS GIVINGS Wir reden und reden und umgeben uns mit Pflanzen, Teekannen und Statuetten, um uns ein Gefühl von Heimat, von Beständigkeit zu geben, als würde mit so vielen schweren Gegenständen die Welt nicht in Millionen Stücke zerbersten, das Dach nicht davonfliegen. Aber ich habe kürzlich etwas erlebt, Mr Irving, das kann eine Statue zerschmettern, einen Elefanten töten. Sagen Sie mir, hier ein Rätsel: Was ist das? Es kann einen Menschen töten, aber auch zum Leben erwecken? Na, höre ich eine Antwort?

LEO Das ist einfach.

MRS GIVINGS So?

LEO Liebe.

MRS GIVINGS Nein. Elektrizität.

Unterdessen hat Mrs Daldry im Raum nebenan einen lauten Paroxysmus.

DR. GIVINGS Sehr gut, Mrs Daldry.

Leo und Mrs Givings sehen sich an.

Elizabeth kommt im Mantel.

ELIZABETH Sie hat noch mal getrunken, und jetzt schläft sie, die Kleine. Ich habe kein Mädchen. Wenn sie saugt, saugt sie sehr schnell, sehr höflich, nicht wie meine gefräßigen Jungs.

MRS GIVINGS Oh, danke, Elizabeth.

LEO Sind Sie die Amme?

ELIZABETH *zu Leo* Oh, entschuldigen Sie. Ich habe Sie nicht gesehen – ich hätte nicht – Ja, ich bin die Amme.

LEO Ich würde Sie gern beim Stillen malen.

ELIZABETH Das wäre nicht –

LEO Eine Madonna unserer Zeit. Eine Madonna nach dem Bürgerkrieg –

ELIZABETH Sir.

LEO Oh. Bin ich Ihnen zu nahe getreten?

MRS GIVINGS Haben Sie Nachsicht mit uns, Elizabeth, die Männer in meinem Haus sind sehr unorthodox. Künstler und Wissenschaftler scheren sich nicht um Konventionen, nicht wahr?

LEO Seit Ihr Gatte mich behandelt hat, bin ich voll der wildesten kreativen Energien. Ich könnte Nächte durchmalen, alle Menschen scheinen voller Schönheit. Sie, Elizabeth, sind besonders schön. Ich muss Sie unbedingt malen.

ELIZABETH Nie war ein Mann dabei, wenn ich gestillt habe. Außer meinem Mann natürlich, aber das ist etwas anderes.

LEO Ich würde Sie gut bezahlen. Sie könnten während Ihrer regulären Arbeitszeit Ihren Lohn verdreifachen. Und so tun, als wäre ich gar nicht da.

ELIZABETH Den Lohn verdreifachen?

LEO Ja. Ich kann mir nicht vorstellen, dass sie Ihnen viel für Ihre Dienste zahlt.

MRS GIVINGS Mr Irving, wirklich –

LEO Ich würde Ihnen zehn Dollar die Stunde geben.

Elizabeth und Mrs Givings sehen sich entgeistert hat (zehn Dollar wären heute etwa einhundertfünfundsiebzig Dollar).

ELIZABETH Na gut, ich sitze Ihnen. Aber sagen Sie es nicht meinem Mann. Und, bitte, verfremden Sie mein Gesicht. Es darf nichts Anstößiges haben. Und Mrs Givings muss dabei sein.

LEO Sie brauchen ein schönes Kleid, am besten eine Robe. *Zu Mrs Givings* Borgen Sie uns einen Morgenmantel?

MRS GIVINGS Ich –

LEO Etwas, das die Brust freigibt, so dass das Kind nuckeln kann.

Mrs Givings ist schockiert.

Mrs Daldry und Dr. Givings kommen.

DR. GIVINGS Hallo, Leo. Ich sehe es nicht gern, dass meine Patienten zusammentreffen, es tut mir leid –

LEO Ich habe meinen Schal vergessen.

DR. GIVINGS Ah, dann holen Sie ihn, wir sind fertig.

MRS DALDRY *zu Leo* Hallo.

LEO Hallo.

Es klingelt.

Mr Daldry kommt.

DR. GIVINGS Hallo, Mr Daldry.

MR DALDRY Doktor.

LEO Ich hole nur schnell meinen Schal.

Im Raum nebenan sieht Leo den Vibrator und fragt sich, wie er bei einer Frau angewandt wird.

MR DALDRY Sie sehen wohl aus, Mrs Daldry. Sie sahen heute Morgen schon wohl aus, aber jetzt sind Ihre Wangen noch rosiger.

DR. GIVINGS Eine erstaunliche Besserung, nicht wahr?

MR DALDRY In der Tat! Ich glaube, die Behandlung ist bald beendet.

MRS DALDRY Ich glaube, das wäre verfrüht. Ich bin noch nicht geheilt.

MR DALDRY Aber sehr gebessert.

DR. GIVINGS Ja.

MR DALDRY Sie sind ein Zauberer, Doktor.

Leo kommt herein.

LEO Ich hatte meinen Schal vergessen.

DR. GIVINGS Leo Irving.

MR DALDRY Dick Daldry.

LEO Sehr erfreut.

MR DALDRY Schön, dass Sie ihren Schal gefunden haben. Es schneit.

MRS GIVINGS Ach! Wirklich?

MRS DALDRY Im November?

MR DALDRY Allerdings. Ich habe deinen Regenmantel mitgebracht, meine Liebe.

MRS DALDRY Danke.

MR DALDRY Danke, Doktor.

DR. GIVINGS Nichts zu danken.

Mrs Daldry, Mr Daldry, Elizabeth und Leo ab.

LEO Ich komme mit! Wir können alle zusammen gehen.

MRS GIVINGS Auf Wiedersehen!

MRS DALDRY Auf Wiedersehen.

ELIZABETH Auf Wiedersehen.

LEO Auf Wiedersehen.

MRS GIVINGS Auf Wiedersehen!

Dr. Givings schließt die Tür.

DR. GIVINGS Was hast du?

MRS GIVINGS Ich glaube, wir müssen Elizabeth entlassen.

DR. GIVINGS Wieso das? Laetitia gedeiht, ist rosig und kugelrund.

MRS GIVINGS Ich glaube, Elizabeth bindet sich zu sehr an das Baby.

DR. GIVINGS Du willst, dass sie dem Kind Liebe gibt, aber nicht zu viel Liebe.

MRS GIVINGS Genau.

DR. GIVINGS Ich werde die Frauen nie verstehen.

MRS GIVINGS Ich sondere immer noch Tropfen grauer Milch ab. Als weine mein Körper.

DR. GIVINGS Ach, Liebling. Du bist bald wieder normal. Und es ist gut, dass du nicht mehr stillst, um so eher bekommst du noch ein Kind.

MRS GIVINGS Noch ein Kind! Ich kann kaum –!
Sie sieht mich nicht mal an!!

DR. GIVINGS Wer?

MRS GIVINGS Das Baby! Sie will mich nicht anlächeln!
Ich bin keine gute Mutter. Ich tue nichts! Ich schenke Tee ein.
Ich wünsche, dass du dieses Gerät bei mir anwendest.

DR. GIVINGS Liebling, das ist was für kranke Frauen. Es hätte bei dir wahrscheinlich keinerlei Effekt. Du bist kerngesund.

MRS GIVINGS Ich bin nicht kerngesund. Ich bin unruhig und erregbar, ich breche bei Kleinigkeiten in Tränen aus. Du hilfst allen anderen Frauen, nur mir, deiner Frau, tätschelst du den Kopf.

DR. GIVINGS Was ist los mit dir?

MRS GIVINGS Sie weiß, wo sie sich Trost und Liebe holt, und das ist nicht bei mir.

DR. GIVINGS Du bist ihre Mutter!

MRS GIVINGS Nur dem Namen nach.
Milch ist Trost, Milch ist Liebe.
Wie soll sie mich lieben?

DR. GIVINGS Dir scheint es tatsächlich nicht gutzugehen, vielleicht wegen der grauen Milch. Also gut, ich werde dich behandeln, obwohl es mich nervös macht. Aber erzähle es nicht deinen Freundinnen. Meine Wissenschaftlerkollegen dürfen nicht erfahren, dass ich meine eigene Frau behandle.

MRS GIVINGS Jetzt gleich?

DR. GIVINGS Ich habe eine Freistunde.

MRS GIVINGS Jetzt da du nachgegeben hast, wird mir bange.

DR. GIVINGS Dazu besteht kein Anlass. Komm mit, Liebes, ich zeige es dir.

Er führt sie ins Labor.

Zieh dich aus bis auf die Unterwäsche. Ich drehe mich um.

MRS GIVINGS Ziehen sich alle Frauen aus bis auf die Unterwäsche?

DR. GIVINGS So ist das in der Medizin, meine Liebe.

Sie beginnt, sich auszuziehen, und merkt, dass es zu viele Knöpfe am Rücken gibt.

MRS GIVINGS Ohne deine Hilfe schaffe ich das nicht.

DR. GIVINGS Oh – entschuldige.

Er hilft ihr mit den Knöpfen und dreht sich dann, ganz Gentleman, wieder um.

Kommst du zurecht?

MRS GIVINGS Ja.

Sie wird fertig.

Er stöpselt den Vibrator ein.

DR. GIVINGS Keine Angst. Streck dich aus und entspann dich.

Sie tut es.

Liegst du bequem so?

MRS GIVINGS Ja.

Er führt gelassen den Vibrator ein.

DR. GIVINGS Niemand muss sich vor Elektrizität fürchten – sie entspringt der Natur. Ich erinnere mich, als Kind habe ich mal den Rücken unserer Katze gestreichelt und erschrak, als ihr Fell Funken sprühte. Mein Vater sagte, das ist nichts anderes als Elektrizität, das Gleiche, was du bei Gewitter an Bäumen siehst. Meine Mutter aber ängstigte sich: Hör auf, die Katze zu streicheln, nachher fängt es noch an zu brennen. Ich streichelte weiter. Ich dachte: Ist die Natur eine Katze? Wenn ja, wer streichelt ihren Rücken? Gott?

MRS GIVINGS *mühsam* Und zu welchem Schluss bist du gekommen?

DR. GIVINGS Ein Naturgesetz. Drücke ich zu stark?

MRS GIVINGS Nein.
Oh,
oh,
oh –
Küss mich, Liebling, küss mich.

DR. GIVINGS Später.

MRS GIVINGS Nein, jetzt. Jetzt küsse mich. Küss mich und lass das Ding da, genau da, gleichzeitig.

DR. GIVINGS Nein, Liebling, das wäre –

MRS GIVINGS Egal, tu es, tu es, ich muss jemanden küssen. So.

Sie küsst ihn leidenschaftlich und steckt den Vibrator zurück in ihren Schoß.

DR. GIVINGS Oje. Das habe ich befürchtet. Bei einer Kranken wirkt das Gerät homöostatisch, bei einer Gesunden aber kann es zur Aphrodisie führen, vielleicht sogar zu einer Art perversen Onanie.

MRS GIVINGS Was ist »perverse Onanie«?

DR. GIVINGS Freut mich, dass du es nicht weißt. Ich fürchte, das Experiment war kein Erfolg, Liebes.

MRS GIVINGS Und ich sage, es war ein Erfolg! Küss mich, küss mich. Jetzt!

Er küsst sie höflich.

Nicht so, das reicht nicht. Du reichst nicht! O Gott!

Sie hat noch keinen Paroxysmus.

Er nimmt ihr den Vibrator weg.

DR. GIVINGS Es war ein schrecklicher Fehler, dich hierher zu führen. Ein Mann der Wissenschaft muss Familie und Medizin auseinanderhalten. Es war mein Fehler, mein Liebling, und wir wollen ihn ganz schnell vergessen.

Er zieht den Vibrator aus der Steckdose.

Ich will, dass du hinaufgehst und dich ausruhst.

MRS GIVINGS Nein!

DR. GIVINGS Catherine.

Sie zieht sich an, und Dr. Givings hilft ihr dabei.

MRS GIVINGS Ich gehe jetzt spazieren. Mach schon – *Herrgott nochmal, warum hat es so viele Knöpfe?!*

DR. GIVINGS Ziemlich viele Knöpfe, stimmt.

MRS GIVINGS Ich könnte die ganze Nacht durch den Schnee laufen, laufen, laufen.

DR. GIVINGS Ach, schneit es?

MRS GIVINGS Ist dir der erste Schnee entgangen?! Mein Gott. Als ich dich kennenlernte, noch fast ein Mädchen, schrieb ich meinen Namen vor deinem Fenster in den Schnee – ich hätte alles getan, um von dir bemerkt zu werden – du kamst mir so reif, so weise, so gelassen vor – und so herrlich gleichgültig mir gegenüber. Ich weiß nicht, ob du den Namen gesehen hast – er schmolz zu Wasser – aber egal, ob du ihn gesehen hast im Schnee, für dich wäre es sowieso nur eine natürliche Substanz –

DR. GIVINGS Catherine.

MRS GIVINGS Ich fürchte, du hast dich verknöpft.

DR. GIVINGS Entschuldige.

Er beginnt von vorn.

MRS GIVINGS Es war eine unnötige Geste, kindisch, dieser Name im Schnee, aber ein Geschenk muss unnötig sein, damit es was taugt – du bist der Einzige, der will, dass es nützlich ist – du würdest nie sagen: Na ja, es ist zwar unnötig, aber da du es für mich getan hast, wird es nie schmelzen. Es wird für immer da sein. Uuugh – ich mache mich lächerlich. Gib mir meinen Hut.

Sie ist jetzt angezogen.

DR. GIVINGS Es war ein arger Fehler von mir, es tut mir leid.

Er versucht, sie zu berühren.

MRS GIVINGS Auf Wiedersehen!

Sie rauscht aus dem Labor in den Wohnraum.

Sie geht ohne Mantel, Hut oder Handschuhe hinaus …

DR. GIVINGS Nimm deinen Umhang! Es ist kalt!

Hast du wirklich deinen Namen in den Schnee geschrieben?

Dr. Givings allein.

Er blickt traurig zum Vibrator.

Er wäscht sich resigniert die Hände.

Er nimmt das Wasser wahr, ist plötzlich wie gebannt.

Annie!

Annie kommt.

Bitte, notieren Sie! Ich habe soeben eine Erfindung gemacht!

Sie macht Notizen.

Ein Vibrator aus Wasser. Die heilende Kraft des Wassers in Verbindung mit starker Elektrizität, wäre – o mein Gott – eine Revolution! Die Patientin würde die *beruhigende* Wirkung des Wasser verspüren, und gleichzeitig ließe der Druck nach, und ihr Kreislauf käme in Schwung. Man könnte es bei Patientinnen anwenden, die leicht erregbar sind, so wie meine Frau. Wir brauchen ein sechs Meter langes Kupferkabel, bitte, bestellen Sie es sofort beim Eisenwarenhändler.

ANNIE Ja, Sir.

Annie geht hinaus.

Dr. Givings beschreibt mit den Händen in der Luft, wie er sich die Erfindung vorstellt.

Mrs Givings kommt mit Leo im Schlepptau zurück in den Wohnraum. Sie lachen, ihre Gesichter glühen.

MRS GIVINGS Ich bin so froh, dass ich Sie gefunden habe!

LEO Und ich Sie. Sie hätten sich ein böses Fieber holen können, als Sie ohne Mantel Engel im Schnee machten. Sie sahen aus wie ein gefallener Engel.

MRS GIVINGS So? Na ja, kalt ist mir schon, aber die Kälte fühlt sich himmlisch an. Ich fühle mich so lebendig, meine Haut prickelt.

LEO Ich muss Sie so malen.

MRS GIVINGS Leo – Mr Irving – ich muss Sie fragen – ich weiß, es gehört sich nicht – aber heute ist es mir egal, völlig egal – wenn mein Mann Sie behandelt, wo kommt es hin, das Gerät?

LEO Ihr Mann wird nicht wollen, dass ich es Ihnen sage, er gibt ihm nur lateinische Namen.

MRS GIVINGS Latein kann ich nicht. Zeigen Sie mir, wo. An mir.

LEO Äh – nein. Ich bin zwar Künstler, aber auch Gentleman.

MRS GIVINGS Beides geht nicht, Mr Irving. Wagen Sie, ein Künstler zu sein? Oder sind Sie ein Gentleman?

Sie tritt zu ihm.

LEO Sehen Sie draußen den Schnee. Glauben Sie nicht auch, Mrs Givings, dass Schnee sanft ist? Weil er langsam fällt, langsam auf den Boden oder die Wimper sinkt. – Und Dinge, die einander langsam begegnen, sind sanft.

MRS GIVINGS Sie lenken ab.

LEO Allerdings.

MRS GIVINGS Begegnen Sie mir sanft, wie Schnee.

Sie legt langsam die Hand an seine Wange.

Ich ertrage es nicht.

Dr. Givings kommt, ruft nach Annie.

DR. GIVINGS Moment, Annie. Außerdem noch zehn Kupferventile!

Er bemerkt die Hand seiner Frau an Leos Wange.
Du hattest einen schönen Spaziergang, hoffe ich?
Mrs Givings nimmt die Hand von Leos Wange.
Sie sagt nichts.

LEO Ich habe Ihre Frau im Schnee gefunden, ohne Mantel, und darauf bestanden, sie zum Aufwärmen nach Hause zu bringen, bevor sie sich eine Erkältung holt.

DR. GIVINGS Ich bin Ihnen zu großem Dank verpflichtet, Mr Irving.

LEO Auf Wiedersehen, Dr. Givings, Mrs Givings.

DR. GIVINGS Auf Wiedersehen.
Leo ab.
Zu seiner Frau War deine Hand an seiner Wange?

MRS GIVINGS Ja.

DR. GIVINGS Verstehe.

MRS GIVINGS Stört es dich?
Eine Pause, er überlegt.

DR. GIVINGS Seltsam, bei manchen Ehemännern endet derlei mit Gebrüll oder gar mit dem Tod – die Hand an der Wange eines anderen. Als wäre es etwas Absolutes, Endgültiges: Das Ende eines Romans, dieser scheußlichen Bovary-Romane, aber wie kann es absolut sein, es gibt so viele Nuancen und Grade der Liebe! Romanautorinnen machen daraus gern eine Tragödie, weil die Affäre dadurch an Bedeutung gewinnt – aber sie hat keine Bedeutung, muss keine haben.

MRS GIVINGS Der Autor von *Madame Bovary* war keine Frau.

DR. GIVINGS Er war Franzose, fast das Gleiche.

MRS GIVINGS Du machst dich über die Franzosen lustig – in diesem Moment? Die meisten Männer wären bleich vor Wut!

DR. GIVINGS Bleich vor Wut, exakt, in einem sentimentalen Roman. Ich sage: Es ist nicht das Ende des Buchs. Du hast einen Fehler gemacht, mehr nicht. Die Behandlung hat dich erregbar gemacht. Es ist meine Schuld. Eine Hand an der Wange, das sind Muskeln, Haut, Fakten. Es muss weder bedeuten, dass man an erster Stelle steht, noch dass man nicht geliebt wird. Warum dann eifersüchtig sein? Mein Liebling, es stört mich nicht.

MRS GIVINGS Oh. Ich hatte gehofft, es stört dich.
Sie stürmt aus dem Raum.
Dr. Givings bleibt allein zurück.

DR. GIVINGS Catherine?
Er geht ihr nach.

MRS GIVINGS Sprich mich nicht an, nicht heute, nicht morgen, nicht übermorgen! Ich frühstücke von jetzt an in meinem Zimmer!

Eine Tür schlägt zu.

Jemand spielt ein Lied auf dem Klavier.

2. Szene

Einige Tage später.

Leo malt Elizabeth beim Stillen.

Sie trägt eine von Mrs Givings Roben, erinnert entfernt an die Jungfrau Maria.

Mrs Givings sieht Leo beim Malen zu.

Wir haben keine Sicht auf das Gemälde.

LEO Es ist revolutionär! Ich werde es »Stillende Madonna« nennen! Wieso gibt es so wenige Madonnengemälde, auf denen das Jesuskind saugt?

MRS GIVINGS Wir sollen ihn wahrscheinlich als den sehen, der uns nährt. Nicht umgekehrt.

Mrs Givings steht auf und geht hin und her.

Sie ist eifersüchtig aufs Stillen und aufs Gemaltwerden.

Leo geht zu Elizabeth.

LEO *zu Elizabeth* Elizabeth, könnten Sie –

Er rückt die Robe so zurecht, dass die Brust besser zu sehen ist.

Mrs Givings betrachtet das Gemälde.

MRS GIVINGS Hmm.

LEO Nicht gucken, es ist noch nicht fertig –

MRS GIVINGS Verzeihung.

LEO Elizabeth, könnten Sie sich –

Er neigt ihren Kopf zum Kind hinunter.

So. Wunderbar. Es gibt nichts Friedvolleres als das Stillen eines Kindes. Kind und Mutter werden eins, nicht wahr?

Mrs Givings tippt mit dem Fuß auf den Boden.

Sind Sie nervös, Mrs Givings?

MRS GIVINGS Wir müssen jetzt abbrechen. Mein Mann kommt gleich aus dem Club, und ihm würde diese Sitzung hier ganz und gar nicht zusagen …

LEO Aber wieso denn! Ihr Gatte ist ein Mann, der die Wissenschaften versteht, deshalb versteht er auch die Natur.

Leo malt weiter.

MRS GIVINGS *leise zu Leo* Ich soll nicht mit seinen Patienten sprechen, viel weniger ihnen dazu verhelfen, die nackten Brüste der – Hilfe – zu sehen, noch dazu in meinem Wohnzimmer.

LEO Mrs Givings, werfen Sie die Konventionen über Bord, lockern Sie Ihr Korsett, es atmet sich leichter.

ELIZABETH Sie ist fertig mit Trinken. Sie ist eingeschlafen.

Leo malt.

Mrs Givings geht auf und ab.

MRS GIVINGS Ich kann das Baby halten.

LEO Ich brauche es für den Winkel von Elizabeths Händen.

MRS GIVINGS Oh. Welchen Wochentag haben wir heute eigentlich?

ELIZABETH Mittwoch.

MRS GIVINGS Richtig, Mittwoch. Es ist immer Mittwoch! Oder war erst gestern Mittwoch. Fast nie ist Freitag. Dienstag schon gar nicht, immer nur Mittwoch, platsch, mitten drin in der Woche. Und man kann sich auf nichts freuen als auf die Zugehfrau, die die Asche wegbringt. Sind Sie jetzt fertig mit den Händen?

LEO Hände sind schwierig. Man sollte meinen, es sind nur fünf schnelle Striche, aber nein, sie haben eine Persönlichkeit, sind genauso intim wie Gesichter. Elizabeths Hände zum Beispiel sind feingliedrig, ihre Finger erinnern mich an konische Kerzen. Einen Menschen, den man geliebt hat, die Erinnerung an seine Hände. Das möchte ich mit meinen Bildern ausdrücken. Die Erinnerung an die Bewegung – von ganz besonderen Händen, auch wenn sie auf der Leinwand still dazuliegen scheinen.

MRS GIVINGS Haben Sie viele Frauen geliebt, Mr Irving? Erinnern Sie sich an viele Hände?

LEO Ich habe so viele Frauen geliebt, dass ich malen kann. Hätte ich weniger geliebt, wäre ich Zeichner, hätte ich mehr geliebt, wäre ich Poet.

MRS GIVINGS Ach, als Poet muss man viele Frauen geliebt haben?

LEO Unbedingt. Liebe belebt jede Zeile.

MRS GIVINGS Aber was ist mit uns Normalsterblichen? Wie oft müssen wir uns verlieben, um die Woche zu überstehen?

LEO Es gibt ja noch die Liebe zu Gott, zur Heimat, zu den Kindern.

MRS GIVINGS Da haben Sie recht.

LEO Ich muss mir ihre Hände ansehen.

Die Eingangstür geht auf.

Er hört auf, zu malen.

Dr. Givings kommt herein.

Sie erschrecken.

Elizabeth bedeckt ihre Brust.

Dr. Givings ist schockiert über die Szene in seinem Wohnraum.

Dann gibt er vor, nichts gesehen zu haben.

DR. GIVINGS Sie sind schon da, Mr Irving?

LEO Ja.

DR. GIVINGS Ich wasche mir die Hände und erwarte Sie dann im Raum nebenan.

Guten Tag, Elizabeth. Catherine.

Er geht ins Labor.

ELIZABETH Ach herrje.

MRS GIVINGS Kein Problem. Er ist ein Mann der Wissenschaft. Nichts erschüttert ihn, nichts schockiert ihn.

LEO Sie reden, als sei das ein Verbrechen. Ihr Ehemann ist famos. Ein Mann, der außerhalb der Gesetze der modernen Gesellschaft steht. Ich liebe ihn.

ELIZABETH Soll ich das Baby ins Kinderzimmer bringen?

MRS GIVINGS Ja, das wäre dann alles, Elizabeth.

Ich räume das Malzeug weg.

Gehen Sie zu Ihrer Sitzung, Mr Irving.

LEO Danke, Elizabeth. Sie waren göttlich. Macht es Ihnen wirklich so viel aus, wenn man Sie anschaut?

ELIZABETH Wer lässt sich nicht gern anschauen.

LEO Wer?

ELIZABETH Wohl nur Verbrecher.

LEO Richtig.

Dr. Givings ruft Leo ins Labor.

MRS GIVINGS Guten Tag, Mr Irving.

LEO Mrs Givings.

Leo kommt ins Labor.

DR. GIVINGS Nicht nötig, sich völlig auszuziehen. Wir machen es auf die Schnelle. Lassen Sie die Hose runter.

Unterdessen versteckt Mrs Givings das Gemälde und räumt den Wohnraum auf.

Sie haben sich mit meiner Frau angefreundet?

LEO Ein wenig.

DR. GIVINGS Verstehe. Sie ist wunderbar, nicht wahr?

LEO Ja.

DR. GIVINGS Ich bin ein glücklicher Mann.

Dr. Givings führt den Chattanooga-Vibrator etwas fester ein als sonst.

Und? Es geht Ihnen schon viel besser, nicht wahr?

LEO Ja, ich male wieder. Und ich kann kein Ende finden.

DR. GIVINGS Wunderbar. Wie mich das für Sie freut.

Leo hat einen analen Paroxysmus.

LEO Oh.

DR. GIVINGS Tatsächlich, Sie sind geheilt. Die Therapie ist abgeschlossen.

LEO Danke, Doktor. Sie haben mir das Leben gerettet.

Dr. Givings legt den Vibrator weg.

Ich bin plötzlich so schläfrig.

DR. GIVINGS Tun Sie sich keinen Zwang an.

Guten Tag.

Im Wohnraum.

Es klingelt.

Mrs Givings öffnet.

Mr und Mrs Daldry kommen herein.

MRS GIVINGS Ah, Mr und Mrs Daldry!

MR UND MRS DALDRY Hallo.

MRS GIVINGS Ich habe Sie seit dem Regen nicht gesehen, Mr Daldry.

MR DALDRY Und ich habe Sie nicht gesehen, seit Sie nass waren.

Geht es Ihnen gut?

Sie sehen gut aus. Sehr gut.

MRS GIVINGS Danke.

MR DALDRY Gut, dass Sie dieses widerwärtige Stillen aufgegeben haben. Eine Frau wie Sie sollte sich amüsieren und nicht den ganzen Tag im Kinderzimmer weggesperrt sein.

MRS DALDRY *zu Mr Daldry* Sei so gut, mein Lieber, und gehe im Park spazieren vor meiner Sitzung.

Im Raum nebenan:

Dr. Givings geht hinaus. Leo döst.

Ich möchte mit Mrs Givings über meine Nadelarbeit sprechen, bevor Dr. Givings kommt, und ich fürchte, es könnte dich langweilen.

MR DALDRY Zum Thema Nadelarbeit kann ich nicht viel sagen. Ich sehe dich in Kürze, Liebling. Mrs Givings.

MRS GIVINGS *während er zur Tür geht* Am Brunnen links ist ein Winterbeet – ich habe es selbst bepflanzt.

MR DALDRY Ich wusste nicht, dass im Winter etwas wächst –

MRS GIVINGS O doch – Kriechwacholder und Strandschnecke und –

MR DALDRY Für mich alles eins. Aber wenn Sie es gepflanzt haben, Mrs Givings, ist es sicher ganz reizend.

Er geht ab.

MRS DALDRY Ich wollte mit Ihnen reden.

MRS GIVINGS Kommen Sie, setzen Sie sich. Sie haben eine Nadelarbeit begonnen?

MRS DALDRY Nein. Ich hasse Nadelarbeiten.

Ich habe über das nachgedacht, was Sie sagten, über zwei unterschiedliche Empfindungen bei dem gleichen Vorgang.

Ich würde sehr gern, ich weiß nicht, wie ich es – aber ich dachte, wenn wir noch mal ins Labor gehen und das Gerät so anwenden, dass mal Sie es halten, mal ich – wir könnten eine Art von –

Beschreibt es mit einer Geste.

Elizabeth kommt.

ELIZABETH Ich habe sie zum Schlafen in den Kinderwagen gelegt. Es tut mir leid mit –

MRS GIVINGS Schon gut, Elizabeth.

Sie können jetzt gehen.

Moment noch, Elizabeth –

Vielleicht können Sie vorher eine Frage klären.

Mrs Daldry und ich haben unterschiedliche Erfahrungen gemacht bei ein und demselben Vorgang. Kennen Sie das Gefühl? Entweder rieseln einem Schauer über den Körper, und man will am liebsten laufen und laufen, die Füße werden so heiß, als tanze man auf glühenden Kohlen –

MRS DALDRY – oder hinter den Lidern zucken unerklärliche elektrische Blitze, das Herz rast, und die Beine werden einem weich, als könne man nicht mehr laufen –

MRS GIVINGS – oder das Gesicht wird plötzlich heiß wie bei einem Sonnenbrand –

MRS DALDRY – oder man kriegt auf einer Seite rote Flecke – einen seltsamen Ausschlag – hier – *Deutet auf ihre Brust.*

MRS GIVINGS Und der Körper brennt, man lechzt nach Linderung, der Mund ist so trocken, dass man sich über die Lippen lecken muss – und das Gesicht verzerrt sich so, dass man die Hände davor schlägt –

MRS DALDRY – und manchmal kommt ein Schwall Flüssigkeit, und das Laken wird nass, aber es ist nicht unangenehm, nur etwas beängstigend?

ELIZABETH Ist das ein Rätsel?

MRS GIVINGS Kennen Sie das?

ELIZABETH Ich weiß nicht – es sind sehr widersprüchliche Empfindungen. Ist ihnen was gemein?

MRS GIVINGS Die meisten sind – da unten.

ELIZABETH Aha. Manches von dem, was Sie beschreiben, deutet auf einen Pflegefall hin oder auf einen Fieberkranken – aber anderes klingt nach Empfindungen, die Frauen haben können, wenn sie bei ihren Männern liegen.

Pause.

Tut mir leid. Vielleicht haben Sie sich nur einen Scherz mit mir erlaubt… Vielleicht hätte ich das nicht sagen sollen –

MRS GIVINGS Bei ihren Männern???!

MRS DALDRY Wie interessant!

ELIZABETH Diese Empfindungen, von denen Sie sprechen, haben Sie nicht, wenn Sie bei Ihren Männern liegen?

MRS DALDRY Um Himmels willen, nein!

MRS GIVINGS Allmächtiger! Nein!

Sie lachen.

MRS DALDRY Ich wüsste nicht, was ich tun würde, wenn ich dieses Gefühl im Beisein meines Mannes hätte – es wäre mir wahnsinnig peinlich, ich würde sofort den Raum verlassen. Aber nein – mein Mann ist sehr rücksichtsvoll – wenn er abends in mein Zimmer kommt, schlafe ich – und er sagt, ich soll die Augen geschlossen halten, was ich tue – und so ist es dunkel um mich herum. Und dann kommt der Schmerz – ich liege ganz still – ich sehe sein Gesicht nicht – mein Mann ist immer – war immer – sehr rücksichtsvoll.

MRS GIVINGS Natürlich.

MRS DALDRY Aber dieses Gerät erzeugt einen ganz anderen Schmerz, nicht wahr? Ganz anders als der Schmerz bei meinem Mann, ich wollte sagen –

Leo kommt herein, leicht benommen.

LEO Die Damen.

Sie nicken ihm zu.

Elizabeth wird unruhig, als sie ihn sieht.

ELIZABETH Also, ich gehe dann.

LEO *zu Elizabeth* Oh, ich bringe Sie nach Hause. Ich habe Ihr Bild so klar vor Augen, dass ich es im Atelier zu Ende malen kann.

ELIZABETH Ich finde allein nach Hause.

LEO Kommt nicht in Frage, ich bringe Sie.

ELIZABETH Nein, danke, Mr Irving.

LEO Bitte. Sie haben mir einen so großen Dienst erwiesen, da kann ich Sie doch wenigstens nach Hause bringen.

MRS GIVINGS *zu Leo* Ach, gehen Sie noch nicht!

LEO Ich bringe nur Elizabeth nach Hause. Ach, das Bild!

MRS GIVINGS Ich hole es. Sehe ich Sie bald wieder?

LEO Ich fürchte, die Behandlung ist beendet. Ich bin geheilt.

MRS GIVINGS Aber das ist unmöglich!

Dr. Givings steckt den Kopf aus dem Labor und sieht den Abschied zwischen Leo und Catherine.

LEO Keine Sorge. Ich komme zurück. Auf Wiedersehen, Catherine. *Bemerkt Dr. Givings.* Dr. Givings. Leben Sie wohl.

DR. GIVINGS Mrs Daldry, ich habe Sie nicht kommen hören. Machen Sie sich schon mal fertig.

Mrs Daldry geht ins Labor und zieht sich mit Annies Hilfe aus.

Im Wohnraum:

Was hast du dir dabei gedacht? Willst du mich lächerlich machen?

MRS GIVINGS Für dich ist das doch nur eine Romanszene. Oder ein Faktum.

DR. GIVINGS Meinst du, mir ist entgangen, dass du seit fünf Tagen nicht mit mir gefrühstückt hast?

MRS GIVINGS Das Frühstück ist keine sehr romantische Mahlzeit. Ich überspringe sie.

DR. GIVINGS Muss denn jede Mahlzeit romantisch sein?

MRS GIVINGS Es gefällt mir nicht, dass du schweigend deine Wissenschaftsjournale liest, während ich meinen Toast esse.

Im Nebenraum hat Annie Mrs Daldry ausgezogen.

DR. GIVINGS Dir sind große Leidenschaften lieber als dein Toast? Mein Gott, Weib, wir sind verheiratet, ein Mann muss mindestens einmal am Tag seine Ruhe haben.

MRS GIVINGS Dann bin ich eben ruhig! AB JETZT BIN ICH MUCKSMÄUSCHENSTILL!

Mr Daldry kommt in den Wohnraum.

MR DALDRY Was für ein schönes Winterbeet – oh, störe ich?

MRS GIVINGS Nein. Wir sprachen gerade übers Frühstück. Wissen Sie, in Italien frühstückt man so gut wie gar nicht. Nur ein paar süße Plätzchen, die man in starken Kaffee tunkt. Man nimmt etwas Leichtes zu sich, um sich von den großen Leidenschaften der Nacht zu erholen. Besser, man überspringt das Frühstück und geht gleich zum Lunch über, zu einem fetten, ausgedehnten Lunch, wenn die Stille nicht allzu laut ist, nicht allzu ohrenbetäubend.

DR. GIVINGS Was weißt du von Biscotti?

MRS GIVINGS Mr Irving hat mir davon erzählt.

DR. GIVINGS Ich verstehe.

MR DALDRY Ich weiß nichts von Biscotti. Ich esse Schinken und Eier zum Frühstück, oder auch Würstchen. Ein reichhaltiges Frühstück ist wichtig für die Energie, Mrs Givings. Ich habe mal gehört, kleine Frauen sollen große Tiere essen. Sie sollten ein wenig Fleisch zum Frühstück essen, etwas Speck oder ein Würstchen.

MRS GIVINGS Oh, ich habe reichlich Energie, Mr Daldry. Ich brauche keine Energie von einer Kuh. Ich habe so viel Energie, dass ich nicht weiß, wohin damit.

MR DALDRY Mmmm.

Annie steckt den Kopf zum Wohnraum hinein.

ANNIE Wir sind bereit, Doktor.

DR. GIVINGS Ich bitte um Entschuldigung.

MRS GIVINGS UND MR DALDRY Oh, sehr gern.

Dr. Givings geht ins Labor.

Er ist zerstreut.

Er will den Vibrator in Mrs Daldry einführen, trifft vorbei.

MRS DALDRY Dr. Givings?

DR. GIVINGS Ja?

MRS DALDRY Stimmt was nicht?

DR. GIVINGS Oh – verzeihen Sie. Ich bin zerstreut.

Er rückt den Vibrator zurecht.

Unterdessen sitzen Mr Daldry und Mrs Givings auf der Couch.

Er rutscht näher an sie heran.

MR DALDRY Mrs Givings. Ich – bin kein Mann großer Worte. Ich –

Er will sie küssen.

Sie ohrfeigt ihn.

MRS GIVINGS Mr Daldry!

DR. GIVINGS Da? Ist es so besser?

MRS GIVINGS Was fällt Ihnen ein?

MR DALDRY Sie sprachen von Ihrer Energie. Ich dachte –

MRS GIVINGS Sie beleidigen mich.

MR DALDRY Sie haben ja keine Ahnung, wie ich mich nach einer Frau mit Energie sehne. Meine Frau ist immer müde, immer erschöpft.

MRS GIVINGS Wie können Sie es wagen, in meiner Gegenwart schlecht von Ihrer Frau zu sprechen. Bitte, gehen Sie.

MR DALDRY Seien Sie so gut und richten Sie Mrs Daldry aus, ich erwarte sie zu Hause, ich werde ihr einen Wagen schicken.

Mrs Givings nickt.

Er geht.

Sie lauscht dem Summen aus dem Labor.

DR. GIVINGS In letzter Zeit dauert es länger bei Ihnen. Vielleicht muss ich die Ladung verstärken – oder ein neues Gerät bauen mit mehr Ausschlägen pro Minute – Vielleicht passt sich der Körper an und verlangt nach mehr –

Er lässt den Vibrator, wo er ist.

Hmm. Nichts. Sind es schon drei Minuten?

Er sieht auf seine Taschenuhr.

MRS DALDRY Vielleicht wenn Annie –

DR. GIVINGS Ja, natürlich, Annie, machen Sie es. Ich erledige unterdessen etwas anderes.

Annie übernimmt den Vibrator.

Dr. Givings verlässt den Raum.

Er fällt beinahe über seine Frau, die an der Tür horcht.

Herrgott. Du benimmst dich wie die Irre in einem Theaterstück! Horchst du an Türen?

MRS GIVINGS Du gibst ihr das, was du mir verweigerst!

DR. GIVINGS Es ist *Medizin*, meine Liebe!

MRS GIVINGS Ist es nicht!

DR. GIVINGS War das eine Ohrfeige, dieses Klatschen?

MRS GIVINGS Es war nichts, überhaupt nichts.

Unterdessen hat Mrs Daldry einen lauteren Paroxysmus als üblich.

Beide hören es.

Also, deine Arbeit ist erledigt.
Du kannst in deinen Club gehen.
Und über den Vorzug des Wechselstroms gegenüber dem Gleichstrom diskutieren.

DR. GIVINGS Und du? Was ist dir lieber, Wechsel- oder Gleichstrom?

MRS GIVINGS Gleichstrom. Von hier nach da.

Sie zeigt von seinem Herzen auf ihr Herz.

DR. GIVINGS Interessant, ich hätte auf Wechselstrom getippt. Komplizierter, ändert dutzende Male in der Sekunde die Richtung. Keine Ohrfeigen. Italienische Frühstücke. Etcetera. Ich bin dann im Club.

Er geht ab.

Mrs Givings geht aufs Labor zu, wo Annie und Mrs. Daldry in einer Art postkoitalen Nachdenklichkeit sitzen.

MRS DALDRY Annie, haben Sie das Gerät mal an sich ausprobiert?

ANNIE O nein. Ich war nie krank, kaum einen Tag. Vielleicht mal ein verdorbener Magen, aber nichts Seelisches. Ich bin gesund wie ein Pferd, ich bin auf einer Farm aufgewachsen.

MRS DALDRY Ich könnte es für Sie halten, wenn Sie mögen, es ist nicht unangenehm und vielleicht eine interessante Erfahrung für Sie.

ANNIE Ich glaube, der Doktor sähe es nicht gern.

Mrs Givings kommt ins Labor.

MRS GIVINGS Mein Mann ist in den Club gegangen. Und Mr Daldry ist auch weg. Er schickt Ihnen einen Wagen. Beide lassen grüßen.

MRS DALDRY Danke, Mrs Givings.

MRS GIVINGS Soll ich Sie allein lassen? Ich könnte –

Ein Moment der Spannung, ob wir Zeuge werden, wie drei Frauen gemeinsam mit dem Vibrator spielen. Alle denken daran. Eine blickt abwechselnd zur nächsten und dann zum Gerät.

MRS DALDRY Ich –

ANNIE Ich –

MRS DALDRY Ich muss mich anziehen.

MRS GIVINGS Natürlich. Annie, brauchen Sie Hilfe beim Aufräumen?

ANNIE Nein, danke, Mrs Givings. Das geht ganz schnell.

MRS GIVINGS Also gut. Ich gehe dann.

Mrs Givings geht hinaus.

Annie hilft Mrs Daldry beim Anziehen.

MRS DALDRY Also.

ANNIE Ja, also.

MRS DALDRY Wir könnten vielleicht – meine Griechischstunde fortsetzen.

ANNIE O ja. Ich glaube, wir waren bei den frühen Philosophen. Thales glaubte, die Erde schwimme auf dem Wasser, treibe dahin, und er glaubte, Magnete hätten Seelen, weil sie sich gegenseitig anziehen.

MRS DALDRY Ja, glaube ich auch, dass Magnete Seelen haben. Wenn ich in dunkle Augen sehe, bin ich seltsam bewegt. Ihre Augen sind dunkel wie Magnete – hat Ihnen das mal ein Mann gesagt?

ANNIE Das Einzige, was ein Mann je zu mir gesagt hat, war: »Klammer, bitte«.

MRS DALDRY Das ist schade, Annie, sehr schade. Aber was war mit Thales?

ANNIE Er hat nie geheiratet. Seine Mutter bat ihn, zu heiraten, und er sagte: Es ist zu früh. Und als sie ihn wieder drängte, zehn Jahre später, sagte er: Es ist zu spät.

MRS DALDRY Und Sie? Warum haben Sie nie geheiratet?

ANNIE Eines Tages wachte ich auf, und es war zu spät.

MRS DALDRY Annie, ich trage mich mit dem Gedanken, eines dieser Geräte zu erwerben, für den Heimgebrauch. Der Doktor ist so beschäftigt, und mir geht es fast wieder gut. Ich habe wieder Farbe und wache am Morgen voller Hoffnung auf. Ich könnte ihn bei Bedarf einsetzen, zum Beispiel, wenn ich nicht schlafen kann, was mir oft passiert. Ich kann den Doktor schlecht nach Mitternacht aufsuchen.

ANNIE Es ist nicht ganz ungefährlich. Sie könnten einen Stromschlag bekommen, aber ich werde den Doktor fragen. Wie Sie wissen, ist er offen für Neues.

MRS DALDRY Es wäre mir peinlich, ihn zu fragen.

ANNIE Ich mache es für Sie.

MRS DALDRY Dann auf Wiedersehen, Annie.

ANNIE Auf Wiedersehen.

MRS DALDRY Danke, Annie.

ANNIE Wofür?

MRS DALDRY Für die Griechischstunde.

Mrs Daldry geht in den Wohnraum.

Annie wäscht sich die Hände.

Sie sieht zum Vibrator, ob sie ihn benutzen sollte, überlegt es sich, legt ihn weg.

Unterdessen liegt Mrs Givings auf dem Sofa im Wohnraum.

Geht es Ihnen gut, Mrs Givings? Sie sind so bleich.

MRS GIVINGS Ich bin außer mir.

MRS DALDRY Kann ich etwas für Sie tun?

MRS GIVINGS Nein, danke. Mrs Daldry, haben Sie schon als junge Frau von der Liebe geträumt?

MRS DALDRY Ja.

MRS GIVINGS Und was dachten Sie, wie sie sein wird?

MRS DALDRY Ich dachte, sie wäre – man wäre wunschlos. Umfangen und emporgehoben. Als schwebe man auf dem Wasser. bis in alle Ewigkeit.

MRS GIVINGS Und haben Sie das in der Ehe gefunden?

MRS DALDRY Es gab Augenblicke der Ruhe. Aber wie sich jetzt herausstellt, ruht die Erde auf Luft, nicht auf Wasser, und die Luft fühlt sich manchmal sehr – substanzlos an. Auch wenn sie einen, ohne dass man es merkt, aufrecht hält.

MRS GIVINGS Ja.

MRS DALDRY Hätten Sie was dagegen, wenn ich auf Ihrem Klavier spiele?

MRS GIVINGS Ich bitte darum!

Mrs Daldry spielt Klavier, voller Verlangen.

Hinter der Bühne schreit das Kind.

Entschuldigen Sie.

Mrs Givings geht hinaus zum Kind.

Annie kommt herein und hört zu.

Sie setzt sich neben Mrs Daldry auf die Klavierbank.

Mrs Daldry spielt ihr Lied zu Ende.

Annie klatscht.

Sie küssen sich.

MRS DALDRY Was?

ANNIE Oh.

MRS DALDRY Mein Gott.

ANNIE O ja.

MRS DALDRY Es ist besser, wir sehen uns nie wieder.

ANNIE Wahrscheinlich.

MRS DALDRY Auf Wiedersehen, Annie.

ANNIE Auf Wiedersehen.

Mrs Daldry geht ab.

Mrs Givings kommt herein.

MRS GIVINGS Annie?

ANNIE Was für ein trauriges Lied. Ich hätte fast geweint. Ich gehe jetzt, Mrs Givings.

MRS GIVINGS Ach, bleiben Sie noch, Annie. Dr. Givings ist im Club, und ich habe selten Gesellschaft.

ANNIE Ich fürchte, ich muss.

MRS GIVINGS Was ist mit Ihnen?

ANNIE Das Lied hat mich traurig gemacht. Auf Wiedersehen.

Mrs Givings allein.

Es klingelt.

Elizabeth kommt, nicht ganz sie selbst.

MRS GIVINGS Elizabeth, ich habe Sie nicht erwartet. Was ist los?

ELIZABETH Mrs Givings, ich bin gekommen, um Ihnen zu sagen, dass heute mein letzter Tag bei Ihnen war. Mein Mann will nicht, dass ich so viel weg bin. Er will, dass ich zu Hause bin bei den Kindern.

MRS GIVINGS Aber Sie können uns nicht verlassen, Elizabeth! Was sollen wir ohne Sie tun?

ELIZABETH Sie ist jetzt alt genug für Kuhmilch. Oder ein wenig Reispudding.

MRS GIVINGS Mag sein. Ich habe nicht nur ans Stillen gedacht.

Elizabeth nickt langsam.

Aber warum heute? Ich verstehe nicht.

ELIZABETH Mr Irving bestand darauf, mich nach Hause zu begleiten. Er war nicht despektierlich, aber er hat meinen Arm gehalten. Er hat mir viel Geld gegeben, für das Sitzen. Er hat mich bis zur Haustür gebracht.

MRS GIVINGS Ach herrje.

ELIZABETH Mein Mann war zu Hause. Er hat ihn gesehen. Und mich auch. Und das Bild.

MRS GIVINGS Oh! War er sehr böse? Wegen des Bildes?

ELIZABETH Wegen des Bildes? Nein. Er hat geweint, als er es sah. Es sind deine Hände, sagte er. Mr Irving muss ein guter Maler sein, es ist schwierig, Hände zu malen. Aber er will nicht, dass ich noch länger hier arbeite.

MRS GIVINGS Natürlich. Ich verstehe.

ELIZABETH Nein, Sie verstehen nicht.

Pause.

Ich will mich von Lotty verabschieden. Ich habe sie liebgewonnen.

MRS GIVINGS Nun. Sie ist im Kinderzimmer. Sie ist dick und fröhlich, das verdanken wir Ihnen. Elizabeth, wie alt war Ihr Henry Douglas, als er starb?

ELIZABETH Zwölf Wochen.

MRS GIVINGS Woran ist er gestorben?

ELIZABETH An der Cholera.

MRS GIVINGS Das tut mir leid.

ELIZABETH Danke.

MRS GIVINGS Ich glaube, ich würde vor Kummer sterben an Ihrer Stelle.

ELIZABETH Vor Kummer sterben? Eine Mutter von zwei Kindern stirbt nicht vor Kummer.

MRS GIVINGS Aber wie können Sie weiterleben?

ELIZABETH Meine Mutter hat mir von klein auf beigebracht, zu beten, jeden Tag zu beten, dass man alles und alle, die man liebt, von Gott geborgt bekommen hat. So bricht einem nicht das Herz, wenn man seinen Sohn, seine Mutter oder seinen Mann an Gott zurückgeben muss. Ich betete, Jesus, gib mir Demut. Ich habe mein Kind geborgt, ich habe meinen Mann geborgt, ich habe mein Leben von dir geborgt, o Vater. Aber mein Sohn hat sich angefühlt wie *mein* Kind, nicht wie Gottes Kind, er hat sich ganz und gar angefühlt wie mein Kind.

Gott muss ein riesiges Schreckenskabinett haben – alle die Kleinen, die zurückgekommen sind, alle diese Babys schreien, auch wenn Gott sie persönlich in den Schlaf wiegt, sie schreien trotzdem nach ihren Müttern. Und als ich anfing, etwas für das Baby zu empfinden, für Ihr Baby, dachte ich: Nimm sie zurück zu dir, Vater.

Als ich sie das erste Mal sah, hatte ich keinen anderen Gedanken als: Sie lebt und mein Henry nicht. Ich hatte so viel Milch, ich wünschte, sie würde versiegen. Überstehe nur dieses eine Jahr, dachte ich, dann ist deine Milch versiegt, und du wirst vergessen. Je mehr Ihr Baby gedieh, desto mehr verblich meins. Ich stellte sie mir als Zecke vor. Ich dachte, ich fülle sie bis oben mit Milch, bis sie platzt! Mit Milch, die vom Blut meines Henry Douglas ist. Aber sie schien so dankbar für diese Milch. Manchmal hasste ich sie dafür. Aber dann sah sie mich an, mit diesem Blick, ich weiß nicht, man kann ihn nur liebevoll nennen. Ich hoffe, dass Sie sie jeden Tag, den Sie mit ihr haben, festhalten und sich an das Blut erinnern, von dem ihre Milch kam. Das Blut von meinem Sohn, von meinem Henry. Auf Wiedersehen, Mrs Givings.

MRS GIVINGS Auf Wiedersehen, Elizabeth.

Elizabeth nickt und geht ins Kinderzimmer.

Danke.

Aber Elizabeth ist schon zur Tür hinaus.

Mrs Givings allein.

Sie geht ins Labor.

Sie zögert. Es klingelt.

Es ist Leo.

Sie haben Elizabeth in große Schwierigkeiten gebracht.

LEO Ich weiß. Es tut mir leid. Ich will mich von Ihnen verabschieden. Ich gehe nach Paris.

MRS GIVINGS Wann?

LEO Morgen.

MRS GIVINGS Nehmen Sie mich mit.

LEO Sind Sie von Sinnen?

MRS GIVINGS Tun Sie nicht so überrascht! Sie haben mich doch selbst verführt!

LEO Was?

MRS GIVINGS All das Gerede über Frauen, zwei Drittel fertig, das war ich, Sie haben doch mich gemeint!

LEO Ich sprach von Gemälden. Ich –

MRS GIVINGS Nie hat mir jemand von solchen Dingen erzählt. Von Schönheit, von Prostituierten – mein Gott, von *Italien*. Wie hätte ich Sie missverstehen können? Ich liebe Sie.

LEO Ach, Catherine, ich fürchte, ich kann Sie nicht lieben. Falls es einen Typ Frau gibt, zu dem es mich hinzieht, dann sind es Frauen mit Rehaugen. Und Ihre Augen sind eher – sie sind eher – flach – das Licht prallt mehr von ihnen ab, als dass es in sie eindringt. Und ich sehe Ihre Seele nicht schweben, wo ich sie gern hätte. Ihre Seele ist irgendwo in Ihrem Körper versteckt, wo ich sie nicht sehen kann. Vielleicht kann ein anderer Mann Ihre Seele durch Ihre Augen hervorholen, aber nicht ich, fürchte ich. Aber Sie sind mir trotzdem lieb …

MRS GIVINGS Versuchen Sie es. Versuchen Sie, meine Seele vorzuholen. Wenn Sie mir in die Augen sehen – so – ich versuche es. Nehmen Sie eine andere mit?

LEO Nein, ich gehe allein. Sehen Sie es denn nicht? Ich liebe Elizabeth.

MRS GIVINGS Elizabeth?

LEO Ja.

MRS GIVINGS Ach, ich sehe nichts, ich verstehe nichts – mein Gott, Elizabeth.

LEO Ja. Und sie will nichts von mir wissen, nicht das Geringste, ich gestand ihr meine Gefühle, als wir heimgingen, und sie hat mich geohrfeigt. Nein, ich gehe allein nach Paris. Ich bin verheiratet mit meiner Einsamkeit.

MRS GIVINGS Ich könnte Ihre Einsamkeit sein. Ich werde mucksmäuschenstill sein. Ich verstehe Einsamkeit, ich bin auch sehr einsam.

LEO Ihre Einsamkeit ist mir ein Rätsel, Mrs Givings. Sie haben ein Kind, einen Mann – ein *Zuhause*!

MRS GIVINGS Ja. Ich bin sehr undankbar. Bestimmt wird Gott mich bestrafen.

Sie will ihn umarmen.

LEO Nein. Sie lieben mich nicht. Sie glauben es nur. Sie lieben Ihren Mann. Er ist ein guter Mann. Also, leben Sie wohl.

Er küsst ihre Hände.

MRS GIVINGS Elizabeth ist im Kinderzimmer. Falls Sie sich verabschieden wollen.

LEO Ich würde es nicht ertragen, sie zu sehen. Sagen Sie ihr nur das, bitte.

Leo küsst Mrs Givings auf die Wange.

Kommen Sie mich in Paris besuchen. Ich verspreche Ihnen – die Gemälde dort werden Ihnen gefallen.

Er geht.

Sie geht ins Labor.

Sie stöpselt den Vibrator ein.

Sie steckt ihn in ihren Schoß, aber sie ist so traurig, dass es nicht klappt.

Sie weint, während der Vibrator summt.

Dr. Givings kommt.

DR. GIVINGS Meine Liebe, was, um Himmels willen, machst du da?

MRS GIVINGS *heulend* Ich bin allein.

DR. GIVINGS Du bist nicht allein, ich bin hier. Hast du das Gerät benutzt?

Dr. Givings knipst den Vibrator aus.

MRS GIVINGS Ich bin so einsam – Elizabeth verlässt uns – Leo verlässt uns – alle verlassen uns – du bist weg – im Club oder im Raum nebenan, immer im Raum nebenan, bei verschlossener Tür. Jetzt siehst du, dass Frauen in der Lage sind, selbst auf einen Knopf zu drücken.

DR. GIVINGS Liebling –

MRS GIVINGS Wenn du sie berührst mit diesem Gerät, diese Frauen und Leo, empfindest du Liebe für sie, wenn du sie da unten berührst, ist es wie Liebe?

DR. GIVINGS Nein. Ich will nur, dass es ihnen bessergeht.

MRS GIVINGS Und als du mich geheiratet hast, wolltest du mich lieben, oder wolltest du, dass es mir bessergeht?

DR. GIVINGS Ärzte wollen immer, dass es allen bessergeht.

MRS GIVINGS Aber wolltest du mich auch *lieben*?

DR. GIVINGS Ja! Und du – mit der Hand am Gesicht dieses anderen – liebst du ihn? Liebst du Mr Irving?

MRS GIVINGS Ein wenig.

DR. GIVINGS Mir ist ganz seltsam zumute.

MRS GIVINGS Wie – seltsam?

DR. GIVINGS Meine Augen brennen, und mein Magen hebt sich. Ich glaube, es ist Eifersucht.

MRS GIVINGS Gib das Labor auf, Liebling.

DR. GIVINGS Und was tue ich dann?

MRS GIVINGS Liebe mich. Liebe mich statt deiner Arbeit.

DR. GIVINGS Den ganzen Tag?

MRS GIVINGS Den ganzen Tag. Ich habe gehört, manche Frauen brauchen kein Vibrationsgerät, um Paroxysmen zu haben. Bei ihren Männern zu liegen, hat die gleiche Wirkung. Liebe mich wie deine Arbeit.

DR. GIVINGS Ich würde dich gern lieben.

MRS GIVINGS Wirklich?

DR. GIVINGS Ja. Ich wusste nur nicht, wie.

MRS GIVINGS Du hast gesagt, als meine Hand an der Wange des anderen lag, es gebe alle möglichen Nuancen der Liebe. Was genau ist deine Nuance? Welche Farbe hat sie? Welche Temperatur? Und, bitte, sag nicht, Du-bist-meine-Ehefrau-ich-bin-dein-Ehemann.

DR. GIVINGS Ich kann es nicht in Worte fassen.

MRS GIVINGS Bitte, versuch es.

DR. GIVINGS Dafür gibt es Poeten. Sie klassifizieren die verschiedenen

Arten der Liebe. Wissenschaftler klassifizieren die Leiden, die aus dem Mangel an Liebe erwachsen.

MRS GIVINGS Versuche es.

DR. GIVINGS Aber lach mich nicht aus. Versprichst du es?

MRS GIVINGS Ich verspreche es.

Dr. Givings küsst jede Stelle zärtlich, während er sie benennt. Sie sind alle im Gesicht.

DR. GIVINGS Ich preise dich: Temporomandibulargelenk.

Ich preise dich: Arteria buccalis und ihr Nerv.

Ich preise dich: Depressor anguli oris.

Ich preise dich: Argus zygomaticus.

Ich preise dich: Temporalis fascia.

Mrs Givings weint, so intim ist es.

Ich preise dich, Catherine.

MRS GIVINGS Öffne mich.

DR. GIVINGS Hier?

MRS GIVINGS Ohne das Gerät.

Im Garten.

Zieh mich dort aus.

DR. GIVINGS Du möchtest dich ausziehen, im Dezember im Garten?

MRS GIVINGS Ja, und bitte, nenn mich nicht leichtsinnig. Unser ganzes zukünftiges Glück hängt davon ab.

Dr. und Mrs Givings küssen sich.

Auch wenn der häusliche Rahmen dauerhaft schien – ein Sofa, eine Statue – plötzlich verschwindet er, und wir befinden uns auf einem kleinen Winterbeet. Schnee bedeckt die Bäume, die im Frühling rosa Blüten tragen werden. Nur das Klavier bleibt.

Zieh mich aus.

Schließ nicht die Augen, sieh mich an …

Er zieht sie halb aus.

DR. GIVINGS Die Straßenlaternen gehen an. Man wird uns sehen.

MRS GIVINGS Niemand wird uns sehen. Sie sind noch nicht elektrisch, Gott sei Dank flackern sie noch.

Sie zieht ihn aus.

Ist dir kalt?

DR. GIVINGS Nein.

Wir sehen nicht seinen ganzen Körper, es ist dunkel –
aber wir sehen den Mond auf seiner Haut.

Sie hat ihn noch nie nackt gesehen.
Sie hat ihn nur unter der Decke gesehen.

MRS GIVINGS Wie schön du bist! Dein Körper!
Ich habe das da noch nie gesehen unter der Decke –
oder dieses Mal, oder das Fältchen dort –
Ich habe diese Mulde gespürt, aber nie gesehen –
wie sie sich wölbt –
Sie deutet auf verschiedene Teile seines Körpers.

DR. GIVINGS Du machst mich verlegen.

MRS GIVINGS Nicht. Leg dich auf den Boden und mach einen Schneeengel.
Er legt sich auf den Rücken und macht einen Engel aus Schnee.
Sie legt sich auf ihn.
Sie machen einen Engel.
Ihre Flügel gehen hin und her.
Schnee fällt auf sie.
Draußen an den Straßenecken gehen die Laternen an, eine nach der anderen, flackern unwirklich.

DR. GIVINGS Catherine.

MRS GIVINGS O mein Gott. O mein Gott, o mein Gott.
Die restlichen Lichter verlöschen.

Ende

Paul Wiersbinski

Autofahrt ins All

Dieses Stück beinhaltet keine vorgegebenen Personen-, Inszenierungs- oder Raumanweisungen. Auf diese wurde zugunsten der Imagination des Lesers und der Flüssigkeit des Textes verzichtet. Die hier beschriebene Reise ist irgendwo zwischen Innen- und Außenraum, realen und virtuellen Bildern und den immer wieder im Text auftauchenden generischen Orten unserer Gesellschaft anzusiedeln.

Für Kevin Fürst

Szene 1

1 Weil wir in einer Welt ohne Not leben.
Weil wir die Augen schließen, ohne zu erblinden.
Weil unsere Bäuche fast platzen und unsere Beine verfaulen.
Weil wir getestet werden, unser Leben lang.
Weil irgendjemand immer weiß, wo du bist und dich beobachtet:
Du bist nicht allein.

2 Stehe ich in einer Bar, und jemand kommt rein und macht eine Szene.

1 Stehe ich in einem Autohaus. Blankgeputzte Wagen, gefliester Boden. Ein Sonnenstrahl fällt durch die verglaste Westwand.

3 Stehe ich in einer gestellten Szene, in der jemand in eine Bar reinkommt.

1 Komme ich rein. In eine Bar oder ein Autohaus. Alle stehen rum und warten auf den Erlöser oder aufs Koma. Unter dem Tresen wird alles verkauft, für das sich ein Leben lohnt. Ohne Träume macht selbst der Tod keinen Sinn mehr.

3 Viele kommen nicht hierher oder sind schon längst abgehauen in den Westen oder das Meer von Hochprozentigem, ganz oben auf dem Regal der Tankstelle. Deshalb wendet sich dieser Bericht an den mickrigen Rest der Außenseiter, die Mitte der Gesellschaft und Familien mit Kindern.

2 Die große Revolution der ersten Veränderung zum neuen Menschen hat durchgesetzt, dass die allgemeine Lachquote auf etwa 50 Prozent des wachen täglichen Lebens festgelegt wurde.

3 Das ist ja lachhaft.

2 Halt's Maul und lach!

1 Die Vorhersehung: Das Vorhersehbare ist eingetreten, ohne dass jemand es vorher gesehen hatte. Deine Welt, in die ich wieder fiel, weil ich mich fallen lassen wollte. Eine andere Welt vor meinen Augen, nicht die eigene, immer bekannte. Die Zone der Kommunikation ist hier drin, und draußen ist die Zone des unbegrenzten Einkaufens. Ein allumfassender Sieg des Konsums über jede Form von Zwischenmenschlichkeit. Was machen Menschen, wenn sie nur

noch einkaufen? Sie lachen, weil diese manische und paranoide Atmosphäre gar nichts anderes mehr zulässt. Eine wissenschaftliche Studie hat ergeben, dass das menschliche Lachen eine Art Kurzschlussreaktion von Unterbewusstsein und realer Wahrnehmung ist. Lachen macht dumm. Dafür macht Lachen schön und klug! Überall stehen Plakatwände, auf denen nur noch lachende Menschen zu sehen sind. Im Fernsehen gibt es einen Dauerlachwettbewerb, und im Theater spielt man lachheitssauslösende Kunst. Alle sind fröhlich. Alle haben Angst.

2 Kevin Fürst hat Schulden.

3 Könnten Sie bitte Ihr Geld abliefern. Könnten Sie mir das bitte zurückgeben.

2 Nein, der Wichser hat dich beschissen.

3 Wenn ich dir jetzt meine Knarre in die Hand drücke, fahren wir zusammen los und legen ihn um.

2 Nein, Mann, vergiss es. Kevin Fürst ist ein guter Junge, den hab ich halt zu einem Auftrag geschickt. Schutzgeldsache, eine Dönerbude. Zwei Typen, die mir schon länger Geld schuldeten. Kevin Fürsts erster Auftrag, zwei Typen plattgemacht.

1 Ich sitze in meiner Wohnung. Das Licht geht nicht, ich habe die Jalousie geschlossen, draußen ist es dunkel. Die Heizung ist aus. Ich habe eine Kerze angemacht.

3 Alter, was geht denn mit dir. Du wärst hier fast verbrannt in der Bude.

1 Ich lebe im ersten Stock, Kevin Fürst im zweiten unter uns. Unter uns haben die ganzen Thai- und Dönerbuden auf. Im Bahnhof selbst der ganze kommerzielle Fast-Food-Scheiß, Mcs, Burger King, Ditsch.

2 Ditsch, Alter.

1 Genau Ditsch. Äh, wo war ich stehengeblieben …?

2 Also da sitze ich in meiner Wohnung, und der Typ kommt rein und schreit, dass die Matratze in Flammen steht.

3 Eine Lachnummer.

2 Du wolltest doch wissen, was einen Dönerverkäufer zum Lachen animiert?

3 Du wolltest doch wissen, was einen guten deutschen Roadmovie ausmacht, oder? Der Dönerverkäufer wird abgeknallt.

1 Ich sitze auf meinem Sofa nach verrichteter Arbeit, das ist jeden Tag so. Der Fernseher läuft, ich war noch nicht einkaufen. Nachher treffe

ich mich mit meiner Freundin vorm Supermarkt, wo sie Kassiererin ist, ich bin arbeitslos. Wir gehen dann ins HartzIV, das Besondere an dieser Kneipe ist, dass sie zwar ziemlich dreckig ist, aber von 12 bis 16 Uhr gibt es das Bier kostenlos, danach kommen die Leute mit Arbeit und bezahlen für alle.

2 Hi, Schatz.

1 Rauslassen wollt ich's nie. Jetzt habe ich ein Problem. Sag ich's ihm heute oder sag ich's ihm morgen. Mit diesem Gefühl stehe ich vor ihm.

2 Und hast du die Stimmen heute Nacht auch wieder gehört?

1 Ja, ich habe sie gehört. Lauter als vorher.

2 Und dann auch noch dieses Drecksvieh.

1 Aber zum Glück haben wir ja die Katze.

3 Hallo, ich bin 3, die Freundin von 1 und ein Freund von 2. Ich komme auch regelmäßig ins HartzIV, das Besondere an dieser Kneipe ist, dass sie zwar ziemlich dreckig ist, aber von 12 bis 16 Uhr gibt es das Bier kostenlos, danach kommen die Leute mit Arbeit und bezahlen für alle. Ich bin zufrieden. Das Leben war hart zu mir, aber jetzt geht es mir gut. Eigentlich ist hier alles so wie früher. Wenn 1 und 2 hier vorbeikommen, so wie jeden Tag, setzen sie sich zu mir an den Tresen und erzählen von ihrer Katze. Immer und immer wieder wird von der Katze berichtet. Ich lausche gern der Stille in der Wüste.

Ein Sandkorn schiebt sich in meine Augen.

Szene 2

1 Wir haben kein Benzin im Tank.

2 Wir steigen jetzt ein und starten den Motor.

3 Und drücken aufs Gas.

1 Kapiert ihr es?

2 Wir entscheiden nicht, wo wir hinfahren.

3 Es gibt keinen Plan.

1 Wir können nicht fahren.

2 Wir übernachten in alten Scheunen, bis die Strahlen der Sonne uns wecken.

3 Einfach so, wir leben von der Hand in den Mund.

1 Wir können nicht fahren, wir haben kein Benzin, wir haben kein Geld.

2 Das moderne Märchen. Es war einmal ein Mädchen: Sie war immer schon der lebende Beweis dafür, dass man mit Fleiß und Zielstrebigkeit jeden Traum verwirklichen konnte. Das jahrelange erfolglose Vorsprechen an Schauspielschulen finanzierte sie sich dadurch, dass sie in einem Hotel der besseren Sorte anschaffen ging. Dabei konnte sie immerhin ihren Prinzen auf einem weißen Pferd kennenlernen. Option auf Traumhaus mit Pool und Garten. Ihre Reitstunden ließ sie sich teuer bezahlen. Als es allen anderen schon längst klargeworden war, dass es das hier gar nicht gibt, dass man hier nur auf einen mickrigen Mercedes SKL und ein Haus in einer Vortortsiedlung kam, arbeitete sie unermüdlich an ihrem Ticket zur Welt. Die Sonne schien in ihr Fenster, draußen liefen die Menschen hinter ein paar lumpigen Momenten des Glücks her, die sie nie vergessen konnten, weil es sonst nichts zu erleben gab, aber sie schuftete auf Wasserbetten wie ein Matrose auf hoher See.

1 Ich dachte, dass das gar nicht mehr geht, dass es das gar nicht mehr gibt. Mir ist ziemlich viel passiert, nämlich gar nichts. In der Zwischenzeit habe ich gedacht. In meinem Kopf haben sich die Dinge zu drehen begonnen.

3 Am Horizont leuchtet die Sonne. Über dem Meer sieht man den Horizont nicht, aber man weiß, dass er da ist. Im Meer spiegelt sich das Rot der untergehenden Sonne, auf die wir langsam zufahren. An einer Straße mitten in der Mojave-Wüste. Der Highway ist leer. Über den Himmel ziehen in einem beruhigenden Tempo kleine weiße Wolken. Hinter uns Vergangenheit, unter uns Asphalt, vor uns der Horizont.

1 Aber Horizont ist überall, guck dich doch mal um, egal, wo du hinguckst, überall ist der Horizont.

2 Begreifst du das überhaupt? Dass überall kein Ende ist. Auf einer runden Welt, dass das keine Unendlichkeit ist, in die du fährst, sondern lediglich Wiederholung. Du fährst letztendlich hinter dir selbst her, unendlich oft, nur um dort anzukommen, von wo du losgefahren bist.

3 Ich dachte, deswegen wollten wir doch alle abhauen.

1 Dem Ende der Welt davonzufahren. Auf der Oberfläche eines Sterns, der sich selbst verzehrt. Kurz vor der Explosion.

2 Da ist dieser Traum von einer Straße, über die ich gehe. Einer Autobahn, an deren Fahrbahn ich stehe und den Daumen lüfte. Und dann: Von weit her, im Licht der untergehenden Sonne verschwommen, fährt ein Wagen auf mich zu, und ich denke: Der muss es sein. Und ich weiß, jetzt geht die Reise los. Und ich sehe das Blinken des Seitenscheinwerfers. Der Schein wirft mir Glück entgegen. Das Quietschen der Bremsen. Die länger werdende Drehung der Reifen, die in ein müdes Rollen mündet. Der Stillstand. Und dann: Das Klicken des Hebels, die Öffnung der Seitentür, kein Bein, das unter der Tür zum Vorschein kommt und sich in einen Körper verwandelt. Kein Freund. Niemand hat das Steuer in der Hand, und die Fahrerkabine ist vollkommen leer.

3 So was gibt es doch, gibt es doch, oder nicht, doch nicht, so was hat es doch immer schon gegeben, gibt es doch gar nicht mehr, nirgendwo hat es doch irgendwie immer schon irgendwo einmal schon gegeben?

2 Niemand, der einfach immer da war und jetzt eigentlich auch nicht aus dem Wagen grinsen müsste, um hier zu sein. Der jetzt aber genau das tut. Nämlich gar nichts. Ein leeres Geisterauto, das dich in seinen Armen in eine Zukunft fährt, die nicht existiert.

Szene 3

1 Es klingelt.

2 Ding Dong.

3 Wer ist da?

1 Der Eismann ist da und verschenkt eine große bunte Wundertüte. Du musst nicht bezahlen. Nein.

2 Ding Dong.

3 Wer ist da.

1 Die Bank. Hier kriegst du eine Kreditkarte. Verkauf lieber dein Geld, es ist sowieso nur ein überbewertetes Ding, um die Langeweile zu vertreiben. Wenn du keins mehr hast, geben wir dir wieder neues.

2 Ding Dong.

3 Wer ist da.

1 Es sind die Mitarbeiter vom Fernsehen. Die kommen, um deine Existenz zu dokumentieren. Du kannst uns deine Würde verkaufen und bekommst keinen Cent dafür.

3 Und dann bleibt das große leere Vakuum, in das wir alle starren.

2 123 Jahre sind eine lange Zeit.

3 Was machen wir denn dann? Arbeit ist die Wahl, an der Gesellschaft teilzunehmen und dafür nichts zurückzubekommen. Früher hatte man zu wenig Geld, um einkaufen zu gehen, heute hat man zu wenig Zeit. Du kaufst nicht für die Industrie, nein. Der Geldschein ist dein ständiger Wahlzettel.

1 Die Zukunft der Gesellschaft. Die politischen Parteien verwalten den sekundären Diskurs darüber, wie wir uns selbst, selber gerne sehen würden. Diese kosmetische Aufgabe ist eine der seltenen und schönen Verschnaufpausen vom Einkaufen.

3 Und dann kaufst du mit dem Wahlschein ein. Schöne bunte Wahlscheine in allen deinen Lieblingsfarben. Die lassen sich auch so hübsch in die Brieftasche stecken. Im Spielcasino gibt es Jetons so wie die lustigen Kreditkarten.

1 Wahlscheine werden ersetzt durch Geldscheine.

2 Das einsetzende Entsetzen der Scheinwahlen wird scheinbar mittels Geld ersetzt.

3 Versetz dich mal in Kevin Fürsts Lage. Zwei Typen plattgemacht, und keiner hat ihn verpetzt. Setz dich erst mal. Das ist jetzt sicher entsetzlich. Das ist jetzt ganz hart. Du bist ersetzlich.

1 Von welchem Kevin Fürst reden wir denn jetzt eigentlich.

2 Na, von dem Kevin Fürst eben.

3 Der, von dem die Mutter LKWs auf DSF zieht?

1 Nee, ich dachte, das ist der, dessen Mutter für ihn bei KIK klauen geht.

2 Nein, ihr liegt falsch, dass ist der, dessen Mutter so fett ist, dass, wenn sie ein Malcolm-X-T-Shirt anhat, die Hubschrauber versuchen, auf ihr zu landen.

1 Alle reden über Kevin Fürst. Oder besser gesagt, von seiner Mutter. Das Fernsehen steht bei ihr auf der Matte, weil sie einen wegen Doppelmordes inhaftierten Sohn hat, der seine minderjährige Freundin regelmäßig schwängert und schlägt. Außerdem hat sie selber ein Verfahren am Hals, weil sie in einem Bekleidungs-Discounter beim Ladendiebstahl erwischt wurde, um Sachen für ihren Sohn zu bekommen. Ihren Lebensunterhalt als Moderatorin bei einem Sportsender, für den sie extremes Übergewicht vorweisen musste, reicht hinten und vorne nicht, deshalb ist heute auch der Gerichtsvollzieher gleich mitgekommen.

2 Ich stehe vor einem Geldautomaten. Die Tasten des Eingabefeldes verschwimmen vor meinen Augen. Außerdem steht 3 dicht neben mir, und ich will nicht riskieren, dass er meine Geheimnummer mitkriegt. Ich gebe die Kombination ein, immer und immer wieder, aber nichts passiert. Dann beginnt der Automat plötzlich, Geldscheine auszuspucken, einen riesigen Haufen. Der Geldfluss wird immer stärker. Nach einer Weile fallen sogar Münzen aus dem Ausgabeschlitz. Ich höre aus weiter Ferne Stimmen, die höhnisch fragen, wie ich das alles nach Hause schleppen will.

3 Ich nehme eine Chai Latte, entteeiniert, und extra Sojamilch, bitte.

1 Wie bezahlt man dafür?

3 Mit allem, was du hast.

2 Ich betrete einen vollkommen gekachelten Raum, in dessen Mitte sich ein massiver, leuchtender Block aus Gold befindet. Um ihn herum stehen mehrere bewaffnete Wächter, die anfangen, auf den Block zu schießen. Die ersten kleinen Projektile prallen von der perfekten Oberfläche ab. Nach und nach werden die Geschosse immer größer, und schließlich fangen sie an, die Oberfläche zu durchschlagen. Der Block bläht sich auf, jedoch nicht organisch, sondern vollkommen künstlich wie in einer 3-D-Animation. Plötzlich klappt sich die Oberfläche auf in lauter farbige Polygone, die langsam die Rückwand des Raumes bedecken. Aus dieser Form heraus löst sich eine Druckwelle, welche die Bewaffneten von sich wegreißt. Währenddessen hat sich ein Splitter des Blocks unbemerkt über mir herabgesenkt. Er zerteilt mein Gesicht in zwei Hälften.

1 An einer Straße mitten in der Mojave-Wüste. Der Highway ist leer. Über den Himmel ziehen in einem beruhigenden Tempo kleine weiße Wolken.

2 Ich beginne, mich darüber zu wundern, warum ich das trotzdem noch sehen kann.

3 Zehntausend Münder kaugummikauender minderjähriger Mädchen verkünden uns von Einsamkeit und dass wir alle unser ganzes Leben lang alleine sind. Gefangene im Gefängnis unserer eigenen Imagination. Und dass die ganze Welt im Grunde genommen nur eine glitzernde Diskokugel im Vergleich zu unserer Vorstellungskraft ist. Mit tränenüberladenen Augen, blind vor Ekstase und Schweiß und Hoffnung werden wir endlich – unendlich – neben Nahrung und Wärme und Sex, auch Liebe kaufen können.

Szene 4

3 Sie hatten sich bei einem Meeting kennengelernt, in dem wir die Formen und Farben besprachen, welche keine Bedeutung besaßen.

1 Für dich war es wertvoll, was ich sagte, denn ich erzählte von einer Welt weit weg von hier, in der die Dinge wieder bewertet werden konnten.

2 Das Einzige, was die Forscher der Alienexpedition im Nebel der nordischen Wälder finden, sind die unruhig leuchtenden Reklameschilder einer längst vergessenen Zivilisation.

3 Und dich faszinierte die Aneignung dieses schönen Strichs Landschaft. Die sich wiederholenden Unterbrechungen im vorbeiziehenden Seitenstreifen. Die Augen passen sehr gut hinein ins Gesicht, die Nase ist etwas zu groß gewachsen, sticht jedoch nicht zu sehr hervor und wird durch den fabelhaften Mund abgerundet.

2 An anderen Stellen wirkten die weiß getünchten Bäume wie eine Geisterarmee, die sich entlang der gesamten Strecke aufgestellt hat, um auf den richtigen Moment zu warten, um loszuschlagen, um den Tribut für das mickrige Stück Freiheit zu verlangen, sich auf vorgegebenen Bahnen zu bewegen.

3 Auch der Körper war, soweit ich das von hier aus beurteilen konnte, ein ganz hervorragendes Stück Fleisch, an dem du sicher viel Freude haben wirst. Aber zwei Dinge waren es, die diesen Brocken Endlichkeit von der durchschnittlichen Masse profaner Schönheit unterschieden. Zum einen die Stimme, die strahlt wirklich, und man könnte meinen, es seien Scheinwerfer statt Lippen, als sei anstelle des Herzens eine Sonne gewachsen, deren Strahlen nun mit aller Kraft durch die Gefäße und Adern nach außen drängen. Zum anderen sind es die Haare, die nicht wie sonst nur den Kopf begrenzen und akzentuieren, sondern die selber zu leben scheinen, aber nicht wie Schlangen oder Feuer unruhig und in Verwirrung umherirren, sondern wie ein goldener Panzer ruhig und unendlich am Gehirn festgenagelt zu sein scheinen und deren Oberfläche so makellos glatt ist, dass man sich selbst darin sehen kann, und man nie wieder einen Blick durch das vorbeirasende Fenster zur Wirklichkeit riskieren muss. Endlich.

1 Jetzt sitzen wir zusammen auf einer Wiese, und ich denke, warum

spielen wir nicht alle zusammen ein Spiel mit ihr, das ja schon begonnen hat mit Blicken und kleinen Aufmerksamkeiten, warum denkt man das nur und wünscht sich, dass es niemals aufhört durch die Windungen des Gehirns zu rasen wie die Illusion einer Straße vorm Einschlafen, das Vorbeischweben der Landschaft.

2 Es könnte auch irgendein Bahnhofstunnel sein, in dem wir sie alle umzingeln, und dann wissen schon alle, was wir zu tun haben.

1 Zwei halten die Arme fest, und einer ist drauf und dran, live dabei zu sein, und einer darf sich das in Nahaufnahme anschauen und gleich danach auch zum Casting.

2 Das kleine unschuldige Gesicht, der gelockte Engel, der die Brüste herausschiebt und die Stimme ganz weich macht und sich mit einem Finger über die Lippen fährt, als hätte sie kurz gefurzt, diese Nutte.

1 Immerhin hat sie mir das versprochen, dass nur ich das denken darf über sie, wenn sie neben mir liegt und mich in den Hüften kitzelt, obwohl ich stärker bin und ihr nur einen Finger in die Kniekehle schieben muss, damit ihr Kinderlachen erklingt, während ich die Schlüssel im Handschuhfach suche.

Szene 5

3 Erzähl mir noch mal von dem Bordell, in dem du die beiden toten Dönerverkäufer gefunden hast.

2 Solche Ferkeleien kosten ’nen Blauen extra.

1 Aber ich bin doch noch gar nicht fertig.

2 Du bezahlst hier nach Zeit, Kleiner, ob dich das erfüllt oder entleert, darauf habe ich keinen Einfluss.

3 Der Abfluss ist verstopft, und das ausgerechnet zur Rushhour.

2 Die U-Bahn fährt ein, und aus ihr heraus strömen Menschen, während auf der anderen Seite zwei Tiere jeder Farbe auf die Erlösung warten.

1 Drossel zu Drossel. Grün zu Gold. Scharf bitte, mit extra Soße und ohne Zwiebeln.

3 Kevin Fürst hatte die beiden Dönerverkäufer plattgemacht und dann in einem heruntergekommenen Apartmentkomplex in der Innenstadt versteckt, in dem eigentlich nur die zwangseingeführten Köche und Nutten untergebracht sind.

2 Erst Beate-Uhse-Filmchen gucken, Magazin durchblättern und dann Ditsch.

1 Ditsch, Alter.

3 Hätten mich an dem Tag nicht der Eismann und das Fernsehen besucht und wäre in dem abgewrackten Gebäude nicht schon wieder der Strom ausgefallen …

2 … und hätte ich keine Kerze angemacht …

3 … dann wäre auch die Matratze nicht abgebrannt.

2 Ich habe es gar nicht bemerkt, als ich vollkommen fertig aufgestanden bin, um zur Zeitarbeitsagentur zu laufen.

1 Zeit-arbeits-agentur, Alter.

3 Jedenfalls brannte die Matratze erst munter in meinem Zimmer im ersten Stock und dann im Abstellraum im zweiten Stock unter uns, wo Kevin Fürst die beiden Dönerverkäufer versteckt hatte.

2 Der Geruch von verbrannten menschlichen Haaren lässt sich kaum beschreiben, wenn man die Form auf einem Rummelplatz wahren möchte.

1 Kommen Sie herein. Schauen Sie sich um. Staunen Sie. Der goldene Würfel ist eines der ältesten präkolumbianischen Artefakte. Seine Herkunft ist unklar. Chemische Tests der spiegelglatten Oberfläche lassen darauf schließen, dass die indigenen Arbeiter bei seiner Konstruktion Drogen und Blut verwendeten, um psychedelische Effekte beim Betrachter auszulösen. Das Objekt befindet sich in Privatbesitz und ist für die Öffentlichkeit nur an einem nach dem Zufallsprinzip des Majakalenders bestimmten Feiertag zugänglich.

3 Das heißt in den nächsten 123 Jahren auf keinen Fall.

1 Also beginnen wir noch mal dort, wo wir zuletzt aufgehört haben.

3 Wir haben das Konto deines Papas eingefroren, denn er ist ja nicht zuletzt mitverantwortlich für deinen degenerierten Charakter.

2 Verfickte Indios. Ich komme hierher, bezahle mit meinen guten Euros und werde dafür auch noch beschimpft und beleidigt.

3 Deine Mutter ist jetzt bei der Polizei.

1 Das wird teuer.

2 Genügt das? Ich hab's leider nicht passend.

3 Bist du verrückt? Du kannst hier die Bullen nicht direkt auf der Straße schmieren.

2 Das heißt, ihr seid gar keine mexikanischen Sicherheitskräfte.

1 Das kommt darauf an, wie viel dir die Vorstellung davon wert wäre.

2 Dann bezahle ich doch lieber die Reitstunde.

3 Augenblick mal, ich dachte, das ist ein authentisches Erlebnis.

1 Du hast das typische Gesicht von jemandem, der immer nur die Häuser, die Autos, die Frauen oder das Geld von anderen bewacht.

2 Alles ist geteilt in zwei Hälften.

1 Alles hat seinen Preis.

3 Wir atmen tief ein. Wir halten den Atem an. Wir atmen aus und verlassen zusammen mit der Atemluft unsere Körper. Erst nach 123 Jahren holen wir wieder Luft, und ganz nebenbei wird im Vakuum des Raum-Zeit-Kontinuums ein Erlebnis produziert, das einzigartig und unbezahlbar ist.

Szene 6

2 Du schließt die Augen. In der blutgeschwängerten Dunkelheit hinter den Lidern treten vielfarbige Schemen aus den Grenzen des Raums auf. Hyperreale Bilder, wahllos zusammengeschnittene Filme, die ruckend vorüberziehen. Ein fragmentarisches Mandala visueller Informationen.

3 Und du. In einem heruntergekommenen Hotel irgendwo in der Dritten Welt, in dem du wochenlang saufen kannst, ohne ein Wort der lokalen Sprache aufzuschnappen. Lachend. Das Gesicht von Freudentränen überströmt.

1 Der Himmel hat die Farbe eines Fernsehers, der auf einen toten Kanal geschaltet ist.

3 Eine Woche später, als in Japan die Kirschblüten aufgingen, begann der nächste Weltkrieg.

1 Ein paar Augenblicke später, als es keine Alternative mehr zum Kapitalismus gab, sind wir alle wieder Kinder.

3 Attraktiv an einer infantilen Lebensweise sind vor allem die vollkommene Verantwortungslosigkeit und das Gefühl der absoluten Gegenwärtigkeit aller Ereignisse. Es ist lediglich die Illusion der Geschwindigkeit, welche die Grenzen von Vergangenheit und Zukunft aufhebt.

2 Die perspektivische Verkleinerung von der Idee zum Produkt.

1 Die perspektivische Verkleinerung vom Auto zur Straße.

2 Die perspektivische Verkleinerung vom All ins Nichts.

1 Die Waren in den Regalen sind angeordnet nach Farben und Formen, welche den Blick lenken.

3 Die Musik aus den Lautsprechern wird entsprechend der Geschwindigkeit des Kaufprozesses ausgewählt.

1 Der Abstand der in den Boden eingelassenen Lampen suggeriert eine bestimmte Laufrichtung.

3 Kinder kennen keine Zukunft. Sie leben lediglich in der Gegenwart des Momentes. Vollkommen und für immer jung.

2 Es gibt kein Alter mehr.

1 Kein Geschlecht.

2 Keine Hautfarbe.

1 Keine Herkunft.

2 Keine Sprache.

3 Es gibt nur noch das Bild einer Gruppe schlafender Kinder, die davon träumen, nichts zu wissen von den Dingen, die sie kaufen. Die eine Zukunft ist lediglich die perfekte farbliche Illusion eines Science-Fiction-Films, in der die Zeit der Helden vorbei ist. Der Schlaf dieser Zeit ist nicht erholsam, sondern ein Traum innerhalb eines Traumes, in dem die Illusion der Ewigkeit, aus der die Ordnung unserer Zeit besteht, den Schlafenden immer erschöpfter zurücklässt. Somit wird der Wunsch, weiterzuschlafen, stärker, um der irritierenden Realität zu entkommen.

2 Die, welche aufgrund von Glück oder Not erwachen, betreten die Welt als verlorene Kinder.

1 Wo sind die Worte? Wo ist das Haus?

2 Wo sind die Spielzeuge? Wo ist der Spiegel?

1 Warum brennt der Supermarkt?

2 Wo ist meine Liebe, meine Freunde, meine Vorfahren?

1 Warum sind die Scheiben der Banken eingeschlagen?

2 Wo ist meine Geschichte?

3 Es gibt keine mehr, mein Kind. Alles muss neu erdacht werden. Die Sprache, die du bewohnst. Das Haus, in dem du nicht mehr alleine bist. Die Geschichten der Vorfahren, die dir diese Welt erklären. Die sentimentale Erziehung, durch die du vielleicht wieder lieben kannst.

2 Ohne dabei das Bild einer vollbusigen Prostituierten vor Augen zu haben, die beiderlei Geschlechts ist.

3 All das musst du dir selber aufbauen gegen die Feindseligkeit der Allgemeinheit.

1 Denn die Erwachten sind der Albtraum derjenigen, die noch schlafen.

Intermission

3 Auf irgendeiner Tanzfläche. Leuchtstoffröhren, teilweise ausgefallen, teilweise unruhig flackernd, beleuchten verschiedenfarbige Folien und fügen sich mehr oder weniger in den Rhythmus der Musik.

1 Wenn du mir nicht von deinem Nummernkonto in der Schweiz erzählt hättest, wäre eventuell noch etwas aus uns geworden.

2 Ich dachte, das würde meinen Marktwert steigern, abgezählt und in nichtfortlaufenden Zahlen.

1 Ab diesem Moment hatte ich dir einfach nichts mehr zu bieten.

Szene 7

3 Ist hier das Kasino, in das man eingeliefert wird, nachdem die wunderbare bunte Reise zu Ende ist?

1 The End.

2 Wir sind am Endgegner gescheitert.

3 Ich dachte, das war nur ein Klingelton.

1 Wer hätte gedacht, dass unsere Gedanken derer einer Katze unterlegen sind.

2 Kevin, ich kannte mal eine Katze, deren Arsch nach einer Mischung aus Nelken, frisch gemahlenem portugiesischem Kaffee und neapolitanischer Pizza roch. Leider war sie etwas zurückgeblieben und wurde in einer Kneipe therapeutisch betreut. Von überallher kamen Sponsoren, zumeist gutbetuchte Damen, die vordergründig den sozialen Ansatz der Kneipe förderten, aber eigentlich nur einmal an der Katze riechen wollten. Die Kneipe, das HartzIV, machte mit der Katze so viel Gewinn, dass es das Bier fortan kostenlos gab.

3 Das ist das Ende, oder?

1 Dein Blick wirkt kalt, dagegen hilft nur eine heiße Kreditkarte.

2 Kevin, du bist eine Filmkulisse für mich geworden, wie ich deine Hülle für mich benutze, ein leeres Gefäß, ein verdreckter Spiegel. Ich will dich meinem Lehrer zeigen, das ist ein alter Hippie, der seiner ewigen Jugend hinterherhechelt wie ein Straßenköter und mich mit den leeren Augen eines Junkies anblickt. Aus ihm hat der Erfolg ein Phantom gemacht, und so werde auch ich langsam ein Geist meiner selbst. Umgeben von Gespenstern, vor denen ich mich fürchte, in einem Horrorfilm der vollkommenen Einsamkeit.

3 Seit unserem letzten Urlaub hast du dich irgendwie verändert.

1 Ich habe auch den Eindruck, dass die Fahrt in dem Geisterauto dir nicht gut getan hat.

2 Wir sind nicht weit gefahren. Ich konnte weder schlafen noch hörte ich auf zu träumen.

3 Aber jetzt bist du ja wieder da.

1 Schade eigentlich. Während deiner Abwesenheit hat sich nichts verändert.

3 Man könnte auch sagen, dass deine Anwesenheit für den Lauf der Dinge hier vollkommen unerheblich ist.

2 Die Ausstellungsfläche am Ende unserer Fahrt glich einem Holodeck, einem Raum, in dem alle Kanten dieselbe Länge besitzen und deren Oberflächen jede nur erdenkliche visuelle Illusion erzeugen konnten. Anfangs gab man mir Waffen, mit denen ich wahllos in Mengen Unschuldiger schießen konnte, welche sich beim Aufprall der Projektile in zweidimensionale Wirtschaftsprognosen verwandelten. Langeweile und Erschöpfung brachten mich schließlich dazu, einem prätentiösen, blonden Jüngling auf einem Trapez zuzuhören, der immer wieder sagte:

3 Je öfter sich etwas wiederholt, desto einzigartiger und überwältigender wird es.

1 Wie wir wissen, gibt es bekannte Bekannte. Dinge und Menschen also, die wir kennen. Wir wissen auch: Es gibt unbekannte Bekannte. Sozusagen wissen wir von Dingen, die wir nicht kennen. Aber es gibt auch unbekannte Unbekannte. Die, von denen wir nicht wissen, dass wir sie nicht kennen. Genauso wie solche Dinge also, die gar nicht existieren und dadurch zunehmend zu verschwinden scheinen.

2 Danach habe ich vergessen, wie ich wieder hierhergekommen bin, und ich glaube, ich kann mich auch nicht mehr daran erinnern, worüber wir gerade gesprochen haben.

1 Es macht wie gesagt gar keinen Unterschied, und deine Rückkehr ist vollkommen bedeutungslos und mir persönlich, ehrlich gesagt, auch ziemlich egal.

3 Endlich beginnt also die große Reise, doch kurz bevor wir starten, durchfährt den Aufführungsort ein Raumschiff, das uns von den minderjährigen Zuschauern trennt. Nachdem das Schiff vorbeigefahren ist, haben sie alle fette Bäuche und verantwortungsvolle Positionen.

1 Genau deswegen sind wir ja auch losgefahren.

Szene 8

3 Reiseberichte sind immer einfacher zu schreiben als Nachrichten einer strukturierten Existenz, in der du in einem Zimmer mit brennender Matratze sitzt und versuchst, von einer Reise zu berichten, die nie stattgefunden hat.

2 Wir sind nach Los Angeles geflogen, weil es von hier aus sozusagen um die Ecke ist. Mexikanische Billigflieger sind im Vergleich zu Ryanair wie Schweizer Hightech-Toiletten zu Erdlöchern an der albanischen Grenze. Die Sicherheitsanweisungen wurden sogar extra mit einer Blondine im Telenovela-Style verfilmt und erzählen von einer imaginären Liebesbeziehung im Flieger.

1 Luft, Luft, wenn ich so einen heißen Latino sehe, brauche ich Luft.

2 Die Stadt ist riesengroß und menschenleer, vor allem für Fußgänger fühlt sich alles postapokalyptisch an, weil man vollkommen alleine durch die endlos langen, sich monoton wiederholenden Architekturen läuft. Alle Orte sozialen Miteinanders sind privatisiert und abgeschottet.

1 Wir fahren zu einer Party in einer Gegend, die so wie eine deutsche Kleinstadt bei Nacht aussieht, nur die beiden schwarzen Türsteher verweisen auf ein Lebenszeichen hinter dem großen Zaun, hinter dem sich junge hübsche Menschen mit weißen Zähnen tummeln. Wir treffen einen alten Freund. Einer der unhöflichsten Menschen, den ich je kannte.

2 Türke.

1 Jetzt fährt er ein dickes Auto, redet von einem Business, das er bald startet, und findet alles und jeden great.

2 Unsere Heimat ist ein fensterloses Loft in Downtown bei einer

Make-up-Frau, die fürs Fernsehen arbeitet und lauter Jagdtrophäen sammelt. Gerade macht sie eine Saftdiät, bei der sie abwechselnd jede nur erdenkliche Frucht in flüssiger Form zu sich nimmt. Ihr Kühlschrank sieht aus wie ein Labor mit hunderten Plastikflaschen, beschriftet mit jeweils einem Buchstaben und gefüllt mit unterschiedlichen Farben.

1 Fink zu Fink, Lila zu Pink, Rettich zu Melone und danach noch einen schönen Frühlingskresse-Mango-Shake hinterher.

3 Allein der Weg aus dieser Betonwüste heraus verschlingt zwei Stunden, bevor man in die typischen amerikanischen Vororte einfährt und dann endlich in der Mojave-Wüste ankommt. Unterwegs stoppen wir in einer inselartigen Shoppingmall mitten in der Tundra, in der nur Chinesen einkaufen. Je näher man Las Vegas kommt, umso größer werden die Werbeanzeigen.

1 Wir schaffen es nicht vor Einbruch der Dunkelheit, und das Lichtermeer begrüßt uns beim Einlass. Wir haben ein Hotel gebucht, das selbst mexikanische Etablissements preislich unterbietet und dafür im alten Teil der Stadt beheimatet ist, wo alles etwas abgefuckt und ärmer ist. Frühstück ist inklusive, und die Rentner und Kriegsveteranen in Rollstühlen, mit denen wir uns das Haus teilen, beginnen schon morgens, zu zocken. Abends tanzen leichtbekleidete und durchtrainierte Damen zu Old-School-Techno auf mehreren Bühnen in der Wüstenkälte Arizonas. Obdachlose und Bettler sind die einzigen Passanten, die sich davon animieren lassen.

2 Für einen Moment gehen die Lichter der Kasinos aus, und über den künstlichen Himmel aus LED-Schirmen ziehen brennende Gitarren und Motorräder.

3 Nach einer Weile denke ich im »Caesars Palace«, einem Kasino, das römische Architektur imitiert, darüber nach, dass das hier alles den Nazis wohl auch ganz gut gefallen hätte. Während L.A.s Monstrosität mich eher deprimierte, finden wir Las Vegas tatsächlich sehr stimmig als Monument des totalitären Kapitalismus.

2 Zurück in L.A. verbringen wir die letzten zwei Tage bei einem Iraner, der Softeis aus Mexiko in die USA verkauft. Das Apartment liegt direkt am teuersten Strand der Stadt, und wir sind die Einzigen, die den Pool des Komplexes benutzen. Alles erinnert ein bisschen an Plattenbau, auch wenn der Preis der Unterkunft wahrscheinlich ausreichen würde, um ein gesamtes späteres Leben zu finanzieren.

1 Toll, so ein Gaskamin und eine Alarmanlage, die verhindert, dass man irgendein Fenster öffnet, wenn die ganze Bude abbrennt.

2 Wir gehen noch einmal in Downtown spazieren und laufen durch Zufall in eines der vielen verlassenen Broadway-Theater. Auf der Bühne steht die Plastikfassade einer Kirche, und lauter junge Latinos laufen davor herum, während sie permanent fotografiert und gefilmt werden. Der Baptistenprediger sagt: Komm, jetzt machen wir einen Hip-Hop-Contest, und alle machen mit, und dann sagt er: Komm, jetzt machen wir einen Prediger-Contest, und alle machen mit. Am Ausgang wird auch auf die Treffen für Business People und Schwangere hingewiesen.

3 Ich hoffe, euch hat das Lesen Spaß gemacht. Ich bin bald wieder zurück. Meldet euch, falls jemand einen Schlafplatz hat. Gruß, euer Kevin.

Szene 9

1 Erinnert ihr euch noch an die Lachquote?

2 Die einzigen Leute, die ich hier in letzter Zeit lachen sehe, sind die Zwangsprostituierten und Illegalen vor Kevins abgebrannter Bude. Da scheint ja irgendetwas passiert zu sein.

3 Ich finde hier eigentlich nichts lustig, aber ich habe auch gar keine Angst mehr.

1 Kevins Mutter chattet mit Boxhandschuhen.

2 Nee, Kevins Mutter sitzt bei Aldi unter der Kasse und piepst.

3 Ihr liegt total falsch. Der Arsch von Kevins Mutter wird seit 123 Tagen von Satelliten gescannt, und heute kam die erste Meldung: Große Falte entdeckt.

2 Alles ist geteilt in zwei Hälften.

1 Leute, wir wurden gerade von der Erde angerufen. Sie wollen wissen, ob es noch Leben auf diesem Planeten gibt.

2 Nicht das geringste Zeichen.

3 Alles, was wir sehen, ist fliegender Rauch aus verbrannten menschlichen Haaren, und wir sind so high, dass wir eventuell sterben, wenn wir ihn durchqueren.

2 Sag ihnen, wir gehen zu einem hübschen Ort, wo die Blumen wachsen, und dass wir in einer Stunde oder so wieder da sind.

3 Es gibt Zeiten der Wirklichkeit und die Zeit der Märchen.

1 Vielleicht wollte ich es ihnen gar nicht so erzählen, wäre es nur einen Moment so ohrenbetäubend laut gewesen, dass jede Öffnung des Mundes kein Wort bedeuten konnte, hätten wir nur versucht, zu schweigen, dann wäre dieses gemeinsame Denken möglich gewesen. Stattdessen das Kopfnicken oder ein Lächeln oder ein freundliches Umarmen, aber was bleibt, ist diese unendliche Entfernung zwischen unseren Gehirnen, durch die schwarzen Löcher unserer Augen in den luftleeren Raum, das Vakuum, das den Kopf zum Platzen bringt, bevor noch etwas entstehen kann. Wie traurig es ist, immer auf dieser Beerdigung anwesend sein zu müssen, um diese Massengräber herum zu stehen und die Kadaver der eigenen Imagination hineinzuwerfen. Man kann alles erzählen, nur nicht sein wirkliches Leben. Vielleicht reden wir überhaupt nur von Dingen, an die wir uns kaum erinnern, die wir vermissen und nicht begreifen.

2 Es könnte auch irgendein Bahnhofstunnel sein, in dem mir plötzlich der beißende Geruch entgegenweht. Meine Hände beginnen zu zittern, und statt bei Kevin Fürst zu läuten, erwische ich den Knopf von dem Esoterikladen im zweiten Stock unter uns.

1 Es klingelt.

2 Ding Dong.

3 Wer ist da?

1 Es sind die Reisenden, die gekommen sind, sich jedwedes Elend ohne ein Anzeichen der geringsten Regung anzugucken. Sie sind auf der Suche nach Menschen und Orten, die zwar in dieser Gesellschaft existieren, aber keinerlei Verbindung zu ihr haben, um die eingefallenen Brücken zwischenmenschlicher Kommunikation zu bewundern, deren Trümmerteile in Zeitlupe in den bodenlosen Abgrund der unmittelbaren Befriedigung aller Bedürfnisse stürzen.

2 Völlig benommen stolpere ich in die Pyramide von Aurasprays. Der Besitzer schreit auf, und ich denke, dass er mal wieder seine Chakren reinigen lassen sollte. Jedenfalls sind die Feng-Shui-Linien dauerhaft unterbrochen, und ich kann mich gerade noch vor einer Salve Akupunkturnadeln hinter das Regal mit den energetischen Taschenlampen retten.

1 Jetzt sitzen wir zusammen auf einer Wiese, und ich drehe ihre goldenen Augen der Sonne entgegen. Die Strahlen durchdringen langsam

die Netzhaut, dann die Pupillen, und schließlich rinnt das flüssige Metall unter ihren Lidern hervor, während ich ihre Hand drücke. Lachend. Das Gesicht von Freudentränen überströmt.

2 Der Himmel kann warten, solange wir in die Wolken starren.

3 Ein einzelner Kaktus in der Wüste muss unendlich traurig sein, überall Sand. Er kennt keine Kakteen.

Szene 10

1 Mein Fürst, wir haben die Armee der untoten Dönerverkäufer in Stellung gebracht.

3 Auf der Oberfläche eines Sterns, der sich selbst verzehrt. Kurz vor der Explosion. Der Übergang zur Supernova steht bevor, und während der folgenden Szene wird die Bühne von einer Feuerwelle in Brand gesetzt.

2 Die Bevölkerung der Mojave-Wüste wartet ab. Es ist alles eine Frage der Einstellung.

1 Jetzt oder nie.

2 Nie war die Chance größer, die Kernschmelze des Systems herbeizuführen.

1 Nie war der Weg zum Mercedes SKL weiter.

2 Nie waren unsere Worte unverständlicher.

3 Hast du schon mal einem Kleinkind versucht, zu erklären, was Revolution bedeutet? Das ist so wie nach langer Zeit an einen Ort zurückzukommen, an dem du lange gelebt hast. Du hast riesengroße Erwartungen und hoffst auf ein großartiges Wiedersehen, aber am Ende glotzen dich nur wieder dieselben Pissgesichter an.

1 Unsere Katapulte sind voll mit Konfetti, und die Kriegsgiraffen tragen den goldenen Würfel, auf dass er die Milch der reinen Denkungsart über unsere Feinde verteilt.

2 Die Entkernung der Gehirne kann beginnen. Alle warten auf ein Wort von Euch, mein Fürst.

1 Wir sollten jetzt handeln, bevor alle eingeschlafen sind.

3 Unsere Visionen sind stark, aber leider ohne Hoffnung.

1 Jetzt wäre noch Zeit dafür, die Leere mit Sinn zu füllen. Die Kernsanierung des kollektiven Bewusstseins.

2 Ich glaube, ich habe vergessen, warum wir hier sind.

3 Am Anfang des 21. Jahrhunderts haben wir uns Autos gebastelt. Aus Plastik, Bildern und Langeweile, weil alles um uns herum schlief. Und wir sind uns durch unser Ego selbst davongefahren. Das System führte seinen eigenen Untergang herbei. Als wir an den Sternen vorbeikamen, da waren es alles nur kleine blinkende Digitalkameras. Und als wir die Sonne erreichten, da war es nur ein kaputter Flachbildschirm, auf dem eine geloopte DVD eine Lagerfeuersimulation abspielte. Und als wir wieder zurück zur Erde wollten, war das Benzin alle.

Epilog

1 Es gibt bunte Neonkühe auf der Weide, die sich nach einem Zoom auf ihre traurigen Augen in Rauch auflösen. Wir haben sie an die Wand geworfen, wir sind die letzten Magier der Technokratie.

Über die Autoren und ihre Theaterstücke

Ich bin im Autismus-Spektrum ziemlich weit oben.

Der Fötus dreht seinen Kopf, schaut uns an und schreit.

Glauben Sie nicht, dass Gott, wenn es ihn gibt, stinksauer ist?

Erdbeben in London

»Im Theaterstück *Erdbeben in London* geht es um nichts weniger als um alles – Familientragödie, Klimakatastrophe, Hunger in Afrika und die Krise des Kapitalismus. (…) Der Autor gilt eigentlich als Minimalist, der seine Stücke auf wenige Figuren, einen Schauplatz und ein Thema fokussiert. Mit diesem Stück zeigt er sich von einer anderen Seite.«

Eva Schäfers

»*Erdbeben in London* kombiniert Shortcuts einer Universal- und Familientragödie. Die Apokalypse ist nah. Alles hängt mit allem zu aller Schaden zusammen. Korrupte Politiker und Wissenschaftler beschwören globale Umweltkatastrophen herauf. (…) Klar, dass Bartletts Miniatur-Szenen nicht ohne Klischees auskommen. Aber das liefert die Grundlage für eine grelle Nummernrevue. Es tritt zwar nicht die bärtige Jungfrau auf, dafür aber Frau Ministerin, und mit dabei hat sie den unter ihrem Pantoffel stehenden Depp. ›It's Weimar time, it's Cabaret across the world.‹« *www.nachtkritik.de*

»Whoooosh! And indeed wow! Mike Bartlett's *Earthquakes in London* is the theatrical equivalent of a thrilling roller coaster ride. It swoops and twists, rushes and soars, and provides a great shot of adrenalin-fuelled excitement.« *Telegraph*

Mike Bartlett (*1980 in Oxford), Autor und Regisseur, arbeitet seit seinem Studium für verschiedene Theater (Paines Plough, Royal Court Theatre, Soho Theatre und Hampstead Theatre). Neben anderen Auszeichnungen hat er den Old Vic New Voices Award erhalten. 2007 war er Hausautor am Royal Court Theatre, London, 2011 am National Theatre. Mike Bartlett schreibt auch Hörspiele. *Erdbeben in London*, das 2010 am National Theatre als Koproduktion mit dem Headlon Theatre, London, uraufgeführt wurde, erlebte am 14. Oktober 2011 am Theater Bonn in der Regie von Johannes Lepper seine deutschsprachige Erstaufführung.

Bin an einem einsamen Ort. Nehme Abschied. Denke an Mord.

Fortunato platzt, und alle Dämonen kommen raus. Explosion.

Warum gibt es Milliardäre auf der Welt, und ich bin keiner?

Zoff in Chioggia

»Nuran David Calis' *Zoff in Chioggia* will hoch hinaus an diesem Abend. Während Carlo Goldonis Stück *Viel Lärm in Chiozza* die Liebeshändel zweier Fischerfamilien zwischen Volksstück und Sozialstudie meint, geht es im Bochumer Schauspielhaus ums große Ganze: Calis hat die Konstellationen und die Funktionen der Figuren verändert; der Name Chioggia bezeichnet hier zwar nur ein Café, steht aber für den ›Schoß der Gesellschaft‹. Der Komödienstoff wird zur Großmetapher für Arbeits-, Lieblosigkeit, Utopie- und Sinnverlust, und was der Defizite mehr sind hochgejazzt.« *Die Deutsche Bühne*

»So denkt Calis Chioggia zugleich als Ort, vor dem man flieht, und als Ort der Sehnsucht. Es ist Sumpf, und es ist pralles Leben. Calis bringt die trostlose Aussichtslosigkeit dieser Stillstandsorte und die warme Menschlichkeit, die hier geschehen können, zusammen. Chioggia, dieses ausgehöhlte Nest, ist auch das Echte ganz unten: ›Chioggia ist nicht Endstation. Chioggia ist der Schoß der Gesellschaft, der einen auffängt, wenn die Arme einen fallen lassen.‹« *Frankfurter Rundschau*

Nuran David Calis (*1976 in Baumheide / Bielefeld), Sohn armenisch-jüdischer Einwanderer aus der Türkei, arbeitete erst als Türsteher, studierte dann von 1996 bis 2000 Regie an der Otto-Falckenberg-Schule in München. Zeitgleich Assistent an den Münchner Kammerspielen und am Schauspielhaus Zürich. 2000 bis 2002 Musikclipproduktion für HipHopBands. Er arbeitet als Regisseur, Theater- und Drehbuchautor und lebt in München. *Dog eat Dog – Raus aus Baumheide* ist in *Theater Theater 14* (Bd. 16456), *Dogland* in *Theater Theater 15* (Bd. 16869) und *Frühlings Erwachen!* in *Theater Theater 17* (Bd. 17718) abgedruckt. *Zoff in Chioggia* wurde am 28. Januar 2012 am Schauspielhaus Bochum in der Regie des Autors uraufgeführt.

Blöd ist, dass ich einer ins Gesicht gehauen hab. Aus Versehen.

Sepp geht Bier holen ... und kommt nach langer Zeit mit zwei Bier zurück.

bist du schon mal über ein Zimmermädchen hergefallen?

Zimmer Frauen

»Zur Erinnerung: STRAUSS-KAHN, das war der mit der Negerin. Also die, die plötzlich nackt in seinem Zimmer stand. Oder nein. Halt. ER war nackt. SIE nicht. SIE hatte bloß Flecken auf ihrem Kleid. Man geht davon aus, dass SIE lügt. Die Negerin. ER auch. Logisch.
Der Fritz und der Sepp lassen sich diesbezüglich eigentlich nichts gefallen. Aber dann holt sie ein ähnliches Schicksal ein wie diesen Franzosen ... oder schlimmer noch. Wenn das überhaupt möglich ist.
Das hat mich interessiert. Ob es noch schlimmer kommen kann. Ob auch die weibliche Lust zur Bedrohung werden kann. Und wer dann mehr Spaß dran hat. Die mit der Lust oder der mit dem Geld und der Macht, oder gar sein Kumpel, ohne Geld und ohne Macht, aber dafür mit ein paar selbstgemalten Bildern, die keiner kaufen will.
Ob Strauss-Kahn wirklich Lust hatte, weiß ich nicht. Der Fritz und der Sepp jedenfalls lassen sich diesbezüglich nichts gefallen. Den beiden – und meinetwegen auch DSK – habe ich dieses Stück gewidmet.«

Beate Faßnacht

Beate Faßnacht (*1962 in Konstanz) arbeitet seit vielen Jahren als Bühnen- und Kostümbildnerin an verschiedenen Theatern in Deutschland und in der Schweiz. Sie lebt in Basel. Ihr Stück *Die Brust von der Frau aus Chur* (*Theater Theater 18*, Bd. 18172) wurde 2008 am Theater Basel uraufgeführt. Für *obwohl* (*Theater Theater 19*, Bd. 18524) wurde sie 2011 mit dem Stückepreis der Schweizer SSA ausgezeichnet. *Zimmer Frauen* wurde am 18. Oktober 2012 am Staatstheater Nürnberg in der Regie von Michael Schlecht uraufgeführt.

Ich war der Mann der Nullerjahre. Die Betonung liegt auf Null.

Die Demonstration ist vorbei, eine Schlacht geschlagen.

Was war denn das. Vision der absoluten Leistung

Damals wurde es irgendwie heller

»Die Revolutionäre von einst sind fett geworden. Der Idee einer ›freien Liebe‹ folgten leidenschaftliche Affären mit der Macht. Geblieben ist ein bitterer Geschmack auf der Zunge. Autor Lukas Hammerstein will mit seinem Stück kein entlarvendes Psychogramm von Politikern oder sonstigen Machtmenschen liefern. ›Ich will nicht aufzeigen, wie ein Politiker tickt, sondern es geht mir um Identitätssuche‹, sagt Hammerstein. ›Und es geht gerade umgekehrt darum, was die Politik oder das Business eines Unternehmensberaters mit Menschen anstellen können.‹« *Gabriela Brüggemann, Bayerischer Rundfunk*

»Zwei Männer auf dem zugigen Gipfel der Macht und deshalb am Rand des Nervenzusammenbruchs parlieren sich durch ihre Vergangenheit, die sie mit Selbstmitleid und einer gehörigen Portion Selbstüberschätzung garnieren. Hammersteins mitunter recht fahriger und die eingemottenen Realitäten verklärender Text entwickelt sich zu einer streckenweise gar nicht unkomischen Revue der verpatzten Chancen, in der ein ›idealistisch‹ genanntes Paar für Bodenhaftung sorgt, indem es die moralischen Errungenschaften aus dem Schutt der sentimentalen Erinnerungen rettet.« *Theater heute*

Lukas Hammerstein (*1958 in Freiburg) studierte Jura und Philosophie. Er veröffentlichte mehrere Romane, zuletzt *Video* und *Wo wirst du sein*. Im Dezember 2012 erschien der Essay *Die Guten und das Böse. Erkundungen zum deutschen Wesen*. Lukas Hammerstein verantwortet und moderiert die Sendung *Jazz & Politik* auf Bayern2Radio des Bayerischen Rundfunks. *Damals wurde es irgendwie heller* wurde am 9. Dezember 2011 am Staatstheater Nürnberg in der Regie von Kathrin Mädler uraufgeführt.

Ich war in der Hölle! Der Hölle auf Erden. Und es gibt nicht nur eine.

Sie treten oder schlagen Thomas tot.

Das ist jetzt eine seltsame Frage. Aber können Sie mir Geld leihen?

Die Bürgschaft

»Bei Schiller geht es um Leben und Tod. Heute steht höchstens noch das dreizehnte Monatsgehalt auf dem Spiel, oder die Pendlerpauschale. Hingerichtet wird lange schon keiner mehr, und Freunde finden sich auf facebook. Die befriedete Gesellschaft ist ein Dilemma fürs dramatische Schreiben; das war der Anlass, mich auf die Suche zu begeben, wo in diesem scheinbar durch und durch zivilisierten Land noch der Ort liegt, der Extreme hervorbringt. Es ist, wie sich herausstellte, ein banaler und archaischer Ort zugleich, die eigene Familie – nur dass der, der sie bis aufs Messer verteidigt, in Zeiten von Globalisierung und Geldautomaten irgendwie nicht nur zum Helden wird, sondern zugleich immer auch etwas Lächerliches hat. Das eigene Fleisch und Blut ist in der *Bürgschaft* nicht einmal mehr wirklich das Eigene, die Not des Protagonisten ist stets auch ein wenig erbärmlich, und die Handlung steht auf der Kippe zwischen thrillerartigem Suspense und einer absurden Komik. Gerd setzt sein Leben für die Kleinfamilie ein, die ihn nicht einmal glücklich gemacht hat. Aber anderswo gibt es für ihn kein Glück; er kann nicht anders. Deshalb ist Gerd ein tragischer Held unserer Zeit.« *Lothar Kittstein*

Lothar Kittstein (*1970 in Trier) arbeitete nach seiner Promotion in Neuerer Geschichte drei Jahre als Headhunter bei einer Unternehmensberatung. Mit dem dramatischen Schreiben begann er 2003. Von 2005 bis 2007 war er Dramaturg am Schauspiel Köln. 2005 wurde *In einer mondhellen Winternacht* (*Theater Theater 21*, Bd. 18783) zu den Autorentheatertagen des Thalia Theaters in Hamburg eingeladen. Seitdem entstanden Stücke u. a. für das Schauspiel Köln, das Schauspiel Frankfurt und das Theater Bonn (u. a. *Böses Mädchen, Theater Theater 22*, Bd. 19134). *Die Bürgschaft* wurde am 23. Mai 2011 bei den Ruhrfestspielen Recklinghausen (Koproduktion mit dem Schauspiel Frankfurt) in der Regie von Lily Sykes uraufgeführt.

Ich bin kein Ding. Das weiß ich genau.

Gus fängt an zu applaudieren, laut, stetig, rhythmisch.

Was glaubst du denn, in was für einem *Spiel* du dich befindest?

Ratgeber für den intelligenten Homosexuellen zu Kapitalismus und Sozialismus mit Schlüssel zur Heiligen Schrift

»Schon der Titel gibt ja eine Ahnung von der Wortgewalt, die tsunamiartig über das Brooklyner Backsteinhaus von Gus hereinbricht (…) und wenn man diese Titelei eindampft auf ihre Essenz, bleibt genau jene Trias von Themen übrig, mit der sich Kushner seit je am liebsten beschäftigt: Sex, Politik und Religion. Dass er diese Themen plausibel miteinander zu verbinden weiß, in ausgreifenden panoramatischen Stücken, hat (…) Kushner schon in den neunziger Jahren bewiesen. *Angels in America* brachte ihm damals auch in Deutschland den Durchbruch. Das thematische Motiv darin: Aids – und wie es Amerika durchschüttelt, seine Mythen, seine Normen. Kaum weniger enzyklopädisch fällt nun auch der ›Intelligente Ratgeber‹ aus.« *Stuttgarter Zeitung*

»In dieser Welt des Wollens setzt Kushner dann das schlechthin andere: den Tod, den Todeswunsch, das Nichtmehrwollen. Oder ist auch das Gier, Gier nach dem Tod? Da ist Kushners Stück großartig gedacht und gebaut, langsam entfalten sich diese Menschen in den Dialogen vor den anderen und vor sich selbst. Langsam wird zwischen den vielen Worten klar, was die Marcantonios treibt. Langsam nähert es sich dem Nichts.« *Frankfurter Rundschau*

Tony Kushner (*1956 in New York) gründete in den frühen achtziger Jahren eine Theatergruppe und begann, Theaterstücke zu schreiben und zu inszenieren. In den frühen neunziger Jahren schrieb er *Angels in America: A Gay Fantasia on National Themes*, für das er neben dem Pulitzer Preis und zwei Tony Awards zahlreiche weitere Auszeichnungen erhielt. *Ratgeber für den intelligenten Homosexuellen zu Kapitalismus und Sozialismus mit Schlüssel zur Heiligen Schrift* wurde 2009 in Guthrie Theatre, Minneapolis, uraufgeführt. Die deutschsprachige Erstaufführung fand am 21. Januar 2012 am Nationaltheater Mannheim in der Regie von Burkhard C. Kosminski statt.

Ich verdränge und helfe damit wenigstens mir selber.

Sprayt sich manisch in die Nase.

Was kann ich dafür, dass wir hier keine Hungertoten haben?

In meinem Hals steckt eine Weltkugel

»In meinem Stück wird über Oxytoxin geredet, eine Substanz, die die Empathiefähigkeit steigert. ›Kuschelhormon‹ nennen es die Journalisten, als Nasenspray kann man es kaufen. Die Menschen in meinem Stück sprayen sich ihre Nasen voll und hoffen auf eine Steigerung ihrer Empathiefähigkeit, sie wollen das Elend in der Dritten Welt, den zehntausendfachen Hungertod, der sich täglich ereignet, endlich an sich heranlassen. Vielleicht keine sehr realistische Szene. Wer will mehr von Gefühlen, die ihn hilflos machen oder ihm einen Zorn aufbürden, ohne den es sich leichter lebt? Ein Geschäft wäre wohl eher die Gegenpille, die hilft, die bodenlose Ungerechtigkeit dieser Welt noch besser aus dem Blick zu bekommen. Entwickeln Sie Ihren Egoismus, steigern Sie Ihre Abgrenzungskräfte, einmalig täglich schlucken, und Sie passen in die Welt!« *Gerhard Meister*

Gerhard Meister (*1967 im Emmental / Schweiz) arbeitete nach seinem Studium der Geschichte und Soziologie für Berner Zeitungen. 1995 wurde sein erstes Stück uraufgeführt. Er nahm am Dramenprozessor im Theater an der Winkelwiese in Zürich teil (*Mieschers Traum, Theater Theater 13*, Bd. 16027) und war Stipendiat der Kunststiftung Baden-Württemberg (*Der Entenfreund, Theater Theater 16*, Bd. 17311). Nach *Fluchtburg* (Burgtheater Wien, 2007) kam 2008 im Theater Solothurn *Amerika* (*Theater Theater 19*, Bd. 18524) heraus. 2009 erhielt er den Literaturpreis des Kanton Bern. *In meinem Hals steckt eine Weltkugel* wurde am 4. Juni 2011 am Stadttheater Bremerhaven in der Regie von Erik Altorfer uraufgeführt.

ich will … mich nicht erinnern, ich bin … heute … etwas anderes …

Fasst seinen Körper an.

WO IST DENN BLOSS MEIN LEBEN GEBLIEBEN?

My Secret Garden

»Dieses sehr persönliche Sprechstück des in Hamburg gebürtigen Autors, in Avignon erstmals aufgeführt (…), hinterlässt ratlose Wut auf den Kapitalismus. Auf autoritäre Spießer, auf die Flucht in die Arbeit, auf Werbedreck und Leere, auf heimelige Wärmesimulation und Kälte, auf die eigene Unfähigkeit, die Welt gut zu machen. Klingt naiv, unreif, kindisch – nicht wahr? So weit sind wir schon, dass uns das naiv, unreif und kindisch vorkommt. Hoffentlich wird *My Secret Garden* irgendwann auch auf Deutsch und auf vielen deutschen Bühnen zu sehen sein.« *Die Zeit*

»Und ausgerechnet ein Sprechstück war im vergangenen Jahr die beeindruckendste Aufführung: *My Secret Garden* von Falk Richter.« *Zeit online*

»Ein Stück, mit dem Falk Richter und Nordey sich und uns wenig ersparen. Ob es um Kindheitserinnerungen geht, Politik und um die verzweifelt größenwahnsinnigen Phantasien eines Autors. Beeindruckend.« *Arte TV*

Falk Richter (*1969 in Hamburg) lebt als freier Autor und Regisseur in Berlin und zählt zu den erfolgreichsten deutschen Dramatikern und Theaterregisseuren. Er arbeitet an namhaften Bühnen und Festivals im In- und Ausland. Von 2000 bis 2004 Hausregisseur am Schauspielhaus Zürich, seit 2006 an der Schaubühne Berlin, seit 2011 am Düsseldorfer Schauspielhaus. Gastprofessur an der Universität Hamburg und der Ernst Busch Schule, Berlin. Seine Theatertexte erscheinen im Fischer Taschenbuch Verlag unter dem Titel *Unter Eis* (Bd. 16899). Außerdem abgedruckt: *Im Ausnahmezustand* (*Theater Theater 17*, Bd. 17718), *TRUST* (*Theater Theater 21*, Bd. 18783). *My Secret Garden* wurde am 9. Juli 2010 beim Festival d'Avignon in der Regie des Autors uraufgeführt. Die deutschsprachige Erstaufführung fand am 3. Oktober 2012 am Badischen Staatstheater Karlsruhe statt.

Mobbing, das kenne ich aus der Kita! Mobbing, das kenne ich aus –

Die Kinderlose will etwas sagen, kommt aber nicht zu Wort.

Sind Mutmachpostings hier erlaubt?

Kinderkriegen

»Plötzlich gibt es diesen Babyboom. Er ist zwar beschränkt auf die Leute, die im Glockenbachviertel, im Prenzlauer Berg oder in Köln-Ehrenfeld wohnen, beschränkt auf die Hochglanzmagazine, die schon mal den schwangeren Bauch der Frau als ihr schönstes Accessoire bezeichnen, oder auf einen Zeitschriftenmarkt, der im ›neuen Familienmagazin‹ eine lukrative Sparte entdecken konnte, aber er hat immense Auswirkung auf die Gespräche, Lebenseinstellungen und politischen Argumentationen, die wir tagtäglich erleben. Doch über die Sichtbarkeit der Bugaboofahrer und Petit-Bateaux-Schelme muss man sich jedenfalls keine Sorgen machen, und sie alle wollen uns was sagen. Doch zu Wort kommen erst wieder die Erwachsenen: Eltern und Uneltern, Großeltern und Großuneltern. Sie alle beobachten ihre Winzlinge, sie sagen »Sie werden die Tyrannen von morgen sein« und zucken hilflos mit den Achseln, aber, sagen diese: ›Wir machen euch erst zur Schicksalsgemeinschaft wie nach einer Katastrophe, wie in einem negativen Sommernachtstraum. Was wollt ihr mehr?‹ Die Unheimlichkeit jedenfalls bleibt in ihrer Nähe.« *Kathrin Röggla*

Kathrin Röggla (*1971 in Salzburg) lebt seit 1992 in Berlin und schreibt Prosa, Hörspiele, Theatertexte. Sie erhielt viele Auszeichnungen, darunter den Italo-Svevo-Preis, den Bruno-Kreisky-Preis für das beste politische Buch 2004, den Anton-Wildgans-Preis 2009, den Franz-Hessel-Preis 2010 und zuletzt den Arthur-Schnitzler-Preis 2012. 2012 ist sie auch Stadtschreiberin von Mainz. Viele ihrer Werke sind im S. Fischer Verlag erschienen. *Kinderkriegen* wurde am 12. Mai 2012 am Cuvilliés Theater in München in der Regie von Tina Lanik uraufgeführt.

Ich bin verheiratet mit meiner Einsamkeit.

Er positioniert das Gerät unter dem Tuch.

Was sind das für Geräusche? Was tust du da drin?

Nebenan oder The Vibrator Play

»Sarah Ruhls Zweiakter, mit dem sie ihr Debüt am Broadway gegeben hat, ist nur auf den ersten Blick eine witzig-leichte Geschlechterkomödie mit glücklichem Ausgang. Denn letztlich erzählt die Autorin, wie sehr der weibliche Körper und seine Sexualität (männlicher) Kontrolle und Macht unterworfen waren – vielleicht noch immer sind.«

Münchner Merkur

»Ms Ruhl's characters always exist both on a poetic plane and a flesh-and-blood one, and while the people in the new play speak formal English suitable to the period and the social milieu, they also drift into imagistic reveries that would lead to confused pauses over tea service in real life. (…) Nor has Ms Ruhl abandoned her gentle impressionistic touch and her gift for playful symbolism. The play is dappled with images of lightness and darkness, moisture and its absence, that underscore its themes.«

The New York Times

Sarah Ruhl (*1974) wuchs in einem Vorort von Chicago auf und studierte an der Brown University. 2003 erhielt sie sowohl den Whiting Writers' Award als auch den Helen Merrill Award for Playwriting. Für *The Clean House* (*Theater Theater 18*, Bd. 18172) bekam sie 2004 den Susan Smith Blackburn Prize. *Nebenan oder The Vibrator Play* wurde am 30. Januar 2009 im Berkeley Repertory Theater in Kalifornien uraufgeführt. Es erhielt 2010 drei Nominierungen für den Tony Award. Die deutschsprachige Erstaufführung fand am 12. Februar 2012 am Cuvilliés Theater in München in der Regie von Barbara Weber statt. Die Autorin lebt in Santa Monica, Kalifornien.

Augenblick mal, ich dachte, das ist ein authentisches Erlebnis.

Begreifst du das überhaupt? Dass überall kein Ende ist.

Autofahrt ins All

»Dieses Stück entstand in Berlin, Mexico City, Los Angeles, auf den Azoren und in einem Schlosspark in Niederösterreich. Wenn man viel unterwegs ist, ändert sich ständig der Lebensrhythmus, man schläft zu wenig oder zu viel. Bilder, Gesichter und Namen strömen durch die Bewusstseinsebenen und behaupten Zusammenhänge, die so nie existiert haben. Die Strukturen selbst werden zum Inhalt, und die eigene Identität ist keine bloße Ableitung mehr von Ideen, Sprachen, Handlungen und Gewohnheiten, sondern richtet sich entsprechend der Bewegung des Körpers und den vorbeiziehenden Orten, Menschen und Gesellschaften neu aus. Je öfter ich über Kevin Fürst nachdenke, desto weniger weiß ich, ob ich ihm je begegnet bin.« *Paul Wiersbinski*

»Ausgezeichnet wurde damit ein dramatischer Text, der das fragmentierte Lebensgefühl einer heutigen Generation auf spielerische Weise einfängt.« *Aus der Jurybegründung zum Autorenpreis von* Text trifft Regie, *Mainz*

Paul Wiersbinski (*1983 in Halle an der Saale) war bis 2010 Meisterschüler der Filmklasse von Mark Leckey an der HfbK Städelschule in Frankfurt am Main. Für seine Arbeiten in den Bereichen Video, Videoinstallation und Performances wurde er bereits mehrfach ausgezeichnet. Mit seinem ersten Theaterstück *Autofahrt ins All* gewann er 2011 am Staatstheater Mainz den Autorenpreis von *Text trifft Regie*. Es wurde am 11. Mai 2012 am Staatstheater Mainz in der Regie von Pedro Martins Beja uraufgeführt.

Quellenhinweise und Erstaufführungsdaten

Mike Bartlett
›Erdbeben in London‹
Originaltitel: ›Earthquakes in London‹
Deutsch von Lorenz Langenegger

Uraufführung: National Theatre (Koproduktion mit dem Headlon Theatre, London), 4. August 2010
Regie: Rupert Goold
Deutschsprachige Erstaufführung:
Theater der Bundesstadt Bonn, 14. Oktober 2011
Regie: Johannes Lepper

Nuran David Calis nach Carlo Goldoni
›Zoff in Chioggia‹

Uraufführung: Schauspielhaus Bochum, 28. Januar 2012
Regie: Nuran David Calis

Beate Faßnacht
›Zimmer Frauen‹

Uraufführung: Staatstheater Nürnberg, 18. Oktober 2012
Regie: Michael Schlecht

Lukas Hammerstein
›Damals wurde es irgendwie heller‹

Auftragsarbeit für das Staatstheater Nürnberg
Uraufführung: Staatstheater Nürnberg, 9. Dezember 2011
Regie: Kathrin Mädler

Lothar Kittstein
›Die Bürgschaft‹

Auftragsarbeit für das Schauspiel Frankfurt in Kooperation mit den Ruhrfestspielen Recklinghausen
Uraufführung: Ruhrfestspiele Recklinghausen, 23. Mai 2011
Regie: Lily Sykes

Tony Kushner
›Ratgeber für den intelligenten Homosexuellen zu Kapitalismus und Sozialismus mit Schlüssel zur Heiligen Schrift‹
Originaltitel: ›The Intelligent Homosexual's Guide to Capitalism and Socialism with a Key to the Scriptures‹
Deutsch von Frank Heibert

Uraufführung: Guthrie Theatre, Minneapolis, 22. Mai 2009
Regie: Michael Greif
Deutschsprachige Erstaufführung: Nationaltheater Mannheim, 21. Januar 2012
Regie: Burkhard C. Kosminski

Gerhard Meister
›In meinem Hals steckt eine Weltkugel‹

Auftragsarbeit für das Stadttheater Bremerhaven
Uraufführung: Stadttheater Bremerhaven, 4. Juni 2011
Regie: Erik Altorfer

Falk Richter
›My Secret Garden‹

Uraufführung: Festival d'Avignon, 9. Juli 2010
Regie: Falk Richter
Deutschsprachige Erstaufführung: Badisches Staatstheater Karlsruhe, 3. Oktober 2012
Regie: Pedro Martins Beja

Kathrin Röggla
›Kinderkriegen‹
Auftragsarbeit für das Bayerische Staatsschauspiel, München

Uraufführung: Bayerisches Staatsschauspiel (Cuvilliés Theater), München, 12. Mai 2012
Regie: Tina Lanik

Sarah Ruhl
›Nebenan oder The Vibrator Play‹
Originaltitel: ›In the Next Room or The Vibrator Play‹
Deutsch von Ursula Grützmacher-Tabori

Artists' Agency, 448 West 44th Street, USA – NEW YORK NY 10036

Uraufführung: Berkeley Repertory Theater, 30. Januar 2009
Regie: Les Waters
Deutschsprachige Erstaufführung: Bayerisches Staatsschauspiel (Cuvilliés Theater), München, 12. Februar 2012
Regie: Barbara Weber

Paul Wiersbinski
›Autofahrt ins All‹

Uraufführung: Staatstheater Mainz, 11. Mai 2012
Regie: Pedro Martins Beja

Theater

Herbert Achternbusch
Der gelbe Hahn der Nacht
Band 18173

Edward Albee
Wer hat Angst vor Virginia Woolf ...?
Band 7015

Igor Bauersima
norway.today
Band 16144

Elias Canetti
Dramen
Band 7027

Ariel Dorfman
Der Tod und das Mädchen
Band 11426

Marguerite Duras
La Maladie de la Mort
Die Krankheit Tod
Band 7092

Hubert Fichte
Ödipus auf Håknäss
Band 10843

Dieter Forte
Kaspar Hausers Tod
Band 7050

Martin Luther & Thomas Münzer oder Die Einführung der Buchhaltung
Band 7065

Theater

Witold Gombrowicz
Operette
Band 7075
Die Trauung
Geschichte
Band 7070
Yvonne, die Burgunderprinzessin
Band 7069

Hugo von Hofmannsthal
Elektra
Tragödie in einem Aufzuge
Band 12366
Jedermann
Band 10871
Der Schwierige
Band 7111

Thomas Hürlimann
Das Lied der Heimat
Alle Stücke
Band 14277

Eugène Ionesco
Die Nashörner
Band 7034

Helmut Krausser
Stücke 93-03
Band 15979

Jan Lauwers
Sad Face / Happy Face
Band 18220

Henning Mankell
Zeit im Dunkeln
Drei Theaterstücke
Band 15980

Theater

Arthur Miller
Ein Blick von der Brücke
Band 10399
Hexenjagd
Band 7108
Tod eines Handlungsreisenden
Band 7095

Eugene O'Neill
Alle Kinder Gottes haben Flügel
Band 10641
Alle Reichtümer der Welt
Band 11144
Eines langen Tages Reise in die Nacht
Band 15278
Der Eismann kommt
Band 7155
Der Große Gott Brown
Band 10640
Der haarige Affe
Band 10629

Eugene O'Neill
Hughie
Band 10639
Jenseits vom Horizont
Band 10642
Kaiser Jones
Band 10278
Ein Mond für die Beladenen
Band 10182
O Wildnis!
Band 10471
Seltsames Intermezzo
Band 10638
Trauer muß Elektra tragen
Band 7154

Falk Richter
Unter Eis
Band 16899

Fischer Taschenbuch Verlag

fi 666 073 / 1 / c

Theater

Roland Schimmelpfennig
Die Frau von früher
Band 16218
Der goldene Drache
Band 19251
Trilogie der Tiere
Band 17724

Peter Shaffer
Amadeus
Band 17327

Shakespeare Variationen
(Herausgegeben von Uwe B. Carstensen, Stefanie von Lieven, Bettina Walther)
Band 18913

Neil Simon
Komödien I
Ein seltsames Paar, Plaza Suite, Der letzte der feurigen Liebhaber
Band 11986
Komödien II
California Suite, Sonny Boys, Gerüchte … Gerüchte …
Band 12456
Komödien III
Ein ungleiches Paar, Jakes Frauen, Ein Gag für Max
Band 12924

Marlene Streeruwitz
Waikiki-Beach. Und andere Orte.
Die Theaterstücke
Band 14693

Fischer Taschenbuch Verlag

fi 666 073 / 1 / d

Theater

Theater Theater
(Herausgegeben von
Uwe B. Carstensen,
Stefanie von Lieven)
Aktuelle Stücke 3
Band 11741
Aktuelle Stücke 11
Band 15252
Aktuelle Stücke 12
Band 15664
Aktuelle Stücke 13
Band 16027
Aktuelle Stücke 15
Band 16869
Aktuelle Stücke 16
Band 17311
Aktuelle Stücke 17
Band 17718
Aktuelle Stücke 18
Band 18172
Aktuelle Stücke 19
Band 18524
Aktuelle Stücke 21
Band 18783
Aktuelle Stücke 22
Band 19134
Aktuelle Stücke 23
Band 19542

Theater Theater
Odyssee Europa
Aktuelle Stücke 20/10
(Herausgegeben von
RUHR.2010,
Uwe B. Carstensen,
Stefanie von Lieven)
Band 18540

Fischer Taschenbuch Verlag

fi 666 073 / 1 / e

Theater

Anton Tschechow
Drei Schwestern und andere Dramen
Band 12925

Franz Werfel
Jacobowsky und der Oberst
Komödie einer Tragödie
Band 7025

Thornton Wilder
Unsere kleine Stadt
Band 7022
Wir sind noch einmal davongekommen
Band 7029

Carl Zuckmayer
Der fröhliche Weinberg / Schinderhannes
Zwei Stücke
Band 7007
Der Hauptmann von Köpenick
Ein deutsches Märchen
Band 7002
Der Rattenfänger
Band 7114
Des Teufels General
Drama in drei Akten
Band 7019

fi 666 073 / 1 / f

fischerverlage.de
SUCHE | BESTELLEN | KONDITIONEN | KONTAKT | HOME
THEATER & MEDIEN
DIE AUTOREN
THEATERKATALOG
THEATER
RADIO
FILM / TV
PUBLIKATIONEN
FISCHER VERLAGE
www.fischertheater.de
Gehen Sie uns ins Netz!